카라마조프 가의 형제들
2

카라마조프 가의 형제들 2

차례  The Brothers
       Karamazov

제6편
## 러시아 수도사

| I | 조시마 장로와 그의 방문객들 | 7 |
| II | 한 인물의 전기 | 16 |
| III | 조시마 장로의 대화 내용과 교훈들 중에서 | 81 |

# 3부

제7편
## 알렉세이

| I | 썩는 냄새 | 114 |
| II | 흔치 않은 순간 | 140 |
| III | 양파 | 153 |
| IV | 갈릴리 가나 | 192 |

### 제8편
# 드미트리

| I | 쿠지마 삼소노프 | 202 |
| II | 랴가브이 | 225 |
| III | 금광 | 240 |
| IV | 어둠 속에서 | 264 |
| V | 갑작스러운 결정 | 276 |
| VI | 내가 직접 간다 | 309 |
| VII | 넘볼 수 없는 전 남자 | 327 |
| VIII | 몽롱한 의식 속 | 364 |

### 제9편
# 예심

| I | 관리 페르호친의 출세 가도의 시작 | 394 |
| II | 소란 | 408 |
| III | 심적 고난의 연속. 첫 번째 고난 | 421 |
| IV | 두 번째 고난 | 440 |
| V | 세 번째 고난 | 457 |
| VI | 검사에게 걸려든 드미트리 | 480 |
| VII | 야유당한 드미트리의 엄청난 비밀 | 498 |
| VIII | 증인 심문과 아이 | 523 |
| IX | 호송된 드미트리 | 542 |

주석     551

# 제6편
# 러시아 수도사

### I
#### 조시마 장로와 그의 방문객들

불안하고 아픈 심정으로 장로의 방에 들어간 알렉세이는 거의 경악하며 제자리에 우뚝 섰다. 장로가 임종 중의 환자였던 만큼 이미 의식 불명 상태일 거라 떨리는 가슴으로 예상했었으나, 그가 마주한 것은 의자에 앉아 있는 장로였다. 비록 기진맥진한 상태이기는 했지만, 그래도 얼굴 표정은 활기 있고 유쾌해 보였다. 방문객들에게 둘러싸인 그는 밝은 분위기에서 조용히 이야기를 나누고 있었다. 한편 장로가 자리에서 일어난 것은 알렉세이가 오기 15분 전도 채 안 되어서였다. 방문객들은 이미 방에 일찍부터 와서 그가 잠에서 깨기를 기다리고 있었다. 파이시 신부가 확신 있게 말했던 것이다. "장로님께서는 아침에 직접 약속하신 바와 같이 반드시 일어나셔서 마음으로 기뻐하시는 분들과 다시 한번 이야기를 나누실 겁니다" 하고 말이다. 파이시 신부는 이 약속뿐만 아니라 임종 중이던 장로가 하던 모든 말을 확실하게 믿었고, 심지어 장로가 의식을 완전히 잃고 호흡도 없는 상태였을지라도 작별을 나눌 거라는 장로의 약속이 있었다면 장로가 깨어나 약속을 이행할 것을 계속 기다리며 어쩌면 죽음조차 믿지 않았을 것이다. 이른 아침에 조시마 장로는 잠들면서 그에게 확실히 말했다. "내 마음이 이토록 기뻐하는 여러분들과의 대화에 다시 한번 흠뻑 젖기 전에는 죽지 않으리다" 하고 말이다. 마지막이 될 것으로 예상되는 장로와의 대화에 참여하기 위해 모인 사람들은 오래전부터 장로의 가장 충직한 벗이었다. 그들은 네 명이었다. 손에 꼽아보자면, 수도사제인 이오시프 신부, 파이시 신부, 그리고 수도원 암자 주임 사제로서 나이가 아직 그리 많지는 않으며, 그리 박학한 것도 아니고 평범한 신분에 속하지만 영은 강인한, 흔들리지 않는 강직한 믿음을 가진 수도사제인 미하일 신부였다. 그는 겉으로는 준엄해 보이지만 마음속에는 그를 대하는 사람이 오히려 미안해 할 정도로 깊은 자비가 가득했다. 나머지 한 명은 이미 아주 늙은 평범한 수도사로서, 가난하기 그지없는 농부 신분인 안핌이었다. 글도 제대로 배우지 못했고 말수가 적고 조용한, 누구랑 대화를 나누는 적이 드문 사람으로서, 지극히 겸손한 자들 중 가장 겸손한 자였으며, 본인의 지성으로 납득하지 못한 어떤 위대하고 대단한 것에 놀라 영원히 겁을 먹어버린 것 같은 모습이 있었다. 공경의 대상 앞에서 항상 부들부들 떠는 듯한 이 겸손한 사람을 조시마 장로는 아주 좋아했으며, 평생 그를 특별한 존경으로 대했다. 비록 조시마 장로가 평생 대화를 나눠본 사람들 중 어쩌면 그렇게 적은 말을 나눴던 사람도 또 없었지만. 한때 그 사람과 둘이서 거룩한 러시아 땅 전체를 편력하면서 여러 해를 보냈음에도 불구하고 그랬다. 이미 오래전의 일이었다. 한 40년 전은 될 것이다. 그것은 조시마 장로가 코스트로마의 한 가난한 무명의 수도원에서 수도사로서의 업적을 처음으로 행했을 때로, 그 뒤 가난한 코스트로마 수도원에 바쳐질 헌물을 걷기 위하여 안핌 신부의 편력에 동행했었다. 지금 조시마 장로와 방문객들은 모두 조시마 장로의 침실에 있었다. 이 침실은 전에도 언급했듯이 매우 비좁았으므로, 장로가 앉은 의자 주위로 네 명이(그 방에 서 있던 수도사 지망생 포르피리를 제외하고) 장로의 응접실로부터 가져온 의자들 위에 간신히 끼어 앉아 있었다. 이미 날이 어둑어둑해지는 중이었기 때문에 이 방은 성상 앞의 등불과 촛불로 밝혀지고 있었다. 들어오다가 당혹하여 문턱에 멈춰 선 알렉세이를 보고 장로는 반가운 미소를 지으며 손을 내밀었다.

"그래, 알렉세이, 네가 왔구나. 네가 올 줄 알고 있었다."

알렉세이는 장로에게 다가가 고개가 땅에 닿도록 절 하고 울음을 터뜨렸다. 가슴속에서 무언가가 터져 나오려 하고 마음이 파르르 떨려 자기도 모르게 흐느껴 울었다.

"왜 그러니? 곡을 하기에는 이르지 않니?" 하면서 장로가 미소를 짓고 오른손을 알렉세이의 머리에 얹고 말했다. "보다시피 이렇게 앉아서 대화를 나누고 있으니 어쩌면 앞으로 20년은 더 살지도 모르겠다. 어제 리자베타라는 여자애를 안고 브이셰고리예에서 왔었던 그 착하고 친절한 여인이 나한테 기원해줬던 것처럼 말이야. 주여, 그 모친과 아이 리자베타를 기억하소서(그러면서 그는 성호를 그었다)! 포르피리야, 그분이 한 헌금을 내가 말한 대로 갖다 줬니?"

이 말은, 장로를 흠모하는 그 쾌활한 여인이 "저보다 더 가난한 여자에게 주세요" 하면서 희사한 어제의 60코페이카에 대해 장로가 기억해내고 물어본 것이었다. 그런 헌금은 어떠한 이유로 부과된 보속을 행하느라 바치는 것으로서, 반드시 자신의 노동을 통해 얻은 돈 중에서 바쳐야 했다. 장로는 얼마 전 집에 화재가 나 걸식하는 생활로 접어든, 남편을 여의고 아이들을 데리고 사는 우리 마을 소시민 여성 한 사람에게 어제 저녁에 포르피리를 보냈다. 포르피리는 자기가 임무를 이미 이

행했으며, 지시받은 대로, "자선을 행하는 무명의 여인이" 전한다는 말과 함께 전달했다고 서둘러 보고했다.

"애야, 일어나라. 네 얼굴 좀 보자. 가족을 방문했니? 형도 만났니?" 하고 장로가 알렉세이에게 말했다.

알렉세이로서는 장로가 형들 중 한 명에 대해서만 그렇게 집요하게 물어보는 것이 신기했다. 그런데 어느 형에 대해 물어보는 것인가? 아무튼 물어보는 바로 그 형한테 가라고 하면서 어제도 오늘도 장로가 알렉세이를 보냈던 것이렷다.

"형들 중 한 명은 만났습니다" 하고 알렉세이가 대답했다.

"나는 어제 내가 머리가 땅에 닿도록 절한 그 큰형 얘기하는 거다."

"그 형은 어제는 만났는데 오늘은 도저히 찾을 수가 없었습니다" 하고 알렉세이가 말했다.

"서둘러 찾도록 하여라. 내일 또 가서 서둘러 찾아라. 모든 일을 그대로 남겨두고 서둘러 가거라. 끔찍한 일이 일어나지 않게 막을 수 있을지도 모른다. 내가 어제 절을 한 것은 그가 앞으로 겪을 큰 고난에 대해 절을 한 거다."

장로가 갑자기 말을 그치고 마치 생각에 잠긴 듯했다. 그가 한 말이 이상하게 들렸다. 어제 장로의 큰절을 목격했던 이오시프 신부가 파이시 신부와 눈길을 교환했다. 알렉세이가 참다못해 물었다.

"장로님……," 하고 그는 떨리는 목소리로 말을 시작했다. "말씀을 이해하기가 너무 어렵습니다. 어떤 고난이 그를 기다리고 있다는 말씀이십니까?"

"궁금해할 것 없다. 어제 왠지 무언가 엄청난 것이 느껴졌다. 어제 그의 눈빛이 마치 그의 운명 전체를 표현하는 것 같았어. 그의 눈빛 속에 뭔가가 있었어. 그 사람이 맞이할 상황이 느껴지는 순간 심장이 덜컥 내려앉는 것 같았다. 내가 살면서 한 번인가 두 번쯤 어떤 사람들에게서 그와 비슷한 표정을 본 적이 있다. 자기의 운명 전체를 묘사하는 듯한 표정……. 그리고 그들의 운명은 실로 그대로 이루어졌어. 알렉세이 너를 그에게 보낸 것은, 동생인 너에게서 그가 도움을 받을 수 있지 않을까 해서였어. 어쨌든 모든 것과 우리의 모든 운명이 주께 달려 있다. '한 알의 밀이 땅에 떨어져 죽지 아니하면 한 알 그대로 있고 죽으면 많은 열매를 맺는 법이다.' 이 말을 기억해라. 내가 사는 동안 알렉세이 너를 마음속으로 여러 번 축복했다. 그걸 알도록 하여라."

장로가 조용한 미소를 띠며 그렇게 이야기한 뒤 말을 이었다.

"내가 마음속으로, 네가 수도원을 떠나 세상에서 수도사로 있도록 너를 축복했다. 적들이 많겠지만 적들마저 너를 사랑하게 되도록 말이다. 삶이 너에게 많은 불행을 가져다주겠지만 바로 그 불행을 겪는다는 것으로 네가 행복해지도록 말이다. 너는 삶을 축복하는 사람이 될 것이고, 너는 다른 사람들로 하여금 역시 축복을 행하는 사람들이 되도록 할 거야. 그게 제일 중요한 거다. 네가 바로 그런 사람인 것을 염두에 두어라."

장로는 자비로운 미소를 띠고 자기를 방문한 사람들을 향해 말했다.

"신부님들, 나의 스승님들, 여태까지 이 젊은이가 나의 마음속에 왜 그렇게 사랑스럽게 와 닿았는지에 대해 말씀드린 적이 없습니다. 이 젊은이에게 직접 말한 적도 없습니다. 지금에야 말씀드립니다. 이 젊은이는 나에게 마치 예고와 예언의 역할을 했다고 할 수 있습니다. 저의 삶에 동이 틀 때, 제가 아직 어린아이였을 때 저에겐 형이 있었습니다. 그 형은 청소년이었을 때, 겨우 열여덟 살밖에 안 됐을 때, 제가 보는 앞에서 죽었습니다. 그 뒤에 저는 살아오면서 점차 확신하게 되었습니다. 그 형이 나의 운명에 마치 하늘로부터의 지침과 예정을 보여주었다는 것을 말입니다. 왜냐하면 그 형이 내 삶에 없었다면, 그 형이 전혀 존재하지 않았다면, 그럼, 제 생각인데, 어쩌면 제가 수도사의 직을 받아들이지 않았을 테고 이 귀중한 길로 들어서지 않았을 것이기 때문입니다. 그 첫 번째 현상이 제가 아직 어렸을 때 나타났고, 저의 길이 이미 기울어져가는 이때 마치 제 형을 재현하는 것 같은 존재가 제 눈앞에 나타났습니다. 이것은 아주 신비한 일입니다, 신부님들, 나의 스승님들.

알렉세이가 얼굴은 제 형과 아주 닮은 건 아니고 조금 닮았지만, 그럼에도 불구하고 알렉세이는 영적으로 제 형과 너무나 많이 닮아서, 저는 알렉세이를 바로 그때의 그 젊은이, 즉 젊을 때의 제 형으로 여긴 적이 많습니다. 형이 신비롭게도 제 길의 마지막 시점에 돌아왔다고 말입니다. 추억과 감동을 위하여 말입니다. 저는 제가 그렇게 신기한 꿈을 갖고 있는 데 스스로 놀라기까지 했습니다."

이번에는 장로가 자기의 시중을 들어 온 수도사 준비생 포르피리에게 말했다.

"포르피리야, 내 말을 들어보아라. 내가 너보다 알렉세이를 더 사랑하는 것 때문에 슬퍼하는 것을 네 얼굴에서 많이 봐왔다. 이젠 알겠느냐, 왜 그랬는지? 하지만 나는 너도 사랑한다. 그걸 알기 바란다. 네가 슬퍼하는 것 때문에 나도 많이 괴로웠다."

장로가 다시 방문객들을 향해 말했다.

"저의 소중한 손님들인 여러분께 저는 제 형과 다름없는 이 젊은이에 대해, 이 젊은이라는 존재보다 더 소중하고 더 예언적이고 더 감동적인 현상은 저의 삶 속에 없었음을 알려드리고 싶습니다. 저의 가슴이 감동으로 가득 찼고, 이 순간 저는 스스로의 삶 전체를 관조하고 있습니다. 마치 다시금 제 삶 전체를 쭉 체험해보듯이 말입니다."

여기서 내가 지적해야 할 것은, 장로가 삶의 마지막 날 자기를 찾아온 방문객들과 더불어 나눈 최후의 대화가 부분적으로 기록되어 서면으로 남았다는 것이다. 장로가 세상을 뜨고 어느 정도 뒤에 알렉세이 표도로비치 카라마조프 가 기억에 의존하여 그 대화를 적었다. 하지만 단지 그날의 대화만을 기록했는지, 아니면 그가 그전에 스승과 나눠온 대화를 적은 것에다 그날의 대화를 합했는지는 내가 확실히 말할 수 없다. 게다가 기록된 장로의 말 전체가, 장로가 자기의 삶을 소설처럼 자기 친구들을 대상으로 서술한 양 중간에 끊이지 않고 이어진다. 이후의 이야기들을 보고 판단하면 실상과는 물론 어느 정도 차이가 있을 터이다. 왜냐하면 그날 저녁에는 공동으로 대화를 나누었고, 비록 장로의 방문객들이 장로의 말을 끊은 적이 많은 건 아니지만 그래도 자기 말을 하기도 했고 대화에 끼어들기도 했으며, 어쩌면 다른 얘기를 전달했을 수도 있기 때문이다. 어찌 되었든 대화는 어디까지나 대화이므로 완벽한 독백일 수가 없지 않은가. 장로는 이야기하다가 가끔씩 숨차했고, 목소리가 잠긴 적도 있었으며, 심지어 잠깐 쉬기 위해 침상에 눕기도 했다. 비록 잠들지는 않았고 방문자들도 자리를 뜨지 않았지만 말이다. 한 번이나 두 번쯤 복음서 낭독으로 대화가 끊기기도 했다. 복음서 낭독은 파이시 신부가 했다. 또한 그들 중 아무도 장로가 바로 그날 밤에 세상을 뜨리라고 생각하지는 못했다는 것도 지적할 만한 사실이다. 자기 삶의 마지막 저녁이 되자, 장로는 낮에 깊이 잠을 잤기 때문인지 갑자기 새 힘을 얻은 것처럼 지인들과 긴 이야기를 나눌 수 있었다. 이는 그가 마지막으로 드러낸 자비의 모습이었지만 그리 오래가지는 못했다. 갑자기 그의 목숨이 끊어진 것이다. 하지만 자세한 이야기는 나중에 하겠다. 지금은 대화의 모든 자세한 내용을 다 서술하지 않고, 알렉세이 표도로비치 카라마조프의 기록에 나오는 장로의 이야기로만 서술을 국한하기로 하겠다. 그래야 서술이 더 짧아져서 읽기도 그리 괴롭지 않을 것이다. 다시 한번 말하건데, 물론 알렉세이가 그전에 나눴던 대화에서 많은 것을 취하고 합하여 하나의 기록을 만든 것이긴 하지만 말이다.

## II

수도원의 고행 계율을 받은 고위 수도사 조시마 장로 타계 뒤
그의 말을 알렉세이 표도로비치 카라마조프 가 기록하여 작성한
조시마 장로의 일대기 중에서

### 한 인물의 전기

### ㄱ) 조시마 장로의 형이 젊었을 때

사랑하는 신부님들, 스승님들, 저는 먼 북방에 위치한 주의 V라는 읍에서 태어났습니다. 아버지는 귀족이었으나 신분이 아주 높은 귀족은 아니었고 고관도 아니었습니다. 아버지는 제가 태어난 지 2년밖에 안 됐을 때 돌아가셨기에 저는 아버지를 전혀 기억하지 못합니다. 아버지는 어머니에게 자그마한 목조 건물 한 채와 그리 많지 않은 자금을 남기셨습니다. 하지만 어머니가 그 돈으로 아이들과 같이 사시는 데에는 별 지장이 없었습니다. 아이들은 둘이었습니다. 저 지노비이\*하고 제 형 마르켈이었습니다. 형은 저보다 여덟 살쯤 위였습니다. 성격이 불같고 급했지만 성품은 착했으며, 태도가 거만하거나 조소적이지 않았고, 이상하게도 과묵했습니다. 특히 집에 있을 때, 저와도, 어머니와도, 하인과도 주고받는 말수가 적었습니다. 학교 성적은 좋았으나 친구들과 잘 어울리지 못했습니다. 그렇다고 싸운 건 아니지만요. 적어도 형에 대한 어머니의 기억은 그랬습니다. 죽기 6개월 전, 만 열일곱이 넘었을 때 형은 갑자기 우리 읍에서 은둔 생활을 하는 사람을 만나러 다니기 시작했습니다. 당시 체제에 반대하는 사상을 주장하여 모스크바에서 우리 읍으로 유배를 당한 정치범 같은 사람이었어

---

\*  '지노비이'는 조시마 장로의 본명으로, '조시마'는 세례명으로 추정된다. - 역자 주

요. 이 유형수는 학식이 꽤 높았고 대학교에서는 대단한 철학 교수였어요. 그 사람은 왠지 제 형을 좋아해서 자주 부르곤 했어요. 형은 저녁 내내 그 사람한테 가 있곤 했어요. 그렇게 겨울 내내 했어요. 이 유형수가 형기를 마치고 다시금 국가의 공무를 보러 페테르부르크로 떠나기 전까지요. 그렇게 하게 해달라고 형이 직접 요청을 한 거였어요. 형을 후원해주는 사람들이 있었기에 가능했어요. 대사순절*이 시작됐어요. 그런데 형이 금식을 하려 하지 않더니, 욕을 하며 금식 풍습을 비웃는 거예요. "이게 다 헛일이야. 신도 존재하지 않고 말이야." 그래서 어머니와 하인들이 다 곤혹스러워했어요. 저 역시 어린 나이였지만 당황했고요. 그때 만으로 겨우 아홉 살이었지만, 저도 아주 놀란 게 사실이에요. 우리 집 하인들은 다 농노들이었어요. 네 명이었는데, 다 우리가 아는 지주의 이름으로 사들였었지요. 어머니가 이 네 명 중 한 명인 아피미야를 파신 기억이 나요. 아피미야는 요리사로 다리를 절었고, 나이가 많았어요. 60루블에 파셨어요. 그 대신에 농노가 아닌 자유인 여자를 고용했어요. 금식 기간이 시작된 지 6주째에 형의 건강이 갑자기 악화됐어요. 형은 원래 건강이 안 좋았어요. 가슴에 병이 있었거든요. 허약하고 결핵 증세가 있었어요. 키는 큰데 빼빼 말

---

\* 러시아 정교에서 지키는 부활절 전의 금식 기간. - 역자 주

랐고요. 얼굴은 번듯했지만요. 한번은 감기에 걸린 듯했는데 의사가 오자마자 곧 어머니한테 귓속말로 말하기를, 결핵이 급성이라서 봄을 넘기지 못한댔어요. 어머니가 울면서 조심스럽게(형이 겁을 먹지 않도록 하는 게 그 주된 이유였어요) 형한테 금식으로 준비하고 나서 거룩한 신의 성찬을 받으라고 부탁했어요. 그때는 아직 형이 누워 있는 게 아니었거든요. 그 말을 듣고 형은 화를 내고 신의 전당에 욕설을 퍼부었지만, 그래도 생각에 잠기긴 했어요. 자기가 병으로 위험한 상태고, 그래서 어머니가, 아직 걸어 다닐 수 있을 때 금식으로 준비하고 성찬을 받으라고 하는 거라고 금방 알아차렸어요. 하긴 형이 자기의 병이 오래된 걸 스스로 알고 있었어요. 그 일보다 1년쯤 전에 이미 식사 자리에서 저와 어머니한테 이렇게 냉정하게 말한 적이 있어요. "난 이 세상에서 오래 못 버텨. 어쩌면 1년도 더 못 살걸." 그러니까 마치 그 말이 씨가 된 듯한 상황이었어요. 사흘쯤 지나서 고난 주간이 시작됐어요. 형이 화요일 아침부터 금식하러 가면서 어머니한테 말했어요. "어머니, 내가 이러는 건 순전히 어머니를 기쁘게 해드리고 안심시키려고 그러는 거예요." 어머니가 기뻐서 우셨어요. 물론 슬프기도 했고요. 그리고 이러셨어요. "쟤가 갑자기 저렇게 변한 걸 보니 최후가 가깝긴 가깝나 보다." 형은 교회를 오래 못 다니고 병석에 누웠어요. 그래서 참회를 듣고 성찬을 베푼 건 집에서였어요. 밝고 맑고 향기로운 날들이 찾아왔어요. 느지막한 부활절이었어요. 형은 밤새 기침을 하고 잠을 못 자다가 아침만 되면 언제나 옷을 입고 일어나서 푹신한 의자에 앉아보려고 했어요. 저는 이런 모습을 기억해요. 형이 조용히 다소곳이 앉아서 미소를 띠고 있어요. 환자면서도 얼굴이 밝고 기쁜 표정이었어요. 형의 마음 상태가 완전히 변화한 거예요. 갑자기 형이 놀랍게 변한 거예요. 늙은 유모가 형 방에 들어가서 "자, 내가 성상 앞 등불에 불을 켜줄게" 하면, 전에는 형이 항상 그렇게 하지 못하게 하고, 심지어 불을 불어서 끄기도 했거든요. 그러던 형이, "네, 유모, 켜세요. 내가 못된 사람이라서 전에는 불을 못 켜게 했어요. 유모는 등불을 켜면서 기도하고, 난 유모를 보면서 기뻐하며 기도해요. 그러니 우리 다 한 분이신 신께 기도하는 거네요"라고 했어요. 우리에게는 형의 말이 이상하게 들렸어요. 어머니는 그 말을 듣고 자기 방에 가서 계속 우셨어요. 형 방에 들어오실 때만 눈물을 닦고서 기쁜 표정을 지으셨어요. 어떤 때는 형이 이랬어요. "어머니, 울지 마세요. 나 아직 살날이 많이 남았어요. 어머니랑 같이 즐거워할 날이요. 삶이란 즐겁고 기쁜 거잖아요." 그러면 어머니가 이러셨어요. "애, 아들아, 밤새 열이 펄펄 나고 가슴이 터질 것처럼 기침을 하면서 뭐가 즐겁다는 거니?" 그럼 형은 이랬어요. "어머니, 울지 마세요. 삶은 천국이에요. 우리 모두가 천국에 있으면서 그걸 알려고 하질 않는 거예요. 만약 알고자 하기만 한다면 당장 내일 이 세상에 천국이 올 거예요." 이러니 모든 사람들이 형의 말에 놀랄 수밖에요. 그 말을 형은 이상하게, 아주 자신에 차서 했거든요. 모두들 감동을 하고 울고 그랬어요. 지인들이 우리 집에 오기도 했어요. 그러면 형이 지인들한테 이러는 거예요. "좋으신 분들, 소중하신 분들, 제가 한 일이 뭐 있다고 저를 이렇게 사랑해주시는 거예요? 이런 저인데도 불구하고 사랑해주신다는 것을 제가 몰랐었네요. 그 소중한 가치를요." 하인들이 방에 들어오면 하인들한테 계속 이랬어요. "좋으신 분들, 소중하신 분들, 내가 한 일이 뭐 있다고 시중을 들어주시는 거예요? 제가 시중 들 만한 가치는 있는 사람인가요? 만약 신께서 자비를 베푸셔서 절 살려두신다면 제가 여러분들께 시중을 들 거예요. 왜냐하면 모두들 서로를 섬겨야 하니까요." 어머니가 그 말을 듣고 머리를 절레절레 흔들며 말씀하셨어요. "아들아, 네가 병 때문에 그렇게 말하는 거란다." 그러면 형이 이랬어요. "나의 사랑하는 어머니, 상전과 하인이 없을 수는 없지만, 제가 한번 제 하인들의 하인이 돼볼래요. 제 하인들이 저에게 하인들이었던 것처럼 똑같이요. 또 어머니께 말씀드리고 싶은 건, 우리 각 사람은 모든 점에서 모든 사람들 앞에서 죄인이에요. 제가 특히요." 그러자 어머니가 픽 웃기까지 하셨어요. 또 우시다가 다시 픽 웃으시며 이러셨어요. "아니, 그래, 네가 뭘 또 그렇게 특히 죄인이라는 거니, 모든 사람들 앞에서? 야, 살인자들도 많고 강도들도 많은데, 네가 무슨 죄를 또 그렇게 많이 지었다는 거야? 너 스스로 너의 무슨 죄를 그렇게 들먹이는 건데?" 그러자 형이 이랬어요. "저의 소중하신 어머니(형이 그때 이런 친절한 말들을 사용하기 시작했어요. 예상 못 했던 거였어요), 좋으신 어머니, 진짜로 각 사람이 모든 사람 앞에서 모든 점에서 죄인이라는 걸 아셨으면 해요. 어머니께 어떻게 설명을 해야 할지 모르겠지만, 전 이게 사실이라는 걸 느껴요. 고통스러울 정도로 느껴요. 우리가 어떻게 살았을까 싶어요. 화를 내면서, 아무것도 모르면서 말이에요." 형은 잠에서 깨어날 때마다 매일 점점 더 온유해졌고 긍정적이 되었고 사랑이 충만해졌어요. 의사가 오곤 했었는데, 의사는 나이 많은 독일인 에이젠슈미트였는데요, 형은 의사한테 이러는 거예요. "자, 어떤가요, 의사 선생님? 제가 이 세상에 하루는 더 살 거 같나요?" 이렇게 농담도 하고 그랬어요. 그러면 의사는 이렇게 대답하곤 했어요. "하루뿐만 아니라 훨씬 더 많은 날을 사실 거예요. 몇 달, 몇 년도 더 사실 거예요." 그러면 형은 소리 높여 이렇게 외치는 거예요. "몇 달, 몇 년이 다 무슨 필요 있어요? 날 또한 며칠 남았는지 셀 필요는 또 뭐 있어요? 사람에게는 하루면 충분해요. 자기의 행복을 다 알게 되려면 말이에요. 사람들이 왜 싸우고, 남들 앞에서 자기 자랑을 하고, 남이 자기 화나게 했던 걸 다 기억하고 그러는 거죠? 그러지 말고 동산에 나가서 산책하며 놀면서 서로를 사랑하고 칭찬하고 입맞추고 서로의 삶을 축복해주면 어때요?" 그 말을 듣고 의사가, 어머니가 의사를 현관까지 바래다주러 나오셨을 때 어머니께 이러는 거예요. "댁의 아드님은 이 세상 사람이 아닌 것 같아요. 병 때문에 정신이 이상해졌어요." 형 방 창문이 정원 쪽으로 나 있었어요. 정원에는 봄 새싹이 움트는 오랜 나무들이 그늘을 드리웠고, 나무들에 일찌감치 날아온 새들이 재잘대며 노래하는 소리가 창을 통해 형에게 들렸어요. 갑자기 형이 새들을 관심 있게 바라보면서 새들에게 용서를 빌기 시작했어요. "신께서 보내신 새들이여, 기쁨의 노래를 부르는 새들이여, 저를 용서해주세요. 나는 새들한테도 죄를 진 게 많아요." 형의 그런 말은 정말이지 우리들 중 아무도 정상적으로 받아들일 수가 없었어요. 그런데 형은 기쁨의 눈물을 흘리면서 이러는 거예요. "네, 그래요, 새들, 나무들, 들판, 하늘⋯⋯. 그토록 신의 영광이 저를 둘러싸고 있었는데도 저는 수치스러운 삶을 살았어요. 영광을 가리면서요. 아름다움과 영광을 전혀 깨닫지도 못하면서 말이에요." 그 말에 어머니가 울면서 이렇게 말씀하시기도 했어요. "너 네 죄를 너무 심하게 불러서 말하는 거 아니니?" 그러면 형이 이러는 거예요. "내 사랑하는 어머니, 제가 기뻐서 이러는 거예요. 제가 우는 건 괴로워서가 아니에요. 저 스스로가 새들 앞에서 죄를 느끼고 싶어요. 잘 설명은 못 드리겠지만 말이에요. 새들을 어떻게 사랑해야 옳은지 제가 잘 몰라서 그래요. 제가 모든 생명체들 앞에서 죄인인 것으로 하자고요. 그 대신 저는 모든 생명체들로부터 용서를 얻을 수 있잖아요. 그러면 그게 천국인 거죠. 저는 지금 천국에 와 있는 거예요. 안 그런가요?"

그 밖에도 비슷한 많은 말들이 있었어요. 다 기억해낼 수 없고 다 묘사할 수 없을 정도로요. 기억나는 걸 말씀드린다면, 한번은 형이 방에 홀로 있을 때 저 혼자 형 방에 들어갔는데, 아직 주위가 밝은 저녁 시간이었어요. 넘어가는 중에 있던 해가 그 비스듬한 햇살로 방 전체를 밝히고 있었어요. 형이 저보고 자기한테 가까이 오라고 불렀어요. 다가갔더니 형은 양손으로 제 양어깨를 잡고 자비롭고 사랑에 찬 표정으로 제 얼굴을 들여다보면서 아무 말도 하지 않았어요. 계속 그렇게 1분쯤 쳐다보고만 있었어요. 그러다가 이랬어요. "자, 이젠 가서 놀아. 나 대신에 즐겁게 살아." 저는 형 방에서 나와서 놀러 나갔어요. 그 뒤로 세월이 흘렀을 때 저는 눈물을 흘리며 그 순간을 여러 번 기억하곤 했어요. 형이 자기 대신 살라고 하던 그 순간을요. 그 비슷한 놀랍고도 감동적인 말들을 형은 많이 했었어요. 물론 당시에 다 이해가 가는 말들은 아니었지만. 형은 부활절 뒤 셋째 주에 세상을 떴어요. 형은 말을 할 수 없는 상태가 됐지만 마지막 순간까지 의식을 계속 유지한 채 그대로 있었어요. 바라보는 표정도 밝았고, 기쁜 눈빛을 하고 있었어요. 눈으로 우리를 찾았고, 보고는 미소를 지으며 우리를 불렀어요. 우리 읍사람들도 형의 죽음에 대해서 알고 많이들 이야기를 나누었어요. 이 모든 것으로 그때 저는 마음의 감동을 받았어요. 비록 아주 크게라고는 할 수 없었지만요. 형 장례식 때 많이 울긴 했지만. 모든 것이 때가 되면 다시금 기억 속에서 살아나 진가를 발하게 돼 있어요. 실제로 그랬어요.

### ㄴ) 성경이 조시마 신부의 삶에서 갖는 의미

이제 저와 어머니만 남게 됐죠. 곧 마음 착한 지인들이 어머니에게 조언을 했어요. 이제 아들이 하나밖에 안 남았으니까, 그리고 우리가 가난한 집안이 아니고 돈이 좀 있으니까, 다른 사람들도 많이 그러듯이 아들을 페테르부르크로 보내지 그러냐고요. 훨씬 훌륭한 사람을 만들 수도 있는데 계속 여기에 두면 기회를 놓칠 거라고요. 그래서 어머니가 저를 페테르부르크 학생 군사 교련단[1]으로 데리고 가셨어요. 나중에 황제 근위대에 들어갈 수 있도록요. 어머니는 막내아들인 저랑 어떻게 떨어져 지내나 하고 오랫동안 망설이셨어요. 하지만 결국은 결심을 하셨어요. 물론 많이 우셨지만요. 제가 행복하게 살도록 해주는 게 더 중요하다고 생각을 하신 거죠. 결국 어머니가 결심을 하시고 저를 페테르부르크로 데리고 가신 이후에 저는 어머니를 더 이상 뵙지 못했어요. 3년 뒤에 어머니가 돌아가셨기 때문이에요. 그 3년을 계속 형과 저를 그리워하며 애태우며 보내셨어요. 제가 본가에서 갖고 나온 것은 소중한 기억밖에 없어요. 사람에게는 부모님 댁에서 보냈던 어린 시절의 추억보다 더 소중한 게 없어요. 그건 언제나 그래요. 심지어 가족 내에 사랑과 결속이 조금밖에 없었다고 해도요. 가족이 아무리 안 좋은 가족이었다 치더라도 추억은 소중하게 남을 수 있어요. 당사자의 마음이 소중한 것을 느낄 줄 알기만 한다면 말이에요. 제가 어머니와 같이 지냈던 집에 대한 추억 중에는 성경 속의 이야기와 관련된 것이 있어요. 어렸던 제가 아주 알고 싶어하던 부분이에요. 그때 저한테는 성경 이야기가 적혀 있는 책이 있었는데, 그림도 아주 잘 그려져 있었고, 제목은 '구약과 신약의 거룩한 이야기 104편'[2]이었어요. 저는 글도 그 책으로 배웠어요. 지금 그 책이 여기 제 책꽂이에 꽂혀 있어요. 소중한 추억으로 계속 간직하고 있어요. 제가 글을 깨우치기 전에 어떤 영적인 깨달음이 처음으로 찾아왔던 것을 기억해요. 만 여덟 살 됐을 때예요. 그때 어머니가 고난주간의 월요일에 저 혼자만(그때 형은 어디에 있었는지 기억이 안 나요) 성당 미사에 데리고 가셨어요. 아주 맑은 날이었어요. 지금 기억을 더듬으니 마치 눈앞에 바로 보이는 듯하네요. 향로에서 향 연기가 위쪽으로, 돔형 천장과 좁은 창을 향해 고요히 피어오르던 것,

신이 내려주시던 햇살이 교회로 흘러들어왔고, 그 햇살을 향해 향 연기가 오르면서 마치 햇살 속에서 녹아나듯 했던 것을 기억해요. 그걸 감동의 눈길로 쳐다보던 저는 난생처음으로 신의 말씀의 첫 씨앗을 의미 있게 마음속에 받아들였어요. 성당 가운데로 한 젊은이가 큰 책을 갖고 나왔어요. 워낙 커서, 아주 힘들게 들고 오는 것으로 보였어요. 젊은이는 책을 강대상 위에 펼쳐놓더니 읽기 시작했어요. 그때 저는 갑자기 난생처음으로 뭔가를 이해하게 되었어요. 신의 성당에서 사람들이 읽는 게 무엇인가를 말이에요. 우스 땅에 정직하고 경건한 사람이 있었는데, 그에게 소유물이 얼마나 있었고 낙타가 얼마나 있었고 양과 나귀가 얼마나 있었고 그의 아이들이 즐겁게 지냈는데 그는 아이들을 아주 사랑했기 때문에 아이들이 즐겁게 지내면서 죄를 지었을까 봐 신께 기도했어요. 그러다 악마가 신의 아들들과 함께 신께 올라와, 자기가 땅 전체를 따라서, 또 땅 밑으로도 다녀봤다고 주께 말했어요. 그러자 신께서 "네가 내 종 욥을 보았느냐?" 하고 악마에게 물으면서 당신의 위대하고 거룩한 종을 가리키며 악마에게 자랑을 했어요. 그러자 악마가 신의 말씀을 비웃으면서 말했어요. "그를 나한테 맡겨보시오. 그러면 그 당신의 종이 불평을 하고 당신의 이름을 저주하는 걸 보게 될 것이오." 그래서 신께서 그토록 사랑하는 자신의 의인을 악마에게 넘겨줬고, 악마는 그의 아이들과 가

축들을 죽이고 모든 재산을 마치 신의 번개로 흩뜨리듯 순식간에 흩뜨려버렸어요. 그러자 욥은 자기 옷을 찢고 땅에 엎어져 울부짖었어요. "내가 모태에서 알몸으로 나왔으니 또한 알몸으로 땅으로 돌아가리라. 주신 이도 신이시오 거두신 이도 신이시라. 신의 이름이 지금 이제부터 영원까지 찬송을 받으시리라!" 신부님들과 스승님들, 지금 제가 흘리는 눈물을 너그러이 보아주십시오. 제 어린 시절 전체가 눈앞에 그대로 떠올라, 지금 저는 그때 만 여덟 살짜리 어린 가슴으로 숨을 쉬었던 것처럼 숨을 쉬고 있으니까요. 그리고 그때와 마찬가지로 놀라움과 당혹함과 기쁨을 동시에 느끼고 있으니까요. 그리고 그때 바로 그 낙타들이 제 상상 속을 그리도 강렬하게 장악했고, 신과 이야기하던 사탄, 자신의 종을 파멸하도록 사탄에게 내준 신, 그리고 "당신께서 나를 벌하심에도 불구하고 당신의 이름이 찬송을 받으시기를!" 하고 외치는 신의 종이 얼마나 강하게 상상 속에서 그려졌는지요! 그 뒤 '나의 기도가 올바른 것이 되도록' 하는 조용하고 상쾌한 노래가 성당 안에 울려 퍼지고 다시금 성직자의 향로에서 향이 연기를 내고 무릎을 꿇고 하는 기도가 이어졌어요. 그때로부터, 심지어 어제도 그 거룩한 글을 눈물 없이는 읽지 못하겠더라고요. 위대하고 신비롭고 상상하기 어려운 것이 거기에 얼마나 많은지! 그 뒤 저는 비웃는 자들과 모독하는 자들의 거만한 말을 들었어요. "주께서 당신의 거룩한 자들 중 사랑하는 자를 어떻게 그렇게 악마로 하여금 장난을 치도록 내줄 수가 있었는가? 어떻게 그렇게 자식들을 빼앗고, 그에게는 병을 주어, 자기 상처의 고름을 질그릇 조각으로 걷어내게 할 수 있었는가? 그것이 무엇을 위한 것인가? 오로지 '나의 거룩한 자는 나를 위하여 이런 것도 참을 수 있다' 하고 사탄 앞에서 자랑을 하기 위해서가 아닌가?" 하지만 여기에 신비로움이 있다는 점이 위대한 거예요. 옆을 통과해 지나가는 세상 사람과 영원한 진리가 여기서 서로 맞닿아요. 세상의 진리 앞에서 영원한 진리의 작용이 이루어져요. 여기서 창조주는 창조를 행하던 처음의 날들에, "내가 창조한 것이 좋다"라는 찬미로서 각각의 날들을 마쳤던 것처럼, 욥을 보면서 다시금 자신의 피조물을 통해 자부하는 거예요. 그리고 욥은 주를 찬양하면서 주를 섬길 뿐만 아니라 주께서 창조하신 모든 피조물을 대대로 영원히 섬겨요. 바로 그럴 사명을 받았으니까요. 아, 이 얼마나 대단한 책이며 얼마나 대단한 교훈입니까! 이 성서라는 게 얼마나 대단한 책입니까! 이 책과 함께 인간에게 주어진 기적을 보십시오! 힘을 보십시오! 세상과 인간을 지으시고 바로 그 모든 것의 성격대로 모든 것에 영원히 이름을 주셨어요. 또한, 풀린 신비, 계시된 신비가 얼마나 많습니까! 신께서는 욥을 다시 원상 복구시키시고 다시 부를 주시고, 또한 여러 해가 흘렀을 때 새로운 아이들이 나타나게 되고 그는 아이들을 사랑해요. 전에 있던 그 아이들이 없는데, 그 아이들이 없어졌는데 어떻게 새 아이들을 사랑할 수가 있겠느냐고요? 전의 아이들을 계속 기억하면서 어떻게, 새 아이들이 아무리 귀엽다고 해도, 새 아이들과 더불어 어떻게 전처럼 완전히 행복할 수가 있겠느냐고요? 그럴 수 있어요. 옛 슬픔이 인간 삶의 위대한 신비에 의해 점점 고요한, 유순해진 기쁨으로 옮아가고요, 젊은 시절의 끓는 피 대신에 온유하고 명료한 노년이 찾아와요. 매일의 일출을 축복하게 되고, 나의 마음은 전처럼 태양을 노래하지만 이미 일몰을 더 사랑하게 돼요. 그 기다랗고 비스듬한 햇살을요. 그와 더불어 고요하고 온유하고 유순해진 추억들을, 축복된 긴 삶 전체에서 나오는 사랑스런 이미지들을 사랑하게 돼요. 그리고 이 모든 것 위에 신의 진리가 있어요. 잔잔한 감동을 주고 화해하는 마음을 가져다주고 모든 것을 용서해주는 신의 진리 말이에요. 제 삶이 끝나가요. 전 그걸 알고 있으며, 그 소리를 듣고 있어요. 하지만 저에게 남은 날들 하루하루 저는 느껴요. 제 지상에서의 삶이, 가까이 다가오는 영원한 미지의 새 삶과 맞닿는 것을. 그 새 삶에 대한 예감으로 저의 마음은 기뻐 뛰놀며 지성은 빛을 발하며 심장은 기쁘게 울어요. 동료 분들과 스승님들, 저는 많이 들어왔고, 이제 요즘 들어 특히 더 자주 듣게 되는데, 우리 나라 사제들이, 특히 시골 사제들이, 어딜 가나 자신들의 빈곤과 자신들이 받는 모욕에 대해 눈물을 흘리며 한탄하고, 자기들이 보수가 너무 적어서 이제 이미 사람들에게 성서를 해석해줄 수 없다며, 그러므로 루터교 사람들과 이교 신봉자들이 신자들을 빼앗으러 온다면, 빼앗든 말든 맘대로 하라고, "우리는 보수가 적어서 어쩔 수 없다"고 말하며, 심지어는 그런 입장을 서면상으로 출판까지 한다고 합니다. 제가 직접 그런 출판물을 읽은 적도 있습니다. 어쩌면 그럴 수가 있나요? 그분들이 그렇게도 소중히 여기시는 보수가 부디 현재보다 많아지길 바라는 바예요(그분들의 한탄이 이해가 가요). 하지만 말이야 바른 말이지, 만약 여기에 누구의 잘못이 있다면 그중 반은 우리의 잘못이에요. 왜냐하면 자기가 시간이 없고 언제나 일과 예배 때문에 고생이 많다는 사제의 말이 맞다 치더라도, 그래도 정말로 모든 시간이 다 그렇게 선점돼 있는 건 아닐 거 아닙니까? 일주일에 단 한 시간이라도 낼 수 있지 않겠습니까? 신에게 자기 생각을 바칠 시간 말이에요. 그리고 1년 내내 일이 있는 것도 아닙니다. 자기가 처한 공간에서 일주일에 한 번이나마 저녁때, 처음에는 아이들만이라도 모아보면, 그 소식을 들은 부모들도 오게 돼 있어요. 그런 일을 하려고 저택을 지을 필요까진 없잖아요? 그냥 자기가 사는 오두막집으로 불러도 돼요. 오는 사람들이 오두막집을 더럽히지 않을까 겁내지 마세요. 사람들이 그저 한 시간 정도만 와 있도록 하면 되거든요. 모인 사람들에게 그 책을 펼쳐서 읽기 시작하는 거예요. 무슨 현학적인 단어들 같은 건 쓰지 말고, 모인 사람들 앞에서 거만하게 굴 필요도 없어요. 유순하고 온유하게, 자기가 그 글을 모인 사람들에게 읽어준다는 점과 사람들이 그걸 듣고 이해한다는 점에 기뻐하면서, 이 말들을 사랑하면서 읽으세요. 평민들이 이해하지 못할 만한 말들을 설명하기 위해서 가끔씩 읽기를 멈출 필요는 있겠지만요. 걱정하지 마세요. 다 이해할 거예요. 정교적인 마음을 가진 이들은 다 이해할 거예요. 사람들에게 아브라함과 사라에 대한 이야기, 이삭과 레베카에 대한 이야기, 야곱이 라반에게 간 이야기, 야곱이 꿈에 여호와와 씨름하고 "이곳은 무서운 곳이다"라고 말한 이야기를 읽어주어 평민들의 경건한 마음을 감화할 수 있어요. 그들에게, 특히 아이들에게, 형들이 예언적인 꿈을 꾸는 위대한 예언자인 귀여운 어린 동생 요셉을 종으로 팔아넘기고 아버지한테 와서는 요셉의 피 묻은 옷을 보여주면서 짐승이 요셉을 찢어 죽였다고 한 이야기를 읽어주세요. 그 뒤 형들이 곡물을 구하러 이집트에 갔을 때, 요셉은 벌써 위대한 대신이 되어 있었고 형들은 그를 몰라봤고, 요셉은 형들을 괴롭히며 잘못을 들추고 동생 벤야민을 붙잡아두었는데 그게 다 사랑했기 때문이라고, "형들을 사랑해요. 사랑해서 괴롭히는 거예요" 그랬다고. 왜냐하면 그곳 뜨거운 광야 어딘가에서, 우물 옆에서 상인들에게 팔아넘겨질 때 자기가 울면서 형들에게 자기를 이국땅에 종으로 팔아넘기지 말아 달라고 애원했던 것을 일생 동안 계속 끊임없이 기억하고 있었는데 많은 세월이 흐르고서 형들을 보았을 때 형들을 다시금 한없이 사랑하게 되어, 그 사랑하는 마음에 그들을 괴롭힌 것이라고. 그러다가 형들을 놓아두고 와서 자기 마음속의 괴로움을 견디지 못하고 자기 침상에 엎어져 울었다고. 그 뒤 눈물을 닦고 환한 얼굴로 나와서 형들에게, "형님들, 나 요셉이에요! 형님들의 동생 요셉이요!" 하고 말했다고. 그다음에는 늙은 야곱이 자기의 사랑하는 아이가 아직 살아 있다는 것을 알고 기뻐서 고향을 버리고 이집트로 갔다는 것, 그래서 이국땅에서 죽음을 맞으며, 평생 동안 온유하고 조심스러운 자기의 마음속에 신비하게 간직하고 있던 말, 즉 그의 자손 중에서 유다의 지파로부터 세상의 위대한 희망이자 세상을 화해시키고 구원하는 자가 나올 것이라는 중요한 말을 영원히 남겼다는 대목을 읽어주세요. 신부님들, 스승님들, 오래전부터 이미 알고 계시는 것을, 오히려 저보다 백배는 더 일목요연하게 잘 설명하실 것을 제가 마치 어린아이가 하듯 설명하고 있는 것을 용서하시고 화내지 마시기 바랍니다. 제가 이런 이야기를 하는 것은 기뻐서입니다. 제가 눈물을 흘리는 것도 용서하시기 바랍니다. 제가 이 책을 너무 사랑해서 그렇습니다. 다른 사제들도 자기의 낭독하는 소리를 듣는 이들의 가슴이 떨리는 것을 보고 우셨으면 합니다. 작은 씨앗만 있으면 됩니다. 아주 작은 씨앗이요. 그 씨앗을 사제가 평범한 사람의 마음속에 던져 넣어서 그 씨앗이 죽지 않으면 그의 마음속에 평생 동안 살면서, 그 안의 암흑 가운데에, 그의 죄의 악취 가운데에 밝은 점으로, 위대한 메시지로 품어져 있을 것입니다. 그리고 많이 해석하고 가르칠 필요가 없습니다. 그냥 다 이해할 것입니다. 평범한 사람이 이해를 못 할 거라고 생각하세요? 이야기를 계속 읽어주세요. 아름다운 에스더, 오만한 와스티에 대한 감동적인 이야기를 읽어주세요. 아니면 큰 물고기 배 속의 요나 선지자에 대한 경탄할 만한 이야기를 읽어주세요. 주께서 하신 비유적 이야기들도 잊지 마세요. 특히 누가복음에 나와 있는 것들이요. 제가 그랬거든요. 그다음에 사도행전에 나오는 사울의 회개(이건 꼭 필요해요. 꼭이요!), 그리고 순교자전에 나오는 신의 사람 알렉세이의 생애, 또한 위대한 이들 중 가장 위대한 여인으로서 고난을 기쁨으로 받은, 신을 보았고 그리스도를 모시고 다니는 마리아의 생애라도 읽어주세요. 그러면 이 간단한 이야기들로 듣는 사람의 마음을 꿰뚫을 수 있을 거예요. 그걸 일주일에 한 시간만 하면 돼요. 아무리 보수가 적다고 해도 말이에요. 딱 한 시간이에요. 그러다 보면 스스로 알게 될 거예요. 우리 나라 사람들이 인정이 많고 감사할 줄 안다는 것을요. 100곱절로 사례할 거예요. 사제의 배려와 그 감동에 어린 말들을 기억하고 자진해서 사제의 밭갈이에 도움을 주고 살림살이에 도움을 주고, 뿐만 아니라 전보다 그를 더욱 존경하게 될 겁니다. 그러면 자연스럽게 보수가 늘어나게 되는 거죠. 이 일이라는 게 아주 소박해서 어떤 때는 비웃음을 살까 봐 이 일을 한다는 사실을 말하는 게 꺼려질 때도 있어요. 그러면서도 이 일만큼 옳은 일이 어디 있을까요? 신을 믿지 않는 사람은 신의 백성도 믿지 않겠죠. 신의 백성을 믿게 된 사람은 신의 성물도 보게 될 거예요. 비록 그전까진 그걸 전혀 믿지 않았었더라도 말이에요. 신의 백성과 다가오는 신의 영적 힘만이 고향 땅을 이탈한 우리 나라 무신론자들을 돌이킬 수 있어요. 그리고 예가 사용되지 않는 그리스도의 말씀이 어디 있나요? 신의 말씀 없이는 백성들은 멸망을 맞아요. 왜냐하면 마음이 신의 말씀을 갈구하고 온전히 잘 납득하기를 바라고 있으니까요. 제가 젊었을 때에는, 벌써 오래전의, 거의 40년은 지난 일인데, 저랑 안핌 신부님이 수도원 일에 쓰일 헌금을 걷기 위해 러시아 전국을 누빌 때 하루는 배가 다니는 큰 강의 강변에서 고기잡이하시는 분들과 함께 숙박하게 됐고, 한 단정해 보이는 젊은이가 우리 무리에 합류했어요. 농사에 종사하는, 적어도 만 열여덟은 먹은 것으로 보이는 젊은이였어요. 그 젊은이는 이튿날 밧줄을 써서 자기가 있는 곳으로 상선을 예인하려고 서둘러 채비하는 중이었어요. 제가 보니 그 청년은 눈빛이

유순하고 맑았어요. 7월의 청명한 밤은 고요하고 따뜻했고, 넓은 강 위로 김이 피어올라 신선함을 더했어요. 물고기만 조금씩 물을 튀길 뿐 새들은 소리를 죽여 주위가 고요하고 장중하니 모든 것이 신께 기도하는 것 같았어요. 저랑 이 젊은이만 잠을 안 자고 있었어요. 우리는 신이 지으신 이 세상의 아름다움과 신의 위대한 신비에 대하여 대화를 나누었어요. 풀 하나하나, 벌레 하나하나, 개미, 벌 등 모든 것이 지성을 가진 것도 아닌데 놀랄 만큼 자신의 길을 잘 알고 신의 신비를 증거하며 스스로 끊임없이 실행하고 있었어요. 제가 보니 이 젊은이가 마음이 동해서 저에게 자기 얘기를 다 했어요. 자기가 숲과 숲속의 새들을 좋아한다고요. 자기는 직업적으로 새를 잡는 사람이었기 때문에 새 하나하나의 울음소리를 이해했고 어떤 새든 유인해 잡을 줄 알았다고, 숲에서 새를 잡는 일보다 더 좋은 일을 자기는 알지 못하지만 사실 숲에선 모든 것이 좋다고 했어요. 저는 이렇게 대답했어요. "진실로 모든 것이 좋고 훌륭해요. 왜냐하면 모든 것이 진실이기 때문이에요. 말을 좀 보세요. 참 멋진 동물이잖아요. 사람과 친한 동물이고요. 혹은 소를 좀 보세요. 사람에게 먹을 것을 주고 일을 해주는, 순종적이고 묵묵히 생각에 잠긴 듯한 동물이에요. 그 표정을 좀 보세요. 얼마나 온유하며, 얼마나 사람에게 정이 들어 있는지요! 사람이 무자비하게 때릴 때도 많은데 말이에요. 얼마나 선량하고 얼마나 신뢰로 차 있는지요! 그 표정이 얼마나 아름다운지요! 그리고 소에게는 죄가 전혀 없다는 걸 생각하면 참 감동스럽지 않습니까? 인간만 빼고 모든 것이 완벽하고 죄가 없어요. 그래서 동물들한테는 인간한테보다 더 먼저 그리스도가 계세요." 그랬더니 그 젊은이가 묻더군요. "정말이에요? 동물들한테도 그리스도가 계세요?" 제가 그랬죠. "그렇지 않을 수가 없잖아요. 말씀은 모든 생명 있는 것들을 위한 것이며, 모든 피조물이, 나뭇잎 하나하나가 말씀을 갈구하며 신께 찬미를 돌리며, 자기도 모르게, 자신의 죄 없는 삶의 신비로 그리스도를 향하여 눈물을 흘리니까요. 저기 숲속에 곰이 돌아다녀요. 무섭고 위협적이고 난폭한 곰이지만 거기에 죄는 없어요." 그러면서 저는 그에게, 숲속의 작은 움막에서 구도의 길을 걷던 위대한 성인에게 곰이 찾아왔던 일[3]에 대해 이야기해줬어요. 이 위대한 성인이 곰을 불쌍히 여겨 겁을 내지 않고 곰 앞으로 나와 빵 한 조각을 주면서, "가거라. 그리스도가 너와 함께하신다" 했더니 이 맹수가 해치지 않고 겸손히 순종적으로 그곳을 떠났다는 얘기를요. 그랬더니 젊은이가 곰이 해치지 않고 그곳을 떠났다는 사실에, 또 그리스도가 곰과 함께하신다는 사실에 감동을 하고 말했어요. "아, 그 얼마나 좋은 일이에요! 신이 만드신 모든 것이 멋지고 신비로워요!" 그러고는 앉아서 고요히 달콤한 생각에 잠겼어요. 제가 보니 본질을 이해한 것 같았어요. 그 뒤 그는 제 옆에서 순박한 모습으로 새근새근 잠이 들었어요. 신께서 젊음을 축복하시기를 기원합니다! 저는 그 자리에서 잠들기 전에 그를 위해 기도를 올렸어요. "주여, 주의 사람들에게 평화와 빛을 내리소서!"

### ㄷ) 조시마 장로가 아직 속세에 있을 때 겪은
### 소년기와 청년기에 대한 추억, 결투에 대한 기억

페테르부르크 학생 군사 교련단에 저는 오래 있었습니다. 거의 8년을요. 거기서 새로 받은 인상들로 어렸을 적의 인상들 중 많은 것이 희미해지게 됐어요. 물론 잊은 것은 없지만요. 대신 새로운 습관을 많이 얻게 됐고, 새로운 견해도 갖게 됐어요. 결과적으로 저는 거의 괴상하고 야만적이고 잔혹한 존재로 변모되어버렸습니다. 세속적인 겉멋과 예절을 프랑스어와 함께 습득했어요. 우리 모두는 교련단에서 근무하던 군인들을 완벽한 짐승들로 여겼어요. 저도 역시요. 어쩌면 제가 가장 심하게 그랬는지도 몰라요. 왜냐하면 모든 동료들 중에서 제가 가장 감수성이 풍부했거든요. 우리가 장교가 되어 나왔을 때 우리는 우리 연대의 모욕당한 명예를 세우기 위해서라면 얼마든지 자신의 피를 흘릴 태세였지만, 실제로 명예가 뭔지는 우리들 중 거의 아무도 몰랐어요. 그런데 만약 제가 그걸 알게 됐더라면 당장 가장 먼저 비웃었을 거예요. 우리는 술 잘 마시는 거,

난폭한 행동, 만용에 가까운 당당한 기세를 거의 자랑으로 삼다시피 했어요. 우리가 본래 추접한 사람들이었다고는 못 하겠고, 다들 그냥 다 괜찮은 젊은이들이었지만, 그래도 추접한 행동을 할 때가 있었어요. 특히 제가요. 게다가 말입니다, 저한테 돈이 생겼거든요. 그래서 저는 쾌락을 위해서 살기 시작했어요. 젊은이에게 주어진 모든 정열을 지체 없이 다 쏟으면서요. 그런데 특기할 만한 점은 뭐였나 하면, 그때 제가 독서를 했다는 것, 그것도 독서에 아주 큰 흥미를 붙였었다는 거예요. 단, 그때 성경만은 거의 전혀 펼쳐보지 않았어요. 어딜 가든 항상 갖고 다니긴 했지만요. 나도 모르게 성경을 진짜 아주 소중히 여겼어요. "매일, 매시, 매달, 매년"[4] 소중히 여겼어요. 4년쯤 근무하고 났을 때 저는 드디어 우리 연대가 주둔하던 K읍에 가게 됐어요. 그 읍에는 사람도 많았고 사회가 변화무쌍했고 부유했고, 사람들이 손님들을 즐겨 맞는 유쾌한 분위기였어요. 어딜 가나 사람들이 잘 대접해주더라고요. 제가 또 어려서부터 성격이 쾌활했거든요. 게다가 제가 가난한 사람도 아니었고 말이에요. 그건 속세에서 중요하잖아요. 아무튼 그래서 그 일이 일어나게 됐어요. 그 뒤의 큰 변화를 가져다준 일이요. 저는 한 젊고 아리땁고 똑똑하고 멋있는 아가씨를 알게 되어 정이 들었어요. 성격이 밝고 단아한 아가씨였어요. 부모님도 존경받는 분들이셨고요. 부와 영향력과 권력을 가지신 분들로,

저에게 친절하게 잘해주셨어요. 그러다가 이런 생각이 들었어요. '이 여자가 나한테 마음을 두고 있지는 않을까?' 그런 꿈을 꿀 때면 마음이 불타올랐어요. 그런데 그 뒤 깨닫게 됐어요. 그녀를 그토록 사랑한 건 전혀 아니었다고. 단지 그녀의 똑똑함과 좋은 성격을 높이 평가한 것이라고. 그건 진짜 높이 평가할 수밖에 없었어요. 게다가 그때 그 여자에게 프러포즈를 한다는 것은 안 될 일이었어요. 젊은 시절에 혼자서 자유롭고 방탕하게 지내는 삶과 이별하는 게 힘들고 두려웠거든요. 게다가 돈까지 있겠다 말이에요. 전 그런 삶을 사랑했기에 그녀에게 절대 프러포즈는 하고 싶지 않았어요. 그렇게 제가 암시를 주었던 것도 사실이에요. 어쨌든 저는 결심을 좀 더 뒤로 미루자는 입장이었어요. 그런 참이었는데 이제 다른 군으로 두 달간 출장을 가야 하는 일이 생겼어요. 제가 두 달 뒤에 돌아왔더니 그 여자가 벌써 시집을 갔더라고요. 근교에 영지를 갖고 있는 부유한 지주한테요. 그 사람은 저보다 나이가 많았지만 아직 젊었고 수도와, 상류 사회에 연줄이 있었어요. 저는 그렇지 못했고요. 그 사람, 아주 친절한 사람이고 교육까지 잘 받은 사람이었어요. 저야 교육을 전혀 못 받았었고요. 아무튼 그 사건으로 저는 충격을 받고 심지어 머리가 이상해진 것 같기까지 했어요. 중요한 건, 제가 그때 알고 보니 이 젊은 지주는 이미 오래전부터 그녀의 약혼자였고, 제가 그 사람을 그 사람 집에 가서 자주 보기까지 했지만 자만심이 눈을 가렸었기 때문에 제가 그 둘의 관계를 전혀 눈치 못 챘던 거예요. 제가 화가 났던 주된 원인이 바로 그 점이었어요. 거의 모두가 알고 있는 사실을 어떻게 저 혼자만 몰랐을까요? 그래서 갑자기 도저히 참을 수 없는 분노를 느꼈어요. 저는 벌게진 얼굴로 기억을 떠올리기 시작했어요. 저의 사랑을 드러낸 셈이나 다름없는 말을 제가 얼마나 자주 그녀에게 해왔었는지. 그런데 그녀가 제 말을 막지 않았고, 또 그런 말을 하지 말아달라고도 부탁하지 않았단 말입니다. 그래서 제가 내린 결론은, 그런 말을 들으면서 그녀는 저를 비웃고 있었다는 것입니다. 그 뒤 물론 저는 생각을 가다듬고 기억을 더듬어봤습니다. 그랬더니 그녀는 나를 비웃는 게 아니었다는 생각이 들었습니다. 그와 반대로 그녀는 사랑이니 뭐니 하는 이야기가 나오면 농담으로 넘기면서 화제를 돌려왔습니다. 하지만 그때 왜 그랬는지 제가 그 내막을 알 리가 있었나요? 그래서 저는 복수심으로 불타게 됐습니다. 그 복수심과 분노가 저 자신에게 힘겨웠고 꺼림칙했다는 것을 기억하면서 놀라곤 합니다. 왜냐하면 저는 성격이 소탈해서 누군가에 대한 분노를 오랫동안 품고 있지 못하기 때문입니다. 그래서 저는 스스로에게 화를 마치 일부러 돋우려고 했습니다. 그러다 보니 내 자신이 형편없고 볼품없이 되더군요. 저는 알맞은 기회를 기다렸다가, 사람들이 많이 모인 곳에서 제 '경쟁자'에게 별안간 모욕을 주었어요. 본래의 것과 전혀 상관없는 다른 트집을 잡아서요. 당시 중요한 한 사건에 대한 그의 의견을 비웃은 거예요. 26년에 발생한 사건이었어요. 사람들이 그러는데, 제가 아주 기발하고 교묘하게 비웃었대요. 그 뒤 그에게 설명을 요구했고, 그가 설명할 때 제가 더없이 무례하게 행동했기 때문에 그는 저의 도전을 받아들이기로 했어요. 자기와 저 사이의 커다란 차이에도 불구하고 말이에요. 저는 그보다 나이가 적었고 미미했고 계급도 낮았거든요. 나중에 저는 이미 확실히 알게 됐어요. 그가 도전을 받아들인 것 역시 나에 대한 질투심 때문이라는 것을요. 전에도 그는 저한테 질투를 해왔어요. 조금씩요. 자기 아내 때문에요. 아내가 아직 약혼녀였을 때부터 말이에요. 이제 그는 자기가 나에게서 모욕을 당했는데 결투를 신청할 용기를 못 냈다는 것을 아내가 알게 되면 자기를 경멸하게 되고 아내의 사랑이 흔들리게 될지도 모른다고 생각했어요. 입회인은 제가 금방 찾았어요. 동료이자 우리 연대의 중위였어요. 당시 결투는 엄히 금해졌지만, 그래도 군인들 사이에서 결투는 하나의 유행이었어요. 야만적인 짓이 커지다 보면 편견으로 굳어지기도 하는 법이에요. 6월이 끝나가는 시점이었는데, 이제 우리의 대면이 내일로 다가온 거예요. 읍 변방에서 아침 7시에요. 결국 어떤 숙명적인 일이 진짜로 저에게서 일어나게 된 거죠. 저녁에 사나운 감정과 추한 꼴로 집에 돌아와서 저는 졸병 아파나시에게 화를 내면서 그의 얼굴을 있는 힘껏 두 번 때려서 피를 냈어요. 그는 제 밑에 있은 지 오래되지 않았었고, 전에도 그를 때린 적은 있었지만 그 정도로 짐승처럼 잔인하게 때린 적은 없었어요. 그런데 말이에요. 믿으실지 모르겠지만 그 뒤로 40년이 지났는데, 지금도 그 일을 기억하면 창피하고 양심에 가책이 돼요. 저는 잠자리에 들어 세 시간 정도 자고 눈을 떠보니 벌써 하루가 시작되고 있었어요. 저는 후닥닥 자리에서 일어났어요. 잠은 더 이상 오지 않았어요. 창문으로 가서 창문을 열었어요. 창밖은 정원이었어요. 해가 떠오르고 있었는데, 따뜻하고 아름다웠어요. 새들이 지저귀기 시작했어요. 이런 생각이 나더라고요. '아, 이게 뭔가? 마음속에 무언가 수치스럽고 저속한 것이 느껴진다. 피를 보러 가야 하기 때문인가? 아니다. 그래서 그런 것 같지는 않다. 죽음이 두렵기 때문이 아닌가? 남의 손에 죽는 게? 아니다. 절대 그래서 그런 게 아니다.' 그러다가 갑자기 깨달았어요. 왜 그런 건지를요. 제가 어제 저녁 아파나시를 때렸기 때문이었어요. 갑자기 모든 것이 다시금 눈앞에 나타났어요. 마치 새롭게 재현되는 양 말이에요. 아파나시가 앞에 서 있고, 저는 팔을 휘둘러 그의 얼굴을 때리는 거예요. 그는 양팔을 바지 재봉 선에 붙이고 서 있고요. 머리는 똑바로 들고, 눈은 선봉에 선 듯 부릅뜨고, 매번 맞을 때마다 흠칫 몸을 떨 뿐 감히 손을 쳐들어 막지는 못해요. 사람이라는 게 어쩌다 이 지경이 됐나요? 사람이 사람을 때리다니요! 이런 큰 죄가 있을 수 있나요? 마치 뾰족한 바늘이 내 마음속을 뚫고 지나간 것 같았어요. 저는 멍해져서 서 있었어요. 햇빛은 비추고 나뭇잎들은 반짝이며 환희를 발하고 새들은……, 새들은 신을 찬송했어요. 저는 양손으로 얼굴을 가렸어요. 침상에 엎어져서 목 놓아 울었어요. 그때 저는 제 형 마르켈과, 그가 죽기 전 하인들에게 "좋으신 분들, 소중하신 분들, 내가 한 일이 뭐 있다고 저한테 그렇게 시중을 드시는 거예요? 제가 시중 들 만한 가치는 있는 사람인가요?"라고 말한 게 생각났어요. '그래, 내가 가치가 있는가?' 하는 생각이 머릿속에 갑자기 떠올랐어요. 말이야 바른 말이지, 다른 사람이, 나랑 똑같이 신의 형상을 따라 신의 모양대로 지음받은 다른 사람이 나를 섬길 만큼 내가 가치가 있는 사람인가요? 그때 난생처음 이 질문이 머릿속을 찌르고 들어왔어요. '어머니, 나의 소중한 어머니, 진짜로 각 사람이 다른 모든 사람들을 대신하여 다른 모든 사람들 앞에 죄가 있어요. 단지 사람들은 그 사실을 모르는 거예요. 만약 알기만 한다면 지금이 천국일 거예요.' 저는 울면서 생각했어요. '아, 정말 그것이 맞지 않은가? 진실로 내가 모든 사람들을 대신하여 다른 누구보다도 죄가 더 많은 것이 사실이고, 이 세상의 어떤 이보다도 더 나쁜 사람인 것이 맞지 않은가?' 그러자 저의 앞에 모든 진리가 열렸어요. 제가 온통 개안을 하면서 말입니다. '내가 지금 무엇을 하러 가려 하는가? 착하고 똑똑하고 고귀한, 나에게 아무 죄도 없는 한 사람을 죽이러 가려 한다. 그 부인 역시 영원히 행복을 빼앗아 괴로움에 죽게 하려 하는 것이다.' 저는 얼굴을 베개에 박고 침상에 엎드려 있으면서, 시간이 가는 것도 눈치채지 못했어요. 갑자기 제 동료가, 그 중위가 저를 데리러 들어왔어요. 권총을 들고서요. 들어와서 이렇게 말하는 거예요. "아, 마침 벌써 일어나 있었네. 갈 시간이야. 가자." 저는 완전히 당황하여 허둥지둥하기 시작했어요. 어쨌든 우리는 마차를 타기 위해 밖으로 나왔어요. 그때 제가 이랬죠. "여기서 잠깐만 기다려. 금방 갔다 올게. 지갑을 안 갖고 왔어." 그 말을 하고 혼자서 집에 도로 들어와 곧장 아파나시가 있는 작은 방으로 가서 말했어요. "아파나시, 내가 어제 자네 얼굴을 두 번 때렸지? 용서해줘." 그가 겁을 먹은 양 깜짝 놀랐어요. 가만히 보니 그 말 가지고는 부족한 거 같았어요. 그래서 그 옷차림 그대로, 견장을 다 단 상태에서, 아파나시의 발 앞에 털버덕 엎어져 이마를 땅에 대고 말했어요. "나를 용서해줘!" 그러자 그가 이제 완전히 넋이 나갔어요. "중위님, 도대체 왜……, 저한테 그러실 가치가……." 그러다 갑자기 울음을 터뜨리더라고요. 조금 전에 제가 그랬던 것처럼 양손으로 얼굴을 가리고 창문 쪽으로 몸을 돌려 흐느껴 울더라고요. 저는 동료한테로 달려가 마차 안으로 뛰어 들어가, "몰아" 하고 소리치고는, "승자가 보이나? 지금 자네가 보고 있는 자가 승자야" 그랬어요. 제 마음속에 기쁨이 가득해서 가는 동안 내내 껄껄 웃으면서 계속 수다를 떨었어요. 무슨 말을 했는지도 모르겠어요. 그가 날 보고 말하더군요. "자네 참 자신 있어 보이는구먼. 군복이 무색하지 않을 모양일세." 결국 우리는 약속 장소에 왔어요. 그쪽 편은 벌써 와서 우리를 기다리고 있더라고요. 우리는 열두 발짝 간격을 두고 서로 마주보고 서게 됐어요. 그 사람이 먼저 쏘는 거였어요. 저는 그 사람을 정면으로 바라보며 눈 하나 깜짝하지 않고 유쾌한 모습으로 서 있었어요. 그 사람을 사랑하는 마음으로 자신 있게 바라보았어요. 그 사람이 총을 쏘았는데 내 뺨이 약간 찰과상을 입었고 귀를 좀 다쳤어요. 저는 소리쳤죠. "살인을 안 하셔서 다행입니다!" 그리곤 제 권총을 집어 뒤로 돌아 높이 위로 던져 숲속으로 날려 보내면서, "네가 갈 곳은 저기다!" 그랬어요. 그리곤 도로 뒤로 돌아 저의 상대를 향해, "자비로우신 선생님, 이 애송이가 생각이 짧았던 것을 용서해주세요. 선생님을 화나게 하고 저에게 총을 겨누실 수밖에 없게 한 것 저의 잘못입니다. 제가 선생님보다 열 배는 더 나쁩니다. 아닙니다, 그보다 더 나쁩니다. 이 세상에서 가장 우러러보시는 그 여성분께 그렇게 전해주시길 바랍니다." 제가 이 말을 마치자마자 세 사람이 입을 모아 소리쳤어요. 특히 저의 상대는 심지어 화를 내면서 이랬어요. "잠깐만요! 결투를 안 하실 생각이었다면 신청은 왜 하신 거예요?" 제가 그에게 이랬죠. "어제는 제가 어리석었는데 오늘은 좀 똑똑해져서요." 그렇게 유쾌하게 대답했어요. 그러자 그가 이러더군요. "어제에 대한 말씀은 맞습니다. 하지만 오늘에 대한 말씀에는 동의하기 어렵네요." 제가 손뼉을 치면서 이랬죠. "말씀 한번 잘하셨습니다! 그 말씀에 저 동감입니다. 제가 그런 말을 들을 짓을 했으니까요." "그래서 총을 쏘시겠다는 겁니까, 안 쏘시겠다는 겁니까?" "안 쏠 겁니다. 선생님께선 만약 원하신다면 다시 한번 쏘십시오. 물론 안 쏘시는 게 나으실 테지만요." 그러자 입회인들이, 특히 제 입회인이 소리치더군요. "결투를 하러 나와서 용서를 빌다니! 어떻게 연대에 창피를 줄 수 있나? 정말 알 수가 없군!" 저는 그들 앞에 서서 이미 웃음을 거두고 말했어요. "여러분, 정말 지금이 자기의 어리석었음을 후회하고 자기 잘못을 공개적으로 깨우치는 사람을 만나보기가 그렇게 어려운 시대인가요?" 그러자 저의 입회인이, "누가 결투를 하러 나와서 그런단 말인가?" 하고 소리치더라고요. 그래서 제가 말했어요. "보시다시피 내가 그래요. 여러분들이 의아해하는 게 이해는 가요. 만일 용서를 구할 거였다면 이 자리에 오자마자, 상대측이 총을 쏘기 전에 그랬어야 된다는 이야기죠? 그래야 상대편으로 하여금 큰 죄를 짓지 않게 할 수 있고 말이죠. 하지만 우리가 만들어놓은 우리 삶의 이치상 안타깝게도, 그렇게 행동하는 것은 거의 불가능해요. 왜냐하면 내가 상대편이 열두 발짝 떨어진 거리에서 총을 쏘는 것을 스스로 감수하고 난 뒤에야 나의 말이 상대편에게 어느 정도 먹혀들어갈 수 있는 거지, 만약 상대편이 총을 쏘기 전에, 즉 이곳에 오자마자 내가 그 말을 했더라면, 단지 이렇게들 말할 거 아닙니까? '저런 겁쟁이! 권총을 보고 겁먹었구먼. 저런 놈의 말은 들을 필요도 없어요.' 어때요, 그렇지 않습니까?" 그 뒤 저는 진심을 다해 소리쳤어요. "여러분, 주위를 둘러보세요. 신의 선물들이 보이시죠? 맑은 하늘, 청결한 공기, 부드러운 풀, 새들, 죄 없이 깨끗한 아름다운 자연……. 오로지 우리만, 우리만 신을 떠나 행동하려고 하고, 어리석어서, 우리의 삶이 천국이라는 것을 알지 못해요. 만약 우리가 그걸 알려고 하기만 한다면 천국은 당장 그 아름다운 자태를 우리 앞에 드러낼 테고, 우리는 서로 끌어안고 눈물을 흘릴 거예요." 전 말을 계속하고 싶었지만 그럴 수가 없더군요. 너무 감동이 돼서요. 그 젊은 가슴을 사로잡는 잔잔한 감동 말이에요. 마음속에는 평생 느껴보지 못하던 그런 행복이 자리 잡았어요. 저의 상대가 이러더군요. "참 생각이 깊으시고 태도가 경건하시네요. 무엇이 어떻든 간에 댁은 독특하신 분이에요." 제가 웃으면서 말했죠. "지금은 비웃으실지 모르지만 나중에는 칭찬하시게 될걸요." 그러자 그가 이랬어요. "저는 지금도 칭찬할 수 있어요. 자, 제가 손을 내밀게요. 댁은 진짜로 진실한 사람인 거 같아서요." 제가 이렇게 말했어요. "아니에요. 지금은 그러실 필요 없어요. 나중에, 선생님께서 충분히 칭찬하실 만큼 제가 좀 더 나은 사람이 됐을 때 손을 내미신다면 잘하시는 게 될 거예요." 우리는 집으로 돌아왔어요. 제 입회인이 돌아오는 길 내내 욕을 했어요. 하지만 저는 입회인에게 입을 맞췄고요. 순식간에 모든 동료들 귀에 이 이야기가 들어갔고, 그들은 즉시, "군복의 명예를 더럽혔으니 자진해서 퇴역하라고 해" 하면서 저를 비판하려 들었어요. 저를 변호하는 사람들도 나타났어요. "그래도 자기한테 총을 쏠 때 그걸 견디며 서 있었다고 하잖아." "응. 하지만 다시 총을 맞게 될까 봐, 결투 장소에서 용서를 빌었다지 않아?" 그러자 변호하는 측은 이렇게 말했어요. "만약 총 맞게 될까 봐 두려워했다면 자기 총으로 먼저 상대를 쏘고 나서 그다음에 용서를 구했을 거야. 하지만 그는 장전된 자기 총을 숲에 던져버렸어. 그러니까 그의 행동이, 뭐랄까, 독특한 건 사실이야." 그런 이야기를 들으면서 사람들을 쳐다보니 저는 기분이 좋았어요. 저는 그 사람들에게 말했어요. "친절하신 여러분, 친구분들, 동료분들, 걱정하지 마세요. 저보고 퇴역 신청하라고 하시는데, 저 벌써 했어요. 신청 벌써 해놨어요. 오늘 아침에 사무실에다 신청했어요. 퇴역 허가를 받으면 저는 곧장 수도원으로 갈 거예요. 바로 그 목적으로 퇴역 신청하는 거예요." 제가 이 말을 하자마자 한 사람도 빠짐없이 모두들 폭소를 터뜨렸어요. 그리고 이러더라고요. "자네 차라리 맨 처음부터 그렇게 나오지 그랬나? 그래, 이젠 이해가 가네. 수도사한테 누가 감히 뭐라 그럴 수 있나?" 그러면서 계속 웃음을 그치질 못하는 거예요. 하지만 그 웃음이 비웃는 웃음이 아니고 친절한 동의의 웃음이었어요. 즐거운 웃음이요. 한순간에 모두가 저를 좋아하게 된 것 같았어요. 그동안 저를 아주 신랄하게 비판해오던 사람들까지요. 그 뒤 퇴역 허가가 나올 때까지 한 달 동안 저한테 "아유, 우리 수도사님" 하면서 마치 저를 신줏단지 모시듯 하더군요. 만나는 사람마다 저한테 친절한 말을 건네면서, 제 결심에 대해서 다시 한번 생각해보라고 충고하기도 하고, "그러면 자네 이제 어떻게 되는 거야?" 하면서 저를 불쌍히 여기는 태도마저 보이더라고요. 또 어떤 사람들은 저를 변호하면서, "뭘 그래? 이 사람은 용감해. 자기한테 총을 쏘는 것을 버젓이 견뎠고, 자기도 총을 쏠 수 있었는데 왜 안 쐈냐 하면 그 전날 밤에 꿈에서 수도사가 되라는 예시를 받았기 때문이야." 읍내 사회에서도 거의 마찬가지 일이 벌어졌어요. 전에는 사람들이 저에게 특별히 관심을 준 건 아니었고 그냥 반갑게 맞이하는 정도였는데, 이젠 갑자기 모두가 앞을 다투어 저를 알아보고 자기한테 오라고 했어요. 절 보고 소리 내어 웃으면서도 저를 좋아하는 것 같았어요. 그런데 우리가 치르려 했던 결투에 대해서 모두가 소문을 퍼뜨리고 있던 반면 지휘부에서는 더 이상 그 얘기를 왈가왈부하지 않으려 했어요. 왜냐하면 저의 결투 상대였던 그분이 우리 장군님의 가까운 친척이었는데, 피를 흘리는 일 없이 결투가 마치 장난처럼 끝났고 게다가 제가 퇴역 신청까지 했으므로, 이 사건을 진짜로 장난이었다고 처리하기로 한 거였어요. 그래서 저는 겁내지 않고 그 일에 대해 자유롭게 말하기 시작했어요. 사람들이 저를 보고 웃는 게 사실이었지만 악의가 아닌 친절과 동의에서 비롯된 웃음이었으니까요. 그 사건을 둘러싼 모든 이야기들이 특히 저녁때, 주위에 여자들이 있는 상황에서 오가기 시작했어요. 그때 여자들이 제 얘기를 듣는 걸 더욱 좋아하게 됐고 남자들한테마저 저의 얘기를 들으라고 했어요. 결국 만나는 사람마다 저를 쳐다보며 웃으며 얘기하더군요. "아니, 그러니까 내가 다른 사람들을 다 대신해서 죄를 짊어진다는 말이에요? 어떻게 그래요? 네? 예를 들어 내가 당신을 대신해서 죄인일 수 있는 거예요?" 그러면 저는 대답했죠. "여러분이 어찌 이를 알 수 있겠어요? 온 세상이 이미 오래전부터 딴 길로 가기 시작했고 순전한 거짓을 진리로 여기면서 다른 사람들한테서도 그런 거짓을 요구하는 이때에 말이에요? 제가 딱 결심을 하고 진실하게 행동했더니 여러분 모두에게 괴짜로 보이기 시작했잖아요? 여러분이 저를 마음에 들어하실진 몰라도, 그래도 저를 보면 웃음이 나오시잖아요?" 거기 사람들이 많이 모여 있었는데, 여주인이 깔깔 웃으면서 이러는 거예요. "당신 같은 사람이 마음에 안 들리가 있나요?" 그런데 제가 문득 보니까, 여자들 무리 가운데서 바로 그 젊은 여자가 일어나는 거예요. 저로 하여금 결투를 신청하게까지 만들었던 그 여자, 제가 얼마 전까지만 해도 제 약혼녀로 예정해두었던 바로 그 여자가 말이에요. 저는 그 여자가 이 저녁 모임에 온 줄 모르고 있었어요. 그 여자가 일어나더니 가까이 와서 손을 내밀면서 말했어요. "제 말을 좀 들어주시겠어요? 저는 당신을 보고 웃지 않아요. 그 반대로 눈물을 흘리며 감사하고, 그때 하신 행동에 대해 존경을 표해요." 그녀의 남편도 다가왔어요. 그 뒤 갑자기 모든 사람들이 다가오기 시작했어요. 입을 맞추려 들기까지 하더군요. 저는 아주 기분이 좋아졌어요. 하지만 그때 가장 제 눈에 띈 한 분이 계셨는데, 벌써 연세가 꽤 드신 분이셨어요. 그분 역시 다가오셨고요. 제가 그분 성함을 알고는 있었지만 서로 아는 사이는 아니었고, 그날 저녁 전까지는 저랑 한마디도 나눈 적이 없는 분이셨어요.

### ㄹ) 비밀에 싸인 방문자

그분이 우리 읍에서 근무하게 된 지는 이미 오래됐었어요.

중요한 자리를 차지하고 계셨고, 모든 사람들에게서 존경을 받는 분이셨고, 재산이 많으셨고, 자선 사업을 하는 것으로도 유명하셨어요. 양로원과 고아원에 큰 자금을 희사하셨고, 그 밖에도 남들에게 알리지 않고 많은 좋은 일들을 하셨어요. 그런 일들이 나중에 그분이 돌아가시고 나서 밝혀졌어요. 연세는 쉰쯤 되셨고 근엄한 모습이셨고 말수가 적으셨어요. 결혼하신 지는 10년이 채 안 됐고 사모님은 젊은 분으로 아직 어린 자녀들을 셋 두셨어요. 이튿날 제가 집에 있는데 갑자기 문이 열리더니 바로 그분이 들어오시는 거예요.

그때 저는 먼저 살던 집에 살지 않았고, 퇴역 신청을 하자마자 다른 집으로 이사를 했어요. 한 관리의 미망인으로 하인들과 함께 살고 계셨던 연세 드신 아주머니한테서 집을 임차한 거예요. 제가 새 집으로 이사 온 이유는, 결투 장소에서 돌아온 그날로 제가 아파나시를 도로 중대로 보냈기 때문이에요. 왜냐하면 제가 그에게로 그렇게 행동하고 나서 그의 얼굴을 쳐다보기가 창피했기 때문이에요. 경험 부족한 속인이었던 저로서는 창피해하는 기질이 그토록 심했어요.

저를 찾아온 그분이 말씀하셨어요. "저는 벌써 며칠 동안 여러 집들에서 귀하의 이야기를 관심 있게 들어왔습니다. 그래서 개인적으로 아는 사이가 되고 싶었습니다. 귀하에게서 좀 더 자세한 이야기를 들어보려고 말입니다. 저한테 자세한 이야기를 해주실 수 있겠습니까?" 저는, "네. 기꺼이 해드리고 말고요. 저로서 큰 영광입니다" 그랬죠. 그렇게 말하면서 사실은 제가 놀라서 겁을 먹다시피 했어요. 사람들이 아무리 제 이야기를 흥미롭게 들었다고 해도, 그분만큼 진지하고 엄숙한 태도로 직접 집으로 찾아오기까지 한 사람은 여태까지 없었기 때문이에요. 그분은 앉아서 말씀을 계속하셨어요. "귀하는 강한 성품을 가지신 것 같습니다. 위험까지 무릅써가며 진실에 충실하기를 마다하지 않으신 것으로 보아 말입니다. 자신하시는 진리를 위해서 모든 사람들에게서 받을 조롱을 마다않고 감수하셨습니다." 저는 이렇게 말했어요. "선생님께서는 아주 과장해서 저를 칭찬하시는 것 같습니다." 그러니까 그분이 말씀하셨어요. "아닙니다. 과장하는 게 아닙니다. 믿어주세요. 그런 행동을 한다는 것은 귀하가 생각하시는 것보다 더 어렵습니다. 저는 바로 그 행동 때문에 놀랐고, 바로 그래서 귀하를 찾아온 겁니다. 무례하게 보일지도 모르는 저의 호기심을 꺼리지 않으신다면, 결투 자리에서 용서를 구하기로 결심하신 그 순간에 구체적으로 어떤 느낌이셨는지를 설명해주실 수 있겠습니까? 기억하신다면 말입니다. 저의 질문을 경박하다고 생각하지 말아주시기 바랍니다. 이런 질문을 드리는 것은 저 나름대로의 목적이 있기 때문입니다. 그 목적에 대해서는 아마 나중에 설명드리게 될 겁니다. 귀하와 제가 더 가까워지는 것이 신의 의지에 합당하다면 말입니다."

그분이 그 말을 하고 있을 동안 저는 그분의 얼굴을 정면으로 바라보다가 갑자기 그분이 저를 매우 신뢰하고 있다고 느꼈어요. 또 제가 판단하기에 보통 이상의 호기심을 갖고 계시다고도요. 그분의 마음속에 무언가 자기만의 비밀이 있는 것 같았어요.

"제가 결투 상대에게 용서를 구하던 순간 구체적으로 느낀 게 무엇이었는지를 물어보셨지만, 차라리 맨 처음부터 이야기해드릴게요. 다른 사람들에겐 아직 하지 않은 이야기요" 하면서 저는 아파나시와의 관계에서 일어난 일과 제가 아파나시에게 이마가 땅에 닿도록 절을 한 일을 다 이야기해드렸어요. 그러고는 말했어요. "이 얘길 들으셨으니 이해가 가실 거예요. 결투 장소에 가서 저는 마음이 편했어요. 왜냐하면 제가 그 길로 들어선 것은 이미 집에서부터였으니까요. 그리고 이미 들어선 이상, 나머지는 어렵지 않게 진행됐을뿐더러, 제가 참 기쁘고 즐겁기까지 했어요."

그분은 다 듣고 나서 저를 느긋하게 보시면서 이러시는 거예요. "그거 참 아주 흥미 있는 얘기로군요. 제가 또 들르겠습니다." 그래서 그 뒤로 거의 매일 저녁 제 집에 오시게 됐어요. 그러니 만일 그분이 자기 얘기를 해주셨더라면 우리는 아주 친해졌을 거예요. 그러나 자기 얘기는 그분이 한마디도 안 하셨어요. 계속 제 얘기만 물어보셨고요. 하지만 저는 그분을 아주 좋아하게 됐고 완전히 신뢰했어요. 왜냐하면, '내가 이분의 비밀을 굳이 뭐 하러 알려고 하나? 그냥 보아도 의로운 분인 걸 알겠는데' 하고 생각했기 때문이에요. 게다가 태도가 아주 진지하시고 연세도 저보다 훨씬 많으신데도 젊은 저를 꺼리지 않으시고 집까지 찾아오시니 말이에요. 저는 그분에게서 많은 유익한 것을 배웠어요. 지성이 대단하신 분이셨거든요. 그분이 문득 말씀하셨어요. "삶이 천국이란 것에 대해선 저도 오래전부터 생각하고 있었습니다." 그러더니 덧붙이셨어요. "사실 계속 그 생각만 하고 있었습니다." 그러면서 저를 보고 미소를 지으시는 거예요. 그리고 또 이렇게 말씀하시더라고요. "천국이란 우리들 각 사람 속에 숨어 있어요. 저의 속에도 역시 말입니다. 제가 원하기만 하면 내일 바로 저한테 천국이 도래하여 실지로 평생 동안 존재할 것입니다." 제가 보니 감동에 젖어 말씀하시면서 뭔가 숨은 뜻이 있는 듯한 표정으로 저를 바라보셨어요. 마치 저의 반응을 기다리는 듯. 그러다가 말씀을 계속하셨어요. "각 사람이 자기 죄 말고도 모든 사람들을 대신하고 모든 것을 대신해서 죄가 있다는 데에 대해서 귀하께선 아주 올바르게 말씀하셨습니다. 그런 생각을 단번에 해내실 수 있었다는 게 놀랍습니다. 그리고 사람들이 그 생각을 이해하게 될 때 사람들에게 하늘 왕국이 꿈속에서가 아니라 현실로 도래할 거라는 건 정말로 옳은 말입니다." 그때 제가 비애에 차서 외쳤어요. "그런데 그게 도래하고 나면 언젠가 또다시 도래할까요? 또다시 도래할 거라는 건 꿈에 불과한 게 아닐까요?" 그러자 그분이 말씀하셨어요. "이제 보니 귀하께서도 이미 안 믿으시는군요. 그 생각을 남들에게 전도하시면서 스스로는 안 믿으시네요. 귀하께서 꿈이라고 하신 것처럼, 이 꿈은 말입니다, 이루어집니다. 그걸 믿으세요. 하지만 지금 믿으시라는 건 아닙니다. 왜냐하면 모든 작용에는 나름대로의 법칙이 있기 때문입니다. 이 일은 마음과 관련된, 심리와 관련된 일입니다. 세상을 새로 개편하려면 사람들 스스로가 심리적으로 다른 길로 돌아서야 하는 겁니다. 실제로 각 사람을 형제처럼 대하기 전에는 형제의 우애가 있을 수 없는 겁니다. 사람들이 과학에만 의지하고 돈에만 의지한다면 절대로 자신의 재산과 자신의 권리를 가뿐한 마음으로 나누어줄 수 없습니다. 각 사람에게는 어차피 모든 것이 부족합니다. 그래서 모두가 불만스러워하고 남들을 시기하고 서로를 없애려 할 것입니다. 귀하께서는 하늘 왕국이 언제 이루어지냐고 물으시는데, 이루어집니다. 단 그전에 사람의 고립 기간이 끝나야 합니다." "무슨 고립이요?" 하고 제가 물었어요. "지금 어디에서나 성행하고 있는 그런 고립을 말하는 겁니다. 특히 우리가 사는 이 시대에 말입니다. 하지만 완전히 끝나지는 않았고, 아직 종료 시기가 안 왔습니다. 왜냐하면 지금 각 사람이 자신의 존재를 가능하면 더 드러나 보이게 하려 하고 삶의 풍부함을 빠짐없이 몸소 경험해보려고 하는데, 사실은 각 사람이 쏟아붓는 노력을 통해 나오는 것은 삶의 풍부함 대신에 순수한 자멸입니다. 왜냐하면 사람들은 자기 존재 확립에 이르는 대신에 고립으로 빠져들기 때문입니다. 왜냐하면 우리 시대에 모든 것이 각각의 것으로 나뉘었기 때문입니다. 각자가 자신의 굴에 들어가 은둔하고, 각자가 타인에게서 멀어지고 숨고 자기가 가진 것을 숨기다 보니, 결국 각자가 다른 사람들에게서 동떨어져 나오고 각자가 다른 사람들을 자기한테서 밀쳐내는 꼴이 되어버립니다. 동떨어져서 혼자 부를 축적하면서, '이제 내가 얼마나 강하고 든든하냐!' 하고 생각합니다. 그런데 사람은 어리석어서, 더 많이 축적하면 더 많이 축적할수록 자살로 이끄는 무력으로 빠져든다는 사실을 모릅니다. 왜냐하면 그는 전체로부터 떨어져 나와 독불장군 격이 되었으므로 자기 하나에만 희망을 거는 데에 익숙해져 있고, 사람들의 도움을 믿지 말고 사람들을 믿지 말고 인류를 믿지 말라고 자기 암시를 해놓았으며, 그저 자기 돈과 자기가 얻어놓은 권리가 없어질까 봐 벌벌 떨기만 하기 때문입니다. 오늘날 도처에서 인간의 지성은, 자기 존재의 진정한 확립은 자기 혼자 하는 개인적 노력에 있는 것이 아니라 사람들과 하나로 뭉치는 데에 있다는 사실을 비웃기만 하고 이해하려 들지 않습니다. 하지만 이 섬뜩한 고립에도 종말이 오면 모든 사람들이 단번에 깨닫겠지요. 자기들 각자가 얼마나 부자연스럽게 다른 사람들에게서 떨어져 나왔는지를 말입니다. 시대의 사조가 그런 것이 될 겁니다. 그래서 자기들이 그리 오래 몽매 속에 있으면서 빛을 보지 못했음을 놀라워할 겁니다. 바로 그때 인자의 징조가 하늘에서 보일 겁니다.[5] 그러나 그전까지는 징조를 소중히 여기면서, 사람이 심지어 괴짜 취급을 받는 한이 있더라도 뭇 심령을 고립으로부터 빼내어 형제애로 가득 찬 교제를 행하도록 하기 위하여 가끔씩이나마 그 예를 보여줄 필요가 있습니다. 그런 소중한 상념마저 사라져서는 안 되니까요……."

이 같은 열렬하고 환희에 찬 대화 속에서 우리의 저녁 만남들이 계속되어갔어요. 저는 심지어 모임도 끊고 누구네 집을 방문하는 일도 훨씬 드물게 하게 됐어요. 어차피 사람들이 저에 대한 얘기를 열렬히 주고받던 유행도 이제 시들해져 있었고요. 그렇다고 사람들을 원망하느라고 하는 말이 아니에요. 왜냐하면 사람들은 계속 저를 좋아했고 유쾌한 태도로 대해줬으니까요. 하지만 사회에서 유행이 갖는 의미는 정말 크다는 걸 알아줘야 하겠더라고요. 한편 비밀에 싸인 방문자를 저는 결국 감탄스럽게 바라보게 됐는데, 왜냐하면 제가 그분의 지성에 감탄한 것은 그렇다고치고, 뿐만 아니라 그분이 어떤 숨은 의도를 품고 있으며 어떤 중대한 일을 준비하고 있을지도 모른다는 예감이 들었기 때문이에요. 어쩌면 겉으로는 그분의 비밀에 대해 관심을 안 두는 제 모습이 그분의 마음에 들었을 수도 있어요. 저는 그분의 비밀에 대해 직접 물어본 적도 없고 돌려서 슬쩍 물어본 적도 없거든요. 하지만 결국 저는 눈치채게 됐어요. 그분 스스로가 저한테 무언가를 펼쳐 보이고 싶은 마음으로 이미 애를 태우기 시작한 것 같다고요. 적어도 그분이 저의 집에 오기 시작한 지 한 달쯤 지났을 때부터 그 점이 아주 잘 보였어요. 어느 날 그분이 물었어요. "혹시 아시는지요, 읍내에서 우리 둘에 대해 사람들이 아주 관심을 가지기 시작했습니다. 제가 귀하게 이렇게 자주 다니는 것에 놀라고 있습니다. 하지만 괜찮습니다. 어차피 조금 있으면 다 설명이 될 테니까요." 종종 그분은 심하게 흥분을 하시기도 했는데, 그럴 때면 거의 매번 일어나서 자리를 뜨곤 했어요. 가끔씩은 오랫동안 저를 뚫어져라 바라보시기도 했어요. 그때 저는 '지금 무슨 말을 하려고 하는가 보다' 하고 생각하곤 했죠. 그런데 그분은 돌연 태도를 바꾸면서 그 뻔하고 일상적인 말씀을 하시는 거예요. 또 머리가 아프다고 자주 말씀하시게 됐어요. 그러다가 하루는 정말 예상 외로, 오랫동안 열정적으로 이야기를 한 뒤에 갑자기 얼굴이 창백해지시는 거예요. 표정이 아주 일그러지시면서 말이에요. 그러다가 스스로 저를 빤히 쳐다보시는 거예요.

"왜 그러세요? 어디가 아프세요?"

그분이 머리가 아프신 줄 알고 제가 물었어요.

"제가……, 저기, 말입니다……, 제가…… 사람을 죽였어요."

그렇게 말하고 나서 그분은 미소를 지었어요. 얼굴은 백짓장처럼 하얗게 되어서요. '왜 미소를 띠는 거지?' 하는 생각이 갑자기 심장을 뚫고 들어왔어요. 제가 다른 무슨 생각을 하기 전에 맨 처음에 든 생각이 그거였어요. 저도 역시 얼굴이 하얘졌어요.

"그게 무슨 말씀이세요?" 하고 소리 질렀어요.

그러자 그분이 창백한 웃음을 계속 유지한 채 말했어요.

"아실지 모르겠지만, 제가 이 첫마디를 떼기 위해 얼마나 힘이 들었는데요! 결국 말을 했으니, 이제 길로 들어선 거 같네요. 그럼 길을 가야죠."

저는 그분의 말씀을 오랫동안 믿지 못하겠더라고요. 결국 믿게 된 것도 단번에 믿게 된 게 아니에요. 그분이 사흘에 걸쳐 자세한 내막을 다 얘기해주셨을 때에야 비로소 믿었어요. 한동안 그분이 미치지 않았나 하고 생각했었어요. 하지만 결국 믿게 됐어요. 정말 놀랐고 마음이 아팠어요. 그분은 무서운 큰 죄를 지으셨던 거예요. 그때로부터 14년 전에 한 부유한 여자분을 대상으로 말이에요. 여자분은 젊고 아름다운 지주 미망인이었어요. 우리 읍에 집을 갖고 있어서, 타지에서 우리 읍으로 종종 오곤 했어요. 남자분은 여자분에게 강한 사랑을 느끼고 사랑 고백을 했고, 자기에게 시집을 와달라고 청하기 시작했어요. 그러나 여자분은 이미 다른 사람에게 마음을 준 상태였어요. 한 고명한 높은 군 관리인데 당시 원정을 가 있어서, 여자분은 기다리는 중이었어요. 남자분이 한 프러포즈를 여자분은 거절했고, 자기한테 오지 말라고 남자분한테 부탁했어요. 남자분은 여자분한테 다니기를 그만두었지만 여자분의 집을 알고 있었기 때문에 밤에 정원에서 지붕을 통해 집 안으로 들어갔어요. 들킬 위험을 무릅쓰고 매우 대담하게 들어간 거예요. 그런데 보통, 보통이 아닌 대담함을 가지고 행해지는 범행들은 그렇지 않은 범행들과 달리 성공하는 적이 아주 많아요. 지붕에 난 창을 통해 집의 다락으로 들어간 남자분은 여자분이 있는 쪽으로, 거실과 침실들이 있는 층으로 층계를 따라 내려갔어요. 층계 끝에 있는 문이 하인들의 부주의로 자물쇠로 잠기지 않을 때가 있다는 것을 알고서 말이에요. 바로 그런 부주의에 희망을 걸었는데 마침 그때 그런 부주의가 일어났어요. 방들이 있는 층으로 내려온 남자분은 어둠 속에서 여자분의 침실로 향했어요. 여자분의 침실에는 등이 켜져 있었어요. 그리고 공교롭게도, 여자분이 데리고 있던 식모 아가씨 둘이

다 허락도 받지 않고 근처에 위치한 집에서 열리는 명명일* 잔치에 간 상황이었어요. 나머지 남녀 하인들은 아래층에 있는 하인 방에서, 혹은 주방에서 잠들어 있었고요. 잠든 여자분을 본 남자분은 정욕이 솟구쳤어요. 그러나 그 뒤 질투로 인한 복수심에 사로잡혔어요. 그래서 남자분은 마치 술 취한 사람처럼 제정신을 잃고 다가가서 여자분 심장에다 정확히 칼을 꽂았어요. 그래서 여자분은 소리조차 못 질러봤어요. 남자분은 지독하게 교묘하게 하인들의 소행인 것처럼 꾸몄어요. 일부러 여자분의 지갑을 가져가는 일에까지 신경을 썼고, 베개 밑에서 꺼낸 열쇠들로 서랍장을 열고 몇몇 물건들을 챙겼어요. 마치 무식한 하인이 그런 양, 유가 증권은 놔두고 현금만 가져갔고, 금빛 나는 큼직한 물건들은 가져가고 그보다 열 배는 더 비싸지만 크기는 작은 물건들은 챙기지 않았어요. 그것 말고도 기억에 남길 만한 무언가를 챙겼는데, 나중에 말씀드리기로 하죠. 남자분은 이 끔찍한 일을 저지르고서, 들어왔던 바로 그 경로로 밖으로 나갔어요. 이튿날 소란이 터졌을 때에도, 이후에도, 그 누구라도 진짜 범인을 의심해본 적이 한 번도 없었어요. 게다가 남자분이 여자분에게 품었던 사랑에 대해서 아

---

\* 성인마다 일정한 날 축하를 행하며, 성인과 같은 이름을 가진 사람은 그날을 자기의 명명일이라 하여 잔치를 열곤 한다. - 역자 주

무도 몰랐어요. 왜냐하면 언제나 과묵하고 폐쇄적인 성격이었고, 자기 마음을 터놓고 이야기할 만한 친구가 없었기 때문이에요. 사람들은 남자분을 단지 피살자의 지인이라고만, 그것도 그리 가깝지도 않은 지인이라고만 생각했어요. 왜냐하면 최근 2주간 남자분은 여자분 집에 가지 않았기 때문이에요. 여자분의 하인으로서 농노 신분이었던 표트르가 곧바로 의심의 대상이 되었어요. 그가 한 짓이라는 확신이 가도록 상황들이 모두 맞아떨어졌어요. 왜냐하면 이 하인은 여주인이 자기를 군대에 보내려 한다는 걸 알고 있었거든요. 피살된 여자분이 자신의 의도를 그에게 숨기지 않았어요. 그가 가족이 없었으므로, 여자분 소유로 돼 있는 농민들 중 모병에 처해질 사람으로 적격이었고, 게다가 행동이 거칠기까지 했으니 말이에요. 그가 술집에서 술에 취해 화내면서 그 여자분을 죽이겠다고 으름장을 놓는 것을 사람들이 들었었단 말이에요. 여자분이 피살되기 이틀 전에 그는 도망쳐서 읍내 어딘가에, 알려지지 않은 곳에 있었어요. 살인 사건이 일어난 이튿날, 사람들이 읍 밖으로 나가는 길 위에 그가 술이 엉망진창으로 취해 쓰러져 있는 걸 발견했어요. 그의 호주머니에서는 칼이 발견됐고요. 게다가 왠지 모르게 그의 오른손 손바닥에 피가 묻어 있었어요. 그는 자기가 코피가 났다고 말했지만 사람들은 그의 말을 믿지 않았어요. 하녀들은 자기들이 잔치에 갔었다고 고백하면서, 자기들이 돌아올 때까지 현관 출입문이 안 잠긴 채로 있었다고 말했어요. 그 외에도 그 비슷한 점이 많이 발견되어, 결국 이 죄 없는 하인은 체포됐어요. 체포 뒤 재판이 시작되었는데, 공교롭게도 일주일 뒤에 그에게 열병이 발병하여 의식이 없는 상태로 병원에 있다가 사망해버렸어요. 그래서 사건은 그렇게 막을 내렸고, 신의 뜻으로 돌렸고, 판사들, 관헌 사람들, 그 외의 사회 전체가, 범행을 저지른 사람은 바로 이 사망한 하인이라고 계속 확신하고 말았어요. 그 뒤로 벌이 시작된 거예요.

비밀에 싸인 방문자, 아니, 이젠 이미 '제 친구'라고 해야 되겠네요. 제 친구는, 처음에는 심지어 양심의 가책을 전혀 받지 않았다고 했어요. 괴로움을 겪긴 했지만 양심의 가책이었다기보다는 단지 자기가 사랑하던 여자를 죽여버렸으니 이젠 그 여자가 이 세상에 존재하지 않으므로 유감스러웠던 것이고, 그녀를 죽임으로 자기의 사랑을 죽인 거나 마찬가지이므로, 정열의 불은 자기 혈관을 아직 흐르고 있는데 정작 사랑의 대상은 없어졌으니 안타까웠던 것뿐이었대요. 자기가 죄 없는 사람의 피를 흘렸다는 것, 자기가 살인을 했다는 것에 대한 생각은 그때 그분은 거의 전혀 하지 않았어요. 그 여자분이 다른 사람의 아내가 될 거라는 건 그분으로선 말도 안 되는 일이었으므로, 이후 오랫동안 그분은 자기에게 다른 선택의 여지가 없었다며 자기 양심을 위로했어요. 하인이 체포되어 처음에는 마음이 좀 불편하긴 했으나, 하인이 곧 발병하여 사망했으니 그분으로서는 차라리 잘됐다 싶었어요. 하인이 죽은 것이(그분이 그때 가만히 판단해봤더니) 체포됐기 때문에 죽은 것도 아니고 놀라고 겁에 질려서 죽은 것도 아니라, 도망치던 중 술이 고주망태가 된 채로 축축한 길 위에서 밤새 뒹굴었기 때문에 열병에 걸려 죽은 것이었으니, 그분이 양심의 가책을 받을 이유가 별로 없었어요. 훔친 물건들하고 돈과 관련해서도 별로 걱정하지 않았는데, 그것은(그것 역시 그분이 가만히 판단해봤더니) 그분이 탐욕이 있어서 훔친 게 아니고 의심을 다른 쪽으로 쏠리게 하려고 훔친 것이었기 때문이에요. 훔친 물건들의 가격과 훔친 돈의 액수를 더해봐도 그리 큰 수치가 아니었고, 게다가 그분은 얼마 안 있어 이 돈을 읍내에 세워지고 있던 양로원에다 전부 희사했어요. 본래 자기 돈까지 더해서 훨씬 더 큰 액수를요. 훔친 것에 대한 양심의 가책을 줄이기 위해서 일부러 그랬던 거예요. 그리고 실지로 얼만큼의 시간 동안은, 아니, 어쩌면 꽤 오랫동안 그분은 진짜로 마음의 안식을 얻었어요. 자기가 그랬다고 그분이 저한테 직접 이야기했어요. 그분은 그때 자원해서 대규모 봉사 활동에 몸담아 일부러 성가시고 어려운 일들에 2년 정도 종사했어요. 마음이 약한 사람이 아니었기에 그분은 있었던 일을 거의 잊을 수 있었어요. 그래도 기억이 떠오를 때면 전혀 그 생각을 하지 않으려고 노력했어요. 자선 사업을 하기 시작했고, 우리 읍에서 건설적인 사업과 희사를 많이 행했어요. 수도급 도시들에까지 진출하여 모스크바와 페테르부르크에서 시 자선 단체의 회원으로 뽑히기도 했어요. 그런데 그래도 결국은 생각에 잠기게 되곤 했어요. 자기 힘으로 도저히 어찌할 수 없는 가책이 여지없이 그분을 눌렀어요. 그러다 우연히 한 아름답고 똑똑한 여자분이 마음에 들게 되어, 얼마 안 있어 그분은 결혼을 했어요. 결혼 생활을 하게 되면 외로운 자기 마음속 고뇌를 쫓아 보낼 수 있을 것이며 새로운 길로 들어서 아내와 아이들에 대한 자신의 본분을 열심히 이행하다 보면 오래전의 기억으로부터 완전히 벗어날 수 있을 것이라는 꿈을 가졌죠. 하지만 그분이 기대했던 것과 정반대의 상황이 도래했어요. 결혼한 첫 달에 벌써 그분에게는 이런 생각이 끊임없이 떠올랐어요. '지금은 아내가 나를 사랑하지만, 만약 나의 과거를 알게 된다면 과연 어떻게 나올까?' 첫 아이를 가졌다는 말을 아내에게서 듣고 그분은 '내가 생명을 만들어 내기도 하는구나. 저번 때는 빼앗더니!' 하는 생각으로 갑자기 당황했어요. 아이들이 태어나 자라기 시작하자, '내가 어떻게 이 아이들을 사랑하고 가르치고 양육할 수가 있는가? 내가 어떻게 이 아이들에게 선행에 대해서 말을 할 수가 있는가, 죄 없는 사람의 피를 흘린 나로서?' 하는 생각이 계속 따라다녔어요. 아이들은 잘 컸어요. 아이들에게 사랑을 표현하려다가도 그분은, '나는 이 아이들의 티 없이 맑은 얼굴을 쳐다볼 수가 없다. 그럴 자격이 안 된다' 하고 멈칫하게 됐어요. 그러다 결국 그분의 눈앞에 무섭고 처절한 환영이 보이기 시작했어요. 피살당한 여인의 피, 꽃다운 나이에 동강난 생명, 복수를 기약하며 울부짖는 낭자한 피……. 그분은 무서운 악몽에 시달리게 됐어요. 하지만 마음이 약한 사람이 아니어서 오랫동안 괴로움을 참고 견뎠어요. '내가 겪는 말 못 할 이 괴로움으로 모든 값을 치를 수 있으리라' 하는 생각이었어요. 그러나 그런 희망 역시 그리 도움이 되지 못했어요. 가면 갈수록 고통은 심해졌어요. 자선 사업 단체에서 사람들이 그를 존경했어요. 비록 그의 근엄하고 음울한 성격을 달가워하지 않긴 했지만요. 하지만 사람들이 그분을 존경하면 존경할수록 그분 자신은 점점 더 그걸 견디기가 힘들었어요. 그분이 저한테 고백하기를, 자살이라도 할까 했대요. 하지만 그 생각 대신에 곧 다른 꿈이 눈앞에 보이기 시작했대요. 처음에는 그분이 그런 꿈은 이루기가 불가능하고 그런 꿈을 갖는 것은 미친 짓이라고 생각했었지만, 그 꿈이 점점 더 그분의 심장 속을 깊이 파고들었기 때문에 그 꿈을 거부할 수가 없었대요. 그 꿈은 이런 것이었어요. 용기를 내어 일어나 사람들 앞에 서서 모든 사람들을 대상으로 자기가 사람을 죽였다고 발표하는 것 말이에요. 그런 꿈을 품고서 3년 정도를 지냈어요. 그 꿈은 여러 가지 형태로 그의 눈앞에 어리곤 했어요. 결국 그분은 완전히 확신하게 됐어요. 자기의 범행을 발표하고 나면 반드시 자기의 마음의 병을 고칠 수 있을 것이고 완전히 마음의 안식을 얻을 것이라고요. 그러나 그렇게 믿고 나니까 마음속에 공포가 찾아왔어요. '말은 쉽지만 실제로 어떻게 이걸 행동에 옮기겠는가?' 하고요. 그러던 중 제가 결투 장소에서 한 행동에 대한 이야기를 그분이 듣게 된 거예요. '귀하의 경우를 보고서 이제 비로소 결정했습니다' 하시더라고요. 제가 그분을 쳐다보면서, 양팔을 크게 벌리고 외치다시피 말했어요.

"저의 경우라는 게 사실 별것도 아닌 건데, 어떻게 그걸 보시고 마음속에 결정이 생기셨나요?"

"저의 결정은 벌써 3년 동안 쭉 생겨왔어요. 그러던 중 귀하의 경우가 자극이 된 겁니다. 귀하를 보면서 저는 자신을 질책했고, 귀하를 부러워하게 됐어요."

그렇게 말하는 그분의 모습은 혹독해 보이기까지 했어요.

"웬걸요, 사람들이 선생님의 말씀을 안 믿을 거예요. 14년 전의 일인데요" 하고 제가 말했어요.

"갖고 있는 증거를 내보이겠소."

그때 저는 울먹이면서 그분께 입을 맞추었어요.

"저한테 하나만 약속해주세요!" 하고 그분이 말했어요(마치 이젠 모든 것이 저에게 달려 있는 양). "아내와 아이들 말이에요. 아내가 어쩌면 괴로움을 못 이겨 죽을지도 몰라요. 아이들은 귀족 신분과 재산을 압수당하지 않는다면 다행이지만, 그래도 살인범의 아이들이라는 낙인이 영원히 찍히게 돼요. 또 아이들이 갖게 될 저에 대한 기억이……."

저는 아무 말도 못 하고 있었어요.

"헤어지게 되겠죠, 아이들이랑? 영원히 떠나게 되겠죠? 영원히, 영원히!"

저는 가만히 앉아서 혼자 속으로 기도문을 웅얼거렸어요. 그러다가 벌떡 일어났어요. 분위기가 너무 심각했어요.

"어떻게 하죠?" 하면서 그분이 저를 쳐다봤어요.

"가세요. 가서 사람들에게 발표하세요. 모든 건 다 지나가고 오로지 진리만 남을 겁니다. 아이들은 크면 이해하게 될 겁니다. 선생님께서 위대한 결정을 하신 게 얼마나 잘하신 일인지를요."

그때 그분은 마치 진짜로 결심을 한 모습으로 저의 집을 나섰어요. 그러나 그 뒤로도 2주 이상 저희 집에 계속 다니셨어요. 매일 계속해서 마음의 준비를 하고 또 하고 그러면서 정작 완전한 결심은 하지 못했어요. 제 마음이 참 안타깝더라고요. 저한테 와서는 굳은 결심을 한 모습을 하고 감동 어린 말투로 말하곤 했어요.

"제가 발표를 하자마자 바로 천국이 찾아올 걸 알아요. 14년을 지옥에 있었어요. 고행을 해야겠어요. 고행을 받아들임으로써 삶다운 삶을 살아야겠어요. '거짓으로 세상을 살고 후회해야 소용없다'지 않습니까? 저는 지금 이웃 사랑은 고사하고 제 아이들도 감히 사랑할 자격이 없거든요. 사실 아이들이 어쩌면 이해할지도 모르잖아요? 제 고통이 어느 정도였는지를 이해하고 저를 비난하지 않을지도 모르잖아요? 주님께서 중시하시는 건 힘이라기보다는 진리 아니겠습니까?"

"사람들이 다 이해할 거예요, 선생님이 어떻게 살아오셨는지를요. 지금 당장이 아니더라도 나중엔 이해할 거예요. 왜냐하면 선생님은 진리를 섬기셨잖아요. 최고의 진리를요. 천상의 진리를요."

그러면 그분은 위로를 받은 모습으로 저희 집을 떠났다가 그 다음 날이면 또 기분 나쁜 상태로, 창백한 얼굴로 와서 비웃는 듯한 말투로 말하는 거예요.

"제가 들어올 때마다 저를 호기심 어린 눈으로 보시네요. '발표 또 안 한 거죠?' 하고 묻고 싶은 거죠? 너무 그렇게 멸시하지 마세요. 그 일이 생각만큼 쉬운 게 아니거든요. 어쩌면 제가 영영 안 할 수도 있어요. 그래도 저 신고하러 가실 거 아니죠? 네?"

하지만 저는 호기심 어린 눈으로 쳐다보기는커녕 그분한테 눈길을 조금이나마 주는 것조차 꺼렸어요. 병적으로 마음에 부담이 많이 됐거든요. 제 마음속에는 눈물이 가득 찼고요. 밤에 잠도 못 잤어요. 한편 그분이 또 이렇게 말하는 거예요.

"저 지금 아내랑 같이 있다가 오는 길이에요. 아내하고 있으면 어떨지 대충 짐작이 가시죠? 아이들은 제가 집을 나설 때 소리쳤어요. '아빠, 안녕히 다녀오세요. 빨리 오셔서 우리랑 '아동 문학'[6] 읽으셔야 돼요.' 아니요. 그럴 리 없죠. 짐작 못 하실 거예요. '남의 애환은 이해하기 힘든 법'이라 하잖아요."

그러면서 그분은 눈을 번득였고, 입술을 실룩거렸어요. 그러다 갑자기 주먹으로 상을 쾅 쳤어요. 상에 놓인 물건들이 튀어 오를 정도로요. 여리신 그분이 그러는 거 처음 봤어요. 그분은 이렇게 소리치더라고요.

"사실 필요하긴 한 건가요? 필요하냐고요. 누가 형벌을 받기라도 했나요? 저 때문에 어디 강제 노동을 보내진 사람도 없단 말이에요. 하인은 병 때문에 죽은 거고요. 제가 흘리게 한 남의 피에 대해서는 고통으로 값을 치렀어요. 발표를 하더라도 아무도 저를 믿지 않을 거예요. 제가 아무리 증거를 갖다 대도 안 믿을 거예요. 꼭 발표를 해야 하나요? 네? 제가 흘린 남의 피에 대해서는 앞으로도 평생 고통받을 용의가 있어요. 제 아내와 아이들에게만 피해가 안 간다면. 아내와 아이들마저 저와 함께 피해를 받게 하는 건 과연 정당한 일일까요? 우리의 생각이 잘못된 거 아니냐고요. 뭐가 진리고 뭐가 거짓이냐고요? 그리고 사람들이 이 진리를 인정할까요? 올바로 평가할까요? 공경

할까요?"

'아이쿠!' 하면서 저는 속으로 말했어요. '지금 같은 상황에서 사람들한테서 공경받을 생각을 하다니!' 그 생각을 하고 나니 그분이 참으로 불쌍하게 보이더라고요. 가능하기만 하다면 그분의 운명을 제가 조금 나눠 가져서 부담을 덜어드리고 싶더라고요. 그분은 그때 정말 갈 데까지 다 간 사람처럼 보였어요. 머리로 그분을 이해했다기보다는 가슴으로 이해하고 나니 걱정이 되더라고요. 지금 또 어떤 결정을 하시려는 것일까 하고요.

"어떻게 할지 말씀 좀 해보세요!" 하고 그분이 또 소리를 쳤어요.

"가서 발표하세요" 하고 제가 그분에게 작은 소리로 말했어요. 큰 소리가 나오지 않더라고요. 그 대신 작은 소리였지만 저는 확신 있게 말했어요. 저는 상에 놓여 있던 러시아어 번역판 복음서를 집어 그분에게 요한복음 12장 24절을 보여드렸어요.

'내가 진실로 진실로 너희에게 이르노니 한 알의 밀이 땅에 떨어져 죽지 아니하면 한 알 그대로 있고 죽으면 많은 열매를 맺느니라.' 저는 이 구절을 그분이 오기 바로 전에 읽었거든요.

그분이 읽고 나서 "맞습니다" 하고 말했지만, 씁쓸하게 웃고 나서 조금 뒤에 또 말했어요. "근데 이 책에는 별의별 말이 다 쓰여 있잖아요. 이런 말을 툭 던지기는 쉽잖아요. 이런 말들을 누가 쓴 거예요? 사람들이 쓴 거 아니에요?"

"성령이 쓰셨습니다" 하고 제가 말했죠.

"말이야 어떻게든 못 합니까?" 하면서 그분이 다시 비웃었어요. 이번에는 이미 거의 악의가 깃든 비웃음이었어요. 제가 다시 책을 집어 다른 곳을 펴서 그분께 보여드렸어요. 히브리스 10장 31절이었어요. 그분이 읽으셨어요. "살아 계신 하나님의 손에 빠져 들어가는 것이 무서울진저."

그분이 읽고 나서 그냥 책을 던져버리셨어요. 몸을 떨기까지 하면서요.

"무서운 구절입니다. 어떻게 그런 구절을 고르셨는지……, 할 말이 없소이다." 그러면서 그분은 의자에서 일어나셔서 말씀하셨어요. "자, 그럼, 가겠습니다. 어쩌면 다시 안 올지도 모르겠습니다. 천국에서 만납시다. 그러니까 살아 계신 하나님의 손에 빠져 들어간 지 14년이 된 거네요. 이 14년이 바로 그런 세월이었군요. 내일 작별을 고하겠습니다."

저는 그분을 포옹하고 입을 맞추려 했으나, 미처 용기를 못 냈어요. 그분의 얼굴이 일그러져 있었고 저를 보는 눈길이 무거워 보였거든요. 그분이 나가셨을 때 저는 생각했어요. '과연 어디로 향하실까?' 저는 곧장 성상 앞에 무릎을 꿇고, 도우시기를 더디 아니하시는 성모께 그분을 위해 눈물로 기도했어요. 제가 눈물을 흘리며 무릎 꿇고 기도를 시작한 지 30분쯤 지났을 때, 이미

12시쯤 된 늦은 밤이었는데 갑자기 문이 열리면서 그분이 다시 들어오시는 거예요. 저는 놀라서 물었어요.

"어디 가셨다 오시는 거예요?"

"제가 뭘 잊고 안 갖고 간 것 같아요. 손수건이랄까……. 뭐, 혹 아무것도 잊은 게 없더라도 좀 앉을게요."

그분이 의자에 앉으셨어요. 저는 그분을 보면서 서 있었어요. 그분이 "앉으시죠" 그러시더라고요. 저는 앉았어요. 그렇게 2분쯤 앉아 있었어요. 그분이 나를 뚫어져라 쳐다보시다가 픽 하고 웃으셨어요. 그게 제 기억에 남았어요. 그 뒤 그분이 일어나서 절 힘 있게 포옹하시고 입을 맞추셨어요. 그러면서 이렇게 말씀하셨어요.

"꼭 기억해두게. 내가 자네한테 다시 왔었다고 말이야. 알겠나? 꼭 기억해두라고!"

그분이 처음으로 저한테 격식 없이 말씀하셨어요. 그러고는 가셨어요. '내일 다시 만나겠지' 하고 저는 생각했어요.

아니나 다를까, 실로 그렇게 됐어요. 그날 밤에 저는 이튿날이 그분의 생신인 줄 모르고 있었어요. 제가 며칠간 아무 데도 안 나갔었기 때문에 누구한테서 들을 기회도 없었던 거예요. 매년 자기 생일에 그분은 사람들을 많이 초대했었어요. 읍 전체가 모이다시피 했어요. 그래서 그날도 많은 사람들이 모였어요. 그래서 사람들이 잔치 음식을 다 먹었을 때 그분이 가운데 자리로 걸어 나오셨어요. 손에는 종이를 들고 계셨어요. 행정 당국으로의 공식적 보고 형식이었어요. 그분이 겨냥한 행정 당국 사람들이 바로 그 자리에 있었고, 그분은 그 문서를 모인 사람들 모두의 앞에서 읽었어요. 거기에는 범행 전부가 자세하게 묘사되어 있었어요. "나쁜 사람인 저는 사람들의 무리에 함께 못 있을 자입니다. 신께서 저를 찾아오셨습니다. 고행의 길을 가렵니다!" 하면서 그는 문서 읽기를 마치고는 즉시, 자기의 범행을 증명해줄 거라고 생각하여 14년 동안 간직해 왔던 모든 것을 상 위에다 내놓았어요. 의심을 자기에게서 다른 데로 돌리기 위하여 훔쳤던, 피살된 여자분의 금장신구들, 즉 약혼자의 초상이 들어 있는 여자분의 목걸이와 십자가, 수첩, 그리고 편지 두 통이었어요. 약혼자가 곧 오겠다고 여자분에게 알린 편지와 그에 대한 여자분의 답장이었어요. 여자분은 답장을 쓰다가 끝까지 다 안 쓴 상태에서 탁자에 놓아뒀던 거예요. 이튿날 우체국으로 보내려고요. 그분은 이 편지 두 통을 다 가져갔던 거고요. 왜였을까요? 그리고 증거가 되는 것이니까 없애야 했는데, 없애는 대신 14년 동안 간직하고 있었던 까닭은 왜일까요? 아무튼 사람들은 모두 놀라서 아연실색했는데, 하지만 아무도 믿으려 들지 않았어요. 비록 모두가 굉장한 호기심을 갖고서 귀 기울여 들었지만, 사실은 병자의 말을 귀 기울여 듣는 것 같은 입장이었어요. 며칠이 지나자 이미 모든 집들에서 그분이 미쳤다고들 말을 주고받기에 이르렀어요. 행정 당국과 법원은 사건 처리 지시를 안 내릴 수는 없었지만, 그러다 일을 잠깐 멈추게 되었어요. 제시된 물건들과 편지들은 사건의 실상을 알려주는 것이었지만, 만약 이 자료들이 가짜 자료가 아니라 한들 단지 이 자료들을 근거로 최종적 유죄 판결을 내릴 수는 없다고 여겨졌어요. 게다가 그분은 여자분의 지인이셨으므로 이 모든 물건들을 여자분에게서 직접 받았든지 혹은 위탁을 받아서 가지고 있었을 수도 있는 일이었지요. 한편 제가 듣기로는 나중에 이 물건들이 진짜 그 여자분의 것임이 여자분의 많은 지인들과 가족들에 의해 확인되었으므로 의심의 여지가 없었어요. 하지만 그래도 이 사건은 종결되지 못할 운명이었어요. 닷새쯤 지났을 때 모든 사람이 이 고난의 길을 가시는 분이 병들어 죽을 지경에 놓였다는 사실을 알게 되었어요. 무슨 병에 걸렸는지 설명드릴 수가 없는데, 사람들의 말로는 부정맥이라고 했어요. 하지만 그분 사모님의 주장에 따르면 의사들의 말로는 그분한테서 진작 정신착란 증세가 보였다고 해요. 사람들이 저한테도 몰려들어 질문을 던졌지만 저는 알고 있던 바를 아무것도 말하지 않았어요. 하지만 제가 그분을 찾아뵙고자 했을 때 사람들이 오랫동안 금지했어요. 특히 그분 사모님이 이러셨어요. "댁이 우리 그이를 망쳐 놓으신 거예요. 그이는 전에도 성격이 어두웠지만 최근 한 해

동안 그이가 평소답지 않게 흥분을 하고 이상한 행동을 하는 것이 보였어요. 알고 봤더니 바로 댁이 그렇게 만들어놓으신 거네요. 댁이 그이한테 심하게 책을 읽히셨죠? 그이가 한 달 내내 댁의 집에 가서 두문불출이었잖아요." 어디 그뿐인가요? 그분 사모님뿐만 아니라 읍내 모든 사람들이 저한테 달려들어 "다 당신 때문이야" 하면서 저를 비난했어요. 저는 아무 말도 안 하고 마음속으로 기뻐했어요. 왜냐하면 자신을 대항하여 일어난 자, 자신을 징계한 자를 향한 의심할 바 없는 신의 은총이 보였기 때문이에요. 한편 그분이 정신착란 증세를 보인다는 것이 믿기지 않았어요. 결국엔 제가 그분을 방문하도록 허락이 났어요. 그분 스스로가 저랑 만나 작별하려고 집요하게 요구했대요. 제가 그분 방에 들어가서 보니 이미 몇 날은 커녕 몇 시간도 못 사실 것 같은 모습이셨어요. 쇠약한 몸, 누런 얼굴, 떨리는 손, 가쁜 숨……. 하지만 잔잔한 기쁨의 눈으로 쳐다보며 제게 말씀하셨어요.

"이제 다 이루었네! 오래전부터 자네를 무척 보고 싶었는데, 왜 안 왔나?"

저는 사람들이 저를 그분께 못 가게 했다고 말씀드리지 않았어요. 그분이 말씀하셨어요.

"신께서 불쌍히 여기셔서 날 당신께로 부르셨네. 내가 죽어간다는 걸 알고 있네. 하지만 그토록 오랜 세월 동안 느끼지 못

했던 기쁨과 평화를 처음으로 느끼네. 해야 할 일을 하자마자 내 마음속에서 천국을 느꼈네. 이제는 내 아이들을 사랑할 수가 있고 입을 맞출 수가 있네. 아무도 나의 말을 믿지는 않네. 아내도, 판사들도 말일세. 아이들도 절대 믿지 않을 걸세. 이 점에서 나는 아이들을 향한 신의 은총을 보네. 내가 죽어도 아이들의 기억 속에는 나의 이름이 더럽혀지지 않은 채로 있을 걸세. 나는 지금 신께 가까워졌음을 느끼네. 마음이 마치 천국에 온 양 즐거워……. 할 일을 했으니……."

말을 더 이상 잇지 못하고 숨을 헐떡이시면서 제 손을 뜨겁게 꼭 쥐시고 열렬한 눈빛으로 쳐다보셨어요. 우리는 오래 이야기할 수 없었어요. 그분 사모님이 쉬지 않고 방을 들여다보셨어요. 하지만 그분은 제 귀에다 대고 말씀하실 기회를 찾으셨어요.

"자네 기억하지? 그날 내가 두 번째로 자네 집에 갔었잖아? 자정에. 그때 내가 두 번째로 갔었던 걸 꼭 기억해두라고 말했었지? 내가 왜 두 번째로 갔었는지 자넨 아나? 자넬 죽이러 갔던 것일세."

제 몸에 전율이 일었어요.

"내가 그날 어두워졌을 때 자네 집에서 나와서 거리를 배회하면서 자신과의 싸움을 했네. 그러다가 자네가 갑자기 미워져서 심장이 터질 지경이었네. 내 생각은 이랬네. '이제 저자만

이 나를 매는 자며 나를 심판하는 자다. 저자는 모든 것을 알고 있으므로 나는 내일 있을 형벌을 거부할 수 없다.' 그리고 자네가 내 일을 일러바칠까 봐 두려웠던 건 아니지만(그럴 거라고는 전혀 생각하지 않았네), 이런 생각이 났단 말일세. '내가 스스로 내 얘기를 고백하지 못한다면 이제 저자를 무슨 낯으로 쳐다볼 것인가?' 그리고 자네가 비록 아주 먼 곳에 있다고 치더라도 살아 있는 건 살아 있는 것이니, 그 사실을 참을 수가 없었네. 자네가 살아 있고 모든 것을 알고 있으며 나를 심판하고 있다고 생각하니 말일세. 나는 마치 자네가 모든 것의 원인이며 모든 것이 자네 때문인 양 자네가 미워졌네. 그래서 자네 집으로 다시 갔네. 내 기억으로는 자네 집 상 위에 단검이 놓여 있었어. 나는 앉아서 자네에게도 앉으라고 했지. 그리고 1분 내내 생각에 잠겨 있었어. 만약 자네를 죽였다면 그 살인 행위로 나도 목숨을 잃었을 것이네. 내가 전에 저지른 범행을 발표하지 않더라도 말일세. 하지만 그 생각은 그때 전혀 하지 않았네. 전혀 하고 싶지가 않았네. 단지 자네가 너무 미웠고, 모든 것에 대하여 있는 힘을 다해 자네에게 복수하고 싶은 마음밖에 없었네. 하지만 나의 주님께서 내 마음속의 악마를 진정시키셨네. 하지만 알아두게. 그때만큼 자네가 죽음과 가까워졌던 때가 없었다고."

일주일 뒤 그분은 돌아가셨어요. 읍민들이 거의 다 나와서 그분의 관을 무덤까지 전송했어요. 사제장이 그분에 대한 감동적인 추모사를 읊었어요. 사람들이 무서운 병 때문에 그분이 돌아가셨다고 하며 눈물을 흘렸어요. 그런데 그분을 장사지내고 나자 읍민 전체가 저에게 원인이 있다고 하면서, 다들 저를 배척했어요. 비록 결국에 가서는 그분이 증언하신 바가 진실이라는 것을 사람들이 믿게 됐지만요. 처음에는 적은 수의 사람들이 믿었지만 시간이 지날수록 점점 많은 사람들이 믿게 됐어요. 큰 호기심을 갖고 기꺼이 저한테 와서 자세한 것을 캐묻곤 했어요. 의인이 타락하고 수치를 겪는 것이 사람들에게는 재미있거든요. 하지만 저는 아무 말도 하지 않았고, 곧 그 읍을 완전히 떠났고, 다섯 달 뒤에 주님의 은혜로 굳건한 의의 길로 들어설 수 있었어요. 저에게 이 길을 명확하게 가리켜 주신 그 보이지 않는 손길에 감사하면서 말이에요. 그리고 많은 고난을 겪으신 신의 종 미하일 선생님을 저는 지금까지 매일 기도할 때 떠올립니다.

### III
### 조시마 장로의 대화 내용과 교훈들 중에서

**ㅁ) 러시아의 수도승과 그가 지닐 수 있는 의미에 대한 이야기**

신부님들, 스승님들, 수도승이란 무엇입니까? 우리 시대의 계몽된 세계에서 이 단어는 이미 어떤 조롱의 기미를 담고 쓰일 때가 있으며, 심지어 일부 사람들에게는 욕설로서 쓰이기도 합니다. 시간이 지날수록 더욱 그렇게 되고 있습니다. 안타까운 일이긴 해도 물론 수도승들 중에서도 건달들, 호색한들, 파렴치한 부랑인들이 많습니다. 교육을 받은 속세 사람들은 "당신들은 게으름뱅이들이고 사회의 쓸모없는 일원들이오. 다른 사람들의 노동을 힘입어 살며, 가난해도 부끄러운 줄 모르는 사람들이오" 하고 지적합니다. 그런데 또 수도승들 중에 겸손하고 온유한, 은둔과 고요 속에서의 열렬한 기도를 바라는 이들이 얼마나 많습니까! 사람들이 그런 이들한테는 눈길을 상대적으로 덜 주며, 심지어 그런 이들에 대해서는 전혀 아무 말도 안 하고 지나가기도 합니다. 만일 온유한 이들, 은둔 속의 기도를 열렬히 바라는 이들로 인해 어쩌면 러시아 땅의 구원이 다시 한번 일어날지도 모른다고 말하면 사람들이 아주 놀랄 것입니다. 왜냐하면 정말로 '매일, 매시, 매달, 매년' 고요 속에서 준비되었으니까요. 그런 이들은 일단은 자신의 은둔 속에서 신의 정결한 진리 속의 그리스도의 형상을 아주 오래된 신부들, 사도들, 수난자들이 간직하고 있던 그대로 잘 간직하고 있습니다. 그리고 필요할 때면 그리스도의 형상을 세상의 불안정해진 진리를 향해 드러냅니다. 이는 위대한 생각입니다. 이 별은 동방으로부터 빛을 발할 것입니다.

수도승에 대하여 저는 그렇게 생각합니다. 그 생각이 정말 거짓된 것일까요? 정말 거만한 것일까요? 세상 사람들에게서 신의 형상과 신의 진리가 왜곡되지 않았는지 살펴보십시오. 신의 백성들 위로 거만하게 일어서는 이 세상 전체에서 신의 진리가 왜곡되지 않았는지 살펴보십시오. 그들에게는 학문이 있습니다. 그런데 학문은 의식과 감정에 호소하는 것을 포함합니다. 영적 세계, 즉 인간 존재가 지니는 높은 측면은 세상이 조금도 받아들이려 하지 않고, 마치 그것이 적인 양 증오마저 느끼며 기꺼이 깔아뭉갭니다. 세상은 자유를 선포했습니다. 최근 들어 특히 더합니다. 그런데 세상이 선포한 그 자유 속에서 우리는 어떤 모습을 보고 있습니까? 오히려 그것은 종살이며 자살 행위입니다. 왜냐하면 세상에는 이런 입장이 주도적이기 때문입니다. '욕구를 느낀다면 만족시켜라. 당신은 아주 고귀하고 아주 부유한 사람들이 갖는 것과 똑같은 권리를 갖고 있다. 욕구를 만족시키는 것을 꺼리지 말라. 오히려 욕구를 배가시켜라.' 바로 이게 현재 세상이 주는 교훈입니다. 바로 여기에 자유가 있다고 합니다. 그런데 욕구를 배가할 이 권리의 행사가 어떠한 결과를 가져오지요? 부유한 자들에게서는 고립과 영적 자살이요, 가난한 자들에게서는 질투와 살인입니다. 왜냐하면 욕구를 만족시킬 권리는 주어졌는데, 욕구를 만족시킬 만한 자원은 아직 명시되지 않았어요. 즉 무엇으로 욕구를 만족시킬지가 애매한 것이죠. 세상은 가면 갈수록 하나가 되어갈 것이며, 거리를 축소하고 공중을 통해 생각들을 전송함으로써 형제간의 교제를 이룰 거라고들 말합니다. 하지만 사람들이 연합하리라는 말을 절대로 믿지 마십시오. 자유란 바로 욕구의 배가와 욕구의 신속한 해결이라고 이해함으로써 자신의 본연을 왜곡하게 되는데, 그 이유는 자기 속에 많은 무의미하고 어리석은 욕망, 습관, 괴상망측한 허상을 낳기 때문입니다. 다만 서로를 질투하고 색욕을 충족시키고 거만을 떠는 것만이 삶의 내용이 되어버립니다. 먹을 것을 잘 먹고 사교계에 출입하며 교통수단을 소유하고 관직을 얻고 시중드는 노예들을 두는 것이 이미 생명과 명예와 인류애를 희생할 정도로 필요불가결한 것으로 간주됩니다. 그 욕구를 충족시키려고 애쓰며, 만일 충족시키지 못하면 자신을 죽이기까지 합니다. 부유하지 못한 자들에게서도 상황은 같습니다. 가난한 자들은 욕구를 충족시키지 못하는 상황과 질투를 일단은 술을 마셔 달랩니다. 하지만 얼마 안 가서 술에 흠뻑 빠질 뿐만 아니라 피에 역시 흠뻑 빠지게 됩니다.* 그쪽으로 끌려가게끔 되어 있습니다. 제가 여러분께 여쭙겠는데, 그런 사람이 과연 자유로울

---

\* '피에 흠뻑 빠지다'로 직역되는 러시아어 숙어의 의미는 '아무렇지도 않게 살인을 하다'이다.

까요? 저는 이데올로기가 투철한 분을 알고 있었습니다. 그분이 직접 저에게 말씀하시기를, 형무소에서 자기가 담배 피울 자유를 상실했을 때 큰 괴로움을 겪었고, 담배를 얻기 위해 하마터면 자기의 이데올로기를 배반할 뻔했다고 했습니다. 말은 '인류를 위한 투쟁에 나선다'고 하면서, 그래 가지고 어떻게 인류를 위한 투쟁에 나서겠어요? 순식간에 하는 행동은 할 수 있을지 몰라도 오랫동안 지속하진 못할 거예요. 사람들이 자유 대신에 종노릇을 선택하고 형제애와 인류의 단결에 봉사하는 대신 그와 반대로 분리와 고립으로 치닫는 것은 그리 놀라운 일이 못 되지요. 젊었을 때 저의 스승 역할을 하신 비밀에 싸인 방문객이 말씀하셨듯이 말이에요. 그렇기 때문에 이 세상에서는 인류에의 봉사에 대한 생각, 모든 사람들이 형제며 하나라는 생각이 점점 더 시들어가며 조소거리가 되는 게 사실이에요. 왜냐하면 각 사람이 자기 스스로를 꾸며내는 욕구, 한없이 생겨나는 자신의 욕구를 충족시키는 습관이 생긴 상황에서 그 습관을 어떻게 이겨낼 것이며, 그런 습관의 노예가 가봤자 과연 얼마나 멀리까지 가겠어요? 그는 고립되게 되어 있고, 그 상태에서 그가 총체적인 것에 과연 관여를 하겠냐는 말씀이에요. 결국 사람들은 물건은 많이 쌓아놓았으나 기쁨은 더 적어지는 결과에 이르러요.

수도승의 길은 달라요. 뭇 사람들은 순종과 금식과 기도를 심지어 비웃지만, 사실은 오직 거기에만 진정한 자유를 향한 길이 있어요. 과한 욕구, 필요 없는 욕구를 자기에게서 잘라버리고, 나의 자존적이고 거만한 의지를 순종으로 채찍질하여 가라앉히며, 그럼으로 신의 도움을 얻어 영혼의 자유에 도달하며, 영혼의 자유와 함께 영혼의 즐거움에도 도달하는 거예요. 누가 자신의 위대한 상념을 좀 더 자유롭게 높이는 데 몸 바치러 떠날 수 있을까요? 고립된 부자일까요, 아니면 물질의 전횡과 습관으로부터 자유로워진 사람일까요? 사람들은 수도승의 고립 생활을 욕하지요. '수도원 안에 틀어박혀 자기를 구원한다며 고립 생활만 하지, 인류에 대한 형제애로 봉사하는 일은 망각했다'며 욕합니다. 그러나 형제애에 누가 더 열심일지는 한번 두고 봅시다. 사실 고립 상태에 있는 것은 우리가 아니라 세상 사람들입니다. 그들이 다만 그걸 보지 못하는 거지요. 수도승들 중에서는 오랜 옛날부터 민중을 대표하는 활동가들이 배출되었어요.[7] 지금이라고 그렇게 되지 말라는 법이 없지 않습니까? 겸손하고 온유한 금욕주의자들, 침묵주의자들이 일어서서 위대한 일을 행하러 갈 거예요. 러시아의 구원은 민중에게서 나옵니다. 러시아 수도원은 예로부터 민중과 함께였어요. 민중이 고립 상태에 있으면 우리도 고립 상태에 있습니다. 민중의 신앙은 우리 신앙과 공통되고, 우리 러시아에서 신앙이 없는 활동가는 아무것도 못 합니다. 아무리 진실한 마음을 가졌고 두뇌가 뛰어나다 해도 말이에요. 그걸 항상 기억해야 해요. 민중은 무신론자를 당당히 제압하고 정교 신앙 속의 단일한 러시아로 뭉칠 거예요. 민중을 소중히 하시고 민중의 마음을 잘 지키세요. 잠잠함 가운데 민중의 마음을 양육하세요. 그것이 수도승으로서 여러분의 위업이 될 거예요. 왜냐하면 이 민족은 신을 모시는 민족이기 때문이에요.

### ㅂ) 주인과 하인에 대한 이야기, 주인과 하인이 영적으로 서로 형제 관계가 될 수 있는지에 대한 이야기

아, 누군가는 말하지요, 민중 가운데에 죄가 있다고. 심지어 타락의 불길이 번지는 것이 눈에 띄며, 매 시간 위로부터 내려온다고요. 민중 가운데에도 고립 상황이 도래한다고요. 부농들과 착취자들이 생기기 시작하고, 이미 상인은 자꾸만 더 고관이 되려고 하며, 교육받은 것은 아무것도 없으면서 고등교육을 받은 것처럼 보이려고 애쓰며, 오랜 풍습을 매몰차게 무시하고 심지어 조상들의 신앙을 부끄럽게 여겨요. 공후들에게 다니곤 하지만 사실은 타락한 야인일 뿐이에요. 민중이 술에 절어 부패하여, 술 마시는 행위를 끊지를 못해요. 그래서 사람이 가족과 아내와, 심지어 아이들에게 얼마나 잔인해지는데요. 그게 다 술 마시는 것 때문이에요. 저는 공장에서 만 열 살 먹은 아이들도 봤어요. 몸이 허하고 쇠약하고 등이 굽었고, 벌써 방탕해진 아이들이었어요. 후덥지근한 공간, 덜거덕거리는 기계, 작업 시간 내내 음탕한 말들과 술, 술……. 아직 어린아이가 그래야 될까요? 아이에게는 태양이 필요하고, 아이들의 놀이가 필요하고, 아이는 어디서나 긍정적인 예를 보아야 하며, 아주 조금이나마 사랑을 받아야 해요. 아이들에 대한 학대가 없도록 합시다, 수도승 여러분! 어서 일어나 선포하십시오. 신께서 러시아를 구원하실 겁니다. 왜냐하면 평민들이 방탕하여 악취 나는 죄를 잘라 버리지 못하지만, 그래도 자기의 악취 나는 죄가 신에게 저주받았다는 사실을 알며, 죄를 지으면서 자기가 잘못하고 있다는 것을 압니다. 그러므로 우리 민중은 꾸준히 진리를 믿으며 신을 인정하고 감동해서 울곤 해요. 신분 높은 이들은 그러지 않아요. 신분 높은 이들은 학문을 신봉하여, 전과 달리 그리스도에 의지하지 않으면서 자기의 지혜 하나만 갖고서 옳고 공정한 것에 도달하려고 해요. 그들은 범죄란 것도 존재치 않으며 죄악이란 것도 존재치 않는다고 이미 선포했어요. 그 말은 그들의 생각에 따르면 옳아요. 사실 신을 갖지 않은 자에게 과연 무슨 범죄란 게 있을 수 있나요? 유럽에선 평민들이 무력으로 부자들에 대항하여 일어나고, 평민들의 지도자들이 어디서나 유혈 사태를 이끌면서, 평민들의 노여움이 정당하다고 가르쳐요. 그러나 그 노여움이 혹독하게 저주받을 거예요.[8] 러시아는 주님에 의해 구원을 받을 거예요. 주님께서는 이미 여러 번 러시아를 구원하셨어요. 민중에게서 구원이 나올 거예요. 민중의 믿음과 겸손으로부터 말이에요. 신부님들, 스승님들, 민중의 믿음을 소중히 지키세요. 이건 꿈에 불과한 것이 아니에요. 전 평생 동안 위대한 우리 민중 속에 있는 훌륭하고 진실한 것에 놀라곤 했어요. 스스로 보아왔으므로 증언할 수 있어요. 보고 놀라곤 했어요. 우리 민중에게 있는 죄의 악취와 빈궁한 모습에도 불구하고 말이에요. 우리 민중은 비굴하지 않아요. 200년 동안 노예 생활을 했는데도 비굴하지 않아요. 모습과 태도가 자유로워요. 어떤 태도로 서로를 대한들 악의가 있는 건 아니에요. 복수심이나 질투심을 품지도 않아요. '너 참 고귀하고 부유하고 영리하고 재능 있구나. 그거 좋구나. 신께서 널 축복하길! 널 존경한다. 하지만 나도 인간이라는 걸 안다. 내가 질투심 없이 널 존경하는 게 바로 내가 네 앞에서 스스로의 인간의 존엄성을 드러내는 거다'라는 입장인 거예요. 그런 입장을 말로 표현하지 않을지라도(왜냐하면 말로 그걸 표현할 줄 모르니까), 행동은 진실하게 해요. 제가 직접 보고 직접 경험했어요. 그리고 우리 러시아 사람은 가난하면 가난할수록, 비천하면 비천할수록 마음속의 훌륭한 진리가 더 잘 눈에 띄어요. 왜냐하면 민중 가운데서 부유한 부농들과 착취자들은 대부분 이미 방탕한 삶을 사는데, 그것은 대부분 우리 나라 사람들의 태만과 부주의 때문이에요. 하지만 신께서는 당신의 사람들을 구원하십니다. 러시아는 겸손의 덕이 크니까요. 우리의 미래를 볼 것을 꿈꾸며, 어쩌면 이미 명확히 보고 있습니다. 왜냐하면 우리의 부자가 아무리 방탕하더라도, 결국에 가서는 그가 가난한 자 앞에서 자신의 부유함을 부끄럽게 여길 것이고, 가난한 자는 그런 겸손한 모습을 보고서 부자를 이해하고 기꺼이 부를 양보할 것이며 부끄러워하는 부자의 훌륭한 태도에 상냥하게 응할 것이기 때문이에요. 결국에 가서는 그렇게 되리라 믿기 바랍니다. 그쪽으로 가고 있어요. 존엄성에 있어서는 모든 인간이 평등해요. 그리고 우리 민족만이 그걸 이해할 거예요. 형제들이 있으면 형제애도 있을 거예요. 형제애가 나타나기 전엔 절대 서로 나누고 양보하지 않을 거예요. 우리는 그리스도의 형상을 간직합니다. 그리스도의 형상이 고귀한 금강석처럼 세상 전체를 향하여 빛을 발할 거예요. 아멘, 아멘!

신부님들, 스승님들, 저에게 아주 특별한 일이 일어났습니다. 제가 편력을 하던 중 주청 소재지인 K시에 들렀을 때, 제 졸병으로 근무하던 아파나시를 우연히 만나게 됐어요. 마지막으로 본 지 8년이 흐른 다음이었어요. 그가 시장에서 저를 우연히 보고 달려왔어요. 어찌나 기뻐하던지, 저에게 곧장 달려들었어요. "나리, 중위님 아니세요? 정말 중위님 맞으신 거죠?" 하면서요. 저를 자기 집으로 데리고 갔어요. 그는 이미 퇴역해서 결혼을 했고 어린아이 둘을 낳았더라고요. 시장에서 판을 차려 자질구레한 장사를 해서 자기 아내랑 살고 있었고요. 방은 가난한 티가 났지만 깨끗했고 분위기가 밝았어요. 저를 앉히고 사모바르를 켜놓고 아내를 불러달라고 사람을 보냈어요. 저를 만난 게 무슨 크게 축하할 만한 일이나 되는 것 같았어요. 아이들을 데리고 오더니, "축복을 좀 해주세요, 중위님" 하더라고요. 제가 "내가 축복을 할 자격이나 있나? 난 단순한 수도승에 불과한데. 이 아이들을 위해 신께 기도해줄게. 자넬 위해서도. 아파나시 파블로비치, 그러지 않아도 바로 그날부터 시작해서 계속 매일 자네를 위해 신께 기도하고 있네. 왜냐하면 자네 덕분에 모든 것이 시작된 거니까." 그러면서 설명할 수 있는 만큼 설명을 해주었어요. 그랬더니 그는 저를 쳐다보면서, 전에 자기 상사였고 장교였던 제가 지금은 자기 앞에 그런 옷을 입고 그런 모습으로 있다는 것을 상상을 못 하겠다고 했어요. 울기까지 했어요. 제가, "왜 울고 그래? 자넨 내가 영영 못 잊을 사람이네. 울지 말고 차라리 기뻐하게나. 나의 길은 기쁘고 밝은 길이라네" 그랬어요. 말을 많이는 하지 않고 그저 한숨을 쉬면서 감동한 듯 절 보고 머리를 흔들더라고요. 그러다가, "재산은 다 어떡하셨어요?" 그러기에, "수도원에 기부했어. 기숙 생활을 하고 있어" 말했죠. 차를 마신 뒤 작별을 하려고 했는데 그가 별안간 저한테 수도원에 희사하라고 50코페이카를 주는 거예요. 또 50코페이카를 제 손에 쥐어주면서 이러더라고요. "이건 중위님 쓰시라고 드리는 거예요. 여행하시려면 어쩌면 필요하실 거예요, 중위님." 전 그가 주는 50코페이카를 받고는 그와 그의 아내에게 절을 하고 기쁜 마음으로 길을 나서면서 생각했어요. '지금 나도 그렇고, 그도 지금 집에서 다시 한번 놀랍고 기뻐서 웃고 있겠지. 신께서 우리를 만나게 해주신 데 대해서 머리를 끄덕여 가면서 말이야.' 그때 이후로는 더 이상 그를 한 번도 보지 못했어요. 제가 그의 상사였고 그는 제 졸병이었지만, 우린 반가워서, 감동해서, 서로 입을 맞췄어요. 우리 사이엔 인간끼리의 위대한 합일이 이루어졌어요. 전 그에 대해서 많이 생각했고, 지금은 이런 생각을 해요. '때가 되면 그런 위대하고 순박한 합일이 도처의 우리 러시아 사람들 사이에서 일어날 수 있지 않을까? 일어나리라고 믿는다. 그럴 때가 가까운 것도 사실이다.'

하인들에 대하여 더 말씀드릴 게 있다면 다음과 같습니다. 저는 전에 젊었을 때 제 하인들에게 화낸 적이 많았습니다. "식모가 음식을 너무 뜨겁게 내 왔어, 졸병이 빨래를 안 해놨어" 하면서 말입니다. 그러나 그때 갑자기 사랑하던 형이 했던 생각이 저를 찾아왔어요. 어렸을 때 형한테서 들은 그 생각 말이에요. '내가 과연 누군가가 시중을 들 만한 가치가 있는 사람인가? 나를 시중드는 사람이 가난하고 무지하다고 해서 내가 이래라저래라 할 수 있는 것인가?' 하는 생각 말이에요. 그때 저는 놀랐어요. 그토록 아주 간단하고 명료한 생각들인데도 나중에 가서야 우리 머릿속에 떠오른다는 점에 말이에요. 속세에서는 하인들 없이 생활이 불가능하죠. 하지만 우리의 하인이 영적으로 자유로울 수 있게 해야 돼요. 그가 만약 하인이 아니었을 경우보다도 그의 영이 더 자유로워지도록 말이에요. 그리고 내가 내 하인의 하인이 될 수도 있잖아요? 내 하인이 거만함이 전혀 없는 나를 보고 불신이 전혀 없는 자기를 볼 수 있게 말이에요. 내 하인이 나의 가족처럼 친한 관계가 되어, 결국 그를 나의 가족으로 받아들이고 이를 기뻐할 수도 있는 일 아니겠어요? 지금도 그것이 실현 가능할 테지만, 이는 사람들이 이룰 미래의 훌륭한 연합의 근거가 될 거예요. 그때는 사람이 자기에게 시중을 들 종을 찾는 것이 아니라, 지금 사람들이 그러듯이 자기와 마찬가지인 사람들을 종으로 삼으려고 하는 것이 아니라, 그와는 반대로, 복음서에 의거하여 자신이 모든 사람들의 종이 되려고 온 힘을 들여 노력할 거예요.[9] 그리고 인간이 결국에 가서는 계몽과 자비의 위업에서만 기쁨을 얻고, 지금처럼 많이 먹는 일, 음탕한 행위, 거만하게 구는 태도, 자기 잘난 척하는 것, 서로 남 잘되는 걸 못 보고 짓누르려 하는 것과 같은 잔인한 행동에서 기쁨을 얻지 않게 되는 일이 과연 꿈에 불과할까요? 그렇지 않다고 확실히 믿습니다. 그렇게 될

시기가 가깝다고 확실히 믿습니다. 사람들은 비웃으며 묻습니다. "과연 그때가 언제 오며, 오긴 올 거냐?" 하고요. 저는 그리스도와 함께하면 이 위업을 이룰 수 있다고 생각합니다. 그리고 이 땅에, 인간의 역사에 그런 생각들이 얼마나 많았습니까? 10년 전만 해도 머릿속에 찾아올 수 없던 생각들 말입니다. 그러다가 때가 되자 어느새 잠에서 깨어난 듯 이 땅에 나타나게 된 생각들 말입니다. 우리들의 삶에서도 그렇게 될 겁니다. 우리 민족이 세상을 향해 빛을 발할 것입니다. 그러면 모든 사람들이 이렇게 말할 것입니다. "건축자들이 버린 돌이 모퉁이의 머릿돌이 되었다"[10] 하고요. 비웃던 사람들에게는 이렇게 물어보고 싶겠네요. "우리한테 있는 것이 꿈에 불과하다고 칩시다. 그런데 당신들은 그리스도 없이 순전히 자기 지혜만 가지고서 건물을 세워서 버젓이 거기 들어가실 겁니까? 언제 그게 이루어질 건데요?" 만약 그들이 자기들은 그렇게 하려는 게 아니라 연합을 향하여 가는 중이라고 말한다면, 그들 중 그 사실을 믿는 자들은 가장 순박한 자들뿐일 거예요. 놀랄 정도의 순박함을 가진 자들 말이에요. 그들은 환상적인 꿈을 꾸는 능력이 우리보다 더 센 거예요. 정당하게 삶을 건축하려고 마음먹지만 그리스도를 부인한다면 이 세상을 피로 물들이는 결과에 도달할 뿐이에요. 왜냐하면 피는 피를 부르고, 칼을 뽑는 자는 칼로 망하니까요.[11] 그리고 그리스도의 약속이 없었더라면 사람들은 이 땅에 마지막 두 명이 남을 때까지 서로를 죽였을 거예요. 게다가 마지막으로 남은 두 사람도 자기의 거만함 때문에 서로를 포용해주지 못하고, 결국 한 사람이 나머지 한 사람을 죽이고 결국은 그 한 사람도 자기를 죽일 거예요. 실제로 그렇게 됐을 거예요. 온유하고 겸손한 사람들을 위해 그런 일을 감해주시는 그리스도의 약속이 없었더라면 말이에요.[12] 그때 제가 아직 장교의 복장을 하고 있을 때, 벌이려 했던 결투 뒤에요, 사람들이 모인 자리에서 하인 얘기를 했었어요. 기억하는데, 모두들 제 말을 듣고 놀라면서 이렇게 묻더라고요. "그럼 뭐예요? 우리보고 하인을 소파에 앉히고 하인에게 차를 갖다 주라는 말이에요?" 제가 대답했죠. "그렇게 하는 게 안 될 건 또 뭐 있어요? 하다못해 가끔씩이나마 말이에요." 그랬더니 모두가 폭소를 터뜨렸어요. 그들이 한 질문은 경솔했었고, 저의 대답은 확실치 않았죠. 하지만 그 대답 안에도 어떤 진리가 있었다고 생각해요.

### ㅅ) 기도, 사랑, 다른 세계와의 접촉에 대한 이야기

젊은이여, 기도하기를 잊지 말라. 너의 기도가 진실하다면 매번 네가 기도할 때마다 새로운 느낌이 들고, 그 느낌 안에서 네가 전에는 알지 못하던 새로운 상념이 생겨 너에게 다시금 힘이 되느니라. 그러므로 기도가 곧 가르침임을 이해하게 될 것이다. 또한 기억할진대, 매일, 그렇게 하는 것이 가능할 때마다, "주여, 오늘날 당신 앞에 나와 선 모두에게 자비를 베푸소서" 하고 속으로 말하라. 왜냐하면 매 시간, 매 순간에 수천 명의 사람들이 이 땅에서 삶을 마치고, 그들의 영혼은 주님 앞에 서게 되기 때문이니라. 그리고 그들 중 많은 이들이 아무도 모르는 가운데서, 슬픔과 비애 가운데서 이 땅과 떨어져 이별했으므로 사람들은 그들을 불쌍해하거나 심지어 전혀 모르기도 하기 때문이니라. 그런데 이 땅의 다른 쪽 끝에서부터 그의 영혼의 안식을 기원하는 너의 기도가 주님께 도달할 수 있다. 비록 네가 그를 전혀 몰랐고 그가 너를 전혀 몰랐더라도 말이다. 두려움에 떨며 주님 앞에 선 그의 영혼이 그 순간 자기를 위해 기도하는 사람이 있다는 것을, 땅 위에 자기를 사랑하는 인간 존재가 남아 있다는 것을 느낄 때 얼마나 감동스럽겠느냐? 신께서도 너를, 그리고 네가 위해서 기도하는 그 사람을 더욱 자비로운 눈으로 보실 것이다. 왜냐하면 네가 그토록 불쌍히 여겼는데, 하물며 비교할 수 없을 만큼 더 자비로우시고 사랑이 넘치시는 신께서 불쌍히 안 여기실까 보냐. 그래서 너를 위하여 그를 용서해주시리라.

형제들아, 사람들의 죄를 두려워하지 말고, 죄 속에 있는 인간 역시 사랑하라. 그리해야 그 사랑이 신의 사랑과 가깝고, 이 땅의 사랑보다 높은 사랑이 되느니라. 신의 피조물을 다 사랑하라. 온전한 것도, 작은 모래 알갱이 하나까지도. 잎사귀 하나 하나, 신이 내리시는 빛 한 줄기 한 줄기를 사랑하라. 동물들을 사랑하고 식물들을 사랑하고 모든 사물을 사랑하라. 모든 사물을 사랑하면 사물들 안에서 신의 신비를 깨우칠 것이다. 신의 신비를 일단 깨우치면 그 뒤로부터 매일 그것을 점점 더 많이, 점점 더 깊이 지치지 않고 인식하기 시작할 것이다. 그리고 결국은 포용적인 사랑으로 세상 전부를 사랑하게 될 것이다. 동물들을 사랑하라. 신께서 동물들에게 사고의 기초와 평화로운 기쁨을 주셨느니라. 그 기쁨을 교란시키지 말고 동물들을 괴롭히지 말며 동물들에게서 기쁨을 빼앗지 말며 신의 사고에 맞서지 말라. 인간이여, 동물들 위에 서려고 하지 말라. 동물들은 죄가 없으며, 자기를 높이는 너는 이 땅에 나타나 이 땅을 부패시키며, 지나간 곳마다 너의 고름 자국을 남기느니라. 불행하게도 사람들 거의 누구나가 다 그렇다. 아이들을 특히 사랑하라. 아이들 역시 천사들처럼 죄가 없으며, 그 존재는 우리 마음의 감동과 정화를 위함이요 우리에게 어떤 교시가 되기 위함이니라. 어린아이를 모욕한 이에게 화가 있을지어다. 나에게 아이들을 사랑하라고 가르치신 분은 안핌 신부님이시니라. 우리가 편력할 때 고요히 침묵을 지키시던 그분은 희사된 당밀 과자나 사탕을 사서 나눠주기도 하셨다. 마음의 감동이 없이 아이들을 그냥 지나치질 못하는 분이셨다.

어떤 때는 생각 때문에 의아해하기도 한다. 특히 사람들의 죄를 보고 자문해보게 된다. '완력으로 해결할까, 아니면 겸손한 사랑으로 해결할까?' 명심해둘 것은 언제나 '겸손한 사랑으로 해결하자' 하고 결정해야 한다는 점이다. 그렇게 영원히 결정을 하면 온 세상을 굴복시킬 수 있다. 사랑이 깃든 겸손이란 그와 유사한 강한 것을 찾아볼 수 없는, 최고로 강한 능력이다. 매일, 매시, 매분 자기 자신을 잘 살펴서 경건한 모습이 흐트러지지 않게 하라. 네가 악의를 품은 모습으로 추악한 말을 던지며, 분노에 찬 마음으로 나이 어린 아이의 옆을 지나갔다고 치자. 너는 아이가 있는 것을 눈치도 못 챘는지 모르지만 아이는 너를 보았고, 어쩌면 너의 보기 흉하고 경건치 못한 모습이 그의 연약한 마음속에 남았을 수 있다. 어쩌면 너는 그렇게 함으로써 그의 마음속에 나쁜 씨앗을 던졌고, 그것이 자랄 수도 있다. 다 네가 아이 앞에서 조심하지 않았기 때문이고 용의주도하고 세심한 사랑을 자기 속에 키우지 않았기 때문이다. 형제들아, 사랑은 우리를 가르치는 존재다. 하지만 그것을 품으려고 노력해야 한다. 그것은 쉽게 얻어지지 않으며, 비싼 대가를 치러야 오래 일을 해야 오랜 시간 뒤에 품을 수 있는 것이기 때문이다. 무언가 우연한 것을 순간적으로 사랑해야 되는 게 아니라 영원히 사랑해야 되는 것이기 때문이다. 우연한 사랑은 누구나 쉽게 할 수 있지 않느냐? 악한 자도 할 수 있다. 나의 형은 젊은 시절 새들에게 용서를 구하기도 했다. 그렇게 구하는 용서는 의미가 없는 것 같지만, 모든 것이 큰 바다와 같아 모든 것이 흐르고 서로 만나며, 한 군데를 건드리면 세상의 다른 쪽 끝에서 반응이 나타나는 것이 사실이다. 새들에게 용서를 구하는 것이 미친 짓 같다고 해도, 네가 지금보다 조금만 더, 물 한 방울만큼이나마 경견해진다면 네 곁에 있는 새들도, 어린아이도, 모든 동물도 마음이 더 편해지지 않겠느냐. 모든 것이 큰 바다와 같음을 명심하여라. 그러므로 전 세계를 포용하는 사랑을 품고 고민하는 자는 환희를 겪으면서 새들에게도 용서를 구할 수 있다. 새들이 죄를 용서해주도록 말이다. 그런 환희를 소중히 여겨라. 아무리 사람들에게 의미 없는 것으로 보일지언정.

나의 친구들이여, 신께 즐거움을 청하라. 어린아이들처럼, 공중의 새들처럼 즐거워하라.[13] 그리고 너희들이 일을 할 때 사람들의 죄로 인해 당혹할 필요가 없으며, 사람들의 죄로 인해 너희들의 일이 의미를 상실할까 봐, 너희들의 일이 이루어지지 않을까 봐 걱정하지 말지어다. "죄와 불경스러움의 세력이 강하며 추악한 환경의 세력이 강한데, 우리는 수가 적고 힘이 없어서, 활동의 의미가 상실되고 선한 행위를 이루는 것이 불가능하다" 하고 말하지 말라. 자녀들아, 의기소침한 상태를 피할지어다. 그런 상태를 벗어나는 길은 한 가지다. 정신을 차리고 자신으로 하여금 사람들의 죄 전체를 책임지는 사람이 되게 하라. 친구여, 실제로 그렇게 해야 되느니라. 진실로 모든 것과 모든 사람들을 대신하여 스스로 책임을 지는 사람이 되자마자, 실제로 그래야 했었다는 것을 알게 될 것이며, 바로 당신이 모든 사람들과 모든 것의 죄를 지고 있음을 보게 될 것이다. 한편 자신의 게으름과 자신의 무력함을 사람들에게 전가하게 되면 결국에는 자기도 모르게 사탄이 주는 오만함을 띠고 신께 불평을 하게 된다. 사탄이 주는 오만함에 대한 나의 생각은 이렇다. 이 땅의 우리로서는 사탄이 주는 오만함을 진정으로 파악하기가 어렵다. 바로 그래서 자신이 오만해지더라도 깨닫지 못하며, 뿐만 아니라 마치 자기가 위대하고 훌륭한 것을 행한다고 생각한다. 우리가 이 땅에 있으면서 파악할 수 없는 것은 비단 그뿐만이 아니다. 우리의 본성에서 나오는 아주 강한 감정들과 움직임들 중 많은 것을 우리는 파악할 수 없다. 그러므로 유혹에 말려들지 않도록 조심하고, 그것들이 너에게 변명거리가 돼줄 수 있다고 생각하지 말라. 신께서 너와 변론하실 때 네가 파악할 수 있었던 것을 물으실 것이지, 네가 파악할 수 없었던 것을 묻지 않으실 것이며, 그 점을 너 스스로가 확신하게 될 것이다. 그때가 되면 네가 모든 것을 올바로 인지하여, 논박을 하려 들지 않을 것이기 때문이다. 이 땅에서 우리는 실로 그릇 행하다시피 하여, 우리 앞에 보배로운 그리스도의 형상이 없었다면 홍수를 만난 인류가 그랬듯 우리는 망하여 완전히 길을 잃었으리라. 이 땅의 많은 것이 우리에게서 숨겨져 있느니라. 그러나 그 대신 우리는 우리가 다른 세계, 천상의 세계, 높은 세계와 실제로 연결되어 있다는 신비롭고 비밀스러운 감정을 느낄 수 있고, 게다가 우리가 하는 생각들과 우리가 갖는 감정들의 근원은 이 땅에 있는 것이 아니라 다른 세계들 안에 있느니라. 바로 그래서 사물들의 본질을 이 땅에서 파악하는 것은 불가능하다고 철학자들이 말하는 것이다. 신께서는 다른 세계들의 씨앗들을 이 땅에 뿌리신 뒤 당신의 동산을 일구어놓으셨으므로, 자랄 수 있는 모든 것이 자랐으나, 자란 것은 비밀스러운 다른 세계와 소통한다는 느낌으로만 살아가며 살아 있느니라. 너의 안에서 그 감정이 약해지거나 없어진다면 너의 안에서 자라난 것도 죽느니라. 그러면 삶에 대하여 관심이 없어지고 심지어는 삶을 증오하게까지 되느니라. 나의 생각이 그러하니라.

**ㅇ) 사람이 사람의 심판관이 될 수 있는지에 대한 이야기, 끝까지 믿음을 지킬 것에 대한 이야기**

특히 기억해둘 것은, 당신은 누구도 심판할 수 없다는 것이다. 왜냐하면 본인이 자기 앞에 서 있는 범죄자와 똑같은 범죄자라는 것을, 자기 앞에 서 있는 범죄자의 죄에 대한 책임이 누구보다도 자신에게 있을 수 있다는 것을 심판관이 깨닫기 전에는 범죄자에 대한 심판관이란 이 땅에 있을 수 없기 때문이다. 사람이 이를 깨닫고 나면 그 뒤에는 심판관도 될 수 있다. 지금 이 말이 언뜻 말도 안 돼 보일지 몰라도, 이 말은 사실이다. 왜냐하면 만일 나 스스로가 의인이었다면, 그러면 내 앞에 서 있는 범죄자도 아마 없었을 것이기 때문이다. 당신 앞에 서 있는 자의 죄, 당신이 마음으로 정죄하는 범죄자의 죄를 당신이 자기 것인 양 받아들일 수 있다면, 그러면 즉시 받아들이고 그를 대신하여 스스로 고생을 겪으라. 그 범죄자는 질책하지 말고 놓아주라. 심지어 다름 아닌 법이 당신을 그의 심판관으로 세웠을 경우에도, 당신이 할 수 있는 만큼 그의 마음속에 감화를 주라. 그러면 그가 가서, 당신의 심판보다 더 쓴 심판을 스스로에게 내릴 것이다. 만약 당신이 입맞춤을 하고 그를 보냈는데 그가 아무 감흥도 받지 못하고 비웃으면서 갔다면, 그것 때문에 마음이 흔들리지 않도록 하라. 그가 깨달을 시간이 아직 안 온 것이다. 하지만 언젠가는 올 것이다. 만약 오지 않는다 해도, 다른 사람이 그를 대신하여 깨닫고 고난을 겪고 자신을 정죄하고 질책할 것이므로 정의는 실행될 것이다. 이 점을 믿으라. 의심 없이 믿으라. 거룩한 자들이 의지하는 모든 것이, 거룩한 자들의 모든 믿음이 바로 이 점에 있느니라.

피로에 지지 말고 일하라. 밤에 잠들 때에 '내가 해야 할 일을 하지 않았구나' 하고 기억을 떠올리게 되면 즉시 일어나서 그 일을 하라. 만일 당신의 주위에 온통 마음이 악한 사람들과 냉혹한 사람들만 있어서 당신의 말을 들으려 하지 않는다면 그들의 발 앞에 엎드려 용서를 빌라. 왜냐하면 그들이 당신의 말을 들으려 하지 않는 데 진실로 당신도 죄가 있기 때문이다. 만약 적의를 품은 자들과 이야기가 통하지 않는다면, 그들이 당신을 비하한다 하더라도 그들에게 말없이 봉사하며, 절대로 희망을 잃지 말라. 만약 모든 사람이 당신을 떠난다든지 당신을 힘으로 내쫓아 당신이 혼자 남게 된다면, 땅에 엎드려 땅에 입맞추고 당신의 눈물로 땅을 적시라. 그러면 땅이 당신의 눈물로부터 열매가 거둬지게 할 것이다. 비록 당신이 혼자였으므로 아무도 당신을 보거나 듣지 못했지만 말이다. 끝까지 믿음을 잃지 말라. 설사 이 땅의 모든 이들이 유혹에 빠졌고 당신 혼자만 옳은 길을 걷는 사람으로 남았다 치더라도, 그런 경우에마저 신께 헌물을 드리고, 혼자 남은 당신이나마 신을 찬양하라. 만약 그런 사람이 한 명 더 있다면 그와 더불어 세상 전체를, 살아 있는 사랑의 세상을 이루는 것이다. 서로 감동의 포옹을 나누고 신을 찬양하라. 당신들 두 명 속에서나마 신의 진리가 충만하니까 말이다.

만약 당신 스스로 죄를 지어, 스스로의 죄 때문에, 갑작스레 짓게 된 죄 때문에 당신이 죽을 정도의 슬픔 가운데 있다면, 다른 사람과 의인으로 인하여 기뻐하라. 당신이 죄를 지은 데에 비해 그 대신 다른 사람은 의로우며 죄를 안 지었다는 점을 기뻐하라.

만약 사람들의 악행이 당신을 분노케 하고 악한 자들에게 복수하고 싶은 마음이 당신에게 들 정도로 극복하기 어려운 괴로움을 준다면, 그런 감정이야말로 가장 꺼려야 할 것이다. 즉시 가서, 사람들의 악행에 대해 당신 자신이 죄가 있는 것처럼, 그에 대해 고통을 겪을 것을 찾으라. 그 고통을 받아들이고 참으라. 그리하면 당신의 마음의 갈증이 풀릴 것이고, 당신은 스스로 죄가 있음을 이해하게 될 것이다. 왜냐하면 악을 행하는 자들에게 유일한 죄 없는 자로서 빛을 발할 수 있었는데 발하지 않았으니 말이다. 만약 빛을 발해서 스스로의 빛으로 다른 사람에게 길을 밝혀주었다면 악행을 저지른 사람이 그 빛으로 인하여 악행을 안 저질렀을 수도 있었을 테니 말이다. 그리고 당신이 빛을 발했는데도 사람들이 당신의 빛에도 불구하고 구원의 길을 걷지 않는다면, 굳건한 입장을 취하고 하늘의 빛의 능력을 의심하지 말라. 만약 지금 구원을 얻지 못했더라도 나중에 구원을 얻으리라는 것을 믿으라. 만약 그들이 나중에도 구원을 못 얻는다면 그들의 자손들이 구원을 얻을 것이다. 왜냐하면 당신의 빛은 죽지 않을 것이기 때문이다. 당신이 이미 죽은 다음에라도 말이다. 의인은 떠나지만 그의 빛은 남는다.

언제나 구원받는 것은 구원을 베푸는 자의 죽음 이후에 이루어지곤 한다. 사람들의 세대가 자기의 선지자들을 받아들이지 않고 죽인다고 해도, 사람들은 자기들의 수난자들을 사랑하고 자기들이 고통을 준 자들을 존경하게 마련이다. 당신은 전체적인 것을 위해 일하며 다가올 것을 위해 일하는 것이다. 절대로 상을 얻고자 하지 말라. 그러지 않아도 이 땅에서의 당신의 상은 크니, 그것은 당신의 영적 기쁨이며, 그것은 오로지 의인만이 얻는 기쁨이다. 지위가 높은 사람들, 힘이 센 사람들을 무서워하지 말고, 언제나 현명하고 훌륭한 입장을 취하라. 정도에 맞게 행동하며, 시기에 적절하게 행동하라. 그렇게 행동하는 법을 배우라. 혼자 있을 때는 기도하라. 땅에 엎드려 땅에 입맞추기를 좋아하라. 땅에 입을 맞추고 지치지 말고 계속 땅을 사랑하라. 모든 이들을 사랑하고 모든 것을 사랑하고 기쁨을, 몰아의 기쁨을 찾으라. 당신의 기쁨의 눈물로 땅을 적시고 자신의 그런 눈물을 사랑하라. 몰아의 기쁨을 부끄러워하지 말고 소중히 여기라. 그것은 신의 큰 선물이며, 많은 이들에게 주어지는 것이 아니라 선택된 자들에게만 주어지는 것이니라.

### ㅈ) 지옥과 지옥 불에 대한 이야기, 신비적 고찰

신부님들, 스승님들, '지옥이란 무엇인가?'[14]에 대하여 저는 '더 이상 사랑을 할 수 없음으로 인한 고통이다'라고 생각합니다. 존재가 영원히 이어지는 상태, 시간으로도, 공간으로도 측량할 수 없는 상태 속에서 누군가의 영에 해당하는 존재가 땅에 나타나면서 그 존재는 "나는 존재한다. 고로 나는 사랑한다"라고 자신에게 말할 능력을 선사받았습니다. 한 번, 단 한 번 그에게 능동적이고 살아 있는 사랑의 순간이 주어졌고, 그 사랑을 위하여 이 땅에서의 삶이 주어졌고, 삶과 함께 시간과 시한이 주어졌습니다. 그런데 어떻게 됐습니까? 그토록 행복한 존재가 말입니다, 그 고귀한 선물을 거부했고, 그 가치를 무시했고, 사랑을 하지 않았으며, 비웃는 투로 대했고, 무감각한 태도를 취했습니다. 그가 이제 땅을 떠나서 아브라함의 품을 보며[15] 아브라함과 이야기를 나눕니다. 부자와 나사로의 비유를 통해 우리에게 나타난 바[16]와 마찬가지로 말입니다. 그가 천국을 관조하며, 주님께 올라가려 하는데, 그런데 자기가 사랑을 하지 않은 자로서 주님께 올라간다는 것, 그리고 사랑을 한 자들의 사랑을 모르는 척한 자기로서 사랑을 한 자들과 접촉하게 될 것 때문에 그는 괴로워합니다. 그는 분명히 보는 바가 있으므로 스스로에게 이렇게 말합니다. "이젠 내가 아는 바가 있으므로 사랑을 하겠다고 갈구하지만, 이제 와 내가 사랑을 한다고 한들 그 사랑은 이미 가치가 없으며, 사랑에 희생도 따를 수 없으니, 이는 지상에서의 삶이 끝났기 때문이며, 지상에서 내가 개의치 않던 영적 사랑에 대하여 지금은 내가 갈구의 불길에 휩싸여 있는데, 아브라함은 그 불길을 가라앉히기 위해 오지 않을 것이며, 생명수(즉 다시금 지상의 삶, 전에 존재했던 삶이라는 선물) 한 방울로나마 그 불길을 가라앉히려 하지 않을 것이다. 이미 삶이 없으며 시간도 더 이상 없을 것이다. 내 생명을 다른 사람들을 위해 내놓는 것으로나마 기뻤겠지만, 그렇게 할 수가 없으니, 사랑의 희생으로 바칠 수 있었던 그 삶이 지금은 지나갔기 때문이며, 지금은 그 삶과 현재의 상태 사이에 구렁텅이가 놓여 있다." 지옥의 불이 실제의 불이라고들 말을 하는데, 저는 두려워서 그 신비를 연구하려 하지 않습니다. 하지만 생각하건대, 그 불이 실제의 불이라면 사람들이 진실로 기뻐할 것 같습니다. 왜냐하면 제가 꿈꾸는 바, 사람들이 실제의 고통을 겪으면서, 그보다 더 무서운 고통인 영적 고통을 순간적으로나마 잊을 수 있을 것이기 때문입니다. 하지만 그들에게서 영적 고통을 빼앗는 것은 그 고통이 겉이 아니라 그들의 속에 있기에 불가능합니다. 만약 빼앗는 것이 가능하다 해도, 제 생각에는, 그것으로 인하여 그들이 더욱더 불행해질 것 같습니다. 왜냐하면 천국에 있는 의인들이 그들의 고통을 보고서 끝없는 사랑으로 그들을 용서하고 자기들 쪽으로 오라고 불렀다 하더라도, 그렇게 함으로써 그들에게 고통을 배가시켰을 것이기 때문입니다. 왜냐하면 그렇게 함으로써 그들 속에서, 그런 사랑에 대한 응답이 될 만한 사랑, 능동적이고 감사에 찬 사랑을 해야겠다는 갈구의 불길을 더욱 세게 부추겼을 테니 말입니다. 그래 봤자 그들은 그런 사랑을 이미 더 이상 할 수가 없는 상태니까요. 그런 한편 저는 스스로의 소심함으로 인해, 그런 사랑을 더 이상 할 수가 없다는 것을 인식하는 것 자체가 그들에게 결과적으로 홀가분함 역시 가져다줄 것이라 생각합니다. 왜냐하면 그들이 보답이 불가능한 의인들의 사랑을 받고서, 마침내는 자기들이 세상에 살 때 무시했었던 그 능동적 사랑의 형상 같은 어떤 것을 결국은 발견할 것이기 때문입니다. 그런 사랑에 담겨진 것과 비슷한 그 어떤 작용을 말입니다. 저의 형제분들, 동료분들, 제가 명확하게 표현할 줄 모르는 점이 유감입니다. 하지만 세상에서 스스로 자신을 죽이는 자들에게, 자살자들에게는 화가 있을 것입니다.[17] 그들보다 더 불행한 이는 아무도 없을 것이라고 생각합니다. 그들을 위하여 신께 기도하는 것은 죄라고 말들을 합니다. 교회는 공식적으로 그들에게서 등을 돌립니다. 하지만 저는 마음속 숨겨진 곳에서 생각합니다. 그들을 위해서도 기도할 수 있을 거라고요. 그리스도께서는 사랑을 했다고 해서 화내시지는 않을 테니까요. 그런 자들에 대하여 저는 평생 동안 속으로 기도해 왔습니다. 신부님들, 스승님들, 그것을 지금 고백합니다. 게다가 지금도 매일 기도합니다.

심지어 지옥에서도 거만하고 흉포한 태도로 있는 자들도 있습니다. 논박할 수 없는 지식을 갖고서, 정의에 대한 사색을 해 보고서도 말입니다. 사탄과 통한, 온통 거만하기만 한 사탄의 영혼과 통한 자들도 있습니다. 그런 자들에게 지옥은 이미 스스로의 선택이며, 그런 자들은 지옥을 한껏 즐기려고 할 것입니다. 그들은 스스로 그러고 싶어서 수난자가 되는 자들입니다. 왜냐하면 스스로 신과 삶을 저주함으로써 자신을 저주한 꼴이니까요. 그들은 자신의 악의에 찬 거만함을 먹고 삽니다. 마치 사막에서 굶주린 자가 자기 몸에서 자기 피를 빨아 먹기 시작한 것과 같습니다. 하지만 그들은 어찌해도 배부른 상태가 되지 못하며, 용서를 거부하며, 자기들을 부르는 신을 저주합니다. 살아 계신 신에 대하여 증오 없이 사색하지 못하며, 생명의 신이 없어지기를 요구하며, 신이 스스로를 없애고 모든 자신의 피조물을 없앨 것을 요구합니다. 그리고 그들은 자신의 분노의 불길 속에서 영원히 탈 것이며 죽음과 무를 갈구할 것입니다. 하지만 죽음을 얻지 못할 것입니다.

여기서 알렉세이 표도로비치 카라마조프의 기록이 끝난다. 이 기록은 완성된 작품이라고 할 수 없으며, 개별적인 이야기들을 모아놓은 것이다. 예를 들어 장로의 생애에 대한 정보는 젊은 시절의 초기에만 해당한다. 각기 다른 시기에 해당하는 것이자 여러 가지 사건들을 계기로 개별적으로 나타난 것임이 분명한 그의 여러 가지 교훈들과 의견들이 한데 합쳐져 일관성 있게 정리되었다. 한편 생애의 마지막 몇 시간 동안 장로가 직접 말한 것은 그가 이전에 주었던 교훈들을 알렉세이 표도로비치가 기록해놓았던 것과 비교하면, 정확하게 명시됐다기보다 단지 그가 나눈 대화의 분위기와 성격에 대한 개념 정도만 서술되었다고 하겠다. 장로의 타계는 정말로 아주 갑자기 이루어졌다. 비록 마지막 날 저녁에 그에게 모였던 사람들 모두가 그의 죽음이 가까운 것을 충분히 이해하고 있었지만, 그래도 타계의 순간이 그렇게 갑자기 올 줄은 상상 못 했었다. 그와 반대로 그의 친지들은, 필자가 앞에 서술한 바와 같이, 그날 밤에 그가 아주 활기차고 말도 잘하는 것을 보고는 그의 건강이 잠깐이나마 눈에 띄게 좋아졌다고 확신했었다. 나중에 그들은 장로가 타계하기 5분 전에만 해도 전혀 기미를 알아채지 못했다며 놀라움을 전했다. 장로는 갑자기 가슴에 극심한 통증을 느끼는 듯했고, 창백해진 얼굴을 하고 양손으로 심장 있는 곳을 꽉 눌렀다. 그러자 모두가 자리에서 일어나 장로에게로 달려왔다. 그러나 장로는 고통을 느끼면서도 계속 미소를 띠고 그들을 보며 의자에서 바닥으로 조용히 내려와 무릎을 꿇더니 얼굴을 바닥에 가까이 갖다 대고 기뻐서 그러듯이 양팔을 뻗고는 땅에 입을 맞추고 기도를 하고(장로 스스로가 가르쳤듯이) 조용히 기뻐하며 영혼을 신께 맡겼다. 그가 타계했다는 소식은 즉시 암자에 퍼지고 수도원에 도달했다. 장로와 가까웠던 사람들, 그리고 신분에 따라 그 일을 해야 했던 사람들이 오랜 관습대로 그의 시신을 거두기 시작했고, 승단 전체가 대성당에 모였다. 나중에 소문으로 전해진 바에 따르면, 장로의 별세에 대한 소식은 동이 트기 전에 이미 읍내에까지 전해졌다. 아침이 되자 읍의 거의 모든 사람들이 이 사건을 입에 담았고, 많은 사람들이 수도원으로 몰려들었다. 그러나 그 이야기는 다음 편에서 하기로 하고, 지금 미리 조금만 하려는 얘기는, 그로부터 하루도 채 못 지나서 그전까지만 해도 아무도 기다리지 않았던 어떤 일이 발생했다는 것이다. 그 일이 수도원 사람들과 읍 주민들에게 끼친 인상은 너무나도 괴상하고 불안스럽고 헷갈리는 것이었다. 그래서 그토록 오랜 세월이 지난 지금까지도 많은 사람들에게 그리도 큰 불안을 가져다주었던 그날에 대한 기억이 생생하게 남아 있는 것이다.

The Brothers Karamazov

3부

# 제7편
# 알렉세이

## I
### 썩는 냄새[18]

　수도원의 고행 계율을 받은 고위 수도사 조시마 장로의 시신은 정해져 있던 의식에 따라 장사 지내지기 위해 단장되었다. 알려진 바와 같이, 수도원의 고행 계율을 받은 수도사들을 포함하여 수도사들이 사망하면, 그 시신은 물로 씻지 않는다. '수도사들 중 누군가가 주님께로 가면(큰 예배용 서적에 적혀 있다), 일을 맡은 수도사(즉 일을 하도록 지정된 자)가 먼저 따뜻한 물에 적신 해면으로 사망한 자의 이마, 가슴, 양손과 양발, 양 무릎에 성호를 긋고 나서 그 시신을 닦고, 더 이상 씻지 않는다.' 조시마 장로를 위해 모든 것을 파이시 신부가 행했다. 몸을 닦은 뒤 수도사의 옷을 입히고 긴 망토를 그의 몸에 둘렀다. 규칙에 따라 망토를 십자가 모양으로 몸에 두르기 위하여 몇 번 재단했다. 머리에는 정교회 십자가가 묘사된 성직자용 두건을 씌웠다. 두건은 펼쳐진 상태로 놓아두었고, 고인의 얼굴은 검은색 성찬 덮개로 가렸다. 양손에는 구세주의 성상을 놓았다. 그런 모습으로 단장하여 그를 아침녘에 관에 눕혔다(관은 이미 오래전에 준비되어 있었다). 관을 그의 방(들어가면 처음에 나오는 큰 방. 장로가 승단과 속인들을 받아들이던 방)에 하루 종일 놓아둘 예정이었다. 고인이 수도원의 고행 계율을 받은 고위 수도사의 신분이었으므로 수도사제들과 수도부제들이 그의 시신 앞에서 시편이 아니라 복음서를 낭독해야 했다. 추도 의식 뒤에 이오시프 신부가 낭독을 시작했다. 파이시 신부는 그다음에 낮과 밤에 걸쳐 하루 종일 낭독을 해야 했는데, 아직은 그가 암자 주임 신부와 더불어 다른 일로 바쁜 상태였다. 왜냐하면, 수도원 승단 내에서도, 수도원 객사와 읍내로부터 떼를 지어 오던 속인들 가운데에서도 무언가 범상치 않고 전례 없는, 뭐랄까, 심지어 타당치 않다고도 할 수 있는 술렁임과 조급한 기다림이 점점 더 심하게 드러나기 시작했기 때문이다. 주임 신부도 파이시 신부도 그토록 초조해하며 술렁이는 사람들을 진정시키기 위하여 가능한 모든 노력을 다 쏟는 중이었다. 날이 거의 밝자 읍내로부터 아이들을 포함하여 환자들을 동반한 사람들도 오기 시작했다. 그들은 지체 없이 즉시 나타날 치유의 능력을 믿으며 이 순간을 일부러 기다리고 있던 듯했다. 우리 동네 사람들이 고인이 된 장로가 아직 살아 있을 때 그를 얼마나 위대한 성인으로 여겨왔는지가 드러나는 순간이었다. 지금 오고 있는 사람들 중에는 평민 계층 사람들만 있는 것이 절대 아니었다. 그토록 서두르고 적나라하게 토로되는 신자들의 커다란 기대를 느끼던 파이시 신부에게는 그것이 의심할 바 없는 시험으로 보였다. 신자들은 느긋이 기다리지 못해 요구에 가까운 초조함마저 보였다. 심지어 오래전부터 그런 기대를 느껴 온 파이시 신부도 이 정도로 심할 줄 몰랐었다. 술렁이는 물결에 휘말려드는 수도승들을 향하여 파이시 신부는 "위대한 일에 대한 기대가 너무 섣부르면 그것은 경솔함이요, 그런 경솔함은 속인들에게나 있지 우리에게는 타당치 않다"라고 꾸중을 하기까지 했다. 그러나 그의 말을 듣는 사람들은 적었으므로 단지 걱정스럽게 이 현상을 지켜보고 있었다. 심할 정도로 초조함이 깃든 사람들의 기대 때문에 분개하며 그런 기대가 경솔하고 허무한 것이라고 판단하는 그였지만, 역시(만약 모든 것을 그대로 정직하게 기억해본다면) 마음속 깊은 곳에서는 이 흥분해 있는 사람들의 기대와 똑같은 것을 기대하고 있던 게 사실이다. 자기가 그렇다는 사실을 그는 인정하지 않을 수 없었다. 어쨌든 그가 몇몇 사람을 목격하자 안 좋은 예감과 함께 커다란 의혹이 일었다. 고인의 방에 빽빽이 들어찬 군중 가운데 예를 들어 라키친, 아니면 멀리서 온 손님, 즉 오브도르스크 출신의 수도승이 있는 것을 발견하고 그는 기분이 아주 안 좋았다(그는 곧바로 자신을 질책했다). 오브도르스크 출신의 수도승은 아직도 수도원에 기거하고 있었다. 라키친과 이 오브도르스크 출신 수도승을 보자 파이시 신부는 왠지 모르게 갑자기 의심이 갔다. 비록 의심스럽게 보일 수 있는 사람이 비단 둘뿐만은 아니었지만 말이다. 오브도르스크 출신 수도승은 초조해하며 술렁이던 사람들 중 가장 초조해하는 것 같았다. 어딜 가나, 어느 장소에도 그는 빠지는 적이 없었다. 어디서나 그는 무언가를 꼬치꼬치 캐물었고, 무슨 이야기들이 오가는지 어디서나 귀 기울여 들으려 했고, 어디서나 그 뭔가 숨기는 게 있는 듯 소곤소곤 말하곤 했다. 기대하는 바가 그리도 오랫동안 이루어지지 않아서인지, 그는 무척 불안해 보이는 표정으로 계속 안절부절못하고 있었다. 라키친에 대해서 말하자면, 그가 그리도 이른 시간에 암자에 온 것은 호흘라코바 부인의 특별 부탁에 따른 것임이 나중에 밝혀졌다. 착하지만 성격과 의지가 약한 호흘라코바 부인은 자기가 직접 암자에 들어갈 수 없었기 때문에, 잠에서 깨어 장로의 타계에 대해 알게 되자, 너무나 강한 호기심에 즉시 자기 대신 라키친에게 암자에 가도록

했다. 라키친에게는 그곳에서 일어나는 모든 일을 주시하고서 서면으로 대략 30분마다 보고하도록 시켰다. 호흘라코바 부인은 라키친을 가장 경건하고 신앙 좋은 젊은이로 여겼다. 그 정도로 라키친은 수완이 좋아서 누구를 만나든 자기에게 조금이라도 이득을 가져다줄 것 같으면, 그 사람이 원하는 모습으로 눈에 들 줄 알았다. 날은 청명했고, 이곳에 온 신자들 중 많은 이들이 암자 내의 무덤 근처에 떼를 지어 있었다. 무덤들은 성전 주위에 아주 빽빽이 들어서 있었고, 또 암자 영역 전체에 듬성듬성 흩어져 있기도 했다. 파이시 신부는 암자를 삥 둘러보다가 문득 알렉세이를 기억해내고, 거의 바로 지난밤부터 알렉세이가 보이지 않는다는 사실을 깨달았다. 그러다 바로 암자의 반대쪽 구석 울타리 앞에서 알렉세이를 발견했다. 그는 오래전에 타계한, 위업을 쌓아 유명해진 한 수도승의 묘에 놓인 비석 위에 앉아 있었다. 그는 암자 쪽으로 등을 돌리고 얼굴을 울타리 쪽으로 향하고 있었으며, 마치 비석 뒤에 숨어 있는 것처럼 보였다. 파이시 신부가 가까이 다가가서 보니, 그는 양손으로 얼굴을 가린 채 비록 소리는 내지 않았지만 흐느낌에 온몸을 떨면서 슬피 울고 있었다. 파이시 신부가 그 앞에서 한동안 서 있다가 결국 동정 어린 말투로 운을 떼었다.

"됐다, 사랑하는 아들아, 그만 됐어. 기뻐해야지 울면 되겠느냐? 이날이 그분이 지내신 모든 날들 중 가장 위대한 날이라는 걸 모르느냐? 그분이 이 순간에 어디 계실지를 생각해보아라."

알렉세이가 울어서 퉁퉁 부은, 나이 어린 아이에게서 볼 수 있을 법한 눈을 게슴츠레 떠서 파이시 신부를 보려고 하다가, 즉시 아무 말도 없이 고개를 돌리고는 다시 양손으로 얼굴을 가렸다.

파이시 신부가 깊은 생각에 잠긴 말투로 말했다.

"하긴, 원한다면 울어도 된다. 그리스도께서 너에게 이 눈물을 보내주신 거야."

'너의 진심 어린 눈물은 마음의 안식이요, 네 착한 마음이 위안을 얻는 데에 도움이 되느니라' 하고 그가 다른 쪽으로 가면서 속으로 덧붙였다. 알렉세이에 대한 동정이 그의 마음속에 가득했다. 하지만 그는 알렉세이가 앉아 있는 곳을 빨리 떠났다. 안 그러면 알렉세이를 지켜보다가 자기도 울 것 같았기 때문이다. 그러던 중 시간은 흘러, 수도원 예배와 고인에 대한 추도식이 절차에 따라 진행되어갔다. 파이시 신부가 이오시프 신부를 대신하여 관 앞에서 복음서를 낭독하기 시작했다. 그러나 정오가 지난 지 세 시간도 채 못 되어, 그 사건이 일어났다. 필자가 이전 편의 말미에서 언급했었던 사건 말이다. 정작 일어나기 전까지는 우리 마을의 누구도 예상치 못했었고, 그 사건은 사람들의 일반적인 기대에 심각하게 반했기 때문에, 재차 말하건대, 그 사건에 대한 자세하고 떠들썩한 소문이 심지어 지금까지도 우리 읍과 우리 읍 주변 전체에 걸쳐 사람들의 기억 속에 매우 생생하게 남아 있다. 여기서 필자가 다시 한 번 개인적으로 덧붙이고 싶은 게 있다. 나는 이 혼잡스럽고 호기심을 유발하는 사건에 대한 기억을 떠올리는 것이 거의 기분이 나쁠 정도다. 이 사건은 본질적으로 아주 허무하고 특별한 게 전혀 없다. 그렇기에 물론 이 소설에서 그 사건을 특별히 언급하지 않을 수도 있었다. 그 사건이 만일 내 이야기의 주인공인, 비록 미래의 주인공이라고 해야겠지만 주인공은 주인공인 알렉세이의 마음에 그토록 강하게 영향을 끼치지만 않았더라면 말이다. 그의 마음의 고비요 격변이 된 이 사건은 그의 이성을 뒤흔들어놓았는가 하면 동시에 결정적으로 굳건케 하여, 평생을 자기가 내세운 목표를 향해 정진할 수 있게 도왔다.

자, 이야기를 계속하겠다. 장사 지내기 위해 준비해놓은 장로의 시신을 날이 밝기 전에 이미 관에 눕히고 관을 장로가 응접실로 사용하던 방으로 내놓았을 때, 관 앞에 있던 사람들 가운데에서 이 방의 창문을 열어야 하지 않겠느냐 질문이 나왔다. 하지만 이 질문은 누군가가 마치 얼핏 지나가는 투로 던진 것이었기 때문에 대답하는 사람이 없었고, 거의 아무의 관심도 끌지 못했다. 다만 이곳에 있던 몇몇 사람들만이 이 질문을 속으로 알아듣고서, 다른 사람도 아니고 조시마 장로와 같은 사람의 시신이 썩어서 냄새가 나지 않을까 걱정을 한다는 것은 아주 어리석고, 이 질문을 던진 사람의 믿음이 적고 경솔하여 유감스러운 (비웃음을 사지 않으면 다행일) 일이라고 생각했을 뿐이다. 왜냐하면 사람들은 그 정반대의 사건을 기대하고 있었기 때문이다. 그러던 중 정오가 지나서 얼마 있지 않아 사건이 벌어졌다. 처음에는 이 방에 들어오고 나가던 사람들이 인지했는데, 각 사람이 자기 머릿속에 떠오르기 시작하는 생각을 알리기를 꺼렸었다. 그러나 오후 3시쯤 너무나 명백하고 부인할 수 없는 상황이 발생했다. 소식은 순식간에 온 암자에, 암자를 방문한 모든 신자들 가운데에 돌았으며 즉시 수도원으로도 스며들어 수도원의 모든 사람들을 놀라게 했다. 결국에는 아주 짧은 시간 만에 읍내에까지 퍼져 믿는 사람들, 안 믿는 사람들 할 것 없이 모든 사람들을 술렁이게 했다. 안 믿는 사람들은 기뻐했으며, 믿는 사람들과 관련해서 말할 수 있는 것은, 그들 중 안 믿는 사람들보다 더 기뻐한 사람들도 있었다는 것이다. 왜냐하면 바로 고인이 자신의 한 교훈을 빌려 말한 적 있는, '사람들은 의인의 타락과 의인의 수치를 좋아한다'는 말이 맞아떨어졌음을 보았기 때문이다. 무슨 일이었냐 하면, 관으로부터 알게 모르게 썩는 냄새가 나기 시작하여[19] 시간이 지나면 지날수록 점점 더해가다가 3시쯤 되어서는 이미 너무나 확연했고 계속해서 점차적으로 강해진다는 것이다. 우리 수도원이 존재해온 지난날 전체를 통틀어 그토록 걷잡을 수 없는 현혹을 불러일으킨 사건은 없었으며, 상기해낼 수도 없었다. 수도승들 사이에서마저 그랬던 것은 어떻게 보면 불가능한 일이었다. 나중에 세월이 많이 흘렀을 때 분별력 있는 몇몇 우리 수도승들이 그날 하루를 자세히 기억해내고, 어떻게 하다가 그때 그토록 강한 현혹이 발생할 수 있었는지 놀라며 전율하곤 했다. 왜냐하면 그전에도 그와 유사하게, 즉 다분히 의로운 삶을 산 수도승들, 그 의로움이 모든 이들의 눈에 비친 수도승들, 신을 경외하던 장로들이 사망했을 때도 겸손하게만 보이던 그들의 관에서도 역시 썩는 냄새가 났기 때문이다. 모든 망자들에게서 나듯이 말이다. 그러나 그 어떤 현혹도 없었으며, 그 어떤 작은 술렁임조차 없었다. 물론 오래전에 타계했지만 수도원 사람들이 아직 생생하게 기억되고 있는 이들 중 유해가 썩지 않았다고 전해지는 이들도 있어, 그들은 승단 전체에 감동과 신비감을 전했고 수도승들에게 훌륭하고 기적적인 존재로 여겨졌으며, 앞으로 더욱더 큰 영광이 드러날 것이라는 희망을 주었다. 신의 의지에 따라 그런 때가 도래하기만 하면 말이다. 그런 이들 중 특히 이오프 장로가 있다. 그는 105년을 산 유명한 고행자요 재계와 정진, 침묵 수행을 열심히 하던 이로서, 타계한 지는 이미 오래된 사람이다. 1810년대에 타계했다. 처음으로 온 신자들 모두에게는 그의 무덤이 소개되었는데, 그럴 때마다 특별히 깊은 경의가 표해졌고 신비로운 큰 희망이 언급되었다(바로 그 묘 위에 알렉세이가 앉아 있는 것을 파이시 신부가 아침에 본 것이다). 오래전에 타계한 이 장로에 대한 기억 외에도, 타계한 지 비교적 얼마 안 된 수도사이자 수도원의 고행 계율을 받은 고위 수도사인 위대한 바르소노피이 장로에 대해서도 거의 비슷한 기억이 남아 있었다. 그는 바로 조시마 장로에게 장로 직을 내린 사람으로서, 살아 있을 당시 수도원을 찾아오던 모든 신자들은 그를 괴짜 성직자로 여겼다. 방금 언급한 두 사람에 대한 전설이 존재하는데, 이들이 관 속에 누워 있을 때 마치 산 사람 같았고, 장사 지낼 당시 전혀 썩지 않았고 오히려 관 속에서 얼굴이 환해졌다는 내용이다. 또한 어떤 사람들은 꿋꿋이 기억해내기를, 그들의 몸에서 분명히 향기가 났다고 했다. 그런 깊은 감동을 주는 추억들이 존재함에도 불구하고, 조시마 장로의 관에서 거론하기 꺼림칙하고 매몰차고 심술궂은 현상이 나타나게 된 직접적 원인을 규명하는 것은 어디까지나 어려울 듯하다. 나의 개인적인 의견을 말하자면, 한꺼번에 영향력을 발휘한 다양한 원인들이 한데 모여서 그랬을 것이다. 그중에서 하나를 예로 들자면, 사람들이 장로 제도를 해로운 신제라 일컬으며 드러내던 바로 그 역사 깊은 적대감이다. 그런 적대감은 수도원 내의 많은 수도승들의 지성 가운데에 계속 존재하고 있었다. 또 예를 들자면, 물론 이것이 더 중요하다고 하겠는데, 바로 고인의 성스러움에 대한 질투로

서, 그의 생전에는 성스러움이 철옹성 같았으므로 그에 대해 반대 의사를 표시하는 것은 마치 금지되다시피 했었다. 비록 장로가 많은 이들의 인기를 얻은 것이 기적을 창출해서라기보다는 그가 품었던 사랑에서 비롯된다고 봐야 하고 그래서 그를 사랑하는 사람들이 주위에 아주 많았다고 해야겠지만, 그럼에도 불구하고, 아니, 어쩌면, 그랬기에 더욱 그를 질투하는 사람들 역시 생겨났으며, 나아가 열렬한 적의를 품은 자들 역시 생겨났다. 적의를 고스란히 드러내는 자들도 있었고 적의를 은근히 품는 자들도 있었다. 수도원 내부뿐 아니라 속인들 가운데에도 그랬다. 예를 들어 장로는 누구에게도 해를 끼치지 않았지만, 그럼에도 불구하고, "그를 도대체 왜 그렇게 거룩하다고들 하는 거야?" 하는 질문이 점점 더 자주 반복되면 아무리 채워도 채워지지 않는 적의가 끝없이 쌓여가기 마련이다. 바로 그래서 많은 사람들이 그의 시신에서 나는 썩는 냄새를 맡고서, 게다가 그토록 빨리 맡고서(그가 사망한 지 하루도 안 지났다) 그리도 기뻐했다고 나는 생각한다. 장로를 깊이 존경했던 사람들, 끝까지 그를 숭상해온 이들 가운데 이 일 때문에 모욕을 당한 것이나 다름없이 된 사람들, 개인적으로 화를 내기도 하는 사람들 역시 있었지만 말이다. 이 일의 진행 과정을 살펴보면 다음과 같다.

부패가 시작됐다는 것이 드러나자마자, 고인의 방에 들어오는 수도승들의 모습만 보아도 왜 왔는지를 알 수 있었다. 들어와서 잠시 서 있다가 나가서, 떼를 지어 바깥에 서서 기다리는 다른 이들에게 가능한 한 빨리 소문을 확인시켜주려는 것이었다. 기다리던 이들 중 어떤 사람들은 슬프게 고개를 끄덕였지만 또 어떤 사람들은 자신의 기쁨을 감추려고 하지도 않았다. 악의를 품은 그 눈빛에는 분명한 기쁨이 내비쳐졌다. 그리고 고인에 대해 공경을 품던 이들이 수도원 안에 어쨌든 더 많았음에도 불구하고 아무도 그들을 더 이상 책망하지 않았고 아무도 선한 목소리를 높이지 않은 것은 경이로운 일이었다. 보아하니 이번에는 소수 집단이 일시적으로 기세를 살리도록 주께서 친히 허락하신 것 같았다. 얼마 지나지 않아 속인들 역시 소문의 진위를 확인하러 장로의 방에 슬쩍 들어와보기 시작했다. 방문객들 중 교육 수준이 높은 이들이 더 많이 그렇게 했다. 평민들은 들어오는 경우가 적었다. 비록 그들도 암자 대문 앞에 떼를 지어 있었지만 말이다. 실로 3시 이후에 속인들의 방문 물결이 매우 세차진 것이 바로 호기심을 유발시키는 그 유혹적인 소문의 작용이었음에는 의심의 여지가 없었다. 원래 그날 오지 않을 작정이었던 이들, 올 생각조차 안 했던 이들마저 일부러 오는 현실이었다. 그중에는 높은 관직에 있는 이들도 몇몇 있었다. 하지만 점잖고 엄숙한 분위기는 겉으로 계속 유지되고 있었으므로 파이시 신부는 확신 있고 정연한 톤으로, 근엄한 표정을 하고, 자리 잡아가는 상황을 마치 눈치채지 못한 듯 복음서를 계속 낭독하고 있었다. 비록 평범치 않은 상황을 이미 오래전에 눈치챘지만 말이다. 그러나 결국 그의 귀에까지 사람들의 목소리가 들어오기 시작했다. 처음에는 다분히 조용했지만 그 목소리들은 점점 강경해져갔고 힘을 얻었다. "신의 판단은 사람의 판단과 같지 않나 봐" 하는 소리를 파이시 신부가 문득 들었다. 그 말을 처음으로 입 밖에 낸 사람은 속인으로서 이미 나이가 많은 읍 공무원이었는데, 다분히 경건하다고 두루 알려져 있었다. 한편 그가 그 말을 입 밖에 낸 것은 이미 오래전부터 계속 수도승들이 서로 귓속말로 주고받던 말을 따라한 것뿐이었다. 수도승들은 이 절망적인 말을 이미 오래전부터 했고, 고약하게도 그 말이 반복되는 거의 매 순간 의기양양해했다는 것이다. 더군다나 이제는 벌써 점잖고 엄숙한 분위기마저 무너져내리기 시작했다. 아니나 다를까 모두가 이제 그런 분위기를 깨뜨릴 권리라도 있는 듯했다. "거참, 왜 이런 일이 벌어지는 거지?" 하고 몇몇 수도승들이 처음에는 유감을 표현하는 것처럼 말했다. "그분 몸이 크지도 않았고 말랐었고 뼈가 앙상했었는데, 대체 어디서 이런 냄새가 난단 말이야?" 하는 말에, "그러니까 신께서 일부러 교시하시는 게 아닐까?" 하고 다른 사람들이 얼른 덧붙였다. 그들의 의견은 논쟁의 대상이 되지 않고 즉시 받아들여졌다. 왜냐하면 사람이 죽으면 으레 냄새가 나지만, 보통은 냄새가 나기 시작하는 시점은 좀 더 나중으로 이토록 서둘러 나지는 않는다는 것이었다. 못해도 하루는 지나야 난다고 했다. 그런데 '이분한테서 자연 현상이 서둘러 나타나는 것이', 신의 의지가 아닌 바에야 어떻게 그렇게 될 수 있느냐는 것이었다. 신의 교시라는 것이었다. 이런 판단은 엄청난 세력을 얻었다. 고인의 사랑을 받았던 겸손한 성품의 신부이자 사서인 이오시프 수도사제가 고인에게 악담을 하는 몇몇 사람들을 상대로 반대 의견을 폈다. "어디서나 다 그렇지 않다. 정교회에 의인들의 시신은 썩지 않아야 한다는 교리가 있는 것은 아니며, 단지 의견일 뿐이다. 정교 신앙이 가장 좋은 곳들에서는, 예를 들어 아토스산에서는 썩는 냄새에 사람들이 당혹해하지 않으며, 거기서는 몸이 썩지 않는 것이 구원받은 자들이 영광을 입었다는 주된 징조로 여겨지지도 않으며, 징조는 그들의 몸이 이미 오랜 세월 동안 땅 속에 있어 썩은 다음에 드러나는 뼈의 색깔이다. 뼈가 밀랍처럼 누런 것이 바로 주께서 타계한 의인에게 영광을 입히신 징조다. 옛날부터 정교가 무너지지 않고 거룩하고 깨끗한 모습 그대로 보존되는 위대한 곳인 바로 그 아토스산에서 그렇다." 이오시프 신부는 그렇게 말을 맺었다. 그러나 겸손한 성품의 이오시프 신부의 말은 그다지 큰 효력을 거두지 못했고, 심지어 비웃음이 깃든 반대 의견을 불러일으켰다. '그건 다 학식이 있다고 하는 자들이 새로 만들어낸 것이므로 들을 필요도 없다'는 것이 수도승들이 낸 결론이었다. "우리한테는 다 옛것이 보존되고 있다. 지금 세상에 새로 만들어지는 것이 어디 한둘인 줄 아는가? 그걸 전부 따르라는 말인가?" 하고 또 다른 이들이 덧붙였다. "우리 신부들이 그곳 신부들보다 수적으로 적지 않았다. 그곳 사람들은 터키 영향하에서 모든 걸 잊어버렸다. 그곳에선 정교가 오래전부터 흐려졌다. 거기선 종도 치지 않는다"는 것이 비웃는 태도를 가장 적나라하게 드러낸 사람들의 말이었다. 이오시프 신부는 마음이 침울해져 자리를 떠났다. 본인이 자기 의견을 강경하게 말하지 못한 점 때문에 기분이 나빴다. 자기 의견에 대해 스스로 확신이 불충분하기도 했고 말이다. 그는 아주 보기 안 좋은 상황이 시작되며 불복종하는 분위기가 고개를 쳐들고 있다는 당혹스러운 예감이 들었다. 이오시프 신부가 자리를 뜨자 이성적 판단을 지향하던 목소리들이 조금씩 잠잠해졌다. 어떻게 하다 보니, 고인이 된 장로를 사랑하던 자들과 장로 제도 확립을 순종적으로 받아들이던 자들이 모두 갑자기 무언가에 겁을 먹은 듯, 서로 만나면 소심하게 서로 얼굴을 살피기만 하는 분위기가 됐다. 장로 제도를 신제라고 하면서 반대하던 자들은 거만하게 고개를 들었다. "돌아가신 바르소노피이 장로와 비슷한 점이란 조금도 없을뿐더러 향기도 다 날아갔구먼" 하면서 그들은 비웃었다. 그들은 조시마 장로에 대하여, "장로 제도를 확립시킨 공은 없어. 그냥 사람 자체는 의인이었다고 해도" 하고 말하는가 하면, 그다음부터는 비판을 쏟아붓고 심지어 그의 죄를 들먹이기까지 했다. 상황 파악이 아주 뒤떨어지는 축에 끼는 자들은 말했다. "잘못된 교훈을 주었어. '삶은 큰 기쁨이다. 눈물에 젖은 복종이 아니다'라고 가르쳤잖아." 그보다 더 꽉 막힌 자들은 그 말에 장단을 맞춘답시고 말했다. "신앙 생활을 신식으로 했어. 지옥 불을 실제 불로 인정 안 했어." 또 다른 시기하는 자들은 말했다. "금욕 생활이 철저하지 못했어. 단 것을 먹었거든. 차 마실 때 버찌 잼을 같이 먹곤 했어. 아주 좋아했지. 그래서 여자들이 갖다 주곤 했잖아. 수도원의 고행 계율을 받은 수도사가 그런 걸 즐기면 되나?" 남 잘못되는 걸 즐기는 성격이 가장 강한 자들은 잔인하게 지적했다. "거만하게 앉아 있었어. 성인 행세를 하면서 말이야. 사람들이 자기 발 앞에 엎드리는 것을 당연히 그래야 하는 것으로 생각했다고." 장로 제도를 가장 열렬히 반대하는 자들은 악의로 속삭였다. "고해 성사 의식을 악용했어." 그렇게 말하는 이들 중에는 아주 연륜이 깊고 자신의 정진에 있어 엄격한 수도승들, 진실하게 금욕 생활과 침묵 수행을 하는 이들, 조시마 장로 생전에는 아무 이야기도 안 하다가 이제 갑자기 입을 연 이들도 있었다. 상황이 아주 안 좋았다. 그들의 이 말들은 젊은 수도승들, 아직 수도원 생활이 확립되지 않은 수도승들에게 큰 영향을 미칠 수 있었다. 오브도르스크에서 온 손님, 즉 성 실베스트르 수도원에서 온 수도사는 깊이 한숨을 쉬며 고개를 끄덕여가며 그런 말들을 다 새겨들었다. '아무래도 어제 페라폰트 신부가 옳은 말씀을 하신 거 같아' 하고 그는 혼자 생각했다. 그런데 그러자마자 실제로 페라폰트 신부가 모습을 드러냈다. 마치 그의 마음의 동요를 배가시키기라도 할 듯 말이다.

필자가 전에도 말했다시피, 그는 양봉 지대의 나무로 된 오두막에서 거의 나오지 않았다. 교회에도 오랫동안 모습을 드러내지 않곤 했는데, 사람들은 그를 괴짜라고 생각했기에 모든 사람들에게 공통되는 규칙과 연관 짓지 않고 그런 행동도 눈감아주곤 했다. 그러나 완전히 진실을 말한다면, 사람들이 그의 행동을 눈감아주는 것은 그럴 필요가 있어서였다. 그와 같은 위대한 금욕주의자이자 침묵수행자로서 밤낮으로 기도하는(무릎을 꿇고 앉아 잠드는 적도 있었다) 사람에게 일반적인 규정을 들어 집요하게 부담을 지우는 것은 어쩐지 부끄러운 일이다. 그 스스로가 그 규율을 지키겠다고 나서지 않는 이상 말이다. 수도승들은, '그분은 우리보다 훨씬 거룩하시며 규정을 지키는 것보다 더 어려운 것을 행하신다. 교회에 오시지 않는 것은 언제 와야 할지를 스스로 아시기 때문이다. 그분은 자기만의 규정을 갖고 계시다'라는 입장이었다. 마침 수도원에서 일고 있던 쑥덕거림과 현혹적 사건 역시 사람들이 페라폰트 신부의 행동을 따로 거론하지 않는 이유였다. 모두가 알고 있던 바, 페라폰트 신부는 조시마 장로를 매우 싫어했다. 그런 상황에서, "신의 판단은 사람의 판단과 같지 않나 봐. 자연 현상이 서둘러 나타나기까지 했어" 하는 소식이 페라폰트 신부가 기거하던 방에까지 간 것이다. 누구보다도 먼저 그에게 소식을 전하러 달려간 사람은 오브도르스크에서 온 손님이라고 봐야 할 것이다. 그는 이미 어제 페라폰트 신부에게 갔다가 겁을 먹고 돌아왔다. 필자가 또 언급한 바, 파이시 신부는 관 앞에 굳건하고 확고하게 서서 낭독을 하느라 비록 조시마 장로의 방 바깥에서 일어나는 일을 듣거나 볼 수는 없었지만, 자기가 처한 환경을 훤히 알고 있었으므로 중요한 모든 것은 머릿속에서 미리 정확히 내다보았다. 그는 당혹했던 것은 아니고, 다만 또 일어날 수 있는 모든 일에 대하여 두려움 없이 준비를 하는 입장에서, 술렁임이 끝내 무엇으로 이어질 것인지를 면밀한 관점으로 고찰하고 있었다. 그의 머릿속 시각에는 그 그림이 이미 보였다. 그러다가 별안간 예상 못 한 소란스러움이 그의 청각을 때렸다. 점잖고 엄숙한 분위기가 이미 온데간데없어진 것은 명백했다. 문이 활짝 열리더니 페라폰트 신부가 문지방에 모습을 드러냈다. 뒤에는 그와 함께 온 듯한 수도사들이 현관 계단 아래쪽으로 많이 떼를 지어 있는 모습이 방에서 꽤 잘 내다보였다. 그들 가운데에는 속인들도 섞여 있었다. 하지만 페라폰트 신부와 함께 온 자들은 방에 들어오지도, 현관 계단 위로 올라오지도 않았다. 다만 그 자리에 우뚝 서서, 페라폰트 신부가 이제 무슨 말을 하고 어떤 행동을 할지를 궁금하게 지켜보고 있었다. 그들은 페라폰트 신부가 공연히 온 게 아님을 예감했기 때문이다. 그들이 대담한 태도들이었음에도 불구하고 그들 가운데에서는 긴장감이 감지되었다. 페라폰트 신부는 문지방에 멈춰 서서 양팔을 쳐들었다. 그의 오른팔 뒤로, 오브도르스크에서 온 손님의 예리하고 호기심에 찬 눈길이 보였다. 그 혼자만 참지 못하고, 자신의 크나큰 호기심을 못 이겨 페라폰트 신부를 뒤따라 계단 위로 달려 올라온 것이었다. 그 외의 다른 사람들은 큰 소리와 함께 문이 활짝 열렸을 때 오히려 갑자기 무서워져 더 뒤로 물러난 상태였다. 페라폰트 신부가 양팔을 높이 쳐들고 외쳤다.

"내쫓을 걸 내쫓으리다!"

그 뒤 곧장 사방으로 차례차례 몸을 돌리면서 벽과 방의 네 구석을 향해 손으로 성호를 그었다. 그와 함께 온 모든 이들이 페라폰트 신부의 행동을 즉시 이해했다. 신부가 어딜 들어가든 항상 그렇게 행동해왔다는 것을 알았기 때문이다. 그런 식으로 악마의 세력을 쫓아내기 전에는 앉지도 않고 말도 안 한다는 것을.

"사탄아, 나가라, 사탄아, 나가라!"

그는 성호를 그을 때마다 말을 반복했다. 그러다 "내쫓을 걸 내쫓으리라!" 하고 또다시 소리쳤다. 그는 늘 입던 허름한 법의를 입고 허리에 끈을 매고 있었다. 대마 재질의 상의 사이로 흰 털이 수북한 그의 맨가슴이 드러났다. 발은 완전히 맨발이었다. 그가 팔을 휘젓기 시작하자마자 법의 밑에 차고 다니던 섬뜩해 보이는 쇠사슬이 흔들리며 소리를 내기 시작했다. 파이시 신부는 낭독을 중단하고 앞으로 한 걸음 나아가 그의 앞에 서서 기다렸다. 그러다가 결국 엄한 표정으로 그를 바라보며 말을 꺼냈다.

"신부님, 무슨 일로 오셨소? 어째서 엄숙한 분위기를 망치는 거요? 왜 온순한 양떼에 소요를 일으키는 거요?"

"뭐 하러 왔냐고? 왜 물어보는데? 믿음은 어때? 여기 와 있는 당신네 손님들 내쫓으러 흘러왔지. 더러운 악마 놈들 말이야. 나 없을 때 많이도 모셔놨네. 자작나무 가지 빗자루로 쓸어내고 싶네."

"악마의 세력을 내쫓는다고 하면서 오히려 악마를 섬기는 거 아니시오? '나는 거룩하다'라고 누가 말할 수 있겠소? 신부님이라고 해서 말할 수 있겠소?" 하고 파이시 신부가 지지 않고 말했다.

"난 부정한 놈이야, 거룩한 놈이 아니라. 괜히 상석에 앉아

내가 무슨 우상인 양 나를 숭배하라고 하지 않겠어. 오늘날 사람들이 거룩한 믿음을 망치고 있어. 당신네 거룩하신 돌아가신 양반이 말이야……." 페라폰트 신부가 쩌렁쩌렁한 소리로 그렇게 말하고는 군중 쪽으로 얼굴을 돌리고 손가락으로는 관을 가리킨 다음 계속 말했다. "악마를 부정했어. 악마를 약으로 해결할 수 있다고 생각했어. 그러니 악마들이 여기 쫙 퍼졌지. 거미들처럼 구석구석 말이야. 그러다 지금은 자기 스스로 악취를 피우고 있네. 주님의 위대한 교시를 알겠군."

조시마 신부 생전에 사실 그런 일이 있었다. 수도승 한 사람이 악마 꿈을 꾸기 시작했는데 그러다가 결국에는 악마를 실제로 보기 시작했다. 공포에 떨면서 그가 장로에게 그 얘기를 했을 때 장로는 쉬지 말고 기도하고 금욕 생활을 강화하라고 충고했다. 그러나 그것이 도움이 되지 않자 장로는 금욕 생활과 기도 생활을 계속하면서 약을 하나 먹어보라고 충고했다. 그때 많은 사람들이 미혹에 빠져 머리를 끄덕여가며 자기들끼리 이야기를 나누곤 했고, 장로의 이 '범상치 않은' 해결책에 대하여 비방하던 몇몇 사람들은 즉시 페라폰트 신부에게 달려가 알렸다. 그러자 페라폰트 신부가 무척 어이없게 생각했었다.

"나가시오, 신부님!" 하면서 파이시 신부가 명령조로 말했다. "판단하시는 이는 사람이 아니라 신이시오. 여기서 보이는 '교시'는 어쩌면 신부님도, 나도, 아무도 납득 못 할 것일 수 있소. 나가시오, 신부님! 그리고 양떼를 소요케 하지 마시오!" 하고 그가 완고하게 재차 말했다.

"고행 계율을 받은 수도사 신분으로 금욕 생활을 하지 않았으니 이런 교시가 나왔을 수밖에. 그건 확실해. 죄를 감추는 것은 또 어땠고!" 하면서 비이성적으로 열이 받친 페라폰트 신부가 잠잠해질 줄을 모르고 계속했다. "사탕을 무지하게 좋아했어. 여자들이 주머니에다 넣어 사탕을 갖다 주고 그랬잖아. 단 것이랑 같이 차를 홀짝홀짝 마시길 좋아했지. 자기 배를 섬겼어. 단 것으로 채우면서 말이야. 머리는 거만한 생각으로 채우고. 그러니 이런 수치를 받는 거지……."

"신부님, 말씀이 너무 경솔하시오!" 하면서 파이시 신부 역시 언성을 높였다. "신부님의 금욕 생활과 고행은 놀랍소. 하지만 신부님의 말씀은 경솔하오. 무식하고 변덕 심한 속세의 젊은이가 하는 말 같구려. 어서 나가시오, 신부님. 내 말에 따르시오." 하고 파이시 신부가 종지부를 찍듯 우렁차게 말했다.

"그래, 나갈게!" 하고 페라폰트 신부가 전혀 당황하지 않으면서, 그러나 계속 적의에 차서 말했다. "그래, 당신들 배운 거 많고 이성이 발달해서 이 보잘것없는 나보다 위에 서겠다는 거지? 무식한 내가 여길 다 와 있구먼. 그나마 알던 것도 잊어버렸어. 신께서 친히 당신들의 유식함으로부터 보잘것없는 나를 보호하신 거지."

파이시 신부가 그를 내려다보면서 꿋꿋하게 기다렸다. 페라폰트 신부는 약간 침묵하다가 갑자기 비탄에 빠진 듯 오른손을 뺨에 대고는 조시마 장로의 관을 보면서 마치 노래하듯이 말했다.

"내일 저 사람 관 앞에서 '도우시며 보호하시는 이'를 부를 거야. 유명한 찬송가지. 그런데 내가 죽으면 보잘것없는 송가 '그 어떤 삶의 달콤함이'나 부르겠지."[20]

그의 말은 울먹이는 톤이었고, 불쌍하게 들렸다. 그러다가, "거만해져서 우쭐대고들 있구먼! 이 자리는 텅 비었어!" 하고 갑자기 미친 사람처럼 소리를 지르고는 손을 휘젓고 홱 돌아서서 화급히 현관 계단으로 내려갔다. 밑에서 기다리고 있던 군중이 어리둥절하여 어찌할 줄 몰라했다. 어떤 이들은 당장 그를 뒤따라갔고, 또 어떤 이들은 갈까 말까 꾸물거렸다. 장로의 방 방문은 아직 열려 있는 상태고 파이시 신부가 페라폰트 신부 뒤로 현관으로 나와 서서 지켜보고 있었다. 그러나 후퇴하는 것으로 보이던 페라폰트 신부는 알고 보니 거기서 끝내지 않았다. 스무 걸음쯤 가고 나서 그는 갑자기 지는 태양 쪽으로 몸을 돌리더니 양팔을 머리 위로 쳐들고, 마치 누가 그를 넘어뜨리기라도 하는 듯 땅으로 푹 쓰러지면서 엄청나게 큰 소리로 외쳤다.

"나의 주님이 승리하셨다! 그리스도께서 지는 태양을 이기셨다!"

그는 태양 쪽으로 양팔을 쳐들고 미친 듯이 소리 지르고는 엎어져 얼굴을 땅에 대고 어린아이처럼 엉엉 울기 시작했다. 통곡에 몸을 떨면서 팔로 땅을 문질러댔다. 그러자 모두가 그에게 달려가 제각기 큰 소리로 뭐라고 외쳤고, 그러자 또 울부짖음이 이어졌다. 광란의 분위기가 모든 사람을 장악한 듯했다.

"이분이 바로 거룩하신 분이다! 이분이 바로 의인이시다!" 하고 이미 겁을 상실한 외침들이 울려 퍼졌다.

"장로가 된다면 이분이 되셔야 한다!" 하고 다른 이들이 악의를 품고 덧붙였다.

"이분은 장로가 안 되실 거요. 시켜도 안 하실 거요. 저주받을 신제를 안 따르실 거요. 남들이 하는 바보짓을 따라하지 않으실 거요" 하고 또 다른 목소리들이 반응했다. 이 소란이 어디까지 가게 될지 상상이 어려운 지경이었는데, 마침 그때 예배 소집을 알리는 종소리가 울려 퍼졌다. 모두가 일제히 성호를 긋기 시작했다. 페라폰트 신부도 일어나, 자기 방어의 표시로 몸 앞에서 십자를 그으면서 거처로 가기 시작했다. 그는 뒤를 돌아보지 않으며 계속 무언가를 외쳤는데, 이제는 이미 전혀 못 알아들을 소리였다. 몇몇 사람이 그의 뒤를 따랐지만 적은 수였고, 대다수는 예배 처소로 서둘러 가느라 그 자리를 떴다. 파이시 신부는 이오시프 신부에게 낭독하는 일을 넘기고 아래쪽으로 내려갔다. 광신자들의 미친 함성 때문에 그가 시험에 들 리는 없었지만, 왠지 원기가 팍 수그러지고 갑자기 허전함이 엄습하는 게, 아무래도 무슨 특별한 일 때문인 것 같았다. 그는 퍼뜩 멈춰 서서 자신에게 질문을 던졌다. '원기가 수그러질 정도의 이 쓸쓸한 내 감정은 무엇으로 인한 것인가?' 그러다 자기도 놀랄 정도로 즉시 깨달았다. 이 갑작스러운 쓸쓸함의 원천은 아무래도 가장 작으면서도 이상해 보였던 일일 것이라고. 무슨 일이었나 하면, 방금 조시마 장로가 쓰던 방 입구 앞에 모여 있던 군중 가운데서, 흥분해 있는 다른 사람들 가운데서 알렉세이가 있었던 것이다. 그리고 그 즉시 마음속에서 그 아픔을 느낀 일을 그는 지금 기억해냈다. '왜인가? 정말 그 젊은이가 그 정도로 내 마음속에서 큰 의미를 갖는단 말인가?' 하고 그는 문득 자신에게 물어보았다. 바로 그때 알렉세이가 옆을 지나쳐 가는 중이었다. 어디를 서둘러 가는 듯싶었는데, 그렇다고 성전 쪽은 아니었다. 두 사람의 눈길이 마주쳤다. 알렉세이가 재빨리 눈길을 거두어 눈을 땅으로 내리깔았다. 그런 모습 하나만 보아도 파이시 신부는 이미 짐작할 수 있었다. 이 젊은이의 마음속에서 지금 얼마나 강한 변화가 일고 있는지를.

"너도 시험 든 거냐?" 하고 파이시 신부가 퍼뜩 소리쳤다. 그러고는 "설마 너도 저 믿음 적은 자들 편에 선 건 아니겠지?" 하고 슬픈 어조로 덧붙였다.

알렉세이가 걸음을 멈추고 무어라 단정 지을 수 없는 눈길로 파이시 신부를 쳐다보았다. 그러나 곧 눈길을 거두어 다시금 땅으로 깔았다. 옆으로 비딱하게 서서, 파이시 신부 쪽으로 몸을 돌리지 않은 채였다. 파이시 신부가 그를 면밀히 주시했다.

"어딜 그렇게 서둘러 가는 거냐? 예배를 알리는 종이 울렸는데" 하고 그가 다시 질문을 던졌으나 알렉세이는 대답이 없었다.

"너 혹시 암자를 떠나는 거냐? 축복해달라는 요청도 없이?"

알렉세이가 별안간 픽 하고 비웃고는, 질문을 던진 신부에게 이상한, 아주 이상해 보이는 눈빛을 선사했다. 그의 스승이었던, 그의 마음과 이성을 지배하던, 그가 그리도 사랑하던 조시마 장로가 세상을 뜨면서 바로 파이시 신부에게 그를 맡겼는데도 말이다. 그러고는 계속 아무 대답도 하지 않으면서, 마치 지켜야 할 예의 같은 것도 상관없다는 듯 손을 내젓고는 잰 걸음으로 암자 출구 쪽으로 휙 멀어졌다.

"다시 오게 될 거야."

놀란 파이시 신부가 그의 뒷모습을 보면서 슬프게 속삭였다.

# II
## 흔치 않은 순간

 파이시 신부가 그의 '귀여운 소년'이 다시 돌아올 것이라고 판단했을 때 그 판단은 물론 잘못되지 않았다. 파이시 신부는 알렉세이가 마음속에 품은 참된 뜻마저 꿰뚫어보고 있었을지도 모른다(완전히 다는 아닐지언정 그래도 상당히 통찰력 있게). 그렇다 치더라도, 필자 솔직히 고백하건대, 내가 그리도 사랑하는, 아직 청소년 티를 벗지 못한 이 주인공의 삶의 순간들 중 지금과 같은 이상하고 애매한 순간이 갖는 정확한 의미를 명백하게 전달하기가 매우 어려울 듯하다. 파이시 신부가 비애에 찬 목소리로 알렉세이에게 던진, "혹시 너도 믿음 적은 자들 편에 선 거냐?"라는 질문에 나 같았으면 당연히 이렇게 확고히 대답했을 것이다. "아니요. 쟤는 믿음 적은 자들 편에 선 게 아니외다." 그뿐만 아니라 그와 완전히 반대되는 상황이라고 할 수 있었다. 그가 겪던 당혹함은 바로 그가 굳은 믿음을 갖고 있었기 때문에 발생했다. 하지만 어쨌든 분명히 당혹스러움이 존재했으며 그 때문에 그가 고통스러웠기에, 그 뒤 오랜 시간이 지난 뒤에도 알렉세이는 이 슬픈 날이야말로 자기 삶에서 손에 꼽을 정도로 힘들고 비참했던 날들 중 하나라고 여겼다. 만일 "모든 비애와 공황을 겪은 것이 설마 단지 그가 모시던 장로의 시신에서 즉시 회복이 일어나는 대신, 반대로 때 이른 부패가 발생해서일까?" 하고 직접적으로 누군가가 질문을 던진다면, 나는 주저하지 않고 대답할 것이다. "그렇다. 진짜로 그것 때문이다." 단, 독자에게 부탁하고 싶다. 나의 주인공의 깨끗한 마음을 너무 성급하게 비웃지는 말아달라고. 나는 예를 들어 나이상 그가 청소년 수준밖에 안 된 점을 들어, 혹은 그가 그전까지 거쳤던 학문에서 내세울 만한 성과가 없는 점 등을 들어 그의 믿음이 순진하고 단순한 것에 대해 대신하여 용서를 빌거나 혹은 그 점을 스스로 용서하고 정당화하려고 할 의도가 없을뿐더러, 오히려 그와 반대로 행동하련다. 즉, 그가 가진 마음의 본질에 대하여 진정한 존경을 느끼노라고 확고히 선언하련다. 물론 다른 젊은이 같았으면 자기가 받은 인상에 너무 좌우되려 하지 않았겠고, 사랑을 뜨겁게 하는 게 아니라 따뜻하게 할 줄 이미 알았겠고, 나이에 걸맞지 않게 매사에 이성을 동원해 너무 신중하게 파고들려 했을 테다(그러므로 큰 가치를 갖지는 못한다). 그런 젊은이 같았더라면 일어난 일에 대하여 나의 주인공인 젊은이와 똑같이 반응하진 않았을 것이라는 말이다. 내 말은 어떤 경우에는 다소 비이성적인 데에 몰두하는 행동 방식이 더 나을 수도 있다는 것이다. 그 비이성적인 행동 방식이 어차피 큰 사랑이 있었던 계기에서 나온 결과라면, 그것이 아무데에도 몰두하지 않는 것보다는 낫다. 특히 청소년기라면. 늘 이성적으로 판단하고 행동하려고 하는 젊은이는 너무 주의의 대상이라고 느껴지지 않는가. 그런 젊은이는 매력이 적다. 그게 바로 내 의견이다. 이때 정신이 제대로 박힌 사람들은 나에게 이렇게 말할 것이다. "하지만 아무리 청소년이고 젊은이라고 해서 누구나 다 비이성적이고 미신에 가까운 편견을 믿으라고는 할 수 없지 않은가? 그러므로 당신의 주인공은 나머지 젊은이들이 본받을 만한 대상은 못 된다." 그 말에 대해서 나는 이렇게 대답하겠다. "그렇다. 나의 주인공은 믿었다. 거룩하게, 확실하게 믿었다. 그것이 잘못이란 말인가? 적어도 난 그를 용서해달라고 빌지 않겠다."

내가 내 소설의 주인공을 대신하여 변론을 하고 용서를 구하고 그의 행동을 정당화하려 하지 않겠다고 쓴 건 사실이지만 (어쩌면 본인이 그 말을 쓴 게 시기상조였을 수도 있다), 지금 보건대 그래도 독자들이 이야기를 계속 이해해나가게 하기 위해서 무언가 설명을 할 필요가 있는 듯하다. 그래서 다음과 같이 말하련다. 꼭 기적과 관련된 문제만은 아니다. 기적이 일어날 것에 대하여 너무 마음 졸이는 분위기 속에서 너무 경솔하게 기대했다는 데에만 문제가 있는 게 아니다. 알렉세이가 기적을 기대했다면 그것은 확신이 옳았음에 대한 증명을 위해서가 아니었으며(그것이야말로 전혀 아니었다), 자신의 견해가 누군가 다른 사람의 견해에 대해서 곧 승리를 거둘 근거가 되길 바라며 기적을 기대했던 것이 아니었다. 정말이지 전혀 아니었다. 알렉세이가 겪은 비애의 원인 중 가장 먼저 꼽을 수 있는 것은 눈앞에 비친 얼굴이었다. 바로 그 얼굴뿐이었다. 그의 사랑하는 장로의 얼굴, 그가 그리도 숭배하다시피 존경하던 의인의 얼굴이었다. 그의 젊고 깨끗한 가슴속에 간직돼 있던 모든 것에 대해 온전히 바쳐지는 사랑은 그때와 그 전해 전체에 걸쳐 계속되어왔으며, 어쩌면 그게 안 좋은 일일 수 있겠지만, 주로 한 존재에만 집중되어왔었다. 적어도 젊은 그가 지니던 강렬한 충동 속에서는 그랬다. 그 존재는 바로 지금은 세상을 뜬 그의 사랑하는 장로였다. 장로가 확실한 이상으로 그리도 오래 존재해왔기 때문에, 그의 모든 젊은 힘은 오로지 이 이상을 향하지 않을 수 없었다. 때로 모든 것에 대해 온전히 바쳐지는 사랑이라는 개념을 잊을 정도였다(나중에 그는, 이 힘들었던 날에 자기가 그 전날 그리도 신경을 썼고 그리워했던 드미트리 형에 대해서도 완전히 잊었으며, 또 일류샤의 아버지에게 200루블을 갖다 주려고 전날 그리도 다짐을 했었음에도 그것 역시 잊었다는 것을 기억해냈다). 어쨌든 그가 필요로 했던 것은 기적이 아니었고, 다만 '최고의 정의'였다. 그가 믿던 바에 따르면 바로 그 '최고의 정의'가 어긋났으며, 바로 그래서 그의 마음이 그리도 혹독하고 급작스럽게 상처를 입었다. 그 '정의'가 일의 진행 경로상 자연스럽게 그가 그리도 좋아하던 스승의 유해에서 그 기적의 형태로 나타나기를 알렉세이가 기대했다는 것이 뭐가 이상한가? 그리고 수도원에 있는 사람들 모두가 그런 생각과 기대를 했지 않은가? 지혜로워서 알렉세이의 존경을 받았던 사람들마저, 예를 들어 파이시 신부마저 그랬지 않은가? 그런 상황이었으므로 알렉세이는 아무런 의심도 할 필요 없다고 생각하고 모두가 기대하고 있던 기적의 형태를 자신의 꿈에도 입힌 것이다. 그때 잠시만 그랬던 것도 아니고 이미 오래전부터, 수도원에서 생활한 한 해 동안 계속 알렉세이의 마음속에 그려지던 꿈이었던 것이다. 알렉세이의 마음은 바로 그런 기대에 익숙해져 있었다. 그렇지만 정의를 갈구했다. 반드시 기적을 기대했다기보다 알렉세이는 정의를 갈구했다. 그런데 바로 그가, 알렉세이의 기대에 따르면 온 세상 모든 사람보다 더 높이 들어 올려져야 할 그가, 영광을 받아야 마땅할 그가 내동댕이쳐지고 수치를 당했다니 이 무슨 날벼락이란 말이냐! 뭘 잘못했기에? 누구의 판단에 의해? 그렇게 해야 된다고 과연 누가 판단했단 말인가? 이것이 바로 알렉세이의 경험 없는 순결한 마음에 즉시 고통을 준 문제들이었다. 의인 중의 의인이 그토록 경솔하고 그토록 수준 낮은 군중의 악의에 찬 비웃음과 조롱을 받게 되자, 그는 모욕감과 마음의 고통을 견디기가 힘들었다. 사실 기적은 전혀 없었어도 괜찮았다. 기적의 기미를 띠는 것이 아무것도 나타나지 않았어도 괜찮았고, 사람들이 기대하던 것이 곧장 실현되지 않았어도 괜찮았다. 하지만 그런 치욕을 왜 당해야 했으며, 수치는 왜 허용되었으며, 때 이른 부패, 즉, 악의를 품은 수도사들의 표현대로 하자면, 그 '서두른 자연 현상'은 왜 필요했단 말인가? 그들이 이제 페라폰트 신부와 더불어 그리도 승리감에 도취되어 말하고 있는 그 '교시'는 왜 필요했단 말인가? 그리고 그들은 왜 그것이 교시라고 결론을 낼 권리를 자기들이 얻었다고 믿는 것인가? 신의 섭리와 신의 손은 어디에 있는가? 신은 왜 '가장 필요한 순간에'(알렉세이의 생각에 따르면) 자신의 손을 숨겼는가? 왜 인정사정없는 자연 법칙에 스스로 복종하기를 택했는가?

바로 이런 생각이 알렉세이의 심장을 갉아 피를 내고 있었다. 그리고 물론 내가 이미 말했듯이, 가장 중요한 것은 그가 이 세상에서 가장 사랑하던 그 얼굴이었다. 동시에 그 얼굴은 '수치를 당하고' '능욕을 당한' 얼굴이었다. 이 젊은이의 불평이 경솔하고 무분별하다 하더라도, 내가 세 번째로 반복하는데(또한 미리 동의한다. 비록 이런 나의 행동도 경솔할 수 있지만), 나는 나의 주인공 젊은이가 그 순간에 매우 사려 깊고 분별력 있는 사람처럼 행동하지 않은 점이 기쁘다. 왜냐하면 분별력은 어리석은 사람이 아니라면 언젠가 나타나게 마련이지만 특별한 순간에 이 젊은이의 마음에 사랑이 나타나지 않았다면, 그러면 사랑이 도대체 언제 나타난단 말인가? 어쨌든 지금은 한 이상한 현상에 대해서 말하고 넘어가려 한다. 이 현상은 순간적이었긴 해도, 알렉세이가 겪은 이 고비와 같은 순간에, 이 정신이 혼미해질 만한 순간에 그의 머릿속에서 일어났다. 돌연 섬광처럼 출현한 그 무언가는 알렉세이가 어제 형 이반과 대화를 나누다가 받은 다분히 괴로운 느낌과 관련되어 있었다. 그 느낌을 알렉세이는 지금 끊임없이 기억에서 되살리고 있었다. 바로 지금 말이다. 그렇다고 해서 알렉세이가 마음속에 본래 갖고 있던 기본적인 것, 말하자면 마음속의 믿음이 흔들렸다는 뜻은 아니다. 그는 자기의 신을 사랑했으며 확고부동하게 믿었다. 갑자기 신에 대해 불평하는 마음이 생기긴 했지만 말이다. 그러나 형 이반과 어제 나눈 대화를 기억할 때 되살아난, 희미하긴 하지만 마음의 고통을 동반하는 꺼림칙한 인상이 지금 갑자기 다시금 마음속에서 꿈틀거리면서 자꾸만 겉으로 튀어나오려 하고 있었다. 이미 날이 많이 어두워졌을 때, 라키친이 소나무 숲을 따라 암자에서 수도원 쪽으로 가다가, 나무 아래에서 마치 자는 것처럼 움직이지 않고 엎드려 있는 알렉세이를 우연히 발견했다. 라키친은 다가가서 알렉세이를 불렀다.

"알렉세이 너냐? 네가 설마……?"

그가 놀라서 말을 시작했지만 끝까지 다 하지 않고 멈췄다. 그는 "네가 설마 이 지경까지 왔단 말이냐?" 하고 말하려 했었다.

알렉세이는 그를 쳐다보지 않았다. 그러나 그는 알렉세이의 몸동작을 보고 알렉세이가 자기 말을 듣고 있다고 짐작했다.

"왜 그러고 있어?"

그가 놀란 목소리로 계속 물었다. 하지만 그의 얼굴에서는 놀라움이 이미 미소로 변해가고 있었다. 그 미소는 점점 비소로 변해갔다.

"야, 벌써 두 시간 넘게 널 찾고 있었어. 아까 저기 있다가 너 갑자기 없어졌더라. 여기서 지금 뭐 하는 거야? 지금 심각한 척하면서 장난하는 거야, 뭐야? 야, 날 좀 쳐다보기라도 해봐."

알렉세이가 고개를 들더니 일어나 앉아 등을 나무에 기댔다. 울고 있는 건 아니었지만 얼굴에는 괴로움이 묻어 있었고 눈빛은 귀찮아하는 감정을 담고 있었다. 한편 그는 라키친을 쳐다본 게 아니라 어딘가 먼 곳을 바라보고 있었다.

"너 얼굴 표정이 많이 변했다. 널 생각하면 곧바로 연상되던 예전의 온유한 표정은 온데간데없는데! 너 누군가한테 화가 나 있는 거야? 누가 널 화나게 했어?"

"좀 꺼져줄래?" 하고 알렉세이가 계속 딴 곳을 보면서 피곤한 듯 손을 휘저으며 툭 던지듯 말했다.

"어라? 얘 좀 보게! 완전히 다른 보통 사람들처럼 소리도 지르고 그러네? 천사 같은 애가 왜 그래? 너 정말 날 놀라게 했다. 정말이야. 나 여기서 어떤 일에도 안 놀라게 된 지 오랜데 말이야. 그래도 네가 교육을 잘 받은 사람이라고 생각하고 있었는데…….”

알렉세이가 마침내 그를 쳐다보았다. 하지만 산만한 눈길이었다. 마치 아직 그의 말을 다 이해하지 못한 듯이.

"네가 모시던 노인께서 악취를 피우는 거, 그거 하나 때문에 지금 그러는 건 아니지? 야, 설마 너 진짜로 그분이 기적 같은 걸 일으킬 거라고 진지하게 믿지는 않았지?” 하고 라키친이 다시금 진심으로 놀라는 감정으로 돌아오면서 외쳤다.

"믿었다. 지금도 믿고, 믿고 싶고, 또 앞으로도 믿을 거다. 어쩔래? 뭘 더 원해?” 하고 알렉세이가 신경질을 내며 소리쳤다.

"원하는 건 아무것도 없어. 야, 너도 참……! 그런 건 지금 초등학교 학생도 안 믿는다! 그건 그렇고……, 젠장! 너 지금 네 신한테 화가 나서 그러는 거구나! 흠……, 그러니까 번듯한 관등만 줬지, 정작 명절날 되자 훈장은 안 줬다 이거지? 에이그, 참…….”

알렉세이가 눈을 가늘게 뜨고 한참을 라키친을 쳐다보았다. 그러다 갑자기 그의 눈에서 무언가가 번쩍했다. 하지만 라키친에 대한 증오는 아니었다.

"나 내 신에게 반항하는 거 아니야. 단지 신의 세계를 못 받아들일 거 같다 이거야.”

알렉세이가 갑자기 비딱하게 웃으며 말했다.

"그건 또 무슨 실없는 소리야? 세계를 못 받아들이겠다니?"

알렉세이는 아무 대답도 하지 않았다.

"자, 시시한 이야기는 됐고! 이제 중요한 얘기를 하자. 너 오늘 뭣 좀 먹었어?"

"글쎄……, 잘 기억이 안 나. 먹은 것 같기도 하고."

"너 뭘 좀 제대로 먹어야 돼, 네 얼굴을 봐서는. 널 보니까 나도 모르게 동정심이 생긴다. 너 밤에 한잠도 못 잤잖아. 듣자 하니, 여러 이야기들을 주고받았다고 하더구먼. 그다음에는 인제 그 난리법석이 있었고……. 성찬식에 쓰인 빵 한 조각이라도 좀 먹지 그래? 나 지금 주머니에 소시지 있어. 아까 읍에 다녀오다가 만약을 대비해서 집어넣었지. 하긴 넌 소시지 안 먹……."

"소시지 좋아."

"어럽쇼! 이제 아주……! 보아하니 진짜 반항이구먼! 바리케이드 치는 거야? 음……, 이건 그냥 대충 보아 넘길 일이 아니군. 나 있는 데로 같이 가자. 나 지금 피곤해 죽을 지경이라 보드카도 한잔하려고 하는데 말이야. 설마 보드카는 마신다고 안 하겠지? 아니면 마실래?"

"보드카도 좋아."

"어이쿠, 이거 봐라!" 하면서 라키친이 놀라서 쳐다봤다. "그래, 뭐가 어떻든, 보드카든 소시지든, 이거 아주 괜찮은 일인

149

데! 이런 기회는 항상 오는 게 아니지. 가자!"

알렉세이가 말없이 땅에서 일어나 라키친의 뒤를 따랐다.

"네 형 이반이 이 모습을 보았다면 얼마나 놀랐겠냐! 참, 그러고 보니 네 형 이반 표도로비치가 오늘 아침 모스크바 갔다. 너 그거 알아?"

"알아" 하고 알렉세이가 태연하게 말했다. 그때 갑자기 알렉세이의 머릿속에 형 드미트리의 모습이 잠깐 떠올랐다. 그러나 잠깐 떠오른 것뿐이었다. 이로써 더 이상 한시도 미루지 말고 빨리 해결해야 할 일이 있다는 무거운 의무감이 느껴졌지만, 그뿐이었다. 그런 의무감에 대한 연상도 그에게 큰 영향을 끼치지는 못했고 가슴 깊은 곳까지 다다르지 못했다. 단숨에 그의 기억에서 잊혔다. 그러나 나중에 가서 알렉세이는 자기가 그때 그랬었다는 것을 오래 기억했다.

"네 형 이반이 언젠가 내 얘기를 한 적 있어. 내가 '속에 든 것도 없으면서 자유주의만 부르짖는 놈'이라던데. 너도 한번은 참지 못하고 나한테 그랬잖아, 내가 성실하지 못하다고. 뭐, 맘대로들 생각하셔! 이제 내가 보겠어. 너희들이 속에 얼마나 들었는지, 얼마나 성실한지(마지막 말은 자기에게만 들리도록 속삭이는 소리로 했다). 자, 그러면(그는 다시 큰 소리로 말하기 시작했다), 수도원을 옆에 두고 지나서 오솔길을 따라 읍으로 직진한다. 음……, 참, 그러고 보니 내가 호흘라코바 부인한테 들러야 되네. 한번 생각해봐. 일어난 일에 대해서 내가 호흘라코바 부인한테 다 편지로 통보했거든. 그랬더니 말이야, 호흘라코바 부인이 나한테 순식간에 쪽지를 적어 보냈는데, 연필로 써서 말이야(이 여자는 쪽지 쓰는 거 되게 좋아해), '조시마 신부님과 같은 훌륭하신 장로님한테서 그런 건 전혀 예상 못 했다'는 거야. '그렇게 행동하실 줄' 예상 못 했대. 진짜로 그렇게 썼어. '그렇게 행동하실 줄'이라고. 나름대로 화가 난 거야. 아이고, 참, 사람들이 다 왜들 그러는지! 잠깐만!"

그가 별안간 소리치고는 우뚝 멈춰 섰고, 알렉세이의 어깨를 잡아서 알렉세이도 멈춰 서게 했다.

"있잖아, 알렉세이야."

그가 호기심 어린 눈으로 알렉세이의 눈을 쳐다보았다. 마치 갑자기 무슨 기발한 생각이 난 듯했다. 비록 겉으로는 웃고 있었지만, 사실은 자기한테 갑자기 든 이 생각을 입 밖에 내기가 꺼려지는 모양이었다. 그가 알렉세이가 지금 어떤 기분인지를 보고서 너무 신기했고, 그로서는 너무 예상 밖이었기에, 아직까지도 긴가민가하는 것 같았다.

"알렉세이야, 너 있잖아, 지금 우리가 어딜 가면 제일 좋을지 아니?" 하고 결국 그가 조심스럽게 탐구하듯이 말했다.

"다 마찬가지야……. 너 가고 싶은 데로 가."

"우리 있잖아, 그루셴카한테 가자. 어때? 갈래?"

라키친이 하도 조심스러워하느라고 온몸을 떨기까지 하며 말했다.

"그루셴카한테 가자."

알렉세이가 침착하게 금방 대답했다. 이거야말로 라키친으로서는 너무나 예상 밖이었다. 그러니까 그렇게 금방, 침착하게 대답이 나올 거라는 것 말이다. 너무 놀라서 라키친은 하마터면 뒤로 펄쩍 한 걸음 물러설 뻔했다.

"우와……! 너 어쩌면 그렇게……!"

그가 놀라서 소리치려다가 말고 갑자기 알렉세이의 팔을 확 붙잡고 오솔길을 따라 서둘러 끌고 가기 시작했다. 주저하다가 괜히 마음이 바뀔지도 모른다고 생각해서였다. 그들은 아무 말도 하지 않았다. 라키친은 말을 꺼내기도 무서웠다. "야, 그 애가 얼마나 기뻐할까!" 하고 중얼거리려다가 다시금 그만두었다. 사실 그루셴카가 기뻐하라고 알렉세이를 끌고 가는 것도 아니었다. 그는 진지한 사람이었기 때문에 이익을 얻지 못하면 아무 일도 시도하지 않았다. 지금 그의 목적은 두 가지였다. 첫째, 복수심을 만족시키는 것이었다. 즉 '의로운 이의 수치'를 보는 것, 알렉세이가 성인에서 죄인으로 타락하는 것을 보고 싶었다. 그는 벌써 그런 모습을 보게 될 상상을 즐기고 있었다. 둘째, 그에게는 돈과 관련된 목적이 있었다. 그에게 꽤 큰 이득이 될 수 있었다. 이에 대해 자세한 이야기는 나중에 하기로 하겠다.

'음······, 이건 아주 흔치 않은 순간인데! 어디 한번 제대로 잡아봐야지, 이 기회를 말이야. 아주 제대로 찾아온 기회잖아.'

라키친은 속으로 음흉한 미소를 지었다.

## III
### 양파

그루셴카는 읍내에서 가장 번잡한 곳인 소보르나야 광장 근처에, 사업가 미망인 모로조바 부인의 집 마당의 자그마한 목재 별채를 빌려서 살았다. 모로조바 부인의 집은 커다란 2층짜리 석재 가옥이었는데, 오래됐고 아주 보기 흉했다. 그 집에서는 늙은 여주인, 즉 모로조바 부인이 조카딸 두 명과 함께 살았는데, 조카딸들도 거의 늙었다고 할 여자들이었다. 여주인이 마당에 있는 별채를 세놓을 재정적 필요를 느꼈던 것이 아닌데도 그루셴카를 별채에 들여보낸 것은(그게 이미 4년 전이다) 자기 친척이었던 사업가 삼소노프의 비위를 맞추려고 그런 것이었다. 삼소노프는 그루셴카를 돌봐주는 자로 자칭하고 나선 사람이다. 질투가 강한 노인 삼소노프가 자기가 돌봐주는 여자인 그루셴카를 모로조바의 집에 들게 한 첫 번째 이유는 모로조바가 눈이 밝아 그루셴카의 행동을 잘 감시할 것을 내다봤기 때문이라고 사람들이 수군거렸다. 그러나 모로조바의 형안은 불필요한 것으로 거의 금방 드러났고, 결국에는 모로조바가 그루셴카를 보는 것마저 드물게 됐다. 모로조바의 감시의 눈길을 그루셴카가 마음에 걸려 할 시간적인 틈조차 없었다. 처음에 노인이 주청 소재지에 해당하는 도시로부터 만 열여덟 살짜리 말라깽이 소녀를 이 집에 데리고 왔을 때부터 4년이나 지났으니 그럴 만도 했다. 당시는 그루셴카가 수줍음과 부끄러움을 많이 탔고, 성격이 우울한 편이었고 생각에 잠기길 잘했는데, 그 뒤로 많은 변화가 있었다. 이 소녀가 어떻게 살아왔는지를 아는 사람은 읍내에 적었으며, 알아도 부분적으로만 알았다. 최근 들어서도 매한가지로, 사람들이 그녀에 대해서 더 많이 알게 된 건 없었다. 최근 들어서는 이미 아주 많은 사람들이 이런 '절세의 미인'에 관심을 갖기 시작했는데도 말이다. 그루셴카가 4년 만에 '절세의 미인'으로 변한 것이다. 소문이 돌기로는, 만 열일곱이었을 때 이 소녀가 누군가에 의해 이미 아픔을 겪었다고 했다. 한 장교라고 했는데, 그녀를 기만하고 버렸다는 것이다. 장교는 떠났고 나중에 어딘가에서 결혼을 했고, 버려진 그루셴카는 수치와 가난 속에 처했다고 했다. 하지만 소문이 돌기를, 진짜로 그루셴카가 노인에 의해 거둬져 가난을 벗어난 게 사실이지만, 사실 그녀가 출신으로 따지면 성실하고 정직한 가정 출신이었고, 부친이 은퇴한 부제랄까 아니면 그 비슷한 직책이었다고 했다. 버림을 받아 감정이 예민해 있던, 게다가 불쌍한 고아였던 그녀가 4년 만에 혈색이 돌고 몸에 살이 붙은 러시아식 미인으로, 용감하고 결단력 있는 성격의 여자로, 도도하고 뻔뻔스럽고 돈을 다룰 줄 알고 부의 축적에 일가견이 있는 신중한 구두쇠로 변모한 것이다. 사실인지 낭설인지 몰라도 그녀는 자기만의 자본을 이미 구축해놓았다는 것이었다. 적어도 한 가지만은 사람들이 확실히 알고 있었다. 그루셴카한테 접근하는 것은 어렵고, 그를 돌봐주는 사람이라는 그 노인을 제외하고는, 자기가 그녀의 호의를 사고 있다고 자랑할 만한 사람이 4년 내내 단 한 명도 없었다는 것이다. 그 사실은 확실했다. 그녀의 호의를 사려고 도전하려는 사람들은 꽤 있었다. 특히 최근 2년 사이에 말이다. 그러나 모든 시도들은 헛되었고, 도전자들 중 어떤 자들은 이 성깔 있는 젊은 여자의 조소에 찬 강한 반격 때문에 우스꽝스럽고 부끄럽기 짝이 없는 종말을 맞아 퇴각하는 경우도 있었다. 또 사람들이 알고 있기로는 이 젊은 여자가 특히 최근 1년 사이에 돈벌이에 푹 빠졌고 그 방면에서 천부의 재능을 보였기에, 결국 많은 이들이 그녀를 진정한 알부자에 노랑이라 부르기 시작했다. 그녀는 돈을 어딘가에 투자해서 부풀리는 일을 했다기보다는, 예를 들어, 표도르 파블로비치 카라마조프와 더불어 그녀는 실지로 얼마 동안 어음을 헐값으로, 1루블당 10코페이카씩으로 사들여, 그 뒤 어음들 중 어떤 것을 통해 10코페이카당 1루블을 벌었다. 삼소노프는 최근 1년 사이 다리가 퉁퉁 부어 못 쓰게 된 환자이자 홀아비요 자기의 장성한 아들들에 대하여 폭군이었으며, 10만의 재산을 소유하는 엄격하고 가차 없는 구두쇠였는데, 어쩌다 보니 자기가 돌봤던 그루셴카의 영향력 아래에 놓이게 되었다. 처음에는 그가 그녀를 엄격하게 다루었고 봐주는 일이 없었으며, 이를 조소하던 사람들의 표현에 따르자면 '싸구려로 대접'했었다. 그러나 그루셴카는 그런 상황으로부터 벗어날 수 있었다. 그것도 그가 완전히 그녀의 정직함을 신임하도록 만들어놓고서 말이다. 실리를 좇는 민완 사업가였던 이 노인(지금은 사망한 지 오래됐다) 역시 성격이 보통 아니었다. 가장 중요한 것은 인색하고 단호하기가 철통같다는 것이었다. 비록 그루셴카가 마음을 사로잡았으므로 그는 그녀 없이 못 사는 입장이었지만(예를 들어 마지막 2년 동안 실지로 그랬다), 갖고 있던 거대한 재산에서 그녀에게 떼어준 것은 없었다. 설사 그녀가 그를 버리고 떠나겠다고 위협했을지라도 그에게서 얼마 받아내지 못했을 것이다. 사실 나중에 그가 스스로 조금의 재산을 주긴 주었다. 그 사실을 알게 된 사람들은 모두 놀랐다. 그는 그녀에게 8천 정도를 떼어주면서 이렇게 말했다. "너 스스로가 수완이 있는 여자니까 알아서 관리해. 어쨌든 전처럼 매년 부양은 해줄 테지만 나 죽을 때까지 더 이상은 한 푼도 못 받을 거라고 알아둬. 유산으로도 너한테 한 푼도 안 남길 거라는 것도." 그는 자기가 한 약속을 지켰다. 사망과 동시에 모든 것을 아들들에게 물려주었다. 생전에 그는 자기 아들들을, 나름대로 아내와 아이들을 두었건만 평생 자기 밑에 두고서 종들하고 똑같이 부려먹었다. 그런 아들들에게 재산을 다 물려준 것이다. 그루셴카는 유언장에서 이름도 들먹이지 않았다. 이런 사실들은 모두 나중에 알려졌다. 그는 '자기 개인 재산'을 어떻게 관리해야 하는지 그루셴카에게 많은 조언을 해주면서 사업 수완을 가르쳤다. 표도르 파블로비치 카라마조프가 처음에 우연히 돈벌이가 될 일 하나로 그루셴카랑 엮였다가 결과적으로 그녀에게 폭 빠져 이성을 잃어버릴 정도까지 됐을 때, 당시 이미 병상에서 죽음을 눈앞에 두고 있던 삼소노프 노인은 이를 매우 크게 비웃었다. 그루셴카가 그 사실을 그에게 다 말한 것이다. 그루셴카는 삼소노프와 아는 사이가 된 이후로 언제나 그에게 솔직했으며 마음을 터놓았다. 그런 사람으로 그녀에게 그는 세상에서 유일했던 것 같다. 그런데 더 나중에 가서, 별안간 드미트리 표도로비치가 나타나서 그루셴카를 사랑한다고 했다는 말을 듣고서 이 노인은 더 이상 웃지 않았다. 그와 반대로 그루셴카에게 한 번은 진지하고 엄하게 조언했다. "그 둘 중에서, 아버지와 아들 중에서 하나를 골라야 한다면 노인네를 골라라. 하지만 반드시 그 노인네가 너한테 장가를 들도록 해야 된다. 그전에 미리 어느 정도 재산은 너한테 주도록 만들어야 되고 말이야. 그 대위란 놈하고는 아는 체하지 마. 아무 길도 안 보여." 그 늙은 호색한이 스스로 그루셴카한테 한 말이 바로 그랬다. 그는 그때 이미 자기가 얼마 못 살 것을 알았고, 그런 조언을 하고 나서 다섯 달 뒤에 죽었다. 또 지나가는 말로 한마디 덧붙인다면, 그때 그 남우세스럽고 꼴불견이었던 카라마조프 가문 내의 경쟁, 즉 그루셴카를 사이에 두고 부자간에 벌어지는 경쟁에 대해 우리 읍 사람들이 많이 알고 있었지만, 그 두 사람, 즉 노인네와 그 아들에 대하여 그루셴카가 지니는 태도의 참뜻을 이해하는 사람은 거의 없었다. 심지어 그루셴카가 데리고 있던 두 하녀조차도(이제 앞으로 소개될 파국적 사건이 벌어진 뒤에) 나중에 법정에 섰을 때, 그루셴카가 드미트리 표도로비치를 집에 들어오게 한 것은 단지 무서워서였다고 진술했다. 왜냐하면 그가 "죽이겠다"고 위협했기 때문에 그랬다는 것이었다. 그루셴카에게 하녀는 두 사람이었는데 그중 한 명은 나이 많은 요리사로, 그녀가 부모와 함께 살 때부터 하녀로 있었다. 이 늙은 하녀는 몸이 아팠고 귀가 거의 안 들렸다. 또 한 명의 하녀는 바로 이 늙은 하녀의 손녀인 만 스무 살 정도 된 젊고 활발한 여자로서, 그루셴카를 위해 청소를 해주곤 했다. 그루셴카는 아주 검소하게, 전혀 부자답지 않은 환경에서 살았다. 그녀가 기거하던 별채에는 방이 세 개밖에 없었고, 방들에는 여주인이 갖다 놓은 마호가니 재질의 아주 오래된, 20년대풍 가구들이 있었다. 그루셴카가 사는 집에 라키친과 알렉세이가 들어갔을 때는 이미 어둑어둑해졌을 때였지만 방에 아직 불이 켜 있지 않았다. 그루셴카가 자기 응접실에, 등받이가 마호가니 재질처럼 처리된 커다랗고 육중하고 소파 위에 누워 있었다. 이 딱딱한 소파는 가죽으로 입힌 것이었는데 가죽은 이미 오래전에 다 닳아서 구멍이 나 있었다. 그녀는 자기 침상에서 가져온, 새의 깃털이 든 흰 베개 두 개를 베고 있었다. 그녀는 등을 깔고 바로 누운 자세로, 양손을 머리 밑에다 깔고 몸을 쭉 편 상태로 움직이지 않고 가만히 누워 있었다. 마치 누가 오기를 기다리고 있던 양 옷을 차려입고 있었다. 명주 재질의 까만 원피스를 입었고 머리에는 레이스가 달린 간단한 머리띠를 했는데 그게 그녀에게 참 잘 어울렸다. 어깨에는 레이스가 달린 머플러를 두르고 커다란 금 브로치로 고정시켰다. 그녀는 사실 누군가를 기다리고 있었다. 기다리기 지루해하며 누워 있었다. 얼굴은 약간 창백했고 입술과 눈은 반대로 뜨거워 보였다. 오른발 발끝으로 소파 팔걸이를 툭툭 치는 게, 심심한 모양이었다. 라키친과 알렉세이가 오자마자 자그마한 소란이 일어났다. 현관에서 듣자 하니 그루셴카가 소파에서 벌떡 일어나

겁먹은 목소리로 "누가 왔어?" 하고 소리쳤다. 맞으러 나온 사람은 하녀였다. 누가 왔는지를 보고 하녀가 그루셴카에게 말했다.

"아니에요, 괜찮아요. 그 사람들 말고 다른 사람들이에요."

"무슨 일이지?" 하고 라키친이 알렉세이의 손을 이끌어 응접실로 들여보내며 웅얼거리듯 말했다. 그루셴카가 아직도 겁먹은 표정이 가시지 않은 채 소파 앞에 서 있었다. 짙은 회갈색의 풍성한 머리채가 머리띠에서 빠져나와 오른쪽 어깨 위로 툭 떨어졌으나 그녀는 들어온 사람들이 누군지 보느라고 그것도 모르고 있었다.

"어, 라키친 너니? 깜짝 놀랐잖아! 같이 온 사람은 누구야? 응? 어머나, 이게 누구야?"

그루셴카가 알렉세이를 알아보고 소리쳤다.

"촛불을 좀 달라고 해!" 하고 라키친이 자기가 마치 이 집에서 이래라저래라 할 자격이 있는 아주 가까운 사이인 양 거리낌 없이 말했다.

"촛불? 응, 물론이지……. 페냐야, 촛불 좀 갖다드려." 그렇게 말하고 그루셴카가 알렉세이를 고갯짓으로 가리키며 말했다. "야, 너도 참! 알렉세이 씨를 데리고 와도 꼭 이런 때……."

그녀가 거울로 몸을 향하고 양손으로 빠르게 머리를 말아 올리기 시작했다. 마치 뭔가 불만인 듯싶었다.

"내가 뭘 잘못했어?" 하고 라키친이 순식간에 삐친 듯 물었다.

"아니, 라키친 너 때문에 나 깜짝 놀랐다고" 하고 그루셴카가 몸을 알렉세이 쪽으로 돌리고 웃으며 말했다. "알렉세이 씨, 날 너무 무서워하지 마. 알렉세이 씨가 와서 얼마나 기쁜지 알아? 이렇게 올 줄은 몰랐어. 야, 라키친 너는 날 깜짝 놀라게 했어. 난 또 드미트리가 쳐들어온 줄 알았잖아. 내가 아까 드미트리한테 거짓말을 좀 했거든. 내 말을 믿겠다는 약속을 받아 놓고 난 거짓말을 한 거야. 내가 쿠지마 쿠지미치 노인네*한테 가서 밤늦게까지 돈 세고 있을 거라고 했거든. 내가 매주 한 번씩 노인네한테 가서 저녁 내내 돈 계산하거든. 문 걸어 잠그고. 노인네는 주판 튕기고, 나는 앉아서 장부에다 적어 넣고 말이야. 노인네는 나만 믿어. 아무튼 지금 드미트리는 내가 거기 가 있을 거라고 믿고 있는데, 나는 집에 있으면서 소식을 기다리고 있는 거야. 페냐가 왜 너희들을 들여보냈지? 페냐야, 페냐야! 빨리 가서 대문 열고 혹시 대위가 와 있지 않나 주위 좀 살펴봐. 어디 숨어서 엿보고 있는 거 아니야? 나 죽인다 할까 봐 무서워."

"아무도 없어요, 그루셴카 님. 지금 벌써 이쪽저쪽 다 봤어요.

---

\* 쿠지마 쿠지미치가 바로 삼소노프 노인이다. 이 사람의 이름과 부칭이 '쿠지마 쿠지미치'고, 성이 '삼소노프'다. - 역자 주

제가 1분마다 한 번씩 틈으로 내다봐요. 저도 무섭거든요."

"창문 셔터는 잠갔니, 페냐야? 커튼도 내려야겠어, 이렇게!" 하면서 그녀가 직접 육중한 커튼을 내렸다. "안 그러면 불나방처럼 불을 보고 달려든다고. 알렉세이야, 나 오늘 네 형 드미트리가 무서워."

그루센카가 무섭다고는 하면서도 큰 소리로 말하는 게 마치 뭔가 아주 기쁜 듯 보였다.

"왜 오늘 그렇게 드미트리를 무서워하는데? 내가 보기에는 오히려 드미트리가 네 말이면 껌뻑 죽는 것 같더구먼" 하고 라키친이 물었다.

"소식을 기다린다고 했잖아. 아주 중요한 소식이야. 그래서 지금 드미트리가 와서는 절대 안 되는 거야. 내가 보기에는 내가 쿠지마 쿠지미치한테 간다는 걸 드미트리가 안 믿은 것 같아. 그렇게 느껴져. 어쩌면 지금 자기 집 근처에, 그러니까 표도르 파블로비치 집 뒤쪽 정원에 숨어서 내가 오는지 안 오는지 감시하고 있을 거야. 지금 거기 있다면 이리로는 안 오겠지. 그럼 다행이고! 나 진짜로 쿠지마 쿠지미치 집까지 갔다 왔어. 드미트리가 나를 거기까지 바래다줬어. 밤 12시까지 거기 있어야 되니까 밤 12시에 꼭 와서 나를 집까지 바래다달라고 했어. 드미트리가 간 뒤 나는 10분 정도 노인네 집에 있다가 이리로 도로 달려왔어. 혹시 드미트리를 만날까 봐 얼마나 무서웠는데!"

"근데 옷은 왜 어디 갈 거처럼 입었어? 머리에 못 보던 띠까지 두르고 말이야."

"라키친아, 뭐 그리 궁금한 게 많니? 나 지금 소식 기다리고 있다고 했잖아. 소식 받자마자 급히 나가려고. 근데 너희들 나 여기 있는 거 못 본 것으로 해야 돼. 나 언제든지 나갈 수 있게 옷 다 입고 있는 거야."

"어딜 그리 급히 가는데?"

"많이 알려고 하면 빨리 늙는대."

"지금 보니까, 너 뭐가 그렇게 기분이 좋냐? 이런 모습 처음 보는 거 같은데. 무도회라도 가는 것처럼 옷을 입고 말이야" 하면서 라키친이 그루센카를 머리부터 발끝까지 훑어봤다.

"무도회 갈 때 어떻게 입는지 네가 어떻게 그렇게 잘 알아?"

"넌 잘 알아?"

"난 무도회 본 적 있어. 재작년에 쿠지마 쿠지미치가 아들 장가보낼 때 내가 청중석에서 봤어. 야, 라키친, 내가 근데 왜 너하고만 이렇게 이야기하고 있어야 되냐? 이런 귀한 손님이 오셨는데! 알렉세이야, 널 보면서도 내 눈이 믿어지지 않아. 네가 우리 집엘 다 오다니! 솔직히 말하면 네가 올 줄 몰랐고, 한 번도 네가 우리 집에 오리라고 생각했던 적이 없었어. 비록 지금이 딱 알맞은 때라곤 할 수 없지만, 그래도 지금 네가 와서 얼마나 기쁜지 아니? 소파에 좀 앉아. 이리로. 우리 멋진 알렉세이 씨! 야, 내가 지금 어쩔 줄을 모르겠네……. 야, 라키친, 차라리 어제 아니면 그저께 데리고 왔더라면 좋았을걸! 하지만 뭐, 지금도 기쁜 건 마찬가지야. 어쩌면 더 잘됐는지도 모르고. 이런 때에 온 게 말이야. 그저께가 아니라."

그루셴카가 어느새 알렉세이 옆으로 삭 와서 앉았다. 조금도 수줍어하지 않고 감탄하는 눈길로 알렉세이를 쳐다보았다. 그루셴카는 정말 기뻤다. 기쁘다는 건 거짓말이 아니었다. 그녀의 눈은 반짝반짝했고, 웃음을 띤 입술은 옆으로 째졌다. 그 웃음은 기뻐서, 즐거워서 짓는 웃음이었다. 알렉세이는 그루셴카가 그렇게 착한 표정을 하리라고 예상도 못 했었다. 그는 어제 전까지만 해도 그녀를 본 적이 많지 않았고, 그녀에 대해서 안 좋은 인상을 갖고 있었다. 게다가 어제는 카체리나 이바노브나를 대상으로 한 그녀의 못되고 교활한 행동에 치가 떨렸었다. 그래서 지금 그녀가 예상하지 못했던 완전히 다른 모습인 것을 보고 아주 놀랐다. 그래서 그가 괴로움을 겪느라 마음이 짓눌려 있었음에도 불구하고, 자기도 모르게 생기 있는 눈으로 그녀를 관심 있게 살펴보았다. 그녀의 태도가 어제와 완전히 달리 좋은 쪽으로 변해 있었다. 그녀가 어제 이야기할 때 보였던 그 달짝지근한 태도도, 그 부자연스럽게 사근사근한 몸놀림도 지금은 거의 완전히 보이지 않았다. 모든 것이 자연스러웠고 덤덤했다. 그녀의 몸놀림은 빨랐고 직선적이었고 믿음이 갔다. 하지만 그녀는 매우 흥분해 있었다.

"어머나, 오늘은 참 신기한 날인 것 같아. 널 보니 왜 이렇게 기쁜지 모르겠어, 알렉세이야. 한번 물어봐 봐, 왜 이렇게 기쁜지. 나 대답 못 할 거 같아" 하고 그녀가 다시 조잘거렸다.

"어이구, 왜 기쁜지 모르긴 뭘 몰라? 전부터 날 볼 때마다 '좀 데리고 와 봐, 응? 좀 데리고 와' 그랬잖아. 무슨 목적이 있었잖아" 하고 라키친이 비웃는 투로 한마디 던졌다.

"전에는 내가 다른 목적이 있었지만, 그때는 지나갔고, 지금은 달라. 나 지금 음식 대접할 거야. 알겠니? 나 지금은 착해졌어, 라키친아. 너도 좀 앉아. 왜 서 있어? 아니면 벌써 앉았니? 라키친이 자기 안 챙겨준다고 뭐라 그러겠다. 알렉세이야, 지금 쟤 저기 삐쳐 가지고 앉아 있는 것 좀 봐. 너 앉으라고 하기 전에 쟤보고 먼저 앉으라고 할 걸 그랬다. 라키친 쟤 되게 잘 삐치거든." 그루셴카가 깔깔 웃었다. "라키친, 오늘 나 착하니까 화내지 마. 알렉세이야, 넌 왜 그렇게 우울하게 앉아 있는 거야? 내가 무섭니?"

그루셴카가 장난스럽게 웃으며 알렉세이의 눈을 들여다보았다.

"쟤 슬픈 일을 당했어. 예상 못 했던 일이 일어났어" 하고 라키친이 저음으로 말했다.

"무슨 일?"

"재가 모시던 장로가 악취를 풍겼어."

"악취를 풍기다니? 지금 무슨 헛소리야? 무슨 추잡스러운 얘기를 또 하고 싶은 거야? 입 닥치고 있어라, 이 바보야. 알렉세이야, 나 네 무릎에 앉게 해줄 거지? 이렇게!" 그러면서 그녀가 깔깔대며 단숨에 알렉세이의 무릎에 휙 올라앉아, 응석 부리는 고양이처럼 오른팔로 알렉세이의 목을 부드럽게 감싸 안았다. "내가 기분 풀리게 해줄게, 우리 착한 알렉세이! 얘, 진짜 나 네 무릎에 앉아 있어도 되는 거지? 화 안 낼 거지? 내려가라고 하면 내려갈게."

알렉세이는 아무 말도 하지 않았다. 그는 움직이지도 못하고 앉아 있었다. 그녀가 "내려가라고 하면 내려갈게" 한 것을 들었으나 대답하지 않고 가만히 있었다. 하지만 그의 현재 상태는, 예를 들어 라키친이 자기 자리에 앉아서 음흉한 눈길로 지켜보면서 기대하고 상상하고 있던, 상태가 아니었다. 알렉세이의 크나큰 심적 고통이, 마음속에서 발생 가능했던 모든 감정을 앗아가버렸다. 그래서 만약 지금 상황을 그가 올바로 파악할 수 있었다면, 지금 자기가 모든 유혹과 시험을 견디기 위한 굳건한 갑옷과 투구를 쓰고 있음을 파악했을 것이다. 이렇게 상황 파악을 힘들게 하던 마음 상태와 그를 계속 짓누르던 비통함에도 불구하고, 그는 자기도 모르게 마음속에서 발생한 하나의 새롭고 이상한 감정 때문에 놀라는 중이었다. 전에 알렉세이의 마음속에 여자에 대한 생각이 조금씩 떠오를 때는 곧장 무서운 느낌이 들었는데, 지금 이 여자는, 이 '무서운' 여자는 전에 느끼던 무서움이 아니라, 바로 그가 가장 무서워하던 여자가 지금 그의 무릎에 앉아서 그를 안고 있는 상황임에도 불구하고, 지금은 완전히 다른, 예상하지 못했던 특별한 느낌을 불러일으켰다. 그녀에 대한 그것은 비범한 호기심, 마음에서 우러나오는 커다란 호기심이었다. 그것은 아무런 무서움도 없이, 전에 느끼던 두려움이 전혀 없이 나타났다. 그래서 그는 자기도 모르게 놀란 것이었다.

"너희들 쓸데없는 얘기 집어치우고, 야, 차라리 샴페인이나 가져와. 네가 약속했잖아. 알지?" 하고 라키친이 소리쳤다.

"그러네. 내가 이제 샴페인 빚졌네. 알렉세이야, 내가 쟤한테, 너 데리고 오면 샴페인 내놓는다고 약속했거든. 좋았어, 샴페인 내놓는다. 나도 한잔할 거야! 페냐야, 페냐야, 샴페인 가져와. 드미트리가 놓고 간 그 병 있잖아. 빨리 가져와. 내가 비록 구두쇠지만 한 병은 줄 수 있어. 너한테 말고, 라키친. 얘는 지금 너하고 비교가 안 돼! 지금 내가 원래 그럴 생각은 아니었지만 뭐, 이왕 이렇게 된 김에 나도 너희들과 같이 한잔할래. 한번 놀아보고 싶어졌어!"

"야, 아까부터 지금 이때가 어쩌고 하는데, 왜? 지금이 어떤 땐데, 또 네가 기다린다는 그 소식은 뭐야? 그것 좀 물어보자, 응? 비밀은 아니겠지?" 하고 라키친이 다시 끼어들었다. 그는 자기를 향해 계속 날아오는 모멸을 못 느끼는 척하느라고 안간힘을 쓰고 있었다.

"비밀은 무슨? 너도 아는 얘기야, 라키친. 장교가 온대, 어느 장교 얘긴지 알겠지?" 그루셴카가 알렉세이한테서 고개를 좀 멀리 하여 라키친 쪽으로 돌리고 약간 걱정이 된다는 말투로 말했다. 하지만 알렉세이의 무릎에 앉아 그의 목을 계속 안고 있는 상태였다.

"나도 온다고 들었어. 그런데 벌써 그렇게 가까이 왔대?"

"지금 모크로예에 있대. 거기서 이리로 급송 마차를 보낼 거라고 썼어. 아까 편지 받았어. 급송 마차가 언제 오나 기다리고 있어."

"그래? 모크로예는 왜 갔대?"

"얘기하자면 길어. 네가 너무 많이 물어보는 것 같기도 하고."

"드미트리는 어떻게 하려고 해? 드미트리가 알고는 있어?"

"알긴 뭘 알아? 전혀 몰라. 만약 알면 날 죽일걸. 하지만 난 이제 하나도 안 무서워. 칼을 들이댄다 해도 안 무서워. 야, 라키친, 드미트리 표도로비치 얘기는 인제 하지 마라. 그 사람 때문에 항상 조마조마해. 꼭 그 사람 생각이 아니더라도 지금 같은 이런 때에 다른 생각은 하고 싶지 않아. 알렉세이 생각은 하고 싶어. 어디, 알렉세이를 좀 살펴봐야지……. 알렉세이야, 날 보고 좀 웃어봐. 내가 이러는 게 우습지도 않아? 내가 이렇게 기뻐하는데 웃음도 안 나와? 어, 웃었다! 웃었다! 눈길이 좀 다정해졌네. 알렉세이야, 나 계속 생각하고 있었어. 네가 나한테 화내고 있을 거라고. 그저께 일 때문에. 내가 아가씨한테 한 거 때문에. 나 진짜 못됐었지? 하긴…… 그렇게 된 게 잘된 거긴 하지만. 그 일은 나쁘게 된 것이기도 하고 잘된 것이기도 해."

그루셴카가 갑자기 생각에 잠긴 듯한 표정을 짓고 픽 웃었다. 그녀의 웃음에서 살벌한 기색이 살짝 느껴졌다. 그녀가 계속 말했다.

"드미트리가 그러는데, 그 여자가 '그년은 채찍으로 갈겨야 해!' 그랬대. 내가 그때 그 여자한테 아주 큰 모욕을 줬어. 그 여자는 날 불러서 눌러놓으려고 했지. 초콜릿이나 주면서 날 삶아 먹으려 했지. 그렇게 보면 사실 내가 그때 잘한 거 같아."

그녀가 다시 한번 픽 웃고는 말했다.

"그래도 그것 때문에 네가 화를 낼까 봐 무서워……."

"그래, 무섭겠지. 암, 그렇고말고. 알렉세이야, 쟤가 널 진짜 무서워해. 병아리 같은 너를 말이야."

"야, 라키친, 얘가 병아리 같다는 건 네 생각이고! 알겠어? 그건 네가 양심이 없으니까 그런 거고! 난 말이야, 내 마음이 알렉세이한테 가 있어. 알렉세이야, 믿어줄 거지? 내가 온 마음을 다해 널 사랑한다는 거."

"얼씨구, 어떻게 저런 말이 저렇게 술술 나올까? 알렉세이야, 지금 쟤 너한테 사랑 고백 하는 거래!"

"뭐 어디가 어때서? 사랑하는 거 맞는데."

"장교는 어쩌고? 모크로예에서 소식 오기를 기다린다며?"

"그거는 그거고, 이거는 이거고."

"그래, 그래. 여자들이란 좌우간!"

"라키친, 나한테 너무 그러지 마. 그건 그거고, 이건 이거야. 내가 알렉세이를 사랑하는 거는 다른 식으로 사랑하는 거란 말이야. 알렉세이야, 사실 전에는 내가 너한테 잔꾀를 부리고 싶은 마음도 있었어. 너도 알겠지만 내가 원래 좀 놀잖아. 안 얌전하잖아. 알지? 그래도 있잖아, 알렉세이야, 내가 너를 보면 있잖아, 내 양심을 쳐다보는 거 같은 기분이야. '얘는 나 같은 못된 년을 경멸할 테지' 하는 생각이 나. 그저께도 그런 생각이 났어. 아가씨 집에서 이리로 올 때 말이야. 나 오래전부터 널 마음에 두고 있어. 드미트리도 알고 있어. 내가 말했어. 드미트리는 잘 이해해줘. 믿을지 모르겠지만, 알렉세이야, 너를 볼 때 난 창피함을 느껴. 내가 참 창피해……. 그런데도 내가 너를 생각해온 건 어떻게 된 건지 모르겠어. 언제부터 그랬는지도 모르겠어."

페냐가 들어와서 탁자에 쟁반을 내려놓았다. 쟁반에는 마개를 딴 병과 액체를 따른 잔 세 개가 놓여 있었다.

"샴페인 갖고 왔다!"

라키친이 그렇게 소리치고는 말했다.

"그루셴카야, 너 지금 흥분해서 제정신이 아니야. 한잔 마시면 춤추러 갈 거 같아. 그건 그렇고 이거……, 야, 어떻게 이 정도도 하나 제대로 못 하나?"

라키친이 샴페인을 들여다보면서 말했다.

"할머니가 주방에서 따라놓은 걸 갖고 오는 게 이게 뭐냐? 병마개는 갖고 오지도 않고. 게다가 이거 미지근한 것 좀 봐. 에이그, 어떡하랴? 이거라도 마셔야지."

그가 탁자로 다가와 잔을 들고 단숨에 마시고는 또 한 잔을 따랐다.

"샴페인은 우리가 자주 마시는 편은 아니잖아."

그가 입맛을 다시면서 말했다.

"자, 알렉세이야, 잔 들어. 너 마시는 것 좀 보자. 자, 우리 뭘 위해 마실까? 천국의 문을 위하여? 자, 잔 들어, 그루셴카. 너도 천국의 문을 위해 마셔."

"천국의 문은 또 무슨 얼어 죽을……."

그녀가 잔을 들었다. 알렉세이가 잔을 들어 한 모금을 마시고 도로 내려놓았다.

"아냐. 안 마시는 게 낫겠어!" 하고 그가 조용히 미소를 지었다.

"마신다고 했잖아!" 하고 라키친이 소리쳤다.

"그럼 나도 안 마실래" 하고 그루셴카가 말했다. "별로 마시고 싶지도 않고. 라키친, 네가 한 병 다 마셔. 알렉세이가 마시면 나도 마실 거고."

"아이고, 다정도 하셔라! 무릎 위에 앉아서 말이야, 응? 쟤는 안 좋은 일을 당했다 치고, 너는 왜 그래? 쟤는 자기 신한테 대들려고 해서, 그래서 소시지도 먹겠다고 했던 거야."

"왜 그랬는데?"

"쟤가 모시던 장로가 오늘 돌아가셨어. 성인 조시마 장로가."

"조시마 장로가 돌아가셨다고? 맙소사! 난 그것도 몰랐어!" 그루셴카가 경건한 태도로 성호를 그었다. "어쩌면 좋아? 그것도 모르고 지금 얘 무릎 위에 앉아 있는 나 좀 봐!" 그녀가 허겁지겁 무릎에서 내려와 소파에 앉았다. 알렉세이가 놀란 표정으로 그녀를 오래 쳐다보았다. 그의 얼굴이 어쩐지 밝아진 것 같았다. 그러다 그가 갑자기 확신 있는 큰 소리로 말했다.

"라키친, 내가 신께 대들려 했다고 날 놀리지 마. 나 너한테 앙심 안 품으니까, 너도 좀 착해지길 바란다. 나는 소중한 분을 잃었어. 너에게는 그런 소중한 분이 한 번도 없었을 거야. 그래서 넌 나를 판단할 수 없어. 차라리 이 그루셴카를 좀 봐라. 지금 그루셴카가 나를 용서해준 거 봤니? 내가 이리로 온 것은 악한 영을 보겠다고 온 거였어. 내가 악한 영을 보고 싶었던 것은 나 스스로가 못됐었고 악했기 때문이야. 그런데, 와서 봤더니, 악한 영이 아니라 신실한 자매인 거야. 지금 난 소중한 사람을 발견했어. 사랑으로 가득 찬 영혼을 말이야. 그루셴카가 지금 나를 용서해줬어. 그루셴카야, 지금 네 얘기 하고 있는 거야. 네가 지금 내 영혼을 도로 살려줬어."

알렉세이의 입술이 떨렸고 숨이 가빠왔다. 그는 말을 멈췄다.

"그래, 쟤가 널 구해줬다고? 하하하! 나 참 우스워서……. 쟤가 인마, 널 집어삼킬 속셈이었어! 그거 알아?"

"라키친! 그만하지 못해? 둘 다 가만있어! 인젠 내가 말하겠어. 알렉세이 너 말 그만해. 왜냐하면 네가 그런 말 하면 내가 창피해서 못 참겠어. 난 못된 여자야, 착한 여자 아니야. 알았어? 라키친, 너도 말 그만해. 왜냐하면 네 말은 거짓말이야. 내가 얘를 집어삼키고 싶은 야비한 생각은 있었지만, 지금 네가 그런 말을 하면 그건 거짓말이야. 지금은 전혀 그렇지 않다고! 라키친 다시는 내 앞에서 입도 뻥끗하지 마!"

그루셴카가 평소답지 않게 흥분하여 말했다.

"얘들 둘 다 왜 이래? 미쳤나 봐! 정말 둘 다 미친 거 아니야? 여기가 정신병원인가 봐. 너희 둘 있잖아, 보아하니 서로한테는 그리도 감정이 측은해서! 이제 좀 있으면 서로 붙잡고 울고불고하시겠네!"

라키친이 놀라고 성이 나서 알렉세이와 그루셴카 둘을 번갈아 보면서 말했다.

"그래, 울고불고할 거다, 울고불고할 거라고! 얘가 나를 자매라고 불렀어. 나 절대로 잊지 못할 거야! 라키친, 잘 들어. 내가 못된 여자긴 하지만, 그래도 있잖아, 양파를 기부한 적도 있어."

"뭐? 양파? 그건 또 무슨 헛소리야? 이것들이 이젠 미쳐도 아주 단단히 미쳤구먼!"

라키친은 알렉세이와 그루셴카가 보란 듯이 서로 죽이 맞는 것에 놀랐고 기분이 나빴다. 사람들이 서로 심중의 정곡을 찔러 각자가 자기도 모르게 마음을 털어놓고 상대를 순식간에 이해하게 되는 일이 사람들의 삶에서 흔치는 않지만 벌어지곤 한다. 지금 알렉세이와 그루셴카가 그런 상황이라는 걸 라키친은 깨달을 수도 있었다. 하지만 만일 자기 일이었다면 당연히 깨닫고도 남았을 라키친은 다른 사람들을 이해하는 데 있어서는 아주 무뎠다. 한편으로는 젊고 경험이 없어서일 수도 있고, 또 한편으로는 알아줘야 할 그의 이기주의 때문일 수도 있다.

"알렉세이야, 있잖아, 내가 양파를 기부한 적도 있다고 자랑한 건 라키친한테 자랑한 거고, 너한테는 그런 자랑 안 할 거야. 그 대신 어떻게 해서 그렇게 됐는지는 이야기해줄게. 그런 우화가 하나 있어. 괜찮은 우화야. 내가 어렸을 때 마트료나한테서 들은 우화인데, 마트료나가 누군가 하면, 지금 내 요리사로 일하는 할머니야. 내용이 어떻게 되냐 하면, 옛날에 성질이 아주 고약한 한 여자가 살다가 죽었는데, 죽은 뒤에 보니 덕행을 남겨놓은 게 하나도 없는 거야. 그래서 악마들이 그 여자를 붙잡아다가 불못에 던져 넣었어. 그런데 그 여자의 수호천사가 이렇게 생각하는 거야. '저 여자가 행한 덕행을 하나라도 기억해내서 신께 이야기해줘야겠는데……' 그러다 드디어 기억해내서 신께 이렇게 얘기했어. '저 여자가 채소밭에서 양파를 뽑아서 거지한테 기부했어요.' 그랬더니 신께서 이렇게 말씀하시는 거야. '수호천사 네가 그 양파를 가져다가 불못에 있는 그 여자한테 내밀어봐라. 그 양파를 붙잡고 자기 몸을 당겨서 불못을 빠져나오면 천국으로 보내도록 해라. 그러나 만일 양파 잎이 끊어지면 그 여자는 지금 있는 거기에 그냥 남게 하여라.' 그래서 천사가 여자한테 가서 양파를 내밀었어. '자, 여자야, 붙잡고 몸을 당겨봐.' 천사는 조심스럽게 여자를 끌어당기기 시작했어. 여자 몸이 거의 다 빠져나왔는데, 여자를 끌어내는 광경을 불못에 있던 다른 죄인들이 보고 다들 여자한테 매달리기 시작했어. 자기들도 같이 불못에서 빠져나가려고. 그런데 여자는 성질이 아주 못됐다 그랬잖아. 그래서 그 죄인들을 발로 차기 시작했어. '당신들이 아니고 나를 끌어내는 거야. 당신들 양파가 아니고 내 양파야' 하면서. 여자가 그 말을 하자마자 양파 잎이 끊어졌어. 그래서 여자는 불못으로 떨어져 지금까지 타고 있대. 천사는 울면서 갔대. 바로 이런 우화야[21], 알렉세이야. 내가 이 우화를 단번에 다 외웠어. 왜냐하면 바로 내 얘기거든. 내가 바로 그 성질 고약한 여자야. 라키친한테는 내가 양파를 기부했다고 자랑했지만 너한테는 다르게 얘기할게. 내가 살아오는 동안 겨우 양파 하나 기부한 게 다야. 그게 내 덕행의 전부야. 그러니까 알렉세이야, 날 칭찬하지 마. 날 착하다고 하지 마. 나 못됐어. 아주 못됐어. 네가 칭찬하면 나를 수치스럽게 하는 거야. 아, 아주 말 나온 김에 내가 잘못한 걸 다 밝혀야겠다. 알렉세이야, 들어봐. 난 너를 우리 집으로 그렇게도 끌어들이고 싶어서 라키친한테 치근덕거리다 보니, 라키친이 널 우리 집으로 데리고 오면 25루블을 주겠다고 약속까지 했어. 잠깐, 라키친, 잠깐만 기다려 봐!"

그루센카가 빠른 걸음으로 책상 앞으로 가 책상 서랍을 열고 지갑에서 25루블짜리 지폐를 꺼냈다.

"야, 집어치워! 뭐 하는 거야, 지금?" 하고 라키친이 어찌할 바를 몰라서 소리쳤다.

"받아, 라키친. 이건 너한테 줘야 되는 거야. 네가 달라고 했잖아. 거절하진 않겠지?" 하면서 그루센카가 그에게 지폐를 홱 내던졌다.

"설마 거절이야 하겠냐? 내가 받는 게 맞을 거 같다. 바보가 있어야 똑똑한 사람도 있을 거 아니냐?"

라키친이 당혹한 건 사실이었지만 자신의 수치스러움을 은폐하는 데 용감했다.

"자, 이젠 잠자코 있어, 라키친. 이젠 됐어. 지금 내가 말하는 건 너 들으라고 하는 게 아니야. 여기 구석에 앉아서 잠자코 있어. 너 우리를 미워하는 거 같은데, 그러니까 아무 말도 하지 마."

"도대체 사랑할 게 있어야 사랑하지!"

라키친이 이미 자신의 적의를 적나라하게 드러냈다. 25루블짜리 지폐는 주머니에 집어넣었다. 알렉세이 앞에서 그는 결정적으로 수치스러운 상황에 처했다. 사실은 나중에, 알렉세이가 알지 못하게 따로 정산할 생각이었다. 그랬는데 지금 이렇게 되어버렸으니 수치스러워서 화가 났다. 전까지는 그가 조심성 있게 행동하느라, 그루셴카의 업신여김도 일부러 모른 척해가며, 그루셴카한테 함부로 하지 않았었다. 그루셴카가 라키친을 자기 손아귀에 넣고 흔드는 건 그냥도 눈에 보였던 게 사실이다. 그런데 이젠 그가 결국 참지 못하고 화를 낸 것이다.

"사랑할 건더기가 있어야 사랑하지. 너희 둘이 나한테 해준 게 뭔데?"

"사랑할 게 없어도 사랑해봐. 알렉세이가 하듯 말이야."

"쟤가 널 어떻게 사랑하는데? 쟤가 너한테 보여준 게 뭔데 그렇게 난리야?"

그루셴카가 방 한가운데에 서서 열을 내며 말하기 시작했다. 목소리에 히스테릭한 음색이 묻어났다.

"라키친, 모르면 가만있어. 넌 지금 아무것도 이해 못 하고 있어. 그리고 앞으로 나한테 '너'라고 하지 마. 네가 나한테 그러는 거 나 기분 나빠. 이게 언제부터 그렇게 용감해졌어? 구석에 처박혀서 가만히 있어, 내 하인처럼 말이야. 알았어? 자, 이젠, 알렉세이야, 내가 너한테만 진실을 있는 그대로 말해줄게. 내가 얼마나 못된 년인지 네가 알게 될 거야. 라키친한테 말하는 게 아니라 너한테 말하는 거야. 알렉세이야, 난 널 망쳐놓을 작정이었어. 이건 진짜야. 진짜 그렇게 하려고 했어. 너무 그러고 싶어서 라키친한테 돈까지 주겠다고 한 거야. 너를 데리고 오도록 말이야. 그런데 왜 내가 그토록 그러고 싶었는지 알아? 알렉세이야, 넌 몰랐겠지. 너 날 보면 얼굴을 돌리고, 내 옆을 지나갈 때면 눈을 내리깔고 그랬잖아. 난 너를 점찍어 두고 사람들에게 네 수소문을 하기 시작했어. 네 얼굴이 내 마음속에 계속 남아 있는 거야. 나는 '쟤가 날 경멸하는구나. 내 얼굴도 보기 싫어하는구나' 하고 생각했지. 그러다가 결국은 이런 생각을 하게 됐어. 그 생각에 나 스스로가 놀랐지만 말이야. '내가 저런 어린애를 왜 무서워해야 돼? 한입에 먹어버리고 조롱하면 될 걸.' 내가 그렇게 사악한 생각을 한 거야. 믿을진 모르지만, 내가 만일 그랬다고 해도 이곳에서 아무도 나한테 와서 뭐라고 할 사람 없었을 거야. 있다면 오직 노인네뿐이야. 난 그 노인네한테 잡혀 있는 거나 마찬가지야. 사탄이 우리 둘을 맺어줬어. 하지만 그 노인 빼놓고는 아무도 나한테 뭐라고 못 해. 아무튼 너를 보면서, '먹어버려야지' 하고 생각했어. 그러고는 비웃으려고 말이야. 내가 얼마나 못된 년인지 알겠지? 넌 날 자매라고 불렀지만 말이야. 자, 이제 있잖아, 옛날에 날 버리고 떠난 그 남자가 돌아왔대. 그래서 내가 지금 소식을 기다리고 있는 거거든. 근데 그 사람이 나한테 어땠는지 아니? 5년 전에 쿠지마가 날 이곳으로 데리고 왔을 때 말이야, 난 그냥 하릴없이 앉아서, 사람들이 날 못 보도록, 내 소문을 못 듣도록 틀어박혀 지냈어. 난 그때 몸이 말라빠진 데다 어수룩했어. 앉아서 울기만 했지. 며칠 밤 계속 잠도 안 자면서 이런 생각을 한 거야. '날 버리고 떠난 그 남자는 지금 어디에 있을까? 다른 여자랑 같이 나를 비웃고 있겠지. 이제 언제든 만나기만 해봐라. 내가 다 갚아줄 거다. 다 갚아줄 거라고!' 어두운 밤에 베개에 얼굴을 박고 울면서 그런 생각을 한 거야. 가슴 찢어지는 느낌을 일부러 더 강조해가면서, 가슴을 원한으로 채우면서, '내가 꼭 갚아준다. 갚아준단 말이야!' 하고 있었어. 어떨 때는 실제로 어둠 속에서 그렇게 외치기도 했어. 그러다 갑자기, '내가 그 남자한테 뭘 어떻게 할 수가 있을까?' 하고 생각되더라고. 그 남자는 지금 나를 비웃고 있는데 말이야. 아니, 어쩌면 완전히 잊어버리고 기억도 못 할지도 모르지. 그런 생각을 하면서 침대에서 바닥으로 떨어져 힘없이 눈물만 흘리면서 새벽까지 몸을 부들부들 떨면서 있었어. 아침에 원한으로 가득 차 일어나, 온 세상을 다 삼켜버리고 싶었어. 그다음에 내가 어떻게 됐을 거 같아? 돈을 모으기 시작했을 거 같아? 더 이상 안 불쌍해 보이는 사람이 됐고, 몸에 살도 붙었고, 생각하는 것도 재빨라졌고 그랬을 거 같아? 그거 아니야. 그건 이 세상 누구도 모를 거야. 밤에 어둠이 내리기만 하면 난 내가 어린 소녀였을 때와 똑같이, 5년 전과 똑같이, 누워서 이를 갈며 밤새 울어. '내가 그놈을……, 내가 그놈을……' 하면서. 자, 내가 한 말 다 들었니? 이제 나를 이해하겠지? 그런데 한 달 전에 갑자기 이런 편지가 온 거야. 그 사람이 온대. 홀아비가 됐고, 나를 만나고 싶어한대. 그때 난 조용히 숨을 죽이고 이렇게 생각했어. '그 사람이 와서 휘파람이라도 휙 불어 날 부르면 내가 강아지처럼 그 사람한테 달려가 고개 수그려 순종하게 될까?' 그런 생각을 하니까, 도저히 모르겠어, 내가 야비한 여잔지, 아닌지, 내가 그 남자한테 달려갈지, 안 달려갈지. 이 한 달 동안 내가 그런 생각을 하는 자신한테 얼마나 화가 나 있었는지 알겠니? 5년 전보다도 더 심했어. 알렉세이야, 이젠 알겠니, 내가 얼마나 사납고 거친 여잔지? 지금 내가 너한테 말한 건 다 정말이야. 드미트리하고 가까이 지낸 건 그 남자한테 달려가지 않으려고 그런 거였어. 라키친, 넌 잠자코 있어. 너보고 날 판단하라고 하는 얘기 아니야. 여태까지 말한 게 너한테 한 것도 아니고. 너희들 지금 오기 전까지 나 여기 누워서 기다리고 있었어. '이제 내 운명이 어떻게 되려나?' 하고. 내 마음속이 어땠는지 너희들은 절대 알 수 없을 거야. 있잖아, 알렉세이야, 그 아가씨한테 가서 말해줘. 그저께 일 때문에 너무 화내지 말라고. 지금의 내 상태가 어떤지는 이 세상 누구도 몰라. 알 수도 없을 뿐더러. 어쩌면 내가 오늘 거기 가게 되면 칼을 가지고 갈지도 몰라. 아직 정한 건 아니지만."

이 '불쌍하게 들리는' 말을 마치고 그루셴카는 갑자기 더 이상 참지 못하고 양손으로 얼굴을 가리고 베개 위로 쓰러져 어린아이처럼 엉엉 울기 시작했다. 알렉세이가 자리에서 일어나 라키친한테 다가가서 말했다.

"미하일아, 화내지 마. 네가 그루셴카 때문에 화난 건 알겠는데, 그래도 너무 화내지 마. 그루셴카 하는 말 지금 들었지? 사람한테 너무 따지고 드는 거 아니야. 누구나 다 사정이 있게 마련이잖아. 좀 관대해져야 돼."

알렉세이는 측은해서 가슴이 터질 지경이었다. 무슨 말이라도 해야 했기 때문에 라키친에게 말을 건 것이다. 만일 라키친이 없었더라면 그는 혼자라도 외쳤을 것이다. 하지만 라키친이 조롱이 담긴 눈으로 알렉세이를 쳐다봤기 때문에 알렉세이는 말을 멈췄다.

"네가 모시던 장로의 기운이 너한테 옮아왔나 보구나. 그래서 지금 그 기운으로 나한테 뭐라 그러는 거니, 알렉세이 너 신의 사람야?"

라키친이 증오와 조롱이 담긴 웃음을 보이며 말했다.

"비웃지 마, 라키친, 돌아가신 분에 대해 그렇게 얘기하지 마. 그분은 이 땅에 계셨던 모든 사람들 중 가장 높으셔." 알렉세이의 목소리에서 울먹이는 어조가 들렸다. "내가 너를 판단하는 입장에서 일어나 말한 게 아니야. 나는 오히려 판단당하는 사람들 중 맨 나중 된 자야. 내가 그루셴카 앞에서 과연 누굴까? 내가 이리 온 것은 모든 것을 포기한 심정에서였어. 그래서 '될 대로 돼라!' 하는 식이었던 거야. 그렇게 된 것은 내 마음이 크지 못해서 그래. 그 반면 그루셴카는 5년 동안 심려를 겪었는데, 지금 방금 누가 와서 자기한테 진심에서 우러나온 말 한마디 해줬다는 것 때문에 모든 것을 다 용서하고, 모든 것을 다 잊고 울고 있는 거야! 자기를 버리고 떠났던 사람이 돌아와서 부르니까 그루셴카는 그 사람을 다 용서하고 기쁘게 그 사람한테 달려가는 거야. 칼 안 가지고 갈 거야. 안 가지고 갈 거라고! 나는 네가 생각하는 그런 사람 아니야, 미하일아, 너는 그렇지 않은지 몰라도, 나는 그런 사람 아니야. 나 오늘, 지금, 이 교훈을 얻었어. 그루셴카는 사랑의 수준이 우리보다 높아. 그루셴카가 지금 한 말 예전에 들은 적 있어? 아닐 테지. 들은 적 없을 테지. 네가 만약 들었다면 오래전에 이미 다 이해했겠지. 그저께 그루셴카 때문에 화가 나신 분도 그루셴카를 용서하시길! 진실을 알게 되시면 용서하실 거야. 아마 알게 되실 거야. 이 영혼은 아직 안정을 못 찾은 영혼이니 자비를 베풀어야 돼. 이 영혼 속에 보물이 있을 수 있어."

알렉세이가 숨이 차서 말을 멈추었다. 라키친은 화가 나 있음에도 불구하고 알렉세이를 놀라서 바라보았다. 조용한 성격의 알렉세이에게서 그런 장광설이 나올지 알지 못했기 때문이다.

"야, 너 변호사가 다 됐네! 지금 뭐야? 그루셴카한테 사랑에 빠진 거야, 뭐야? 그루셴카야, 이 금욕 생활자께서 너한테 홀딱 반했대. 그러니까 네가 이겼어!"

라키친이 파렴치하게 웃으며 외쳤다. 그루셴카가 머리를 베개에서 떼고 상냥한 미소를 띠고 알렉세이를 바라보았다. 방금 흘리던 눈물로 금세 부어오른 얼굴 위에서 미소가 빛을 발했다.

"내 착한 천사 알렉세이야, 쟤 그냥 가만둬라, 마음대로 말하게. 미하일 오시포비치 씨, 내가 너 욕한 거 용서해달라고 부탁하고 싶어. 지금 또 싸우고 싶진 않으니까. 알렉세이야, 이쪽으로 와서 앉아 봐."

그루셴카가 환한 미소를 띠고 알렉세이를 불렀다.

"그래, 여기 이렇게 앉아. 너 있잖아(그녀는 그의 손을 잡고 미소를 띠면서 얼굴을 들여다보았다), 나한테 말해줄래? 내가 그 사람을 사랑해, 안 사랑해? 날 버리고 떠났던 그 사람 말이야. 내가 너희들 오기 전까지 여기 불도 안 켜고 누워 있으면서 계속 생각해봤어. '내가 그 사람을 사랑하나, 안 사랑하나?' 하고. 네가 한번 말해줘. 이제 결정을 해야 될 시간이야. 나 네가 말해주는 대로 결정할게. 그 사람을 용서할지, 용서 안 할지."

"너 벌써 용서했잖아" 하고 알렉세이가 미소를 띠고 말했다.

"그래, 내가 그냥 그렇게 싹 용서했다고?"

그루셴카가 생각에 잠긴 듯 말했다. 그러더니, "내 마음이 악랄한데도? 악랄한 내 마음을 위하여!" 하면서 갑자기 잔을 탁자에서 쳐들어 단숨에 마시고는 휙 하고 바닥에 던졌다. 잔이 쨍그랑 하고 깨졌다. 그녀의 미소 속에 잔인한 기색이 비쳤다.

"아직 용서 안 했을 수도 있잖아."

어쩐지 위협적으로 들리는 말투로 그녀가 말했다. 눈은 바닥을 향해 있었고, 마치 혼잣말을 하는 것 같기도 했다.

"어쩌면 내 가슴이 지금 용서할지 말지 아직 결정을 안 했을 수도 있잖아. 내가 내 가슴하고 이제 담판을 벌여야 되는지도 모르잖아. 알렉세이야, 나 있잖아, 내가 5년 동안 흘린 내 눈물을 얼마나 사랑하는지 아니? 어쩌면 말이야, 내가 받은 그 모욕과 설움을 내가 사랑했는지도 몰라. 그 사람을 사랑한 게 아니라!"

"그 사람도 참 운이 없는 사람이군. 나 같으면 그 사람 처지가 되고 싶지 않겠네" 하고 라키친이 비꼬듯 말했다.

"라키친 넌 절대로 그 사람 처지에 있지 못할 거야. 넌 내 신발이나 꿰매주는 처지가 될 거야. 너를 내가 그런 일에 쓸 거라는 말이야. 넌 나 같은 여자는 절대로 만날 수 없어. 근데 너뿐만 아니라, 그 사람도 이제 나 같은 여자는 절대로 만날 수 없게 될 거야."

"뭐? 그 사람도 널 못 만나게 될 거라고? 그럼 너 옷은 왜 그렇게 차려입었는데?" 하고 라키친이 간악한 우롱의 말을 던졌다.

"왜 남 옷 입은 걸 가지고 그래? 라키친 너 내 마음을 다 안다고 생각해? 내가 마음만 먹으면 이런 옷 정도 못 찢어버릴 거 같아? 지금 한번 찢어볼까?" 그루셴카가 짜랑짜랑한 목소리로 외쳐댔다. "내가 왜 이렇게 입었는지 라키친 넌 모르지? 내가 가서 그 사람 만나서, '나의 이런 모습 당신 본 적 있어, 없어?' 하고 물어보려고 이렇게 입었다, 왜? 그 사람이 날 버리고 떠난 게 나 만 열일곱 살 때, 내가 말라빠지고 비실비실한 울보였을 때란 말이야. 그래, 이제 나 그 사람한테 딱 붙어 앉아서 유혹하며 그 사람 달굴 거다. '지금 나의 이런 모습 전에는 본 적 없지? 그래, 멋지신 양반, 지금처럼 그대로 계시도록 해. 날 보니까 마음은 동하시겠지만 내가 그렇게 순순히 넘어가줄까?' 할 거다. 그래서 이렇게 차려입은 거다, 라키친아. 어쩔래?"

그루셴카가 독기 있는 웃음을 살짝 보이며 그렇게 말을 마쳤다. 그리곤 알렉세이에게 이렇게 말했다.

"알렉세이야, 나는 악랄하고 사나운 여자야. 나 내 옷 찢어버릴 거야. 날 엉망으로 만들어버릴 거야. 아름다움을 다 없애버릴 거야. 얼굴을 불에 데게 하고 칼로 그을 거야. 거지가 되어 동냥하러 다닐 거야. 난 가고 싶으면 가고, 안 가고 싶으면 아무한테도 안 가. 내일 당장 쿠지마한테 다 돌려줄 수도 있어. 그 노인네가 나한테 준 걸 말이야. 돈도 다. 그렇게 한 다음에 나 평생 날품팔이로 살 수도 있어. 내가 그렇게 못 할 거라고 생각하니? 라키친 너도 내가 그렇게 못 할 거 같아? 못 하긴 왜 못 해? 지금 당장 그럴 수 있어. 단, 날 신경질 나게 하지 마. 내가 한번 쫓아내는 사람하고는 영영 끝이야. 다신 날 못 볼 생각도 하지 마!"

마지막 말이 히스테릭한 톤으로 울려 퍼졌다. 참다못해 그녀는 또다시 양손으로 얼굴을 가리고 베개 위로 쓰러져 흐느끼며 몸을 떨었다. 라키친이 자리에서 일어났다.

"갈 시간 됐다. 늦었어. 수도원 문 닫을라."

그루셴카가 핵 튕겨 일어났다.

"알렉세이야, 너도 설마 가려는 거야? 나보고 어떡하라고? 마음을 이렇게 흔들어놓고! 갈기갈기 찢어놓고! 이제 와서 나

보고 또 이 밤을 홀로 지내라는 거야?"

"그렇다고 얘보고 너희 집에 남으라고? 뭐, 얘가 원한다면 남으라고 그래. 나 혼자 갈 테니까!" 하고 라키친이 독기 있게 놀려댔다.

"성질 못된 너는 입 닥쳐. 알렉세이가 와서 나한테 해준 것 같은 말을 넌 한 번도 해준 적 없어" 하고 그루셴카가 사납게 소리쳤다.

"얘가 너한테 무슨 말을 또 그렇게 해줬다는 거야?" 하고 라키친이 신경질조로 투덜댔다.

"난 모르겠어. 몰라. 아무것도 몰라. 얘가 나한테 무슨 말을 해줬는지. 다만 내 가슴이 받아들였어. 얘가 내 가슴을 뒤엎어 놓았어. 나를 불쌍하게 봐준 사람은 얘가 처음이야. 오직 한 사람이라고! 나의 천사야, 좀 더 일찍 와주지 그랬니?"

그루셴카가 갑자기 충동적으로 알렉세이 앞에 털썩 무릎을 꿇고서 계속 말했다.

"난 평생 너 같은 사람을 기다렸어. 너 같은 누군가가 와서 나를 용서해주기를 말이야. 내가 아무리 추하고 치졸해도, 누군가는 나 같은 사람도 사랑해줄 거라고 믿었어."

알렉세이가 허리를 구부려 그루셴카의 손을 부드럽게 잡고 겸손하게 웃으며 말했다.

"내가 해준 게 뭐 있다고? 양파를 내밀어준 거밖에 없잖아.

아주 작은 양파. 그뿐이잖아."

 그 말을 한 뒤 알렉세이가 울음을 터뜨렸다. 그 순간 현관 쪽에서 갑자기 소란스러운 소리가 들리더니 누군가가 들어왔다. 그루셴카가 별안간 무척 놀라 후닥닥 일어났다. 페냐가 소란스럽게 방 안으로 들어와 숨을 헐떡이며 떠들썩하게 소리쳤다.

 "아씨, 아씨, 급송 마차가 도착했어요! 아씨를 모셔 오라고 모크로예에서 보낸 마차예요. 마부 치모페이가 삼두마차를 몰고 왔어요. 지금 말을 갈아 매고 있어요. 아씨, 편지요! 여기 편지가 있어요!"

 페냐가 손에 편지를 들고 있었다. 소리 질러 소식을 전하는 동안 손에 든 그 편지를 계속 공중에서 휘젓고 있었다. 그루셴카가 페냐한테서 편지를 빼앗아 촛불 쪽으로 가까이 가져갔다. 보니, 간단하게 몇 줄만 적힌 쪽지였다. 그루셴카가 단숨에 다 읽었다.

 "오라고 불렀어!" 그루셴카가 병적인 미소로 찌그러진 창백한 얼굴을 하고 소리쳤다. "휘파람 신호를 보냈어. 개보고 기어오라는 거지!"

 하지만 망설이며 서 있던 건 짧은 시간에 불과했다. 별안간 그녀의 머리로 피가 몰린 듯 양쪽 볼이 발갛게 되었다.

 "갈 거야! 내가 보낸 5년, 이젠 끝이야! 작별이다, 알렉세이야. 운명이 결정됐어. 자, 이젠 다들 가. 이젠 다신 못 볼 거야! 그루센카는 새 삶을 향해 날아간다. 라키친 너도 날 너무 나쁘게 생각하지 마. 어쩌면 나 지금 죽으러 가는 건지도 몰라. 아, 마치 취한 거 같아!"

그녀가 그들을 놔두고 쏜살같이 자기 침실로 달려갔다.

"자, 이젠 쟤가 우리들한테 신경 쓸 겨를이 없게 됐네! 가자, 가. 안 그러면 또 여자들 비명 지르고 난리치는 분위기 속에 휩싸일라. 그 울고불고 야단법석 하는 거 이젠 질릴 대로 질렸어" 하고 라키친이 투덜거렸다.

알렉세이가 기계적으로 끌려 나왔다. 마당에 마차가 서 있었다. 말을 풀고, 등불을 들고 왔다 갔다 하며 사람들이 바삐 움직이고 있었다. 활짝 열린 대문을 통해 새 삼두마차가 들어오고 있었다. 그러나 알렉세이와 라키친이 현관에서 내려서자마자 그루셴카 침실의 창문이 열리더니, 그루셴카가 낭랑한 목소리로 알렉세이에게 소리쳤다.

"알렉세이야, 네 형 드미트리한테 내 대신 절을 해줘. 그리고 이 못된 년을 너무 나쁘게 기억하지 말아달라고 좀 말해줘. 그리고 내 이 말을 그대로 전해줘. '점잖은 너한테 안 어울리는 그루셴카는 비열한 놈한테 간다.' 또 이렇게 전해줘. 그루셴카가 네 형을 사랑했다고. 한 시간 동안만. 응, 한 시간 동안만 사랑했어. 이제부터 네 형이 그 한 시간을 평생 기억하라고 해. 그루셴카가 평생 동안 기억하라고 했다고 전해줘."

말을 마치는 그녀의 목소리에 흐느끼는 어조가 들어차 있었다. 창문이 쾅 닫혔다.

"흠, 흠!"

라키친이 실실 웃으며 헛기침을 하더니 말했다.

"네 형 드미트리의 마음을 쪼개놓고는 자기를 평생 동안 기억하라고? 저런 못된 년!"

알렉세이는 마치 못 들은 것처럼 아무 반응도 하지 않았다. 그는 라키친 옆에서 빠른 걸음으로, 아주 서두르는 양 가고 있었지만, 멍하게 기계적으로 걸었다. 라키친은 마치 방금 다친 곳을 누군가가 손가락으로 건드렸을 때처럼 섬뜩한 느낌을 받은 모양이었다. 아까 그루셴카와 알렉세이를 만나게 해주면서 그가 기대한 건 이게 절대 아니었는데, 완전히 다른 결과가 나온 것이다. 그가 간절히 원하던 결과가 아니라 말이다.

"그 장교는 폴란드인이야. 사실 지금은 장교도 아니야. 시베리아의 중국 국경 어디에선가 세관 관리로 근무했어. 부패한 윤리 의식을 가진 폴란드인 자손일 테지. 일자리를 잃었대. 그 뒤에 그루셴카한테 재산이 생겼다는 소문을 들었겠지. 그러니까 돌아온 거겠지. 기적이랄 것도 없어" 하고 라키친이 마음을 진정시키려 노력하면서 다시금 말을 꺼냈다.

알렉세이는 다시금 마치 못 들은 것처럼 가만있었다. 라키친이 참다못해 알렉세이를 향해 독기 어린 미소를 띠고 말했다.

"그러니까 넌 뭐야, 죄인을 돌이켰다 이거지? 방탕한 여자를 진리의 길로 돌이켰다 이거지? 일곱 귀신을 쫓아냈어, 응?²² 아까 일어날 줄 알았던 우리의 기적이 바로 여기서 일어난 거네!"

"그만 해라, 라키친" 하고 알렉세이가 마음에 고통을 느끼며 반응했다.

"아까 25루블 받은 거 때문에 지금 나 경멸하고 있지? '진정한 친구를 팔아먹었어' 하면서 말이야. 하지만 너는 그리스가 아니고 나도 유다가 아니야."

"야, 라키친아, 이건 정말인데, 나 그거 잊고 있었어. 네가 스스로 이야기해서 다시 생각나게 할 건 뭐니?"

그러자 라키친이 오히려 결정적으로 화를 내고 말았다.

"야, 이런 제기랄! 너희들 다 망할 연놈들이야! 에이, 젠장, 내가 왜 너랑 관련되어서 지금 이 지경이냐? 이제 너랑 아는 척도 하기 싫어. 혼자 가! 자, 저게 네가 갈 길이야!"

그 말을 한 그는 알렉세이를 어둠 속에 남겨놓고 휙 방향을 틀어 다른 길로 갔다. 알렉세이는 읍내를 벗어나 들을 거쳐 수도원으로 향했다.

## IV
**갈릴리 가나**[23]

알렉세이가 암자에 왔을 때는 수도원식으로 치면 이미 아주 늦은 시간이었다. 문지기가 특별히 그를 들어오게 해주었다. 벌써 9시가 넘었다. 하루를 그리도 불안하게 보낸 모든 사람들이 이제 휴식을 하고 잠자리에 들 시간이었다. 알렉세이는 조심스럽게 문을 열어 장로의 관이 놓인 장로의 방으로 들어갔다. 관 앞에서 홀로 복음서를 읽고 있는 파이시 신부, 그리고 어젯밤의 대화와 오늘의 소동으로 인해 지쳐 다른 방에서 곤히 자고 있는 젊은 수도사 지망생 포르피리 외에 아무도 없었다. 파이시 신부는 알렉세이가 들어오는 소리를 들었지만 고개를 돌려 보지도 않았다. 알렉세이는 문에서 오른쪽에 있는 구석으로 가서 무릎을 꿇고 기도하기 시작했다. 그의 마음속은 무언가로 꽉 차 있었으나, 느낌이 명쾌하지 않았고, 하나의 느낌이 다른 느낌으로 바뀌고 그 느낌이 또 다른 느낌으로 바뀌는 조용하고 평평한 순환 작용이 계속 이루어지고 있었다. 하지만 달콤한 기분이 들었고, 이상하게도 알렉세이는 그 사실에 놀라지 않았다. 그는 다시금 이 관을 눈앞에 두고 있었다. 사방이 막힌 곳에 들어가 계신, 돌아가신 그의 소중한 분을 보고 있었지만 아까 아침처럼 울음과 푸념을 불러일으키는 비통함은 더 이상 그의 마음속에 없었다. 그는 지금 방에 들어와 마치 성물 앞에 엎드리듯 관 앞에 엎드렸으나, 머릿속과 가슴속에는 기쁨이 빛을 발하고 있었다. 방 창문 하나가 열려 있어 공기는 시원했다. '창문을 열어놓은 걸 보니 냄새가 더욱 심해졌다는 얘기네' 하고 알렉세이는 생각했다. 그러나 아까까지만 해도 그토록 끔찍하고 수치스럽게 느껴졌던 썩는 냄새에 대한 그 생각이 지금은 비애와 노여움을 불러일으키지 않았다. 그는 조용히 기도를 시작했다. 하지만 곧 자기가 거의 기계적으로 기도하고 있음을 깨달았다. 여러 가지 생각의 단편들이 그의 마음속에서 별들처럼 빛을 발하다가 곧 다른 생각들로 바뀌며 스러져갔다. 그럼에도 불구하고 그는 마음속에 온전하고 굳건하고 만족을 주는 무언가가 떡 버티고 있음을 스스로 인정했다. 때때로 그는 열정적으로 기도하기 시작했다. 무척 감사하고 싶었고 사랑하고 싶었다. 하지만 그렇게 기도를 시작했다가 갑자기 다른 생각에 잠기게 되어 기도하던 것을 그치고 잊곤 했다. 파이시 신부의 낭독을 듣고 있기도 했다. 하지만 매우 지쳐 있었으므로 조금씩 졸기 시작했다.

"사흘째 되던 날 갈릴리 가나에 혼례가 있어[24] 예수의 어머니도 거기 계시고 예수와 그 제자들도 혼례에 청함을 받았더니" 하는 파이시 신부의 낭독이 들렸다.

'혼례? 그게 뭐지? 혼례……'

알렉세이의 머릿속이 회오리가 도는 듯 뒤죽박죽되었다.

'그루센카한테도 좋은 일이 있어······. 잔치에 갔어······. 아니야, 그루센카는 칼을 안 가지고 갔어. 응, 안 가지고 갔어······. 칼을 갖고 간다고 한 건 마음이 너무 괴로워서 튀어나온 불쌍한 말일 뿐이야······. 그런 불쌍한 말들은 용서해줘야 해, 반드시. 그런 불쌍한 말들을 입 밖으로 내뱉어서 마음이 좀 편해진다면 말이야. 사람들이 만일 그렇게 하지 않는다면 슬픔이 너무나 견디기 힘들 거야. 라키친은 뒷골목으로 갔어. 라키친이 자기가 모욕당한 걸 생각하고 있는 동안은 계속 뒷골목행이 될 거야. 하지만 길은······, 길은 크고 곧고 밝고 수정과 같은 길이잖아. 그 끝에 태양이 있고······. 어? 무슨 낭독 소리지?'

"포도주가 떨어진지라. 예수의 어머니가 예수에게 이르되, '저들에게 포도주가 없다' 하니······" 하는 낭독 소리가 알렉세이의 귀에 들렸다.

'그렇지. 내가 중간에 못 듣고 빠뜨렸구나. 안 빠뜨리려 했었는데······. 내가 좋아하는 대목이잖아. 갈릴리 가나에서 일어난 첫 번째 기적······. 이 기적······, 아, 얼마나 좋은가! 그리스도가 첫 번째 기적을 창출하실 때는 사람들의 슬픈 자리가 아니라 기쁜 자리를 방문하신 때였어. 그래서 그 자리를 더 기쁘게 만드셨어······. 사람들을 사랑하는 자는 그들의 기쁨도 사랑한다고 돌아가신 장로님께서 늘 말씀하셨어. 이게 그분께서 갖고 계셨던 아주 중요한 생각들 중 하나야. 기쁨 없이 살 순 없다고 드미트리 형이 말했지. 그래, 드미트리 형……. 진실하고 아름다운 것은 언제나 무한한 관대함으로 가득 차 있다고도 말씀하셨지, 장로님께서…….'

"예수께서 이르시되, '여자여, 나와 무슨 상관이 있나이까? 내 때가 아직 이르지 아니했나이다.' 그의 어머니가 하인들에게 이르되, '너희에게 무슨 말씀을 하시든지 그대로 하라' 하니라."

'하라……. 가난한 사람들, 아주 가난한 사람들에게 기쁨을 창출하라는 말씀이겠지……. 당연히 가난한 사람들이겠지, 혼례에 포도주도 모자랐으니……. 역사학자들이 기술하는 바에 따르면[25] 겐네사렛 호수 근처와 그 근처에는 당시 가장 가난한, 우리가 상상할 수 없을 정도로 가난한 사람들이 흩어져 살았다고 하지. 거기에 간 다른 위대한 존재, 즉 그분의 모친은 자신의 위대한 마음으로 알고 계셨던 거야. 그분이 그때 자신의 위업을 이루려는 한 가지 목적만 가지고 내려오신 게 아니라는 것을. 그분의 마음은 서민들, 신분 낮은 사람들, 그분을 자기들의 자그마한 혼례에 오시라고 친절하게 초대한 단순하고 무지한 존재들의 즐거움도 이해하신다는 것을 말이야. '내 때가 아직 이르지 아니했나이다' 하고 그분은 겸손한 미소를 띠시고 말씀하시지(어머니께 살짝 미소를 띠셨음이 분명해). 사실 가난한 혼례 자리에서 포도주를 만드시기 위해 그분께서 이 땅에 오신 것일까? 그건 아닐 텐데도 그분은 그 자리에 가서서 어머니의 부탁대로 하셨어……. 아, 또 낭독 소리가 들리는구나.'

"예수께서 그들에게 이르시되, '항아리에 물을 채우라' 하신 즉, 아귀까지 채우니, '이제는 떠서 연회장에게 갖다 주라' 하시매, 갖다 주었더니, 연회장은 물로 된 포도주를 맛보고도 어디서 났는지 알지 못하되, 물 떠 온 하인들은 알더라. 연회장이 신랑을 불러 말하되 '사람마다 먼저 좋은 포도주를 내고, 취한 뒤에 낮은 것을 내거늘, 그대는 지금까지 좋은 포도주를 두었도다' 하니라."

'그런데 이건 뭔가? 이건 뭐지? 왜 방이 둘로 갈라지지? 아, 참, 여기가 혼례 자리지……. 응, 그러니까 그렇지. 저기 손님들이 있고, 저기 신혼부부가 앉아 있네. 즐거워하는 무리들이……. 그런데 연회장은 어디 있지? 누가 연회장이지? 누구? 또 방이 둘로 갈라지네. 큰 상 저쪽에서 일어나는 저 사람 누구지? 어? 어떻게 저분이 여기에……? 저분은 관에 계셔야 옳은데……. 하지만 여기 계시군……. 일어나셔서 날 발견하시고 이쪽으로 오고 계시네. 이럴 수가!

그래, 예수님한테 가신 거네. 마르시고 연세 많으시고 얼굴에 잔주름 많으신 저분, 명랑하시고 조용히 웃으시는……. 관은 이미 온데간데없고 저분은 어제 예수님께 가려고 하실 때 사람들과 더불어 앉아 계시면서 입으셨던 바로 그 옷을 입고 계시네. 얼굴이 환하시고 눈도 반짝반짝 빛나시네. 어떻게 하다 보니 저분도 잔치에 오시게 된 거겠지. 갈릴리 가나의 혼례에 초대받아서.'

"너도 초대받아 왔구나, 내 아들아, 너도 부름받았구나. 왜 여기 이렇게 조용히 숨어 있는 거니, 잘 안 보이게. 우리 쪽으로 가자꾸나."

바로 조시마 장로의 목소리였다. 게다가 이렇게 부르기까지 하시는데 어찌 그분이 아닐 수가 있는가? 장로가 알렉세이의 손을 잡아 일으켰으므로 무릎을 꿇고 있던 알렉세이는 일어섰다.

"즐겁게 놀자꾸나. 새 포도주를 마시자꾸나. 새 기쁨, 큰 기쁨의 포도주를. 봐라, 손님이 아주 많지? 저기 신랑과 신부도 있고, 저기 고명하신 연회장님도 계시다. 지금 새 포도주를 마셔 보시는 중이다. 왜 날 보고 그리 놀라느냐? 난 양파를 줬느니라. 그래서 나도 이곳에 오게 된 거다. 여기 있는 많은 사람들이 단지 양파를 준 사람들이다. 작은 양파 하나씩을. 우리 일이 뭐겠니? 너도, 온유한 나의 아들 너도 오늘 배고파하는 자에게 양파를 줬잖니? 온유한 자여, 바로 그렇게 일을 시작하면 되느니라. 우리의 태양이 보이니? 너한테 저분이 보이니?"

"무서워서 감히 보지 못하겠습니다" 하고 알렉세이가 속삭였다.

"저분을 무서워하지 마라. 우리 앞에서 저분의 위대함이 엄청나시고 높음이 무시무시하시되, 자비로움이 한이 없으시고, 우리를 사랑하시어 우리와 비슷하게 되셔서 우리와 함께 즐거워하시고 계셔. 손님들의 기쁨이 끊어지지 않게 하기 위해 물을 포도주로 변화시키시고, 새 손님들을 기다리신다. 새 손님들을 계속해서 부르셔. 여기 와서 이미 영원히 이곳을 떠나지 않도록. 저기 사람들이 새 포도주를 가지고 오는구나. 저기 보이지? 병들에 담아 가지고 오는 거…….''

알렉세이는 가슴속에서 무언가 뜨거운 것을 느꼈다. 무언가가 그의 가슴을 아프도록 꽉 채웠다. 환희의 눈물이 그의 마음속으로부터 뿜어져 나왔다. 그는 양팔을 벌려 환성을 지르면서 잠을 깨었다.

다시금 관이 보였고, 열어놓은 창문, 그리고 복음서를 낭독하는 소리가 들렸다. 소리는 조용했고 위엄이 있었고 또박또박했다. 그러나 알렉세이는 낭독 내용을 이미 듣고 있지 않았다. 이상하게도, 그는 무릎을 꿇고 앉아서 잠들었었는데, 지금은 서 있었다. 그러다 그는 갑자기 성큼성큼 세 발짝을 걸어 관에 바싹 다가갔다. 어깨가 파이시 신부에 닿기까지 했으나 그것도 눈치채지 못했다. 파이시 신부는 순간적으로 책에서 눈을 들어 알렉세이를 보았으나, 즉시 도로 눈을 돌렸다. 그 대신 알렉세이가 왠지 좀 이상한 행동을 한다는 것은 깨달았다. 알렉세이는 30초 정도 관을 보고 있었다. 정교회 십자가가 묘사된 성직자용 두건을 머리에 쓰고 가슴에는 성상을 지닌 채 몸을 길게 뻗고 움직임 없이 누운 고인을 가리고 있는 관을 말이다. 알렉세이는 아직도 고인의 음성이 귀에 쟁쟁했다. 그 목소리가 계속 들려오지 않나 하고 귀를 기울였다. 그러다가 갑자기 몸을 홱 돌려서 방에서 나갔다.

그는 현관에서 걸음을 멈추지 않고 빠르게 뛰어 밑으로 내려갔다. 환희로 가득 찬 그의 마음은 자유를, 탁 트인 공간을 갈망했다. 아득히 광활히 펼쳐진 천구가 그의 머리 위를 덮었고, 거기에는 고요히 빛을 발하는 별들이 꽉 박혀 있었다. 천정으로부터 지평선에 걸쳐 은하수가 아직 그리 확실치는 않게 어른거렸다. 정적이 진을 친 싱싱한 밤이 땅을 거머쥐었다. 대성당의 흰 탑들과 금 빛깔의 둥근 지붕이 사파이어 빛 하늘을 배경으로 모습을 드러내었다. 건물 근처 꽃밭의 화려한 가을꽃들이 아침까지 단잠에 들어 있었다. 땅의 적막이 마치 하늘의 적막과 융합한 듯했고 지구의 비밀이 별들의 비밀과 맞닿은 듯했다. 알렉세이는 서서 가만히 지켜보다가, 누가 큰 몽둥이를 휘둘러 양다리를 갑자기 후리기라도 한 듯 픽 하고 땅으로 쓰러졌다.

그는 자기가 땅을 왜 부둥켜안는지 알지 못했다. 그는 자기가 왜 그렇게 땅에 입을 맞추고 싶어서 못 견디는지 알지 못했다. 땅 전체에 입을 맞추고 싶었다. 그는 그냥 입을 맞춘 게 아니라 울면서, 흐느끼면서, 땅을 눈물로 적시면서 입을 맞췄다. 땅을 사랑한다고, 영원히 사랑한다고 감정에 겨워 맹세했다. '기쁨의 눈물로 땅을 적시고 당신의 눈물을 사랑하라' 하는 말이 마음속에서 울렸다. 그는 무엇 때문에 울었는가? 그는 심연 속으로부터 빛을 발하는 이 별들로 인해서 역시 기쁨의 눈물을 흘렸다. 그리고 '몰아의 기쁨을 부끄러워하지 않았다.' 마치 이 모든 수없이 많은 신의 세계들로부터 실마리들이 그의 마음속에 한꺼번에 모인 듯했고, 그의 마음은 '다른 세계들에 접하면서' 온통 전율했다. 그는 모든 이들을 용서하고 싶었고 모든 것에 대해 용서를 빌고 싶었다. 자기의 죄를 자기가 용서하고 싶었던 것이 아니라, 모든 사람을 대신하여, 모든 죄에 대하여 용서를 빌고 싶었다. '다른 사람들도 나를 대신해서 용서를 빌기도 한다는 말이 다시 그의 마음속에서 울렸다. 한편 바로 이 천구에나 비할 굳건하고 견고한 무언가를 그는 매 순간마다 점점 더 확실히, 마치 피부에 닿을 정도로 느껴갔고, 그것이 마음속으로 들어오는 듯했다. 상념 같은 것이 그의 머릿속에 깃들었는데, 결국 그의 평생에 영원히 남게 되었다. 연약한 젊은이로서 땅에 엎드렸던 그는 평생 흔들리지 않을 투지를 얻어 일어났다. 그가 그것을 인식하고 느낀 것은 갑자기였다. 그는 나중에 가서도 이 순간을 잊을 수가 없었다. "그때 누군가가 나의 마음을 찾아왔어요" 하고 그는 확신 있게 말하곤 했다.

사흘 뒤 그는 수도원을 나왔다. 돌아가신 장로가 그에게 '세상에 거하라'고 지시한 대로 된 것이다.

# 제8편
# 드미트리

## I

### 쿠지마 삼소노프

 한편 새 삶을 향하여 질주해가면서 그루셴카는 드미트리 표도로비치에게 마지막 인사를 전해달라고 했고, 자기가 그를 사랑했던 한 시간을 영원히 기억해달라는 주문을 남기고 갔는데, 정작 드미트리 자신은 그루셴카에게 일어나던 일을 전혀 모른 채 나름대로 곤혹스럽고 분주한 사정에 빠져 있었다. 최근 이틀간 그는 실로 머릿속에 염증을 일으킬 정도로 상상하기 어려운 상태에 빠져 있었다. 나중에 그가 표현한 바에 따르면 말이다. 그 전날 아침 알렉세이는 그를 찾지 못했고 이반 역시 같은 날 술집에서 그와 만나지 못했다. 그가 살던 집의 주인 가족 사람들은 부탁받은 대로 그의 종적을 비밀에 부쳤다. 나중에 가서 그가 쓴 표현을 빌리자면, 그는 이 이틀간 '자신의 운명과 씨름하며 자신을 구하고자' 문자 그대로 온 방향을 누비며 다녔으며, 심지어 몇 시간 동안은 급한 일 때문에 읍을 떠나 있기도 했다. 그루셴카를 1분이라도 시야에서 놓치는 것이 두려워 떠나기를 꺼림칙해했음에도 불구하고 말이다. 이 모든 사실은 나중에 더할 나위 없이 자세하게, 문서의 형식으로 밝혀지게 되지만, 지금은 우리가 그의 삶에서 이 끔찍한 이틀 동안, 즉 그의 운명 위에서 예상치 못한 폭발을 일으킨 끔찍한 사건의 발생 전에 해당하는 이틀 동안 일어났던 일들 중 가장 필요한 것만을 짚고 넘어가기로 하자.

그루셴카가 비록 한 시간 동안이나마 그를 진실하게, 진심으로 사랑했다는 것이 사실이라 하더라도, 동시에 진짜 잔인하고 무자비하게 그에게 괴로움을 준 것도 사실이다. 중요한 것은 그로서는 그녀의 의도를 전혀 넘겨짚을 수 없었다는 점이다. 다정한 태도로, 혹은 완력을 썼더라도 그녀는 절대로 호락호락 넘어오지 않았을 것이다. 반대로 화를 내면서 그를 완전히 거절했을 것이다. 이 점을 그는 그때 확실히 이해하는 입장이었다. 그녀 자신도 어떤 기로에 놓였다는 것을, 결정을 내리는 것이 필요한 평범치 않은 순간에 처했다는 것을 그는 올바로 파악하고 있었다. 결정을 내리긴 내려야 하는데 결정적으로 내리지 못한다는 것을 말이다. 그래서 그는 열정적으로 달려들면 그녀가 자기를 증오하게 될 수가 있음을 예상하며 마음을 졸였다. 그 예상은 근거 없는 것이 아니었다. 실지로 상황은 그랬을 수 있다. 그러나 구체적으로 무엇 때문에 그루셴카가 번민하는지 그는 아무래도 알아낼 수 없었다. 사실 그를 괴롭히던 문제란 그녀가 둘 중 하나를 선택하는 일에 귀결되는 것이 전부였다. 그러니까 '그 자신, 즉 드미트리냐, 아니면 표도로 파블로비치냐'였다. 말이 나온 김에 여기서 하나의 확실한 사실을 언급해야 하겠다. 그는 표도르 파블로비치가 그루셴카에게 반드시 정식 결혼을 제안할 것이라고(이미 제안한 뒤가 아니었다면) 다분히 확실하게 믿고 있었다. 늙은 호색한 표도르 파블로비치가 3천으로 그녀를 얻게 되겠지 생각한다고 믿은 적은 한순간도 없다. 드미트리는 그루셴카와 그녀의 성격을 알고 있으므로 그런 결론을 낸 것이다. 바로 그랬기 때문에, 그루셴카의 모든 번민과 망설임은 둘 중 누구를 선택할지, 둘 중 누가 좀 더 이득을 줄지 알지 못하는 데에서 나온다고 그는 생각했다. '장교', 곧 그루셴카의 삶에서 운명을 좌우하는 역할을 하는 사람이 곧 돌아오며 그루셴카가 그토록 가슴 두근두근하고 마음 졸이며 기다린다는 점은 당시에 전혀 생각도 하지 못했다. 물론 그루셴카가 그 일에 대해 입도 뻥긋 안 했다는 이유도 있다. 하지만 그는, 그루셴카의 마음을 앗아간 남자에게서 그루셴카가 한 달 전에 편지를 받았다는 것을 그녀에게서 들어 다분히 잘 알고 있었고, 편지의 내용 역시 부분적으로나마 알고 있었다. 한때 그루셴카가 편지를 보여준 적이 있다. 그런데 그때, 드미트리는 이 편지에 가치를 거의 전혀 두지 않았다. 왜 그랬는지는 설명하기가 매우 어려웠다. 어쩌면 단순히 드미트리가 그루셴카를 두고 자기 친아버지와 경쟁을 벌인다는 꼴사납고 추한 상황이 정신을 사로잡았기 때문일 수도 있다. 그는 적어도 당시에는, 자기가 처한 상황보다 더 안 좋은, 더 위험한 상황이 있을 수가 있다는 것을 상상도 못 했다. 5년 동안 사라져 있다가 어느 날 갑자기 튀어나온 이 약혼남이라는 사람의 영향력을 드미트리는 단순히 믿지 않았다. 특히 그 남자가 곧 올 거라는 것을 말이다. 게다가 드미트리가 직접 본 '장교'의 처음 편지에는, 또 한 명의 경쟁자가 친히 이쪽으로 오리라는 얘기가 다분히 불분명했다. 이 편지는 아주 애매한 내용으로, 고상함이 아주 과장된 문체로 드러나 있었고, 감정으로만 가득했다. 그루셴카가 그때 편지의 마지막 몇 줄은 보여주지 않았다는 점도 언급해야 하겠다. 마지막 몇 줄에는 그 사람의 귀환에 대한, 다소 명료한 편에 속하는 언급이 존재했다. 또한 드미트리가 나중에 기억해낸 바에 따르면, 시베리아에서 발송됐다고 하는 이 편지를 그리 탐탁지 않게 생각하는 감정이 그루셴카의 얼굴에 자기도 모르게 표현되었다. 그 뒤에 그루셴카는 드미트리에게 이 새로운 경쟁자와의 서신 왕래에 대해 전혀 알리지 않았다. 그러다 보니 드미트리는 이 장교에 대해 점점 생각하지 않게 되어, 결국 거의 완전히 잊기까지 했다. 그는 다만, 자기와 표도르 파블로비치 간의 종국적 충돌이 너무 가까이 다가왔으므로, 무슨 일이 있든 일이 어떻게 돌아가든 다른 어떤 문제보다도 그 문제가 먼저 해결되어야 한다고 생각했다. 그는 매 순간 그루셴카의 결정을 숨 죽여 기다렸고, 그 결정이 어떤 영감의 작용에 따라 순식간에 일어날 것이라고 계속 믿었다. 그녀가 별안간 "나를 가져. 난 영원히 네 거야" 하고 말할 테고 그로써 모든 것이 막을 내릴 것이라 생각했다. 그러면 그는 그녀를 당장 세상 끝으로 데리고 갈 것이었다. 정말이지 당장 그녀를 될 수 있으면 먼 곳으로 데리고 갈 것이었다. 그곳이 만약 세상 끝이 못 된다면 적어도 러시아 끝은 될 것이었다. 거기서 그녀와 결혼하여 incognito 하게(몰래), 아무도 그들에 대해 전혀 알지 모르는 곳에 집을 얻을 것이었다. 그러면 곧바로 완전히 새로운 삶이 시작될 것이었다. 바로 이 새로운 삶, 복된 삶(반드시 복된 삶이 될 것이었다)에 대해 그는 항상 꿈꿨으며, 그럴 때마다 흥분의 도가니로 젖어들었다. 그는 완전한 새 출발을 원했다. 실로 부활에나 비할 만한 새 출발 말이다. 지금 그가 처한 상황은 퀴퀴한 심연이었다. 비록 자발적으로 빠져들었지만 그 심연은 이제 너무 힘겨웠다. 보통 그런 경우에 많은 사람들이 그렇듯, 그 역시 환경의 변화에 맹목적 희망을 걸었다. 그저 주위를 둘러싼 사람들이라도 바뀌길 원했다. 진절머리 나는 이 동네를 멀리 떠날 수만이라도 있다면 모든 것을 새로 시작할 수 있을 것 같았다. 그는 바로 그런 맹목적 희망을 못 이루어서 안타까워했던 것이다.

그러나 이것은 상황이 행복한 결말을 짓게 되는 경우에만 가능했다. 다른 결말이 날 가능성도 있었다. 생각하기도 싫은 끔찍한 결말이었다. 그루셴카가 갑자기 이렇게 나오면 어떡할 것인가? "꺼져. 난 표도르 파블로비치한테 시집가기로 결정했으니까, 넌 필요 없어." 정말 그러면 어떻게 한단 말인가? 드미트리는 그럴 경우에 어떻게 해야 할지 알 수 없었다. 맨 마지막 순간까지 그는 결정할 수 없었다. 그 점에서 그는 죄가 없다. 어떠한 구체적인 의도가 그에게는 없었다. 범죄를 계획한 바 없다. 그는 단지 숨어서 엿보며 안달했지만, 그래도 자기 운명이 행복한 결말 쪽으로 가게 되길 은근히 믿었다. 그 외의 다른 생각들은 일부러 하지 않으려고 했다. 그런데 그러다 보니 새로운 고민이 시작되었다. 그가 어찌할 바를 모르는 완전히 새로운 상황이 고개를 들었다. 그 상황 역시 운명에 달려 어찌 손쓸 도리가 없는 것이 문제였다.

무슨 상황인가 하면, 그녀가 그에게 "나는 네 거야" 하고 말하는 경우에 어떻게 그녀를 데리고 떠난단 말인가? 그러기 위해서는 뭔가 있어야 하지 않겠는가? 돈 말이다. 그전까지는 표도르 파블로비치가 던져준 돈에서 나오는 소득이 오랫동안 끊이지 않고 있어왔지만, 딱 그때쯤 중단되었다. 물론 그루셴카에게 돈이 있었지만, 그 문제와 관련해서는 느닷없이 자존심이 고개를 들었다. 그는 그녀의 돈이 아니라 직접 자기 돈으로 그녀를 데리고 떠나 새 삶을 시작하고 싶었다. 그는 그녀에게 손을 내민다는 일은 상상조차 할 수 없었고, 그 생각 때문에 구역질이 날 정도로 괴로웠다. 그런 현실을 너무 장황하게 설명하진 않겠다. 그의 마음속을 분석하려 들지 않겠다. 다만 언급하는 것뿐이다. 그때 그의 마음 상태가 그랬다는 것을. 이 모든 것은 그가 카체리나 이바노브나의 돈을 착복한 것 때문에 겪는 남모를 양심의 가책이 간접적인 원인이었고, 뭐랄까, 무의식 차원에서 어차피 일어날 일이었다. '내가 이미 한 여자 앞에서 몹쓸 인간이 됐는데 다른 여자 앞에서 또 몹쓸 인간이 될 수 있을까' 하는 생각을 그때 했다고 그는 나중에 고백했다. '그루셴카가 알면 이런 몹쓸 인간한테 시집오려고 하겠나?' 하고 말이다. 그러므로 어디선가 돈을 구해야 했다. 이 운명을 좌우할 돈을 어디서 구한단 말인가? 돈을 못 구하면 모든 것이 허사로 돌아가고 아무것도 안 된다. '단지 돈이 모자라는 것 때문에 그렇게 되면 얼마나 창피한가!' 하고 그는 생각했다.

미리 앞서 언급하자면, 그 돈을 어디서 구할지 그는 사실 알고도 남았을 수 있다. 그 돈이 어디 있는지를 말이다. 거기까지만 말하고 더 이상 자세히는 삼가겠다. 왜냐하면 나중에 다 설명이 될 것이므로. 그렇지만 그가 어찌 손쓸 도리가 없었던 이유는 무엇이었는지에 대하여, 자세히는 아니더라도, 말하기로 하겠다. 어딘가에 분명히 있던 이 돈을 가지기 위해서는, 그 돈을 가질 권리를 가지기 위해서는, 일단 카체리나 이바노브나에게 3천을 돌려주어야 했다. '안 그러면 난 도둑놈이고 몹쓸 놈이야. 난 몹쓸 놈으로 새 삶을 시작하고 싶지는 않아' 하고 드미트리는 생각했다. 그래서 세상을 뒤엎는 한이 있더라도 그 3천을 카체리나 이바노브나에게 반드시 돌려주기로 결심했다. 무슨 일이 있어도. 다른 모든 것을 차치하고라도 말이다. 그런 결심을 하게 된 결정적 일이 발생한 것은, 아주 최근이었다. 이틀 전 저녁에 길에서 알렉세이와 만났던 바로 그때였다. 그루셴카가 카체리나 이바노브나에게 모욕을 준 그날, 드미트리는 그 사건에 대해 알렉세이에게서 듣고는 자기가 몹쓸 놈이라는 것을 인정하고 카체리나 이바노브나에게 그 사실을 전해달라고 했다. '그 사실을 듣고 카체리나 이바노브나의 마음이 어느 정도나마 나아진다면' 그래 달라고 한 것이다. 그날 밤 동생과 헤어지고 나서 그는 자기도 모르게 충동적으로 생각했다. '누군가를 죽이고 돈을 빼앗는 한이 있더라도 카체리나에게 빚은 갚아야 한다'라고. '누군가를 죽이고 돈을 빼앗으면 내 손에 죽고 내 손에 돈 털린 사람 앞에서, 그리고 모든 사람들 앞에서 나는 살인자요 도둑이 될 테지. 시베리아에 가게 되겠지. 그래도 그게 낫다. 카체리나가, 내가 자기를 배신했다고, 자기 돈을 훔쳤다고, 그리고 자기 돈으로 그루셴카와 행복하게 살려고 도망갔다고 말하게 되는 것보다는 말이야! 그렇게 되는 건 용납할 수 없다!' 드미트리는 이를 악물고서 생각했다. 그런 생각들 때문에 뇌 속에 염증이 생겨 죽게 될지도 모른다는 상상을 종종 하기도 했다. 그러나 아직까지는 계속 버티고 있었다.

 이상한 일이었지만, 아무리 그런 결심을 해도 절망밖에는 아무것도 남는 게 없었다. 도대체 어디서 돈을 구한단 말인가? 게다가 아무 기반도 없는 그로서 말이다. 그렇지만 그는 마지막까지 실오라기 같은 희망을 버리지 않았다. 어쩌다 보면 3천이란 돈을 구할 수도 있지 않겠느냐 하고. 그 돈이 어쩌면 자기 발로 걸어올지도 모르고 하늘에서 떨어질지도 모른다고 말이다. 드미트리 표도로비치처럼 일평생 유산으로 물려받은 돈을 헛되이 소비할 줄만 알 뿐, 돈을 어떻게 구하는지에 대해서는 아는 바가 아무것도 없는 사람들은 이런 상황에서 그렇게 생각하는 법이다. 알렉세이와 헤어진 지 사흘째가 되는 지금 그의 머릿속에서는 별의별 환상의 소용돌이가 다 일어나 모든 생각들을 뒤섞었다. 그러다 보니 그는 가장 무모한 시도부터 시작하게 되었다. 그렇다. 어쩌면 그와 같은 사람들에게는 가장 가망성 없고 가장 허황된 시도들이 최고로 가망성 있는 것으로 상상될 수 있다. 그는 그루셴카를 돌봐주는 사업가 삼소노프를 찾아가서 한 가지 계획을 제의하고 그에게서 필요한 돈을 한꺼번에 얻기로 결심했다. 그는 자신의 계획이 상업적 측면에서 성공적인 것임을 조금도 의심하지 않았고, 단지 '삼소노프가 오로지 상업적인 측면만 생각하지 않고 다른 의도를 눈치채면 어쩌나' 하는 걱정을 했다. 드미트리는 이 사업가의 얼굴은 알고 있었지만 서로 아는 사이가 아니었고 말도 한마디 나눈 적 없었다. 그러나 마음속으로는 이미 오래전부터 이 늙은 호색한이 이제 사망을 앞둔 시점이니 어쩌면 전혀 저항하지 않을 수도 있다고 생각했다. 그루셴카가 어떻게든 정당한 방법으로 삶을 가꿔 나갈 것이며 '신뢰할 만한 사람에게' 시집을 갈 거라고 하면 말이다. 저항하지 않을뿐더러 기회만 생기면 도와줄지도 모르는 일이었다. 어떤 소문을 듣고서인지, 아니면 그루셴카가 언젠가 한 말을 듣고서인지는 모르지만, 그는 이 늙은이가 그루셴카를 위해서 표도르 파블로비치보다는 자신을 더 추천하는 입장이라고 결론을 지었다. 어쩌면 이 글을 읽는 독자들 중 많은 사람들이, 그런 도움을 바라는 드미트리 표도로비치의 태도, 그리고 보호자의 손으로부터 여자를 빼내어 약혼녀로 삼으려는 드미트리 표도로비치의 의도가 너무 무례하지 않으냐고, 거리낌이 없어도 너무 없는 것 아니냐고 할지 모른다. 필자가 지적하고자 하는 것은 단지 하나다. 드미트리는 그루셴카의 과거는 이미 완전히 흘러가버린 것이라고 여겼다. 그는 수없는 고통으로 얼룩진 그 과거를 알고 있었지만, 자기가 발휘할 수 있는 모든 열정을 다하여 결론을 내기를, 그루셴카가 그를 사랑하고 시집오겠노라고 말하는 날에는 이미 완전히 새 사람이 된 그루셴카가 존재하기 시작하고 이와 더불어 완전히 새 사람인 드미트리 표도로비치가 존재한다고 이미 어떤 죄악이나 결점도 없는, 오로지 덕을 지닌 그가 존재한다고 결론을 낸 것이다. 두 사람은 서로를 용서하고 이미 완전히 새로이 삶을 시작할 것이라고 말이다. 쿠지마 삼소노프와 관련된 드미트리의 생각은 이랬다. 이 사람이 그루셴카의 예전의 삶, 즉 지금은 사라져버린 과거 속에서 그녀의 운명을 좌우하는 사람이었으되 그녀가 사랑한 적은 한 번도 없으며, 또한, 더 중요하게도 이 사람은 이미 '지나간' 사람이고 끝난 사람이므로, 지금은 완전히 없는 셈이었다. 게다가 드미트리는 이 사람을 지금 심지어 사람으로 취급할 수도 없었으니, 왜냐하면 읍내의 모든 사람들이 한 사람도 빠짐없이 알고 있듯, 이 사람은 그저 병들어 비실비실하는 폐인에 불과하며, 그루셴카와의 관계는 말하자면 부녀 관계 비슷할 뿐 예전과 같은 관계가 전혀 아니며, 그렇게 된 지 1년이 다 되어가기 때문이었다. 어쨌든 확실히 그런 생각을 하는 드미트리는 순진한 면이 아주 많았다. 비록 많은 죄악을 저질렀다지만 그는 아주 순진했다. 사실 바로 이 순진함 때문에 그는, 늙은 쿠지마가 죽음을 앞에 두고 그루셴카와의 사이에 있었던 자신의 과거를 진심으로 회개할 것 같다고 느꼈다. 이제 이 사람은 이미 늙어서 아무런 해코지도 하지 못하는, 다만 그루셴카에게 더없이 충실한 보호자이자 친구로만 남은 사람이라고 느꼈다.

알렉세이와 들에서 만나 이야기를 나눈 다음 그는 밤새 잠을 한잠도 못 이루었고, 이튿날 그는 오전 10시쯤 삼소노프의 집에 가서 자기가 왔다고 그에게 전해달라고 부탁했다. 집은 오래되고 음침하고 아주 널따란 이층집으로, 창고와 별채가 딸려 있었다. 아래층에서는 삼소노프의 결혼한 두 아들들이 가족과 함께 살았고, 또 삼소노프의 늙은 누이와 그의 시집 안 간 딸이 살았다. 별채에서는 그의 가옥 관리인 두 사람이 살았는데 그중 한 사람이 대가족을 거느렸다. 그러므로 아이들과 어른들이 좁은 공간에 겨우 끼어 살았던 데 비해 위층은 노인 혼자서 차지하고, 심지어 자기를 돌봐주는 딸조차 자기와 같은 층에서 못 지내게 했다. 그래서 딸은 이미 오래전부터 호흡 곤란 증세가 있었음에도 불구하고 정해진 시간에 매번 아래층에서 위층으로 가봐야 했고, 또 언제든 노인이 부르면 뛰어 올라

가야 했다. 위층에는 사업가의 왕년이 회상되도록 가구를 들여놓은 커다랗고 번듯한 방들이 많았다. 어정쩡해 보이는 안락의자들과 마호가니 재질의 의자들이 벽을 따라 길게 쭉 놓여 지루한 감을 자아냈고, 크리스털 샹들리에에는 덮개가 씌워져 있었으며, 창문들 사이의 벽에는 음침한 느낌의 거울들이 걸려 있었다. 이 모든 방들은 아무도 쓰지 않고 텅 빈 채 유지되었다. 노인이 구석에 처박힌 조그만 자기 침실에만 틀어박혀 기거했기 때문이다. 거기서 머리에 스카프를 두른 늙은 하녀가 그의 시중을 들었고, 또 종복 하나가 문간방의 긴 의자에 앉아 대기했다. 노인은 퉁퉁 부은 다리 때문에 이미 거의 걷지를 못했고, 가죽을 입힌 안락의자에 앉아 있다가 가끔씩만 몸을 일으키곤 했다. 그때마다 늙은 하녀가 그의 팔꿈치를 잡아 부축하여 방을 한 번 왔다 갔다 할 수 있게 해주었다. 그는 이 늙은 하녀도 엄하게 대했으며, 이야기를 거의 나누지 않았다. '대위'가 찾아왔다는 보고를 받고 그는 당장 거절 의사를 전하라고 지시했다. 그러나 드미트리는 굴하지 않고 다시 한 번 요청했다. 그러자 쿠지마 쿠지미치는 종복에게 자세히 물었다. '겉모습은 어떻더냐? 술 취하진 않았더냐? 행패는 안 부리더냐?' 등이었다. 그러자, '술은 안 취했는데 돌아갈 생각을 안 한다'는 대답을 얻었다. 노인은 다시 거절하라고 지시했다. 이미 상황이 그렇게 될 가능성을 내다보고 일부러 종이와 연필을 갖고 왔던 드미트리는 쪽지에다 '그루셴카와 긴밀히 관련된 긴급한 일로 뵙고자 합니다'라는 한 줄을 적어 노인에게 보냈다. 노인은 잠시 생각하더니, 방문자를 홀로 들여보내라고 종복에게 지시했고, 늙은 하녀를 아래층으로 보내어 작은아들에게 당장 위층으로 올라오라고 말하라고 했다. 작은아들은 키가 12베르쇼크쯤 됐고 힘이 엄청났으며 수염을 밀고 독일식으로 옷을 입곤 했다(삼소노프는 러시아식 겉옷을 입고 턱수염을 길렀다). 그가 아무 대꾸 없이 당장 나타났다. 아들들은 모두 부친을 무서워했다. 노인이 이 건장한 자기 아들을 오라고 한 것은 대위 앞에서 두려움을 느꼈기 때문이 아니었다. 노인은 성깔이 대단한 사람이라 그럴 리가 없었다. 단지 만약을 위해서였다. 어쩌면 증인이 필요했으므로 그랬다고 하는 게 더 맞을 것이다. 아들과 종복의 팔로 부축을 받으면서 결국 노인이 홀에 모습을 드러냈다. 노인은 꽤 강한 호기심을 느꼈다. 드미트리가 기다리고 있던 이 홀은 휑뎅그렁하고 음침한 게, 사람의 마음을 무척 우울하게 만드는 분위기를 자아냈다. 창들이 위와 아래로 두 열을 이루었고, 인조 대리석으로 처리된 벽에는 청중석이 설치되어 있었으며, 덮개로 덮인 거대한 크리스털 샹들리에가 세 개 있었다. 드미트리는 출입문 옆의 간단한 의자에 앉아서 이제 자기의 운명이 어떻게 변할지를 안절부절못하며 기다리고 있었다. 드미트리가 앉아 있는 의자에서

10사젠*쯤 떨어진 반대편에서 노인이 등장하자 드미트리는 의자에서 벌떡 일어나, 보폭이 1아르신이 되도록, 의연한 느낌을 주는 군인 특유의 걸음걸이로 걸어 노인의 앞으로 다가갔다. 그는 옷을 단정하게 입고 왔다. 프록코트의 단추는 다 잠갔고, 손에는 검은 장갑을 끼고 둥그런 모자를 들었다. 사흘쯤 전 수도원 장로의 방에서 표도르 파블로비치와 형제들과 더불어 가족회의를 할 때와 똑같았다. 노인은 위엄 있게 서서 기다렸다. 드미트리는 자기가 노인에게 다가가는 동안 노인이 자기를 머리부터 발끝까지 샅샅이 훑어보는 것을 느꼈다. 쿠지마 쿠지미치의 최근 들어 많이 부은 얼굴이 드미트리를 놀라게 했다. 그러지 않아도 두껍던 아랫입술이 지금은 넓적한 빵이 매달려 있는 것같이 보였다. 노인은 위엄 있게 말없이 드미트리에게 고개를 숙여 인사를 하고는 소파 앞의 안락의자를 가리켰다. 그리고 자기는 천천히, 힘들어 끙끙거리면서, 아들의 팔에 의지하여 드미트리의 맞은편 소파에 가서 앉기 시작했다. 움직이는 것을 노인이 얼마나 힘들어하는지를 본 드미트리는 자기가 수고를 끼치는 이 중요한 인물 앞에서 자기가 얼마나 보잘것없는 신세인지 느꼈고, 서서히 마음속에 후회와 미묘한 부끄러움이 밀려왔다.

---

\* 사젠: 러시아의 길이 단위. 1사젠은 2.134미터에 해당한다. - 역자 주

"무슨 일로 저를 만나자고 하셨습니까?"

마침내 소파에 앉은 노인이 천천히, 또박또박하게, 엄숙하고 정중한 어조로 말했다. 드미트리는 몸을 화들짝 떨고 벌떡 일어나려다가 도로 앉았다. 그러고는 열심히 제스처를 취해가면서, 흥분한 큰 목소리로 여유 없이 빨리 말하기 시작했다. 자기가 더 이상 갈 수 없을 데까지 도달하여 죽기 직전이므로 최후의 방책을 모색하는데 만일 못 찾으면 당장 물에라도 뛰어들겠다는 태도 같았다. 그걸 삼소노프는 순식간에 눈치챘음이 분명하다. 비록 표정 변화가 없었고 얼굴이 마치 석상의 얼굴처럼 차가웠지만 말이다.

"훌륭하신 쿠지마 쿠지미치 님, 아마 저와 제 부친 표도르 파블로비치 카라마조프 씨 사이의 불화에 대한 소문을 여러 차례 들으셨을 겁니다. 제 부친은 제 친모가 제게 남긴 유산을 가로챘습니다. 온 읍내가 그 얘기를 지껄이고 있습니다. 이곳 사람들은 안 좋은 소문은 더 신이 나서 퍼뜨리니까요. 그 외에도 그루셴카한테서, 아니, 그루셴카 님한테서 들으셨을 수도 있습니다. 제가 그루셴카 님을 아주 존경합니다."

드미트리는 그렇게 말을 시작했으나, 금세 딴 길로 샜다. 어쨌든 우리는 그의 말을 있는 그대로 다 알아보지 않고, 풀어서 진술한 것만 접해보기로 하겠다. 드미트리는 세 달 전에 이미 주청 소재지 변호사의 조언을 일부러 구했다. "유명한 변호사

파벨 파블로비치 코르네플로도프인데, 쿠지마 쿠지미치 님께서도 들어보셨겠죠? 이마가 아주 넓고, 지성이 뛰어난 것이, 아주 국정을 운영해도 될 정도예요. 쿠지마 쿠지미치 님을 알더라고요. 쿠지마 쿠지미치 님에 대해 아주 좋은 평판을 갖고 있더라고요" 하고 그는 말했다. 또 딴 길로 샜다. 하지만 딴 길로 새도 말을 끊는 사람이 없었기 때문에 그는 다시금 제 길로 돌아와 계속 말해나갔다. 무슨 내용이었나 하면, 바로 그 코르네플로도프 변호사가, 드미트리가 제시한 서류들을 자세히 조사해보고는(서류들이 어떤 서류들이었는지에 대해 드미트리는 두루뭉술하게 후딱 넘어갔다), 체르마쉬냐촌과 관련하여 실지로 소송 과정을 시작함으로 뻔뻔스러운 노인네를 움찔하게 할 수 있다고 진술했다는 것이었다. 체르마쉬냐촌의 땅은 모친의 소유였으므로 자기 몫이 되어야 한다는 것이 드미트리의 말이었다. "왜냐하면 모든 문이 다 닫혀 있진 않을 것이기 때문이고, 어디로 뚫고 들어가야 할지 적어도 사법 기관은 알 것이기 때문입니다" 하고 그는 말했다. 한마디로, 표도르 파블로비치에게서 한 6천 정도는 더 받아낼, 어쩌면 7천까지 더 받아낼 희망을 걸 수 있다는 것이었다. 왜냐하면 체르마쉬냐 땅이 적어도 2만 5천은 할 테니까 그렇다는 거였다. 어쩌면 2만 8천일지도 모르고. "아니, 3만은 할 겁니다, 쿠지마 쿠지미치 님. 그런데 저는 말입니다. 이 잔악한 자에게서 1만 7천을 덜 받아낸 겁니다" 하고 그는 말했다. 그런데 자기가 그때 사법 제도를 잘 몰랐으므로 그 일을 그만두었는데, 이리로 오고 나서 맞소송을 당하여 충격을 받았다고 했다(여기서 드미트리는 또다시 말이 엉겼고 또다시 전혀 상관없는 딴 이야기로 옮아갔다). "네, 그래서 말씀입니다. 훌륭하신 쿠지마 쿠지미치 님, 그 인간쓰레기를 대상으로 제가 갖는 모든 권리를 가지실 생각이 없으신지요? 그리고 저한테 3천만 주신다면……. 님께서는 어떤 경우에라도 손해는 안 보실 겁니다. 그 점에 있어서 저의 명예를 걸고 맹세합니다. 손해를 보시기는 커녕, 3천을 주시는 대가로 6천 내지는 7천은 벌게 되실 겁니다. 그리고 중요한 것은 오늘 당장 이 일을 끝내 버리자는 겁니다. 제가 거기 공증인을 통해서……, 아니면 뭐라고 하던가요……? 아무튼 한마디로 저는 모든 준비가 다 돼 있습니다. 쿠지마 쿠지미치 님께 필요한 모든 서류를 다 내드리고, 서명도 다 하겠습니다. 그러면 지금 바로 이 서류 작업을 마칠 수 있을 겁니다. 그리고 가능하시다면, 네, 정말 가능하시다는 조건하에서, 오늘 이 아침 저한테…… 아까 말씀드린 3천을 좀 주신다면 어떠실까요? 사실 이 지역에서 쿠지마 쿠지미치 님말고 누구한테 그만한 자본이 있겠습니까? 만약에 그래 주신다면 저를 구해주실 수도 있고요……. 한마디로, 아주 훌륭한 일, 또, 말하자면 아주 고상한 일을 위하여, 저의 불쌍한 목숨을 건지실 겁니다. 왜냐하면 님께서 잘 알고 계시는, 님께서 아버지처럼 돌보아주시는 여성에 대해 제가 고상한 감정을 품고 있기 때문입니다. 안 그랬다면 여기 오지 않았을 겁니다. 님께서 아버지처럼 돌보아주시는 게 아니었다면 말입니다. 안 그랬다면 세 사람이 이마를 부딪치는 격이었겠죠. 운명이란 아주 무서운 겁니다, 쿠지마 쿠지미치 님. 현실 말입니다, 쿠지마 쿠지미치 님, 현실이요! 그런데 쿠지마 쿠지미치 님은 벌써 오래전부터 경쟁자 대열에 못 끼시니까, 이제 이마가 둘 남은 거죠. 네, 제 표현에 따르면 그렇다 이겁니다. 제 표현이 좀 그럴듯하지 못할지도 모르지만요. 저는 문학가가 아니거든요. 그러니까 제 말은, 이마 하나는 제 것이고, 또 하나는 그 인간쓰레기의 것이라는 말씀입니다. 누구를 선택하시겠습니까? 저요, 아니면 인간쓰레기요? 지금 모든 것이 님의 손에 달려 있습니다. 세 사람의 운명, 그리고 두 사람 중 누가 선택될지가 말입니다……. 아, 죄송합니다. 제가 좀 곁길로 나가서요. 하지만 이해하셨을 겁니다. 님의 존경스러운 눈빛을 보고 알 수 있습니다. 이해하셨다는 것을요. 만약 이해 못 하셨다면 저는 오늘 당장 물에라도 뛰어들 겁니다. 네."

드미트리는 "네"라며 자신의 조리 없는 말을 끊고서 자리에서 일어나, 자신의 바보 같은 제안에 대한 답을 기다렸다. 마지막 말을 할 때 그는 모든 것이 틀렸음을 갑자기 느꼈다. 자기가 의미 없는 말을 너무 많이 한 것 같았다. '이상한 일이네. 이리로 오는 도중에는 모든 것이 잘될 듯했는데, 지금 보니 의미 없는 말이 왜 이리도 많은가!' 하는 생각이 별안간 그의 가망 없는 머리를 스치고 지나갔다. 그가 말을 하는 동안 내내 노인은 움직이지 않고 앉아서 얼음 같은 표정을 하고 있었다. 마침내 드미트리로 하여금 1분 정도 기다리게 한 다음에 쿠지마 쿠지미치는 가장 단호하고 침울한 어조로 말했다.

"죄송하지만 우리는 그런 일은 안 합니다."

드미트리는 갑자기 다리 힘이 빠지는 것을 느꼈다.

"그럼 저는 이제……, 쿠지마 쿠지미치 님, 저는 이제 끝장인가요? 어떻게 생각하십니까?" 하고 그가 창백한 미소를 띠며 간신히 말했다.

"죄송합니다."

드미트리는 계속 못 박힌 듯 서서 노인을 뚫어져라 쳐다보다가, 갑자기 노인의 표정에 약간 변화가 있는 것을 눈치채고 놀라서 몸을 떨었다. 노인이 천천히 말했다.

"그런 일은 우리한테 아무 도움이 안 됩니다. 재판이 열리고 변호사들이 나서고……. 그거 참 할 만한 일이 못 됩니다! 혹 원하신다면, 제가 한 사람을 아는데, 그 사람한테 말해보시겠습니까?"

"정말입니까? 그게 누군데요? 정말 저한테 새 삶을 열어주시네요, 쿠지마 쿠지미치 님" 하고 드미트리가 갑자기 지껄였다.

"그 사람은 여기 사람이 아닙니다. 게다가 지금 여기 있지도 않습니다. 농민 출신인데, 삼림을 사고팔아요. 별명이 랴가브이라고 해요. 말씀하시는 체르마쉬냐에서 표도르 파블로비치의 삼림을 벌써 1년째 흥정하고 있어요. 가격에서 의견 일치가 안 되고 있어요. 어쩌면 벌써 들으신 얘기일 수도 있지만. 지금 그 사람이 다시 와서 볼로비야 역에서 12베르스타 정도 가면 나오는 일린스코예 마을의 신부 집에서 머무르는 중이래요. 그 일로 나한테도 편지를 보내 왔어요. 그러니까 바로 그 삼림과 관련해서 나한테 조언을 구했어요. 표도르 파블로비치가 직접 그 사람한테 가려고 한대요. 그러니까 댁이 표도르 파블로비치보다 먼저 랴가브이한테 가셔서, 나한테 말씀하셨던 그것을 제안해보세요. 그러면 혹시 그 사람이 동의할 수도……."

"그거 정말 좋은 생각이네요!" 하고 드미트리가 상대의 말을 끊었다. "바로 그 사람이네요! 바로 그 사람이 적격이네요! 그 사람은 장사하는 사람인데, 지금 그 사람한테 내라는 돈이 큰돈인 거죠? 제가 그 사람한테 가서 제 소유권을 증명하는 서류를 내밀면 되는 거네요! 하하하!"

별안간 드미트리가 짧게 딱딱 끊어지는 특유의 웃음을 터뜨렸다. 삼소노프조차 놀라 고개를 들썩였다.

"제가 어떻게 감사를 드려야 할까요, 쿠지마 쿠지미치 님?" 하고 드미트리가 감격하여 말했다.

"별것 아닙니다" 하고 삼소노프가 고개를 숙이며 말했다.

"저를 구해주셨다는 것 모르시죠? 아, 정말 여기 오면서 좋은 예감이 들었습니다. 자, 그러면 제가 그 신부 집을 찾아가야겠네요!"

"고마워하실 건 없습니다."

"그럼 어서 가보겠습니다. 건강도 안 좋으신데 제가 번거롭게 했습니다. 이 은혜는 절대로 잊지 않겠습니다. 제가 러시아인의 명예를 걸고 드리는 말씀입니다, 쿠지마 쿠지미치 님, 러시아인으로서 말입니다!"

"알겠습니다."

드미트리는 노인의 손을 잡고 흔들려 했으나, 무언가 표독스러운 기미가 노인의 눈에서 번득였다. 그래서 드미트리는 손을 뒤로 뺐다. 하지만 그 즉시 자기가 너무 필요 없이 조심을 기한다는 생각이 들어 자신을 책망했다. '단지 이분이 피곤해서인지도 모르는데……' 하는 생각이 났다.

"이건 그 여성분을 위해서입니다, 쿠지마 쿠지미치 님! 아시겠습니까? 그 여성분을 위해서라고요!" 하고 그는 갑자기 온 홀이 울리도록 소리쳤다. 그리고 몸을 굽혀 인사를 하고 급격히 뒤로 돌아 아까와 마찬가지의 빠르고 보폭이 큰 걸음을 걸어 뒤도 안 돌아보고 출구로 향했다. 그는 기뻐서 몸이 부들부들 떨렸다. '모든 것이 다 끝장날 지경이었는데 수호천사가 날 구해줬네. 저 정도로 수완 좋은 노인(정말 훌륭한 노인이야. 그리고 자세 똑바른 것 좀 봐!)이 가르쳐주었으니 당연히 옳은 길이겠지. 지금 어서 가야 한다. 밤이 되기 전에 돌아오든 밤에 돌아오든 일은 성사된 거다. 저 노인이 나를 놀리려고 그러지는 않았을 거 아냐?' 하고 드미트리는 자기 집으로 걸어가면서 속으로 신나서 외쳤다. 그로서는 물론 그렇게 말고 다르게 상상할 수 없었다. 그러니까 노인의 조언은 실용적이었다(노인이 수완 좋은 사람이니만큼). 노인은 일을 할 줄 아는 사람이고, 또 그 랴가브이(참으로 희한한 성이다!)라는 사람을 안다고 하지 않는가? 아니면 혹시 노인이 드미트리를 놀리려고 하는 것이었나? 아뿔싸! 그에게 마지막으로 든 바로 그 생각이 유일하게 옳은 생각이었다. 나중에, 이미 오랜 시간이 흐른 뒤에, 이미 모든 비극이 벌어졌을 때, 삼소노프 노인은 웃으면서 말했다. 그때 자기가 '대위'를 놀려 먹었다고. 이 사람은 악독하고 냉정하고 남을 비웃길 잘하며, 남들에 대해 병적으로 반감을 느꼈다. 삼소노프가 본 대위의 환희에 찬 모습 때문인지, '돈을 물 쓰듯 쓸 줄만 아는 놈'이 자기가 짠 허황된 '계획'에 삼소노프를 말려들게끔 시도한 바보 같은 설득의 말 때문인지, '이 무모한 놈'이 그따위 헛소리로 돈을 따내려는 것의 계기가 그루셴카라는 데 질투의 감정이 생긴 것인지, 과연 무엇 때문에 삼소노프에게 드미트리를 놀려 먹을 생각이 났는지 필자는 모르겠다. 드미트리가 다리 힘이 빠지는 것을 느끼면서 삼소노프 앞에 서 있을 때, 자기가 이젠 끝장이라는 우매한 탄식을 쏟아놓을 때, 그때 삼소노프가 왜 그리도 강한 악의로 그를 놀려 먹어야겠다는 생각을 하게 됐는지 필자는 모르겠다. 드미트리가 나가자 쿠지마 쿠지미치는 드미트리에 대한 분노로 창백해지기까지 했으며, "앞으로는 저 건달이 여기 얼씬도 하지 못하게 하도록, 마당으로도 들여보내지 말도록 조치를 취하라고, 안 그럴 시에는……" 하고 자기 아들한테 명령했다.

그는 안 그럴 시에는 뭐가 어떻게 될 거라는 위협의 말을 끝까지 하지 않았으나, 자기 아버지가 화를 내는 모습을 자주 봐온 그의 아들은 겁이 나서 몸을 떨었다. 그 뒤로 한 시간이나 흘렀는데도 이 노인은 여전히 분노로 부들부들 떨었고, 저녁 무렵 몸져누워 의사를 부르라고 사람을 보냈다.

## II
### 랴가브이

그러니까 이제 쏜살같이 달려가야 했다. 그러나 말을 빌릴 돈이 단 한 푼도 없었다. 전에 그리도 풍족했던 재산에서 남은 것이 오로지 20코페이카 두 개였다. 그런데 집에 오래된 은시계가 있었다. 그는 이미 오래전부터 가지 않는 그 시계를 시장에 매점을 자그맣게 차려놓고 들어앉은 유태인 시계 기술자에게 가지고 갔다. 그러자 시계 기술자가 시계 값으로 6루블을 주었다. 환희에 찬 드미트리는 "그 정도로 줄 줄 몰랐다!"라며 기뻐 외치고(그는 계속 환희에 차 있는 상태였다) 6루블을 가지고서 집으로 달려갔다. 그는 집주인 가족에게서 3루블을 추가로 빌렸다. 집 주인 가족들은 드미트리를 아주 좋아했기 때문에, 자기들이 가지고 있던 마지막 돈을 기꺼이 내주었다. 드미트리는 기분이 아주 좋았기 때문에 그들에게 바로 말해버렸다. 자신의 운명과 관련 문제가 해결되는 쪽으로 진행되어간다고. 뿐만 아니라 비록 무지하게 서두르면서 말하긴 했지만, 자신의 '계획'을 거의 다 말해버렸다. 바로 삼소노프에게 제의했던 '계획'을 말이다. 그 뒤 삼소노프가 어떻게 하라고 했는지와 미래의 희망에 대해서도 말했다. 집주인 가족들은 그전까지도 그의 많은 비밀을 알고 있었기에 격의 없는 관계였고 그를 자기들 식구나 마찬가지라고 생각했다. 어쨌든 이제 9루블을 마련했으니 드미트리는 볼로비야 역까지 태워다줄 역마를 주문하러 사람을 보냈다. 한편 그렇게 함으로써 '그 사건이 일어나기 하루 전날 정오에 드미트리에게는 단 1코페이카도 없었고, 그래서 그는 돈을 마련하기 위해 시계를 팔고 집주인 가족들에게서 3루블을 빌렸으며, 모두가 증인이 있는 가운데에서 행해졌다'는 사실이 사람들에게 기억되었다가 드러나는 결과를 빚었다.

이 사실을 미리 지적해둔다. 왜 그렇게 하는지는 나중에 설명할 것이다.

볼로비야 역까지 역마차로 온 드미트리는 마침내 모든 일들을 끝마치고 해결하게 됐다는 기쁜 예감에 싱글벙글한 건 사실이지만, 그래도 한 가지가 두려워서 떨었다. 그것은 자기가 없을 때 그루셴카가 어떻게 행동할지였다. 설마 바로 오늘 표도르 파블로비치한테 가기로 결심하는 것은 아닐까? 바로 그런 걱정 때문에 그는 그루셴카에게 미리 알리지 않고 떠났으며, 집주인 가족들에게는 만약 어딘가에서 자기에 대해서 물으러 오는 사람이 있거든 절대 비밀을 말하지 말라고 부탁했다. '무슨 일이 있어도, 무슨 일이 있어도 오늘 저녁 내로 돌아와야 한다. 그리고 그 랴가브이라는 사람을 이쪽으로 데리고 오는 게 낫겠다. 일을 완전히 끝내기 위해' 하고 그는 흔들리는 마차 안에서 다짐하며 아련한 꿈에 젖었다. 그러나 안타깝게도, 그가 꾸던 꿈은 그의 '계획'에 따라 이루어질 운명과 너무나 멀었다.

첫째, 그는 볼로비야 역에서 시골길을 따라 출발했지만 너무 늦었다. 알고 봤더니 시골길의 거리는 12베르스타가 아니고 18베르스타였다. 둘째, 일리인스코예 신부의 집에서 그는 신부를 만나지 못했다. 신부는 옆 마을에 가 있었다. 드미트리가 지칠 대로 지친 말들이 모는 마차를 계속 타고 옆 마을까지 가서 신부를 수소문해서 찾을 때에는 이미 거의 밤이 되어 있었다. 신부는 얌전하고 성격이 부드러워 보이는 사람이었는데, 그는 랴가브이라는 사람이 처음에는 자기 집에서 묵으려 했으나 지금은 포숄로크 마을에 가 있으며, 그곳 삼림 관리인의 오두막에서 오늘 잠을 잘 거라고 바로 거기서 삼림을 사고팔기 때문이라고 즉시 알려주었다. 랴가브이에게 자기를 지금 곧 데려가달라는, 거기에 자기의 운명이 달려 있다는 드미트리의 간절한 말에 신부는 처음에는 좀 망설이는 듯싶더니 결국 포숄로크 마을에 데려가주겠다고 했다. 호기심을 느낀 모양이었다. 하지만 걸어서 가자고 했다. 기껏해야 여기서 1베르스타 '조금' 넘는다는 것이었다. 드미트리는 물론 그러겠다고 하고서, 자신의 보폭 큰 걸음을 걷기 시작했다. 불쌍한 신부는 그를 뒤따라가느라 거의 달리다시피 해야 했다. 신부가 늙은 사람은 아니었지만 행동거지가 아주 조심스러웠다. 드미트리는 신부에게도 자신의 계획에 대한 이야기를 꺼냈다. 랴가브이와 관련해서 조언을 해달라고 열심히 조급하게 부탁하면서 가는 길 내내 말을 걸었다. 신부는 그의 말을 주의 깊게 들었으나 조언은 별로 없었다. 드미트리의 질문에, "아이쿠, 모르겠습니다. 제가 그런 걸 어떻게 압니까?" 하면서 제대로 대답해주지 않았다. 드미트리가 유산과 관련해서 부친과 대립 관계에 있다고 말했더니 신부는 겁을 먹기까지 했다. 왜냐하면 표도르 파블로비치와 끊지 못할 관계에 놓여 있었기 때문이다. 하지만, 장사를 하는 농부 고르스트킨을 왜 랴가브이라 부르냐고 그에게 놀라는 투로 물어보긴 했다. 누가 자기를 그렇게 부르면 그 사람은 심하게 화를 낸다고 했다. 그래서 그를 반드시 고르스트킨이라 불러야 한다는 것이었다. "만약 안 그러면 그 사람하고 아무 일도 못 하실 겁니다. 그 사람이 말을 들어주려고도 하지 않을 거고요" 하고 신부는 말을 마쳤다. 드미트리는 어느 정도 깜짝 놀라서, 삼소노프가 그 사람을 직접 그렇게 칭했다고 설명해주었다. 삼소노프를 만났던 이야기를 듣고 나서 신부는 즉시 그 주제를 접었다. 비록 그때 바로 드미트리 표도로비치에게 자기가 예상하는 바를 이야기해주었더라면 좋았을 뻔했지만 말이다. 삼소노프가 이 남자를 랴가브이라 칭하면서 드미트리를 이 남자에게 보냈다는 것은 혹시 어떤 이유에서 드미트리를 놀려 먹으려는 게 아닌가 하는, 여기에 꿍꿍이가 있는 게 아닌가 하는 예상 말이다. 그러나 '그런 세세한 점'에까지 신경 쓸 겨를이 드미트리에게는 없었다. 그는 서둘러 걸음을 재촉했고, 포숄로크 마을에 와서야 알게 되었다. 그들이 걸어 온 거리가 1베르스타도 아니고 1.5베르스타도 아니고, 3베르스타는 족히 된다는 사실을. 그 점 때문에 그는 화가 났지만, 그냥 참았다. 그들은 오두막으로 들어갔다. 신부의 지인이었던 삼림 관리인은 오두막의 한쪽 반을 쓰고 있었고 다른 쪽 반, 즉 현관 반대편의, 부엌과 연결되지 않은 쪽을 고르스트킨이 쓰고 있었다. 그들은 그쪽으로 들어가 수지 양초를 밝혔다. 오두막에는 난방이 잘돼 있었다. 소나무 재질의 상에 꺼진 사모바르가 놓여 있었고, 그 바로 옆에 찻잔들이 놓인 쟁반, 다 마신 럼 병, 완전히 다 마시지는 않은 보드카 병, 먹다 남은 밀빵 조각이 있었다. 그 오두막에 손님으로 온 사람이 외투를 구겨서 베개 대신 베고 긴 의자에 몸을 뻗고 누워 둔중한 소리로 코를 골고 있었다. 드미트리는 어떻게 할까 망설여졌다. '물론 깨워야지. 내 일은 너무 중요해. 이렇게 서둘러서 왔잖아. 오늘 바로 돌아가야 되고' 하는 생각에 드미트리는 마음이 조급했다. 그러나 신부와 삼림 관리인은 어떻게 하라는 조언도 없이 가만히 서 있었다. 드미트리는 다가가서 깨우기 시작했다. 그러나 마구 흔들어봤지만 잠자는 사람은 막무가내였다. '술이 취하셨군. 야, 이거 어떡하지? 어떡하면 좋지?' 그러다 그는 갑자기 발작적으로 행동하기 시작했다. 자는 사람의 팔다리를 있는 힘껏 잡아당기고, 머리를 이리저리 흔들고, 몸을 일으켜 앉은 자세를 취하게 했다. 그렇게 오랜 노력을 들이자, 결국 그 사람이 기분 나쁘게 끙 소리를 내고는, 비록 완전히 다 알아듣지는 못할 발음으로나마 걸쭉한 쌍욕을 하기 시작했다.

"아니, 차라리 좀 나중으로 미루시는 게……. 이분이 지금 상태가 안 받쳐주는 거 같은데……" 하고 참다못해 신부가 나섰다.

"하루 종일 마시더라고요" 하고 삼림 관리인이 한마디 거들었다.

"웬걸요! 제가 지금 얼마나 급하고 간절한 상황인지 모르셔서 그래요!" 하고 드미트리가 외쳤다.

"아뇨, 아침까지는 기다리셔야 될 거 같은데요" 하고 신부가 되풀이했다.

"아침까지요? 제 사정도 좀 생각해주세요. 못 기다려요!" 하고는 드미트리가 다시금 술 취해 자는 사람을 깨우려 달려들려 했다. 그러나 아무리 해도 소용이 없다는 걸 깨닫고 그만두었다. 신부는 말이 없었고, 잠이 덜 깬 삼림 관리인은 기분이 언짢았다.

"현실이 인간에게 얼마나 무서운 비극을 안겨주는가!" 하고 드미트리가 완전히 절망에 빠져 웅얼거렸다. 얼굴에서는 땀이 흘렀다. 기회를 엿보다가 신부가, 잠자는 사람을 깨운다고 해도 술 취한 상태라서 어차피 어떤 대화도 나눌 수 없을 거라고 하면서, "더욱이 중요한 일 때문에 그러시는 거니까, 중요한 일일수록 밤보다는 아침에 이야기하는 게 나을 겁니다" 하고, 누가 보나 상당히 이성적인 발언을 했다. 드미트리가 양팔을 벌리는 몸짓을 하고, 하는 수 없이 말했다.

"신부님, 제가요, 촛불을 밝히고 여기 계속 남아서 기회를 살필게요. 이 사람 잠이 깨면 제가 시작하게요." 그러고는 삼림 관리인에게 말했다. "초 값은 지불할게요. 숙박비도요. 드미트리 카라마조프라고 기억해둬요. 그런데 신부님 이제 어떻게 하실 건가요? 여기 어디 주무실 데가……."

"아니에요, 저 집에 갈게요. 이분 말을 타고 가면 돼요." 그러면서 삼림 관리인을 가리켰다. "그럼 안녕히 계세요. 이루시려는 바가 꼭 성취됐으면 해요."

그래서 신부는 말을 타고 떠났다. 결국 그 자리를 빠져나온 게 기뻤다. 그러나 어찌해야 할지를 몰라 고개를 설레설레 흔들며 생각했다. '은인이신 표도르 파블로비치께 오늘 일어난 희한한 일에 대하여 내일 일찍감치 알려드려야 하지 않을까? 안 그랬다가 괜히 그 사실을 알게 되시면 화를 내시고 후원을 그만두실라.'

삼림 관리인은 머리를 긁적이고는 말없이 자기 칸으로 갔고, 드미트리는 자기가 말한 대로 기회를 살피기 위해 긴 의자 한쪽에 앉았다. 깊은 우수가 그의 마음을 안개처럼 육중하게 감쌌다. 깊고 섬뜩한 우수였다. 그는 앉아서 생각에 잠겼으나 좋은 수를 생각해낼 수 없었다. 초 심지가 까맣게 타고 귀뚜라미가 울기 시작하는데, 덥혀진 방 안이 참을 수 없을 만큼 답답했다. 그의 눈앞에 갑자기 정원이 그려졌다. 정원 저 편으로 발걸음이 느껴진다. 아버지 집의 문이 비밀스럽게 열리고, 그 문을 통해 그루셴카가 달려 들어간다……. 그는 의자에서 벌떡 일어났다.

"비극이다!" 하고 그가 이를 갈면서 말했다. 자기도 모르게 자는 사람한테 다가가서 얼굴을 들여다보기 시작했다. 말라빠진, 아직 노인은 아닌 남자로서, 얼굴은 매우 길쭉했고, 머리는 곱슬곱슬했고 턱수염은 불그스름한 게 가늘고 길었다. 옥양목 재질의 셔츠와 검은 조끼를 입었고, 조끼 주머니에서 은시계 사슬이 조금 밖으로 나와 있었다. 그의 얼굴을 살피는 드미트리에게 증오가 불타올랐고, 왠지 모르게 그의 곱슬머리가 특히 미워 보였다. 가장 화가 나는 것은 미룰 수 없는 일 때문에 자기가 그 사람이 깰 때를 기다리며 서 있다는 사실이었다. 자기는 그렇게도 많은 것을 희생하고 그렇게도 많은 것을 버리고 와서 기진맥진해 있는데 자기의 모든 것이 지금 무위도식하는 이자에게 달려 있는 점, 이자는 마치 다른 별에서 온 듯, 전혀 아무 일도 없는 듯 코를 골고 있는 점 말이다. "이건 운명의 모순이야!" 하고 드미트리는 갑자기 외쳤다. 그다음에는 이판사판이라는 생각으로, 술 취해 자는 그 사람을 또다시 깨우기 시작했다. 그는 그 어떤 광포함을 가지고서 그 사람을 깨웠다. 옷을 잡아당기고 몸을 밀고 심지어 때리기까지 했다. 그러나 그렇게 5분쯤 난리를 피우다가 역시 아무 성과도 못 얻고 힘이 빠지고 절망에 싸여 다시금 본래 앉았던 의자에 앉았다.

"이 얼마나 바보 같은 짓이냐!" 하고 드미트리는 외쳤다. 왠지 모르게, "이 얼마나 창피한 일이냐!" 하고 덧붙였다. 갑자기 머리가 빠개질 듯 아프기 시작했다. '그냥 그만둬? 가버려?' 하는 생각이 머리를 스쳤다. '아니지. 아침까지 기다리자. 일부러라도 남아 있어야 돼, 일부러라도! 내가 여길 왜 왔는데? 더욱이 돌아간다 해도 뭘 타고 간단 말이야? 이제 어떻게 돌아간다지? 아, 정말 어찌할 방법이 없네!'

그는 점점 더 머리가 아파왔다. 움직이지 않고 앉아 있다가, 언제 잠이 들었는지 모르게 앉아서 잠이 들었다. 아마 두 시간 혹은 그보다 좀 더 잤을 것이다. 비명이 터져 나올 만큼 머리가 빠개지는 것 같아 잠을 깼다. 관자놀이가 고동쳤고 정수리가 아팠다. 잠을 깨고 나서 그는 금방 완전히 제정신이 들지 못했기 때문에, 왜 이렇게 머리가 아픈지 이유를 알아내는 데에 오랜 시간이 걸렸다. 결국 그는 난방이 된 방 안에 탄산가스가 엄청나게 차서 하마터면 죽을 수도 있었다고 짐작해냈다. 그래도 술 취한 남자는 계속 누워서 코를 골고 있었다. 초는 녹아내려 꺼지기 직전이었다. 드미트리는 소리를 치면서, 비틀거리면서 현관 저 편 삼림 관리인이 자는 쪽으로 달려갔다. 곧 잠이 깬 삼림 관리인이 다른 쪽 방에 탄산가스가 찼다는 말을 듣고는 조치를 취하러 가긴 갔으되, 들은 사실을 이상하리만큼 관심 없이 받아들였고, 이에 드미트리는 놀라면서 약간 화가 났다. "그러다 저 사람이 죽었다면 어쩔 거예요? 네? 어쩔 거예요?" 하고 드미트리는 삼림 관리인 앞에서 열이 나서 소리쳤다. 문을 있는 대로 활짝 열고 창문도 열고 연통도 열었다. 드미트리가 현관에서 물이 담긴 양동이를 가지고 와서 먼저 자기 머리를 물에 적시고 그다음에 행주 같은 걸 찾아내어 물에 담갔다가 랴가브이의 머리에 놓아주었다. 삼림 관리인은 이 사건에 대하여 계속하여 뭐랄까 무시한다 싶을 정도의 태도를 취했다. 창문을 열고서, "이렇게만 해도 괜찮아요" 하고 무뚝뚝하게 말하더니, 불이 켜진 금속제 등을 드미트리에게 주고서 도로 자러 갔다. 드미트리는 탄산가스에 중독된 술 취한 사람의 머리를 계속 적셔주면서 30분 정도를 더 간호했다. 이제 더는 잠을 자지 않기로 결심했지만, 워낙 지쳐 숨을 좀 돌리려고 자기도 모르게 의자에 걸터앉는다는 것이, 그만 순간적으로 눈이 감기고 즉시 의식을 잃어, 긴 의자 위에 몸을 뻗고 죽은 사람처럼 깊이 잠에 빠졌다.

그는 아주 늦게 잠이 깼다. 대충 아침 9시가 다 됐다. 오두막의 두 창문을 통해 환한 햇빛이 들어왔다. 어제의 곱슬머리 남자가 이미 외투를 입고 긴 의자에 앉아 있었다. 그의 앞에는 새 사모바르와 새 병이 놓여 있었다. 어제 술이 조금 남았었던 병은 이미 비었고, 새 병도 반 이상이 비어 있었다. 벌떡 일어난 드미트리는 이 망할 놈의 사내가 또다시 술에 취했다는 것을 순식간에 알아차렸다. 취해도 돌이킬 수 없을 정도로 취했다는 것을 말이다. 그는 눈을 부라리며 그 남자를 1분 정도 바라보았다. 남자는 교활한 표정으로 말없이 드미트리를 쳐다보았는데, 기분 나쁠 정도로 여유 있는 태도였고, 드미트리가 보기에 심지어 무시하는 태도와 교만 같은 게 느껴질 정도였다. 드미트리가 남자에게 서둘러 말하기 시작했다.

"저기요, 있잖아요……, 제가……, 어, 그러니까, 아마 여기 저쪽 방에 있는 삼림 관리인한테서 들으셨을 테지만, 저는 육군 중위 드미트리 카라마조프라고 합니다. 선생님께서 삼림을 거래하시는 늙은 카라마조프의 아들입니다."

"그건 또 뭔 쓸데없는 소리야?" 하고 남자가 예상외의 강한 어조로 침착하게 말했다.

"쓸데없는 소리라뇨? 표도르 파블로비치 아시죠?"

"표도르 파블로비친지 뭔지 난 전혀 몰라" 하고 어쩐지 혀를 무겁게 놀리는 것 같은 말투로 남자가 말했다.

"그 사람이랑 삼림을 거래하고 계시잖아요. 잠을 좀 더 깨시면 기억이 나지 않을까요? 일리인스코예 마을의 파벨 신부가 저를 여기까지 데려다주셨어요. 선생님께서 삼소노프에게 편지를 쓰셔서, 삼소노프가 절 선생님께 보낸 겁니다" 하고 드미트리가 숨이 차서 말했다.

"무……, 무슨 말인지 모르겠어!" 하고 랴가브이가 다시금 잘라 말했다.

드미트리는 다리가 서늘해져왔다.

"잘 좀 들어보세요. 이건 농담이 아니에요! 글쎄, 술에 취하신 것 같네요. 어떻게 좀……, 제발……, 정상적으로 좀 이해도 하고 말씀도 하고 그래 보세요. 안 그러면……, 안 그러면 전 뭘 어떻게 할지 모르겠어요!"

"너 염색공이지?"

"잘 좀 들어보세요. 저는 카라마조프예요. 드미트리 카라마조프요. 제안드릴 게 하나 있어요. 이득을 보실 수 있는 일이에요. 아주 괜찮은 이득일 거예요. 바로 삼림과 관련된 일이에요."

남자가 거만한 태도로 턱수염을 매만지며 말했다.

"아니야. 넌 이것저것 다 가져가다가 결국 나쁜 놈이 된 거야. 넌 나쁜 놈이야!"

"지금 뭔가 착각하고 계시는 거라고요!"

드미트리는 가슴이 터질 지경이었다. 남자는 계속 턱수염을 매만지다가 갑자기 교활한 표정으로 눈을 가늘게 뜨고 말했다.

"아니, 너 말이야, 나한테 한번 말해봐. 도대체 무슨 놈의 법에 따라서 남을 불쾌하게 할 권리가 주어지느냐고! 응? 넌 나쁜 놈이야. 그거 알아?"

드미트리는 기분이 영 언짢아 뒤로 물러섰다. 그때 갑자기, 그가 나중에 표현한 대로 하면, '무언가가 이마를 탁 때린 듯', 한순간에 그의 머릿속에 그 어떤 깨달음이 왔다. 그는 나중에 "횃불이 켜진 듯 나는 모든 것을 보게 됐다"고 했다. 그는 '그래도 그 정도면 똑똑한 사람인 내가 어떻게 이런 속임수에 속아 넘어가 이따위 황당한 일에 말려들어 거의 하루 종일 이 일을 계속하면서 이런 랴가브이 같은 사람이랑 엮여서 이 사람 못 알아들을 말만 하고 있나?' 하고 이해가 안 가서 우두커니 서 있었다. '이 사람은 술 취했어. 헛것이 보일 정도로 취했어. 앞으로 일주일은 더 연이어 퍼마실 거야. 여기서 내가 뭘 얻어낼 수 있을까? 혹시 삼소노프가 날 일부러 이리로 보낸 게 아닌가? 그럼 혹시, 그루셴카가 지금……. 오, 맙소사! 내가 이렇게 바보 같다니!'

남자는 앉아서 드미트리를 바라보면서 비소를 지었다. 딴 때 같았으면 드미트리도 지지 않고 화가 나서 이 덜떨어진 사내를 죽여놨을 텐데, 지금은 드미트리가 마치 아이처럼 자신감이 빠져 있었다. 그는 조용히 의자로 다가가 자기 외투를 집어 가지고 말없이 몸에 걸치고 오두막을 빠져나왔다. 다른 방에 가봤는데 삼림 관리인은 없었다. 아무도 없었다. 그가 주머니에서 잔돈을 꺼내봤더니 50코페이카가 모였다. 그걸 숙박비 조로, 또 초 값으로 상에 올려놓았다. 오두막에서 나와보니 주위가 온통 숲이었고, 그 외에는 아무것도 없었다. 그는 대충 짐작하는 대로 방향을 잡아 가기 시작했다. 오두막을 나와 오른쪽으로 가야 하는지 왼쪽으로 가야 하는지 그는 기억하지 못했다. 어젯밤에 신부와 함께 이곳으로 서둘러 올 때 그는 길을 눈여겨보지 않았다. 그의 마음속에는 누구한테 복수할 생각이 전혀 없었다. 심지어 삼소노프한테도 복수할 생각이 없었다. 그는 좁다란 숲길을 따라 멍해서 아무 생각 없이 걸었다. 그나마 있던 생각이 어디론가 날아가버렸다. 어디로 가든 상관하지도 않았다. 만약 길에서 어린아이를 만나 싸운다 해도 그가 졌을 정도로 그는 정신력도 약해졌고 몸에서도 힘이 빠졌다. 하지만 어떻게 해서 그는 숲을 빠져나왔다. 수확이 끝난 벌판이 별안간 눈앞에 펼쳐졌는데, 끝이 안 보일 정도의 드넓은 공간이었다. '보아라, 이 얼마나 광활한 절망이냐! 도처에 죽음이구나!' 하고 그는 계속 앞으로 나아가며 되뇌었다.

지나가던 마차가 그를 구했다. 마부가 한 늙은 사업가를 마차에 태워 시골길을 따라 가고 있었다. 가까이 다가왔을 때 드미트리는 길을 물었다. 마침 그들도 볼로비야에 간다고 했다. 이야기가 잘되어, 드미트리를 태워주기로 했다. 세 시간쯤 뒤에 도착했다. 볼로비야 역에서 드미트리는 읍까지 역마를 주문했는데, 도저히 참을 수 없을 정도로 배가 고픈 것을 갑자기 깨달았다. 말을 마차에 매는 틈에 계란 부침을 얻어먹을 수 있었다. 그는 그걸 순식간에 다 먹고, 크게 자른 빵 한 조각을 다 먹고, 누가 준 소시지를 먹고 보드카를 세 잔 마셨다. 그렇게 배를 채우고 나니 힘이 났고 다시금 마음이 밝아졌다. 길을 따라 역마차를 달리던 중 그는 갑자기 새로운 계획을 세웠다. 그건 이미 '불변의' 계획으로서, 오늘 저녁 전까지 어떻게 '이 망할 놈의 돈'을 구할지에 대한 것이었다. '그깟 하찮은 3천 때문에 인간의 운명이 망가져도 되겠느냐? 오늘 당장 해결할 거다!' 하고 그는 자신만만하게 환호했다. 그리고 쉴 새 없이 찾아오는 그루셴카에 대한 생각만 아니었더라면, 그루셴카한테 무슨 일이 일어나지 않았을까 하는 생각만 아니었더라면 그는 아마 다시금 완전히 유쾌해졌을 것이다. 그러나 그루셴카에 대한 생각이 끊임없이 날카로운 칼처럼 마음에 꽂혔다. 결국 도착했을 때 드미트리는 곧장 그루셴카의 집으로 달려갔다.

## III
### 금광

드미트리가 그루셴카한테 온 것은 드미트리가 올까 봐 그리도 무섭다고 그루셴카가 라키친에게 얘기했던 바로 그 순간이었다. 그때 그녀는 자기를 데려갈 급송 마차를 기다리면서, 드미트리가 어제도 오늘도 오지 않아 무척 다행이라고 생각하고 있었다. 그리고 자기가 떠나기 전에 제발 오지 않기만을 간절히 바라고 있었다. 그런데 드미트리가 갑자기 온 것이었다. 그 다음에 어떻게 됐는지는 우리가 알고 있다. 그를 떼어놓기 위해 그녀는 자기를 쿠지마 삼소노프 집까지 바래다주도록 드미트리를 설득했다. '돈을 계산하러' 반드시 가야 한다고 하면서 말이다. 그래서 드미트리가 그녀를 당장 바래다주자, 쿠지마의 집 대문 앞에서 그와 헤어지면서 11시 이후에 와서 자기를 집까지 바래다달라고 부탁했고 그러겠다는 약속을 받아냈다. 드미트리는 일이 그렇게 돌아가는 게 차라리 기뻤다. '쿠지마 집에 있을 테니 표도르 파블로비치한테는 안 간다는 얘기구나. 혹 거짓말하는 것만 아니라면' 하고 생각했다. 그가 보기에 그녀가 거짓말하는 것 같지는 않았다. 그는 사랑하는 여자랑 헤어져 있을 때면 금방 온갖 별의별 끔찍한 생각을 다 하는 유형의 질투남이었다. '그 여자한테 무슨 일이 있지 않을까, 나 몰래 '바람을 피우지' 않을까' 등등의 생각 말이다. 그러나 그녀가 자기 몰래 바람을 피웠다는 거의 확신에 가까운 생각 때문에 충격을 받고 완전히 풀이 죽어 그녀한테 다시 왔을 때, 그녀의 웃는 얼굴, 그녀의 유쾌하고 다정한 그 얼굴을 보게 되면 그 즉시 원기를 되찾았고 온갖 의심을 벗어 던졌으며, 기쁨과 부끄러움이 섞인 감정으로 질투했던 자기를 책망하곤 했다. 그루셴카를 데려다주고 나서 그는 자기 집으로 달려갔다. 오늘 안으로 마쳐야 할 일이 아직 태산같이 남아 있었다. 하지만 한결 마음이 놓였다. '어서 스메르쟈코프한테 가서, 어제 저녁에 아무 일도 없었는지, 혹시 그녀가 표도르 파블로비치한테 왔다 간 건 아닌지 물어봐야겠다' 하는 생각이 머릿속을 스쳤다. 자기가 사는 집에 미처 도착하기도 전에 다시금 질투가 침잠할 줄 모르는 그의 마음속을 맴돌았다.

질투! '오셀로는 질투가 강했던 게 아니라 남을 쉽게 믿었다'[26]라고 푸시킨이 지적했다. 그리고 이 지적만 보아도 우리의 위대한 시인이 갖춘 지성의 비범한 깊이를 알 수 있다. 오셀로는 단지 마음이 갈기갈기 찢겨 세계관이 온통 흐려진 것이다. 그의 이상이 사멸했기 때문이다. 그러나 오셀로는 숨어서 염탐하지 않는다. 그는 남을 잘 믿는 사람이다. 다만 사랑이 배신했다는 사실을 넘겨짚도록 그의 감정을 힘껏 부추겨 일으키고 달구면 되었다. 진짜 질투하는 자는 그와 같지 않다. 질투하는 자가 아무런 양심의 가책도 없이 받아들일 수 있는 수치와 도덕적 타락이 어디까지인지는 감히 상상할 수가 없다. 그러나 그것이 다 저속하고 더러운 마음이라는 게 아니다. 반대로 헌신으로 가득 찬 고상한 마음과 깨끗한 사랑이 동반된다. 그와 동시에 상 밑에 숨는 행위, 야비한 사람들을 매수하는 행위, 추접하고 더러운 간첩 행위, 엿듣는 행위를 하는 데에 거리낌이 없다. 오셀로는 절대로 배신을 용납할 수 없었다. 용서할 수가 없었다는 게 아니라 용납할 수가 없었다. 그의 마음에 비록 악의가 없었고 마음이 어린아이의 것 같았지만 말이다. 진짜 질투하는 사람은 그렇지 않다. 수용하고 용납하고 용서할 수 있는 것이 상상할 수 없을 정도로 많다. 질투하는 사람은 오히려 용서하기를 아주 잘하며, 모든 여자들은 이를 알고 있다. 질투하는 사람은 아주 금방(물론 한번 난리와 법석을 피운 뒤에) 용서할 수 있다. 예를 들어, 사랑의 배신이 일어났다는 사실이 거의 증명됐을 때에도, 즉 예를 들어, 포옹하고 키스하는 장면을 자기가 다 봤더라도, 다시는 그런 행위가 일어나지 않을 것이며 자기의 연적이 이제 사라질 것이라는, 땅 끝으로 가버릴 것이라는, 혹은 이 끔찍스러운 연적이 더 이상 오지 못할 곳으로 자기가 그녀를 데리고 갈 것이라는 확신에 어떻게든 도달했을 경우에 용서할 수 있다. 물론 화해가 이루어지는 것은 잠시 동안에 불과하다. 왜냐하면 연적이 진짜로 사라졌을 경우에도 그는 당장 이튿날 다른 연적을 찾아내 새로 질투를 시작할 것이기 때문이다. 그렇게 볼 것 같으면, '이토록 질투에 차서 엿봐야 했던 그 사랑은 과연 무엇이던가? 이토록 눈에 불을 켜고 감시해야 했던 그 사랑은 뭐가 또 그리 중요한 것이었나?' 하는 생각이 나지 않는가? 하지만 진짜 질투가 강한 사람은 절대로 그런 생각을 하지 못할 것이다. 비록 그런 사람들 가운데에서 고결한 마음의 소유자들이 발견되곤 하지만. 또한 바로 그런 고결한 마음의 소유자들은 골방에 숨어서 엿듣고 엿봄에 있어 양심의 가책을 절대로 느끼지 못한다. 비록 자기가 스스로 기어든 모든 부끄러운 상황을 '자신의 고결한 마음으로' 자명하게 이해함에도 불구하고, 적어도 골방에 숨어 있는 순간에는 그렇다. 드미트리도 그루센카를 보는 즉시 질투가 사라졌으며, 순간적으로 신뢰 가고 점잖은 사람이 되어 안 좋은 감정을 품었던 자신을 경멸하곤 했다. 이것은 이 여인에 대한 그의 사랑 속에 그가 예상했던 것보다 훨씬 더 고결한 것, 즉 정욕에 불과한 것이 아닌, 그가 알렉세이에게 말한 적 있는 그 '몸의 곡선'뿐이 아닌 무언가가 존재한다는 것을 의미했다. 하지만 그루센카가 눈에서 보이지 않기만 하면 드미트리는 그녀가 부정과 배신의 간교한 짓을 저지를지 모른다는 의심이 다시금 들기 시작했다. 그런 경우, 양심의 가책 같은 것은 전혀 느끼지 않았다. 현재 그의 마음속에서 다시금 질투가 불타올랐다. 어떠한 경우에라도 서둘러야 했다. 처음에 해야 할 일은 조금이나마 돈을 얻어내는 일이었다. 어제의 9루블은 거의 다 이동하는 데에 나갔고, 모두가 알듯 돈이 한 푼도 없으면 무슨 시도든 해볼 수가 없다. 그러나 그는 새로운 계획을 짜면서, 어디서 돈을 구할 것인지도 아까 마차 위에서 생각해놓았다. 그에게는 결투용 권총 세트가 좋은 것으로 하나 있었다. 권총 두 개에 총탄도 있었다. 그 권총 세트를 그가 아직까지 전당 잡히지 않은 이유는 그만큼 자기가 가진 것들 중 아꼈기 때문이다. 수도 술집에서 그는 이미 오래전에 한 젊은 관리와 살짝 안면을 텄고, 그가 독신이고 꽤 유복한데, 무기에 특별한 애착을 갖고 있다는 사실도 알아냈다. 피스톨, 리볼버, 단검을 구입하여 자기 집 벽에 걸어놓고 아는 사람들한테 보여주면서 자랑한다는 것이었다. 리볼버 시스템을 설명하는 것, 장전을 어떻게 하며 어떻게 발사하는지 등을 설명하는 것이 전문가 수준이라고 했다. 오래 생각할 것도 없이 드미트리는 당장 그 사람한테 가서 권총들을 담보로 잡힐 테니 10루블을 빌려달라고 제안했다. 관리는 기뻐서 자기한테 완전히 팔라고 그를 설득하기 시작했으나, 드미트리는 동의하지 않았다. 결국 관리는 10루블을 내주면서, 이자는 절대로 받지 않겠다고 못을 박았다. 이야기를 잘 마치고 둘은 헤어졌다. 드미트리는 표도르 파블로비치 집을 엿볼 수 있는 원두막으로 눈썹을 날리며 달려갔다. 가서 빨리 스메르쟈코프를 그리로 부를 생각이었다. 그러나 결과적으로 필자가 나중에 이야기할 그 어떤 사건이 일어나기 서너 시간 전에 드미트리는 단돈 1코페이카도 갖고 있지 않았기에 자기가 아끼던 물건을 담보로 잡히고 10루블을 얻었다는 것이 사실로 인정되었다. 그로부터 세 시간 뒤에 몇 천 루블이 그의 손에 들어왔다는 사실까지도. 미리 말하자면 그렇다.

마리야 콘드라치예브나(표도르 파블로비치의 이웃 여자)의 집에 가서 그는 스메르쟈코프의 발병 사실을 전해 듣고서 무척 놀라고 당황했다. 지하실로 떨어졌다는 이야기, 그리고 간질 발작을 일으켜 의사가 왔었고 표도르 파블로비치가 배려해주었다는 이야기를 그는 잘 들었다. 그리고 동생 이반 표도로비치가 아침에 모스크바로 떠났다는 이야기를 호기심 있게 들었다. '그럼 나보다 먼저 볼로비야를 지나갔겠구먼' 하고 드미트리 표도로비치가 생각했다. 하지만 제일 걱정되는 것은 스메르쟈코프였다. '그럼 이제 누가 감시를 하고 누가 나한테 전해준단 말인가?' 하고 걱정했다. 그는 이웃 여자들에게 어제 저녁에 뭐 특별한 것을 본 일이 없느냐고 눈에 불을 켜고 캐묻기 시작했다. 이웃 여자들은 그가 알고 싶어하는 게 뭔지 아주 잘 알고 있었기에, 아무도 온 사람이 없었고, 이반 표도로비치가 거기서 묵었으며, 모든 것이 다 완전히 정상이었다고 확신시켜 주었다. 드미트리는 생각에 잠겼다. 오늘 자기가 감시를 해야 하는 것은 기정사실이었다. 하지만 어디서 한단 말인가? 여기서? 아니면 삼소노프 집 대문 앞에서? 결국 그는 여기서도 거기서도 해야 한다고 결정했다. 상황을 보아 가며 말이다. 그가 마차 위에서 창안한 아까의 신선했던 계획, 큰 성공 가능성을 지녔던 그 '계획'을 지금 당장 실행에 옮기지 않으면 안 되는 상황이 그의 앞에 벌어졌다. 그는 거기에 한 시간을 바치기로 했다. '한 시간 안에 해결하자. 다 알아낸 다음에, 그다음에 처음으로 해야 할 일은 삼소노프 집에 가서 그루셴카가 어디 있는지 알아보는 거다. 그 뒤 재빨리 이리로 돌아온다. 그래서 11시까지 여기서 기다리다가 그 뒤 다시 삼소노프 집으로 가서 그루셴카를 집까지 데려다주자.' 그는 그렇게 결정했다.

그는 집으로 쏜살같이 달려가 머리를 빗고 옷을 솔질하여 입고 호흘라코바 부인 집으로 향했다. 그의 '계획'이 바로 거기에 있었다. 그는 호흘라코바 부인에게서 3천을 빌리기로 했다. 신기하게도 어떻게 하다 보니 갑자기 그녀가 자기의 청을 거절하지 않을 것이라는 확신이 생겼다. 어쩌면 사람들이 놀랄 수도 있겠다고 생각한다. 그에게 그런 확신이 있었다면 왜 진작 거기로, 아는 사람에게로 가지 않고, 사고방식이 전혀 다른 부류인 삼소노프한테, 어떻게 대화를 나눠야 하는지도 모르던 삼소노프한테 갔을까. 문제는 호흘라코바와 그가 최근 한 달간 거의 완전히 절교한 사이였다는 데에 있었다. 하긴 전에도 아주 잘 아는 사이는 아니었고, 게다가 그녀가 자기를 아주 싫어한다는 사실을 아주 잘 알고 있었다. 그녀는 그가 카체리나 이바노브나의 약혼자라는 사실만으로도 맨 처음부터 그를 증오하기 시작했다. 그녀는 카체리나 이바노브나가 그를 버리고

'기사답게 교육받은, 멋지고 매너가 아주 좋은 이반 표도로비치에게' 시집갈 것을 난데없이 바라게 되었다. 드미트리의 매너와 관련해서는 그녀가 치를 떨었다. 드미트리가 비웃으면서 그녀에 대하여 표현하기를, '교육을 받지 못한 만큼 지나치게 설치고 태도에 거리낌이 없다'고 한 적이 있다. 그랬었는데 아까 아침에 마차를 타고 오던 중 드미트리에게 다음과 같은 아주 확실한 생각이 들었다. '내가 카체리나 이바노브나와 결혼하는 걸 그 여자가 그리도 싫어한다면, 그 정도로(그는 거의 히스테리를 일으킬 정도라는 것을 알고 있었다) 싫어한다면, 내가 카체리나를 놓아두고 이곳을 영원히 떠날 수 있도록 돈 3천을 주는 것을 거절할 이유가 없잖아? 버릇없는 상류 사회 여자들은 변덕을 타서 뭔가 원하는 것이 생기는 날에는, 원하는 대로 되게 하기 위해서라면 아무것도 거슬릴 게 없어. 게다가 그 여자는 부자잖아' 하고 드미트리는 생각했다. '계획' 자체의 내용에는 변함이 없었다. 즉 체르마쉬냐에 대한 자기의 소유권을 제안할 심산이었다. 하지만 어제 삼소노프에게 했던 것처럼 상업적 목적을 내세우며, 즉 3천 대신에 그 두 배의 금액, 즉 6천, 혹은 7천까지 얻어낼 수 있다고 하면서 이 여인을 꾀려는 게 아니었다. 단지 빚에 대한 담보를 제안하려고 했다. 자신의 이런 새로운 생각을 발전시켜나가면서 드미트리는 환희까지 느꼈다. 하긴 그건 그가 무언가를 계획할 때마다 일어나는 일이었다. 갑작스럽게 결정을 할 때마다 그랬다. 그는 새로운 생각이 날 때마다 거기에 지독히 열정적으로 몰두했다. 비록 그랬지만, 호흘라코바 부인의 집 현관 계단에 발을 올려놓을 때 갑자기 등골이 서늘함을 느꼈다. 바로 그 순간이 돼서야 그는 여기에 마지막 희망이 있으며, 그 밖의 것은 이미 이 세상에 아무것도 남지 않았음을 수학적으로 정확하게 확연히 의식했다. 여기서 틀어진다면 3천 때문에 누군가를 죽이고 강도질을 하는 외에 다른 방법은 아무것도 없다는 생각이었다. 그가 종을 울렸을 때는 7시 반쯤 되었다.

처음에는 일이 잘되려나 싶었다. 자기가 온 사실을 알리자 그는 아주 신속하게 안으로 인도되었다. '마치 날 기다리기라도 한 듯하군' 하는 생각이 드미트리의 뇌리를 스쳤다. 그가 응접실에 들어오자마자 곧바로 호흘라코바 부인이 달려 나와, 그러지 않아도 기다리고 있었다며 말했다.

"기다리고 있었어요! 기다리고 있었어요! 물론 저는 드미트리 표도로비치 씨가 저희 집에 오시리라고는 생각조차 못했다는 걸 잘 아실 거예요. 그렇지만 왠지 오실 것 같았어요. 제 육감이 참 신기하지 않으세요? 아침 내내 확신하고 있었어요. 오늘 오시리라고요."

"네, 그건 정말 신기하네요."

드미트리가 자리에 털썩 앉으며 말했다.

"근데 저는…… 아주 중요한 일 한 가지가 있어서 온 거예요. 중요하고 또 중요해요. 물론 저에게 있어서 그렇지요. 저 한 사람에게 있어서요. 게다가 급하기까지 하거든요."

"아주 중요한 일 때문이시라는 거 알아요, 드미트리 표도로비치 씨. 이건 어떤 예감도 아니고, 기적에 대한 복고적인 희망도 아니에요(조시마 장로에 대해서 들으셨어요?). 이건 말이에요, 이건 수학이에요. 카체리아 이바노브나 씨에게 그런 일이 일어났는데 안 오실 수 없었잖아요. 물론 그럴 수야 없었죠. 이건 수학이에요."

"이게 뭐냐 하면요, 현실적 현실주의예요. 근데 그건 그렇고 제가 드릴 말씀이……."

"그렇죠, 현실이죠, 드미트리 표도로비치 씨. 전 이제 현실주의자가 됐어요. 제가 기적을 믿도록 너무 많이 가르침을 받은 상태였어요. 조시마 장로 돌아가신 거 들으셨어요?"

"아니오. 지금 처음 듣는데요" 하면서 드미트리가 조금 놀랐다. 알렉세이의 형상이 그의 뇌리를 스쳤다.

"지난밤에요. 그런데 있잖아요……."

"저기 말씀입니다" 하면서 드미트리가 말을 끊었다. "제가 아주 절망적인 상태에 있다는 생각이 너무 앞서서요……, 지금 절 도와주시지 않으시면 모든 것이 무너져버립니다. 제가 맨 처음에 무너져버려요. 표현이 너무 식상한 걸 용서해주시길 바라지만 저는 지금 열병에 걸려 있어요."

"네, 알아요, 열병에 걸려 계시다는 걸. 다 알아요. 드미트리 표도로비치 씨는 지금 그 상태 말고 다른 상태에 놓여 있을 수가 없어요. 그리고 무슨 말씀을 하시든 저는 미리 알고 있어요. 저는 드미트리 표도로비치 씨의 운명이 어떻게 진행되는지를 오래전부터 관심 있게 관찰하고 연구해왔어요. 제가 마음 상태를 연구하는 방면으로 경험 많은 의사예요."

"부인께서 경험 많은 의사라면 저는 경험 많은 환자예요" 하면서 드미트리가 억지로 친절을 떨었다. "그리고 부인께서 저의 운명을 관심 있게 관찰하신다면, 그럼 제 허물어져가는 운명을 좀 도와주실 거죠? 그렇게 되게 하기 위해선 제가 부인께 말씀드리러 온 계획을 말씀드려야 되거든요. 제가 부인에게서 어떤 도움을 받고 싶은지를요. 부인, 저는 말이죠……."

"말씀하실 필요 없어요. 그건 그리 중요한 게 아니거든요. 도움에 관해서 말하자면, 드미트리 표도로비치 씨는 제가 도움을 드리는 처음 사람이 아니세요. 제 사촌여동생 벨메소바에 대해서 아마 들어보셨을 거예요. 걔네 남편이 망해가고 있었거든요. 드미트리 표도로비치 씨께서 특이하게 표현하신 대로 하면, 그 사람 무너져버렸어요. 그래서 어떻게 됐나 하면, 제가 그 사람한테 말 사육장을 하라고 가르쳐줬어요. 그래서 지금 아주 잘나간답니다. 드미트리 표도로비치 씨는 말 사육장에 대해서 좀 아세요?"

"전혀 모릅니다, 부인. 전혀 모릅니다" 하고 드미트리가 신경을 곤두세워 말하며 자리에서 약간 일어나기까지 했다. "근데 말씀이에요, 부인, 제발 제 말을 좀 들어보세요. 제가 자유롭게 말할 수 있게 2분만 주세요. 먼저 제가 부인께 모든 것을, 제가 갖고 온 모든 계획을 말씀드릴 수 있게요. 또 저한테 시간이 촉박하거든요. 아주 급해요" 하고 드미트리가 히스테릭해져서 외쳤다. 그녀가 이제 또 말을 시작할 것 같다는 생각에, 거기에 눌리지 않으려고 더욱 큰 소리로 외치기 시작했다. "저는 절망에 빠져서 여기에 왔어요. 절망의 최종 단계예요. 그래서 부인께 3천을 빌려달라고 부탁드리러 왔어요. 빌려달라는 것이되, 믿을 만한 아주 확실한 담보를 드릴게요, 부인. 아주 확실한 보증을요! 제가 지금 말씀드릴게요."

"그런 말씀은 나중에 하셔도 돼요!" 하면서 호흘라코바 부인이 또다시 그를 향해 손을 휘저었다. "무슨 말씀을 하시든지 저는 이미 앞서서 알고 있어요. 제가 벌써 말씀드렸잖아요. 드미트리 표도로비치 씨께서 나름대로 액수를 말씀하셨는데, 3천이 필요하시다고 하셨는데, 저는 더 드릴 수 있어요. 훨씬 더 많이요. 그래서 드미트리 표도로비치 씨께서 처하신 상황에서 구해드릴게요. 그 대신 제 말을 잘 들으셔야 돼요!"

드미트리가 또다시 자리에서 화들짝 몸을 일으켰다.

"부인, 아니, 정말 이토록 착하실 수가!" 그가 감정에 겨워서 외쳤다. "맙소사! 부인께서 저를 구하셨어요. 부인께선 사람이 횡사하지 않도록, 총 맞아 죽지 않도록 살리시네요……. 저의 영원한 감사를 받으십시오……."

"그깟 3천이 뭐예요? 제가 그보다 무한히, 무한히 많이 드릴 게요!" 하고 호흘라코바 부인이 드미트리의 환호하는 모습을 환한 미소를 띠고 보면서 외쳤다.

"무한히요? 그럴 필요까진 없어요. 저의 운명을 좌우하는 그 돈 3천만 있으면 돼요. 또 저는 나름대로 그 금액을 무한한 감사로 보증할뿐더러 제 계획을 제안 드리려고 왔는데……."

"됐어요, 드미트리 표도로비치 씨. 말 나온 대로 실행하면 끝이에요."

덕을 베푸는 자가 가질 수 있는 고상하고 장엄한 태도로 호흘라코바 부인이 잘라 말했다. 그리곤 다음과 같이 말을 이었다.

"제가 구해드린다고 했으니 구해드릴 거예요. 벨메소브를 구했던 것처럼 드미트리 표도로비치 씨도 구해드릴게요. 금광에 대해서 어떻게 생각하세요?"

"금광이요? 한 번도 생각해본 적 없는데요."

"그 대신 드미트리 표도로비치 씨를 대신해서 제가 생각을 해놨어요. 이렇게 저렇게 생각을 많이 했어요. 그 목적으로 전 이미 한 달째 드미트리 표도로비치 씨의 행적을 조사하고 있어요. 전 드미트리 표도로비치 씨가 올 때마다 속으로 이렇게 생각했어요. '저분 참 힘이 넘치시네. 저런 분이 금광을 하셔야 해.' 전 심지어 드미트리 표도로비치 씨의 걸음걸이를 보고도 금광을 많이 발견하실 분이란 걸 알았어요."

"걸음걸이를 보고요?" 하고 드미트리가 놀라 되물었다.

"제 말은 걸음걸이 '역시' 보았다는 거죠. 걸음걸이를 보고 사람 성격을 예측할 수 있다는 걸 부정하진 않으시겠죠? 그건 자연 과학으로도 증명이 돼요. 아, 전 이제 현실주의자가 됐답니다, 드미트리 표도로비치 씨. 저는 수도원에서 일어난 그 모든 일들 때문에 실망이 커서, 오늘부로 완벽한 현실주의자가 되어 실제적 현실에 몸담기로 했어요. 전 이제 정상인이에요. 전의 생활은 이제 그만하면 됐어요! 투르게네프가 한 말처럼 말이에요.[27]"

"그런데 부인께서 그리도 관대하게 저한테 빌려주시겠다고 하신 그 3천은 어찌……."

"손에 넣으실 거예요" 하고 호흘라코바 부인이 그 자리에서 잘라 말했다. "그 3천이란 돈은 이미 드미트리 표도로비치 씨 주머니에 들어 있는 것이나 마찬가지예요. 어디 3천뿐인가요? 3백만은 될걸요! 그것도 아주 짧은 시간 안에 들어올 거예요! 지금 무슨 생각을 하시는지 맞춰볼게요. 금광을 찾아 수백만을 얻어 갖고 오셔서 사업가로서 우리 마을을 움직이고 우리 마을에 복을 가져다주실 거예요. 경제계를 유태인들한테만 맡길 수는 없잖아요. 드미트리 표도로비치 씨는 건물들과 여러 기업들을 설립하실 거예요. 가난한 자들을 도와주실 것이고, 그들은 드미트리 표도로비치 씨를 축복할 거예요. 지금은 철도 시대가 열렸어요. 드미트리 표도로비치 씨는 유명해지셔서, 요즘 그리도 궁핍한 상황에 처한 재정부에 꼭 필요한 인물이 되실 거예요. 우리 루블화의 하락 때문에 저는 잠이 안 와요, 드미트리 표도로비치 씨. 저한테 그런 면이 있는지는 사람들이 잘 몰라요."

"부인, 부인!"

드미트리 표도로비치가 다시 말을 끊었다. 왠지 불안을 예감하면서 그가 계속 말했다.

"제가 어쩌면 아주 기꺼이 부인의 조언을 참고하게 될 것 같습니다. 참 현명한 조언이십니다. 제가 어쩌면 그리로 떠날지도 모릅니다. 금광이 있는 곳으로요. 그 뒤 거기서 어떻게 됐는지 부인께 이야기를 드리러 다시 올 겁니다. 어쩌면 한 번이 아니라 여러 번이 될 수도 있습니다. 하지만 지금은 부인께서 그리도 관대하게 약속하신 그 3천이라는 돈이 지금의 저를 자유롭게 할 겁니다. 가능하다면 오늘요……. 아실지 모르지만 저한텐 지금 한 시간도 여유가 없어요……."

"됐어요, 드미트리 표도로비치 씨! 됐어요!" 하고 호흘라코바 부인이 꺾이지 않고 말을 끊고는 말했다. "대답해보세요. 금광에 가실 거예요, 안 가실 거예요? 결정을 하셨어요? 수학적으로 똑 떨어지는 답을 주세요."

"갈게요, 부인, 다음에요……. 저보고 가라 하시는 데로 다 갈게요, 부인. 하지만 지금은……."

"잠깐만 기다려보세요!" 하고 호흘라코바 부인이 소리치고는 벌떡 일어나서 서랍이 무수히 있는 자신의 멋진 책상으로 달려가 뭔가를 찾느라 엄청나게 서두르며 서랍을 하나씩 열어보기 시작했다.

'3천!' 하고 드미트리가 생각했다. '그것도 지금 당장, 어떤 서류를 쓰지도 않고……. 야, 이거야말로 참 신사적이다! 정말 훌륭하신 여인이셔. 말씀이 너무 많으신 게 좀 흠이긴 해도…….'

"자요!" 하고 호흘라코바 부인이 드미트리에게 돌아와 기쁘게 소리쳤다. "제가 찾던 게 이거예요!"

그것은 줄이 달린, 은으로 된 아주 작은 성상이었다. 사람들이 십자가를 몸에 지닐 때 같이 지니고 다니기도 하는 것 말이다.

"이거 키예프에서 갖고 온 거예요, 드미트리 표도로비치 씨" 하고 그녀가 경건한 태도로 계속 말했다. "대순교자 바르바라의 유해에서 건진 거예요. 제가 직접 목에 걸어드리고 새로운 삶과 새로운 위업을 이루시도록 축복해드릴게요."

그러면서 그녀가 정말로 그의 목에다 성상을 걸어주고 똑바로 해주었다. 드미트리는 매우 당황한 태도로 고개를 숙이고 그녀를 도와, 결국 성상이 넥타이와 셔츠 칼라를 통과하여 가슴에 제대로 걸리도록 했다.

"자, 이젠 가셔도 돼요!" 하고 호흘라코바 부인이 도로 자리에 앉으면서 장엄한 어조로 말했다.

"부인, 저는 감동해서…… 이 감동에 대해 어떻게 감사를 드릴지 모르겠습니다. 하지만 지금 저한테 시간이 얼마나 소중한지 알아주신다면 참 좋겠습니다. 부인의 관대하심을 믿고 제가 그리도 기대하고 있는 금액을……. 아, 부인께서 저한테 그리도 친절하시고 관대하시니……," 하면서 드미트리가 갑자기 감동의 어조로 외쳤다. "제가 솔직히 말씀드리겠습니다. 하긴 이미 오래전부터 아실 수도 있지만 말입니다. 이곳에서 제가 한 존재를 사랑하고 있습니다. 제가 카체리나를 배신했습니다. 아, 그러니까 '카체리나 이바노브나'라고 말하려 했던 거죠. 네, 제가 그 여자 분 앞에서 참 비인간적이었고 불명예스러운 짓을 했습니다. 그러나 전 여기서 다른…… 한 여자를 사랑합니다. 어쩌면 부인께서 경멸하실지도 모르는 여잡니다. 왜냐하면 부인께선 벌써 다 아실 테니까요. 하지만 전 그 여자를 절대로 그냥 놓아둘 수가 없습니다. 그래서 지금 그 3천이란 돈을 말씀드리는 겁니다."

"다 그냥 놔두세요, 드미트리 표도로비치 씨!" 하고 호흘라코바 부인이 아주 단호한 어조로 말을 잘랐다. "놔두세요, 특히 여자들을요. 이제 금광을 목표로 하셔야죠. 여자들은 거기 데려갈 필요 없어요. 나중에 부귀영화 속에서 돌아오셨을 때 최고 상류 사회에서 마음의 동반자를 찾으실 거예요. 그것은 깨우친 여성, 편견이 없는 현대 여성이 될 거예요. 그때쯤이면 지금 시작된 여성의 문제가 마침 무르익어, 새로운 유형의 여성이 등장할 거예요."

"부인, 이건 그게 아니에요, 그게 아니에요" 하고 드미트리 표도로비치가 두 손을 모아 빌며 말을 시작하려 했다.

"그거 맞아요. 드미트리 표도로비치 씨한테 필요한 바로 그거예요. 자기도 모르게 갈구하시는 바로 그거예요. 전 현재의 여성 문제에 대해 반대하지 않아요, 드미트리 표도로비치 씨. 여성의 발전, 나아가 아주 가까운 미래에 이루어질 여성의 정치적 역할이야말로 제가 바라는 이상이에요. 저한텐 딸이 있어요, 드미트리 표도로비치 씨. 저의 이런 면을 사람들이 잘 모르는데, 제가 셰드린 작가한테 그런 주제로 편지를 썼어요.[28] 그 작가는 저한테 많은 것을 가르쳐줬어요. 여성의 역할에 대해서요. 제가 작년에 익명으로 그 작가한테 두 줄의 편지를 썼거든요. '나의 작가여, 현대 여성에 대한 글에 감사하며 당신을 포옹하고 입맞춥니다. 계속 그런 글을 원합니다'라고요. 저를 '아이를 둔 여성'이라고만 밝혔어요. 하긴 '아이를 둔 현대 여성'이라고 쓰고 싶었지만 망설여지더라고요. 그래서 그냥 '아이를 둔 여성'이라고 쓴 거예요. 그래야 도덕적 미가 더 느껴져요, 드미트리 표도로비치 씨. 게다가 '현대'라는 단어가 '현대인'이라는 단어와 비슷한 어감이라서요.[29] 요즘의 검열 때문에 그쪽 사람들은 그 단어를 기억하는 게 가슴 아플 거잖아요. 어, 그런데 왜 그러세요?"

"부인, 저는 울 거 같아요. 부인께서 그리도 관대하게 주려 하시다가 미루시면……."

드미트리가 결국 가련하게 애원하듯 그녀 앞에서 두 손을 모으며 벌떡 일어났다.

"네, 우셔도 좋아요, 드미트리 표도로비치 씨. 우세요. 우는 건 아주 좋은 감정 표출이에요. 아주 힘든 길이 앞에 놓였잖아요. 눈물을 흘리면 마음이 한결 가벼워지실 거예요. 나중에 돌아오셔서는 기뻐하시게 될 거예요. 저랑 기쁨을 나누러 시베리아에서 일부러 달려오실 거예요."

"하지만 제 말을 좀 들어보세요" 하고 드미트리가 별안간 울부짖었다. "제가 마지막으로 애원합니다. 주시겠다고 하신 금액을 오늘 제가 받을 수 있을까요? 만약 아니라면, 그럼 언제 받으러 올까요?"

"무슨 금액 말씀하시는 거죠, 드미트리 표도로비치 씨?"

"부인께서 그리도 관대하게 주신다고 하신 3천이요."

"3천이요? 루블 말씀하시는 건가요? 그건 안 돼요. 저한텐 3천이 없어요." 호흘라코바 부인이 뭐랄까 태연하게 놀라면서 말했다. 드미트리는 멍해졌다.

"어떻게 지금 와서 그런 말씀을……. 제 주머니에 들어 있는 거나 마찬가지라는 표현까지 하시고는……."

"어머나, 제 말을 잘못 알아들으셨네요, 드미트리 표도로비치 씨. 지금 보니 제 말을 이해를 못 하셨네요. 전 금광 얘기였어요. 3천과는 비교도 안 될 만큼 많은 돈을 버실 거라는 얘기였어요. 제가 그렇게 말했었죠. 저는 금광 얘기를 한 거였어요."

"돈은요? 3천은요?" 하고 드미트리 표도로비치가 어리둥절하여 외쳤다.

"어쩌나? 돈 얘기 하시는 거였다면, 전 그런 돈은 없어요. 저한텐 지금 돈이 전혀 없어요, 드미트리 표도로비치 씨. 설사 저한테 돈이 있다 해도 드리진 못했을 거예요. 첫째, 저는 아무한테도 안 빌려줘요. 빌려주면 꼭 사이가 틀어지거든요. 드미트리 표도로비치 씨한테는 특히 안 빌려드릴 거예요. 제가 좋아하는 분이라서요. 드미트리 표도로비치 씨를 구하기 위해서 안 빌려드릴 거예요. 왜냐하면 드미트리 표도로비치 씨한테 필요한 건 오직 하나예요. 금광이요. 첫째도 금광, 둘째도 금광!"

"에이, 이런 제기랄!"

드미트리가 갑자기 고함을 치면서 탁자를 주먹으로 있는 힘껏 내리쳤다.

"어머나!"

호흘라코바가 놀라 소리치며 응접실 저쪽으로 휙 달려 도망갔다.

드미트리가 침을 퉤 뱉고 빠른 걸음으로 방에서 나오고 집을 벗어나 어두운 거리로 나섰다. 그는 미친 사람처럼 자기 가슴을 때리며 걸었다. 이틀 전 저녁 어두운 길에서 알렉세이를 마지막으로 만났을 때 알렉세이 앞에서 자기 가슴을 때릴 때처럼, 바로 똑같은 곳을 때렸다. 가슴의 바로 그곳을 때리는 행위가 무엇을 의미했는지, 그렇게 함으로써 그가 무엇을 표출하고자 했는지는 아직까지 비밀로 남아 있었다. 이 세상에 아무도 모르는 비밀로 말이다. 그가 심지어 알렉세이한테도 이야기하지 않은 비밀이었다. 그러나 이 비밀 속에 담겨 있던 것은 그로서는 수치 이상의 것이었다. 그것은 곧 죽음이요 자살을 뜻했다. 카체리나 이바노브나에게 돌려줄 그 3천을 구하지 못한다면, 그럼으로 그가 가슴에 지니고 다니던, 그리도 양심을 짓누르던 수치를 자기 가슴의 '그곳'으로부터 걷어내지 못한다면, 그것은 곧 죽음이요 자살을 뜻한다고 그는 진작 결정을 했었다. 이 모든 것이 나중에 독자들에게 잘 설명이 될 것이지만, 마지막 희망이 사라진 지금 그는 그리도 육체적으로 강한 사람임에도 불구하고, 호흘라코바의 집에서 몇 발짝을 내딛자마자 별안간 어린아이처럼 눈물을 왈칵 쏟았다. 그는 걸으면서 정신이 혼미해진 상태에서 주먹으로 눈물을 훔쳤다. 그러면서 그는 광장으로 나오다가 갑자기 자기가 온몸으로 무언가와 부딪친 것을 느꼈다. 어떤 노파의 빽 하는 비명이 들렸다. 드미트리가 노파를 하마터면 넘어뜨릴 뻔했다.

"어이구머니나! 사람 잡겠네! 살살 좀 다녀! 깡패야, 뭐야?"

"어? 할머니세요?" 하고 드미트리가 어둠 속에서 노파를 보고 외쳤다. 바로 쿠지마 삼소노프에게 시중을 드는 늙은 하녀였다. 어제 이 노파를 본 드미트리는 노파가 기억이 났다.

"그러는 댁은 누구시오? 어두워서 누군지 보이지가 않아요" 하고 아까와는 전혀 다른 목소리로 노파가 말했다.

"할머니, 쿠지마 쿠지미치 님 댁에 계시죠? 거기서 하녀로 계시잖아요."

"맞아요. 지금 포로호르이치 님 댁에 다녀오는 길인데……. 근데 뉘시더라? 잘 모르겠는데요."

"할머니, 있잖아요, 혹시 그루셴카가 지금 그 댁에 있나요? 아까 제가 직접 그루셴카를 그 댁까지 바래다줬거든요" 하고 드미트리가 안달을 하며 물었다.

"왔었어요. 와서 조금 앉아 있다가 갔어요."

"네? 갔다고요? 언제 갔는데요?"

"오자마자 금방 갔어요. 쿠지마 쿠지미치한테 와서 1분이나 있었나? 무슨 우스운 이야기를 하나 들려줘서 그분을 웃기더니 바로 갔어요."

"거짓말이지? 이 할망구야!" 하고 드미트리가 고함쳤다.

"어이구머니나!" 하고 노파가 소리쳤다. 하지만 드미트리는 벌써 튀고 없었다. 그는 젖 먹던 힘을 다해 달려서 모로조바 집으로 향했다. 바로 그루셴카가 모크로예로 떠났을 때였다. 그녀가 떠나고 나서 15분도 안 지났을 때였다. 페냐가 자기 할머니인 요리사 마트료나와 같이 주방에 앉아 있다가 별안간 들이닥친 '대위'를 보고 소스라치게 놀라 꽥 소리 질렀다.

"뭘 그렇게 소리를 지르고 그래? 그루셴카는 어디 있어?"

드미트리가 고함쳤으나, 겁에 질려 정신이 멍해진 페냐에게 한마디 대답할 기회도 안 주고 별안간 그녀의 발 앞에 고꾸라져 말했다.

"페냐야, 제발 좀 말해줘. 그루셴카 어디 있어?"

"어머, 전 아무것도 몰라요, 드미트리 표도로비치 님, 아무것도 몰라요. 죽어도 몰라요. 아까 직접 바래다드렸잖아요" 하고 페냐가 잡아뗐다.

"다시 이리로 왔잖아!"

"어머, 아니에요. 안 오셨어요. 진짜예요. 안 오셨어요!"

"거짓말! 겁먹은 것만 봐도 뻔히 알아! 어서 대! 그루셴카 어디 있어?"

그러다 그는 갑자기 휙 뛰쳐나갔다. 겁먹은 페냐는 일이 빨리 해결된 것이 다행이라고 생각했으나, 그게 다 드미트리가 자기를 붙잡고 있을 시간이 없었기 때문이었고, 그렇지만 않았다면 자기는 성치 못했을 거라는 걸 너무나도 잘 알고 있었다. 사실 드미트리는 뛰쳐나가면서 페냐를 놀라게 했다. 노파 마트료나도 놀랐다. 드미트리의 예상 못 했던 행동에 말이다. 구리 재질의 절구가 상에 놓여 있었고 그 안에 4분의 1 아르신 길이의 절굿공이가 있었는데, 드미트리는 뛰쳐나가면서, 한 손으로는 벌써 문을 엶과 동시에 다른 손으로는 절구에서 이 절굿공이를 휙 채 갖고 옆 주머니에 넣었다. 그렇게 뛰어나가 단박에 사라져버렸다.

"어머나! 저걸 어째? 누굴 죽이려나 봐!"

놀란 페냐가 양손을 짝 마주치며 소리쳤다.

## IV
### 어둠 속에서

그가 어디로 달려갔을까? '그녀가 어디에 있을 것인가? 표도르 파블로비치 집이 아니면 어디겠는가? 삼소노프 집에서 곧장 표도르 파블로비치 집으로 달려갔겠지. 이제는 틀림없다.

모든 음모와 모든 기만이 이제는 밝혀졌다' 하고 생각한 것이 당연하다. 이 모든 생각이 회오리처럼 그의 머릿속을 휙 스쳐 갔다. 그는 마리야 콘드라치예브나 집 마당으로 달려 들어가지 않았다. '거기는 갈 필요 없다. 전혀 없다. 거기 가서 소란을 일으킬 필요 없다. 당장 소식이 전해질 테고, 그러면 나한테 불리하게 되겠지. 마리야 콘드라치예브나도 한통속인 게 분명해. 스메르쟈코프도 역시. 그래, 다들 매수됐어!' 하고 생각했다. 그는 골목을 통해 표도르 파블로비치 집을 크게 빙 돌았다. 드미트로프스카야 거리를 지나고 그 뒤 다리를 건너, 휑하고 인적 없는 뒷골목으로 곧장 들어갔다. 그 골목의 한쪽은 옆집 채소밭 울타리였고 다른 한쪽은 표도르 파블로비치 집 정원에 둥그렇게 쳐진 높고 튼튼한 담이었다. 여기서 그는, 리자베타 스메르쟈쉬야가 언젠가 담을 넘은 바로 그 자리를 점찍었다. '그 여자가 넘을 수 있었다면 나라고 왜 못 넘겠는가?' 하는 생각이 왠지 모르게 그의 머릿속을 스쳤다. 그리고 그는 뛰어올라 단숨에 손으로 담의 윗면을 잡는 데에 성공했고, 그 뒤 힘있게 후닥닥 기어올라 말 잔등이에 올라타듯 담장 위에 앉았다. 정원에, 담에서 가까운 곳에 욕탕 건물이 집 건물을 가리고 서 있었으나, 집 건물의 창들에 불이 켜져 있는 것이 담 위에서도 보였다. '그럼 그렇지. 노인네 침실에 불이 켜져 있어. 그루센카가 저 안에 있어!' 하고 생각하며 그는 담에서 정원으로 뛰어내렸다. 그리고리가 몸져누웠다고 들었고, 또 스메르쟈코프 역시 진짜로 몸져누웠을지도 모르니 그가 침입하는 소리를 아무도 못 들었을 수도 있었지만, 그래도 본능적으로 몸을 숨기면서 숨죽이고 주위의 소리에 귀를 기울여보았다. 그러나 쥐 죽은 듯 고요하기만 했고, 마치 일부러 그러듯 만상이 잠잠했고 바람마저 잠잤다.

'그리고 오로지 적막만이 속삭인다'[30]라는 구절이 왠지 그의 머릿속에서 반짝했다. '내가 담을 넘어 오는 소리를 아무도 못 들었기만을 바란다. 아마 아무도 못 들은 것 같네.' 1분쯤 가만히 서 있다가 그는 조용히 정원의 풀밭을 따라 움직이기 시작했다. 나무들과 덤불을 우회하여, 한 걸음 한 걸음을 조심스럽게 내딛으며, 걸음을 내딛을 때마다 자기 발소리에 귀를 기울여가며 이동하느라고 시간이 많이 걸렸다. 불이 켜진 창문 밑에 다다르는 데에 5분쯤 걸렸다. 그는 창문들 바로 밑에 덧나무와 가막살나무가 높고 빽빽하게 자라 있는 것을 기억했다. 집 건물 앞면 왼쪽에 위치한, 건물에서 정원으로 나오는 출구가 잠겼다는 것을 그는 지나가면서 일부러 자세히 보아두었다. 드디어 그는 나무들이 있는 곳까지 와 나무들 뒤에 숨었다. 그는 숨도 쉬지 않았다. '이제 좀 기다려야 된다. 저 안까지 내 발소리가 들려서 지금 저들이 확인하기 위해 귀를 기울이고 있을 수도 있으니까, 잘못 들은 것이려니 할 때까지 기다려야

한다. 제발 기침이나 재채기가 나오지 않아야 하는데…….'

 그는 2분 정도를 기다렸는데, 심장이 무지무지하게 쿵쾅거렸고, 때로 거의 숨이 막히기까지 했다. '심장 쿵쾅거리는 게 멈추지 않을 모양이야. 이대로 기다리고만 있을 수는 없어.' 그는 나무 그림자에 몸을 숨기고 서 있었다. 나무들의 앞쪽은 창에서 나오는 빛을 받아 환했다. '가막살나무 열매가 저렇게 새빨갛다니!' 하고 그는 속삭였다. 갑자기 왜 그렇게 속삭이게 됐는지 자기도 몰랐다. 조용히, 소리 없이 한 걸음 한 걸음을 내딛으면서 그는 창문으로 다가가 발뒤꿈치를 들어보았다. 표도르 파블로비치의 침실 전체가 눈앞에 마치 손바닥처럼 펼쳐졌다. 이는 그리 크지 않은 방으로서, 빨간 병풍이 칸막이 역할을 했다. 표도르 파블로비치는 이 병풍을 중국 병풍이라 불렀다. '저 중국 병풍 뒤에 그루셴카가 있겠지' 하는 생각이 드미트리의 머릿속을 훑고 지나갔다. 그는 표도르 파블로비치를 자세히 살펴보기 시작했다. 표도르 파블로비치는 드미트리가 한 번도 보지 못한, 줄무늬가 있는 새 견직 가운을 입었고, 역시 견직으로 된 술들이 달린 끈으로 허리를 동여맸다. 가운 깃 안쪽으로 깨끗하고 말쑥한 내의가 보였다. 금빛 소매 단추가 달린 얇은 네덜란드 셔츠였다. 표도르 파블로비치의 머리에는 알렉세이가 본 적 있는 바로 그 빨간 띠가 둘러져 있었다. '차려입으셨군' 하고 드미트리가 생각했다. 표도르 파블로비치는 창문 가까이에 서 있었는데, 보아하니 생각에 잠긴 것 같았다. 그러다가 갑자기 고개를 들고 조금 귀를 기울여 보더니 아무 소리도 들리지 않자 상으로 다가가 유리병에서 코냑을 반 잔 따라 마셨다. 그 뒤 가슴 깊숙이 긴 한숨을 쉬고는 다시 좀 서 있다가 뒤숭숭한 태도로 창문들 사이의 벽에 걸린 거울로 다가가 오른손으로 빨간 띠를 이마에서 조금 들어 올려 멍든 곳과 아직 아물지 않은 빨간 상처를 들여다보기 시작했다. '혼자 있구나. 하는 행동으로 보아, 분명히 혼자 있어' 하고 드미트리가 생각했다. 표도르 파블로비치가 거울에서 물러나더니 갑자기 고개를 돌려 창문을 쳐다보았다. 드미트리가 재빨리 그늘로 몸을 숨겼다.

'어쩌면 그루셴카가 병풍 뒤에서 벌써 자는지도 모른다' 하는 생각이 그의 심장을 찔렀다. 표도르 파블로비치가 창문에서 물러났다. '노인네가 그루셴카가 오나 안 오나 하고 창을 내다본 건가? 그렇다면 저 안에 없다는 얘기군. 노인네도 참! 어둠은 봐서 뭐 하려고? 안절부절못해서 그러는 거겠지.' 드미트리가 곧 창가로 다가가 다시금 안쪽을 들여다보기 시작했다. 노인네는 벌써 상 앞에 앉아 있었다. 기분이 울적한 것 같았다. 결국 팔꿈치를 상에 괴고 오른손 손바닥을 뺨에 갖다 대었다. 드미트리가 세세히 들여다보았다.

'혼자야, 혼자. 그루셴카가 저기 있다면 노인네 얼굴 표정이 저렇지 않았을 거야' 하고 드미트리가 아까의 생각을 되풀이했다. 이상한 일이었다. 그녀가 여기 없다고 생각하자 오히려 마음이 갑자기 어떤 신기하고 의미를 알 수 없는 유감으로 들끓었다. '그루셴카가 여기 없어서라기보다는, 여기 있는지 없는지 확실히 알 수가 없으니까 그런 거겠지' 하고 드미트리가 자신의 의문에 스스로 대답했다. 나중에 드미트리가 당시를 회상하며 말하기를, 자기의 머릿속이 보통 때 같지 않게 맑았고, 모든 것에 대해 아주 섬세하게 사고했으며 세세한 부분까지 다 포착하려 들었다고 했다. 그러나 확실한 상황을 알 수 없고 어떻게 행동할지 몰라서 드는 답답함이 엄청난 속도로 마음속에서 커졌다. 그러다 그는 갑자기 결심하고서 손을 내밀어 조용히 창틀을 두드렸다. 그는 노인네와 스메르쟈코프가 서로 정한 신호대로, 처음 두 번은 천천히, 그다음 세 번은 '똑똑똑' 하고 빨리 두드렸다. 그 신호는 바로 '그루셴카가 왔다'는 뜻이었다. 노인네가 깜짝 놀라 몸을 떨고 고개를 쳐들고는 후닥닥 일어나 창문으로 달려왔다. 드미트리는 그늘로 몸을 날렸다. 표도르 파블로비치가 창문을 열고 머리를 완전히 밖으로 내밀었다.

"그루셴카야, 너니? 응? 너니? 나의 천사야, 어디 있는 거야?"

그의 반쯤 속삭이는 음성이 왠지 떨렸다. 무척 흥분하여 가쁜 숨을 내쉬었다.

'혼자구나!' 하고 드미트리가 생각했다.

"어디 있니?" 하고 노인네가 다시 소리치고는 머리를 바깥으로 더 내밀었다. 어깨까지 내밀어서 고개를 이리저리 두리번두리번 돌려 오른쪽과 왼쪽을 번갈아 살피면서 또 말했다. "이리 와. 내가 조그만 선물을 준비했어. 이리 와. 보여줄게."

'지금 저 얘기는 3천이 든 봉투 얘기다' 하는 생각이 드미트리의 뇌리를 스쳤다.

"아니, 그래, 어디 있는 거야? 문 앞에 있는 거니? 지금 열어줄게."

그러면서 노인네는 정원으로 나서는 문이 있는 쪽, 즉 자기 오른쪽을 보느라고, 어둠 속이라 잘 보이지도 않는데도 몸을 확 내밀어 하마터면 창문 밖으로 떨어질 뻔했다. 그루셴카의 대답을 듣지 못했으므로 잠시 뒤 노인네는 반드시 문을 열러 달려갈 것이었다. 드미트리는 미동도 없이 옆쪽에서 보고 있었다. 그가 그렇게도 미워하는 노인네의 옆얼굴, 툭 튀어나와 덜렁거리는 울대뼈, 음탕한 기대감에 미소 짓는 매부리코와 입술 등 모든 것이 왼쪽에서 방으로부터 나오는 등불의 비스듬한 빛에 밝게 비쳐 보였다. 드미트리의 마음속에서 걷잡을 수 없이 맹렬한 증오가 부글부글 끓었다. '바로 이자가 나의 적이다. 나를 괴롭히는 자, 나의 삶을 괴롭히는 자다!' 나흘 전 그가 원두막 안에서 알렉세이랑 대화하던 중, 알렉세이가 어떻게 아버지를 죽인다는 말을 할 수가 있느냐고 물었다. 그때 마치 지금 그의 마음속에서 일게 될 것을 예측이라도 한 양 알렉세이에게 알린 갑작스러운 복수의 감정, 맹렬한 적개심 바로 그것이 일었다.

"아이고, 나도 모르겠다, 모르겠어……. 뭐, 안 죽일 수도 있고. 어쩌면 죽일 수도 있고. 딱 마주쳤을 때 너무 미워서 죽일지도 모르겠다. 난 그 울대뼈, 그 코, 그 눈, 그 뻔뻔스러운 웃음이 너무 증오스러워. 정말 미워 죽겠어. 그래서 나도 모르게 죽이게 될까 봐 겁나. 못 참고 욱해서 말이야" 하고 그때 그는 말했었다.

미워 죽겠는 감정이 도저히 참지 못할 만큼 자라고 있었다. 드미트리는 이미 제정신을 잃고 갑자기 주머니에서 구리로 된 절굿공이를 꺼냈다.

……

"그때 신께서 나를 지키셨어."

드미트리가 나중에 스스로 한 말이다. 몸져누웠던 그리고리 바실리예비치는 바로 그 순간에 침상에서 잠을 깼다. 그날 저녁쯤 그는 스메르쟈코프가 이반 표도로비치에게 이야기해준 적 있는 치료 방법을 썼다. 즉, 아내의 도움을 받아, 엄청나게 진하게 우려낸 어떤 즙이랑 섞은 보드카를 온몸에 바르고, 남은 것은 아내가 속삭여주는 '기도' 뒤에 들이켜고 잠자리에 들었다. 마르파 이그나치예브나도 그것을 역시 마시고는, 평소에 술을 마시지 않는 사람답게 남편 곁에 누워서 세상모르고 잤다. 그랬었는데 그리고리가 밤에 갑자기 예상외로 잠을 깼다. 제정신을 차리는 데에 1분 정도를 소모했고, 비록 다시 금방 허리에 격한 통증이 찾아왔으나 그는 자리에서 일어나 앉았다. 그 뒤 또 무슨 생각을 좀 하다가 일어서서 옷을 입었다. 어쩌면 자기가 잠을 자느라고 '그렇게 위험한 시간에' 집을 파수꾼 없이 놔둔 것에 대해 양심의 가책이 들었나 보다. 간질 발작으로 쓰러진 스메르쟈코프는 옆방에 꼼짝하지 않고 누워 있었다. 마르파 이그나치예브나도 움직이지 않았다. 그녀를 보면서 그리고리 바실리예비치는 '여편네가 많이 쇠약해졌어' 하고 생각했다. 그러고는 끙 소리와 함께 현관 계단으로 나왔다. 물론 그는 현관 계단 위에서 한번 내다보기만 할 작정이었다. 왜냐하면 돌아다닐 상황이 못 됐기 때문이다. 허리와 오른다리의 통증이 참지 못할 정도였다. 하지만 정원으로 통하는 쪽문을 어제 자물쇠로 잠그지 않은 것을 갑자기 기억해냈다. 그는 더할 나위 없이 치밀하고 정확했고, 정해진 질서와 오랜 관습을 그대로 따랐다. 고통으로 다리를 절고 몸을 오그라뜨리면서 그는 현관 계단을 내려가 정원으로 향했다. 아니나 다를까 쪽문이 활짝 열려 있었다. 그는 반사적으로 정원으로 들어갔다. 어쩌면 잘못 들었을 수도 있으나 무슨 소리가 들린 것 같앉다. 왼쪽을 쳐다보니 주인 방 창문이 열려 있었는데 창문에는 내다보는 사람이 아무도 없었다. '왜 열려 있지? 지금이 여름도 아닌데!' 하고 그리고리가 생각했는데 마침 바로 그 순간 자기 바로 앞 정원에서 무언가 이상한 형체가 언뜻 보였다. 한 마흔 발짝 떨어진 곳의 어둠 속에서 사람이 달려 지나갔다. 그림자가 아주 빠르게 움직였다. '맙소사!' 하면서 그리고리는 자기 허리 아픈 것도 잊고, 달려가는 사람의 경로를 가로지를 방향으로 뛰기 시작했다. 그는 지름길을 택했다. 달려가는 사람보다 그가 정원의 구조를 더 잘 알고 있던 건 당연했다. 달려가는 사람은 욕탕 쪽으로 향하여, 욕탕 뒤쪽을 지나서 담 쪽으로 갔고, 그리고리는 거의 본능적으로 그의 길을 읽으면서 그를 시야에서 놓치지 않으려 했다. 그리고리는 달려가던 사람이 이미 담장을 넘으려 하는 순간 마침 담장에 이르러, 몸을 날려 양손으로 그 사람의 발을 붙잡으며 정신 나간 사람처럼 소리쳤다.

보니, 자기 예감이 틀리지 않았다. 그리고리는 그게 누군지 알아봤다. 바로 아버지를 죽이려 하던 그 인간쓰레기였다.

"부친 살해범!" 하고 늙은 그리고리가 온 동네가 떠나가라 소리 질렀다. 그러나 거기까지밖에 소리 지르지 못하고 그는 갑자기 벼락 맞은 사람처럼 나가떨어졌다. 드미트리가 도로 정원으로 뛰어내려 나가떨어진 그를 내려다보며 몸을 굽혔다.

드미트리는 손에 구리로 된 절굿공이를 쥐고 있었다. 그는 반사적으로 그걸 풀밭에 던졌다. 절굿공이는 그리고리에게서 두 발짝쯤 떨어진 곳에 떨어졌는데, 풀밭에 떨어진 게 아니라 길에 떨어졌다. 사람들의 눈에 잘 띄는 곳이었다. 몇 초 동안 드미트리는 자기 앞에 자빠져 있는 사람을 살폈다. 늙은 그리고리의 머리가 피범벅이 되어 있었다. 드미트리가 손을 뻗어 그리고리의 머리를 만져보았다. 드미트리는 나중에 이 순간을 명확히 기억하고서 고백하기를, 그때 자기가 이 늙은이의 정수리를 절굿공이로 쳐서 머리뼈를 바스러뜨려 놓았는지 아니면 '살짝 맛이 가게'만 해놓았는지 '확인하고' 싶은 마음이 아주 간절했다고 했다. 그런데 피가 계속 흘렀다. 겁나게 용솟음치는 뜨거운 피가 드미트리의 떨리는 손가락들을 순식간에 적셨다. 그는 호흘라코바 집에 가면서 챙겼던 하얀 새 손수건을 기억해내고 주머니에서 꺼내 이 노인의 머리로 가져가, 이마와 얼굴에서 피를 닦아내는 별 의미 없는 노력을 했다. 손수건 역시 순식간에 피로 물들었다. '젠장! 내가 지금 뭐 하러 이러는 거야?' 하고 드미트리가 갑자기 제정신이 들었다. '이미 바스러뜨린 거라면……, 근데 어떻게 해야 확실히 알지? 사실 어차피 벌어진 일인데 지금 다 마찬가지 아닌가?' 그런 생각을 하다 결국 그는, "죽인 거라도 할 수 없지……. 노인장 재수 없이 걸려든 거야. 계속 누워 있으셔!" 하고 크게 소리 지르고 휙 담장 위로 뛰어올라 담을 넘어 골목으로 뛰어내려 도망치기 시작했다. 피로 물든 손수건은 오른손으로 꼭 쥔 채였다. 계속 달리면서 그는 그걸 프록코트 뒷주머니에 쑤셔 넣었다. 그는 사력을 다해 달렸기 때문에, 어둠 속에서 드물게 마주치던 행인들은 나중에 그날 밤 미친 듯 달리는 사람을 본 것을 기억해냈다. 그는 다시금 모로조바의 집으로 달려가고 있었다. 아까 폐냐는 그가 나가자마자 즉시 늙은 가옥 관리인 나자르 이바노비치한테 달려가, '오늘이든 내일이든 대위를 더 이상 들여보내지 말'라며 '주 그리스도의 이름을 빌어' 간절히 부탁했다. 나자르 이바노비치는 이야기를 다 듣고는 그러겠다고 했지만, 하필이면 그때 마님의 갑작스런 부름에 응하느라 위층으로 올라가게 되었다. 가다가 시골에서 올라온 지 얼마 안 된 만 스무 살쯤 먹은 자기 조카와 마주쳐 정원을 좀 지키고 있으라고 말은 해놨는데, 대위에 관해서 언급하는 것은 그만 잊고 말았다. 그 집 대문에 당도한 드미트리는 대문을 두드렸다. 가옥 관리인의 조카는 금세 그를 알아봤다. 드미트리가 가옥 관리인 조카한테 쌈짓돈을 쥐어준 적이 몇 번 있기 때문이다. 조카는 당장 쪽문을 열어 드미트리를 들여보냈다. 만면에 웃음을 띠고서 딴에는 친절을 떤다고, "근데 지금 그루셴카 님이 집에 안 계시는데요." 하고 재빨리 통보해주었다.

"그럼 어디 있는데, 프로호르야?" 하고 드미트리가 순간적으로 걸음을 멈추고 물었다.

"아까 떠나셨어요. 한 두 시간 됐나? 치모페이가 모는 마차로 모크로예로 간다고 했어요."

"거긴 왜?" 하고 드미트리가 다그쳤다.

"그건 제가 잘 모르겠는데요, 무슨 장교한테 간다고 하던데요. 누가 그루셴카 님을 거기로 오라고 불렀어요, 말까지 보내주면서."

드미트리가 그를 내버려두고 페냐를 만나러 미친 사람처럼 달려 들어갔다.

## V
### 갑작스러운 결정

페냐는 할머니와 함께 주방에 있었다. 두 사람 다 잠자리에 누우려는 참이었다. '나자르 이바노비치가 잘 지키겠지' 하는 생각으로 그들은 문을 안에서 걸어 잠그지 않았다. 드미트리가 달려 들어와 페냐에게 달려들어 목을 억세게 거머쥐었다.

"말해. 지금 어디 있어? 누구한테 간다고 하면서 모크로예에 간 거야?" 하고 그가 발악하며 울부짖었다.

두 여자가 다 쇳소리를 질렀다.

"에구머니! 예, 예, 말할게요, 드미트리 표도로비치 님, 다 말씀드릴게요. 아무것도 안 숨기고 다 말씀드릴게요" 하고 몹시 겁을 집어먹은 페냐가 번갯불에 콩 볶아 먹듯 빠르게 말했다. "장교를 만나러 모크로예에 가셨어요."

"장교라니? 그게 누구야?"

드미트리가 계속 다그쳤다.

"전에 알고 지내시던 장교요. 전에, 5년 전에 알고 지내셨는데, 버리고 떠났거든요" 하고 페냐가 계속 마찬가지의 속도로 말했다.

드미트리 표도로비치가 그녀의 목을 거머쥐었던 손을 뗐다. 그는 죽은 자처럼 창백해져서 할 말을 잃고 서 있었다. 그러나 눈을 보면 그가 상황을 단박에 알아차렸다는 것을 알 만했다. 내막을 다 세세히 듣지 않았어도 그는 순식간에 모든 것을 너무도 세세히 알아차렸다. 그러나 겁먹은 페냐는 그 순간 드미트리가 상황을 알아차렸는지 못 알아차렸는지를 관찰할 만큼의 여력이 없었다. 그녀는 그가 달려 들어왔을 당시와 마찬가지로 그대로, 그냥 궤짝 위에 앉아서 계속 덜덜 떨며 양손을 앞으로 들어 막으려는 듯한 자세를 유지했다. 놀람과 무서움에 확장된 동공을 그에게 딱 고정시킨 채로. 게다가 그의 양손은 피로 범벅이었다. 달려오는 도중 그는 아마 땀을 닦느라고 손을 이마에 댔나 보다. 이마와 오른쪽 뺨에 피가 문질러져 있었다. 페냐는 지금 히스테리 발작을 일으키기 직전이었고, 요리사 할머니는 벌떡 일어나 정신병자 같은 눈으로 쳐다보면서 정신 줄을 놓을 듯 말듯 하고 있었다. 드미트리 표도로비치는 1분 정도를 가만히 서 있다가 별안간 페냐 옆의 의자에 털썩 주저앉았다.

그는 앉아서 생각에 잠겼다기보다는 뭐랄까 경악에 빠져 멍해졌다고 하는 게 나을 것이다. 하지만 상황 파악은 확실히 되었다. 그 장교라는 사람을 그는 알고 있었다. 그루셴카가 직접 말해줬기 때문에 아주 잘 알고 있었다. 한 달 전에 그가 편지를 보내 왔다는 것을. 그러니까 한 달 동안, 한 달이라는 시간 내내 그에게 완전히 비밀로 한 일이 진행되어 결국 오늘에 이르러 이 새로운 사람을 등장시킨 것이다. 그걸 그는 생각도 못 하고 있었다. 어떻게 그랬을 수가 있지? 그 정도 생각은 했어야지! 그는 왠지 계속 이 장교에 대해서 까맣게 잊고 지냈다. 그에 대해 들었을 때 바로 대수롭지 않게 여겨버렸다. 왜 그랬는가? 이 문제가 마치 괴물처럼 그의 앞에 우뚝 섰다. 그 문제를 대하는 그는 진짜로 겁에 질려 얼어붙었다. 그러다 갑자기 그는 조용히, 온유하게, 얌전하고 상냥한 어린아이처럼 페냐에게 말을 꺼냈다. 자기가 방금 얼마나 그녀를 놀라게 했고 모욕을 주었고 괴롭게 했는지를 마치 완전히 잊은 듯 말이다. 지금 그런 태도를 보이는 게 놀랍다는 생각을 불러일으킬 정도로 꼼꼼하게 페냐에게 질문하기 시작했다. 페냐는 겁에 잔뜩 질려 그의 피 묻은 손을 쳐다보긴 했으나, 마치 준비를 해두었기라도 한 듯 모든 질문에 대해 역시 놀랄 만큼 착착 잘 대답했다. 모든 진실을 빠짐없이 서둘러 끄집어내면서 말이다. 어떤 대목에서는 심지어 기쁨을 내비치기도 하면서 모든 자세한 부분들을 진술했다. 절대로 그를 답답하게 하지 않으려는 듯, 될 수 있으면 서둘러 진심으로 위해주려는 듯 말이다. 그녀는 오늘 있었던 일 전체를 극히 세세하게 이야기해주었다. 라키친과 알렉세이가 왔던 일과 자기가 망을 보던 일에 대해서, 그루셴카가 어떻게 떠났는지에 대해서, 그녀가 드미트리한테 절을 해달라는 부탁을 알렉세이를 향해 창문 밖으로 외치던 일에 대해서도 다 이야기했다. 드미트리로 하여금 자기가 한 시간 동안 그를 얼마나 사랑했는지를 영원히 기억하게 하라고 부탁하던 일도 이야기했다. 절을 해달라는 부탁에 대해 듣고서 드미트리는 별안간 픽 웃었다. 그의 창백했던 뺨에 발그스름한 빛이 돌았다. 그 순간 페냐는 물어봐도 괜찮을까 하는 두려움을 조금도 갖지 않고 이렇게 물었다.

"참, 손이 말이에요, 드미트리 표도로비치 님. 다 피범벅이 됐어요!"

"그러네" 하고 드미트리가 별 감정 없이 대답하고 어정쩡하게 자기 손을 바라보았을 뿐, 손에 대하여 페냐가 궁금해하는 것을 금세 잊어버리고 다시금 침묵에 빠졌다. 그가 달려 들어왔을 때부터 벌써 20분 정도가 지났다. 놀라움은 이미 사라졌고, 보아하니 새로운 결심을 한 듯했다. 갑자기 자리에서 일어나더니 그는 생각에 잠긴 듯한 미소를 띠었다.

"드미트리 표도로비치 님, 어쩌다 이렇게 된 거예요?" 하고 폐냐가 다시 그의 손을 가리키며 말했다. 슬픔에 빠진 그에게 자기가 마치 가장 가까운 존재이기라도 한 듯 연민을 가지고 말했다.

드미트리가 다시 자기 손을 보았다.

"이건 피야, 폐냐야" 하고 그가 그 어떤 이상한 표정을 하고 그녀를 보며 말했다. "이건 사람의 피야. 오, 맙소사! 이 피가 왜 흘러야만 했지? 저기……, 폐냐야……, 여기 담이 있어(그는 마치 수수께끼를 내는 듯 그녀를 보았다). 높고 무섭게 보이는 담이 있어. 음……, 내일 새벽에, 해가 둥실 떠오르면, 드미트리가 이 담장을 뛰어넘을 거야……. 이해가 안 가지, 폐냐야, 무슨 담 얘긴지? 뭐……, 아무래도 상관없어. 어차피 내일 소식을 듣게 될 테고, 그러면 다 이해가 갈 거야……. 자, 그럼, 난 그만 갈게! 더 이상 방해 안 하고 사라질게. 나 사라질 수 있을 거야. 나의 기쁨인 그 여자여, 잘 살도록! 한 시간 동안 날 사랑한 여자여, 당신도 드미트리 카라마조프를 영원히 기억하도록……. 그 여자가 날 그리도 다정히 불러주곤 했었는데. 너도 기억하지?"

이 말을 마지막으로 그는 주방에서 갑자기 달려 나갔다. 페냐는 그가 갑자기 달려 나간 것 때문에, 아까 그가 갑자기 들어와 그녀에게 달려들었을 때보다 어쩌면 더 심하게 놀랐다.

정확히 10분 뒤에 드미트리 표도로비치는 표트르 일리치 페르호친이라는 젊은 관리의 집에 들어갔다. 바로 아까 돈을 받고 권총을 맡긴 그 사람이었다. 이미 8시 반이었는데, 집에서 차를 충분히 마신 표트르 일리치는 방금 도로 프록코트를 입었다. 술집 수도에 가서 당구를 치기 위해서였다. 그가 마침 나가려 할 때 드미트리가 들이닥쳤다. 그가 드미트리의 피 묻은 얼굴을 보고 소리 질렀다.

"아이쿠! 이거 어떻게 된 거예요?"

"제가 권총을 도로 찾으러 왔어요. 돈을 갖고 왔어요. 감사합니다. 제가 좀 바빠서요, 표트르 일리치 선생님, 좀 빨리 주셨으면 해요."

표트르 일리치가 더욱 소스라쳐 놀랐다. 드미트리의 손에 돈 한 뭉텅이가 쥐어져 있는 것이었다. 게다가 그는 그렇게 돈더미를 손으로 쥔 채로 집에 들어온 것이었다. 보통 아무도 돈을 그렇게 손에 쥐고 다니거나 어딘가에 들어가지 않는다. 드미트리는 돈 뭉텅이를 오른손에 쥐고 있었다. 마치 일부러 보여주는 것처럼 돈을 손에 들고 들어왔다. 드미트리를 현관에서 맞이한 이 관리의 어린 하인이 나중에 말하기를, 그가 손에 돈을 들고 현관으로 들어왔는데, 아마 거리에서도 그랬던 것 같다고 했다. 지폐는 다 100루블짜리였다. 그는 피 묻은 손으로 지폐들을 쥐고 있었다. 표트르 일리치는 나중에 관심을 보이던 사람들이 던진 마지막 질문, 즉 돈이 얼마였냐는 질문에 대해, 그때 눈대중으로 세보기가 어려워서 어쩌면 2천이었을 수도 있고 어쩌면 3천이었을 수도 있으며 어쨌든 크고 '실한' 뭉텅이였던 건 사실이라고 했다. 그가 역시 나중에 진술한 바에 따르면 드미트리 표도로비치는 '약간 정신이 나간 듯한 상태였지만 취한 건 아니었고, 마치 환희에 차 있는 듯했고 정신이 무척 산만했으되, 또 어떻게 보면 정신이 집중돼 있는 것 같기도 했고, 무슨 생각에 잠겨 무언가를 하려고 했으되 확실한 결정을 못 내린 상태인 것 같았다고 말했다. 아주 바쁘게 서둘렀고 질문에 대답할 때 태도가 거칠고 아주 이상했으며, 어떤 순간들에는 전혀 슬픔에 잠긴 것 같지 않았고 오히려 신이 난 것처럼 보였다고 했다.

"아니, 그래, 어떻게 된 거예요? 지금 이게 어떻게 된 거냐고요" 하고 표트르 일리치가 놀라서 드미트리를 살피며 다시 물었다. "어쩌다 피가 났어요? 넘어지시기라도 했어요? 아니, 한번 좀 보시라고요."

그는 드미트리의 팔을 잡고 이끌어 거울 앞에 데려다주었다. 드미트리가 자신의 피 묻은 얼굴을 보고는 깜짝 놀라며 성난 듯 얼굴을 찡그렸다.

"이런 젠장! 정말 꼭 이렇게까지 돼야 되나?" 하고 그가 불만에 차 웅얼거리고는 돈 뭉치를 재빨리 오른손에서 왼손으로 옮기고 조급히 주머니에서 손수건을 끄집어냈다. 그러나 손수건도 온통 피에 젖어 있었다(그가 그리고리의 머리와 얼굴을 닦은 바로 그 손수건이었다). 손수건에 하얀 부분이 거의 조금도 없었고, 게다가 말라붙어, 꽁꽁 뭉쳐진 채로 딱딱하게 굳어서 펴지지가 않았다. 드미트리는 화를 내며 그걸 바닥에 내던졌다.

"이런 젠장! 무슨 헝겊 같은 거 없나요? 좀 닦아야 될 것 같은데……."

"아, 그러니까 그냥 피가 묻으신 거예요? 다치신 게 아니라? 그럼 차라리 좀 씻으시죠. 여기 물통에서 제가 물 따라드릴게요" 하고 표트르 일리치가 말했다.

"물통이요? 좋죠……. 근데 이건 어디다 두죠?" 하면서 드미트리가 아주 이상하기 짝이 없는 의혹을 내비치며 자기가 가진 100루블짜리 지폐 뭉치를 가리키면서 표트르 일리치를 질문이 담긴 눈으로 쳐다보았다. 마치 자기 돈인데 그걸 어디다 둬야 할지를 표트르 일리치보고 결정하라는 듯 말이다.

"주머니에 집어넣으시든지 아니면 여기 상에다 놓아두세요. 어디 안 도망갈 테니까."

"주머니에요? 아, 네. 주머니에요. 그게 좋겠군요……. 아니,

아니에요! 그건 말도 안 돼요!" 하고 그가 마치 정신이 산만한 상태로부터 갑자기 벗어나는 듯 외쳤다. "저기요, 먼저 이 일을 마무리 짓죠. 권총을 저한테 주시고요, 저는 이 돈을 드리고요……. 왜냐하면 저한테 아주, 아주 필요해요. 게다가 시간이, 시간이 아주 촉박해요."

그러더니 돈 뭉텅이 맨 위의 100루블짜리를 집어 표트르 일리치에게 내밀었다.

"저 거스름돈 없는데요. 좀 작은 돈으로 없으세요?"

"없는데요" 하면서 드미트리가 다시 돈 뭉텅이를 보다가, 마치 자기 말에 자신이 없는 듯 손가락으로 지폐 두세 장을 들어 올려 보았다. 그러다 "다 똑같은 돈들이에요" 하는 말을 덧붙이고 다시금 질문이 담긴 눈으로 표트르 일리치를 쳐다보았다.

"그런데 그렇게 많은 돈이 다 어디서 났어요? 잠깐만 계세요. 제가 하인 녀석보고 플로트니코프 씨 댁에 다녀오라고 할게요. 그 집은 문을 늦은 시간에 잠그니까, 혹시 잔돈으로 바꿔주지 않겠냐고 물어보죠. 야, 미샤야!"

그가 현관을 향해 소리쳤다.

"플로트니코프 씨 가게에 보낸다고요? 아주 좋은 생각이에요!" 하고 드미트리가 마치 생각이 문득 떠오른 듯 외쳤다. "미샤야!" 하면서 드미트리가 들어온 소년에게 고개를 돌리고 말했다. "플로트니코프 씨 댁에 뛰어가서, 드미트리 표도로비치가 인사를 전해달라고 했다고, 그리고 좀 있다 직접 올 거라고 전해드려. 그리고 있잖아, 직접 올 때쯤 해서 샴페인을 준비해놓으라고 해. 세 상자쯤. 그때 모크로에 갔었을 때 그 정도 다 마셨어요. 그땐 내가 그 집에서 네 상자 가져갔어요" 하고 그가 갑자기 표트르 일리치한테 말하고는 다시 미샤한테 말했다. "그 집에서 나를 잘 아니까 걱정할 것 없고, 미샤야. 저기 말이지, 치즈랑 스트라스부르 파이, 훈제 연어, 햄, 캐비어하며, 아무튼 그 집에 있는 거는 다 준비해놓으라고 해. 한 100루블어치 아니면 120루블어치도 괜찮고. 전에 그랬던 것처럼 말이야. 자, 또 있잖아, 갖고 갈 선물 준비해놓는 것도 잊지 말라 그래. 사탕, 배, 수박 두 개 혹은 세 개, 아니면 네 개. 아니다. 수박은 한 개면 된다. 그리고 초콜릿, 사탕, 엿……. 아, 뭐, 그러니까 저번에 내가 모크로에 갖고 갔던 것처럼 그대로 말이야. 그때 샴페인이 한 300루블어치는 됐어. 그러니까 요번에도 그렇게 돼야 돼. 너도 기억하잖아, 왜, 저번에, 응? 미샤야. 미샤 맞지? 얘 이름 미샤 맞죠?" 하고 그가 다시 표트르 일리치한테 물었다.

"아니, 잠깐만요" 하면서 표트르 일리치가 더 이상 못 참고 말을 끊었다. "일단은 먼저 얘보고 거기 가서 잔돈을 바꿔 오면서 문 닫지 말라고만 말해놓으라고 하죠. 그 담에 드미트리 씨가 직접 가셔서 다 말하면 되잖아요. 자, 지폐를 주세요. 미샤야, 단숨에 날아갔다 와!"

표트르 일리치가 일부러 미샤를 내보내는 것 같았다. 미샤가 드미트리의 피 묻은 얼굴, 떨리는 손가락으로 돈 뭉텅이를 든 피로 얼룩진 손을 보고 놀람과 무서움에 입을 쩍 벌리고 눈만 휘둥그렇게 떴지, 드미트리가 하라고 시키는 모든 말 중 이해한 게 별로 없을 것이라는 판단에서였다.

"자, 이제 씻으러 갑시다" 하고 표트르 일리치가 엄한 말투로 말했다. "돈을 상에 놓으시든지 주머니에 집어넣으시든지 하세요. 네, 그렇게. 가시죠. 프록코트는 차라리 벗으세요."

그가 드미트리가 프록코트를 벗는 것을 도와주다가 갑자기 외쳤다.

"이것 좀 보세요. 프록코트도 피로 물들었네요!"

"이건……, 이건 프록코트가 피로 물든 것까지는 아니죠. 피는 소매 있는 데에만 좀 묻었는데요 뭐. 여기가 손수건 있던 곳이라서 그런 것뿐이에요. 주머니에서 새어 나온 거예요. 제가 페냐랑 같이 있을 때 손수건을 깔고 앉아서 그렇게 된 거예요" 하고 드미트리가 상대에게 놀랄 만큼의 신뢰를 비치며 주저 없이 설명했다. 표트르 일리치가 얼굴을 찌푸리고 그의 말을 들었다.

"아마 어쩌다 누구랑 싸움이라도 하셨나 봐요" 하고 그가 중얼거리는 투로 말했다.

표트르 일리치가 물통을 들고 물을 따라주어, 드미트리가 세수를 시작했다. 드미트리는 서두르느라고 손에 비누칠을 꼼꼼히 하지 못했다(나중에 표트르 일리치가 기억해낸 바에 따르면, 드미트리는 손을 떨었다). 표트르 일리치가 비누질을 더 하고 더 **빡빡** 문지르라고 바로 말해주었다. 그는 그때 왠지 자기가 드미트리에 대하여 이래라저래라 해야 하는 입장이라고 느꼈고, 가면 갈수록 더욱 그렇게 되었다. 드미트리가 소심한 성격의 사람이 아니었는데도 말이다.

"이거 봐요, 손톱 밑이 안 씻겼잖아요. 자, 이젠 얼굴을 닦으세요. 여기, 옆쪽이요, 귀 주위……. 이 셔츠를 그냥 입고 가실 거예요? 어딜 가시는 건데요? 이거 보세요. 오른손 소맷부리가 다 피에 젖었어요."

"네. 피에 젖었네요" 하고 드미트리가 셔츠 소매를 살피면서 말했다.

"그러니까 갈아입으세요."

"시간이 없어요. 그냥 이렇게 하면 되겠네요……. 셔츠 소매 끝을 이렇게 걷으면 프록코트 안으로 들어가니까 겉에서 안 보이잖아요. 그렇죠?"

드미트리가 수건으로 얼굴과 손을 닦으며 프록코트를 입으면서, 계속 마찬가지의 신뢰로 상대를 대하며 말했다.

"자, 그럼 이제 말해보세요. 어디서 이렇게 된 거예요? 누구랑 싸운 거예요? 그때처럼 이번에도 술집에서 그런 거예요? 그때처럼 이번에도 대위하고 그런 거예요? 대위를 때리고 끌고 다니고 그런 거예요? 또 누굴 때렸어요? 아니면 죽이기라도 한 거예요?" 하고 표트르 일리치가 전에 있던 일을 들먹이며 야단치듯 말했다.

"말도 안 되는 말씀이세요" 하고 드미트리가 말했다.

"뭐가 말도 안 돼요?"

"그 얘기 꺼내지 마세요." 그러면서 드미트리가 갑자기 픽 웃었다. "그냥 광장에서 지금 노파 한 사람을 찌그러뜨려 놓은 거예요."

"찌그러뜨렸다고요? 노파 한 사람을?"

"노인을요!"

비웃는 듯이, 마치 귀가 잘 안 들리는 사람한테 소리치듯이 드미트리가 표트르 일리치의 얼굴을 똑바로 쳐다보며 소리쳤다.

"아, 그래, 뭐, 노파든 노인이든······. 아무튼 죽인 거예요?"

"화해했어요. 치고받고 하다가 화해했어요. 저기서요. 헤어질 땐 괜찮은 분위기였어요. 바보 하나 있거든요······. 날 용서하더라고요. 이젠 확실히 용서한 게 되겠죠······. 만일 일어났다면 용서 안 했을걸요." 그러면서 드미트리는 갑자기 윙크를 했다. "어쨌든 말이죠, 표트르 일리치 선생님, 그 얘기 꺼내지 마세요. 지금은 싫어요!" 하고 드미트리가 결심한 듯 잘라 말했다.

"제 말은요, 왜 그렇게 이 사람 저 사람한테 다 시비를 거시냐는 거죠. 그때 아무 일도 아닌 것 갖고 그 대위랑 그랬던 것처럼 말이죠……. 싸우고 나서는 이제 한번 진탕 놀려고 하시는 거잖아요. 정말 당신답군요. 샴페인 세 상자……, 그걸 다 어떡하시려고요?"

"네, 좋아요! 자, 이젠 권총을 주세요. 정말이지, 시간이 없어요. 그걸 다 떠나서도 어쨌든 그 얘긴 꺼내지 마세요. 이미 늦었어요. 어? 돈 어디 있지? 내가 어디다 뒀지?"

그가 주머니에 손을 집어넣고 갑자기 소리쳤다.

"직접 상에다 놓으셨잖아요. 저기 있잖아요. 잊어버리셨어요? 마치 돈이 무슨 쓰레기나 되는 것처럼 다루시네요. 아니면 물이라든지, 권총 여기 있어요. 거 참 이상도 하지. 아까 5시 몇 분 됐을 땐 10루블 받고 권총을 맡기시더니, 지금은 가지신 돈이 이게 몇 천이에요? 2천이나 3천은 되겠네요."

"3천은 될 거예요."

드미트리가 바지 옆 주머니에 돈을 집어넣으며 웃었다.

"그러다 잃어버리시겠어요. 아니, 뭐, 금광이라도 발견하신 거예요?"

"금광이요? 아, 금광!"

드미트리가 웃음을 터뜨리며 소리를 있는 대로 질렀다. 그리고는 이렇게 말했다.

"페르호친 선생님, 금광 찾으러 가실래요? 여자분이 한 분 있는데, 이 대목에서 선생님한테 당장 3천을 준다고 할걸요. 금광 찾으러 가시라고요. 저한테는 준다고 했어요. 그분 그 정도로 금광에 미쳐 계세요! 호흘라코바 아세요?"

"아는 사이는 아니지만 얘기는 들은 적 있고 본 적도 있어요. 아니, 그래, 그분이 3천을 주신 거예요? 정말 그렇게 선뜻 내준 거예요?" 하고 표트르 일리치가 설마 그럴 리 없다는 투로 말하며 바라보았다.

"내일 해가 뜨자마자, 영원히 늙지 않는 아폴론이 신께 영광을 돌리고 찬송하며 떠오르자마자,[31] 내일 바로 호흘라코바한테 가서 직접 물어보세요. 저한테 3천을 준다고 했는지 아닌지 한번 물어보세요."

"저는 두 분 사이에 무슨 말이 오갔는지 모르잖아요……. 하긴 정말 그렇게 확실히 말씀하시는 걸 보니 그분이 주신 게 맞는 모양이네요. 그런데 그 돈을 그냥 쓱싹하시는 거예요? 시베리아에 안 가고요? 3천을 다요? 아니, 진짜 지금 어디로 가시겠다는 거예요?"

"모크로예요."

"모크로예요? 이 밤에?"

"마스트류크에겐 모든 것이 있었으나, 이제 마스트류크에겐 아무것도 안 남았네!³²" 하고 갑자기 드미트리가 말했다.

"아무것도 안 남다니! 3천은 된다면서요? 그런데 아무것도 안 남다니요?"

"전 돈 얘기가 아니에요. 돈 몇 천이 지금 무슨 상관이에요? 전 여자의 마음을 말하는 거예요.

> 여자의 마음은 순진하고
> 변덕이 잦으며 사악해.³³

난 율리시스한테 동의해요. 이게 그의 말이거든요."
"무슨 말씀인지 이해가 안 가는군요."
"왜요? 취하셨어요?"
"취한 건 아니지만 그보다 더 나쁜 상황이에요."
"전 혼에 취했어요, 표트르 일리치 선생님, 그것도 흠뻑, 흠뻑……."
"지금 뭐 하시는 거예요? 권총을 장전하시는 거예요?"
"권총을 장전해요."

드미트리는 진짜로, 권총이 든 상자를 열고 탄창을 열고 그 안에다 면밀하게 장약을 쟀다. 그 뒤 총알을 장전하기 전에 두 손가락으로 그걸 마치 촛불을 들듯이 얼굴 앞으로 들어 올렸다.

"총알은 왜 그렇게 보시는 건데요?" 하고 표트르 일리치가 불안에 찬 호기심을 가지고 물었다.

"그냥요. 상상을 해보는 중이에요. 만약 이 총알을 자기 골속에 박아 넣기 위해 장전한다면 사람이 총알을 볼 거 같아요, 안 볼 거 같아요?"

"볼 필요가 뭐 있어요?"

"내 골속에 들어간다고요. 그러니 이게 어떻게 생겨 먹었는지 잘 봐두고 싶지 않겠어요? 어유, 아니에요. 헛소리예요. 잠깐 헛소리한 거예요. 인젠 안 그럴게요."

그가 총알을 집어넣고 털실 지스러기를 박아 넣고는 계속 말했다.

"표트르 일리치 선생님, 헛소리예요. 다 헛소리예요. 이게 얼마나 허황된 소린지 모르실 거예요! 자, 종이 쪼가리 좀 주세요."

"종이 여기 있어요."

"아니, 매끈하고 깨끗한 거요. 글 쓸 수 있는 거. 네, 됐어요."

드미트리가 상에서 펜을 집어 종이에다 신속하게 글 두 줄을 써서 종이를 사분지 일로 접어 조끼 주머니에 집어넣었다. 권총들을 상자에 넣고 열쇠로 잠근 뒤 상자를 손에 들었다. 그 뒤 표트르 일리치를 보면서 깊은 생각에 잠긴 듯 오래 미소를 짓다 말했다.

"이젠 갑시다."

"어딜 가요? 잠깐만요……. 지금 골속에 박아 넣으려는 거예요? 총알 말이에요" 하고 표트르 일리치가 불안하게 말했다.

"총알이요? 말도 안 돼요! 전 살고 싶어요. 전 삶을 사랑해요! 그걸 아셔야 돼요. 전 금빛 곱슬머리의 태양과 그 뜨거운 광선을 사랑해요……. 표트르 일리치 선생님, 비킬 줄 아세요?"

"'비킬 줄'이라뇨?"

"비켜나서 길을 터주는 것 말이에요. 예쁜 존재한테, 또 미운 존재한테 길을 터주는 것이요. 그래서 미운 존재도 예쁜 존재가 되도록……. 예, 이렇게 길을 터주는 것 말이에요. 그러면서 그 존재들한테 이렇게 말하는 거예요. 신께서 함께하실 거요. 가시오. 길을 비켜드리리다……. 그럼 저는……."

"그럼 댁은 뭐요?"

"됐어요. 가시죠."

"나 아무래도 누구한테 말해야겠어요. 거길 가시지 못하도록. 이 시간에 모크로예는 왜 가시려고 해요?" 하고 표트르 일리치가 드미트리를 쳐다보며 말했다.

"여자가 거기 있어요. 여자가요. 뭘 그렇게 알려고 하세요, 표트르 일리치 선생님? 됐어요!"

"내 말 좀 들어보세요. 댁은 사람이 좀 거칠긴 해도 항상 내 맘에 들었어요. 그래서 내가 걱정하는 거예요."

"고마워요. 내가 거칠다고요? 좀 야만적이죠? 다른 건 몰라도 그건 맞아요, 야만인이라는 거! 아, 미샤 왔구나. 난 또 잊고 있었네……."

미샤가 잔돈 뭉치를 들고 숨을 헐떡이며 들어와, 플로트니코프 씨 상점에 '사람들이 왔다 갔다 하면서' 병들을 나르고 생선이랑 차랑 다 나르고 있다고, 곧 준비가 다 될 거라고 보고했다. 드미트리가 10루블짜리 지폐를 집어 표트르 일리치에게 주고, 10루블짜리 지폐 또 한 장을 집어 미샤에게 던져주었다.

"그러지 마세요!" 하고 표트르 일리치가 소리쳤다. "우리 집에서는 안 돼요! 그건 나쁜 버릇을 들이는 행동이에요. 돈을 집어넣으세요. 여기다 집어넣으세요. 뭐 하러 돈을 그렇게 펑펑 써요? 내일 또 필요할 거 아니에요? 내일 저한테 또다시 와서 10루블 달라고 하실 거예요? 왜 계속 그렇게 옆 주머니에다 넣으시는 거예요? 그러다 잃어버린다고요!"

"저기요, 모크로예에 같이 안 가실래요?"

"제가 거긴 왜 가요?"

"지금 제가 병 하나 딸까요? 삶을 위하여 한잔 마실까요? 전 한잔하고 싶어요. 특히 선생님하고 같이 한잔하고 싶어요. 선생님이랑 한잔한 적 없잖아요, 그렇죠?"

"술집에 가서 마시면 되죠. 가시죠. 나 그러지 않아도 거기 가려고 했는데."

"술집까지 갈 시간 없어요. 플로트니코프 씨 상점에서 마셔요, 뒷방에서. 제가 지금 수수께끼 하나 낼까요?"

"내세요."

드미트리가 조끼 주머니에서 쪽지를 꺼내 펼쳐서 보여주었다. 거기에는 또박또박하고 굵은 글씨로 다음과 같이 쓰여 있었다.

'나의 삶 전체의 대가로 나를 형벌에 처하노라. 나의 삶 전체를 벌하노라!'

"진짜 누구한테 말해야 되겠네요. 지금 가서 말할 거예요."

쪽지를 읽은 표트르 일리치가 그렇게 말했다.

"그래 봤자 늦을걸요. 자, 가서 마십시다! 어서요!"

플로트니코프 씨 상점은 표트르 일리치 집으로부터 한 집만 건너면 있었다. 네거리 모퉁이에 있는 그 상점은 우리 읍에서 가장 내로라할, 부유한 상인들이 거래하는 식료품점이었다. 모양새도 꽤 괜찮았다. '옐리세예프 씨 형제 상점에서 따른' 포도주, 과일, 담배, 차, 설탕, 커피 등, 수도의 상점에 있을 만한 모든 식료품이 다 있었다. 항상 세 명의 종업원이 근무하고 있었으며 두 명의 소년이 배달원으로 뛰어다녔다. 비록 우리 고장이 가난해졌고 지주들이 각지로 흩어져 상행위가 잠잠해졌지만, 이 식료품점은 전처럼 번성했고 심지어 해를 거듭할수록 더 좋아졌다. 여기서 취급하는 식료품들에 대한 소비자들의 수요는 끊이지 않았던 것이다. 이 상점에서는 드미트리가 오기를 눈이 빠지게 기다리고 있었다. 3~4주 전에 그가 이번과 마찬가지로 한꺼번에 온갖 상품과 포도주를 몇 백 루블어치 현금으로(외상으로는 물론 안 됐을 것이다. 그의 말을 믿지 않았을 테니까) 사 간 사실을 너무나도 잘 기억하고 있었던 것이다. 이번과 마찬가지로 그때에도 드미트리의 손에는 100루블짜리 지폐 뭉치가 덜렁거렸고, 드미트리는 흥정 없이, 그렇게 많은 상품과 포도주 등이 무엇에 필요한지 생각하지도, 생각하려고도 하지 않으면서 돈을 물 쓰듯 썼다. 그 뒤 온 읍내가 수군거리기를, 그때 그가 그루셴카와 같이 모크로예에 가서, '떠들썩한 주연을 벌이느라 하룻밤과 그 이튿날에 걸쳐 3천을 한꺼번에 다 쓰고 한 푼 없이 빈털터리가 되어 돌아왔다'고 했다. 그때 집시 한 무리(당시 우리 고을에 유목 중이던 집시들)를 다 데리고 가, 이틀에 걸쳐 집시들이 술 취한 드미트리에게서 돈을 무한정 빼내고 비싼 포도주를 무한정 마셨다. 드미트리가 모크로예에서 막된 남정네들에게 샴페인을 마시게 했으며 시골 처녀들, 여인들에게 사탕과 스트라스부르 파이를 먹였다고 사람들이 비웃으면서 이야기하곤 했다. 우리 동네에서도 그를 비웃었다. 특히 술집에서 그랬다. 자기가 이 '엉뚱한 짓'의 대가로 그루셴카에게서 받은 게 있다면 오로지 '발에 입맞춰도 된다는 허락뿐이며, 그 외의 다른 허락은 전혀 받은 게 없다'고 드미트리가 그때 스스로 사람들에게 솔직히 고백한 것을 가지고 비웃었다(물론 드미트리한테 직접 대고 비웃은 건 아니었다. 직접 대고 비웃는 행위는 상당히 위험했다).

　드미트리가 표트르 일리치와 함께 상점에 오자 상점 입구 앞에 벌써 준비를 갖춘 삼두마차가 서 있었다. 마차에는 양탄자가 깔리고 크고 작은 방울들이 달렸으며, 마부 안드레이가 드미트리를 기다리고 있었다. 상점에서는 상품들을 한 상자에다 거의 다 담은 상태였다. 드미트리가 오기만 하면 못으로 봉해 마차에 실으려고 기다리는 중이었다. 표트르 일리치가 놀라서 드미트리에게 물었다.

　"삼두마차를 어디서 이렇게 제꺽 준비했어요?"

　"안드레이가 선생님 댁으로 몰고 가던 걸 만나서 바로 여기 상점으로 대라고 했죠. 시간 허비 안 하게요. 저번에는 치모페이가 모는 마차로 갔었는데, 지금은 치모페이가 나보다 먼저 한 요술쟁이 여인을 모시고 가버렸어요. 안드레이야, 지금 가면 많이 늦냐?"

　"그쪽이 우리 마차보다 기껏해야 한 시간 일찍 도착할 겁니다. 어쩌면 한 시간만큼도 안 될지도 모르고요. 기껏해야 한 시간입니다" 하고 안드레이가 서둘러 대답했다. "치모페이 마차를 바로 제가 준비시켜줬어요. 그 마차가 어떻게 갈지 대충 압니다. 그 마차는 우리 마차 같지가 않아요, 드미트리 표도로비치 님. 우리 마차 근처에도 못 와요. 우리보다 한 시간 일찍 도착하는 게 고작일 거예요."

아직 그리 늙지 않은 마부 안드레이가 격앙된 어조로 말을 죽 늘어놓았다. 그는 머리카락이 불그스름하고 몸이 여위었으며, 반외투를 입고 두꺼운 외투를 왼손에 들고 있었다.

"그 마차보다 뒤처지는 게 한 시간 이내면 보드카 값으로 50 루블 준다."

"한 시간 이내라고 보증합니다, 드미트리 표도로비치 님. 한 시간이 뭡니까? 저 마차가 우리보다 기껏해야 30분 먼저 도착할 겁니다."

드미트리는 준비하느라 분주했으면서도 어쩐지 지시에 질서가 없었고 이상하게 뒤죽박죽했다. 무슨 한 가지 일을 시작만 하고 마무리를 못 짓곤 했다. 표트르 일리치가 자기가 끼어들어 도울 필요가 있다고 생각했다.

"400루블어치. 400루블어치는 돼야 돼. 저번과 마찬가지로. 샴페인 네 상자. 그거보다 적어선 안 돼" 하고 드미트리가 명령했다.

"아니, 뭐가 그렇게 많이 필요해요? 다 어디에 쓰려고? 잠깐만요! 이게 무슨 상자예요? 뭐 들었어요? 이게 정말 400루블어치예요?" 하고 표트르 일리치가 외쳤다.

분주하게 일하던 점원들이 그에게 상냥한 말투로, 이 첫 번째 상자에 샴페인은 여섯 병밖에 안 들어갔고, 그 외에 안주, 사탕 등 '꼭 필요한 여러 가지'가 들어갔다고 설명해주었다. 하지만 주된 '수요품'은 저번처럼 즉시 준비되어, 특별 삼두마차로 출발하여, '드미트리 표도로비치보다 기껏해야 한 시간 늦게 도착할 것'이라고 했다.

"한 시간 이상 늦으면 안 돼. 그리고 사탕과 엿을 많이 좀 넣으라고. 거기 여자애들이 좋아하거든" 하고 드미트리가 격앙된 어조로 계속 말했다.

"엿은 그렇다고 치고, 그 네 상자는 왜 필요한 거예요? 한 다스면 충분하겠네" 하면서 표트르 일리치가 거의 분개하여 말했다. 그는 흥정도 하고 계산서도 요구하는 등, 가만있지 않으려 했다. 하지만 그렇게 해서 건진 금액이 100루블밖에 안 됐다. 모든 상품을 다 해서 300루블어치가 넘지 않게 갖다주는 것으로 합의를 봤다.

"에이, 될 대로 되라지!" 하고 표트르 일리치가 갑자기 생각을 고쳐먹은 듯 소리쳤다. "나한텐 또 무슨 상관이야? 거저 얻은 돈이니 그냥 버리고 싶으면 버리시오!"

"이리로 오세요, 알뜰하신 선생님. 화내지 마시고요" 하면서 드미트리가 그를 상점의 뒷방으로 데리고 갔다. "이리로 이제 한 병 갖고 올 테니까 한잔하시죠. 아, 표트르 일리치 선생님, 아주 같이 타고 가시죠. 전 선생님 같은 분이 마음에 드니까요."

드미트리가 지저분하기 짝이 없는 식탁보가 덮인 조그만 식탁 앞의 등나무 의자에 앉았다. 표트르 일리치가 맞은편에 걸터앉자 순식간에 샴페인이 나왔다. 굴, 그것도 '갓 잡은 최고의 굴'을 먹어보지 않겠느냐는 제의가 들어왔다.

"굴은 무슨! 나 굴 안 먹어요. 아무것도 필요 없어요" 하고 표트르 일리치가 거의 화가 나다시피 하여 퉁명스럽게 대답했다.

"굴 먹을 시간 없어요" 하고 드미트리가 말했다. "게다가 입맛도 없고요. 있잖아요, 선생님……," 하면서 갑자기 그가 감정에 받쳐 말했다. "저는 이런 무질서한 상황을 한 번도 좋아한 적 없어요."

"누가 좋아한답디까? 촌놈들 먹으라고 세 상자라뇨! 그건 누가 들어도 화낼 일이에요!"

"제 말은 그게 아니고요, 전 점잖은 규율을 말하는 거예요. 제 속에는 점잖은 규율이 없어요……. 하지만 어차피 끝난 일이에요. 슬퍼할 거 없어요. 이미 늦었어요. 될 대로 되라죠! 내 삶 전체가 무질서였어요. 그러니 질서를 세워야 해요. 어때요, 제 말장난이?"

"말장난이 아니라 헛소리요."

　　세상에서 가장 높으신 분께 영광!
　　내 안에서 가장 높으신 분께 영광!

이 시가 언젠가 내 마음속에서 튀어나왔어요. 시라기보다는 눈물이죠. 제가 지었어요. 하지만 대위의 턱수염을 붙잡고 끌고 갈 때 지은 건 아니에요.

"그 사람 얘기는 갑자기 왜 하는데요?"

"그 사람 얘기는 갑자기 왜 하냐고요? 별 얘기 아니에요. 모든 것은 끝나요. 모든 것이 평평해지고 줄이 됐다가 끝이 나는 거예요."

"나 진짜 아까부터 계속 그 권총이 눈앞에 어른거려요."

"그것도 다 별거 아니에요. 자, 마시시고, 공상은 그만하세요. 전 삶을 사랑해요. 아, 너무나 삶을 사랑하게 됐어요. 너무나 사랑해서 질릴 정도예요! 아, 그만하죠! 삶을 위해 마십시다, 선생님! 삶을 위하여 건배해요! 내가 왜 자신에게 만족할까요? 전 파렴치해요. 하지만 자신에게 만족해요. 그러면서도 한편으론 제가 파렴치하다는 것 때문에 고민해요. 그러나 자신에게 만족해요. 피조물들을 축복해요. 지금 신과 신의 피조물들을 축복할 준비가 돼 있어요. 하지만 악취를 풍기는 벌레 한 마리를 없애야 해요. 기어 다니지 못하게, 다른 이들의 삶을 망치지 못하게……. 삶을 위하여 마십시다, 선생님! 삶보다 귀중한 것이 어디 있겠습니까? 아무것도 없습니다! 삶을 위하여, 그리고 여왕들 중의 여왕 한 사람을 위하여!"

"그래요, 삶을 위해 마셔요. 그리고 댁의 여왕을 위해서도 마시죠 뭐."

그들은 한 컵씩 마셨다. 드미트리는 비록 감격한 듯한 태도를 취했고 주의가 산만했지만 어딘지 모르게 우울해 보였다. 등 뒤에 마치 극복할 수 없는 무거운 짐을 지고 있는 것 같았다.

"미쉬안가? 지금 들어온 애 미쉬아 맞죠? 미쉬아야, 이리 오렴. 이 내 잔을 좀 마셔줘. 내일 떠오를 금빛 곱슬머리의 태양을 위하여……."

"거 참, 걔한테 왜 그래요?" 하고 표트르 일리치가 신경질적으로 쏘아붙였다.

"허락해주세요. 그냥요. 내가 그러고 싶어요."

"에이그, 나 원 참!"

미쉬아가 잔을 비우고 절을 하고 뛰어나갔다.

"그래야 더 오래 기억할 거예요" 하고 드미트리가 말했다. "전 여자를 좋아해요, 여자를요. 여자란 뭐예요? 땅의 여왕이에요! 전 슬퍼요, 표트르 일리치 선생님. 햄릿 아시죠? '난 너무 슬퍼, 너무 슬퍼, 호레이쇼……. 아, 가엾은 요릭!'[34] 어쩌면 제가 바로 요릭인지도 몰라요. 바로 지금 저는 요릭이고, 나중에는 해골인 거죠."

표트르 일리치가 말없이 들었다. 드미트리 역시 잠시 침묵했다.

"저 강아지는 무슨 종이야?"

드미트리가 구석에서 검은 눈을 가진 작고 귀여운 비숑프리제를 보고 갑자기 점원에게 대수롭지 않게 질문을 던졌다.

"이놈은 저희 주인마님 바르바라 알렉세예브나의 비숑프리제예요. 아까 여기 들르셨다가 잊어버리고 놓고 가셨어요. 가져다드려야 할 거예요" 하고 점원이 말했다.

"내가 우리 연대에서 저런 강아지를 한 마리 봤어. 근데 그 강아지는 뒷다리 하나가 부러져 있었어……" 하고 드미트리가 생각에 잠긴 듯 말했다. 그러다 그는 표트르 일리치에게 말했다. "표트르 일리치 선생님, 여쭤볼 게 있는데요, 선생님은 여태까지 살아오면서 도둑질을 한 적이 있으세요, 없으세요?"

"그런 건 왜 물으세요?"

"그냥요. 뭐 별건 아니에요. 이를테면 남의 것을 주머니에서 슬쩍한다든지……. 난 공금 얘기하는 건 아니고요. 공금은 다들 횡령하잖아요. 선생님도 예외는 아닐 테고……."

"내 앞에서 꺼지시오."

"제 얘기는 타인의 소유물을 주머니에서, 지갑에서 슬쩍하는 거 얘기예요."

"어머니의 20코페이카짜리 은화를 훔친 적 있어요. 만으로 아홉 살 때였어요. 몰래 빼내어 손에 쥐고 있었어요."

"그래서 어떻게 됐어요?"

"별일 없었어요. 사흘간 갖고 있다가, 양심에 가책을 느껴서 솔직히 말씀드리고 돌려드렸어요."

"그래서 어떻게 됐어요?"

"당연히 체벌을 받았죠. 그건 왜 그렇게 물어요? 댁은 훔친 적 없소?"

"훔친 적 있어요" 하고 드미트리가 교활하게 한 쪽 눈을 끔뻑였다.

"그래, 뭘 훔쳤는데요?" 하고 표트르 일리치가 호기심을 발동시켰다.

"어머니의 20코페이카짜리 은화요. 만으로 아홉 살 때였어요. 사흘 뒤에 돌려드렸어요" 하고 말하고 드미트리는 자리에서 일어났다.

"드미트리 표도로비치 님, 안 서두르십니까?" 하고 안드레이가 갑자기 상점 문 쪽에서 외쳤다.

"준비 다 됐어? 가자!" 하고 드미트리가 외쳤다. "마지막으로 한마디 하고……[35] 안드레이한테 보드카 한 컵 갖다 줘! 보드카 말고도 코냑도 한 잔 갖다 줘! 이 박스(권총들이 든)는 내가 앉을 자리 밑에다 넣고. 자, 표트르 일리치 선생님, 안녕히 계세요. 저에 대해 나쁘게 생각하지 마세요."

"내일 돌아오실 거 아닌가요?"

"꼭 돌아와야죠."

"그럼 이제 계산을 좀 해주시겠습니까?" 하고 점원이 달려와 말했다.

"아, 맞다, 계산! 꼭 해야죠!"

그는 다시금 주머니에서 지폐 뭉치를 꺼내 100루블짜리 세 장을 빼내어 판매대에 던져놓고 바삐 상점에서 나왔다. 모두가 뒤따라 나와 절을 하면서 전했다. 안드레이가 방금 코냑을 마시고 "크~!" 소리를 내며 자리에 올랐다. 그러나 드미트리가 막 타려는 참이었는데 어느새 폐냐가 갑자기 그의 앞에 나타났다. 그녀는 숨을 헐떡이면서 달려와 그의 발 앞에 양손을 모으고 엎어지면서 소리쳤다.

"드미트리 표도로비치 님, 제발 부탁이니 아씨를 해치지 마세요! 괜히 제가 다 말씀드려서 이렇게 된 거잖아요! 그 남자분도 해치지 말아주세요. 아씨의 전 남자분이시잖아요. 이제 아씨를 자기한테 시집오라고 하실 거란 말이에요. 바로 그래서 시베리아에서 돌아오셨다고요. 드미트리 표도로비치 님, 남의 삶을 파멸시키지 말아주세요!"

'쯧쯧쯧, 바로 저거였군! 야, 이거 거기 가서 큰일을 낼 생각이었구먼! 이젠 다 이해가 가는군. 이젠 이해가 안 갈 수가 없군' 하고 표트르 일리치가 속으로 뇌까리고는 드미트리를 향해 큰 소리로 외쳤다. "드미트리 표도로비치 씨, 인간으로 남고 싶으면 지금 당장 나한테 권총을 돌려줘!"

"권총이요? 왜요? 나 가는 길에 웅덩이에다 던져버릴 건데요. 폐냐야, 일어나. 내 앞에 엎드려 있지 마. 드미트리는 해치는 사람이 아니야. 앞으로 이 바보 같은 놈은 아무도 해치지 않을 거야."

드미트리는 이미 좌석에 올라앉아 페냐에게 또 외쳤다.

"아까 내가 겁준 거 용서해줘. 이 나쁜 놈을 용서해줘……. 혹 용서 못 하겠더라도 할 수 없지 뭐! 이젠 이미 어쨌든 다 매한가지니까! 가자, 안드레이, 자, 빨리 출발해!"

안드레이가 마차를 출발시켰다. 방울 소리가 울렸다.

"안녕히 계세요, 표트르 일리치 선생님! 선생님께 마지막 눈물을 바칩니다!"

'술도 안 취했는데 저런 말을 하는 걸 보면 참……!' 하고 표트르 일리치가 멀어지는 그를 보며 생각했다. 그는 상점 측에서 드미트리가 계산한 만큼의 포도주며 나머지 물자를 마차(역시 삼두마차)에 제대로 싣나 안 싣나 점검하기 위하여 마차 채비 과정을 지켜보기 위해 좀 남아 있으려 했다. 그러나 그러고 있는 자기 자신에 대해 별안간 화가 치밀어, 침을 퉤 뱉고서 본래 자기가 당구를 치기 위해 가려고 했던 술집으로 향했다.

"바보야, 바보. 성격은 착하지만……" 하고 그는 가는 길에 혼자 중얼거렸다. "그루셴카의 전 남자라는 무슨 장교라는 사람에 대해 나도 들어봤지. 그 사람이 왔다면, 그러면……. 아, 그 권총이 자꾸 마음에 걸리네! 그런데 지금 내가 왜 걱정하고 그러지? 내가 무슨 삼촌이라도 되는 것처럼. 에이, 될 대로 되라지. 사실 뭐, 아무 일도 없을 거야. 언성 높여 욕하고, 그뿐일 거야. 술 진탕 마시고 한판 붙고, 한판 붙은 다음에 화해하겠지. 그 사람들이 진지해봤자 뭘 또 그렇게 진지하겠어? '비켜줘야 된다느니', '자기를 형벌에 처한다느니' 하는 말뿐일 거야! 그런 말 술집에서 술 취해서 천 번도 더 할 수 있어. 근데 지금은 안 취했잖아. '혼에 취했다'고? 파렴치한들은 떠벌리기를 좋아하지. 내가 뭐 그 사람 삼촌이라도 되나? 근데 싸움을 분명히 하긴 했잖아. 면상이 피범벅인 것으로 봐서. 누구랑 싸웠지? 술집에 가서 알아봐야겠다. 손수건도 피에 젖었고……. 앗, 참, 그게 우리 집 방바닥에 떨어져 있겠구먼……. 에라, 모르겠다. 될 대로 되라지!"

그는 기분이 영 착잡한 상태에서 술집에 도착하여, 곧바로 당구를 치기 시작했다. 당구를 치니 기분이 좀 나아졌다. 두 게임째 치고 나서 게임 상대들 중 한 사람을 향해 불현듯 입을 열었다. 드미트리 카라마조프한테 또 돈이 생겼다고, 3천은 될 거라고, 직접 봤다고, 그가 또 그루센카와 같이 한판 진탕 놀기 위해 모크로예로 떠났다고. 듣는 사람들은 이 말을 거의 호기심 있게 들었다. 그리고 모두가 웃지 않으면서, 이상하리만치 심각하게 이야기를 나누기 시작했다. 게임을 중단해가면서까지.

"3천이라고? 그 사람한테 어디서 3천이 난 거야?"

문제를 계속 캐내기 시작했다. 호흘라코바에 대한 이야기는 사람들이 의심쩍게 받아들였다.

"자기 노인네한테서 빼앗은 거 아냐? 3천이라 그랬지? 뭔가 좀 수상한데……."

"자기 아버지를 죽이겠다고 큰소리 뻥뻥 쳤잖아. 여기 사람들이 그 얘긴 다 들었어. 그때 바로 3천에 대한 얘기도 했었어."

표트르 일리치가 이런 이야기를 듣다가, 질문들에 대하여 갑자기 메마르고 인색하게 대답하기 시작했다. 드미트리의 얼굴과 손에 묻어 있던 피에 대해서는 한마디도 하지 않았다. 비록 이리로 올 때 그는 그 얘기를 하고 싶었었지만 말이다. 세 번째 게임을 치기 시작했고, 그러다 보니 드미트리에 대한 이야기가 어느덧 잦아들었다. 그러나 세 게임을 마친 표트르 일리치는 더 이상 치고 싶지가 않아서 큐를 놓고, 본래 먹으려 했던 저녁도 먹지 않고 술집에서 나왔다. 광장에 이르러 그는 자기도 자신한테 놀랄 정도로 망설이기 시작했다. 갑자기 그는 기억해냈다. 자기가 지금 표도르 파블로비치 집에 가려고 했었다는 것을. 가서 무슨 일이 일어나지 않았는지 알아보려 했었다. 그러나 '아무 일도 아닌 것 가지고 괜히 곤히 잠자는 사람들 다 깨우고 별짓 다하는 거 아니야? 아, 나 이거 왜 이러지? 내가 뭐 그 집 삼촌이라도 되나?' 하는 생각이 났다.

그래서 그는 무척 착잡한 심정이 되어 그냥 자기 집으로 가는 중이었는데, 갑자기 페냐 생각이 났다. '앗, 참, 아까 페냐한테 캐물었어야 하는 거였는데! 그럼 다 알 수 있었을 텐데!' 하고 생각하니 안타까웠다. 페냐와 얘기하여 진상을 파악하고 싶은 도저히 참을 수 없는 집요한 열망이 마음속에 갑자기 불타기 시작하여, 그는 가다 말고 홱 돌아서 그루셴카가 세 든 모로조바의 집으로 향했다. 대문에 이르러 그는 대문을 두드렸다. 그러자 밤의 적막 속에 울려 퍼지는 문 두드리는 소리에 스스로 정신이 번쩍 들면서 다시금 냉철한 이성이 고개를 쳐들었다. 게다가 그 집에서는 아무 대답도 없었다. 다들 자는 중이었다. '내가 여기서 뭐 하는 짓이지?' 하는 번민이 들었다. 그러나 확연히 발걸음을 돌려 돌아가는 대신 그는 갑자기 자기도 모르게 있는 힘껏 대문을 두드리기 시작했다. 대문 두드리는 소리가 거리 전체에 울려 퍼졌다. "그래, 누가 이기나 보자. 문을 열 때까지 두드린다!" 하고 그가 웅얼거렸다. 두드리는 소리가 계속될수록 그는 자기 자신이 미치도록 미워졌다. 그러나 그럴수록 대문을 치는 주먹에 더욱 힘이 실렸다.

## VI
### 내가 직접 간다

드미트리 표도로비치는 길 위를 질주했다. 모크로에까지는

20베르스타가 약간 넘었지만 안드레이가 모는 삼두마차는 한 시간 15분 만에 당도할 만한 속력으로 달렸다. 빠른 속력이 드미트리의 정신을 확 맑아지게 했다. 공기가 신선하고 차가운 편이었고, 맑은 하늘에서 굵직굵직한 별들이 빛났다. 이는 바로 알렉세이가 땅에 엎어져 '땅을 영원히 사랑하리라고 감정에 겨워 맹세하던' 바로 그 밤이었고, 어쩌면 바로 같은 시간이었을 수도 있다. 하지만 드미트리의 마음은 불안했다. 아주 불안했다. 많은 것이 마음을 괴롭혔지만 그 순간 '그'라는 존재 전체가 어쩔 수 없이 오직 그녀에게, 그의 여왕에게 돌진하고 있었다. 그는 그녀를 마지막으로 보기 위해 질주했다. 하나만 말하자면, 그의 마음은 잠시도 망설이지 않았다. 질투의 화신인 그가 땅에서 불쑥 솟은 양 새로운 경쟁자로 등장한 그 장교라는 사람에게 조금의 질투도 느끼지 않았다고 내가 말한다면 사람들은 아마 믿지 않을 것이다. 누구든 경쟁자가 될 인물이 나타나기만 하면 당장 질투를 느끼고 다시금 자기의 무서운 손을 피로 적실 수 있는 그였지만, 지금 삼두마차를 타고 질주하면서는 이 '그녀의 첫 남자'에게 질투로 인한 미움은커녕 조금의 적의조차 느끼지 않았다. 물론 아직 직접 보지 못했으므로 그랬을 수도 있다. '논란의 여지가 없는 상황 아닌가? 그 둘이 그렇게 하겠다는데. 그녀의 첫사랑이 나타났다는데. 그녀가 5년 동안 잊지 못한 첫사랑이. 5년 동안 잊지 못했다니, 그녀는 5년 동안 오직 그 사람만을 사랑한 것이었네. 그런데 내가 뭐 하러 갑자기 나타났을까? 내가 여기서 무슨 상관을 할 수 있을까? 비켜서라, 드미트리. 길을 터줘라! 내가 뭘 어떻게 할 수 있단 말인가? 난 이제 그 장교가 나타나지 않았다 해도 다 끝난 몸이다. 그 사람이 아예 나타나지도 않았다고 해도 모두가 어차피 다 끝장났을 것이다…….'

아마 대충 이와 같은 말들로 그는 자신의 느낌을 진술할 수 있었을 것이다. 이성적 판단을 할 수 있었다면. 하지만 그때 그는 이미 이성적 판단을 할 수가 없었다. 그가 지금 하기로 결심한 모든 것은 이성적 판단 없이 한순간에 나왔다. 순간적으로 느낌이 오자마자 단번에 결정되었다. 아까 페냐의 말을 듣는 순간에 말이다. 하지만 그래도, 아무리 그가 그렇게 하기로 결심을 했다고 해도 마음속은 불안했다. 고통스러울 정도로 불안했다. 마음을 다잡았으면 마음이 편해야 할 텐데 그러지 못했다. 주변의 너무나 많은 것이 그를 괴롭혔다. 그리고 순간순간 이상하게 여겨지기도 했다. 그가 종이에 펜으로 직접 자기를 향한 선고문을 쓰지 않았던가? '자신을 형벌에 처하노라. 벌하노라'라고. 그렇게 쓰인 종이가 지금 바로 그의 주머니에 있지 않은가? 권총도 장전되어 있고, 그는 내일 '금빛 곱슬머리 아폴론'의 뜨거운 첫 광선을 맞이하기로 작정하지 않았던가? 하지만 이전의 것들, 뒤에 서서 괴롭히던 모든 것들을 해결할 수는 없음을 그는 뼈저리게 느끼고 있었으며, 그 점에 대한 생각이 그의 마음에 절망으로 다가와 내려앉았다. 달리던 중 그가 갑자기 안드레이보고 멈추라고 하고 싶은 생각이 든 순간이 한 번 있었다. 멈추게 한 뒤 마차에서 내려서 장전된 자신의 권총을 꺼내, 새벽을 기다릴 것도 없이 모든 것을 끝내 버리고 싶은 생각이었다. 그러나 그런 생각이 든 순간은 불꽃처럼 훅 날아가버렸다. 게다가 삼두마차는 '공간을 게걸스레 삼키며' 획획 날았으므로 목적지가 가까워져감에 따라, 오직 그녀에 대한 생각이 점점 더 힘 있게 그의 영혼을 사로잡았으며 나머지 모든 무서운 망령들을 그의 가슴에서 거두어갔다. 아, 그가 얼마나 그녀를 보고 싶어 했는지! 언뜻이나마, 멀리서나마 보기라도 했으면 좋겠다는 입장이었다. '지금 그녀는 그 남자와 함께 있다. 그래, 그 남자와 함께, 자기의 전 애인이랑 어떻게 함께 있는지 한번 보고 싶다. 난 그러기만 하면 된다.' 그의 운명 속의 운명적 여인인 그녀에 대한 사랑이 가슴속으로부터 그만큼이나 활활 불타올랐던 적이 전에는 없었다. 그전에 전혀 느껴본 적 없는 새로운 감정, 자신도 예상치 못했던, 두 손 모아 빌고 싶을 정도의 간절함에나 비길 새로운 감정, 그녀가 보는 앞에서 사라져버리는 일도 감행할 수 있게 할 새로운 감정이 불타올랐다. "진짜로 사라져버리리라!" 하고 그가 히스테릭한 환희의 발작 속에서 문득 소리 내어 말했다.

이미 한 시간 가까이 달렸다. 드미트리는 말이 없었고, 안드레이는 비록 말하는 것을 좋아하는 사람이었으나 마치 말을 꺼내기가 두려운 듯 역시 아무 말도 입 밖에 내지 않고 단지 자신의 '늙은 말들'을, 뼈가 앙상하기는 하나 발은 빠른 밤색의 세 마리 말들을 힘차게 몰기만 했다. 그러던 중 드미트리가 갑자기 아주 불안한 말투로 외쳤다.

"안드레이야, 근데 다들 자고 있으면 어떡하지?"

그런 생각이 갑자기 들었다. 그전까지는 전혀 생각하지도 않았었다.

"지금쯤 다들 잠자리에 들었을 것 같은데요, 드미트리 표도로비치 님."

드미트리가 무력감에 인상을 찌푸렸다. 정말 그가 감정에 충일하여 날아오다시피 왔는데 그들이 자고 있다면 어떡한단 말인가? 그녀도 어쩌면 같은 자리에서 자고 있다면. 드미트리의 가슴속에서 분노가 끓어올랐다.

"어서 몰아, 안드레이야, 몰아! 빨리!" 하고 그가 감정이 격하여 소리쳤다.

"하긴 어쩌면 아직 잠자리에 안 들었을 수도 있어요" 하고 안드레이가 잠시 침묵하다가 자신의 생각을 말했다. "아까 치모페이가 그러던데, 거기 사람들이 많이 모였대요."

"역에?"

"역 건물 안이 아니라 플라스투노프 씨 댁에요. 여관 마당에요. 그러니까 역이라고도 할 수 있죠."

"알아. 그런데 많이들 모였다고? 어디에? 누구들이?"

기대치 않았던 소식을 접하고 드미트리가 매우 안절부절못하고 고함치며 다그쳤다.

"그냥 치모페이가 그랬어요. 다 지주분들이래요. 도시에서 두 분 오셨대요. 누군지는 모르겠어요. 치모페이한테서 들은 것뿐이라서요. 두 분은 이곳 지주들에다가 두 분은 다른 곳에서 오신 분들이라는 거예요. 어쩌면 누가 또 있을지도 몰라요. 제가 자세히 물어보지 않았어요. 치모페이가 그러는데, 카드놀이를 하기 시작했대요."

"카드놀이를?"

"네, 그래서 어쩌면 안 잘 수도 있다는 거예요. 카드놀이를 시작했으니까요. 지금 아직 11시도 채 안 됐으니까 아마 그럴 거라는 거죠."

"몰아, 안드레이야, 몰아!" 하고 드미트리가 다시금 신경질적으로 소리쳤다.

"드미트리 표도로비치 님, 제가 하나 여쭤도 될까요? 화를 내실까 봐 좀 꺼려지지만요" 하고 안드레이가 잠시 침묵하다가 다시 말했다.

"뭔데?"

"아까 페냐가 드미트리 표도로비치 님 발 앞에 엎드려, 아씨를 해치지 말아달라고, 또 누구를 해치지 말아달라고 했지 않습니까? 그런데 제가 드미트리 표도로비치 님을 거기로 모시고 가는 거 아닙니까? 드미트리 표도로비치 님, 죄송합니다. 그냥 양심에 걸릴까 봐서……. 어쩌면 제가 괜히 여쭸는지도 모르지만……."

드미트리가 갑자기 뒤에서 그의 양어깨를 움켜쥐고는 격한 말투로 물었다.

"너 마부지? 응? 마부지?"

"마부 맞습니다만……."

"넌 남들도 길을 가게 해줘야 한다는 걸 아는구나. 마부라고 해서, '내가 가는 길에 나서는 놈들은 다 죽는다!' 하면서 아무도 길을 가지 못하게 하면 안 되지. 마부가 그래선 안 되지. 사람을 해쳐선 안 돼. 남들의 삶을 망쳐선 안 돼. 만약 망쳤다면 자신을 벌해야 해. 만약 누군가의 삶을 망쳤다면, 파멸시켰다면, 자신에게 형벌을 내리고 사라져야 해."

이 말이 마치 히스테리 발작에서 나오는 것인 양 드미트리에게서 터져 나왔다. 안드레이는 비록 놀랐지만 대화를 계속 이어 갔다.

"맞습니다, 드미트리 표도로비치 님. 사람을 해치면 안 된다는 것 맞는 말씀이십니다. 괴롭히는 것도 안 되고요. 다른 모든 생물도 마찬가지고요. 왜냐하면 모든 생물은 창조된 것이니까요. 예를 들어 말도 그렇죠. 어떤 사람은 필요도 없이 무조건 때려요. 비록 우리 마부들이지만……. 그런 사람은 억세가 안 돼요. 그래서 막가는 거예요."

"지옥으로?" 하며 드미트리가 안드레이의 말을 가로막고서, 갑작스럽고 짧게 끊어지는 특유의 웃음소리를 내며 말했다. "안드레이, 이 순박한 영혼아." 이 말을 하면서 드미트리는 다시 안드레이의 어깨를 꽉 잡았다. "말해봐. 드미트리 표도로비치 카라마조프가 지옥에 갈 거 같아, 안 갈 거 같아? 어떻게 생각해?"

"모르겠습니다. 다 자신에게 달려 있는 겁니다. 왜냐하면 드미트리 표도로비치 님은……, 그러니까 있잖습니까, 신의 아드님께서 십자가에 못 박혀 돌아가신 뒤 그분께선 십자가로부터 곧장 지옥으로 가셔서,**36** 고통을 겪고 있는 모든 죄인들을 해방시키셨습니다. 그래서 지옥은 이제 앞으로 자기한테 올 죄인들이 아무도 없을 거라고 생각하고 신음했습니다. 그러자 주께서 지옥에게 말씀하셨습니다. '지옥아, 신음하지 마라. 이제부터 온갖 귀현들, 관리자들, 수석 대법관들, 부자들이 너한테로 올 것이니, 네가 영원히 그랬듯 바로 그렇게, 내가 올 그때까지 너는 충만하게 차 있을 것이다'라고요. 이건 확실합니다. 그런 말이 확실히 있었습니다."

"민간 전설이야. 아주 훌륭해! 왼쪽 놈한테 채찍질 좀 해, 안드레이야!"

"바로 그런 사람들을 위한 곳이 지옥이라는 겁니다" 하면서 안드레이가 왼쪽 말에게 채찍질을 했다. "그런데 드미트리 표도로비치 님은 어린아이와 같으세요……. 그래서 우리는 드미트리 표도로비치 님을 존경합니다. 비록 화를 잘 내시는 건 있어도, 드미트리 표도로비치 님의 순박함을 들어 주께서 용서해주실 겁니다."

"근데 넌 나를 용서할래, 안드레이야?"

"제가 뭘 용서해드리고 아니고 할 게 있습니까? 저한테 뭘 어떻게 하신 것도 아닌데."

"그게 아니라, 모든 사람을 대신해서 네가 날 용서해줄 수 있느냐는 거지. 지금, 바로 지금 여기서, 이 길 위에서, 모든 사람을 대신해서 날 용서해줄 거야? 말해봐, 서민의 영혼아!"

"어이쿠, 드미트리 표도로비치 님! 모시고 가는 게 겁날 정돕니다. 말씀이 너무 이상하셔서요……."

그러나 드미트리는 감정이 격하여 속삭이는 소리로 기도를 하느라 그 말을 못 들었다.

"주여, 나의 모든 죄악 중에서 나를 받으시고 나를 심판하지 마소서. 당신의 심판 없이 통과시켜주소서. 내가 나를 이미 심판했사오니 나를 심판하지 마소서. 주여, 당신을 사랑하오니

나를 심판하지 마소서. 나는 파렴치하오나 당신을 사랑하옵나이다. 지옥으로 보내실지언정 거기서 사랑하겠나이다. 당신을 영원히 사랑한다고 소리치겠나이다. 하지만 내가 끝까지 사랑하도록, 이곳에서 이 시간 끝까지 사랑하도록 해주시옵소서. 당신의 뜨거운 빛이 비추기 전 다섯 시간만이라도……. 나의 영혼의 여왕을 나는 사랑하옵나이다. 사랑하오며, 사랑하지 않을 수 없나이다. 주께서 저를 보아 아시나이다. 그녀에게 달려가 엎드려 말하렵니다. '나를 거치지 않고 지나간 것 잘했다'고. '너로 인해 괴로워한 나를 보내주고 잊어버리라'고. '나 때문에 걱정할 것은 전혀 없다'고."

"모크로예입니다!" 하고 안드레이가 채찍으로 앞을 가리키며 소리쳤다.

밤의 창백한 어둠을 뚫고서 갑자기 거대한 공간에 펼쳐진 건물들이 그 단단해 보이는 자태를 드러내기 시작했다. 모크로예촌은 인구가 2천 명이었으나 시간상 촌 전체가 이미 잠들어 있었고, 어디선가 간간이 불빛이 드문드문 반짝일 뿐이었다.

"몰아라, 몰아, 안드레이야! 계속 가자!" 하고 드미트리가 열병에라도 걸린 듯 외쳤다.

"안 자고들 있습니다!"

바로 촌락 입구에 있는, 거리 쪽으로 난 창문 여섯 개에 다 불이 밝게 켜진 플라스투노프 씨 여관을 채찍으로 가리키며 안드레이가 말했다.

"안 자고들 있네!" 하고 드미트리가 기쁘게 장단을 맞추었다. "안드레이야, 말을 빨리 달려서 가능하면 큰 소리가 나게 해. 누가 왔는지 모두들 알게! 내가 간다! 내가 직접 간다!"

드미트리가 감정에 겨워 소리 높여 외쳤다.

안드레이가 지칠 대로 지친 세 마리의 말을 빨리 몰아 진짜로 큰 소리를 내면서 마차를 높은 현관 계단 앞에 대고서야 말들을 세웠다. 말들은 땀에 젖었고, 숨이 차서 거의 질식하기 직전이었다. 드미트리가 마차에서 뛰어내리자, 마침 여관 주인이, 비록 이미 자러 가던 중이었기는 하나, 현관 계단 앞에 도착한 사람이 누군지 궁금하여 현관에서 내다보았다.

"트리폰 보리스이치 씨요?"

주인이 몸을 숙이고 자세히 보다가 현관 계단으로부터 후닥닥 뛰어내려 굴종적인 기쁨을 표현하며 달려왔다.

"아이고, 이게 누구셔? 드미트리 표도로비치 님! 또 찾아주셨네요!"

이 트리폰 보리스이치는 중키에 건장한 몸집을 한 남자로, 퉁퉁한 얼굴은 엄격하고 가차 없는 그의 태도를 보여주었다. 특히 모크로예의 촌사람들을 상대할 때 그의 태도가 그랬다. 그러나 그는 자기에게 이로운 일을 감지하면 자기의 표정을 최고로 굴종적으로 순식간에 바꾸는 재능이 있었다. 그는 러시아식으로, 옷깃이 가운데에서 한 쪽으로 치우쳐 달린 상의와 반외투를 입고 다녔는데, 꽤 많은 돈을 소유했으나 더 높은 지위를 차지하기를 끊임없이 꿈꿨다. 그는 이 동네 촌사람들 반 이상을 이래라저래라 하는 지위에 있었다. 주위 사람들이 너나없이 그에게 빚진 상태였던 것이다. 그는 지주들에게서 토지를 임차하거나 매입했고, 농부들은 그 토지를 외상으로 빌려 경작지로 사용하되 아무리 해도 외상을 갚을 수가 없는 처지였다. 그는 홀아비였고 네 명의 장성한 딸을 두었다. 그 중 한 명은 벌써 과부가 되어, 어린아이 둘, 즉 그의 손녀 둘과 함께 그의 집에 살면서 그에게서 일급 노동자로 일했다. 다른 한 딸은 서기에서 승진했다는 어떤 관리한테 시집갔다. 여관의 한 방의 벽에 걸린 아주 조그만 가족 사진들 중, 제복을 입고 관리의 견장을 단 이 관리의 사진을 볼 수 있었다. 셋째 딸과 넷째 딸은 교회 기념일[37]이면, 혹은 어딘가에 초대받아 갈 때면, 뒤에서 줄로 꽉 잡아매도록 유행에 따라 지어진, 뒤로 길게 끌리는 천의 길이가 1아르신이 되는 하늘색 혹은 녹색 원피스를 입었다. 하지만 이튿날이면 여느 날처럼 꼭두새벽부터 일어나 손에 자작나무 비를 들고 방들을 청소하고 설거지한 물을 내가고 여관 손님들이 떠난 뒤의 쓰레기를 치우곤 했다. 트리폰 보리스이치는 수천의 재산을 이미 소유했음에도, 진탕노는 여관 손님들한테서 돈 뜯어내기를 아주 좋아했다. 그는 드미트리 표도로비치가 그루셴카와 같이 진탕 놀던 때 하루만에 200루블 이상을, 어쩌면 300루블까지도 벌었다. 그런 지 한 달도 채 안 되어 드미트리가 자기 집 현관 계단 앞까지 마차를 몰고 왔다는 것 하나만으로 그는 이미 자기 손에 넣게 될 이득을 직감하고 기쁨에 겨워 달려오면서 그를 맞은 것이다.

"아이고, 드미트리 표도로비치 님을 다시 보다니요!"

"잠깐만, 트리폰 보리스이치 씨. 먼저 중요한 것부터 물을게요. 그 여자 어디 있어요?" 하고 드미트리가 말했다.

"그루셴카 님이요?" 하고 주인이 드미트리의 얼굴을 들여다보고서 금방 알아차렸다. "여기 계세요."

"누구랑 있어요?"

"타지에서 오신 손님들이 계신데요……. 한 분이 관리신데, 폴란드 출신인 거 같아요, 말투로 봐서. 바로 그분이 그루셴카 님을 모셔오려고 여기서 말들을 보내신 거예요. 또 한 분은 그 친구분 아니면 그냥 동행인인가 봐요. 확실한 건 모르고요. 사복 차림이에요."

"그래, 지금 진탕 놀고 있어요? 돈들 많아요?"

"진탕은요! 그저 조금이에요, 드미트리 표도로비치 님."

"그저 조금이요? 또 다른 사람들은요?"

"읍에서 오신 신사분들이 두 분 있어요. 체르니에서 돌아오는 길에 들러 묵게 된 거예요. 그중 한 분인 젊은 분은 미우소브 선생님의 친척일 건데, 이름이 뭐라 그랬는지 잊어버렸네요……. 다른 한 분은 아마 드미트리 표도로비치 님도 아실 거라고 생각하는데, 막시모프 지주예요. 거기 수도원에 순례하러 갔었다고 하는데, 미우소브 선생님의 친척 되는 젊은 분과 같이 다니세요."

"사람들이 그게 전부예요?"

"네."

"잠깐만요, 트리폰 보리스이치 씨. 이젠 가장 중요한 것을 말씀해보세요. 그 여자는 어떻게 하고 있어요?"

"아까 오셔서 지금 저분들이랑 같이 계세요."

"기분 좋은 거 같아요? 잘 웃고 그래요?"

"아뇨. 별로 웃지 않으시는 거 같아요. 지루해 보이시기까지 하는데요. 젊은 분 머리도 빗어주고 그러셨어요."

"그 폴란드 사람 말이오? 장교요?"

"그 폴란드 사람은 젊지 않아요. 장교도 아니에요. 그분 머리를 빗어주신 게 아니라, 그 미우소브 님 조카분 있잖아요, 젊은 분……. 이름이 뭐라 그랬더라?"

"칼가노프요?"

"네, 칼가노프."

"알았어요. 내가 알아서 할게요. 저 사람들 카드놀이를 하고 있나요?"

"하다가 이제 그만뒀어요. 차를 좀 마셨고, 관리가 과실주를 달라고 했어요."

"잠깐만요, 트리폰 보리스이치 씨. 잠깐만 기다려보세요. 내가 알아서 결정할게요. 이제 가장 중요한 질문에 대답해보세요. 집시들 없어요?"

"요새 집시들이 통 안 보여요, 드미트리 표도로비치 님. 관헌에서 쫓아버렸어요. 근데 유태인들은 이 동네에 있어요. 양금도 연주하고 바이올린도 켜요. 로쥐제스트벤스카야에 있으니까, 지금이라도 부르러 사람을 보내면 돼요. 그럼 올 거예요."

"보내요. 당장 보내요! 아가씨들도 깨워요, 그때처럼. 특히 마리야! 스체파니다랑 아리나도! 가수들한테 200 내겠소!"

"그 돈이라면 제가 온 마을 사람들을 다 부를 수도 있어요. 이미 잠자리에 누웠다 해도 상관없어요. 사실 이곳 촌놈, 촌년들이 그런 후한 대접을 받을 만하나요? 너무 후하세요! 이곳 촌놈들이 엽궐련을 피우는 게 어울리나요? 근데 드미트리 표도로비치 님은 저번에 피우라고 주셨잖아요. 이곳 촌놈들, 산적들한테선 역한 냄새만 나는 걸요. 계집들도 마찬가지예요. 다들 몸이 이투성이라고요. 말씀만 하시면 내 딸들 깨우는 것도 전혀 어렵지 않아요. 그런 큰돈까지도 필요 없어요. 지금 방금 잠자리에 들었는데, 내 가서 그년들 등짝을 발로 차 깨워서, 드미트리 표도로비치 님께 노래해드리라고 할게요. 촌놈들한테 샴페인을 먹이시다니! 참 대단하세요!"

트리폰 보리스이치는 사실 괜히 한번 그렇게 말해보는 것이었다. 저번에 그는 드미트리가 준비한 샴페인 여섯 병쯤을 슬쩍했고, 상 밑에서 100루블짜리 지폐를 주워 손 안에 감추었다. 결국 자기가 가져버렸다.

"트리폰 보리스이치 씨, 저번에 내가 여기서 몇 천 쓴 거 기억하죠?"

"네, 그러셨죠. 그걸 어찌 잊을 수가 있겠습니까? 3천은 쓰셨을 걸요."

"요번에도 그러려고 왔어요. 보이시죠?"

그러면서 그는 자기 지폐 뭉치를 꺼내 여관 주인의 코앞에다 갖다 댔다.

"자, 제 말을 들어보세요. 한 시간 뒤에 포도주, 안주, 빵, 사탕이 도착할 거예요. 그러면 즉시 저 위로 올려 보내세요. 지금 안드레이한테 있는 저 상자도 역시 지금 올려 보내세요. 개봉해서 즉시 샴페인을 따르세요. 그리고 중요한 건 아가씨들이에요. 마리야는 꼭 있어야 돼요."

그가 마차 좌석 밑으로부터 권총들이 든 박스를 꺼냈다.

"안드레이, 계산할게! 여기 삼두마차 사용료 15루블하고, 또 보드카 사 먹으라고 50루블 줄게. 넌 항상 준비돼 있고 항상 친절하니까 주는 거야. 나 카라마조프를 기억해둬, 응?"

"드미트리 표도로비치 님, 제가 이걸 어떻게 받습니까? 5루블이면 몰라도, 그 이상은 못 받습니다. 트리폰 보리스이치 님도 동의하실 겁니다. 제 입장을 이해해주시길……."

"뭘 그렇게 빼고 그래?" 하면서 드미트리가 그를 위아래로 훑어보고는, "뭐, 정 그렇다면, 네 맘대로 해!" 하고 소리치면서 5루블을 그에게 던져 주고는 여관 주인에게 말했다. "트리폰 보리스이치, 이젠 나를 조용히 그쪽으로 데리고 가주세요. 내가 직접 그 사람들을 한번 보게요. 그 사람들은 날 못 보도록. 그 사람들 어디 있어요? 청색 방에요?"

트리폰 보리스이치가 드미트리를 미심쩍은 눈으로 쳐다보았으나 곧 그의 요구를 순종적으로 이행했다. 그를 조심스럽게 현관으로 데리고 들어가, 처음으로 나오는 큰 방으로 들어갔다. 그 옆방이 손님들이 있는 방이었다. 첫 번째 방에서 그가 촛불을 들고 나왔다. 그 뒤 드미트리를 조용히 데리고 들어가 어두운 구석에다 세웠다. 그 구석에서 드미트리는 손님들을 자유롭게 볼 수 있지만 손님들은 드미트리를 볼 수 없었다. 하지만 드미트리는 오래 쳐다보지 않았다. 잘 보이지도 않았고 말이다. 단, 그는 그루셴카를 보았다. 그의 심장이 쿵쾅거리기 시작했고 눈앞이 흐려졌다. 그녀는 상을 옆에 두고 안락의자에 앉아 있었고, 그녀의 옆에는 잘생기고 아주 젊은 칼가노프가 소파에 앉아 있었다. 그녀는 그의 손을 잡고서 즐겁게 웃는 것 같았다. 칼가노프는 그녀를 보지 않으면서, 상을 중심으로 그녀 맞은편에 앉은 막시모프에게 마치 무슨 유감을 표명하는 듯 무언가에 대해 큰 소리로 이야기하고 있었다. 막시모프는 무엇 때문인지 몰라도 껄껄 웃고 있었다. 소파에 '그 남자'가 앉아 있었고, 소파 옆에 벽 가까이 놓인 의자에 또 다른 처음 보는 사람이 있었다. '그 남자'는 소파에 눕다시피 앉아 파이프 담배를 피우는 중이었는데, 드미트리가 보니 이 사람은 살집이 좋고 키는 크지 않으며 얼굴이 펑퍼짐한데, 무언가에 화가 나 있는 것 같았다. 그의 친구로 보이는 다른 사람은 드미트리에게 왠지 엄청나게 큰 키로 보였다. 하지만 그 이상은 알아낸 것이 없었다. 드미트리는 마음이 저며서, 그렇게 선 채로 1분도 버티지 못했다. 그는 상자를 서랍장에 올려놓고, 정신이 선득해지고 아찔해져오는 것을 느끼면서, 손님들이 앉아 있는 청색 방으로 선뜻 향했다.

"어머나!"

그루셴카가 그를 맨 처음으로 보고서 겁에 질려 쇳소리를 질렀다.

## VII
**넘볼 수 없는 전 남자**

드미트리가 보폭이 큰 빠른 걸음으로 상에 바싹 가까이 다가갔다.

"여러분!"

고함에 가까운 큰 소리로 말하기 시작한 그는 한마디할 때마다 말을 더듬었다.

"저……, 저는 아무것도 아닙니다! 겁내지 마십시오. 전 아무것도, 아무것도 아닙니다."

그가 갑자기 그루셴카에게 고개를 돌렸다. 안락의자에 앉은 그루셴카는 칼가노프 쪽으로 몸을 기울이고 그의 팔에 꼭 매달렸다.

"저……, 저도 길 가는 도중에 들른 겁니다. 내일 아침에 다시 출발하려고요. 여러분, 저도 여기 잠시 머무는 여행잔데……, 내일 아침까지 여러분과 이 방에 같이 있어도 되겠죠? 내일 아침까지만이요. 그게 마지막이 될 거예요."

말을 마치면서 그는 파이프를 들고 소파에 앉아 있는 뚱뚱한 사람을 쳐다보았다. 뚱뚱한 사람이 거만한 몸놀림으로 파이프를 입에서 떼고 근엄하게 말했다.

"선생, 우린 여기서 우리만의 모임을 갖고 있소. 다른 방도 있잖소?"

 "아니, 드미트리 표도로비치 씨 아니세요? 여긴 어떻게……?" 하면서 칼가노프가 그를 알아봤다. "네, 우리랑 같이 계셔도 되죠. 잘 지내셨어요?"

 "안녕하세요, 친애하는 칼가노프 씨? 항상 존경해왔어요."

 드미트리가 급히 기쁘게 응하면서 상 위로 손을 내밀어 악수를 청했다.

 "어유, 손을 너무 꽉 쥐셨어요! 손가락 다 부러지겠네요" 하면서 칼가노프가 웃었다.

 "저 사람 항상 그렇게 쥐어요. 꼭 그래요!" 하고 그루셴카가 유쾌하게 말했다. 그녀의 미소에서는 아직까지 수줍어하는 기미가 보였다. 그녀는 태도로 보아 드미트리가 행패를 부리지 않을 것이라는 확신이 갑자기 든 모양이었다. 물론 그래도 아직 불안이 가시지 않은 듯 드미트리의 얼굴을 들여다보았다. 그녀는 드미트리가 그런 순간에 들어와서 그렇게 말을 꺼낼 것이라고는 전혀 상상도 하지 못했었다.

 "안녕하세요?"

 왼쪽에서 막시모프 지주가 달콤한 목소리로 인사했다. 드미트리가 성큼 다가섰다.

 "안녕하세요? 여기 와 계셨군요. 만나서 기쁩니다! 여러분, 여러분, 저는……."

그는 다시금 파이프를 든 폴란드인을 주로 향하여 말하기 시작했다. 이곳의 사람들 중 그가 가장 주된 역할을 한다고 생각하는 듯했다.

"저는 급히 왔어요……. 제 마지막 날, 제 마지막 시간을 이 방에서 보내고 싶어서요. 바로 이 방에서요……. 바로 이 방에서 제가…… 저의 여왕을 열렬히 사랑했거든요! 신사분, 죄송합니다!"

그가 감정이 충일하여 말했다.

"제가 이곳으로 급히 오면서 맹세를 했습니다……. 하지만 겁내지 마세요. 저의 마지막 밤입니다! 신사분, 화해의 잔을 마십시다! 곧 포도주가 나올 겁니다……. 제가 운반해온 겁니다."

그가 갑자기 무슨 이유에서인지 지폐 뭉치를 꺼냈다.

"허락해주십시오, 신사분! 저는 음악을 원해요. 전과 마찬가지로, 꽝꽝대는 소리, 왁자지껄하는 소리를 원해요……. 하지만 벌레가, 필요 없는 벌레가 땅 위를 기어갈 겁니다. 그러다가 없어질 겁니다! 나의 기쁨의 날을 나의 마지막 밤에 기념합니다!"

그는 거의 숨이 막힐 지경이었다. 그는 아주 많은 말을 하고 싶었으나 왠지 이상한 절규만 튀어나왔다. 폴란드인은 움직이지 않고 앉아 그를 쳐다보다가 그의 지폐 뭉치를 쳐다보다가 그루셴카를 쳐다보았다. 보아하니 상황이 이해가 안 가는 모양이었다.

"나의 녀왕이 허락하시면……" 하면서 그가 말을 시작했다.

"'녀왕'이 뭐예요? '여왕'이요?" 하고 그루셴카가 말을 끊었다. "댁들을 보고 있자니 전 참 웃음이 나와요. 말하는 거 하고는……. 드미트리야, 앉아. 지금 무슨 말 하는 거니? 괜히 이상한 말 해서 사람들 놀라게 하지 마. 알았지? 안 그럴 거지? 네가 안 그럴 거라면, 네가 와서 난 기뻐."

"내가? 내가 놀라게 한다고? 아, 그냥들 지나가세요, 지나가세요. 방해 안 할게요!"

드미트리가 갑자기 양팔을 위로 쳐들고 소리쳤다. 그러고는 누구도 예상치 못한 행동을 했다. 물론 자기 자신도 예상 못한 행동이었다. 그는 반대편 벽 쪽으로 고개를 돌리고 의자에 주저앉아 양팔로 의자 등받이를 끌어안고 울기 시작했다.

"야, 야, 왜 그래?" 하고 그루셴카가 꾸짖듯 소리쳤다. "우리 집에 다닐 때도 꼭 이랬다니까요. 갑자기 무슨 말을 하기 시작하는데, 나는 하나도 이해가 안 가요. 한번은 지금처럼 울었어요. 그러니까 지금이 두 번째예요. 아유, 창피해! 왜 우는 거야? 하긴 다른 이유가 또 뭐 있으려고?" 하고 그녀가 끝에 가서 갑자기 의미를 쉽게 파악할 수 없는 어조로, 약간 신경질적인 어조로 말했다.

"나……, 나 안 울어……. 울긴 내가 뭘!" 하면서 그가 순식간에 의자에서 몸을 돌려 갑자기 웃음을 터뜨렸다. 하지만 그 소리는 특유의 딱딱 끊어지는 웃음소리가 아니었고, 귀에 들릴락 말락 한, 불안과 초조를 담고 바르르 길게 떨리는 웃음소리였다.

"아유, 또 시작……. 야, 그만해! 기분 풀어!" 하고 그루셴카가 위로하려 했다. "네가 와서 참 기뻐. 진짜야, 드미트리야. 내 말 들려? 나 정말 기뻐. 네가 여기서 우리랑 같이 어울렸으면 좋겠어."

그러다가 그녀가 모두를 대상으로 말하기 시작했는데, 사실 소파에 앉아 있는 사람을 향한 것이었다.

"그랬으면 좋겠어요. 만약 얘가 간다면 나도 갈 거예요. 알겠어요?"

맨 마지막 말을 할 때 그녀의 눈이 반짝였다.

"나의 여왕이 원하시는 바는 곧 법이오!" 하면서 폴란드인이 그루셴카의 손에 정중하게 입을 맞추고 말했다. "우리랑 같이 어울리시기 바라오!" 하며 그가 드미트리에게 친절한 말투로 말했다. 드미트리가 벌떡 일어나면서 마치 또다시 장광설을 늘어놓을 듯싶었으나, 그의 입에서는 다른 말이 나왔다.

"마십시다, 신사분!"

그에게서 장광설을 기대했던 모두가 웃음을 터뜨렸다.

"어휴! 난 또 말을 파다하게 늘어놓을 줄 알았지!" 하고 그루센카가 신경질적으로 소리쳤다. "야, 드미트리야, 앞으로는 벌떡 일어나고 그러지 마. 아무튼 샴페인 갖고 온 건 잘했어. 나도 마실 거야. 과실주는 난 영 못 마시겠어. 샴페인도 샴페인이지만 제일 잘한 건 네가 온 거야. 얼마나 지루했는데……. 근데 너, 뭐야, 또 한바탕 진탕 놀려고 온 거야? 야, 돈 좀 주머니에 집어넣어! 어디서 그렇게 많이 구했어?"

모두가, 특히 폴란드인들이 지폐 뭉치를 눈여겨보았다. 그걸 아직까지 손에 쥐고 있던 드미트리는 수줍어하면서 재빨리 주머니에 집어넣었다. 그의 얼굴이 빨개졌다. 바로 이때 여관 주인이 마개를 딴 샴페인 병을 쟁반에 담아서 컵과 함께 갖고 왔다. 드미트리는 병을 집어 들었으나 너무 당황하여 병을 어떻게 해야 할지 몰라 했다. 칼가노프가 그에게서 병을 빼앗아 대신 사람들에게 따라주었다.

"더요, 한 병 더요!" 하고 드미트리가 여관 주인에게 외치고서, 같이 화해의 잔을 마시자고 폴란드인에게도 진지하게 제안했으면서 잔을 부딪치는 것도 잊고, 남들이 마시든 안 마시든 상관하지도 않고 자기 잔을 단번에 벌컥 다 들이켰다. 그의 얼굴 전체가 돌연 변화를 일으켰다. 방에 들어올 때 지었던 진지하고 비극적인 표정 대신에, 그는 아이 같아졌다. 그는 별안간 성질이 누그러지고 태도도 겸손해졌다. 소심해 보이는 미소를 띠고 모두를 쳐다보면서 자기도 모르게 자주 히히거렸다. 무슨 잘못을 저지른 강아지가 다시금 집 안으로 들여보내져 귀여움을 받을 때 고마워하는 것 같은, 영락없이 바로 그런 태도였다. 마치 그는 모든 것을 잊은 듯, 감탄의 눈길과 어린아이의 미소를 띠고 모두를 쳐다보았다. 끊임없이 웃으면서 그루셴카를 쳐다봤으며, 자기 의자를 그루셴카가 앉은 안락의자에 꼭 갖다 대놓았다. 그러면서 조금씩 두 사람의 폴란드인을 훔쳐보았다. 그가 아직 그들을 많이 파악한 것은 아니었다. 소파에 앉은 폴란드인은 자신의 당당한 태도로, 또 폴란드식 발음과 억양으로 그에게 평범치 않은 인상을 끼치려 노력하는 것 같았는데, 뭐니 뭐니 해도 자기의 파이프로 그러려고 했다. 하지만 드미트리는 '저게 뭐 별건가? 파이프를 피다니, 좋은 일이지' 하고 생각할 뿐이었다. 이 폴란드인은 어느 정도 피부가 늘어진 마흔 살짜리 얼굴에다, 코는 매우 작았고, 코 밑에 아주 가느다랗고 끝이 뾰족한, 염색이 된 한 쌍의 콧수염을 길렀으며 그래서 뻔뻔스러워 보였다. 그 폴란드인이 쓴 가발은 시베리아에서 만든 것으로, 옆머리가 앞으로 쏠리게 빗어져 있는 것이 매우 우스꽝스러웠고 볼품없었지만, 그 가발조차 드미트리의 큰 관심을 끌지는 못했다. '가발이니까 그래야 되는가 보지' 하고 드미트리는 계속 느긋하게 관조했다. 벽에 가까이 앉은 다른 폴란드인은 소파에 앉은 폴란드인보다 젊은 편이었는데, 건방지고 도전적인 눈길로 모임 전체를 바라보면서 침묵으로 포장한 경멸의 감정으로 공동의 대화를 듣고 있었다. 그가 드미트리를 놀라게 한 게 있다면 오로지 매우 큰 키였다. 소파에 앉은 폴란드인과는 전혀 달랐다. '일어서면 11베르쇼크는 족히 되겠군' 하는 생각이 드미트리의 머릿속에 반짝였다. 또한 이 키 큰 폴란드인이 아마 소파에 앉은 폴란드인의 동료이자 충복, 말하자면 그의 '보디가드'일 것이며, 파이프를 든 키 작은 폴란드인은 물론 키 큰 폴란드인에게 명령을 내리는 입장일 것이라는 생각이 머릿속에 반짝였다. 그러나 거기에 무슨 특별한 점이 있는 건 아니었고, 다 괜찮았고 다 받아들일 만했다. 조그만 강아지가 되어버린 그에게 경쟁의식은 활동을 멎어버렸다. 그루셴카가 몇몇 구절들을 말할 때 사용하는 아리송한 의미의 어조를 그는 아무것도 이해하지 못했다. 단지 그녀가 그에게 친절하게 대해준다는 것, 그녀가 그를 '다 용서하고' 자기 옆에 앉혔다는 것만으로도 그의 심장은 두근두근 뛰었다. 그는 그녀가 컵에 따른 샴페인을 마시는 것을 보고 경탄을 금치 못했다. 그러다가 모인 사람들이 갑자기 말을 멈췄다. 그가 놀라, 무언가를 기다리는 눈길로 모두를 훑어보았다. 크게 떠진 그의 눈은, '근데 왜 이렇게 그냥 앉아들 있는 거예요? 여러분, 왜 아무것도 안 하는 거예요?' 하고 묻는 것 같았다.

"글쎄, 이 사람은 하는 말마다 거짓말이라니까요. 그래서 마냥 웃곤 해요" 하고 칼가노프가 마치 드미트리의 마음을 읽은 듯, 막시모프를 가리키면서 갑자기 말을 시작했다.

드미트리가 재빨리 칼가노프에게 눈길을 박았다가 즉시 막시모프에게 박았다.

"거짓말이라고요?" 하면서 드미트리가 뭐가 우스운지, 특유의 딱딱 끊어지는 나무토막 부딪치는 소리로 웃음을 터뜨렸다. "하하하!"

"네. 이 사람 말이 말이죠, 20년대의 우리 나라 기병대 전체가 폴란드 여자들이랑 결혼했다는 거예요. 근데 이건 말도 안 되는 소리잖아요, 안 그래요?"

"폴란드 여자들이랑요?" 하면서 드미트리가 다시금 말을 받았다. 이미 매우 흥미로워하는 투였다.

칼가노프는 그루셴카와 드미트리의 관계를 잘 이해하고 있었으며, 폴란드인에 대해서도 넘겨짚고 있었다. 하지만 그 모든 것에 그는 그리 큰 관심은 없었다. 어쩌면 전혀 관심이 없는 것일 수도 있었다. 그가 가장 관심을 두던 사람은 막시모프였다. 그가 막시모프와 함께 이곳에 오게 된 것은 우연이었고, 이 폴란드인들을 만난 건 난생처음이었다. 그루셴카는 그가 전부터 알고 있었고, 누군가와 더불어 그루셴카의 집에 간 적도 있었다. 그때 그루셴카는 그가 마음에 들지 않았다. 하지만 이곳에서 그루셴카는 그를 아주 상냥한 눈길로 바라보았다. 드미트리가 오기 전까지만 해도 살갑게 대해주었다. 하지만 그는 별로 호응하지 않았다. 칼가노프는 세련된 옷차림에, 매우 호감이 가는 흰 얼굴과 숱이 많은 옅은 갈색의 멋진 머리카락이 돋보이는 만 스물이 넘지 않은 젊은이였다. 그 흰 얼굴에 위치한 옅은 하늘색의 매력적인 눈은 명철한, 때로 나이에 걸맞지 않을 정도로 깊은 눈빛을 자아냈다. 가끔씩은 그가 완전히 어린아이같이 말하고 완전히 어린아이의 눈빛을 발할 때도 있었지만 말이다. 또한 그는 그 점을 스스로 인정했으며, 창피해하지 않았다. 사실 그는 아주 독특했고, 변덕이 심하기까지 했다. 비록 항상 상냥하기는 했지만 말이다. 그의 얼굴 표정에서는 부동의 고집스러움이 비칠 때도 있었다. 누군가가 말을 하면 그는 상대를 쳐다보며 말을 듣지만 사실은 자신만의 생각에 잠겨 있곤 했다. 축 늘어지고 게으른 상태가 되기도 했고, 갑자기 동요하고 마음 졸이기도 했는데, 누가 보나 아무것도 아닌 이유로 그러는 때가 있었다.

"내가 이 사람을 데리고 다닌 게 벌써 나흘 됐어요, 상상이 가세요?" 하면서 그가 말을 계속했다. 말 한마디 한마디를 질질 늘어뜨리는 나른한 말투가 약간씩 느껴지긴 했으나 잘난 체하는 느낌은 전혀 없었고 아주 자연스럽게 들렸다. "기억나시죠? 동생분이 이 사람을 마차에서 밀쳐서 이 사람이 나가떨어졌잖아요. 그 뒤로부터 계속이에요. 그때 전 이 사람이 재미

있어서, 마을로 데리고 갔어요. 근데 그때부터 계속 거짓말만 해대고 있어요. 같이 다니기가 창피해요. 도로 원래 자리로 갖다놓아야겠어요……."

"폴란드 여자를 보지도 못하셨으면서, 있을 수 없었던 일을 얘기하시네요" 하고 파이프를 든 폴란드인이 막시모프에게 말했다.

파이프를 든 폴란드인은 러시아어를 생각 외로 꽤 잘했다. 그런데 러시아어 단어들의 발음을 폴란드식으로 했다.

"웬걸요. 나 스스로가 폴란드 여자하고 결혼했었는데" 하고 대답하면서 막시모프가 소리 내어 웃었다.

"설마 기병대에서 근무했단 얘긴 아니겠죠? 기병대원들이 폴란드 여자들이랑 결혼했다고 그랬잖아요. 그런데 당신이 설마 기병대원이었던 건 아니겠죠?" 하고 칼가노프가 끼어들었다.

"당연히 그건 아니죠. 저분이 설마 기병대원? 하하하!"

대화를 귀 기울여 듣던 드미트리가 그렇게 외치고는, 그다음에 과연 누가 무슨 말을 시작할지 귀를 쫑긋 세우고 호기심에 찬 시선을 각 사람에게 돌렸다.

"아니에요. 제 말은……" 하면서 막시모프가 드미트리에게 시선을 돌렸다. "제 말은요, 그 폴란드 여자들, 그 곱고 예쁜 여자들이 우리 창기병들이랑 마주르카를 추고 나서는……, 그러니까 이제 마주르카를 창기병과 함께 다 췄다 이거예요, 그러면 바로 창기병 무릎에 냉큼 올라앉는 거예요. 마치 고양이처럼, 하얀 고양이처럼……. 게다가 그 아버지와 그 어머니가 그걸 보면서 허락을 하는 거예요……. 그럼 창기병은 이튿날 와서 청혼을 해요……. 네, 그래요……, 청혼을요, 히히!" 하고 막시모프가 말을 마치고 웃었다.

"당신 건달!"

의자에 앉은 키 큰 폴란드인이 별안간 그렇게 툭 내뱉고 다리를 꼬았다.

드미트리에게는 기름칠이 된 거대한 구두와 그 두껍고 더러운 밑창만이 눈에 들어왔을 뿐이다. 사실 폴란드인 두 사람 다 복장에 기름때가 꽤 많이 끼어 보였다.

"어머, 건달이래. 저 사람 왜 욕하고 그래요?" 하고 그루셴카가 갑자기 화를 냈다.

"아그리피나* 씨, 저분이 폴란드에서 보신 것은 하녀 계집들이었지, 귀족 여자들이 아니었어요" 하고 파이프를 든 폴란드인이 그루셴카에게 말했다.

"그렇게 간주해야 돼!" 하고 의자에 앉은 키 큰 폴란드인이 경멸하는 투로 잘라 말했다.

---

\* 그루셴카의 정식 이름인 '아그라페나'를 잘못 부른 것이다. - 역자 주

"왜들 그래요, 저 사람 말하는 도중에? 사람이 말을 하는데 왜 방해를 해요? 재미있게 말하고 있었는데" 하고 그루셴카가 톡 쏘았다.

"저는 방해하는 게 아니에요" 하고 파이프를 든 폴란드인이 무게를 잡으며 말하고는 그루셴카를 의미심장한 눈길로 말없이 오래 쳐다보다가 다시금 파이프를 빨기 시작했다.

"아니, 아니, 이건 저 신사분 말씀이 맞아요. 저 사람이 폴란드에 가보지도 않고 어떻게 폴란드에 대해 말할 수 있어요?" 하고 다시금 칼가노프, 무슨 얘기가 오가든 무슨 상관이냐는 투로 열을 내며 말했다. 그런 다음 막시모프에게 물었다. "당신 폴란드에서 결혼했던 거 아니잖아요, 그렇죠?"

"아니죠. 스몰렌스카야주에서였죠. 단, 내가 결혼하기 전에 그 여자한테 있었던 창기병이 그 여자를, 그러니까 나중에 내 아내가 된 그 여자를, 그 여자 어머니와 같이, 또 아버지도 같이, 또 어른이 된 아들이 딸린 다른 친척 여자 한 사람도 같이, 폴란드에서 그리로 데리고 온 거였어요. 그랬었는데, 나한테 그 여자를 양보했어요. 그 사람이 바로 우리 중위였는데, 아주 훌륭한 젊은이였어요. 처음에는 자기가 그 여자랑 결혼하려고 했는데, 안 했어요. 왜냐하면, 알고 보니 그 여자가 절름발이였거든요."

"네? 그럼 뭐에요? 당신이 절름발이랑 결혼했단 얘기네요"

하고 칼가노프가 놀라 물었다.

"네, 절름발이랑 결혼했어요. 그때 그 둘이 어느 정도 서로 짜고 나한테 그 사실을 숨기고 날 속였어요. 난 그 여자의 걸음걸이가 통통 튀는 걸음걸인 줄 알았어요. 그 여자가 계속 통통 튀기에 난 즐거워서 그렇다고 생각했어요."

"당신이랑 결혼하니까 기뻐서 그러는 줄 알았다 이거죠?" 하고 칼가노프가 어린아이의 낭랑한 목소리로 다그쳤다.

"네. 기뻐서 그러는 줄 알았어요. 그런데 알고 봤더니 이유가 전혀 다르더라고요. 그 뒤 우리가 약혼식을 올린 날 저녁에 그 여자가 나한테 고백하고 울면서 용서를 빌더라고요. 자기가 어렸을 때 뭔가를 껑충 건너뛰다가 다리를 다쳤다나요? 히히!"

칼가노프가 영락없는 어린아이의 웃음을 터뜨리며 소파 위에 꼬부라졌다. 그루셴카도 웃음을 터뜨렸다. 드미트리는 기분이 더할 나위 없이 좋았다.

"이거는, 이거는 이 사람이 진실을 말한 거예요. 거짓말이 아니에요!" 하면서 칼가노프가 드미트리를 향해 외쳤다. "또 이거 아세요? 이 사람 결혼 두 번 했었어요. 지금 한 건 첫 번째 아내 얘기예요. 두 번째 아내는 말이에요, 도망가서 지금껏 어딘가에 살아 있어요. 그거 아세요?"

"진짜예요?" 하고 드미트리가 재빨리 막시모프에게 고개를 돌리고 얼굴에 범상치 않은 놀라움을 표시했다.

"네. 도망갔어요. 저한테 그런 아픔이 있었죠. 어떤 남자랑 도망갔어요. 근데 중요한 건, 내가 마을 하나 크기의 토지를 갖고 있었는데, 그 여자가 무엇보다도 먼저 그 토지를 미리 다 자기 이름으로 돌려놨다는 사실이에요. '당신은 똑똑한 사람이니까 토지는 어디서 알아서 구할 수 있을 거야.' 이러면서 날 곤란하게 했어요. 한번은 한 존경받는 주교님이 나한테 이러시더라고요. '당신은 마누라 한 명이 절름발이였는데 다른 한 명은 발이 너무 빠르네.' 히히!"

"여러분, 여러분! 이 사람은 거짓말을 자주 하는데, 주위 사람들을 즐겁게 해주기 위해서 그러는 거예요. 그건 나쁜 짓이 아니죠? 그렇죠? 전 어떨 땐 이 사람이 아주 마음에 들어요. 이 사람 아주 비열해요. 하지만 그게 아주 자연스러워요. 안 그런가요? 어떻게 생각하세요? 어떤 사람들은 자기 이익을 챙기기 위해서 거짓부렁을 하는데, 이 사람은 그냥이에요. 꾸밈이 없어요. 예를 들어 이 사람은 말이죠, 고골이 '죽은 혼'을 쓴 게 자기 얘기를 쓴 거래요. 거기 왜 막시모프 지주 나오잖아요. 노즈드료프가 그 사람을 때려서 재판에 회부되잖아요. '막시모프 지주에 대한 개인적 울분을 술 취한 상태에서 회초리로 푼 죄목으로' 말이에요. 네? 다들 아시잖아요? 그런데 말이에요, 이 사람이 그러는 거예요, 그 막시모프 지주가 바로 자기라고. 자기가 회초리로 맞았다는 거예요. 생각해보세요. 진짜 그럴 수가 있는 걸까요? 치치코프*가 다닌 건 아무리 늦어도 20년대예요. 그것도 20년대 초반이요. 그러니까 시대가 안 맞아떨어지잖아요. 그때 이 사람이 회초리로 맞았을 리가 없잖아요. 그렇죠? 그랬을 리가 없죠?"

칼가노프가 무엇 때문에 그렇게 열을 올리는지 모르겠으나, 그가 열을 올리는 것에는 꾸밈이 없었다. 드미트리가 그를 생각해주느라고 껄껄 웃으면서 "근데 아무튼 회초리로 맞았다면? 그래서 그다음은요?" 하고 호응을 해주었다.

"아니, 꼭 회초리로 맞은 건 아니고요, 그냥요" 하고 돌연 막시모프가 나섰다.

"그냥이라뇨? 회초리로 맞은 게 아니라고요?"

"쿠투라 고드지나 파네(지금 몇 시 됐어)?" 하고 파이프를 든 폴란드인이 지루해하며 의자에 앉은 키 큰 폴란드인에게 물었다. 의자에 앉은 키 큰 폴란드인이 어깨를 들썩여 모른다는 뜻을 표명했다. 둘 다 시계를 갖고 있지 않았다.

"왜 좀 더 얘기하면 안 되나요? 다른 사람들도 좀 말하게 하세요. 당신이 지루하다고 해서 다른 사람들도 말하지 말라고요?" 하고 다시금 그루셴카가 소리쳤다. 일부러 트집을 잡는 것으로 보였다. 드미트리의 머릿속에서 어떤 생각이 처음으로

---

\* 고골의 소설 『죽은 혼』의 주인공이다. - 역자 주

번쩍했다. 이번에는 폴란드인이 누가 봐도 다 보이는 신경질적인 태도로 대답했다.

"파니, 야 니츠 네 무벤 프로치프, 니츠 네 보베드쟐렘(내가 하지 말라는 말이 아니에요. 난 아무 말도 안 했어요)."

"그래요, 좋아요.* 이제 당신이 얘기해요" 하고 그루셴카가 막시모프를 보며 소리쳤다. "왜 다들 그렇게 아무 말이 없어요?"

"얘기할 게 또 뭐 있나요? 다 바보 같은 이야기들뿐인데" 하고 막시모프가 즉시 받아쳤다. 자기의 그 말에 만족한 모양으로 약간 으쓱해하는 태도를 취했다. "고골이 쓴 얘기는 다 풍자예요. 나오는 사람들의 성들도 다 풍자적으로 고른 거예요. 노즈드료브**는 원래 노즈드료브가 아니라 노소프***였고, 쿠프쉬니코프는 근데 전혀 비슷하지도 않아요. 왜냐하면 그 사람은 원래 쉬크보르네프거든요. 근데 페나르디는 진짜 페나르디였어요.³⁸ 비록 이탈리아 사람이 아니라 러시아 사람 페트로프였지만요. 페나르디 씨 댁 딸이 예뻤죠. 착 달라붙는 타이즈를 신은 다리가 아주 예뻤죠. 반짝이가 달린 짧은 치마를 입고 뱅

---

* 폴란드어와 러시아어는 같은 어군(語群)에 속하고 폴란드어에는 러시아어와 같은 어근(語根)을 갖는 단어들이 많아서 러시아어 화자가 폴란드어를 듣고 뜻을 이해하는 경우가 있다. 여기서 그루셴카도 폴란드인이 한 폴란드어를 알아들은 것이다. - 역자 주

** '콧구멍'을 뜻하는 러시아어 단어에서 비롯된 성이다. - 역자 주

*** '코'를 뜻하는 러시아어 단어에서 비롯된 성이다. - 역자 주

글뱅글 돌았어요. 근데 그렇게 네 시간을 돈 건 아니고, 단 4분을 돈 거예요. 그래 갖고 모든 사람을 홀렸죠."

"아니, 회초리로 왜 맞았냐고요. 뭘 어쨌는데 회초리로 맞았냐고요?" 하고 칼가노프가 큰 소리로 외쳤다.

"피롱 때문에요" 하고 막시모프가 대답했다.

"피롱이라뇨?" 하고 드미트리가 소리쳐 물었다.

"유명한 프랑스 작가 피롱이요. 그때 우리는 그 시장의 술집에서 여러 사람들이 모인 가운데서 포도주를 다 마셨어요. 그 사람들이 저를 오라고 불렀는데, 저는 일단 경구를 말하기 시작했죠. '이게 너냐, 부알로야? 옷차림 한번 우습구나, 야.[39]' 그러자 부알로가 대답하기를, 자기가 가면무도회에 가는 길이래요. 목욕탕으로요, 히히! 그 사람들은 자기 얘기 하는 줄로 생각했어요. 전 재빨리 다른 경구를 말했죠. 고등교육을 받은 모든 사람들이 아주 잘 알고 있는 신랄한 경구요.

너는 사포, 나는 파오. 그것은 누가 보나 자명하다.[40]
그러나 슬프도다. 그건 네가
바다로 가는 길을 몰라서다.

그 사람들이 더욱 화가 나서, 그 말을 한 나를 욕하기 시작했어요. 근데 나는 거기서 상황을 바로잡는다는 것이 그만, 아주 교육 수준 높은 분들이 알고 계시는 피롱에 관한 일화를 말한 거예요. 피롱을 프랑스 학술원에서 받아들이지 않자 피롱은 복수심으로, 비석에 들어갈 글을 다음과 같이 썼다는 얘기를요.

Ci-gît Piron qui ne fut rien
Pas même académicien.*

그러자 그들은 다짜고짜 나를 때리기 시작했어요.
"아니, 뭐가 어때서요? 왜 때린 거예요?"
"내가 유식하다는 것 때문에요. 사람들이 어떤 한 사람을 때리는 데에 이유가 어디 한둘인가요?" 하고 막시모프가 짧고 교훈적인 말로 이야기를 마쳤다.
"에이, 됐어요. 다 지겨워요. 듣고 싶지 않아요. 난 또 재미있는 얘긴 줄 알았더니……" 하고 그루셴카가 갑자기 끼어들었다. 당황한 드미트리가 곧바로 웃음을 멈추었다. 키 큰 폴란드인이 자리에서 일어나, 자기가 같이 있고 싶지 않은 사람들 사이에 있어서 지루하다는 입장을 거만하게 드러내며, 뒷짐을 지고 방 이 구석 저 구석을 왔다 갔다 하기 시작했다.
"아주, 걸음걸이를 시작하셨네!" 하고 그루셴카가 경멸하듯

---

* 아무도 아니었던, 심지어 학술원 회원도 아니었던 피롱, 여기 잠들다. (프랑스어)

이 말했다. 드미트리가 약간 마음이 불편했다. 게다가 소파에 앉은 폴란드인이 신경질적인 태도로 자기를 바라보고 있지 않은가.

"신사분, 마십시다!" 하고 드미트리가 외쳤다. "다른 신사분도 같이요. 마십시다, 신사분들!" 하면서 그는 순식간에 컵 세 개를 모아 샴페인을 따랐다.

"폴란드를 위해 마십시다! 자, 여러분의 나라 폴란드를 위해 마십니다!" 하고 드미트리가 높이 외쳤다.

"바르조 미 토 밀로, 파네, 브이피욤(그거 아주 마음에 드는군요, 마십시다)" 하고 소파에 앉은 폴란드인이 거드름을 피우며 점잖게 말하고 자기 잔을 들었다.

"다른 신사분도요. 저기요, 이보세요, 존경하는 폴란드분, 컵을 드시죠!" 하고 드미트리가 분주함을 떨었다.

"브루블레프스키 씨예요" 하고 소파 위의 폴란드인이 귀띔해주었다.

브루블레프스키가 흔들흔들 상으로 걸어와 서서 자기 잔을 들었다.

"폴란드를 위하여 건배!" 하고 드미트리가 잔을 들고 외쳤다.

세 사람이 모두 마셨다. 드미트리가 병을 들고 금방 다시 세 잔을 따랐다.

"이제 러시아를 위해 마십시다, 여러분. 우리는 형제입니다!"

"우리한테도 좀 따라줘" 하고 그루센카가 말했다. "러시아를 위해서라면 나도 마실래."

"나도요" 하고 칼가노프가 말했다.

"나도 같이 마시고 싶어요. 늙으신 우리 할머니 러시아를 위해[41]" 하면서 막시모프가 낄낄댔다.

"네, 네, 다 같이요!" 하고 드미트리가 외쳤다. "주인장, 몇 병 더 갖다줘요!"

드미트리가 운반해온 병들 중 남아 있던 세 병을 마저 갖고 왔다. 드미트리가 술을 잔에 따랐다.

"러시아를 위하여 건배!" 하고 그가 다시 건배를 외쳤다. 폴란드인을 제외하고 다들 마셨다. 그루센카는 자기 잔을 단번에 다 비웠다. 폴란드인들은 자기 잔에 손도 안 댔다.

"왜 그러세요, 신사분들? 왜 안 드세요?" 하고 드미트리가 소리쳐 물었다.

브루블레프스키가 잔을 들고 쩌렁쩌렁한 목소리로 말했다.

"1772년 이전 영역의 러시아를 위하여!"[42]

"오토 바르조 펜크네(그거 아주 좋네)!" 하고 다른 폴란드인이 말하고, 둘 다 자기 잔을 단번에 비웠다.

"정말 바보 같은 분들이시네요!" 하고 드미트리가 불쑥 내뱉었다.

"이보시오!" 하고 두 폴란드인이 모두 성난 수탉들처럼 드미트리를 똑바로 쳐다보며 위협적으로 소리쳤다. 특히 브루블레프스키가 성을 냈다.

"알레 네 모쥬노 제 메치 슬라보시치 도 스보예보 크라유(자기 나라를 사랑하지 않을 수가 있나요)?" 하고 그가 외쳤다.

"조용히 해요! 싸우지들 마요! 싸웠다간 알아서들 해요!" 하고 그루셴카가 명령조로 소리치며 발을 바닥에다 쿵 하고 굴렀다. 그녀의 얼굴이 달아오르고 눈이 번쩍였다. 방금 마신 술이 효력을 나타내는 것이었다. 드미트리가 놀라서 어찌할 줄 몰랐다.

"신사분들, 죄송합니다! 제 잘못입니다. 더 이상 안 그럴게요. 브루블레프스키 씨, 브루블레프스키 선생님, 저 더 이상 안 그럴게요."

"너도 조용히 해! 앉아! 바보 같으니라고!" 하고 그루셴카가 속이 터지는 듯 으르렁댔다.

모두가 앉아서 입을 다물고 서로를 바라보고만 있었다.

"여러분, 다 저 때문이에요!" 하고 드미트리가, 그루셴카가 외친 말을 제대로 못 알아듣고 다시금 나섰다. "왜 이렇게 그냥 앉아만 있는 거죠? 이제 뭘 하면 좋을까요? 다시 즐거운 분위기 만들려면요?"

"네, 진짜 지금은 분위기가 정말 아니네요" 하고 칼가노프가 우물우물 말했다.

"카드놀이나 하죠, 아까처럼" 하고 막시모프가 히히거리며 말했다.

"카드놀이요? 거 좋죠! 신사분들도 같이……."

"늧었어요!" 하고 소파 위의 폴란드인이 마지못해 말하는 듯 응답했다.

"네, 맞아요" 하고 브루블레프스키도 수긍했다.

"늦었다고요? 그게 무슨 말이에요?" 하고 그루셴카가 물었다.

"그러니까 제 말은, 늦었다고요. 시간이 늦었다고요" 하고 소파 위의 폴란드인이 설명했다.

"그렇겠지, 늦었겠지. 다~ 늦었다 하고, 다~ 안 된다 하고, 도대체 되는 게 뭐야? 지루하게 앉아 있기만 하고 말이야. 남들도 지루하게 말이야" 하고 그루셴카는 화가 나서 거의 비명을 지르다시피 했다. "드미트리야, 너 오기 전에 이 사람들 계속 이렇게 말도 안 하고 나한테 뿌루퉁해서 앉아 있었단다."

"나의 여신이여!" 하고 소파 위의 폴란드인이 외쳤다. "당신이 하자는 대로 할게요. 비드젠 네라스켄 에스템 스무트니(당신이 시무룩하니까 나도 침울한 거예요). 에스템 고투프(나 할 준비됐어요)" 하고 마지막 말은 드미트리에게 했다.

"그럼 시작하시오!" 하고 드미트리가 주머니에서 지폐 뭉치를 꺼내, 그중에서 100루블짜리 지폐 두 장을 상에 놓으면서 말했다. "나 돈 많이 잃어드릴 수 있어요, 신사분. 카드를 집으시고 돈을 거시오!"

"주인한테 카드를 달라고 하죠" 하고 키 작은 폴란드인이 진지한 어조로 말했다.

"토 나이레프쉬 스포수브(가장 좋은 방법이에요)" 하고 브루블레프스키가 지지했다.

"주인한테요? 네, 알겠어요. 여관 주인한테 달라고 하죠. 그게 좋겠어요. 카드 좀요!" 하고 드미트리가 마지막 말을 여관 주인에게 외쳤다.

여관 주인이 포장을 안 뜯은 카드를 가지고 와서 드미트리에게, 지금 아가씨들이 준비를 하고 있다고 말해주었다. 유태인들 역시 양금을 갖고 아마 금방 올 것이며, 식료품을 실은 삼두마차는 아직 안 왔다고 전해주었다. 드미트리는 상에서 일어나 옆방으로 가서, 지시를 내리려고 했다. 그러나 아가씨들이 아직 세 명밖에 안 왔고, 아직 마리야는 안 왔다. 게다가 사실 자기도 어떻게 지시를 내려야 할지 잘 몰랐다. 자기가 왜 굳이 그 방에서 나와 이 방으로 달려왔는지 이해가 안 갔다. 그래서 그냥 상자에서 선물이랑 사탕이랑 엿을 꺼내 아가씨들에게 나눠주라고만 지시했다. "앗, 참, 안드레이한테 보드카 따라줘! 안드레이한테 내가 너무 잘 못해줬어" 하고 드미트리가 서둘러 지시를 내렸다. 그때 뒤따라 온 막시모프가 갑자기 그의 어깨를 툭툭 치고 말했다.

"저한테 5루블만 주세요. 저도 카드놀이 좀 해보게요. 히히!"

"네, 좋죠! 아주 좋습니다! 10루블 가져가세요. 자요!" 하고 그가 다시금 주머니에서 지폐 뭉치를 다 꺼내 10루블을 빼주었다. "만일 잃으면 또 말하세요."

"그럴게요" 하고 막시모프가 속삭이고는 홀로 달려갔다. 드미트리도 곧 도로 가서, 기다리게 해서 미안하다고 말했다. 폴란드인들이 이미 자리에 앉아 카드를 뜯었다. 아까보다 훨씬 친절해진 모습이었다. 거의 상냥한 태도라고까지 할 수 있었다. 소파 위의 폴란드인은 새로 파이프를 피우기 시작했고, 물주 역할을 할 준비를 하고 있었다. 장엄한 표정마저 그의 얼굴에 비쳤다.

"다들 자리에 앉으세요!" 하고 브루블레프스키가 말했다.

"전 더 이상 안 할 거예요. 아까 벌써 50루블 잃었거든요" 하고 칼가노프가 말했다.

"아까는 운이 안 따라줘서 그랬지만 이번에는 운이 따라줄 수 있어요" 하고 소파 위의 폴란드인이 말했다.

"판돈이 얼마예요? 한도가 있나요?" 하고 드미트리가 열을 내며 물었다.

"100도 될 수 있고 200도 될 수 있죠, 얼마를 거느냐에 따라."

"100만!" 하고 드미트리가 웃으며 말했다.

"대위님 혹시 포드브이소츠키 씨에 대해 들으셨소?"

"포드브이소츠키가 누군데요?"

"바르샤바에선 자기 차례가 됐을 때 한도가 있는 판돈을 걸어요. 포드브이소츠키 씨가 와서 1천 즈워티*가 있는 것을 보고 올인을 불렀어요. 물주가 말하길, '포드브이소츠키 씨, 금화를 걸겠소, 아니면 명예를 걸겠소?' 그러자 포드브이소츠키가 '명예를 걸겠소' 하고 말했어요. 물주가 '그거 좋소' 하고 말한 뒤 카드를 돌렸고, 포드브이소츠키가 1천 즈워티를 가지려는데 물주가 '잠깐만요' 하면서 상자를 꺼내 100만을 주면서 말하는 거예요. '가지시오. 이게 당신의 라후네크요(이게 당신의 몫이오).' 판돈이 100만짜리였던 거예요. '저는 몰랐어요' 하고 포드브이소츠키가 말했죠. 그러자 물주가 '포드브이소츠키 씨가 명예를 거셨잖아요. 우리도 명예를 걸었어요' 하는 거예요. 그래서 포드브이소츠키가 100만을 갖고 갔답니다."

"그건 사실이 아니에요" 하고 칼가노프가 말했다.

"칼가노프 씨, 브 슐랴헤트노이 콤파니이 탁 무비치 네프르쥐스토이(점잖은 모임에서 그렇게 말하는 거 아니에요)."

"폴란드 도박사가 100만을 그렇게 덜컥 내주기도 하겠네!" 하고 드미트리가 소리쳤으나 곧바로 태도를 바꾸고 말했다. "미안합니다, 신사분, 제 잘못입니다. 네, 또 잘못했네요. 내주

---

* 폴란드의 화폐 단위다. - 역자 주

겠죠. 네, 100만을 내줄 겁니다. 명예를 걸었으니. 폴스쿠* 명예를 걸었으니. 어때요? 나 폴란드말 하는 거 어때요? 하하하! 자, 저 10루블 겁니다. 잭이요."

"난 퀸에 1루블 걸겠어요. 하트 퀸이요. 예쁘기도 하죠, 폴란드 여잔가 봐요. 히히!" 하고 막시모프가 키득거리면서 퀸을 내밀고, 모두에게 숨기고 싶은 듯 상에 몸을 꼭 붙이고 상 밑에서 잽싸게 성호를 그었다. 드미트리가 땄다. 1루블짜리 건 것 역시 좋은 운이었다.

"판돈의 4분지 1!" 하고 드미트리가 외쳤다.

"난 또 1루블이요. 조금씩 걸어야죠" 하고 막시모프가 1루블을 딴 것이 너무나도 기뻐서 기분 좋게 웅얼거렸다.

"잃었네!" 하고 드미트리가 소리쳤다. "칠에다 두 배!"

두 배로 건 것도 잃었다.

"그만하세요" 하고 갑자기 칼가노프가 말했다.

"두 배, 두 배" 하고 드미트리가 거는 액수를 배씩 늘렸다. 하지만 무엇에 두 배를 걸든 다 잃었다. 반면 1루블씩 거는 것은 계속 땄다.

"두 배!" 하고 드미트리가 화가 나서 빽 소리쳤다.

"200을 잃으셨소. 200을 더 거시게?" 하고 소파 위의 폴란드

---

\* '폴란드인의'라는 폴란드어다. - 역자 주

인이 물었다.

"네? 벌써 200을 잃었다고요? 200 더! 200 다 두 배로!" 하면서 드미트리가 주머니에서 돈을 꺼내 퀸에 200루블을 걸려고 했는데 갑자기 칼가노프가 퀸을 손으로 가리며, "그만 됐어요!" 하고 그 낭랑한 목소리로 외쳤다.

"왜 이래요?" 하고 드미트리가 그를 똑바로 쳐다봤다.

"그만 됐다고요. 안 했으면 좋겠어요. 더 하지 마세요."

"왜요?"

"그냥요. 그냥 손을 떼고 가세요. 그래야 돼요. 더 못 하게 할 거예요!"

드미트리가 놀라서 그를 바라보았다.

"그만해라, 드미트리야. 이 사람 말이 맞을지도 몰라. 너 그러지 않아도 많이 잃었잖아."

그루센카가 왠지 이상한 어조로 말했다. 폴란드인 두 명이 다 아주 모욕을 당한 듯한 모습으로 갑자기 자리에서 일어났다.

"쟈르투예쉬(장난하는 거요)?" 하고 키 작은 폴란드인이 엄한 표정으로 칼가노프를 바라보며 말했다.

"야크 센 포바쟈쉬 토 로비치, 파네(어떻게 감히 그런 짓을)!" 하고 브루블레프스키가 칼가노프에게 빽 소리쳤다.

"어디서 감히! 소리 지르지 마! 이 칠면조 수놈들 같으니라고!" 하고 그루센카가 고함을 쳤다.

드미트리가 모든 사람들을 하나하나 차례대로 바라보았다. 그는 그루셴카의 얼굴에 나타난 어떤 기미 때문에 깜짝 놀랐다. 이때 완전히 새로운 생각이 그의 머릿속을 스치고 지나갔다. 이상한 새로운 생각이었다.

"아그리피나 씨!" 하고 키 작은 폴란드인이 분에 겨워 얼굴이 시뻘게져 말을 시작했으나, 갑자기 드미트리가 다가가 그의 어깨를 두드리며 말했다.

"폴란드분, 잠깐만 얘기 좀 합시다."

"체고 흐체쉬, 파네(왜 그러시는데요)?"

"저 방으로 가요, 저 방으로. 내가 딱 두 마디만 할게요. 좋은 말이에요. 아주 좋은 말이에요. 들으면 기분 좋으실 거예요."

키 작은 폴란드인이 놀라서 드미트리를 미심쩍게 쳐다봤다. 하지만 곧 그러자고 했다. 단, 브루블레프스키가 같이 가는 조건에서라고 했다.

"보디가드요? 그러시죠 뭐. 사실 저분도 오셔야 돼요! 꼭 오셔야 돼요!" 하고 드미트리가 외쳤다.

"갑시다!"

"어딜 가는 거야?" 하고 그루셴카가 불안한 듯 물었다.

"금방 돌아올게" 하고 드미트리가 대답했다. 그의 얼굴에 용감함이, 예기치 않았던 씩씩함이 비쳤다. 그가 한 시간 전에 이 방으로 들어올 때는 전혀 저런 얼굴이 아니었다. 그는 폴란드인들을 오른쪽 방으로 데리고 들어갔다. 그러니까, 아가씨들을 모아 노래를 시키려던, 식탁이 차려지던 그 큰 방이 아니라, 침실이었다. 이곳에는 궤짝들, 쌓아놓은 물건들이 있었고, 큰 침대가 두 개 있었는데 각각에는 옥양목 재질의 베개들이 더미로 쌓여 있었다. 이 방 구석에 놓인, 침엽수 목질의 얇은 판으로 만들어진 작은 탁자 위에 촛불이 켜져 있었다. 폴란드인과 드미트리가 이 탁자를 중심으로 마주보고 앉았고, 거인 브루블레프스키는 옆에 뒷짐을 지고 섰다. 폴란드인들은 엄한 표정으로 바라보았으나 얼굴에 호기심 역시 서려 있었다.

"무슨 일 때문에 그러시오?" 하고 키 작은 폴란드인이 중얼거리듯 말했다.

"뭐냐 하면요, 제가 말은 많이 하지 않겠어요. 자요, 돈 여기 있어요" 하면서 그가 지폐를 꺼냈다. "3천을 원하시면 가지고, 알아서 어디로든 떠나시오."

폴란드인이 탐색하는 듯한 눈길을 드미트리의 얼굴에 갖다 박았다.

"3천이라고요?" 하며 그가 브루블레프스키와 눈길을 교환했다.

"네, 3천이요, 3천! 이것 보시오. 내가 보니 당신 꽤 똑똑한 것 같으니까, 3천을 갖고서 어디로든 꺼지란 말이야. 브루블레프스키도 같이 데려가. 바로 지금 곧장 말이야. 영원히 사라지는 거야, 알겠어? 이 문으로 영원히 나가는 거야. 당신 저기 뭐 있어? 코트? 모피 외투? 내가 갖다 줄게. 바로 지금 삼두마차 준비해줄 테니까, 잘 가셔, 응?"

드미트리가 대답을 끈질기게 기다렸다. 반드시 먹혀들 것이라고 그는 생각했다. 무언가 대단히 단호한 결심의 모습이 폴란드인의 얼굴에 비쳤다.

"그런데 돈은 어디 있소?"

"돈은 이렇게 할 거요. 마차 타고 가셔야 되니까 지금 선금조로 500루블 드리고, 2500은 내일 읍내에서 드릴게. 명예를 걸고 맹세하오. 돈은 생길 거요. 땅 밑에서라도 구하겠소!" 하고 드미트리가 소리쳤다.

폴란드인들이 또 서로 눈길을 교환했다. 키 작은 폴란드인의 표정이 조금 안 좋은 쪽으로 변하기 시작했다.

"700. 700을 지금 드릴게. 500이 아니라. 지금 당장 손에 쥐어 드릴게!" 하고, 뭔가 느낌이 안 좋아서 드미트리가 액수를 추가했다. "왜 그래요? 못 믿겠어? 지금 3천을 다 드릴 순 없잖아. 내가 줄 테니 당신은 내일 당장 그루셴카 집으로 오셔. 지금은 나한테 3천이 다 있는 게 아니란 말이오. 읍내에 있는 집에 있소" 하면서 한마디 한마디 할 때마다 드미트리는 점점 자신이 없어져갔다. "진짜로 있다니까요. 숨겨놨어요……."

키 작은 폴란드인이, 지금 자기가 우위를 점하는 상황이라는 느낌을 순식간에 받았다. 그런 느낌이 그의 얼굴에 반짝 하고 드러났다.

"왜, 뭘 좀 더 요구하지 그러셔?" 하고 그가 비꼬듯 말했다.
"페! 아 페(아이구, 창피하셔라)!"

그러면서 그는 퉤 하고 침을 뱉었다. 브루블레프스키도 침을 뱉었다.

모든 게 수포로 돌아갔다는 걸 깨달은 드미트리가 이판사판이다 싶어 말했다.

"지금 당신이 침을 뱉는 것은 그루셴카한테서 더 많은 돈을 빼먹을 수 있다는 생각에서지? 이 거세한 수탉들 같으니라고! 당신네 둘 다!"

"에스템 도 쥐베고 도트크넨트느임(난 더할 나위 없는 모욕을 당했어요)!" 하면서 키 작은 폴란드인이 엄청나게 화가 나 얼굴이 가재처럼 새빨개져 씩씩거리면서, 더 이상 아무 얘기도 듣기 싫다는 듯 방에서 나갔다. 브루블레프스키가 건들거리면서 그 뒤를 따랐다. 그 뒤로 드미트리도 나왔다. 당황하고 망연자실한 모습이었다. 그는 그루셴카의 반응이 무서웠다. 지금 폴란드인이 큰 소리로 떠벌릴 거라고 예감했기 때문이다. 그의 예감은 적중했다. 폴란드인은 홀 안으로 들어가 그루셴카 앞에 마치 배우처럼 우뚝 섰다.

"아그리피나 씨, 에스템 도 쥐베고 도트크넨트느임!" 하고 그는 소리쳤다. 그러나 그루셴카가 마치 가장 아픈 곳을 누가 만졌기라도 하듯, 더 이상은 못 참겠다는 듯이 그에게 소리쳤다.

"러시아말로 해요, 러시아말로! 폴란드말 한마디라도 나오기만 해봐! 전에는 러시아말 하더니! 5년 만에 잊어버린 거야, 뭐야?"

그녀는 분노로 얼굴이 온통 새빨개졌다.

"아그리피나 씨……."

"나 아그라페나예요, 나 그루셴카라고요. 러시아말로 해요. 안 그러면 안 들을 거야!"

폴란드인이 자존심 때문에 숨을 씩씩 몰아쉬며, 장엄하게 들리게 하려고 애쓰면서 러시아말답지 않은 러시아말로 빠르게 말했다.

"아그라페나 씨, 나는 옛것을 잊고, 옛것을 용서하고, 오늘 이전까지 있었던 것을 잊기 위해서 왔어요."

"용서하다니? 당신이 날 용서하러 왔다는 거야?" 하며 그루셴카가 상대의 말을 끊으면서 자리에서 벌떡 일어났다.

"그렇소. 난 소심하지 않소. 난 관대하오. 하지만 난 당신의 애인들을 보고서 브일렘 즈드지뵤느이(놀랐어요). 드미트리 씨가 저쪽 방에서 나한테 3천 루블을 줄 테니 가버리라고 했어요. 그래서 난 침을 뱉어버렸어요."

"뭐야? 쟤가 당신한테 돈 줄 테니 날 포기하라고 했단 말이야?" 하고 그루셴카가 히스테릭하게 소리쳤다. "드미트리, 너, 그게 정말이야? 어떻게 그럴 수가 있어? 나 가지고 장사해?"

"신사분, 신사분," 하고 드미트리가 크게 외쳤다. "그루셴카는 깨끗하고 청아해요. 내가 애인이었던 적이 한 번도 없어요. 신사분 말씀은 틀려요."

"네가 뭔데 저 사람 앞에서 나를 변호해?" 하고 그루셴카가 소리 질렀다. "내가 깨끗했던 건 도덕 때문도 아니었고, 쿠지마가 무서워서도 아니었고, 저 사람 만났을 때 저 사람을 당당하게 몹쓸 놈이라 부를 수 있기 위해서였어. 근데 저 사람이 네가 주는 돈 정말 안 받았어?"

"받으려고 했어! 받으려고 했어!" 하고 드미트리가 소리쳤다. "단지 3천을 한꺼번에 받으려고 했어. 근데 내가 선금으로 700만 준다 그랬거든."

"아, 그래, 알겠어. 아마 나한테 돈 있다는 말을 들은 거겠지. 그래서 약혼하러 온 거겠지!"

"아그리피나 씨," 하고 폴란드인이 소리쳤다. "난 기사요. 난 귀현이오. 건달이 아니란 말이오! 난 당신을 내 아내로 삼기 위해 온 거요. 그런데 내가 보니 옛날과는 다른 여자가 돼 있네요. 우파르투 이 베즈 프스트이두(완고하고 염치없는)."

"어디서 왔든 그리로 꺼져버려! 지금 당신을 쫓아버리라고 할 거야. 그러면 당신 쫓겨난다고! 아이고, 내가 바보지! 5년 동안 혼자 괴로워했어! 저 사람 때문에 괴로워한 게 아니라 내가 분해서 괴로워했어. 지금 이 사람은 그때 그 사람이 아니야! 그 사람이 그때 설마 이랬으려고? 지금 이 사람은 그때 그 사람의 아버지 같아! 아이고, 가발은 또 어디서 그런 걸 맞췄어요? 그때 그 사람이 보라매였다면 지금 이 사람은 물오리야. 그때 그 사람은 즐겁게 웃길 잘했고 나한테 노래도 불러주고 그랬어. 난 5년을 눈물 속에서 보냈다고! 난 바보야! 저주받을 바보, 못난이! 그래, 나 염치없어!"

그루셴카가 자기가 앉아 있던 안락의자에 엎어져 양손으로 얼굴을 가렸다. 이때 옆방에서 갑자기 여럿이 부르는 노랫소리가 들려 왔다. 모크로예의 아가씨들이 결국 집합한 것이다. 맞춰서 춤을 추기에 적합한 신나는 멜로디였다.

"이건 완전 소돔이구먼!" 하고 브루블레프스키가 노호했다. "주인장, 염치없는 것들 다 내보내시오!"

그러지 않아도 고함 소리를 듣고 손님들이 야단법석인 걸 눈치채어 일이 어떻게 되어가는지 이미 문으로 들여다보던 주인이 즉시 방으로 모습을 나타냈다.

"소리는 왜 지르고 그래? 목구멍은 왜 찢고 난리야?"

주인이 브루블레프스키를 향해 예상외로 거칠게 나왔다.

"이 짐승 같은 놈이!" 하고 브루블레프스키가 호통을 쳤다.

"짐승 같은 놈이라고? 그러는 당신은 지금 어떤 카드로 쳤어? 내가 준 카드 당신 숨겼지? 당신 가짜 카드로 쳤잖아. 카드 위조 죄로 당신 시베리아로 한번 보내볼까? 당신도 알겠지만 그건 지폐 위조와 마찬가지야."

그러면서 그는 소파로 다가가, 소파 등받이와 쿠션 사이로 손가락을 집어넣어 거기서 포장을 안 뜯은 카드 한 벌을 꺼냈다.

"이 안 뜯은 게 내 카드요!" 하면서 그가 카드를 들어 모두에게 두루 보여주었다. "내가 저기서 봤어요. 이 사람이 내 카드를 틈에다 집어넣고 자기 카드로 바꿔치기하는 것을요. 신사는 또 무슨 신사? 당신은 사기꾼이야!"

"난 저 신사가 두 번 바꿔치기 하는 거 봤어요" 하고 칼가노프가 소리쳤다.

"아유, 창피해! 아유, 창피해!" 하고 그루셴카가 양손을 쳐들고 외쳤다. 치욕감에 얼굴이 말 그대로 새빨개졌다. "맙소사, 이런 사람으로 변하다니!"

"나도 그런 생각은 했었어" 하고 드미트리가 소리쳐 말하기 시작했는데, 그러기가 무섭게, 당황하여 제정신이 아닌 브루블레프스키가 그루셴카에게 주먹을 보이며 소리 질렀다.

"창녀 계집!"

그러나 그 말이 미처 끝나기도 전에 드미트리가 덤벼들어 양팔로 그를 안고 들어 올려 순식간에 홀에서 오른쪽 방, 즉 조금 전에 폴란드인 둘을 데려갔었던 방으로 들고 갔다.

"저 방에서 내가 저놈을 바닥에 눕혀놨어요!" 하고 그가 즉시 돌아와서는 흥분에 숨을 헐떡거리며 말했다. "저 사기꾼 놈이 싸우려고 들잖아요. 아마 여기 도로 못 올 걸요!" 그러면서 한쪽 문을 잠그고 나머지 문을 활짝 연 채로 키 작은 폴란드인에게 소리쳤다.

"폴란드 양반, 댁도 저쪽으로 안 가시려오? 죄송하지만!"

"드미트리 표도로비치 님!" 하고 트리폰 보리스이치가 외쳤다. "저자들한테 잃은 돈 도로 빼앗으세요! 저자들이 훔친 거나 다름없잖아요."

"난 내가 잃은 50루블 도로 뺏는 짓 안 할래요" 하고 갑자기 칼가노프가 말했다.

"나도 내 200루블 안 뺏을래요!" 하고 드미트리가 외쳤다. "절대 안 뺏을래요. 저자가 위로로 삼게 놔두죠 뭐."

"멋져, 드미트리! 참 잘했어, 드미트리!" 하고 그루셴카가 외쳤다. 그녀의 목소리는 아주 앙칼지게 들렸다. 키 작은 폴란드인은 분개하여 얼굴이 시뻘게졌지만 위풍당당한 태도를 그대로 유지하면서 문 쪽으로 걸어가다가 멈춰 서서 그루셴카를 향해 갑자기 말했다.

"예젤리, 흐체시 이시치 자 므노유, 이드즈이므이, 예슬리 네 브이바이 즈도로바(날 따라오고 싶다면, 갑시다. 안 따라오고 싶다면, 이별이오)!"

그렇게 말하고서 그는 분노와 자존심 때문에 숨을 헐떡이며 문을 통과했다. 성격이 만만찮은 사람이었다. 그런 일이 있었는데도 그루셴카가 자기를 따라올 수 있다는 희망을 잃지 않은 걸 보면 말이다. 그만큼 자신의 가치를 높이 평가하는 사람이었다. 그가 나간 뒤 드미트리가 문을 쾅 닫았다.

"열쇠로 잠가버리세요" 하고 칼가노프가 말했다. 그러나 자물쇠가 그 방 안쪽에서 찰칵 하는 소리를 냈다. 그들이 스스로 잠근 것이다.

"잘됐네!" 하고 그루셴카가 다시 가차 없는 앙칼진 목소리로 소리쳤다. "잘됐어! 꺼지라 그래!"


## VIII
### 몽롱한 의식 속

거의 온 세상이 술판으로 둔갑하지 않았나 하는 환상을 자아내는 술판이 시작되었다. 처음으로 자기한테 술 따라 달라고 외친 것은 그루셴카였다.

"마시고 싶어. 마셔서 완전 취하고 싶어. 저번처럼. 드미트리야, 그때 기억하지? 그때 여기서 너랑 나랑 얼마나 친해졌는지."

드미트리도 의식이 몽롱해지면서 '자신의 행복'을 예감했다.

하지만 그루셴카는 그를 자꾸만 자기 옆에 앉지 못하게 했다. "가서 놀아. 쟤들한테 춤추라 그래. 다들 즐겁게 놀게. 그때처럼 '집이여, 돌아라, 침상이여, 돌아라' 하면서!" 하고 계속 소리쳐댔다. 그녀는 아주 흥분한 상태였다. 그래서 드미트리는 파티를 진행시키려고 이리저리 왔다 갔다 했다. 노래 부르는 아가씨들이 옆방에 모여 있었다. 지금까지 사람들이 모여 있던 방은 그러지 않아도 좁았고, 중간의 옥양목 커튼으로 나뉘어져 있었다. 커튼 저쪽에는 큰 침대가 있었고 침대 위에는 깃털이 풍성하게 채워진 옥양목 재질의 베개들이 쌓여 있었다. 게다가 이 집에 있는 총 네 개의 침실에는 다 침대가 있었다. 그루셴카는 문 바로 옆에 자리를 잡았는데, 드미트리가 안락의자를 그리로 갖다 주었다. '그때', 즉 여기서 처음으로 파티를 벌이던 때에도 마찬가지로 그녀는 앉아서 노래 부르는 사람들과 춤을 지켜보았다. 그때와 똑같은 아가씨들이 모였고, 바이올린과 양금을 연주하는 유태인 여자들도 왔고, 또한 그리도 기다리던 술과 안주를 실은 삼두마차가 드디어 도착했다. 드미트리가 바삐 뛰어다녔다. 이미 자고 있던 다른 남녀들도 일어나 흔치 않은 자리에서 뭣 좀 얻어먹을 수 있겠다 싶어 이 방을 구경하러 들어오곤 했다. 한 달 전에도 그랬었다. 드미트리는 기억이 떠오르는 얼굴을 대할 때마다 인사하고 포옹하고, 병을 따서 누구에게든 따라주었다. 여자들은 샴페인을, 남자들은 럼이나 코냑을 더 마음에 들어했고, 특히 뜨거운 과실주를 가장 마음에 들어했다. 드미트리는 핫초코가 여자들에게 다 돌아가도록, 그리고 누구나 와서 원하기만 하면 차와 뜨거운 과실주를 마실 수 있게끔 사모바르 세 개가 밤새 끓이지 않고 끓여지도록 지시했다. 한마디로 상상을 초월할 정도로 무질서한 난장판이 시작되었으나 드미트리는 마치 고기가 물을 만난 것 같았다. 모임의 분위기가 점점 더 비이성적으로 되어갈수록 그는 더욱더 신이 났다. 그때 누군가가 와서 그에게 돈을 달라고 했다면 그는 그 자리에서 자기 돈 뭉치 전부를 꺼내 세지도 않고 이쪽저쪽으로 뿌렸을 것이다. 바로 그 이유에서, 드미트리가 그런 행동을 하지 못하게 하려고 주인 트리폰 보리스이치는 거의 한시도 그에게서 떨어지지 않고 계속 붙어 있었다. 이 밤에 잠자리에 드는 건 이미 포기하고 말이다. 마시는 건 적게 마셨다(과실주 한 잔이 전부였다). 그에게는 다만 드미트리를 지켜보면서 비위를 맞춰주는 게 중요했다. 필요할 때마다 그는 상냥하고 굴종적인 태도로 드미트리가 도를 넘지 못하도록 설득했다. '그때'처럼 이곳 촌사람들에게 '엽궐련과 독일산 백포도주를' 무작정 나눠주거나, 특히 돈을 나눠주지 못하게 했다. 그리고 아가씨들이 리큐어를 마시고 사탕을 먹는 것에 격분하여 이렇게 말하곤 했다. "몸에는 다들 이가 들끓는단 말입니다, 드미트리 표도로비치 님, 제가 저 애들을 무릎으로 툭툭 치지만 저 애들은 그걸 영광으로 알아야 돼요. 그런 애들이에요." 드미트리는 안드레이를 다시 한번 기억해내고, 과실주를 갖다 주라고 지시했다. "내가 아까 안드레이한테 너무 잘 못해줬어" 하고 그가 감정에 겨운 누그러진 음성으로 했던 말을 반복했다. 칼가노프는 술을 마시지 않을 작정이었고 아가씨들의 노래가 처음에는 마음에 매우 안 들었으나, 샴페인을 두 잔 더 마시고는 아주 흥에 겨워서 방 안을 이리저리 돌아다니며 소리 내어 웃는가 하면 모든 이들을 칭찬하고 노래와 음악 연주를 다 칭송했다. 술에 적당히 취한 막시모프는 기분이 좋아서 계속 칼가노프를 쫓아다녔다. 그루센카 역시 취하기 시작하여, 드미트리에게 칼가노프를 가리키며 말했다. "얼마나 훌륭하고 귀여운 젊은인지 몰라!" 그러면 드미트리가 신이 나서 달려가 칼가노프와 막시모프와 더불어 입을 맞췄다. 드미트리는 많은 것을 예감했다. 하지만 그녀는 아직 그의 예감이 들어맞는 말을 한마디도 하지 않았고, 어쩌면 일부러 말을 참는 것 같았다. 단지 가끔씩만 부드러우면서도 열정적인 눈길로 그를 바라볼 뿐이었다. 그러다 결국 그녀가 갑자기 그의 손을 꼭 잡고 힘 있게 자기 쪽으로 끌었다. 그때 그녀는 문 옆의 안락의자에 앉아 있었다.

"아까 너 들어왔을 때 말이지, 나 너무 놀랐어. 어떻게 날 그 사람한테 양보할 생각을 했었어? 너 그러려고 했었지?"

"네 행복을 망치기 싫었어" 하고 드미트리가 행복에 겨워 말했다. 하지만 그녀에게는 그의 대답이 그리 필요치 않았다.

"그래, 그럼 가서 재미있게 놀아" 하면서 다시금 그녀가 그를 보냈다. "울상 짓지 마. 다시 부를게."

그래서 그는 그녀에게서 떨어졌고, 그녀는 또다시 노래를 듣고 춤을 감상했다. 그러면서도 그가 어디에 있든 그녀는 눈길로 좇았다. 그러다 15분 뒤 그녀가 다시 불러서 그가 다시 달려왔다.

"이제는 옆에 앉아봐. 얘기해봐. 어제 나에 대한 얘기를 어떻게 들었어? 내가 여기 왔다는 얘기를 처음으로 누구한테 들었어?"

드미트리는 모두 이야기하기 시작했다. 너무 성급했고 조리도 없었고 순서도 뒤죽박죽이었는데, 그건 그렇다고 치고 이상하게도 이야기하는 도중에 자꾸만 눈썹을 찌푸리고 이야기를 멈추곤 했다.

"왜 찌푸리고 그래?" 하고 그녀가 물었다.

"아무것도 아니야……. 환자 한 명을 방치해두고 왔어. 그 사람이 정신을 차리고 일어날 수만 있다면, 그 사람이 정신을 차리고 일어날 거라는 걸 내가 알 수만 있다면, 인생에서 10년도 내줄 수 있다!"

"뭘 어쩌겠어? 환자는 환자인 걸. 너 참 진짜로 내일 권총으로 자살하려고 했어? 야, 이 바보야. 뭣 때문에 그러려고 했어? 난 너같이 앞뒤 안 가리는 타입이 좋아" 하고 그녀가 아주 원활히 돌아가지는 않는 혀로 말했다. "넌 날 위해서라면 물불을 안 가릴 거니? 응? 그래서, 이 바보야, 진짜로 내일 권총으로 자살하려고 했어? 안 돼. 아직은 기다려봐. 내일 내가 너한테 어쩌면 무슨 말 한마디 해줄지도 몰라. 오늘은 아니고, 내일. 넌 오늘 해줬으면 좋겠니? 안 돼. 오늘은 안 할 거야……. 자, 그럼 이제 가서 놀아."

한번은 그녀가 고개를 갸우뚱하면서, 걱정되는 표정으로 그를 불러 말했다.

"너 왜 우울해? 우울해 보여……. 그래, 진짜야" 하면서 그녀가 그의 눈을 자세히 들여다보면서 말했다. "네가 아무리 남자들이랑 입을 맞추고 소리치고 해도, 내 눈에는 다 보여. 그러지 말고 재미있게 놀아. 나도 기분 좋으니까 너도 기분 좋게 놀아. 나 여기 있는 사람들 중 누군가를 좋아해. 누군지 알아맞혀볼래? 아유, 저것 좀 봐. 저 젊은이는 잠들었어. 취했나 봐, 귀여운 것……."

그녀는 칼가노프에 대해 말하는 것이었다. 칼가노프는 정말로 취해서 소파에 앉은 채 순간적으로 잠들어버렸다. 그가 잠든 건 술 때문만은 아니었다. 갑자기 왠지 우울해졌기 때문이다. 혹은 그의 표현에 따르면 '지루해졌기' 때문이다. 결국 아가씨들의 노래조차 그를 축 늘어지게 했다. 술이 들어갈수록 노래들이 점점 원기가 줄어들고 맥이 풀렸기 때문이다. 그들의 춤 역시 마찬가지였다. 아가씨 둘이 곰 분장을 했고, 씩씩한 성격의 스체파니다가 손에 작대기를 들고 우두머리 역할을 하며, "마리야 더 신나게 못 하지? 작대기로 맞고 싶냐?" 하고 소리치면서 그들을 '연출'했다. 종국에 가서는 곰들이 보기에 민망할 정도로 힘없이 바닥에 털썩 주저앉고 말았다. 그러자 빽빽이 모여든 아낙네들이며 남자들이 큰 소리로 웃음을 터뜨렸다. "저 사람들도 즐겁고 재미있겠지. 오랜만에 저 사람들도 즐겁게 좀 놀지. 사람들한테 기쁨이 있어야 좋지" 하고 그루센카가 얼굴에 기분 좋은 표정을 띠고 마음 넓은 사람처럼 말했다. 칼가노프는 자기 몸에 마치 뭐 더러운 게 묻었기라도 한 듯 꺼림칙한 표정으로 그 광경을 바라보면서, '그저 촌사람들이란 다 저렇게 점잖지 못하고 교양 없다니깐! 저게 촌사람들의 봄 유희로구먼.[43] 해가 늦게 지는 여름 밤에도 저러고 놀겠지' 하고 생각했다. 하지만 그의 마음에 제일 안 든 것은 신나는 춤곡풍의 가락을 지닌 '신곡'으로, 양반이 처녀들을 고문하는 내용이었다.[44]

양반이 처녀들을 고문했네.

처녀들이 좋아할까, 안 할까?

처녀들은 양반을 좋아할 수 없을 것 같았다.

양반은 아프게 때릴 거라서
양반을 나는 안 좋아하겠어.

그 뒤 집시가 지나가다가 역시 마찬가지로,

집시가 처녀들을 고문했네.
처녀들이 좋아할까, 안 할까?

집시 역시 좋아할 수 없다고 했다.

집시는 내 것을 훔쳐 갈 거라
빼앗긴 나는야 울고 말 거야.

그런 식으로 처녀들을 고문하며 여러 사람들이 죽 지나갔다.
심지어 군인도 있었다.

군인이 처녀들을 고문했네.
처녀들이 좋아할까, 안 할까?

하지만 군인은 환영의 대상이 못 되고 거부당했다.

군인이 배낭을 지고 가겠지.
그럼 난 뒤에서……

그 뒤에는 검열에 걸리고도 남을 구절이었다. 하지만 전혀 거리낌 없이 노래의 가사로 등장했다. 노래를 듣던 청중이 좋아서 뒤집어졌다. 가사의 흐름은 결국 상인으로 낙찰되었다.

상인이 처녀들을 고문했네.
**처녀들이 좋아할까, 안 할까?**

알고 봤더니 아주 좋아한다는 것이었다. 결론은 다음과 같았다.

상인은 사고팔고 해야겠지.
**나는 떵떵거리며 살아야지.**

칼가노프가 심지어 화를 내면서 말했다.
"이건 그야말로 한물간 노래잖아요. 도대체 누가 이런 노래를 만들어내는 거죠? 아니 왜, 철도 종사자나 유태인도 지나가

다가 처녀들을 고문했다고 하지 그래요? 누구보다도 끝내줬을 텐데!"

거의 뾰로통해진 그가 자긴 지루하다고 말하고서 소파에 앉더니 순식간에 잠들었다. 어느 정도 창백해진 잘생긴 얼굴이 뒤로 젖혀져 그의 머리가 소파 쿠션 위에 얹혔다.

"이것 좀 봐, 참 잘생겼지? 아까 내가 애 머리 빗어줬어. 머리숱이 많은 게 마치 아마 섬유 같아."

그루셴카가 드미트리를 칼가노프한테 데리고 가서 그렇게 말하고는 흐뭇하게 바라보다 상체를 숙여 칼가노프의 이마에 입을 맞췄다. 칼가노프가 반짝 눈을 떠서 그녀를 보고는 몸을 일으켜, 막시모프가 어디 있느냐며 걱정스러운 표정으로 물었다.

"음, 필요한 사람은 따로 있구나" 하고 그루셴카가 웃으며 말했다. "그냥 나랑 있으면 왜 안 돼? 드미트리야, 막시모프 씨 좀 찾아서 데려와."

보아하니 막시모프는 이제 벌써 아가씨들 곁을 떠나지 않고 있었다. 단지 자기 잔에 리큐어를 따르러 가끔씩 뛰어갔다 올 뿐이었다. 핫초코도 두 잔이나 마셨다. 얼굴이 불그스름해진 데다 코는 진홍빛이었다. 눈은 향락에 물들 준비가 된 듯 촉촉이 젖었다. 그가 달려와 말하기를, 지금 '멜로디 하나에 맞춰서' 사보티에르 춤[45]을 출 거라고 했다.

"나 어렸을 때 이 고상한 사교계 춤들을 다 배웠다 아닙니까?"

"그래, 드미트리야, 이분이랑 가서 놀아. 난 여기서 어떻게 춤추나 볼게."

"나도, 나도 가서 볼래요" 하고 칼가노프가 소리치면서, 같이 있자는 그루셴카의 제안을 완전히 천진난만한 방식으로 거부했다. 모두가 춤을 보러 갔다. 막시모프는 진짜로 자기가 말한 춤을 추었다. 하지만 드미트리를 제외한 나머지 사람들에게서는 특별한 환호를 불러일으키지 못했다. 춤이라고 해봤자 통통 튀어 오르면서 발바닥이 위로 향하도록 발을 바깥쪽으로 드는 게 고작이었고, 뛸 때마다 막시모프는 손바닥으로 발바닥을 쳤다. 칼가노프는 아주 마음에 안 들어했는데, 드미트리는 막시모프에게 입을 맞추기까지 했다.

"춤 고마워요. 피곤하지 않으세요? 여기 보시면 사탕도 있는데, 안 드실래요? 엽궐련 안 피우실래요?"

"궐련이요."

"술은 더 안 마실래요?"

"지금 리큐어 마시는데요 뭐. 근데 초콜릿 사탕은 없나요?"

"상 위에 한 수레는 있는데요 뭐. 아무거나 골라 드세요."

"전 바닐라 든 거 먹을래요. 노인들은 그런 거 좋아하거든요, 히히!"

"특별하게 뭐가 든 그런 건 없는데요."

"근데 저기 있잖아요," 하고 막시모프가 갑자기 드미트리의 귀에다 입을 대느라고 몸을 구부렸다. "저 아가씨 있잖아요, 마리야 말이에요, 히히! 어떻게 좀 안 될까요? 저랑 둘이 만나게 어떻게 좀 해주실 수 있어요?"

"어럽쇼? 이 아저씨 좀 보게! 참 별걸 다 원하시는군요."

"제가 나쁜 사람은 아니잖아요" 하고 막시모프가 한풀 죽어 속삭였다.

"그래요, 알았어요, 알았어. 여기는 말이죠, 노래하고 춤추는 거만 하는 데예요. 그렇지만, 젠장! 잠깐만요……. 일단 드시고 계세요. 기분 좋게 먹고 마시고 계세요. 돈은 필요 없어요?"

"아마 나중에는 필요할지도 모르는데……" 하면서 막시모프가 미소를 지었다.

"알았어요, 알았어."

드미트리는 머릿속이 화끈거렸다. 그는 문을 통해 마당 쪽으로 나와, 마당을 둘러싼 건물 길이 전체에 걸쳐 설치된 목재 회랑 위에 섰다. 신선한 공기를 마시니 좀 나았다. 그는 혼자서 어둠 한구석에 서 있다가 별안간 양손으로 머리를 움켜쥐었다. 흩어져 있던 상념들이 갑자기 한데 모이고 느낌들이 하나로 합쳐져 눈앞에 빛이 비추이는 듯했다. 그 빛이 비추는 현실이 너무나도 섬뜩했다. '권총 자살을 한다면, 지금이 아니면 과연 언제 하겠느냐?' 하는 생각이 머리를 스쳤다. '권총을 가지

러 가는 거다. 이리로 가지고 와서, 바로 이 구석에서, 지저분하고 어두운 이 구석에서 끝을 보는 거다.'

그는 그런 생각에 잠겼을 뿐, 확실한 판단은 내리지 못하고 거의 1분 동안 서 있었다. 아까 이 지역으로 부리나케 오던 때, 그는 수치를 뒤에 남기고 왔었다. 그가 저지른 절도 행위, 그리고 피, 그 피……! 하지만 그래도 그때가 지금보다는 마음이 더 가벼웠었다. 정말이지 더 가벼웠었다. 그땐 모든 것이 다 끝장난 상황이었다. 그는 그녀를 잃었다. 그리고 그는 물러섰다. 그에게 그녀는 죽은 것이나, 사라진 것이나 다름없었다. 그때는 자신에게 사형 선고를 내리는 일이 지금보다 쉬웠다. 적어도 그것은 피할 수 없는 것으로 여겨졌었다. 뭐 하러 이 세상에 살아남아야 했겠느냐 말이다. 그런데 지금은? 지금은 아까와 상황이 같은가? 지금은 적어도 하나의 유령은, 하나의 적수는 해결했다. 그녀의 전 남자, 의심할 바 없던 운명적인 전 남자가 이젠 흔적도 없이 사라졌다. 무서웠던 유령이 갑자기 조그마하고 우스꽝스러운 존재로 변해버렸다. 그를 들고 나가서 침실에다 잠가버렸으니 말이다. 그 유령은 다시는 돌아오지 않을 것이다. 그녀는 전 남자 때문에 부끄러웠고, 그녀의 눈을 보고서 드미트리는 이제 이미 확실히 알 수 있었다. 그녀가 누구를 사랑하는지를. 그러니 이제는 오직 살아야 하는 것이다. 그런데……, 살 수가 없었다. 그러니 미칠 지경이었다. '신이시

여, 담 옆에 쓰러져 있는 다친 자를 살려 주소서! 이 무서운 잔을 내게서 옮기시옵소서.[46] 당신은 기적을 행하시지 않사옵나이까? 저 같은 죄인들을 위해서 말입니다. 혹시 그 늙은이가 살아 있다면 어떻게 될 것인가? 아, 그러면 나머지 수치는 내가 없애리라. 훔친 돈을 돌려주리라. 땅 밑에서라도 돈을 구해내리라……. 수치는 흔적도 안 남으리라. 물론 내 가슴속에는 영원히 남겠지만. 하지만 어떻게? 어떻게? 나의 실현 불가능한 소심한 꿈이 아닌가? 아, 미칠 것만 같다!'

하지만 그래도 밝은 희망의 한 줄기 빛이 어둠 속의 그를 비춘 것은 사실이었다. 그는 그 자리를 훌쩍 떠나 방들이 있는 쪽으로 달려갔다. 그녀에게로, 다시 그녀에게로 가야 했다. 그의 영원한 여왕에게 말이다. '비록 그녀가 한 시간만, 1분만 나를 사랑했다 해도, 거기에 나의 여생을 바칠 만한 가치가 없단 말이냐? 비록 고통과 수치가 동반된다 하여도?'라는 기괴한 질문이 가슴을 사로잡았다. '그녀한테 가자. 오로지 그녀한테 가자. 그녀를 보고, 그녀의 말을 듣고, 다른 생각은 아무것도 하지 말자. 모든 걸 잊자. 단지 오늘 밤이나마, 단지 한 시간 동안이나마, 단지 한순간이나마 그렇게 하자!'

그런 생각으로 현관을 통해 건물 안으로 들어가려는데, 아직 들어가기 전에 그는 주인 트리폰 보리스이치와 맞닥뜨렸다. 그는 왠지 우울하고 근심에 싸여 보였는데, 드미트리를 찾으러 나온 모양이었다.

"보리스이치 씨, 날 찾았소?"

"아뇨, 아니에요. 굳이 그럴 필요는 없는 것 같은데요. 근데 어디 계셨어요?" 하고 주인이 어리둥절해하며 말했다.

"왜 그렇게 우울해 보여요? 화난 거 아니에요? 어쨌든 조금만 기다리면 자러 가실 수 있어요. 지금 몇 시죠?"

"벌써 거의 3시가 다 됐을 거예요. 어쩌면 3시가 지났을 수도 있고요."

"네, 그만 끝낼게요."

"왜요? 전 괜찮아요. 얼마든지 더 노세요."

'이 사람 왜 이러지?' 하고 드미트리가 잠깐 생각하고는, 아가씨들이 춤을 추고 있던 방으로 달려 들어갔다. 하지만 그녀는 거기에 없었다. 청색 방에도 없었다. 칼가노프만 소파에서 자고 있었다. 드미트리가 커튼 너머를 들여다보니 그녀가 거기에 있었다. 그녀는 구석의 궤짝 위에 앉아서, 옆에 있는 침대에 손을 모아 머리를 받치고서 서럽게 울고 있었다. 그러면서도 자기 울음소리가 남들한테 안 들리도록 온 힘을 다해 자제하는 중이었다. 드미트리를 보더니 그녀는 자기한테 오라고 했다. 드미트리가 달려오자 그녀는 손을 꼭 잡았다.

"드미트리야, 드미트리야, 나 그 남자 사랑했었어! 아주 많이 사랑했었어. 5년 내내 끊임없이. 그 남자를 사랑한 게 아니라 나의 복수심을 사랑한 거라고? 아니야. 그 남자를 사랑했어! 정말이야! 내가 내 복수심을 사랑한 거지 그 남자를 사랑한 게 아니라고 하는 말은 거짓말이야. 드미트리야, 그때 난 만 열일곱밖에 안 됐었어. 그때 그 사람이 얼마나 다정했는데! 얼마나 쾌활했는데! 나한테 노래도 불러주고……. 그게 아니라면 그때 내가 바보라서, 철없는 소녀라서 그 사람이 나한테 그렇게 보인 건가? 어쨌든 지금은, 맙소사! 이건 그 사람이 아니야. 전혀 아니야. 얼굴도 그 사람이 아니고, 어떤 점도 그 사람 같지가 않아. 난 그 사람 얼굴을 몰라봤어. 나 치모페이랑 같이 여기 왔거든. 오는 길에 계속 생각했어. '그 사람을 만나면 무슨 말을 해야 할까?'라고. '어떤 눈으로 서로를 쳐다보게 될까?' 하고. 정신이 아찔해질 정도였어. 그런데 그 사람이 나한테 찬물을 획 끼얹었어. 말투가 완전히 교사의 말투였어. 말하는 게 다 현학적이고 장중한 거야. 나를 장중하게 맞았어. 난 어떻게 행동할지를 몰랐어. 내가 무슨 말을 집어넣을 틈이 없는 거야. 처음에 난 그 사람이 그 꺽다리 폴란드인이 놀릴까 봐 자기 맘대로 행동하지 못하는 줄 알았어. 앉아서 그 둘을 바라보면서 생각했지. '내가 왜 지금은 저 사람이랑 이렇게 한마디도 못 하지?' 알고 봤더니 뭔지 아니? 그 사람 마누라가 그 사람을 망쳐놓은 거야. 그때 날 버리고 그 사람이 바로 그 여자와 결혼하러 떠난 거였어. 거기서 그 여자가 그 사람을 바꿔놓은 거야. 드미트리야, 정말 부끄러운 일이야! 나 너무 부끄럽고 창피해, 드미트리야. 일평생 계속 창피할 거야! 저주받을 이 5년! 저주받아 마땅해!"

그녀가 다시금 눈물을 왈칵 쏟았다. 그러나 드미트리의 손을 놓지 않았다. 손을 꼭 붙잡고 있었다.

"드미트리야, 있잖아, 잠깐만 가지 마. 너한테 할 말이 하나 있으니까" 하고 그녀가 속삭이면서 갑자기 얼굴을 들었다. "있잖아, 나한테 말해봐. 내가 누구를 사랑하는 거 같니? 나 여기 있는 사람들 중 한 사람을 좋아해. 그게 누군지 알아? 네가 한번 말해봐."

눈물로 부어 오른 그녀의 얼굴에서 두 눈이 어스름 가운데 반짝였다.

"아까 멋있는 사람이 한 명 들어왔어. 내 가슴이 덜컥 내려앉았어. '넌 바보야. 바로 저 사람이 네가 사랑하는 사람이잖아' 하고 내 가슴이 즉시 속삭였어. 네가 들어오니까 모든 것이 환해졌어. 나는 '쟤 왜 저렇게 자신이 없는 거지?' 하고 생각했어. 너 아까 자신 없었잖아, 그렇지? 말도 제대로 못 하고. 나는 '저 폴란드인들이 무서워서 저러는 건 아닐 거야' 하고 생각했어. 네가 과연 누구를 무서워하는 적이 있을까? '나를 무서워하는 거야. 오직 나를' 하고 난 생각했지. 야, 이 바보야, 페냐가 너한테 말해줬잖아. 내가 창문으로 알렉세이한테, 드미트리를 한 시간 동안 사랑했는데 지금은…… 다른 사람을 사랑하기 위해 떠난다고 소리친 거 말이야. 드미트리야, 드미트리야, 내가 어떻게 그럴 수 있었지? 난 바본가 봐. 네가 있는데 어떻게 다른 사람을 사랑한다고 생각할 수가 있었지? 날 용서해줄래, 드미트리야? 날 용서해줄 거니, 용서 안 해줄 거니? 날 사랑해? 응? 사랑해?"

그녀가 벌떡 일어나서 양손으로 그의 어깨를 잡았다. 드미트리는 환희에 할 말을 잊어 그녀의 눈을, 얼굴을, 미소를 바라볼 뿐이었다. 그러다 갑자기 그녀를 꽉 껴안고 입을 맞췄다.

"내가 너 마음 괴롭게 한 거 용서해줄 거야? 난 분해서 여러 사람들을 괴롭게 했어. 나 그 늙은이도 일부러 그렇게 미치게 한 거야……. 기억하니? 네가 우리 집에서 한번은 술 마시다가 잔을 깼잖아? 나 그거 기억하고 오늘 나도 잔을 깼어. 마실 때 '나의 못된 마음을 위하여' 마셨거든. 드미트리야, 왜 입 안 맞추는 거야? 입 딱 한 번 맞추고 떨어져 나와 나를 쳐다보고 내 말을 듣기만 하고 있네……. 나 말하는 거 뭐 하러 들어? 입맞춰줘. 세게. 그래. 사랑할 바에야 사랑하는 거야! 이제 내가 네 여종이 될래. 일평생. 여종이 되는 것 행복할 거야! 입맞춰줘. 날 좀 때려줘. 날 괴롭혀줘. 날 좀 어떻게 해줘……. 야, 그렇다고 그렇게……. 가만있어! 잠깐만. 나중에. 그렇게는 싫어."

그녀가 갑자기 그를 밀쳐냈다.

"저리로 좀 가줘, 드미트리야. 나 지금 가서 술 마시게. 취하고 싶어. 지금 취해서 춤추러 갈 거야. 나 그러고 싶어!"

그녀가 그를 놓아두고 커튼 바깥으로 나갔다. 드미트리가 그녀를 뒤따라 마치 취한 사람처럼 나왔다. '그러라고 하지 뭐, 그러라지. 지금 무슨 일이 일어나든지, 1분을 위하여 온 세상을 바치리라' 하는 생각이 그의 머릿속을 스쳤다. 그루셴카는 진짜로 샴페인 한 잔을 단숨에 마시고는 아주 갑작스럽게 취했다. 그녀는 자기가 아까 앉아 있던 안락의자에 앉아 행복한 미소를 지었다. 뺨이 달아올랐고 입술이 뜨거워졌으며 번쩍거리던 눈동자가 흐릿해졌고 열정에 불타는 시선이 유혹적으로 보였다. 심지어 칼가노프의 마음도 흔들려, 그는 그녀에게 다가갔다.

"아까 너 잘 때 내가 너한테 입맞추는 소리 들었어? 지금 난 취했어. 넌 안 취했니? 근데 드미트리는 왜 안 마시지? 드미트리야, 넌 왜 안 마셔? 난 마셨는데 넌 안 마시네."

"나 취했어! 얼마나 취했다고! 너에 취했어. 근데 지금은 술에 취하고 싶어."

그가 한 잔을 더 마시고 갑자기 취해버렸다. 그전까지는 아직 멀쩡했었다. 그러나 이제부터는 주위의 모든 것이 비몽사몽간인 양 빙빙 돌기 시작했다. 그는 돌아다니고 웃고 모든 사람들한테 말을 걸었는데, 이 모든 것이 이미 제정신으로 하는 게 아니었다. 오로지 하나의 느낌뿐이었다. 자르르 타는 무언가가 그의 속에서 움직이지 않고 버티고 있는 것이 수시로 느껴졌다. 나중에 그가 그때를 기억하며 한 말에 따르면, '마치 마음속에 숯불이 있는 것 같았다.'[47] 그는 그녀에게 다가와 옆에 앉아 그녀를 보며 그녀의 말을 듣곤 했다. 그녀는 아주 말수가 많아졌고 사람들을 다 자기한테 오라고 불렀으며, 갑자기 노래하던 한 아가씨를 오라고 부르기도 해서 아가씨가 오면 아가씨에게 입을 맞추고 가보라고 하든지 아니면 아가씨에게 손으로 성호를 그어주었다. 조금만 더 있으면 꼭 그녀가 울음을 터뜨릴 것 같았다. 그녀가 '늙은이'라 부른 막시모프도 그녀를 즐겁게 해주려고 많이 노력했다. 그는 그녀의 손과 손가락 하나하나에 입맞추러 수시로 달려오곤 했으며, 나중에 가서는 한 오래된 노래에 맞춰 다시 한번 춤을 췄는데, 자기 스스로 그 노래를 부르면서 춤을 췄다. 특히 후렴 부분에서 열정적으로 춤을 췄다.

돼지는 꿀꿀, 꿀꿀,
송아지 음매, 음매,
오리는 꽥꽥, 꽥꽥,
거위는 꿱꿱, 꿱꿱.

암탉이 이리저리 문 앞에서,

쮸류류류 쮸류류류 하면서

왔다 갔다 돌아다녔어.

"저 사람한테 뭣 좀 줘, 드미트리야" 하고 그루셴카가 말하곤 했다. "저 사람한테 뭣 좀 선물로 줘. 저 사람 가난하잖아. 아유, 가난한 사람! 불쌍한 사람……! 드미트리야, 나 있잖아, 수도원에 들어갈래. 아냐, 정말이야. 언젠간 들어갈래. 오늘 알렉세이가 나한테 평생 기억할 만한 말을 해줬어. 그래……. 어쨌든 오늘은 춤추고 놀자. 내일은 수도원에 들어가더라도, 오늘은 춤추고 놀자. 난 재미있게 장난치고 싶어. 사람들도 다 착한데 뭐가 어때? 신께서도 용서하실 거야. 내가 신이라면 모든 사람들을 다 용서했을 거야. '내 어여쁜 죄인들아, 오늘부로 모두를 용서하노라' 하면서. 또 나 용서를 빌러 갈 거야. '용서해주세요, 착하신 분들. 어리석은 여자인 저를 용서해주세요.' 나는 악독한 여자니까. 나 기도하고 싶어. 나 양파 기부했어. 나 같은 악독한 여자도 기도하고 싶은 거야! 드미트리야, 춤들 추라 그래. 방해하지 마. 이 세상 모든 이들은 다 좋은 사람들이야. 모두가 빠짐없이 말이야. 이 세상은 참 좋아. 비록 우리가 추악할지라도 이 세상은 좋아. 우리는 추악하면서 또 좋은 사람들이야. 추악하면서도 좋은……. 아니, 대답들 해봐요. 내가 하나 물을게요. 다들 이리 오세요. 내가 물을게요. 자, 말해보세요. 내가 왜 이렇게 좋은 여자죠? 나 좋은 여자 맞죠? 아주 좋은 여자죠? 그러니까 말해보세요. 내가 왜 이렇게 좋은 여자죠?"

그루셴카가 점점 더 취하면서 수다를 떨다가, 결국에는 지금 자기가 춤을 추고 싶다고 직접적으로 선언했다. 안락의자에서 일어나다 비틀하며 넘어질 뻔했다.

"드미트리야, 나한테 더 이상 술 주지 마. 부탁인데, 주지 마. 술 마신다고 편해지는 게 아니야. 다 빙빙 돌아. 난로랑 다 빙빙 돌아. 춤추고 싶어. 내가 춤추는 거 다들 봐도 괜찮아. 내가 얼마나 춤을 멋지게 잘 추는지······."

그녀의 의도는 진지했다. 그녀는 주머니에서 흰 바티스트 재질의 손수건을 꺼내, 춤추면서 흔들기 위해 그 한쪽 끝을 오른손에 쥐었다. 드미트리가 분주하게 그녀를 도우려 했다. 아가씨들이 노래를 멈추고, 손짓이 떨어지면 춤곡을 갑자기 시작하려고 준비하고 있었다. 막시모프는 그루셴카가 춤을 추려 한다는 걸 알고는 환호하며, 앞에서 같이 장단을 맞추며 뛰어주기 위해 노래를 부르며 그녀에게 다가갔다.

가느다란 다리에, 소리 나는 옆구리.[48]
꼬리는 갈고리처럼 꼬부라졌네.

그러나 그루셴카가 손수건을 그의 앞에서 흔들어 그를 쫓아보냈다.

"드미트리야, 근데 왜들 안 오는 거야? 다들 여기 와서 보라 그래……. 저 사람들도 오라 그래, 갇혀 있는 사람들……. 왜 저 사람들 가둬놓은 거야? 저 사람들한테 말해. 나 지금 춤춘다고. 저 사람들도 와서 나 춤추는 거 보라 그래……."

드미트리가 술기운에 잠긴 문으로 다가가, 폴란드인들을 향해 주먹으로 문을 치기 시작했다.

"여보시오, 포드브이소츠키 씨들! 나와 보세요. 그루셴카가 춤을 춘대요. 나오시래요."

"건달!" 하고 폴란드인들 중 한 명이 소리쳤다.

"그러는 넌 건달 졸개다, 인마! 이런 사소한 인간 같으니라고."

"폴란드에 대한 모욕을 좀 삼가시지 그래요" 하고 칼가노프가 끼어들었다. 그 역시 감당하기 어려울 정도로 취한 상태였다.

"젊은 친구 조용히 해! 내가 저 사람한테 사소한 인간이라고 했다고 해서 내가 폴란드 전체에 대해서 그렇게 말한 건 아니잖아. 건달 하나가 폴란드 전체를 뜻하는 건 아니잖아. 가만있어, 잘생긴 젊은 친구. 사탕이나 드시라고."

"뭐 저런 사람들이 다 있어? 풀 때는 같이 풀어야지" 하고 그루셴카가 말하고 춤추러 나갔다. 드디어 "현관이여, 나의 현관이여" 하고 노랫가락이 울려 퍼졌다. 그루셴카가 머리를 뒤로 젖히고 입술을 반쯤 열고 미소를 지으며 손수건을 휘두르다가 갑자기 그 자리에서 비틀하더니 방 한가운데에 망설이며 우뚝 섰다.

"힘이 없어……. 미안합니다. 힘이 없어서 못 하겠어요……. 죄송합니다……."

그녀가 노래 부르는 아가씨들한테 절을 하고, 그 뒤 네 방향에다 차례로 절을 하기 시작했다.

"미안합니다……. 죄송합니다……."

"술이 좀 되셨나 봐요, 아가씨께서. 네, 술이 좀 되신 거 같아요, 예쁜 아가씨께서" 하는 목소리들이 들렸다.

"저분들 다 꽤 마시셨어요" 하고 막시모프가 노래하는 아가씨들한테 히히거리며 말해주었다.

"드미트리야, 나 좀 데려다줘. 날 좀 데려가" 하고 그루셴카가 힘 빠진 목소리로 말했다. 드미트리가 달려와 그녀를 번쩍 들고서 소중한 보물을 얻은 듯이 커튼 뒤로 향했다. 칼가노프가 '어이쿠, 이제야말로 나는 갈 시간이네' 하고 생각하고 청색 방을 나와서 문 양쪽을 다 닫았다. 그러나 홀 내에서 잔치는 떠들썩하게 계속되었다. 더욱더 떠들썩해졌다. 드미트리가 그루셴카를 침대에 눕히고 그녀의 입술을 깊이 빨았다.

"나 건드리지 마……" 하고 그녀가 그에게 애원하는 목소리로 말했다. "건드리지 마. 나 아직 네 거 아니야……. 네 거라고 말했지만, 건드리지 마, 제발……. 저 사람들 있는 데에선 안돼. 그 사람 여기 있잖아. 여기선 꺼림칙해…….."

"알았어. 안 할게. 지킬 건 지킬게. 그래, 여기선 꺼림칙해. 장소가 보잘것없어."

그러면서 그는 그녀를 계속 껴안은 상태로 침대 옆에 무릎을 꿇었다.

"난 알아, 네가 비록 난폭한 데는 있어도, 점잖기도 하다는 거" 하고 그루셴카가 힘들게 겨우 말했다. "정직해야 하지. 앞으론 정직할 거야. 우리 둘 다 정직해야 돼. 그리고 우리 둘 다 착한 사람이어야 돼, 짐승이 아니라, 착한 사람……. 날 데려가줘. 먼 데로 데려가줘, 응? 나 여기선 살기 싫어. 여기서 아주 먼 곳으로……."

"응, 그래, 그래, 꼭 그럴게! 내가 널 데리고 가줄게. 먼 곳으로……. 아, 평생을 1년과도 맞바꿀 수 있겠어. 그 피에 대해서 알 수만 있다면!"

"피라니?" 하고 그루셴카가 물었다.

"아니야!" 하고 드미트리가 입을 다물었다가 이렇게 말했다. "그루셴카야, 넌 정직해야 한다고 하지만, 난 사실 도둑이야. 나 카체리나한테서 돈을 쓱싹했어. 그건 정말 수치스러운 일이야!"

"카체리나한테서? 그 아가씨한테서? 아냐, 넌 안 훔친 것으로 할 수 있어. 돌려주면 되잖아. 나한테서 가져가. 뭘 그렇게 소리치고 그래? 이젠 내 게 다 네 건데. 우리한테 돈이 과연 뭐라고? 우린 어차피 펑펑 쓸 건데 뭐. 돈 같은 건 펑펑 쓰라고 있는 건 아닌데. 너랑 나랑 밭 가는 게 나을 것 같아. 나 이 내 손으로 흙을 긁을 거야. 일을 해야 돼, 그거 아니? 알렉세이가 그러라 그랬어. 난 네 애인이 될 게 아니라 신실한 여자가 될 거야. 여종이 될 거야. 너를 위해 일할 거야. 우리 아가씨한테 가서, 우리 둘 다 절을 하자. 용서해달라고. 그리고 떠나는 거야. 만약 용서 안 하면, 그래도 우린 그냥 떠나는 거야. 너 그 아가씨한테 돈 갖다 줘. 그리고 사랑하는 건 날 사랑해야 돼. 그 아가씨 말고. 더 이상 그 아가씬 사랑하지 마. 만일 사랑하면 내가 그 아가씰 목 졸라 죽일 거야. 눈을 두 개 다 바늘로 찔러버릴 거야."

"널 사랑해. 너 하나만을. 시베리아에서도 사랑할 거야."

"시베리아는 또 왜? 그래, 뭐, 시베리아도 네가 원한다면 괜찮아. 일을 해야 돼. 시베리아에는 눈이 많이 내리지? 나 눈 위를 달리는 거 좋아해. 방울도 달고 말이야. 들어봐, 방울 소리야! 어디서 방울 소리가 나는 거지? 누가 오나 봐. 이제 소리가 그쳤네."

그녀는 힘없이 눈을 감고 일순간에 잠들었다. 사실은 방울 소리가 난 것은 어디 먼 곳에서였다. 그랬다가 소리가 갑자기 멈췄다. 드미트리가 머리를 그녀의 가슴께에 가까이 대보았다. 그는 방울 소리가 그친 것을 눈치채지 못했고, 노랫소리가 갑자기 그친 것 역시 눈치채지 못했다. 노랫소리와 술 취한 고함 소리 대신에, 건물 전체에 별안간 쥐 죽은 듯한 정적이 내렸다. 그루셴카가 눈을 떴다.

"나 잤어? 아, 그래, 참, 방울 소리……. 나 자면서 꿈꿨어. 내가 눈 위를 달리고, 방울 소리가 울리고, 나는 졸고 있어. 사랑하는 사람이랑, 너랑 같이 눈 위를 달려. 아주 멀리멀리. 너를 껴안고 너한테 입맞추면서, 추워서 너한테 꼭 붙어 있었어. 눈은 반짝반짝 빛나고……. 밤에 달빛에 눈이 빛나는데, 내가 있는 곳이 마치 땅 위가 아닌 것 같았어……. 꿈에서 깨어났더니 사랑하는 사람이 옆에 있으니까 얼마나 좋은지 모르겠어."

"그래, 옆에 있어" 하고 드미트리가 조용히 말하면서 그녀의 옷에, 가슴에, 손에 입을 맞췄다. 그러다 별안간 그는 무언가가 이상하다고 느꼈다. 그녀가 시선을 앞으로 두고 있는데, 그렇다고 그의 얼굴을 바라보는 게 아니라, 그의 머리 위쪽을 바라보고 있었다. 집중해서 바라보는 그 시선은 전혀 움직이지 않고 한 군데에 못 박혀 있어서 심지어 이상할 정도였다. 그녀가 갑자기 놀란 표정을 했다. 거의 경악의 표정에 가까웠다.

"드미트리야, 저기서 우리 쪽을 보고 있는 저 사람 누구야?" 하고 그녀가 빠르게 속삭였다. 드미트리가 뒤돌아보니, 실지로 누군가가 커튼을 양쪽으로 젖히고 그와 그녀를 들여다보는 것 같았다. 게다가 한 사람도 아닌 듯했다. 드미트리가 휙 일어나 들여다보는 사람 쪽으로 다가갔다.

"이리로 오세요. 네, 이쪽으로 오세요."

크지 않은 소리로, 그러나 의연하고 단호한 어조로 누군가가 말했다.

드미트리가 커튼 밖으로 나가, 자리에 못 박힌 듯 섰다. 방 전체에 사람들이 꽉 차 있었다. 하지만 아까 같이 있었던 사람들이 아니라 전혀 새로운 사람들이었다. 그의 등을 타고 한기가 번개처럼 흘러 지나갔고, 그는 몸을 후드득 떨었다. 이 모든 사람들을 그는 한순간에 알아보았다. 외투를 입고 모표가 달린 모자를 쓴 이 키 크고 몸집이 좋은 노인은 군 경찰서장 미하일 미카로비치였다. 그리고 말쑥하게 차려입고 항상 이런 잘 닦인 장화를 신고 다니는 이 말라빠진 사람은 검사보였다. '이 사람한테 400루블짜리 크로노미터가 있어. 이 사람이 나한테 보여준 적 있어' 하는 생각이 났다. 그리고 이 젊고 체구가 작고 안경 쓴 사람은……, 드미트리는 그 사람 성이 가물가물했다. 하지만 알긴 알았다. 본 적이 있었다. 아무튼 이 사람은 예심판사다. 브라보베제니예[49] 출신이고, 부임한 지 얼마 안 됐다. 그리고 이 사람은 지방 경찰서장 마브리키 마브리키치다. 이 사람은 드미트리가 확실히 알았다. 아는 사람이었다. 그런데 금속판을 옷에 단 이 사람들은 왜 온 건가? 그 외에도 웬 남자 둘이 더 있다. 그리고 저기 구석에 칼가노프와 트리폰 보리스이치가 있다…….

"여러분……, 어찌 된 일인가요?" 하고 드미트리가 말하다가 갑자기 자기도 모르게, 마치 자기 아닌 누군가가 소리치듯 목청껏 크게 소리쳤다. "아, 알겠습니다!"

안경을 쓴 젊은 사람이 갑자기 앞으로 튀어나와 드미트리에게 다가와, 엄숙하지만 어느 정도 서두르는 듯한 어조로 말했다.

"우리가 댁하고 할 이야기가……, 한마디로, 이리로 오시지요, 이리로요, 소파 쪽으로……. 댁한테 꼭 물어볼 게 있어요."

"노인 얘기죠?" 하고 드미트리가 감정이 받치는 목소리로 외쳤다. "노인과 그의 피 얘기죠? 그럼 알겠습니다."

그러면서 옆에 있던 의자에 마치 쓰러지듯이 앉았다.

"알겠다고? 그래, 알겠지? 부친 살해범에 인간쓰레기! 네 늙은 아버지의 피가 너에 대하여 호소하느니라!"

늙은 군 경찰서장이 갑자기 드미트리에게 바싹 다가서며 호통을 쳤다. 그는 보통 화가 난 게 아닌 것 같았다. 얼굴이 시뻘게졌고, 온몸을 부들부들 떨었다.

"어유, 이건 정말!" 하고 체구가 작은 젊은이가 소리쳤다. "미하일 미카로비치 님, 미하일 미카로비치 님, 그러시는 거 아니에요, 그러지 마세요! 저 혼자 말하게 좀 해주시기 바랍니다.

미하일 미카로비치 님께서 그렇게 행동하시리라고는 전혀 예상 못 했어요."

"하지만 그게 말이 되오? 여러분, 말이 안 되지 않소?" 하고 군 경찰서장이 외쳤다. "이 사람을 좀 보세요. 밤에 술에 잔뜩 취해 행실 안 좋은 계집이랑 있잖아요. 자기 부친의 피를 흘려놓고……. 이건 정말 말도 안 돼!"

"제가 꼭 당부드리는데요, 미하일 미카로비치 님, 이번에는 제발 감정을 자제해주세요" 하고 검사보가 노인에게 아주 빠른 말투로 속삭였다. "안 그러시면 제가 하는 수 없이 필요한 조치를……."

그러나 체구가 작은 예심판사가 큰 소리로, 확고하고 위엄 있는 어조로 드미트리에게 다음과 같이 말을 시작했기 때문에 검사보는 말을 이을 수가 없었다.

"퇴역 육군 중위 카라마조프 씨, 지난밤 일어난 당신의 부친 표도르 파블로비치 카라마조프 씨 피살 사건과 관련하여 당신에게 살인 혐의가 있음을 선포합니다."

그는 그것 말고도 무슨 말을 더 했고, 검사도 무슨 말을 덧붙였으나, 드미트리는 비록 듣고 있었을망정 무슨 말인지 알아듣지 못했다. 거친 눈길로 사람들을 둘러보기만 했다.

# 제9편
# 예심

## I
### 관리 페르호친의 출세 가도의 시작

 우리가 표트르 일리치 페르호친을 마지막으로 본 것은 그가 사업가 미망인 모로조바 부인 집의 굳게 잠긴 대문을 온 힘을 다해 두드리는 대목에서였다. 물론 그는 결국 대문이 열릴 때까지 두드렸다. 그러지 않아도 두 시간쯤 전에 겁을 먹고 아직까지 흥분이 가시지 않아 잡념으로 잠자리에 들 결심을 못하고 있던 페냐는 격하게 대문을 두드리는 소리를 듣고서 또 겁을 먹었으며, 이제는 거의 히스테리를 일으킬 지경까지 되었다. 그녀는 또 드미트리 표도로비치가 두드리는 거라고 생각했다(그가 떠나는 것을 직접 봤음에도 불구하고). 왜냐하면 드미트리 표도로비치 말고는 그렇게 난폭하게 두드릴 만한 사람이 없었기 때문이다. 그녀는 잠을 깨어 이미 대문 쪽으로 가고 있는 가옥 관리인에게 달려가서 들여보내지 말라고 애원했다. 그러나 가옥 관리인은 대문을 두드리는 사람에게 물어 신분을 알아내고, 그가 아주 중요한 일로 페냐를 만나고 싶어한다는 것을 알게 된 다음 결국 문을 열어주어야겠다고 판단했다. 표트르 일리치가 페냐를 보러 그녀가 있는 주방에 들어오자, 페냐는 노파심에 표트르 일리치에게 가옥 관리인도 같이 들어와 있게 해달라고 부탁했다. 표트르 일리치는 그녀에게 상세하게 질문을 던지던 중 일순간 가장 중요한 대목에 이르렀다. 그러니까, 드미트리 표도로비치가 그루셴카를 찾으러 달려 나갈 때 절구에서 절굿공이를 집어 갖고 갔다는 대목이었다. 그리고 돌아왔을 때는 절굿공이를 갖고 있지 않았으며 양손은 피로 적셔져 있었다는 점이었다. "게다가 아직도 핏방울이 떨어졌어요, 손에서요. 뚝, 뚝 하고요!" 하고 페냐가 외쳤다. 그녀는 뒤죽박죽된 상상 속에서 그런 무서운 장면을 그려낸 게 분명했다. 사실 피에 젖은 손은 표트르 일리치 자신도 보았다. 비록 핏방울이 떨어지는 상태는 아니었지만 말이다. 그 손을 씻도록 표트르 일리치가 직접 도와주지 않았는가? 하지만 피에 젖은 손이 금방 말랐는지 안 말랐는지가 문제가 아니라, 절굿공이를 들고 드미트리 표도로비치가 어디로 달려갔는지가 문제였다. 아마 표도르 파블로비치에게 달려간 게 아니겠는가? 왜 그렇게 쉽게 단정 지을 수 있는가? 그 점을 표트르 일리치는 신중하게 생각해보았다. 그리고 비록 결과적으로 확실히 알게 된 사실은 아무것도 없었지만, 그래도 거의 확신하게 되었다. 드미트리 표도로비치가 부친의 집밖에는 다른 데 달려갈 데가 없다는 점을 말이다. 그리고 그 집에서 무슨 일이 반드시 일어났을 것이라는 점을 말이다. "그분이 돌아오셨을 때 제가 있는 대로 다 말씀드리면서 물어보기도 했어요. '드미트리 표도로비치 님, 왜 손에 피가 묻었어요?'라고요" 하고 페냐가 흥분하여 덧붙였다. 그때 드미트리는 그녀에게 바로 그렇게 대답한 것이다. 그 피가 사람의 피고, 그가 방금 사람을 죽였다고. 페냐는 또 말했다. "바로 그렇게 고백을 하셨어요. 제 앞에서 후회하는 말을 하셨어요. 그러다가 갑자기 정신 나간 사람처럼 달려 나가셨어요. 저는 앉아서 생각하기 시작했어요. '지금은 또 어딜 저렇게 정신 나간 사람처럼 달려갔나?' 하고요. 모크로예로 가지 않을까 하고 저는 생각했어요. 거기서 아씨를 죽이려고요. 그래서 저는 그분한테 아씨를 죽이지 말라고 애원하러 갔어요. 그분 집으로요. 그런데 플로트니코프 씨 상점 근처에서 보니까 거기서 그분이 벌써 떠나는 중이셨어요. 손에는 이미 피가 안 묻어 있었어요(페냐가 그 점을 눈여겨보고 기억해뒀다)." 페냐의 할머니는 자기 손녀의 증언을 다 옳다고 확인해주었다.

몇 가지 사항을 더 물은 뒤 표트르 일리치는 그 집에 들어갈 때보다 흥분과 불안이 더욱 커진 상태로 그 집에서 나왔다.

사건을 가장 직접적으로 확실하게 파악할 수 있는 길은 이제 그가 표도르 파블로비치의 집으로 가서 무슨 일이 없는지 알아보는 것이라고 생각되었다. 그리고 만약 무슨 일이 있다고 하면 그게 무슨 일인지 알아보는 것이었다. 그래서 의심할 바가 없게 된 뒤에야 군 경찰서장을 찾아가야 한다고 표트르 일리치는 확실하게 결정했다. 하지만 칠흑 같은 밤이었고 표도르 파블로비치 집 대문은 단단히 잠겨 있을 것이기 때문에 또다시 두드리는 행위를 하지 않으면 안 되었다. 그는 표도르 파블로비치와 가깝게 아는 사이가 아니었다. 그의 두드리는 소리에 드디어 대문이 열린다고 쳤을 때, 그 집에서 아무 일도 안 일어났다고 판명된다면, 비웃기 좋아하는 표도르 파블로비치가 내일 온 읍을 돌아다니며 만담을 퍼뜨릴 것이다. 자정에 자기 집에 페르호친이라는 웬 관리 하나가 문을 쾅쾅 두드리며 찾아와서는 "누가 당신을 죽이지 않았소?" 하고 묻더라고. 그러면 그게 웬 웃음거리냐! 표트르 일리치는 웃음거리가 되는 것을 이 세상의 무엇보다도 두려워했다. 그럼에도 불구하고 그를 자꾸만 이끄는 느낌이 너무 강하여, 분에 가득찬 그는 발로 땅을 한 번 구르고 한 번 욕설을 내뱉고는, 곧 새로운 길을 떠났다. 표도르 파블로비치가 아니라 호흘라코바 부인에게 갔다. 아까 드미트리 표도로비치에게 3천을 준 게 부인이냐는 그의 질문에 호흘라코바 부인이 대답을 하는 경우, 그 대답이 부정적이면 그는 표도르 파블로비치 집에 들르지 않고 곧장 군경찰서장한테 갈 생각이었다. 그 반대의 경우라면 이 모든 일을 내일로 미루고 자기 집으로 돌아갈 생각이었다. 물론 거의 11시가 다 된 밤중에 전혀 모르는 상류층 부인을 찾아가, 어쩌면 자고 있을지도 모르는 그녀를 깨워서 가히 놀라움을 불러일으킬 만한 질문을 던지겠다는 이 젊은이의 결정은, 표도르 파블로비치한테 가는 경우보다 소란을 불러일으킬 가능성이 훨씬 더 많음을 짐작케 한다. 그러나 그런 일이 가끔씩 일어난다. 이는 특히 주어진 경우와 유사한 일들에서 매우 엄밀하고 냉정한 사람들의 결정을 둘러싸고 일어난다. 한편 표트르 일리치는 그 순간에 전혀 냉정한 사람이 아니었다. 그는 나중에 평생 동안 그 기억을 떠올렸는데, 자신을 점점 옥죄어오던 잠재울 수 없는 불안이 결국은 고통으로까지 자라났고, 심지어 그를 자기 의지와 반대되는 방향으로 이끌기까지 했다고 했다. 물론 그는 그 부인을 만나러 길을 가는 동안 계속 쉬지 않고 자신을 욕했다. 그러나 '반드시 결말을 보리라!' 하고 그는 입을 앙다물고 열 번째로 다짐했다. 그래서 결국 자신의 의도를 이행했다. 결말을 본 것이다. 그가 호흘라코바 부인 집에 들어갈 때는 11시 정각이었다. 그는 비교적 금방 뜰로 들여보내졌다. 그러나 부인이 이미 잠자리에 들었는지, 아니면 아직 안 들었는지에 대한 질문에 가옥 관리인은 "보통 이때쯤 잠자리에 들곤 한다"는 말 외에는 정확한 답을 하지 못했다. "저 위에 올라가셔서 기다리세요. 만나주신다고 하면 만나주시는 거고, 그렇지 않으면 않은 거예요" 그랬다. 표트르 일리치는 위로 올라갔으나, 바로 복잡한 상황과 맞닥뜨렸다. 하인이 보고하려고 하지를 않았고, 하녀를 불러온 게 고작이었다. 표트르 일리치는 하녀에게 점잖으면서도 강경하게 부탁하기를, 페르호친이라는 이 고을 관리 한 사람이 특별한 일로 찾아왔다고, 만일 그다지 중요한 일이 아니었으면 감히 찾아오지 않았을 거라고, 토씨 하나 틀리지 않고 바로 그렇게 전해달라고 했다. 하녀가 갔다. 그는 현관에서 기다리고 있었다. 호흘라코바 부인은 아직 잠든 것은 아니었으나 침실에 있었다. 그녀는 아까 드미트리가 왔을 때부터 기분이 안 좋았고, 그런 경우에 그녀에게 찾아오곤 하는 편두통을 이 밤에도 피할 수 없으리라 예감했다. 하녀의 보고를 듣고 놀란 그녀는, 자기가 모르는 '이 고을 관리'가 그 시간에 갑작스레 찾아온 것이 여자의 호기심을 크게 자극했음에도 불구하고, 거절 의사를 전하라고 신경질적으로 지시했다. 그러나 이번에 표트르 일리치는 노새처럼 고집스러웠다. 거절 의사를 접하고서 그는 아주 집요하게 다시 한 번 보고해달라고, '바로 이런 말 표현'을 그대로 전달해달라고 부탁했다. 즉 '아주 중요한 일 때문이며, 부인께서 만약 지금 그를 만나주지 않으시면 나중에 후회하실지도 모른다'는 것이었다. 그가 나중에 당시를 기억하며 이야기한 바에 따르면 그때 그는 '마치 절벽에서 밑으로 떨어지는 느낌이었다.' 하녀가 놀란 눈으로 그를 쳐다보고 나서 다시 한번 보고하러 갔다. 호흘라코바 부인은 그렇게 나올 줄 몰랐다면서 잠시 생각하더니, 그의 모습이 어떠냐고 물었다. 대답을 듣고서, '옷 입은 품이 아주 점잖고 젊고 아주 예의 바르다'는 것을 알아냈다. 괄호 안에 넣어 잠시 언급하고자 하는 바, 표트르 일리치는 꽤 잘생긴 젊은 사람이었고, 그 사실을 스스로 알고 있었다. 호흘라코바 부인은 나가보기로 결정했다. 그녀는 이미 헐렁한 실내복과 실내화 차림이었는데, 지금 어깨에다 검은색 숄을 하나 걸쳤다. '관리'에게 응접실로 들어오라는 부탁이 전달되었다. 그 응접실은 바로 아까 드미트리를 맞이했던 방이었다. 부인이 의문이 담긴 엄격한 표정을 하고 손님을 보러 나와, 앉으라는 말도 하지 않고 "무슨 일인데요?" 하는 질문부터 바로 시작했다.

"제가 염치 불구하고 부인을 이렇게 찾아뵙게 된 것은 부인께서도 알고 계시는 드미트리 표도로비치 카라마조프 씨의 일 때문입니다" 하고 페르호친이 말을 시작했다. 그러나 드미트리의 이름을 말하자마자 부인의 얼굴에 엄청나게 신경질적인 표정이 순식간에 나타났다. 그녀는 거의 비명을 지르다시피 하면서 격분하여 그의 말을 끊었다.

"그 진절머리 나는 사람이 정말 언제까지 거론돼야 하나요? 어떻게 그렇게 알지도 못하시는 여자를 이 시간에 집으로 찾아오셔서 이렇게 불편을 끼칠 생각을 하시게 됐어요? 그것도 지금으로부터 겨우 세 시간 전에 바로 여기, 바로 이 응접실에 날 죽이러 찾아와서 발로 쿵쿵 소리를 내고, 이 집에서 나갈 때는 이 점잖은 집에서 그런 식으로 나가는 사람이 아무도 없는 그딴 식으로 나가버린 사람에 대해서 이야기하러 오시다니요! 내가 댁을 고소할 줄 아세요. 용서를 기대하지 마세요. 지금 당장 가주세요. 난 애가 있는 여자예요. 지금 당장……, 내가……, 내가……."

"'죽이러'라고 하셨어요? 그러니까 그 사람이 부인도 죽이려 했나요?"

"그 사람이 벌써 누굴 죽였다는 거예요?" 하고 호흘라코바 부인이 저돌적으로 물었다.

"부인, 제 말을 잠시만 들어보세요. 제가 정리해서 다 말씀드릴게요" 하고 페르호친이 확고한 어조로 말했다. "오늘 오후 5시에 카라마조프 씨가 저한테서 10루블을 꿔갔어요. 그냥 친구 사이에 꾸는 것처럼요. 그래서 저는 그 사람한테 돈이 없었다는 걸 확실히 알아요. 그런데 오늘 9시에, 약 2천 혹은 3천 루블을 사람들한테 다 보이도록 손에 들고 저희 집으로 찾아왔어요. 그런데 그 사람 손하고 얼굴에 다 피가 묻어 있었고, 사람이 어딘지 정신이 나간 것처럼 보였어요. 어디서 그만큼의 돈을 구했냐는 제 질문에 그 사람은 방금 전에 부인한테서 빌렸다고, 부인께서 자기한테 3천이라는 금액의 돈을 주시면서 금광을 찾으러 가라고 하셨다고 정확히 대답했어요."

호흘라코바 부인의 얼굴에 갑자기 평범치 않은 병적인 흥분이 나타났다.

"맙소사! 그럼 그 사람이 늙은 자기 아버지를 죽인 거예요!" 하고 그녀가 양손바닥을 부딪치며 소리쳤다. "난 그 사람한테 한 푼도 안 줬어요. 한 푼도요! 아이고, 어서 가세요, 가세요! 더 이상 아무 말도 필요 없어요! 그 노인을 가서 구하세요. 그 아버지한테 빨리 가보세요!"

"그러니까 뭡니까, 부인께서는 그 사람한테 돈을 안 주셨다는 말씀이군요. 돈을 한 푼도 안 주셨다고 확실히 기억하시는 겁니까?"

"안 줬어요, 안 줬어! 난 그 사람한테 못 주겠다고 했는데, 그건 그 사람이 돈의 가치를 알지 못하기 때문이에요. 그 사람은 미친 사람처럼 되어 집에서 나갔고, 발을 굴렸어요. 나한테 덤벼들려고 하는 걸 내가 재빨리 피했어요. 내가 또 댁한테 인간적으로 말씀드릴게요. 이젠 숨길 것도 아무것도 없네요. 그 사람은 심지어 저한테 침까지 뱉었어요. 상상이 가세요? 우리가 왜 서 있는 거죠? 아유, 앉으세요……. 죄송해요, 제가……. 아니면 차라리 빨리 가보시는 게 나을까요? 빨리 가셔서 불쌍한 노인을 구하셔야 돼요. 처참하게 죽기 전에요!"

"근데 벌써 죽였으면 어쩌죠?"

"네? 아, 네, 정말 그러네요! 그럼 이제 우리 어떻게 하죠? 어떻게 생각하세요? 이제 뭘 해야 되는 거죠?"

그러면서 그녀는 표트르 일리치를 앉히고 그 맞은편에 앉았다. 표트르 일리치는 그녀에게 간단하지만 상당히 명확하게 사건의 전말을 진술했다. 적어도 자기가 오늘 직접 보아 아는 부분은 그가 명확히 진술할 수 있었다. 또한 자기가 방금 폐냐를 찾아갔었으며 절굿공이에 대해 말을 들었다고도 이야기했다. 그러지 않아도 흥분해 있던 부인은 이 자세한 내용을 듣고 더할 나위 없이 전율하여 소리치면서 손으로 자기 눈을 가렸다.

"난 있잖아요, 이 모든 것을 예감했어요! 나한테 그런 능력이 있어요. 내가 머릿속에 상상한 것은 다 그대로 돼요. 내가 그 끔찍한 사람을 볼 때마다 항상 생각해왔어요. '바로 이 사람이 결국 날 죽일 거다'라고. 그런데 바로 그렇게 됐네요. 아, 그러니까 내 말은, 그 사람이 지금은 날 죽인 게 아니라 자기 아버지만 죽였지만, 그건 아마 나를 보호하시는 확실한 신의 손

덕분이고, 뿐만 아니라 그 사람이 감히 날 못 죽인 건 내가 바로 여기서 목에 위대한 성녀 바르바라가 지니던 성상을 목에 걸고 있었기 때문일 거라는 거예요. 어쨌든 내가 그때 하마터면 죽을 뻔했네요. 내가 그 사람한테 아주 가까이 다가간 적도 있었거든요. 그때 그 사람이 내 쪽으로 목을 쭉 길게 뺐어요! 표트르 일리치라고 하셨죠? 아실지 모르겠지만 난 기적을 믿지 않지만, 이 성상이 지금 나한테 베푼 것은 확실한 기적이에요. 그것 때문에 전 흥분하고 떨리고, 다시금 어떤 것이든 믿게 되네요. 조시마 장로에 대해서 들으셨어요? 응……, 내가 지금 무슨 말을 하고 있었는지……. 참, 그런데 말이죠, 성상을 목에 걸고 있는 나한테 그 사람이 침을 뱉은 거 있죠? 물론 침만 뱉었죠, 죽이지는 않았죠. 그러다가…… 결국 거기로 달려간 거군요! 그건 그렇고 우린 지금 어디를 가야 되는 거죠? 어딜 가야 되죠? 어떻게 생각하세요?"

표트르 일리치가 일어나서, 이제 자기는 군 경찰서장한테 직접 가서 다 설명하겠노라고 말했다. 그러면 그 사람이 알아서 처리할 거라고.

"아, 네, 그 아주 좋으신 분 말씀이시군요. 저 미하일 미카로비치 그분이랑 아는 사이예요. 반드시 그분께 말씀드리세요. 참 기지가 있으시네요, 표트르 일리치 씨. 그리고 어떻게 하겠다는 계획을 다 세우셨네요. 전 말이죠, 표트르 일리치 씨 입장이었다면 그런 생각을 다 해내지 못했을 거예요!"

"게다가 저 또한 군 경찰서장님을 잘 알아요" 하고 표트르 일리치가 말했다. 그는 '빨리 간다는 말을 하고 가고는 싶은데 그럴 기회를 안 주는 이 덤벙대는 여인에게서 어떻게 하면 빠져나갈 수 있을까' 하는 마음으로 계속 서 있었다.

"그리고 말이에요, 그리고 말이에요," 하면서 그녀가 조잘댔다. "가서 보시고 알게 되신 거 저한테 얘기해주러 오세요. 그리고 법정에서 그 사람에 대해 어떤 판결을 내려서 그 사람을 어디로 보낼 것인지도요. 저기요, 우리 나라에는 사형 제도가 없죠? 어쨌든 꼭 오세요. 밤 3시라도 좋아요. 4시도 괜찮고요. 심지어 4시 반도 괜찮아요. 만약 제가 안 일어난다고 하면 저를 흔들어 깨우라고 하세요. 맙소사, 아주 잠자리에 들지도 않을 거예요. 참, 차라리 제가 아주 같이 가드릴까요?"

"아, 아니에요. 그냥 지금 친필로 글 석 줄만 써주신다면 좋을 거 같네요. 필요할지도 모르니까요. 드미트리 표도로비치에게 돈을 한 푼도 주지 않으셨다고요. 그런 글이 필요할지도 몰라요. 만약을 대비해서……."

"꼭 그래야죠!" 하고 호흘라코바 부인이 열광하여 자기 책상 쪽으로 휙 뛰어갔다. "있잖아요, 정말 놀랄 정도로 머리가 빨리 잘 돌아가시네요! 저 지금 너무 놀라고 있어요. 어쩌면 그렇게 똑 부러지게 일을 하세요? 우리 고을 관리시라고요? 그건 정말 기쁜 소식이 아닐 수 없네요."

 말을 계속 하면서 그녀는 편지지 반 페이지에다 재빨리 큰 글씨로 다음과 같이 썼다.

 '나는 지금까지 살아오면서 단 한 번도 불행한 드미트리 표도로비치 카라마조프(이젠 불행해진 게 확실하니까요)에게 오늘 3천 루블을 빌려준 적 없으며, 그것 말고 다른 돈도 빌려준 적이 전혀, 전혀 없습니다! 이 세상에 있는 모든 거룩한 것의 이름을 빌어 그 점을 맹세합니다.

호흘라코바'

"자요, 썼어요!" 하면서 그녀가 표트르 일리치에게 재빨리 몸을 돌렸다. "어서 가서 구해주세요. 그러면 아주 큰 업적을 세우시는 게 될 거예요."

 그러면서 그녀는 그에게 성호를 세 번 그어주었다. 그리고는 현관까지 그를 배웅하러 달려 나오기까지 했다.

 "정말 너무 감사해요! 안 믿으실지도 모르지만 전 지금 표트르 일리치 씨께서 맨 먼저 저희 집에 들르셨다는 게 참 감사해요. 왜 전에는 우리가 서로 못 만났을까요? 앞으로도 저희 집을 찾아주시면 저로선 큰 영광일 거예요. 그리고 우리 고을에서 근무하신다는 건 정말 기쁜 소식이에요. 정말 확실하시고

기지가 있으신 분이세요. 사람들이 표트르 일리치 씨를 인정해줄 테죠? 사람들이 결국 깨달을 거예요, 표트르 일리치 씨가 어떤 분이라는 걸. 그리고 제가 드릴 수 있는 도움은 다 그냥 믿고 받아들이시면 돼요. 아, 제가 젊은 세대를 얼마나 좋아하는데요! 전 젊은 세대에 반했어요. 젊은 분들은 지금 힘든 시기를 겪고 있는 우리 러시아 전체의 초석이에요. 러시아의 모든 희망이 젊은 분들에게 걸려 있어요. 아, 참, 가세요. 네, 가세요!"

마지막 말은 표트르 일리치가 이미 달려 나갔기 때문에 호흘라코바 부인이 한 말이었다. 만약 표트르 일리치가 먼저 달려 나가지 않았더라면 그녀는 그렇게 쉽게 그를 풀어주지 않았을 것이다. 그건 그렇다고 치더라도 호흘라코바 부인이 그에게 다분히 기분 좋은 인상을 준 것이 사실이었다. 그래서 그가 이런 끔찍한 사건에 휘말리게 된 데서 겪는 불안감이 어느 정도 달래지기까지 했다. 기호는 사람마다 참 가지가지다. 그건 잘 알려진 바다. '부인이 뭐 나이가 그렇게 많은 것도 아니구먼' 하고 그가 기분이 좋아서 생각했다. '지금 나랑 얘기한 사람이 그 부인이 아니고 그 부인의 딸이라 해도 믿겠는데.'

한편 호흘라코바 부인으로 말할 것 같으면 그녀는 이 젊은이에게 완전히 매혹됐다. '이 시대의 젊은 사람이 저만큼 능력도 있고 꼼꼼하고 말이지. 게다가 저런 매너에 저런 외모까지! 요즘 젊은 사람들이 아무것도 할 줄 모르느니 어쩌느니 말들 하는데, 어디 한번 저 사람을 보고 그 말을 해보라지' 등등의 생각을 했다. 그러느라 '끔찍한 사건'에 대해서 그녀는 심지어 잊었다. 그러다 잠자리에 들 때쯤 해서 비로소 자기가 '하마터면 죽을 뻔했다'는 사실을 기억해내고, "아, 너무 끔찍해! 너무 끔찍해!" 하고 말했다. 그러나 그러자마자 아주 깊고 달콤한 잠에 빠져버렸다. 사실 내가 굳이 곁다리 같은 얘기까지 세세하게 다 할 필요는 없다. 만일 방금 내가 묘사한, 젊은 관리와 아직 늙은 게 절대 아닌 과부 간의 이 별난 만남이 나중에 이 꼼꼼하고 세심한 젊은이가 출세하게 된 초석이 되지만 않았다면 말이다. 그것과 관련하여 지금에 이르기까지 우리 읍에서 이야기가 돌고 있으며, 어쩌면 그 이야기를 자세히 알아볼 기회가 있을지도 모른다. 카라마조프 씨 가문 형제들에 대한 우리의 긴 이야기가 결말을 보면 말이다.

## II
### 소란

우리 군 경찰서장 미하일 미카로비치 마카로프는 직위가 궁정 참사관으로 개칭된[50] 퇴역한 중령으로, 홀아비인데 사람이 좋았다. 우리 군에 부임한 지는 겨우 3년쯤밖에 안 됐으나,

'사회를 화합시킬 줄 안다'고 하여 이미 주민들에게서 보편적인 공감을 얻고 있었다. 그를 찾아오는 사람들의 대열이 끊이지 않았으며, 그 사람들 없이는 아마 그가 살아갈 수 없었을 거라고 여겨졌다. 매일 반드시 누군가가 그의 집에서 점심을 먹었다. 손님이 두 명 혹은 한 명씩은 꼭 있었고, 그는 손님 없이 점심 자리에 앉지 않을 정도였다. 일부러 초대를 해서 점심을 먹는 적도 있었다. 초대의 구실은 예상외의 것에 이르기까지 아주 여러 가지였다. 음식은 최고급이라고 할 수는 없었지만 양이 풍부했고, 복합적인 소가 들어간 빵이 특히 훌륭했으며, 포도주 역시 최고급은 아니었으나 양으로 승부했다. 입구로 들어서자마자 있는 방에는 당구대가 놓여 있었고, 인테리어가 꽤 멋졌다. 벽에는 영국산 경주마들의 그림이 까만 틀에 넣어져 걸려 있었는데, 이는 홀아비의 당구실에 필요한 장식이라 알려진 바였다. 매일 저녁 한 개 이상의 탁자를 둘러싸고 카드놀이가 진행되었다. 그것도 그렇지만, 부인들과 아가씨들로 구성되는 우리 읍 상류 사회 일원들이 쫙 모이는 무도회가 열리는 적이 많았다. 미하일 미카로비치는 비록 홀아비였지만 가족과 함께 살았다. 이미 오래전에 과부가 돼버린 딸이 있었고, 그 딸의 딸들, 즉 미하일 미카로비치의 손녀들이 둘 있었다. 이 손녀들은 이미 커서 필요한 양육을 다 거쳤으며, 생김새도 그만하면 밉지 않았고 성격도 쾌활했다. 그녀들이 시집갈 때 지참금을 갖고 오지 못할 것을 알면서도, 우리 상류 사회 젊은이 무리가 이 집으로 모여들었다. 미하일 미카로비치는 일에 있어서 수완이 아주 좋다고 할 수는 없었지만 자기가 맡은 직책을 남들 대다수에 뒤떨어지지 않을 만큼 이행했다. 직설적으로 말한다면 그는 사실 교육을 제대로 못 받았기에, 자기가 갖는 행정권의 범위에 대한 명확한 이해가 부족했다. 현 치세의 개혁이라는 것을 완전히 이해하기는커녕 다분히 왜곡하여 이해하고 있었고, 때때로 그 왜곡이 눈에 띌 정도였다. 하지만 그것은 그가 능력이 부족해서 그렇다기보다는 다만 이런저런 문제에 별 신경을 쓰지 않는 성격이라서 그랬다. 자세하게 규명할 여유가 그에게 계속 없었기 때문이다. "저의 심성은, 여러분, 민간인보다는 군인의 것에 더 가깝습니다" 하고 그는 자신에 대해서 표현하곤 했다. 심지어 농노 해방의 정확한 근거에 대해서마저 그는 최종적이고 확고한 개념을 아직도 습득하지 못한 듯했으며, 그냥 세월이 지남과 더불어 실생활을 통해 저절로 들어오는 지식을 늘려감으로써 농노 해방에 대하여 알아가는 게 고작이었다. 자기가 지주였음에도 불구하고 말이다. 표트르 일리치는 이 저녁에 미하일 미카로비치의 집에서 반드시 어떤 손님을 만나게 되리라고 정확히 알고 있었지만, 그게 누군지는 알지 못했다. 그런데 마침 이때 미하일 미카로비치의 집에서 검사와 우리 고을 공식 의사 바르빈스키가 카드놀이를 하고 있었다. 바르빈스키는 젊은 사람으로, 페테르부르크에서 우리 고을로 온 지 얼마 안 됐다. 페테르부르크 의학 아카데미 과정을 아주 뛰어난 성적으로 졸업한 사람들 중 하나였다. 그리고 검사는, 정확히 하자면 검사보였지만 우리 고을에서 다들 검사라고 불렀는데, 그는 이름이 이폴리트 키릴로비치로서, 좀 특이했다. 나이는 많지 않고 기껏해야 서른댓 됐지만 폐병기가 있었다. 배우자는 몸이 상당히 뚱뚱한 여자였고, 배우자와의 사이에 자식은 없었다. 그는 자존심이 강하고 신경질적이었는데, 꽤 견실한 지식과 착한 마음씨를 가졌는데도 그랬다. 그의 성격적 결함은 그가 실제로 갖춘 장점에 비해 자기 자신을 높게 생각하는 데에서 전부 비롯되는 것 같았다. 바로 그래서 그가 항상 불안해 보였던 것이다. 게다가 그의 속에는 고상하고 심지어 예술적이라고도 할 수 있는 의도가 자리 잡고 있었으니, 예를 들어 심리에 대한 관심, 즉, 인간의 마음에 대한 특별한 지식 및 범죄자와 범죄를 파악하는 특별한 재능에 대한 관심이었다. 그는 그런 지식과 재능을 갖고 있는데도 직업 전선에서 사람들이 이를 알아주지 않는 것 때문에 항상 어느 정도 화가 나 있었고 따돌림받는다고 여겼으며, 윗사람들 세계에서 그의 가치가 제대로 평가받지 못한다고, 자기에게는 적들이 있다고 항상 확신했다. 기분을 잡치면 형사 사건을 다루는 변호사로 직종을 바꾸겠다고 으르렁거렸다. 그러던 중 갑작스럽게 터진 카라마조프 가문 부친 살해 사건으로 그는 '전 러시아가 떠들썩할 사건'이라며 크게 자극을 받은 듯했다. 하지만 내가 미리 말해두자면 그렇다는 것이다.

옆방에는 우리 고을의 젊은 예심판사 니콜라이 파르표노비치 넬류도프가 여자들과 함께 있었다. 그는 페테르부르크에서 우리 고을로 온 지 겨우 두 달밖에 안 되었다. 나중에 우리 고을 사람들이 이때 일을 기억하고, '범죄가 발생한' 저녁에 이 인물들 모두가 행정권을 대표하는 인물의 집에 마치 일부러 함께 모여 있던 것처럼 됐다고 놀라 입을 모았다. 한편 그 계기는 사실 단순하고 아주 자연스러운 것이었다. 이폴리트 키릴로비치의 아내가 이틀째 이가 아파서, 그는 아내의 신음 소리가 안 들리는 어딘가로 도망가 있어야 했다. 의사는 저녁때 카드놀이를 하는 곳 외의 어디 다른 데에 가 있을 리가 없었다. 니콜라이 파르표노비치 넬류도프는 이 집 큰딸 올가 미하일로브나의 비밀을 알고 있었다. 즉 오늘이 그녀의 생일인데, 그녀는 괜히 온 읍 사람들이 무도회에 모이는 일이 없도록 하기 위해 이 모임의 사람들한테 그 사실을 일부러 숨기려고 했다. 그녀를 교묘하게 깜짝 놀라게 하기 위해, 그는 자기가 마치 여기 우연히 온 것처럼 사흘 전부터 계획을 세워놓았었다. 자기 나이가 밝혀지는 것을 두려워하는 그녀의 비밀을 알고 있으니 내일 당장 모두에게 이야기하겠다느니 어쩌겠다느니 하여 웃음을 자아낼 수 있을 것 같았다. 이 호감 가는 젊은이는 장난기가 많았고, 실지로 우리 고을 여자들이 그를 장난꾸러기라고 불렀다. 그리고 그는 그것을 아주 마음에 들어하는 것 같았다. 사실 그가 출신이 꽤 좋은, 훌륭한 가문의 사람으로 인성 교육을 잘 받았고 감수성이 풍부했다. 놀기를 좋아하는 건 사실이었지만 상당히 순진하고 상당히 예절 발랐다. 외모상 그는 키가 작고, 약하고 무른 체질이었다. 그의 가늘고 하얀 손가락들에는 번쩍번쩍 빛나는 아주 크고 굵은 보석 반지들이 언제나 몇 개씩 끼워져 있었다. 자신의 직책을 이행할 때면 그는 아주 근엄해지곤 했다. 자신의 가치와 자신의 의무를 거룩하게까지 여기는 듯했다. 그는 특히, 심문 시 평민 계층 출신의 살인자들과 여타 범죄자들을 곤란하게 할 줄 알았고, 실제로 그런 사람들에게 자기에 대한 존경을 불러일으키거나, 그게 아니더라도 최소한 놀라움을 부추기곤 했다.

군 경찰서장 집에 들어온 표트르 일리치는 놀라 어안이 벙벙했다. 그가 보니, 거기 있는 사람들이 벌써 다 알고 있었다. 그들은 카드를 손에서 놓고 모두 서서 의논하고 있었고, 니콜라이 파르표노비치는 심지어 여자들에게서 떨어져 나와 가장 전투적이고 저돌적인 모습을 띠고 있었다. 표트르 일리치는 놀라운 소식을 접했다. 표도르 파블로비치가 실제로 그날 저녁에 자기 집에서 살해되고 재산을 도난당했다는 것이었다. 그 사실이 알려지게 된 것은 바로 방금 전이며, 알려지게 된 경로는 다음과 같았다.

담 앞에서 피해를 입은 그리고리의 아내 마르파 이그나치예브나가 비록 자리에 누워 깊은 잠에 들었으므로 이튿날 아침까지 계속 잘 수도 있었지만, 어쩌다 갑자기 잠을 깨었다. 그렇게 된 것은 인사불성으로 옆방에 누워 있던 스메르쟈코프가 간질 발작 시에 지르는 무서운 비명을 질렀기 때문이다. 그는 발작으로 쓰러지는 경우 항상 비명부터 질렀다. 마르파 이그나치예브나가 평생 동안 그 비명 소리를 아주 무서워할 만큼, 그것은 그녀에게 병적으로 작용했다. 아무리 해도 그녀는 그 비명 소리에 익숙해질 수가 없었다. 그녀는 잠이 덜 깬 채 벌떡 일어나 제정신이 아직 들지도 않은 상태로 자기도 모르게 스메르쟈코프가 있는 쪽방으로 갔다. 하지만 거긴 어두웠고, 스메르쟈코프가 무섭게 거친 숨을 몰아쉬면서 몸부림치는 소리만 들렸다. 그래서 마르파 이그나치예브나는 큰 소리로 남편을 부르기 시작했다. 그러나 문득 기억해내기를, 자기가 일어날 때 침대에 그리고리가 없었던 것 같았다. 그녀는 침대로 달려와 다시 한번 더듬어보았다. 침대는 진짜로 비어 있었다. 그가 어딜 갔다는 얘기다. 어디로 갔을까? 그녀는 현관으로 나가, 계단 위에 서서 조용히 그를 불러보았다. 대답 소리는 물론 듣지 못했다. 그러나 밤의 정적 가운데 정원 먼 곳 어딘가에서 신음 소리 비슷한 것을 들었다. 그녀는 귀를 기울여보았다. 다시 신음 소리가 들려왔다. 그리고 실지로 정원에서 들려온다는 것이 확실해졌다. '어이구머니나! 리자베타 스메르쟈쉬야가 그랬던 때와 똑같네!' 하는 생각이 그녀의 뒤죽박죽된 머릿속을 스쳤다. 그녀가 조심스럽게 계단을 내려와서 봤더니 정원으로 들어가는 쪽문이 열려 있었다. '그이가 저기 있는 게 맞나 보다'라며 쪽문에 이르렀는데, 갑자기 그녀를 부르는 그리고리의 목소리가 명백하게 들렸다. 신음에 가까운 힘없는 소리로 "마르파, 마르파!" 하고 부르는 소리를 들으니 소름이 끼쳤다. "주여, 우리를 재앙으로부터 보호하소서!" 하고 마르파 이그나치예브나가 속삭이고 부르는 소리가 나는 곳으로 달려가 결국 그리고리를 간신히 찾아냈다. 그러나 그가 봉변을 당한 곳, 즉 담장 근처에서 찾아낸 게 아니라 담장으로부터 스무 발짝은 떨어진 곳에서 찾아냈다. 나중에 알려진 사실이지만, 정신이 든 그가 기어온 것이다. 아마 아주 오래 기었을 것이다. 도중에 몇 번씩 의식을 잃어가면서 말이다. 그녀는 온통 피투성이인 그를 보고 그 자리에서 걸쭉한 욕을 내뱉었다. 그리고리는 희미한 소리로 앞뒤가 안 맞게 주절대고 있었다. "죽였어······. 아버지를 죽였어······. 이 바보야, 왜 소리만 지르고 있어? 어서 가서 불러 와······." 그러나 마르파 이그나치예브나는 진정을 못 하고 계속 소리만 질렀다. 그러다가 갑자기 주인 방 창문이 열려 있고 방에 불이 켜져 있는 것을 보고 그리로 달려가 표도르 파블로비치를 부르기 시작했다. 그러나 창문을 들여다본 순간 끔찍한 장면을 보고 말았다. 주인이 미동도 없이 방바닥에 자빠져 있었다. 그가 입은 밝은 색 가운과 흰색 속옷 상의의 가슴 부분이 피에 젖어 있었다. 상 위의 촛불이 표도르 파블로비치의 피와 생기 없이 굳은 얼굴을 밝게 비춰주었다. 이를 본 마르파 이그나치예브나는 극한의 공포에 휩싸여 창문에서 튕겨져 정원으로부터 달려 나갔다. 잠가놓은 대문을 열고 눈썹을 휘날리며 마리야 콘드라치예브나가 사는 옆집 뒤뜰로 내달았다. 옆집의 두 여인, 즉 모친과 딸은 그때 이미 잠들어 있었으나 창문 셔터를 부서져라 미친 듯이 두드리는 소리와 마르파 이그나치예브나의 고함 소리에 잠을 깨어 창문께로 달려왔다. 마르파 이그나치예브나가 말을 잘 잇지 못하며 비명과 고함을 질렀지만 그래도 주된 내용을 전달하여 도움을 청했다. 마침 방랑하던 포마가 그날 밤 그 집에서 묵었었다. 순식간에 포마를 깨워 세 사람이 다 범죄 현장으로 달려왔다. 달려가는 도중 마리야 콘드라치예브나는 아까 8시에서 9시 사이에 이 집 정원으로부터 온 변방에 울려 퍼지는 처절한 외마디 고함 소리를 들었던 사실을 기억해내고 언급했다. 이는 물론, 이미 담장 위에 걸터앉아 있던 드미트리 표도로비치의 발을 양손으로 움켜쥔 그리고리가 "부친 살해범!" 하고 지른 고함 소리였다. "누가 혼자서 소리를 질렀는데 그 뒤 갑자기 멈췄어요" 하고 마리야 콘드라치예브나가 달리면서 증언했다. 그리고리가 엎어져 있던 자리로 달려와서 두 여자는 포마의 도움을 받아 그리고리를 별채로 데려갔다. 불을 켜고 보니 스메르쟈코프가 아직도 진정을 못 하고 자기의 쪽방에서 몸부림치고 있었다. 눈이 돌아가고 입에서는 거품이 흘렀다. 그리고리의 머리를 물과 식초로 씻어주었다. 물이 닿자 그는 이미 완전히 제정신을 차리고 곧바로 물었다. "나리 살해됐어, 안됐어?" 그러자 두 여자와 포마가 주인 방 쪽으로 가기 위해 정원에 들어가서 보니, 창문만 열려 있는 게 아니고, 건물에서 정원으로 통하는 문 역시 활짝 열린 상태였다. 주인이 매일 저녁때 그 문을 꼭 잠가놓은 지가 벌써 일주일째이고, 그리고리에게조차 어떤 일이 있어도 자기가 쓰는 건물 문을 두드리지 못 하게 했는데 말이다. 이 열린 문을 보고서 모두는, 즉 두 여자와 포마는, 주인 방으로 들어가기가 꺼려졌다. '괜히 나중에 잘못될까 봐'였다. 한편 그들이 도로 온 것을 보고 그리고리는 즉시 군 경찰서장을 직접 찾아가라고 지시했다. 그래서 마리야 콘드라치예브나가 달려가 소식을 전했다. 군 경찰서장 집에 있던 모든 사람은 경악했다. 그녀가 거기 온 것은 표트르 일리치가 온 것보다 단 5분 더 먼저였다. 그랬기 때문에, 만일 그녀가 오기 전에 표트르 일리치가 먼저 왔더라면 그는 그냥 자기가 억측을 통해 낸 결론만을 말했을 텐데, 결국 그는 한 명의 증인이 되었다. 그가 와서 사람들에게 들려준 이야기는 누가 범인인지에 대한 공통된 추측의 정당성을 지지해주었다. 한편 표트르 일리치는 자기의 억측이 옳지 않다고 판명되기를 맨 마지막 순간까지 마음속 깊숙이 바라고 있었다.

  일을 신속히 처리하기로 했다. 읍 경찰서 부서장에게 즉시 네 명의 증인을 모으라는 지시가 떨어졌고, 내가 굳이 여기서 나열하지 않기로 하는 모든 규칙에 부응하여 표도르 파블로비치의 집에 들어가, 현장에서 심리를 진행했다. 부임한 지 얼마 안 되는 우리 고을 공식 의사는 다혈질적인 사람이라 군 경찰서장, 검사, 예심판사와 동행하겠다고 스스로 나섰다. 간단하게만 언급하련다. 표도르 파블로비치는 확실히 살해됐고, 두개골이 깨진 것이 사인이었다. 그런데 흉기는 무엇인가? 아마 나중에 그리고리에게 상해를 입힌 바로 그 흉기일 확률이 컸다. 응급 처치를 받은 그리고리가 자기가 어떻게 상해를 입었는지에 대해 중간에 자주 끊어지는 힘없는 목소리로 꽤 조리 있게 해준 설명을 듣고서 사람들은 바로 그 흉기를 찾아냈다. 등불을 가지고 담 근처에서 수색 작업을 벌여, 정원 오솔길 잘 보이는 곳에 버려진 구리 재질의 절굿공이를 찾아냈다. 표도르 파블로비치가 쓰러져 있던 방에서는 특별히 뭐가 어질러져 있는 것은 발견하지 못했으나, 병풍 뒤 침대 근처 바닥에서 사람들이 두꺼운 종이로 된 사무용 규격의 큰 봉투를 발견해 집어 올렸다. 거기에는 '나의 천사 그루셴카가 오면 선사할 3천 루블'이라는 문구가 써 있었고, 그 밑에 아마 표도르 파블로비치가 나중에 추가로 적어놓은 것으로 보이는 '나의 귀여운 여인에게'라는 글이 있었다. 봉투에는 커다란 붉은 봉납 인장이 세 개가 있었으나 봉투는 이미 찢어져 비어 있었다. 돈을 누가 빼 간 것이다. 바닥에서 봉투에 둘렀던 가느다란 분홍색 리본도 발견되었다. 표트르 일리치의 증언 중 그의 한 가지 추측에 검사와 예심판사가 특히 관심을 쏟았는데, 그것은 드미트리 표도로비치가 새벽녘에 반드시 권총 자살을 하기로 결심했다고 자기한테 말했다는, 눈 앞에서 권총을 장전했으며, 쪽지에 글을 적어 주머니에 넣었다는 등의 이야기였다. 하지만 표트르 일리치가 드미트리 표도로비치의 그 말을 믿으려 하지 않으면서, 자살을 막기 위해 누구한테든 가서 다 이야기하겠다고 으름장을 놓자 드미트리 표도로비치가 이를 드러내며 웃으며 "그래 봐야 이미 늦었을걸요" 했다는 말도 했다. 그러려면 그가 있는 곳으로, 모크로예로 속히 가야 한다는 얘기였다. 범죄자가 진짜로 권총 자살을 시도하기 전에 덮치기 위해서 말이다. "그건 너무나 뻔해요, 너무나 뻔해요!" 하고 검사가 매우 흥분하여 말을 반복했다. "그 사람 같은 무모한 사람들은 꼭 그렇게 하더라고요. '내일 자살할 거고, 죽기 전에 한번 진탕 놀자'는 거죠." 그가 상점에서 술과 다른 상품을 샀다는 이야기를 들은 검사는 더욱더 흥분했다. "여러분, 사업가 올수피예프를 살해한 사람 기억하시죠?[51] 1500루블을 훔치자마자 파마를 하고, 그 뒤 돈을 어디다 잘 넣지도 않고 그냥 손에 쥐고서 여자애들 있는 곳으로 향했지요." 한편 표도르 파블로비치 집에서의 심리 작업, 수색 작업, 수속 등을 하느라 그들은 금방 거기를 떠날 수가 없었다. 그 모든 것에 시간이 필요했으므로, 그들은 직접 행차하기 두 시간쯤 전에 지방 경찰서장 마브리키 마브리키예비치 쉬메르초프를 모크로예로 먼저 보냈다. 그 사람은 마침 전날 아침께 월급을 수령하러 읍에 와 있었던 것이다. 마브리키 마브리키예비치에게, '모크로예에 도착하거든 절대 소란을 일으키지 말고, 당국이 증인 및 경찰 관리 등을 모아 도착하기 전까지 '범인'을 감시하라'는 지시가 내려졌다. 마브리키 마브리키예비치는 바로 그렇게 행동했다. incognito를 유지했으며, 오직 자기가 오래전부터 알고 있던 트리폰 보리스이치에게만 사건의 전말을 부분적으로 알렸다. 이 시간은 바로 드미트리가 그를 찾던 주인을 어두운 회랑에서 만난 시간과 일치한다. 그때 드미트리는 트리폰 보리스이치의 표정과 말투에서 어떤 변화를 느꼈다. 어쨌든 드미트리도, 다른 사람들도, 감시의 눈길에 대해서 몰랐다. 드미트리의 권총이 든 박스는 트리폰 보리스이치가 일찌감치 빼돌려 은밀한 곳에 감춰 놓았다. 그리고 새벽 4시가 넘어서 이미 동이 틀락 말락 할 때가 되어서야 군 경찰서장, 검사, 예심판사 등의 수뇌부가 삼두마차 두 대로 도착했다. 의사는 표도르 파블로비치 집에 남았는데, 피살자 시체 부검을 아침까지 해야 되기 때문이었다. 하지만 그것보다 더 신경을 쓴 것은 몸이 아픈 하인 스메르쟈코프의 상태였다. "이틀 연속 끊이지 않고 반복되는 저런 격렬하고 긴 간질 발작은 흔한 일이 아니므로 학문적 연구의 가치가 있다"며 그는 길을 떠나는 사람들을 향해 흥분한 태도로 말했고, 사람들은 웃으면서 새로운 발견을 하게 된 걸 축하한다고 했다. 의사는 스메르쟈코프가 아침까지 살아 있지 못할 거라고 매우 단호한 어조로 덧붙였다. 검사와 예심판사는 뇌리에 의사의 말이 깊이 박혔다.

이제 오랜 설명이 끝났다. 어차피 하긴 해야 했을 설명이라고 생각한다. 설명이 끝난 지금 우리는 이 소설의 전편이 끝나던 시점의 드미트리에게로 돌아가기로 한다.

III
**심적 고난의 연속. 첫 번째 고난**

드미트리는 앉아서 거친 눈길로 눈앞의 사람들을 둘러보면서, 그 사람들이 하는 말을 이해하지 못하고 있었다. 그러다 갑자기 일어나 양팔을 위로 뻗고 크게 소리쳤다.

"전 결백해요! 제 아버지의 죽음에 있어선 결백해요! 죽이고 싶었지만, 전 결백해요. 제가 죽인 게 아니에요!"

그런데 그 말을 다 외치기가 무섭게 커튼 뒤에서 그루셴카가 뛰어나와 군 경찰서장의 발 바로 앞에 털썩 주저앉았다.

"저예요, 저. 저주받을 저의 죄예요!" 하고 그녀가 눈물이 글썽글썽하여 모두를 향해 팔을 뻗으며 가슴을 찢는 듯 통곡했다. "이 사람이 저 때문에 죽인 거예요! 제가 이 사람을 그토록 괴롭혔어요. 그래서 이 지경까지 온 거예요! 전 돌아가신 그 불쌍한 노인분 역시 괴롭혔어요. 제 분에 못 이겨서요. 그래서 이 지경까지 된 거예요! 죄는 저한테 있어요. 제가 가장 큰 죄인이에요. 죄는 저한테 있어요!"

"그래, 죄는 너한테 있다! 네가 가장 큰 죄인이다! 네가 날뛰었고, 네가 꼬리 쳤고, 네가 가장 큰 죄인이야" 하고 군 경찰서장이 팔로 그녀를 위협하는 몸짓을 하면서 소리 질렀다. 하지만 즉시 사람들이 단호하게 그를 말렸다. 검사는 심지어 양팔로 그를 껴안아 제지했다.

"정말 이러시면 완전 난장판이 돼버린다니까요, 미하일 미카로비치 님. 사건 심리를 크게 방해하고 망치고 계신다고요" 하고 검사가 숨을 헐떡이며 소리쳤다.

"조치를 취해야 돼요, 조치를요. 조치를 취해야 된다고요! 안 그러면 뭘 할 수가 없어요!" 하고 니콜라이 파르표노비치도 격하게 흥분했다.

"우릴 함께 심판해주세요! 우릴 함께 벌해주세요. 이젠 이 사람이랑 사형도 함께 받겠어요!" 하고 그루셴카가 흥분을 가라앉히지 못하고 계속 외쳐댔다.

"그루셴카야, 내 소중한 그루셴카야, 내 성스러운 그루셴카야!" 하면서 드미트리가 그녀 옆에 털썩 무릎을 꿇고 그녀를 꼭 껴안으면서 말했다. "얘 말을 믿지 마세요. 얜 아무 죄도 없어요. 누구의 피에 대해서도 아무 죄가 없어요!"

그가 나중에 기억해낸 바에 따르면 그때 몇 사람이 달려들어 그를 그녀에게서 떼어내고 그녀를 갑자기 어디론가 데리고 갔다. 그가 정신을 차리고 보니 이미 자기가 상 앞에 앉아 있었다. 그의 옆과 뒤에는 금속판을 옷에 단 사람들이 서 있었다. 상 저쪽, 그의 맞은편에는 예심판사 니콜라이 파르표노비치가 소파에 앉아, 상에 놓인 컵에 든 물을 좀 마시라고 계속 설득하고 있었다. "물을 마시면 좀 나아지실 거예요. 좀 진정하시게 될 거예요. 무서워하지 마세요. 불안해하지 마세요" 하고 그가 아주 정중하게 말을 덧붙였다. 드미트리는 니콜라이 파르표노비치의 커다란 보석 반지들이 난데없이 무척 궁금해지기 시작했다. 하나는 자수정 반지였고 또 하나는 투명한 밝은 노란색인데 아주 아름답게 번쩍였다. 섬뜩한 심문 시간에마저 그는 왠지 모르게 보석 반지들에서 눈을 뗄 수가 없었다. 그가 처한 상황과는 전혀 맞지 않았음에도 신경을 다른 데로 돌릴 수가 없었다는 점에 나중에 가서 기억을 되살리며 놀라움을 표현했다. 드미트리의 왼쪽 옆, 즉 모임 시작 시점에 막시모프가 앉아 있던 자리에 지금은 검사가 앉아 있었으며, 드미트리의 오른쪽, 즉 모임 시간에 그루센카가 앉아 있던 자리에 지금은 얼굴이 발그스름한 한 젊은이가 있었다. 젊은이는 마치 사냥꾼들이 입는 것과 같은, 오래 입어서 많이 닳아빠진 상의를 입었고, 그의 앞에는 잉크 병과 종이가 놓여 있었다. 알고 보니 이 사람은 예심판사가 데리고 온 서기였다. 군 경찰서장은 지금은 방의 다른 쪽 끝에 있는 창문 앞, 칼가노프 근처에 서 있었다. 칼가노프는 그 창문 앞 의자에 앉아 있었다.

"물 좀 마시세요" 하고 예심판사가 열 번째 부드럽게 권했다.

"마셨어요, 마셨다고요. 하지만……, 네, 그러니까, 짓눌러 보세요. 형벌에 처하시고요. 저의 운명을 좌지우지해보시라고요!" 하고 드미트리가 무섭게 부릅뜬 눈을 예심판사의 얼굴에 갖다 박고서 소리쳤다.

"그러니까 당신은 부친 표도르 파블로비치의 사망에 있어 결백하다고 주장하시는 겁니까?" 하고 예심판사가 부드럽지만 집요한 말투로 물었다.

"결백합니다! 전 다른 사람의 피를 흘린 죄는 있습니다. 다른 노인의 피요. 하지만 제 부친의 피는 아닙니다. 저는 애도합니다. 제가 쳤어요. 제가 노인을 쳐서 넘어뜨려 죽인 거예요. 하지만 그 사람의 피를 가지고 다른 사람의 피에 대한 책임을 지기는 어렵습니다. 다른 사람의 피와 관련해선 제가 결백합니다. 어떻게 제가 아버지를 죽였다고 하십니까? 정말 충격입니다! 근데 아버지를 누가 죽인 거죠? 누가 죽인 거냐고요. 제가 안 죽였는데, 그럼 누가 아버질 죽일 수 있었을까요? 이런 신기하면서도 바보 같은 상황이 있을 수가 있나요?"

"누가 죽일 수 있었냐 하면요……," 하고 예심판사가 말을 시작했는데 검사 이폴리트 키릴로비치(사실은 검사보지만, 표현을 간단하게 하기 위해서 검사하고 해두기로 한다)가 예심판사와 눈길을 주고받고는 드미트리에게 다음과 같이 말했다.

"나이 든 하인 그리고리 바실리예브에 대해선 걱정하실 필요가 없어요. 그 사람은 살아 있어요. 정신이 들었고, 당신이 가한 심한 타격에도 불구하고 분명히 죽진 않을 거 같아요. 적어도 의사는 그렇게 말했어요."

"살아 있다고요? 네? 살아 있는 거예요?" 하고 드미트리가 갑자기 양손을 마주치며 외쳤다. 얼굴 전체가 환해졌다. "주여, 저 같은 죄인, 저 같은 악당에게 베풀어주신 위대하신 기적에 감사드립니다. 제 기도를 들어주셨네요! 네, 네, 이건 제 기도를 들어주신 거예요. 제가 밤새 기도했거든요!" 그러면서 그가 숨을 거칠게 몰아쉬면서 세 번 성호를 그었다.

"근데 우리가 바로 그 그리고리한테서 당신에 대한 아주 중요한 증언을 얻은 거예요. 당신이……" 하고 검사가 말을 계속하려고 했으나 드미트리가 갑자기 의자에서 일어났다.

"잠깐만요, 여러분! 제발 부탁이니까 1분만 기다려주세요. 제가 그 여자한테 갔다 올게요."

"죄송합니다만, 지금은 절대 안 됩니다!" 하고 니콜라이 파르표노비치가 거의 악을 쓰다시피 하면서 역시 의자에서 벌떡 일어났다. 가슴팍에 금속판을 붙인 사람들이 드미트리를 둘러싸 붙잡았다. 하지만 의자에는 드미트리가 스스로 앉았다.

"그것 참 유감입니다! 전 잠시만 그 여자한테 갔다 오려고 한 건데……. 밤새 저의 마음을 고통스럽게 하던 그 피가 씻겼다고, 없어졌다고, 이제 난 살인자가 아니라고 전해주려고요! 여러분, 그 여자는 제 약혼녑니다!"

드미트리가 문득 환희에 차서 경건한 태도로 모든 사람들을 쭉 둘러보며 말했다.

"아, 감사합니다, 여러분! 저를 한순간에 다시 태어나게 해주셨어요. 부활시켜주셨어요! 그 노인은, 여러분……, 사실 만 세 살짜리 저를 사람들이 다 버렸을 때 그분은 저를 안고 다니고 목욕통에서 씻기셨던 분이에요. 친아버지나 다름없는……."

"그래서 당신은……" 하고 예심판사가 말을 시작하려 했다.

"잠시만 다녀오게 허락해주세요" 하고 드미트리가 양쪽 팔꿈치를 상에 올려놓고 손바닥으로 얼굴을 가리고 말했다. "좀 생각을 가다듬고 한숨 돌리게 해주세요. 하도 상황이 복잡해서 제가 정신이 좀 없어요. 아찔해요. 저도 감정이 있는 사람이잖아요!"

"물 좀 더 마시시죠" 하고 니콜라이 파르표노비치가 말했다.

드미트리가 얼굴에서 손을 떼고 껄껄 웃었다. 그의 눈빛에 원기가 넘쳤다. 순간, 마치 사람이 확 변한 것 같았다. 그의 말소리도 완전히 변했다. 그는 이제 그곳의 모든 사람들, 예전에 알던 이 모든 사람들과 동등한 권리와 입장을 지니는 사람으로서 여기 앉아 있는 것 같았다. 마치 아직 아무 일도 일어나지 않은 어제 그들 모두가 어느 상류 사회 모임에서 만난 듯이 말이다. 사실 군 경찰서장이 우리 고을에 오자마자 그의 집에 갔던 드미트리는 환영을 받았었다. 단, 그 뒤에, 특히 최근 한 달간 드미트리는 거의 군 경찰서장을 방문한 적이 없었다. 그리고 군 경찰서장은, 예를 들어, 길에서 만나는 경우에 인상을 찌푸리고, 단지 예의를 지키기 위해서만 고개를 숙여 인사를 했다. 그 사실을 드미트리는 마음에 새겨두고 있었다. 검사와의 사이도 그보다 더 소원했다. 그러나 신경질적이고 허황된 꿈이 큰 검사의 부인한테는 가끔씩 다니곤 했다. 그 스스로가 왜 그녀한테 다니는지 잘 몰랐지만, 점잖은 방문이었다. 한편 그녀는 언제나 친절하게 그를 맞이해왔고, 최근까지 관심을 많이 보여왔다. 예심판사와는 아직 통성명을 할 기회가 없던 사이였으나, 한 번 아니면 두 번 그를 만난 적이 있고 우연히 대화를 나눈 적도 있었다. 그 대화가 두 번 다 여자에 대한 대화였다.

"니콜라이 파르표노비치 님께선 제가 보니 아주 숙련된 예심판사님이시군요" 하고 드미트리가 갑자기 쾌활하게 웃으며 말했다. "하지만 지금은 제가 도와드리겠습니다. 아, 전 부활한 거나 다름없어요. 그리고 제가 예심판사님을 이렇게 쉽게 대하고 스스럼없이 말씀을 나누는 것을 가지고 뭐라고 하지 마시기 바랍니다. 게다가 전 조금은 취했거든요. 그건 예심판사님께 제가 솔직히 말씀드릴 수 있어요. 저는 다행히도 예심판사 님을 만날 기회가 있었던 것 같은데요, 제 친척 되시는 미우소브 님 댁에서 말씀입니다. 그렇다고 해서 제가 예심판사님과 대등한 입장에 놓이려 하는 게 아닙니다. 제가 어떤 처지로 지금 예심판사님 앞에 앉아 있는 건지 아니까요. 저한테 지금……, 그리고리가 저에 대해 한 증언만 가지고 따지신다면……, 그러면 지금 저한테……, 아, 물론 이해가 가요……, 저한테 엄청난 혐의가 지워져 있는 거죠? 정말 끔찍하군요. 전 물론 그걸 이해를 해요. 어쨌든 본론으로 들어가죠. 저는 그럴 준비가 됐어요. 그래서 결국 우리는 이 일을 곧 한순간에 마치게 될 거예요. 왜냐하면 말이죠, 제 말을 좀 들어보세요. 제가 결백하다는 걸 아는 이상 물론 한순간에 마칠 수 있잖습니까? 그런가요? 그런가요?"

드미트리는 침착하지 못하게, 흥분해서 빠른 말투로 많은 말을 했다. 그리고 자기 말을 듣고 있는 사람들을 마치 자기의 가장 좋은 친구들로 받아들이기로 작정한 듯했다.

"네, 그러면 일단 적겠습니다. 당신은 본인에게 지워지는 혐의를 근본적으로 부인한다고요." 니콜라이 파르표노비치가 자기 말을 잘 들으라는 듯한 말투로 말하고서, 서기에게 고개를 돌린 뒤 목소리 크기를 반감시켜, 적으라고 지시를 내렸다.

"적으라고요? 그 말을 적으려고 하세요? 뭐, 그러시다면 적으십시오. 전 동의합니다. 저의 완전한 동의를 받아들이십시오, 저……. 단지 말이죠……, 잠깐만요, 잠깐만요. 이렇게 적으세요. '난폭한 행동을 한 점에는 죄가 있고, 불쌍한 노인에게 심한 구타를 가한 점에는 죄가 있다'라고요. 또 물론 마음속 깊은 곳에서 저는 죄를 더 많이 느끼고 있어요. 하지만 이건 적을 필요가 없겠죠" 하면서 그는 문득 서기에게 고개를 돌렸다. "그건 제 프라이버시니까요. 그건 댁들하고 상관이 없는 것입니다. 제 마음속 깊은 곳 말씀입니다. 어쨌든 제 아버지가 피살된 데에 전 죄가 없어요! 그건 생각조차 할 수 없어요! 정말이지 생각조차 할 수 없어요! 제가 여러분께 증명해드릴게요. 순식간에 수긍하시게 될 겁니다. 여러분은 아마 웃으실 겁니다. 저를 의심했다는 점 때문에요."

"좀 진정하세요, 드미트리 표도로비치 씨" 하고 예심판사가 말했다. 보아하니 흥분하여 떠벌리는 사람을 자신의 침착함으로 눌러놓으려는 것 같았다. "심문을 계속하기 전에 저는, 물론 당신이 대답을 잘 해주실 거라면, 사실을 긍정하시는 말을 듣고 싶습니다. 제가 알기로는 고인이 되신 표도르 파블로비치 님을 당신이 좋아하지 않으셨고, 그분과 분쟁 상황 속에 계속 있었습니다. 적어도 여기서 15분 전에 당신은 그분을 죽이고 싶어했다고 말씀하셨던 것 같은데요. '죽이진 않았어요. 하지만 죽이고 싶었어요' 하고 당신이 소리치셨잖아요."

"제가 그렇게 소리쳤어요? 아, 네, 그럴 수도 있겠죠! 네, 유감스러운 일이지만 저는 그 사람을 죽이고 싶었어요. 그랬던 적이 여러 번이에요. 참 유감스러운 일이긴 하지만요!"

"죽이고 싶으셨단 말이죠? 그러면 설명을 좀 해주시겠어요? 당신 부친이라는 사람에 대해 그런 증오를 품었는데, 당신이 따르신 원칙은 대체 어떠한 것입니까?"

"그런 걸 뭐 하러 설명까지 합니까?" 하고 드미트리가 우울한 표정으로 눈을 내리뜨면서 어깨를 움찔했다. "전 제 감정을 숨기지 않았기 때문에 읍 전체가 알고 있었어요. 술집에 오는 사람들이 다 알고요. 또 얼마 전에 수도원에서 조시마 장로의 방에서 제가 떠벌리기도 했고요. 바로 그날 저녁에 제가 아버지를 때렸고 하마터면 죽일 뻔했어요. 그때 내가 다시 와서 죽이겠노라고, 증인들 다 있는 데에서 맹세했어요. 증인들이 수없이 많았어요! 한 달 내내 내가 떠벌리고 다녔으니까, 모든 사람들이 증인이에요! 그건 사실이에요. 그 사실은 다들 알고 있어요. 하지만 말입니다, 그건 감정이었어요, 감정이요. 그건 다른 얘기잖아요. 아시겠지만……" 하면서 드미트리가 인상을 찌푸렸다. "제 생각으로는 저의 감정에 대해서 저한테 뭐라고 하실 권리는 없으신 것 같아요. 여러분이 물론 권리를 부여받으셨다는 건 제가 이해하지만, 그건 제 일이잖아요. 제 마음속의 일이요. 저 혼자만의 일이요. 하지만 제가 벌써 제가 제 감정을 다 밝혔었으니까요, 예를 들어서, 술집에서요, 그리고 사람들한테 다 말해왔으니까요, 그런 이상 지금 제 감정을 비밀로 하진 않는다는 거예요. 아시겠어요? 전 잘 알고 있단 말씀입니다. 지금 주어진 경우에 저를 범죄자로 몰 증거가 엄청나게 많다는 것을요. 사람들한테 다 말하고 다녔으니까요. 아버지를 죽이겠다고요. 그런데 아버지가 진짜로 살해당했네요. 그렇다면 범인은 당연히 저라고 생각되겠죠. 하하! 전 다 용서해드릴 수 있어요, 여러분. 다 용서해드릴게요. 저 스스로도 너무 놀라워요. 왜냐하면, 제가 안 죽였는데, 그럼 누가 죽였단 말입니까? 그렇지 않습니까? 제가 아니라면, 그럼 누구냐고요? 여러분!"

그가 갑자기 큰 소리로 외쳤다.

"전 알고 싶어요. 심지어 전 여러분께 알려달라고 요구하겠어요. 아버지가 어디서 피살됐어요? 어떻게 피살됐어요? 무엇으로 어떻게? 말씀 좀 해주세요."

그가 검사와 예심판사를 번갈아 보면서 빠른 말투로 물었다.

"그분이 방바닥에 쓰러져 있는 것을 발견했어요. 자기 서재에 바로 쓰러져 있었어요. 두개골이 깨진 상태로" 하고 검사가 말했다.

"너무 끔찍해요!" 하면서 드미트리가 몸을 떨고는 상에 팔꿈치를 괴고 오른손으로 자기 얼굴을 가렸다.

"계속할게요" 하고 니콜라이 파르표노비치가 드미트리의 말을 끊었다. "자, 그 증오심 속에서 어떤 원칙에 따라 행동하신 거죠? 당신은 질투심을 느낀다고 많은 이들을 대상으로 발표하신 것 같은데……."

"네, 그렇죠. 질투요. 질투뿐만은 아니고요."

"재산 싸움?"

"네. 돈 문제도 있었죠."

"3천이라는 돈 때문에 실랑이가 있었던 것으로 아는데요. 당신이 유산으로 받아야 할 돈 중에서 아직 못 받은 게 그 돈이라면서요."

"3천은 무슨! 훨씬 더 많아요" 하고 드미트리가 혀를 내둘렀다. "6천이 넘어요. 어쩌면 만도 넘어요. 제가 사람들한테 다 얘기했어요. 큰 소리로요. 하지만 전, '뭐, 맘대로 하라지. 3천으로 합의 볼 수 있다' 하고 결정했어요. 저한텐 그 3천이 정말 꼭 필요했어요. 그래서 제가 알고 있는 그 3천이 든 봉투, 아버지가 그루셴카 주려고 준비해서 자기 베개 밑에 둔 그 봉투에 대해서 저는, 제 것인데 제가 도둑맞은 거나 다름없다고 생각해왔어요. 네, 그래요. 그건 제가 제 것이라고 생각했어요. 제 소유나 다름없는 것······."

검사가 예심판사와 의미심장한 눈길을 주고받고, 남들이 눈치 못 채게 한 쪽 눈을 끔뻑하기까지 했다.

"그 얘기는 나중에 또다시 하기로 하죠" 하고 예심판사가 즉시 말했다. "지금은 당신이 그 봉투에 든 그 돈을 당신 소유의 것으로 간주하고 있었다는 부분을 특히 기록하기로 하겠습니다."

"기록하세요. 전 그것도 저를 불리하게 만드는 증거라는 것을 알고 있어요. 하지만 전 그런 증거를 안 두려워하고, 제가 불리해질 말을 스스로 합니다. 아시겠어요? 저 스스로 한다고요! 여러분은 저를 제가 아닌 완전히 다른 사람으로 받아들이시는 것 같아요."

그가 갑자기 우울해져서 마지막 말을 했다.

"하지만 여러분께 지금 말을 하고 있는 저는 점잖은 사람입니다. 아주 점잖은 인성을 갖춘 사람이라고요. 중요한 건, 이 점을 그냥 지나치지 마시길 바라는데, 저는 비록 비열한 짓을 수없이 저질렀지만, 항상 점잖은 존재로 남아왔고, 그런 존재로서 저는 내적으로, 깊숙한 곳에서, 그러니까 한마디로 하면, 음, 제가 표현을 잘 못하지만요……, 아무튼 저는 평생 동안 어떻게 하면 점잖은 존재가 될까 하고 고민해왔다는 것입니다. 고상하고 점잖은 것을 찾느라고 고통을 겪는, 등불을 켜 들고 그것을 찾아 헤매는 사람 말이에요. 디오게네스의 등불[52]이요. 그러면서도 평생 계속 비열한 행동만 해왔어요. 우리가 다 그렇듯 말이에요. 아, 그러니까 제 말은, 저 혼자 그렇다는 거예요. 다 그런 게 아니라 저 혼자요. 제가 말이 잘못 나왔어요. 저 혼자예요, 혼자! 저기 있잖아요, 제가 머리가 좀 아파요."

그가 괴로운 듯 눈살을 찌푸렸다.

"아실지 모르지만 전 아버지 생김새가 마음에 안 들었어요. 그 뭐랄까, 성실치 못하고, 오만하고, 모든 거룩한 것을 능욕하고, 비웃고, 신앙이 없고, 아, 정말 신물이 나요! 하지만 아버지가 죽은 지금 저는 다르게 생각해요."

"어떻게 다르게요?"

"다르게는 아니지만, 제가 아버질 미워했던 게 유감이에요."

"후회가 밀려옵니까?"

"아니요. 꼭 후회라는 건 아니에요. 이건 적지 마세요. 저 자신이 좋은 사람이 아니잖아요. 저 자신이 뭐 그리 잘생긴 것도 아닌데 그 사람을 혐오스럽다고 여길 권리가 저한테 없었다는 얘기죠. 네, 바로 그거예요! 이 말은 적으셔도 될 것 같아요."

이 말을 끝내고 드미트리는 갑자기 아주 침울해졌다. 질문들에 대답을 하면서 점점 더 우울해져간 것은 이미 오래전부터였다. 그런데 마침 바로 이 순간에 또다시 예상 못 했던 장면이 펼쳐졌다. 무슨 일인가 하면, 비록 아까 사람들이 그루셴카를 멀리 떨어뜨려 놓긴 했지만, 아주 멀리 데려다놓은 것은 아니었고, 심문이 진행되는 이 청색 방의 옆의 옆 방으로 데려다 놓은 것이었다. 그 방은 창이 하나인 작은 방으로서, 밤에 춤과 연회가 진행됐던 큰 방 바로 뒤에 있었다. 거기에 그녀가 앉아 있었다. 아직은 막시모프만 그녀와 같이 있었다. 막시모프는 크게 충격을 받고 겁을 많이 먹고, 그녀 옆에서 구원을 찾는 듯 그녀에게 딱 붙어 있었다. 그들이 있는 방문 앞에는 가슴에 금속판을 단 한 남자가 서 있었다. 그루셴카가 울다가 갑자기, 마음에 슬픔이 너무 복받치자, 벌떡 일어나 양손을 서로 부딪치며 큰 소리로 외쳤다.

"세상에! 이건 너무 슬퍼서 못 참겠어!"

그녀가 방을 획 뛰쳐나가 그에게로, 드미트리에게로 달려갔다. 너무 갑작스럽게 일어난 일이라 아무도 그녀를 멈추지 못했다. 드미트리는 그녀의 울부짖음을 듣고서 몸을 부르르 떨고 벌떡 일어나 소리치면서 제정신이 아닌 듯 그녀에게 쏜살같이 마주 달려갔다. 하지만 그 둘은 서로를 눈으로 본 게 다였고, 이번에도 서로에게 가까이 다가가지 못했다. 드미트리가 양팔을 억세게 붙들렸다. 그가 몸부림을 치면서 벗어나려고 했기 때문에 그를 붙잡기 위해 서너 명이 필요했다. 그녀 역시 붙들렸다. 그는 사람들이 그녀를 데리고 갈 때 그녀가 소리를 지르며 그에게 양손을 뻗는 것을 보았다. 이 소동 뒤에 그가 정신을 차리고 보니 다시 아까의 자리에, 상을 사이에 두고 예심판사와 마주하고 앉아 있었다. 그가 예심판사를 향해 소리쳤다.

"저 여자한테선 뭐가 필요하세요? 왜 저 여자를 괴롭히는 거예요? 저 여자는 죄가 없어요. 죄가 없다고요!"

검사와 예심판사가 그를 설득하려고 했다. 그러는 와중에 얼마만큼의 시간이 흘렀다. 10분 정도가 흐른 것 같았다. 그러다 결국, 따로 떨어져 있던 미하일 미카로비치가 방으로 서둘러 들어와 흥분하여 큰 소리로 검사에게 말했다.

"그 여자는 다른 데로 데려갔어요. 밑에 있어요. 여러분, 이 불행한 사람한테 제가 한마디만 해도 되겠습니까? 여러분들 다 계시는 가운데서요."

"그렇게 하시죠, 미하일 미카로비치. 지금 같은 경우에는 우리가 반대하지 않겠습니다" 하고 예심판사가 대답했다.

"드미트리 표도로비치 씨, 내 말을 들어보시오" 하고 미하일 미카로비치가 드미트리에게 말하기 시작했다. 흥분한 그의 얼굴 전체가 뜨거운 연민 같은 것을 드러내고 있었다. 불행한 드미트리에 대해 마치 아버지 입장에서 품을 만한 연민 말이다. "내가 당신의 그루셴카 씨를 직접 밑으로, 주인집 딸들 있는 곳으로 데리고 갔소. 또 지금 막시모프 노인도 그 여자와 계속 같이 있소. 내가 그 여자를 설득했소. 아시겠소? 설득해서 진정시켰소. 지금 당신이 혐의를 벗는 게 중요하니까 그 여자보고 방해하지 말라고 했소. 그 여자 때문에 당신이 걱정하지 않게 말이오. 안 그러면 당신이 당황해서 당신 자신과 관련해서 잘못된 진술을 할 수 있단 말이오. 알겠소? 그러니까 한마디로, 내가 말해서 그 여자가 알아들었단 얘기요. 내가 보니 똑똑하고 착한 여자요. 내 손에 입맞추면서 당신에 대한 선처를 빌었어요. 그 여자가 나보고 가서 전해달라고 했어요. 자기 때문에 걱정하지 말라고. 난 지금 가서 당신이 안심을 했고 그 여자 걱정을 하지 않는다고 전해줘야 되는 입장이에요. 그러니까 마음을 놓으시오. 그래야 돼요. 내가 그 여자한테 미안하지 않으려면 말이오. 그 여자는 그리스도인의 마음을 가졌어요. 그렇소, 여러분. 그 여자는 마음이 겸손하고, 아무 죄도 없어요. 자,

드미트리 표도로비치 씨, 그 여자한테 어떻게 말할까요? 당신이 안심하고 앉아 있다고 할까요, 아니라고 할까요?"

 이 마음 착한 사람이 필요 없는 말까지 많이 했으나, 그루센카의 인간적 슬픔이 그의 착한 마음에 전달되었기 때문에, 심지어는 그의 눈에 눈물까지 고였다. 드미트리가 벌떡 일어났다가 그의 앞에 무릎을 꿇었다.

 "죄송합니다, 용서하세요! 미하일 미카로비치 님, 마음이 정말 천사 같으시네요. 그 여자를 진정시켜주신 것 감사합니다! 저도 진정하겠습니다. 명랑한 태도를 갖겠습니다. 제가 미하일 미카로비치 님의 한량없이 관대하신 마음에 기대어, 미하일 미카로비치 님 같은 수호천사가 그 여자와 같이 계신 것을 알고 제가 이제 명랑해졌다고, 이제 웃을 거라고 그 여자한테 좀 전해주시길 부탁드리겠습니다. 곧 모든 걸 다 마치고, 제가 가도 되는 상황이 되자마자 그 여자한테 갈 거라고, 그때 보면 되니까 좀 기다리라고 전해주시길 부탁드립니다. 여러분!" 하면서 그가 갑자기 검사와 예심판사에게 말하기 시작했다. "이젠 여러분께 제 마음을 다 열어 보이겠습니다. 다 까발리겠습니다. 그래서 금방 끝내도록 하겠습니다. 즐거운 분위기에서 끝내도록 하겠습니다. 끝날 땐 우리가 웃을 수 있겠죠? 네? 어쨌든 여러분, 이 여자는 나의 마음의 여왕입니다! 네, 제가 하고 싶은 말이 있는데, 이거야말로 제가 여러분께 숨길 게 아닙니다. 제가 지금 고명하신 분들과 같이 있는 걸 제가 알거든요. 그래서 말씀인데, 그 여자는 빛이에요. 그 여자는 나의 성스러운 보배예요. 여러분이 그걸 아신다면 참 좋겠어요. 그 여자 소리치는 거 들으셨죠? '나 너랑 사형도 함께 받을 거야!' 하고요. 근데 제가 그 여자한테 준 게 뭐죠? 전 빈털터리 가난뱅이예요. 제가 뭐가 있다고 저런 사랑이 저한테 오는 거죠? 수치스러운 얼굴을 한 꼴사납고 형편없는 놈인 제가 그런 사랑을 받을 자격이 되나요? 저랑 강제 노동도 같이 갈 심산이잖아요. 아까 절 옹호하느라 발 앞에 무릎을 꿇은 거 보셨죠? 본래는 도도한 여자가 말이에요. 게다가 아무 죄도 없는데! 그런 여자를 어떻게 열렬히 사랑하지 않을 수가 있나요? 어떻게 소리 지르면서 그 여자한테 달려가려 하지 않을 수가 있나요? 지금 제가 했던 것처럼 말이에요. 여러분, 죄송합니다! 하지만 이젠, 이젠 제가 진정했습니다."

그렇게 말하고 그는 의자에 털썩 주저앉아 양손 손바닥으로 얼굴을 가리고 목 놓아 울기 시작했다. 그러나 이건 행복해서 우는 거였다. 그러다가 순식간에 냉정을 되찾았다. 늙은 군 경찰서장은 아주 만족했다. 법 관계자들도 마찬가지인 것 같았다. 그들은 이제 심문이 새로운 형국으로 접어들 것을 예감했다. 군 경찰서장이 자리를 뜨자 드미트리는 정말로 명랑한 태도가 되었다.

"자, 여러분, 이제 마음껏 심문을 하실 수 있습니다. 이 많은 잡다한 말들만 아니었으면 우리가 지금 금방 결론에 이를 수도 있었을 텐데요. 제가 또 잡다한 말을 하는군요. 여러분, 이제 심문을 하셔도 됩니다. 하지만 맹세하건대, 상호 신뢰가 필요합니다. 여러분은 저를 신뢰하시고 전 여러분을 신뢰하는 거 말입니다. 안 그러면 우린 아무리 해도 끝을 못 낼 겁니다. 여러분을 위해 드리는 말씀입니다. 자, 여러분, 본론으로 들어갑시다. 그리고 중요한 것은 제 마음속을 파헤치려고 하지 말아주세요. 별것도 아닌 걸 가지고 제 마음을 찢어놓으려 하지 말아주세요. 일어난 일들, 사실들만 물으십시오. 제가 즉시 만족할 만한 답을 드리겠습니다. 잡다한 건 다 집어치우고요."

드미트리가 그렇게 소리 높여 말했다. 심문이 새로 시작되었다.

## IV
### 두 번째 고난

"드미트리 표도로비치 씨의 태도 덕분에 우리도 힘이 나네요. 우리한테 협조할 용의를 보이시니까 말이에요" 하고 니콜라이 파르표노비치가 말했다. 그는 방금 전 안경을 벗고 맨눈을 드러냈는데, 근시가 심한 연회색 눈동자의 커다란 퉁방울 눈에서 그가 기분이 좋아졌고 만족하고 있다는 기미가 비쳤다. "그리고 상호 신뢰라는 말 정말 잘하셨어요. 이와 같은 중요한 일에 있어서, 용의자가 진짜로 자기를 변호하길 원하고 변호할 수 있는 경우에도, 상호 신뢰가 없으면 그게 불가능한 적마저 있어요. 우리는 우리가 가진 모든 가능성을 다 동원할 거예요. 드미트리 표도로비치 씨도 지금 우리가 어떻게 이 사건을 처리하고 있는지를 벌써 아마 보셨을 거 아니에요? 제 말에 찬성하시죠, 이폴리트 키릴로비치 님?" 하고 그가 갑자기 검사에게 물었다.

"아, 물론이죠" 하고 검사가 자기 입장을 발표했다. 비록 니콜라이 파르표노비치의 흥분한 태도와 비교해서는 그의 태도가 어느 정도 메마른 것이긴 했어도 말이다.

여기서 중요한 한마디를 덧붙이련다. 우리 고을에 온 지 얼마 안 된 니콜라이 파르표노비치는 우리 고을에서 일을 시작한 맨 첫 시점부터 검사 이폴리트 키릴로비치에게 특별한 존경을 느꼈고, 진심으로 그와 동질감을 느꼈다고 해도 과언이 아니다. 직업 전선에서 인정을 못 받아 꿍하고 있는 우리의 이폴리트 키릴로비치의 비범한 심리 연구가로서의 재능과 달변의 재능을 두말없이 믿어준 거의 유일한 사람이 그였다. 이폴리트 키릴로비치에 대해서 그는 페테르부르크에서 진작 들었다. 젊은 니콜라이 파르표노비치가 우리의 '인정 못 받아 삐친' 검사에게서 온 세상을 통틀어 진심으로 사랑받는 유일한 사람인 것도 사실이었다. 이 두 사람은 이곳으로 오는 길에서 이제 처리하게 될 사건과 관련하여 약정한 것이 있었다. 상 앞에 앉아 있는 지금 니콜라이 파르표노비치의 예리한 지성은 자기와 같이 일하는 이 선배의 모든 지시와 그의 얼굴에 나타나는 모든 움직임, 그의 말 한마디, 그의 눈길 하나, 눈 꿈쩍임 하나마저 눈에 띄는 족족 곧바로 그 의미를 파악했다.

"저기 말입니다, 제가 스스로 이야기를 풀어나갈 수 있게 해주십시오. 자잘한 문제 갖고 말을 끊지 않으신다면 제가 순식간에 다 진술해드리겠습니다" 하고 드미트리가 열이 올라 말했다.

"네, 좋습니다. 감사합니다. 하지만 드미트리 표도로비치 씨의 이야기를 듣기 전에 먼저 한 가지 사실을 확인하고 싶습니다. 저희로서는 아주 궁금한 거라서요. 드미트리 표도로비치 씨가 어제 5시경에, 잘 알고 지내시는 표트르 일리치 페르호친 씨한테 권총을 맡기고 빌리신 10루블에 대해서 말입니다."

"네, 맞습니다. 10루블 빌리는 담보로 맡겼습니다. 그래서요? 그게 답니다. 다른 데 갔다가 읍으로 돌아오자마자 맡겼습니다."

"다른 데 갔다가요? 읍 밖으로 나가셨었나요?"

"나갔었습니다. 40베르스타 떨어진 곳까지 갔었습니다. 모르셨어요?"

검사와 니콜라이 파르표노비치가 눈길을 교환했다.

"그러면요, 이야기를 하실 때, 어제 아침부터 뭘 하셨는지 되도록 체계적으로 묘사해주시겠어요? 예를 들어, 무슨 목적으로 읍 밖에 나갔다 오셨는지, 출발하신 시간, 돌아오신 시간 등 모든 사실을요."

"맨 처음부터 그렇게 물어보지 그러셨어요" 하고 드미트리가 큰 소리로 웃으며 말했다. "원하신다면 어제 일부터가 아니라 그저께 일부터 이야기해드릴 수 있어요. 그저께 아침 얘기부터 시작해야 될 거 같은데요. 그래야 제가 어딜 왜 갔는지 아실 수 있을 테니까요. 그저께 아침에 말입니다. 제가 이곳 사업가 삼소노프 씨한테 가서, 아주 든든한 담보를 언급하면서 3천을 빌리려고 했어요. 갑자기 그럴 일이 생겼어요, 갑자기요."

"잠깐만 말씀을 끊어도 될까요?" 하면서 검사가 정중한 어조로 물었다. "갑자기 그런 액수의 돈, 그러니까 3천이라는 돈이 필요하게 된 이유가 뭡니까?"

"음……, 그건 사실 그렇게 중요한 게 아니에요. 어떻게 해서, 언제, 왜, 다른 액수가 아니라 하필이면 왜 반드시 그 액수의 돈이 필요했는지……, 그런 문제를 다 따지다 보면……, 그걸 가지고 책을 쓴다 해도, 세 권 가지고도 모자라겠어요. 게다가 맺는말이 또 필요할 거 아니에요?"

드미트리의 이 말은, 모든 진실을 빨리 다 이야기해주고 싶어서 못 견디겠는 사람, 그런 아주 선량한 의도로 가득 찬 사람이 대화 상대자들에게 취할 수 있는 친근한 태도에서 비롯되었다.

"여러분," 하고 그가 갑자기 뭔가를 깨달은 듯 말했다. "제가 계속 주장하는 것에 대해서 너무 뭐라고 하지 마십시오. 다시 한번 부탁드리는데요, 다시 한번 절 믿어주세요. 제가 여러분께 큰 존경심을 갖고 있으며, 현 상황을 이해하고 있다고요. 제가 취했다고 생각하지 마십시오. 벌써 전 술이 깼습니다. 혹 안 깼더라도 그게 전혀 방해는 안 됐을 거예요. 전 사실 이런 사람이거든요.

*술 깨어 정신 들면 우둔해지고*
*술 마셔 무뎌지면 총명해지네.*

하하, 이렇답니다! 그건 그렇고, 지금 제가 보니, 사건 해명이 안 된 상태에서 제가 여러분 앞에서 무슨 익살을 부리는 게 맘에 안 드시나 봐요. 제가 좋아하는 행동 방식을 그대로 발휘할 수 있게 해주세요. 지금 전 입장의 차이를 알겠어요. 여러분이 보시기에 저는 범죄자의 입장에서 여러분 앞에 앉아 있는 거죠? 그러니까 제가 여러분과 동등한 입장에서 대화를 할 수가 없다고 생각하시는 거죠? 여러분의 일은 저를 감시하는 거고요, 네? 그리고리 씨한테 제가 저지른 일은 사실 여러분이 제 머리를 쓰다듬어주실 만한 일은 아니에요. 노인들의 두개골을 불법으로 깨는 일은 진짜 하면 안 되지요. 그 일의 대가로 사법 처리에 따라 절 형무소에 처넣으시겠죠. 6개월도 될 수 있고 어쩌면 1년도 될 수 있겠죠. 전 잘 모르지만, 아무튼 판결에 따라서요. 그렇지만 인권을 박탈하진 않겠죠? 그렇죠, 검사님? 인권을 박탈하진 않겠죠? 네, 아무튼 전 저와 여러분의 관점 차이를 이해하겠습니다. 하지만 잘 들어보세요. '어디서 그렇게 했어? 어떻게 그렇게 했어? 언제 그렇게 했어? 그래서 어떻게 됐어?' 따위의 질문을 무작정 퍼부으면, 그 질문받는 자가 설사 신일지라도 정신이 헷갈리겠어요. 그러니 저도 물론 헷갈리겠죠. 그러면 여러분은 제가 헷갈려서 주절댄 말을 적으시겠죠. 그러면 뭐가 되겠어요? 아무것도 안 되죠! 뭐가 어떻든, 제가 이미 떠벌리기 시작한 이상, 그 말을 끝을 맺을게요. 여러분은 고등 교육을 받으신 아주 고명하신 분들이니까, 저를 이해하실 거예요. 부탁을 드리면서 말을 마칠게요. 심문을 하는 틀에 박힌 방법을 버리세요. 처음에는 보잘것없는 것부터 시작해서, 즉 '어떻게 자리에서 일어났어? 뭘 먹었어? 침을 어떻게 뱉었어?' 하는 것부터 물어보기 시작해서 범인의 집중력을 마비시킨 다음에, 허를 찌르는 갑작스러운 질문, 즉 '누굴 죽였어? 누구한테서 뭘 훔쳤어?' 하는 질문으로 덮치라는, 그 틀에 박힌 방법 말이에요. 하하! 그게 바로 정해진 형식이잖아요. 그게 여러분들한테 있는 규칙이잖아요. 여러분이 쓰시는 교묘하다는 수법이 다 그렇게 해서 만들어지는 거잖아요. 하지만 촌놈들은 그런 교묘한 방법을 써서 정신을 마비시키셔도 되지만, 그게 저한텐 안 통하거든요. 전 상황을 파악한단 말입니다. 저도 근무해봐서 압니다. 하하하! 화내시진 않겠죠, 여러분? 저의 건방진 발언을 용서해주실 거죠?" 하면서 그가 아주 놀라운 친근한 태도로 그들을 쳐다보면서 자신 있게 말했다. "드미트리 카라마조프가 한 말이니까 용서되겠죠? 똑똑한 사람이 그런 말을 했다면 용서 안 되겠지만, 드미트리한테는 용서되겠죠? 하하!"

그 말을 듣던 니콜라이 파르표노비치 역시 웃었다. 검사는 웃진 않았지만 눈을 내리깔지 않고 주의 깊게 드미트리를 살펴보았다. 그의 어떤 말 한마디라도, 어떤 움직임 하나라도, 그의 얼굴의 작은 표정 변화 하나라도 놓치지 않으려는 심산인 듯했다.

"그런데 사실 우리가 당신과 심문을 시작할 때 바로 그렇게 시작했잖아요" 하면서 니콜라이 파르표노비치가 아직도 계속 웃으면서 대답했다. "여러 가지 질문으로 당신을 헷갈리게 한

게 아니잖아요. 아침에 어떻게 일어나서 뭘 드셨냐고 안 물었잖아요. 아주 중요한 것부터 묻기 시작했잖아요."

"압니다. 그렇게 시작해주신 걸 높이 평가합니다. 또 고명하신 분들답게 지금 저한테 보이시는 친절을 더욱 높이 평가합니다. 여기 모인 우리 셋은 다 점잖은 사람들입니다. 그리고 앞으로도 계속 그렇게, 교육을 받은 상류 사회 사람들의 상호 신뢰를 바탕으로, 귀족 계급과 명예로 한데 묶인 사람들의 상호 신뢰를 바탕으로 모든 것이 진행되었으면 합니다. 무엇이 어찌 됐든 제 삶의 이 순간에 여러분들을 저는 가장 좋은 친구들로 여깁니다. 제 명예가 수치를 겪는 이 순간에 말입니다. 이런 말에도 화내시지 않을 거죠? 네?"

"화내긴요. 참 표현을 잘하시네요, 드미트리 표도로비치 씨" 하고 니콜라이 파르표노비치가 위엄 있는 태도로 대답했다.

"그러니까 말씀입니다, 잡다한 것들, 그 교묘한 수법과 관련된 잡다한 것들은 언급하지 말기로 하죠" 하고 드미트리가 신이 나서 외쳤다. "안 그러면 정말 아무것도 안 될 것 같아요. 그렇지 않습니까?"

"당신의 사려 깊은 충고를 충분히 받아들이기로 하겠습니다" 하면서 갑자기 검사가 드미트리에게 말하기 시작했다. "그러나 전 제 질문을 취소하지는 않겠습니다. 우리는 왜 꼭 3천이라는 금액이 필요하셨는지를 반드시 알 필요가 있습니다.

그게 아주 중요합니다."

 "왜 필요했냐고요? 그건 뭐……, 물론 여러 가지 이유가 있지만……, 말하자면, 빚을 갚기 위해서죠."

 "누구한테요?"

 "이건 정말 말씀드릴 수가 없습니다. 그러니까 제 말은, 말씀드릴 상황이 안 된다는 것도 아니고, 말씀드릴 용기가 안 난다는 것도 아니고, 이게 다 사소한 일, 전혀 중요하지 않은 일이라서 제가 꺼린다는 것도 아니고, 다만 다음과 같은 원칙 때문에 말씀드릴 수 없다는 겁니다. 이건 제 사생활입니다. 제 사생활에 간섭하시는 건 제가 용납 못 합니다. 그게 제 원칙입니다. 하신 질문은 일의 본질과는 관련 없습니다. 그리고 일의 본질과 관련 없는 모든 것은 제 사생활입니다. 저는 빚을 갚으려고 했습니다. 명예의 빚을 갚으려고 했습니다. 누구에겐지는 말씀드리지 않겠습니다."

 "우리는 그 말을 적도록 하겠습니다" 하고 검사가 말했다.

 "얼마든지 그렇게 하십시오. 제가 말하지 않을 거고, 말하지 않으려 한다고 적으십시오. 그걸 말하는 것을 제가 불명예스럽게 여긴다고 적으십시오. 적으실 시간은 충분합니다."

 "제가 미리 말씀드리고 싶습니다. 또다시 상기시켜 드리고 싶습니다. 혹시 모르셨다면 말입니다" 하면서 검사가 자기 말의 중요성을 아주 강조하려는 듯한 말투로 말했다. "이제 드미트리 표도로비치 씨에게 주어지는 질문들에 대해서 드미트리 표도로비치 씨는 대답을 거부하실 권리가 있습니다. 달리 말하면, 드미트리 표도로비치 씨가 그 어떤 이유로 대답을 회피하시는 경우, 우리는 드미트리 표도로비치 씨한테서 대답을 강제로 얻어내려고 할 권리를 전혀 갖지 못합니다. 그건 드미트리 표도로비치 씨가 개인적으로 알아서 하실 문젭니다. 하지만 우리는, 이와 유사한 경우에 드미트리 표도로비치 씨가 증언을 거부하심으로써 스스로에게 끼치시는 해가 어느 정도인지를 드미트리 표도로비치 씨에게 알려드리고 설명해드려야 합니다. 그걸 아시고 계속하시길 바랍니다."

"아니, 저는 화를 낸 게 아닌데요. 저는……" 하고 드미트리가 검사의 말에 어느 정도 당혹해하면서 웅얼거리며 말을 시작했다. "저, 있잖아요, 삼소노프라는 사람이요, 제가 그때 찾아갔었던 그 사람 말입니다."

물론 그가 한 이야기 중 독자가 이미 알고 있는 자세한 내용을 여기다 적지는 않겠다. 드미트리는 모든 것을 세부에 이르기까지 다 이야기하면서 동시에 빨리 이야기하고 싶었다. 그러나 계속되는 증언을 상대측이 다 기록하려다 보니, 좀 천천히 이야기하라면서 그의 말을 중단시키는 적도 있었다. 드미트리 표도로비치는 그게 마음에 들지 않았지만, 그래도 복종했다. 격렬한 말투를 취하기는 했지만 분노해서 그런 건 아니었다. "그런 말을 들으면 신이라고 해도 미친 듯 화를 내실 겁니다!" 하고 가끔씩 소리치기는 했지만 말이다. 아니면, "지금 공연히 저를 화나게 하실 필요는 없지 않습니까?" 하고 소리치기도 했다. 하지만 그렇게 소리치면서도 그는 속마음을 솔직하게 털어놓으려고 하는 털털한 자신의 태도를 아직 바꾸지 않고 있었다. 그러던 중 그는 그저께 삼소노프가 자기를 어떻게 속여 먹었는지를 이야기했다(그는 삼소노프가 그때 자기를 속일 심산이었다는 것을 이제 확실히 알 것 같았다). 교통비를 얻으려고 시계를 6루블에 판 얘기도 했다. 그것은 예심판사와 검사가 아직 전혀 알지 못하던 얘기였으므로 즉시 큰 관심을 끌었다. 그리고 그것 때문에 드미트리가 무척 화를 내게 되었다. 그들이 그 사실을 자세히 적어야 한다고 나왔기 때문이다. 전날 그에게 거의 한 푼도 없었다는 상황을 한 번 더 확인하기 위함이라고 했다. 드미트리는 조금씩 침울해지기 시작했다. 그 뒤, 랴가브이한테 다녀온 일, 탄산가스가 찬 오두막에서 보낸 밤 등을 얘기했고, 읍으로 돌아온 대목에까지 이르러, 특별히 요청을 받은 건 아닌데도, 그루셴카와 관련된 자신의 질투로 인해 겪은 괴로움을 자세히 묘사하기 시작했다. 모두가 말없이, 주의 깊게 그의 이야기를 들었다. 표도르 파블로비치 집 옆, 마리야 콘드라치예브나 집 뒤뜰에 그루셴카가 오는지를 감시하기 위한 감시 초소가 생긴 지 이미 오래라는 대목, 그리고 스메르쟈코프가 그에게 정보를 전하곤 했다는 대목에 특히 주의를 기울였으며, 그 내용을 다 기록했다. 드미트리는 자신의 질투에 대하여 열렬히, 폭넓게 이야기했다. 비록 속으로는 자기의 마음속 가장 깊은 곳의 감정을, 말하자면 '모든 이들이 다 구경할 수 있도록' 숨김없이 내보인다는 점 때문에 창피하긴 했지만 말이다. 그래도 자기의 정당함을 드러내기 위하여 창피함을 무릅쓴 것으로 보였다. 그러나 그가 이야기하는 동안 그의 속마음을 보려는 노력이 깃들지 않은, 단지 근엄한 분위기만 자아내던 예심판사와 검사의 눈길, 특히 검사의 눈길을 알아채고 드미트리는 실망이 다분히 컸다. '이 애송이 니콜라이 파르표노비치랑은 내가 바로 며칠 전에 여자들에 대한 농을 주고받은 적 있고, 이 환자 검사는 내가 이런 이야기를 굳이 해줄 필요도 없는 사람이다. 이게 지금 무슨 창피냐! 참아라, 유순해져라, 침묵해라.[53]' 하고 그는 시구로 자신의 생각을 마무리했다. 하지만 그래도 계속해야겠다고 마음을 다잡았다. 호흘라코바에 대한 이야기로 넘어와 그는 다시 유쾌해져서, 이 부인에 대하여 얼마 전에 들은 특별한 일화를, 사건과 관련이 없는데도 이야기하려고 했다. 그러나 예심판사가 그의 말을 멈추고 '좀 더 본질적인 내용으로' 옮아갈 것을 정중하게 제안했다. 그가 자기가 맞게 된 절망적 상황을 묘사하고, 자기가 호흘라코바의 집에서 나와 '차라리 누군가를 죽이고 3천을 **빼앗자**'

고 생각한 순간에 대해 이야기할 때, 다시금 말을 멈추라는 부탁이 들어왔고, '죽이고 싶었다'는 대목을 기록했다. 드미트리는 기록할 때까지 말없이 기다렸다. 그러다가, 그루셴카가 그를 속인 것을 갑자기 알게 됐다는 대목, 즉 그녀가 삼소노프 집에서 자정까지 있을 거라고 말해서 그가 그녀를 그 집까지 바래다줬지만 그녀가 금방 그 집에서 나왔다는 것을 갑자기 알게 됐다는 대목에 이르러 그는, "그때 제가 폐냐를 죽이지 않은 건 단지 시간이 없었기 때문입니다" 하고 말했다. 이야기의 그 대목에서 그 말이 그에게서 그렇게 별안간 튀어나왔다. 이 점 또한 상세히 기록되었다. 드미트리는 침울하게 기다리고 있다가, 자기가 아버지 집 정원으로 달려갔다는 대목을 진술하려고 했는데, 갑자기 예심판사가 그의 말을 멈추고, 소파 위 자기 옆에 놓여 있던 자기의 큰 가방을 열어, 거기서 구리로 된 절굿공이를 꺼냈다.

"이 물건 알아보시겠습니까?" 하면서 그가 드미트리에게 절굿공이를 보여주었다.

"아, 네!" 하고 드미트리가 침울하게 픽 웃었다. "당연히 알죠. 제가 한번 자세히 보겠습니다……. 아닙니다! 필요 없습니다!"

"이 물건에 대한 진술을 잊으신 거 같은데요" 하고 예심판사가 말했다.

"젠장! 제가 숨기려 했던 게 아니에요. 그거 얘기를 안 할 수 없었을 거예요. 그렇지 않겠어요? 그냥 까먹은 것뿐이에요."

"자세하게 이야기해주시겠습니까, 어떻게 이걸 가져가게 되셨는지?"

"그러겠습니다."

드미트리가 자기가 절굿공이를 가지고 달려갔던 이야기를 했다.

"그런데 어떤 목적으로 이런 흉기를 가지고 간 겁니까?"

"목적이라뇨? 아무 목적도 없었어요! 그냥 휙 잡아채 간 거예요."

"목적도 없었는데 왜 가지고 갔나요?"

드미트리는 짜증이 치밀었다. 그는 '애송이'를 뚫어지게 쳐다보고 침울하고 기분 나쁘게 비소를 머금었다. 그는 자기가 지금 '이 따위 사람들'에게 그렇게 솔직하게 속마음을 다 드러내면서 자신의 질투 이야기를 했다는 것이 점점 더 창피해져 갔다.

"절굿공이 하나가 뭐가 그렇게 중요합니까?" 하는 말이 그에게서 갑자기 튀어나왔다.

"그래도요."

"글쎄요, 길에서 개들을 만날까 봐 집어 들었습니다. 날이 어두웠고……. 그러니까, 만약을 대비해서요."

"그럼 그전에도 밤에 밖에 나갈 때는 어떤 무기를 가지고 갔었습니까? 어두운 게 그렇게 무서웠다면 말이에요."

"아니, 이런, 젠장! 여보세요, 당신들하고는 대화를 할 수가 없군요!" 하고 드미트리가 화를 노저히 못 참고 소리쳤다. 서기한테 몸을 돌리고는 화가 나서 새빨개진 얼굴로, 격분을 담은 목소리로 빠르게 말했다. "지금 이렇게 적으세요. '내 아버지 표도르 파블로비치를 죽이러 달려가느라 절굿공이를 가지고 갔다. 머리를 내려치려고!' 어때요? 이젠 다들 만족하셨어요? 마음이 개운하세요?" 하고 그는 예심판사와 검사에게 도전적인 눈길을 박고서 말했다.

"우린 너무나 잘 이해합니다. 지금 그런 증언을 하신 것은 우리한테 화가 나서서, 우리가 드린 질문들이 못마땅해서 하신 거라고요. 그 질문들을 사소하다고 하시는데, 사실은 본질적으로 아주 주안점이 되는 것들입니다" 하고 검사가 무뚝뚝하게 그의 질문에 답했다.

"아니, 생각을 해보세요. 전 절굿공이를 가지고 갔어요. 보통 그런 경우에 사람들이 뭘 확 가지고 가기도 하잖아요. 왜 그러는지 전 모르겠어요. 그냥 확 가지고 달려갔어요. 그뿐이에요. 저 창피합니다. 아시겠어요? Passons.\* 안 그러면 전 더 이상 절대 이야기 안 할 거예요!"

---

\*   이 문제는 넘어가죠. (프랑스어)

그가 상에 팔꿈치를 괴고 머리를 손으로 받쳤다. 나머지 사람들을 측면에 두고 벽을 보고 앉아 나쁜 기분을 삭이고 있었다. 진짜로 벌떡 일어나서, 이제 한마디도 안 하겠다고, '끌고 가서 사형을 시킨다 해도' 한마디도 안 하겠다고 외치고 싶어 죽을 지경이었다.

"저기 말씀입니다" 하고 그가 간신히 분을 삭이고 갑자기 말했다. "댁들의 말씀을 듣고 있자니, 눈앞에 어른거리는데……, 저는 자다가 이런 꿈을 꿀 때가 있어요. 같은 꿈이 자주 꿔지는데, 누가 절 쫓아와요. 제가 아주 무서워하는 누군가요. 어둠 속에서, 밤에 절 잡으려고 쫓아와요. 전 안 잡히려고 어딘가에 숨어요. 문 뒤라든지 장롱 뒤라든지. 숨어 있는 게 참 굴욕적이에요. 그 사람은 내가 어디로 숨었는지를 환히 알고 있는 거예요. 그런데 일부러 내가 어디 있는지 모르는 척하면서, 내가 무서워하는 것을 즐기면서 나를 괴롭히는 거예요. 바로 당신들이 지금 그러고 있어요! 그거랑 아주 비슷해요!"

"그런 꿈을 꾸신다고요?" 하고 검사가 물었다.

"네. 그런 꿈을 꿔요. 왜, 이건 기록하고 싶지 않으세요?" 하고 드미트리가 입술 한쪽을 일그러뜨리며 웃었다.

"그런 건 기록 안 해요. 그래도 호기심이 가는 꿈이네요."

"꿈이라뇨? 이건 현실이에요. 실제의 삶에 존재하는 현실이에요. 전 늑대고 당신들은 늑대를 쫓는 사냥꾼들이에요."

"쓸데없이 그런 비유를 하시는 거 아니에요?" 하고 니콜라이 파르표노비치가 아주 부드러운 말투로 말을 시작했다.

"쓸데없지 않아요!" 하면서 드미트리가 다시금 화를 냈다. 그러나 화를 버럭 내서 어느 정도 마음이 가벼워졌는지, 그다음부터는 말을 해나갈수록 점점 더 온순해져갔다. "댁들은 질문을 받느라 진이 빠진 범죄자 혹은 피고인의 말은 믿지 않으실 수 있지만, 점잖은 사람의 말은 믿으셔야 해요. 고결한 의도의 격발은 말이에요. 그건 제가 자신 있게 외칠 수 있어요! 그건 당신들이 안 믿으시면 안 돼요. 안 믿을 권리가 없으시다고요. 하지만,

침묵해라, 마음아,

참아라, 유순해져라, 침묵해라!

그러다 자기 말을 스스로 음울하게 끊고서, "자, 그럼 계속할까요?" 하고 말했다.

"물론이죠, 그렇게 하시죠" 하고 니콜라이 파르표노비치가 대답했다.

## V
### 세 번째 고난

드미트리가 비록 준엄한 어조로 말을 시작했지만, 그래도 전달하는 내용 중 아무것도 잊거나 빠뜨리지 않기 위해 더욱 노력하는 듯했다. 그는 담장을 뛰어넘어 아버지 집 정원에 들어간 일, 창문까지 간 일, 그리고 결국 창문 밑에 숨어 있던 일까지 이야기했다. 정원에 있으면서 그가 그루셴카가 아버지와 함께 있는지 아닌지를 그리도 못 견디게 알고 싶어 하던 그 순간 그를 불안케 하던 그 감정들을 마치 각인했었던 듯이 명료하고 정확하게 전달했다. 그런데 이상했다. 이번에는 검사와 예심판사가 너무나 신중하게 듣는 것 같았다. 쳐다보는 눈길은 무뚝뚝했는데, 질문의 양은 훨씬 줄었다. 드미트리는 그들의 얼굴을 갖고서는 아무런 결론도 낼 수 없었다. '둘 다 화가 나서 토라졌나 보다. 뭐, 맘대로 하라지!' 하고 그는 생각했다. 아버지가 창문을 열도록 하기 위해 아버지에게 그루셴카가 왔다는 신호를 하기로 마음먹었다는 이야기를 할 때 검사와 예심판사는 '신호'라는 말에 전혀 관심을 기울이지 않았다. 마치 그 단어가 어떤 뜻을 갖는지 전혀 이해를 못하기라도 하는 듯이 말이다. 드미트리가 보기에 너무나도 눈에 띌 정도로 그랬다. 창문으로 머리를 내민 아버지를 보고 그가 증오가 북받쳐

주머니 속의 절굿공이를 꺼낸 순간까지 이야기가 진행됐을 때 그는 고의로 이야기를 멈췄다. 벽을 쳐다보면서 앉아 있었는데, 서들이 사기를 뚫어져라 쳐다보고 있는 게 느껴졌다.

"그래서요? 흉기를 꺼냈어요. 그다음에는 어떻게 됐나요?" 하고 예심판사가 말했다.

"그다음에요? 그다음에는 죽였죠. 정수리를 내리쳐 두개골을 빠갰죠. 당신들 의견으론 그게 맞지 않습니까?" 하면서 그가 갑자기 눈을 번득였다. 가라앉았던 분노가 그의 마음속에서 갑자기 엄청난 힘으로 달아올랐다.

"'우리들 의견으로'라고요? 그러면 당신의 의견으로는요?" 하고 니콜라이 파르표노비치가 말했다.

"제 의견으로는요, 제 의견으로는 이렇게 됐어요" 하고 그가 조용히 말하기 시작했다. "누군가 눈물을 흘렸을 수도 있고, 어쩌면 제 어머니가 신께 기도를 했을 수도 있고, 밝은 영이 그 순간 저에게 입맞췄을 수도 있어요. 어떻게 된 건진 모르겠지만, 결국 악마가 졌어요. 전 창문 쪽에서 담장 쪽으로 달려갔어요. 깜짝 놀란 아버지가 그게 나인 걸 보고는 비명을 지르면서 방 안으로 달아났어요. 저는 그 순간을 잘 기억해요. 전 정원을 가로질러 담장에 이르렀어요. 그때 바로 그리고리가 저를 잡은 거예요. 제가 담 위에 걸터앉은 순간에요."

그러면서 그는 결국 눈을 들어 자기 말을 듣는 사람들을 쳐다보았다. 그들은 전혀 당혹하지 않은 덤덤한 눈길로 그를 바라보고 있었다. 드미트리의 마음속에 분노의 경련 같은 것이 일었다.

"지금 저를 비웃으시는 거죠?" 하고 그가 갑자기 얘기를 멈추고 말했다.

"왜 그렇게 생각하시는데요?" 하고 니콜라이 파르표노비치가 물었다.

"한마디도 믿지 않으시잖아요. 그러니까 그런 거죠! 저도 다 알고 있단 말입니다. 가장 중요한 시점까지 갔잖아요. 지금 노인네는 두개골이 깨져서 쓰러져 있는 상황인데, 저는 비극의 주인공인 양 제가 죽이고 싶었다고 말해놓고, 벌써 절굿공이를 빼 들었다고 말해놓고, 별안간 창문 밑으로부터 멀리 달아나버렸다고 하니……. 서사 문학에나 나올 법하죠? '그래, 우리보고 그 말을 믿으라고?' 하시는 거죠? 하하! 비웃으시는 건 참 도사들이세요."

그렇게 말하고 그는 의자에 앉은 채로 몸을 다른 방향으로 돌렸다. 의자에서 빠지직 소리가 났다.

"근데 혹시 못 보셨어요?" 하고 검사가 갑자기, 드미트리가 흥분한 것에는 관심도 없다는 듯이 말하기 시작했다. "혹시 못 보셨어요? 당신이 창문 밑으로부터 멀리 달아날 때, 건물의 다른 쪽에 있는, 정원과 통하는 문은 열려 있었어요, 안 열려 있었어요?"

"안 열려 있었어요."

"안 열려 있었다고요?"

"잠겨 있기까지 했어요. 그 문을 도대체 누가 열었겠어요? 아, 문이요? 잠깐만요!" 하고 그가 갑자기 정신이 드는 양 몸을 떨다시피 했다. "여러분이 문이 열려 있는 것을 발견하셨단 말입니까?"

"열려 있는 것을요."

"그럼 누가 열어놓은 거죠? 여러분들이 직접 여신 게 아니라면" 하고 갑자기 드미트리가 크게 놀랐다.

"문은 열려 있었어요. 부친 살해범이 바로 그 문으로 들어온 게 분명해요. 그리고 살해한 다음, 같은 문으로 나간 거죠" 하고 검사가 천천히 또박또박 끊어지는 발음으로 말했다. "그건 저희가 분명히 알겠어요. 살인은 분명히 방 안에서 이루어졌어요. 창문을 통해서가 아니라. 검사 결과로 그게 분명해진 거예요. 시신의 위치나 모든 것으로 보아서요. 이 점에 의심할 바는 전혀 있을 수 없어요."

드미트리가 큰 충격을 받았다.

"어떻게 그럴 수가 있죠?" 하고 그가 어안이 벙벙해져 소리쳤다. "저……, 저는 들어가지 않았어요. 정말이에요. 제가 확실히 말씀드리는데, 문은 계속 잠겨 있었어요. 제가 정원에 있을 동안과 정원에서 달아날 때에 말이에요. 전 창문 밑에 서 있던 게 다예요. 창문을 통해서 아버지를 본 거고요. 그뿐이에요. 마지막 순간까지 기억해요. 설사 기억이 안 나더라도, 어차피 알고 있어요. 왜냐하면 신호는 저하고 스메르쟈코프만 알고 있었으니까요, 아, 물론, 고인도 알고 있었죠. 그 신호 없이는 이 세상 아무에게도 문을 열어주지 않았을 거예요!"

"신호요? 무슨 신호요?" 하고 검사가 강렬한, 거의 히스테릭하다고까지 할 호기심을 드러내며 묻느라, 점잖았던 자세를 일순간에 망가뜨렸다. 묻는 그의 자세는 마치 소심하게 기어 다가오는 자세와도 같았다. 자기가 아직 몰랐던 중요한 사실을 눈치챈 그는 바로 다음 순간 더럭 겁이 났다. 드미트리가 어쩌면 그 사실을 완전히 솔직하게 다 말하지 않을 수도 있다는 생각에서였다.

"그런 거 알지도 못하셨죠?" 하고 드미트리가 한쪽 눈을 꿈쩍하며 고소하다는 듯이 조소를 비쳤다. "어떡하실래요, 제가 말 안 해준다고 하면? 그러면 누구한테서 알아내실 거예요? 신호에 대해서 알던 사람은 고인, 나, 스메르쟈코프밖에 없어요. 그게 다예요. 아, 물론 하늘이야 아셨죠. 하지만 하늘은 댁들한테 말 안 해주실 거예요. 근데 아주 호기심 가는 사실이죠? 이 사실을 바탕으로 또 무슨 가설이 세워질지는 아무도 모르죠. 하하! 에이, 그렇다고 뭘 또 그렇게 겁을 먹고 그러세요? 다 말할게요. 내가 말 안 할 거라는 생각은 어리석은 생각이거든요. 댁들은 저라는 사람을 잘 모르세요. 피고인이 스스로 알아서 자기한테 불리한 증언을 하는 거 보신 적 있어요? 저는 그런 사람이에요. 왜냐하면 저는 영예의 기사이기 때문이에요. 댁들은 아니고요."

검사는 기분 나쁜 말을 그냥 다 삼켜버렸다. 그는 다만 새로운 사실에 대한 호기심에 초조해할 뿐이었다. 드미트리는 표도르 파블로비치가 스메르쟈코프가 사용하도록 고안해낸 신호들과 관련하여 모든 것을 정확하고 자세하게 진술했다. 창문을 두드리는 각각의 소리가 무엇을 의미하는지를 이야기했고, 상을 두드려 이 신호를 재현하기도 했다. 그리고 드미트리가 노인의 창을 두드릴 때 바로 '그루셴카가 왔다'라는 신호대로 두드렸냐고 니콜라이 파르표노비치가 묻자, 바로 그렇게, '그루셴카가 왔다'는 신호대로 두드렸다고 명확히 대답했다.

"자, 이제 댁들이 재주껏 가설을 세우실 차롑니다!" 하고 드미트리가 갑자기 말을 끊고, 지겹다는 듯 그들에게서 얼굴을 돌렸다.

"그러니까 이 신호에 대해서 고인이 되신 부친과 드미트리 표도로비치 씨와 하인 스메르쟈코프만 알았단 말씀이죠? 더는 없었단 말씀인가요?" 하고 니콜라이 파르표노비치가 다시 한 번 확인하려 했다.

"네, 하인 스메르쟈코프하고 또 하늘이요. 하늘에 대해서도 꼭 적으세요. 그건 쓸데없는 게 아닐 거예요. 댁들한테도 신은 필요할걸요."

그래서 결국 적기로 했다. 그런데, 적고 있을 때 검사가 갑자기 어떤 새로운 생각이 찾아왔는지 이렇게 말했다.

"그런데 이 신호에 대해서 스메르쟈코프도 알았다면, 그리고 드미트리 표도로비치 씨가 부친의 사망과 관련하여 자신의 죄를 전적으로 부인한다면, 그렇다면 바로 그자가 그 약속된 신호대로 두드려서 부친으로 하여금 문을 열게 한 다음…… 범죄를 저지른 거 아닌가요?"

깊은 조소가 깃든, 그와 동시에 엄청난 증오가 깃든 눈길로 드미트리가 그를 쳐다보았다. 그가 말없이 오래 쳐다보았기 때문에 검사는 자기도 모르게 눈을 끔벅였다.

"또 낚으셨네!" 하고 드미트리가 결국 말했다. "도망가는 못된 놈 꼬리를 잡으셨어! 전 댁의 생각을 꿰뚫고 있어요, 검사님! 지금 제가 벌떡 일어나서 댁이 저한테 주신 힌트를 날름 받아들여, '아, 그래요, 바로 스메르쟈코프예요, 그놈이 살인자예요!'라고 목청껏 외칠 거라고 생각하셨죠? 고백하세요, 그렇게 생각하셨다고. 고백하세요. 그러면 제가 계속할게요."

그러나 검사는 고백하지 않았다. 침묵하며 기다리고 있었다.

"잘못 생각하셨어요. 스메르쟈코프가 범인이라고 외치지 않을 거예요" 하고 드미트리가 말했다.

"그자를 전혀 의심하지 않으시는 건가요?"

"검사님은 의심하세요?"

"그자도 의심의 대상에 집어넣었어요."

드미트리가 바닥에 눈길을 박았다.

"농담은 집어치우세요" 하고 그가 침울한 어조로 말했다. "제 말을 들어보세요. 맨 처음부터, 그러니까 제가 아까 이 커튼 뒤에서 여러분 앞에 나와 설 때부터, 저한텐 그 생각이 들었어요. '스메르쟈코프다!'라고요. 제가 여기 상 앞에 앉아 전 살인과 관계없다고 외칠 때도 제 마음속에 '스메르쟈코프다!'라는 생각이 들었어요. 스메르쟈코프가 계속 제 마음속을 떠나지 않았어요. 그러다가 이제 또 그 생각이 난 거예요. '스메르쟈코프다!'라고요. 하지만 1초간 그랬을 뿐이에요. 즉시 다른 생각이 났어요. '아니다, 스메르쟈코프가 아니다!'라고요. 그자가 한 짓이 아닙니다!"

"그렇다면 그 어떤 다른 사람을 의심하시진 않나요?" 하고 니콜라이 파르표노비치가 조심스럽게 물었다.

"모르겠어요, 누군지, 어떤 사람인지, 하늘의 손인지, 사탄인지……. 하지만 스메르쟈코프는 아니에요!" 하고 드미트리가 단호하게 잘라 말했다.

"하지만 그자가 아니라고 그렇게 확고하게, 그렇게 집요하게 주장하시는 이유는 뭡니까?"

"그런 확신이 들어요. 그런 인상이 든다고요. 왜냐하면 스메르쟈코프는 성격이 소심하고 겁쟁이거든요. 단순한 겁쟁이가 아니라, 이 세상에 있는 겁이란 겁은 다 한데 모아서 뭉친 존재예요. 겁 자체가 두 발로 걸어 다니는 거예요. 닭이 낳은 자식이라고나 할까. 나랑 이야기할 때마다 그놈은 내가 자기를 죽일까 봐 벌벌 떨었어요. 난 손 한 번 쳐든 적 없는데도요. 그놈은 내 발 앞에 엎드려 울면서 내 이 장화에 입을 맞췄어요. 나보고 자기한테 무섭게 하지 말아달라고, 실지로 그렇게 애원했어요. '무섭게 하지 말아달라'고요, 아시겠어요? 내 참, 어떻게 하는 것이 무섭게 안 하는 것인지……. 난 그놈한테 잘해주려고 했는데……. 그놈은 간질을 앓는 병든 닭이에요. 지능도 낮고요. 일곱 살짜리 아이랑 싸워도 그놈이 질 거예요. 그런 놈이 어떻게 그럴 거예요? 스메르쟈코프는 아닙니다, 여러분. 게다가 돈도 좋아하지 않아요. 내가 주는 선물도 안 받으려 했어요. 그런 놈이 뭣 때문에 노인네를 죽입니까? 게다가 그놈은 어쩌면 노인네의 아들일 수도 있어요. 곁다리로 낳은 아들이요. 그거 아세요?"

"우린 그런 얘기가 전해져 내려오는 걸 들었소. 그건 그렇고 드미트리 표도로비치 씨 역시 자기 부친의 아들이면서 부친을 죽이고 싶다며 떠들고 다니지 않았소?"

"그래서 그게 어떻다는 거예요? 내가 그렇게 한 게 그리 큰 잘못인가요? 누가 눈 하나 꿈쩍할 줄 알고요? 저한테 대놓고 말씀하시는 게 좀 너무하시는 것 같네요. 왜냐하면, 내가 그렇게 행동했다는 건 나 스스로 여러분한테 말씀드린 거잖아요. 그걸 가지고 물고 늘어지시니……. 솔직히, 죽이고 싶기만 했겠어요? 실지로 죽일 수도 있었어요. 실지로 한 번 죽일 뻔한 적 있다고 내가 자진해서 증언하기도 했고요. 하지만 진짜로 죽인 건 아니잖아요. 내 수호천사가 날 구해줬어요. 아마 거기까진 여러분이 상상을 못하셨겠죠. 바로 그래서 너무하시다는 거예요. 왜냐하면 난 죽이지 않았거든요. 죽이지 않았다고요! 아시겠어요, 검사님? 죽이지 않았어요!"

그가 거의 숨이 넘어갈 듯했다. 심문을 하는 시간 전체를 통틀어 그가 그토록 흥분한 적은 처음이었다.

"그런데 그놈이 여러분한테 뭐라고 하던가요? 스메르쟈코프 말이에요" 하고 약간 침묵하던 그가 갑자기 말했다. "제가 그걸 물어봐도 될까요?"

"뭐든지 물어보셔도 됩니다" 하고 검사가 냉정하고 근엄한 태도로 대답했다. "사건의 실제적 측면과 관련된 것은 뭐든지 물으셔도 됩니다. 우리는, 반복해서 말하는데, 드미트리 표도로비치 씨의 모든 질문에 대답을 해드릴 의무마저 있습니다. 우린 드미트리 표도로비치 씨가 지금 물으시는 하인 스메르쟈코프가 아주 심한 간질 발작, 연속으로 열 번쯤 일어난 간질 발작의 결과 무의식 상태로 자기 침상에 누워 있는 것을 발견했습니다. 우리와 함께 갔던 의사가 환자의 상태를 확인하고서 우리한테, 그자가 어쩌면 아침까지 못 살 수도 있다고 했습니다."

"뭐, 그렇다면 아버지를 죽인 건 악마네요!" 하고 드미트리가 자기도 모르게 말을 내뱉었다. 아무래도 여태까지, '스메르쟈코프냐, 스메르쟈코프가 아니냐?' 하고 계속 자기에게 질문을 던지고 있었던 것 같았다.

"이 문제는 나중에 다시 거론하기로 하겠습니다" 하고 니콜라이 파르표노비치가 말했다. "지금은 드미트리 표도로비치 씨 자신의 증언을 계속해주시지 않겠습니까?"

드미트리가 좀 쉬게 해달라고 했다. 그러라는 정중한 허락이 내려졌다. 쉬고 나서 그는 계속 증언하기 시작했다. 그러나 힘들어하는 게 확실히 느껴졌다. 그는 피곤했고 모욕을 당했고 정신적으로 충격을 받았다. 그 밖에도 검사가 수시로 '잡다한 문제들' 가지고 끈덕지게 물고 늘어져 그의 신경을 건드렸다. 이번에는 진짜로 일부러 그러는 것이었다. 드미트리가, 자기가 담장 위에 걸터앉아 자기의 왼발을 붙잡은 그리고리의 머리를 절굿공이로 내리치고서 곧바로 내려왔다고 진술하자마자 검사가 그의 말을 끊더니, 담장 위에 걸터앉은 자세를 좀 더 자세히 묘사해달라고 했다. 드미트리가 놀랐다.

"뭐, 이렇게 앉아 있었어요. 말 탄 자세로. 한쪽 다리는 저쪽으로, 또 한 다리는 이쪽으로."

"절굿공이는요?"

"절굿공이는 손에 들었어요."

"주머니에 있는 게 아니라요? 그걸 그렇게 자세하게 기억하세요? 그렇다고 치고, 팔을 세게 휘두르셨어요?"

"아마 세게 휘둘렀을 거예요. 그런데 그건 왜요?"

"만약 담장 위에 앉으셨을 때처럼 지금 의자에 앉으셨다면 말이에요, 우리가 한눈에 이해하기 쉽도록 좀 재현해주시겠어요? 어떻게, 어디로, 어느 쪽으로 팔을 휘둘렀는지를."

"지금 저를 비웃으시는 거 아니에요?" 하고 드미트리가 심문하는 자를 거만한 표정으로 쳐다보고 나서 물었다. 그러나 심문하는 자는 눈 하나 꿈쩍 안 했다. 드미트리가 격한 동작으로 몸을 돌려 의자 위에 앉아 팔을 휘둘렀다.

"이렇게 쳤어요! 이렇게 죽였어요! 또 뭐가 필요하세요?"

"감사합니다. 그럼 지금은 이걸 좀 설명해주시겠어요? 뭘 위해서 굳이 밑으로 내리뛰신 거예요? 어떤 목적으로? 엄밀하게 말해서 어떤 의도를 가지고?"

"아, 젠장……, 다친 사람 보려고 내리뛰었어요. 뭘 위해선지는 모르겠어요."

"그렇게 흥분해 있었는데도요? 달아나면서요?"

"네. 흥분해 있었는데도요. 달아나면서요."

"그 사람한테 도움을 베풀려고 했나요?"

"도움은 무슨……? 네, 어쩌면 도움을 주려고 했을 수도 있네요. 잘 기억 안 나요."

"기억을 못 하세요? 그러니까 의식이 어느 정도는 흐린 상태에 계셨던 거예요?"

"아니, 그게 아니고요. 의식이 흐린 상태는 전혀 아니었어요. 다 기억해요. 세부적인 것까지 다요. 어떤지 보려고 내리뛰었고, 손수건으로 그분 피를 닦아줬어요."

"그 손수건 우리가 봤어요. 상해를 입히신 분을 소생시키려는 희망을 가지셨어요?"

"희망을 가졌는지 어땠는지는 모르겠어요. 그냥 살았는지 아닌지 확인하고 싶었어요."

"아, 확인하고 싶으셨다고요? 그래서 확인이 됐나요?"

"전 의사가 아니라서 확인을 할 수가 없었어요. 제가 죽인 줄로 생각하고 달아났어요. 그런데 정신이 드셨다면서요."

"아주 좋습니다. 감사합니다. 전 그게 알고 싶었던 거예요. 계속하시죠."

안타깝게도 드미트리는, 자기가 내리뛴 것은 그리고리가 걱정이 됐기 때문이고, 맞아 쓰러진 그리고리를 내려다보고 서서, "노인장 재수 없이 걸려든 거야. 계속 누워 있으셔!"라는 몇 마디 말까지 했다는 걸 기억하긴 기억했으면서도 이야기할 생각을 하지 못했다. 검사는 '그런 순간에, 그리도 흥분했으면서도', 사기의 범죄를 목격한 유일한 목격자가 살았는지 아닌지 확신을 얻기 위해서 내리뛰었다는 결론만을 도출했다. 그런 순간에마저 그의 힘과 결단력과 냉정함과 계산 등이 어땠는지를 증명하려는 것이었다. 검사는, '정상이 아닌 저자의 신경을 잡다한 질문들로 계속 건드렸더니 결국 혐의를 잡을 만한 말을 지껄이네' 하면서 자기 자신에게 만족하고 있었다.

드미트리는 고통스러워하며 말을 계속했다. 그랬는데 그러자마자, 이번에는 니콜라이 파르표노비치가 말을 또 멈추게 했다.

"손에 피가 그렇게 많이 묻었는데, 또, 나중에 알게 된 사실이지만, 얼굴에도 묻었는데, 어떻게 하녀 페냐한테 달려 들어가실 수 있었나요?"

"그땐 내가 전혀 몰랐어요, 피범벅인지" 하고 드미트리가 대답했다.

"그 말은 맞는 말 같아요. 실지로 그럴 때가 있어요" 하고 말하면서 검사가 니콜라이 파르표노비치와 눈길을 주고받았다.

"정말 몰랐던 거예요. 검사님 옳게 지적하셨어요" 하면서 드미트리가 갑자기 찬동의 말을 했다. 그러나 그 뒤에는 드미트리가 이 사람들과 동질감을 이미 못 느끼는 입장에서, 굳이 자기 얘기를 자세하게 해서 긁어 부스럼 만드는 행위를 할 필요가 없다 싶었다. 그러므로 그는 아까 했던 것처럼 자기 가슴속을 다 헤쳐서 '자신의 마음의 여왕'에 대해 이야기하겠다고 작정할 수가 없었다. 그는 냉정한, 마치 빈대처럼 달라붙는 이 사람들 앞에 있는 것이 신물 났다. 반복된 질문들에 간단하고 단호하게 대답했다.

"그래서 자살하기로 결심했어요. 살 필요가 어디 있느냐는 질문이 저절로 튀어나왔어요. 그 여자의 전 남자, 넘볼 수 없는 전 남자, 그 여자를 차버렸지만 5년 뒤에 자기의 매몰찬 행동을 법적인 결혼으로 마무리하려고 사랑을 가지고 달려온 남자가 나타났단 말이에요. 그래서 나는, 나한테 있어서는 모든 것이 끝장이라는 걸 알았어요. 그리고 또 내가 떠나 온 곳에는 내가 저지른 수치와 그리고리의 피가 버티고 있었으니 말이에요. 뭐 하러 삽니까? 그래서 담보로 맡겨놓았던 권총을 돈을 내고 도로 찾으려 했던 거예요. 장전을 해서 새벽녘에 머리에다 총알을 박으려고요."

"밤에는 흥청망청 먹고요?"

"밤에는 흥청망청 먹고요. 이런 제기랄, 여러분, 빨리 끝내주세요. 진짜로 권총 자살 하고 싶어요. 이 근처 어디, 마을 부근에서요. 아침 5시에 할 생각이었어요. 주머니에 쪽지도 써 놓았어요. 페르호친 씨 집에서 썼어요. 거기서 권총도 장전했고요. 여기 있어요, 쪽지. 읽으셔도 돼요. 지금 내가 이야기하는 건 당신들을 위해서 하는 게 아니에요!" 하고 그가 갑자기 성별에 찬 어조로 덧붙였다. 그는 조끼 주머니에서 꺼낸 쪽지를 그들 보라고 상 위에다 던졌다. 예심판사와 검사가 호기심에 차서 읽고는 관행대로 사건 자료에 포함시켰다.

"그런데 페르호친 씨 집에 들어가면서도 손을 씻을 생각을 안 했어요? 의심을 받을 거라는 걱정도 안 됐어요?"

"무슨 의심이요? 사람들이 날 의심을 하든 안 하든 난 이리로 오려고 했는데요 뭐. 그래서 5시에 자살할 거였는데요 뭐. 그럼 사람들이 나한테 아무 짓도 못 했을 거잖아요. 아버지 피살 사건이 안 일어났다면 여러분이 아무것도 알지 못했을 거고 여기 오지도 않았을 거 아니에요? 야, 그건 악마가 한 짓이에요. 악마가 아버지를 죽였어요. 악마를 통해서 여러분은 그렇게 금방 알게 된 거예요. 어떻게 그렇게 빨리 이리로 오셨는지? 놀랍습니다. 환상적이에요!"

"페르호친 씨가 우리한테 전해주셨는데, 드미트리 표도로비치 씨가 그분 집에 들어가면서……, 피 묻은 손에…… 돈……, 큰돈을……, 100루블짜리 뭉치를 들고 있었다던데요. 그리고 그분 밑에서 일하는 아이도 그걸 봤다는데요."

"네, 맞습니다. 저도 그렇게 기억합니다."

"그러면 질문이 하나 생깁니다. 이걸 좀 말씀해주시겠어요?"

하면서 니콜라이 파르표노비치가 아주 부드럽게 말했다. "그만한 돈을 어디서 그렇게 갑자기 구하셨어요? 사건 진행 시간을 계산해볼 것 같으면 집에도 안 들르셨다는 얘긴데요."

질문이 노골적인 것을 듣고 검사가 약간 얼굴을 찌푸렸으나 니콜라이 파르표노비치의 말을 가로막진 않았다.

"네. 집에 안 들렀습니다" 하고 드미트리가 아주 침착하게 대답하는 듯했으나 그의 눈은 땅을 보고 있었다.

"그러면 다시 묻도록 하겠습니다" 하고 니콜라이 파르표노비치가 약간 다가앉으며 계속 말했다. "어디서 그렇게 단숨에 그런 액수의 돈을 구하셨어요? 드미트리 표도로비치 씨가 스스로 인정한 바에 따르면 오후 5시밖에 안 됐을 때 벌써 구했다는 얘긴데……."

"10루블이 필요해서 페르호친 씨한테 권총을 맡겼고, 그다음에 호흘라코바 부인한테 가서 3천을 달라고 했는데 안 줬습니다. 그렇게 어떻게 된 겁니다."

드미트리가 갑자기 말을 멈췄다가 다시 말했다.

"그렇죠, 돈이 없던 사람한테 갑자기 몇 천이 어디서 생겼냐는 얘기죠? 네? 저기, 지금 댁들 두 분 다 겁내고 계시죠? 어디서 생겼는지 내가 말 안 할까 봐. 네, 맞습니다. 말 안 하겠습니다. 알아내지 못하실 겁니다."

드미트리가 아주 단호하게 또박또박 끊어 말했다. 심문관들이 잠시 침묵했다.

"아셔야 됩니다, 카라마조프 씨. 우린 이걸 아는 것이 아주 필요합니다" 하고 니콜라이 파르표노비치가 조용히, 온순하게 말했다.

"알고 있습니다. 그래도 말 안 하렵니다."

검사가 끼어들어 다시 한번 상기시켰다. 심문을 받는 사람은 물론, 질문에 대답하지 않는 것이 자기에게 득이 된다는 등의 이유로 질문에 대답하지 않을 수 있지만, 용의자가 묵비권을 행사함으로써 특히 그런 중요한 질문에 대하여 묵비권을 행사함으로써 자기 자신에게 어떠한 해를 끼치게 될지 고려하면…….

"기타 등등이겠죠, 여러분, 기타 등등이요! 됐어요. 그 지루한 설교는 전에도 이미 들었어요!" 하고 드미트리가 또다시 말을 끊었다. "얼마나 중요한 일인지를, 또 여기서 가장 본질적인 항목이라는 것을 제가 알아요. 그런데 그래도 말 안 하겠어요."

"사실 우리가 뭡니까? 이건 우리 일이 아니라 댁의 일인데. 스스로 자기한테 해를 끼치시겠다는데" 하고 니콜라이 파르표노비치가 신경질적으로 말했다.

"여러분, 우리 농담은 집어치웁시다" 하고 드미트리가 확 눈을 쳐들어 두 사람을 똑바로 쳐다보았다. "나는 맨 처음부터 이미 예감했었어요. 이 대목에서 우리가 충돌하게 될 것을 말이에요. 하지만 처음에 내가 아까 진술을 시작할 때는 이 모든 것이 다 먼 안개 속에 있었고 다 희미하게 떠다녔고, 나는 아주 단순한 입장을 가졌었기 때문에, 우리의 상호 신뢰를 제안하는 것으로 진술을 시작했어요. 지금은 나 스스로 알겠어요. 그 신뢰라는 것은 있을 수도 없었다는 것을요. 왜냐하면 어차피 우리는 이 빌어먹을 담에 이르게 될 거였으니까 말이에요. 네, 결국 이르렀네요! 말 못 해요! 최종 결정이에요! 하지만 내가 댁들이 잘못했다고는 못 하죠. 댁들이 내 말을 못 믿겠는 걸 어떡해요? 나 그거 이해해요."

그는 침울하게 침묵에 잠겼다.

"그러면, 가장 중요한 문제에 대하여 증언을 안 하겠다는 드미트리 표도로비치 씨의 결심을 조금도 어기지 않는 한도 내에서, 그냥 아주 작은 암시만 주시면 안 될까요? 본 증언들 중 드미트리 표도로비치 씨한테 그리도 위험할 수 있는 이 대목에서 반드시 그렇게 묵비권을 행사하게 된 그토록 강력한 동기가 과연 뭔지에 대해서요."

드미트리가 우울한 미소를 지었다.

"난 댁들이 생각하는 것보다 관대해요. 왠지 말해줄게요. 암시를 줄게요. 비록 댁들이 그럴 가치가 없는 사람들이긴 해도 말이에요. 내가 묵비권을 행사하는 이유는, 나의 수치 때문이에요. 어디서 이 돈을 구했냐는 질문에 대한 답 속에 나로서는 너무나 큰 수치가 들어 있는데, 심지어 만약 제가 아버지를 죽이고 돈을 빼앗았다고 하더라도, 그런 행위마저 비할 수 없을 정도의 큰 수치예요. 그래서 말할 수 없는 거예요. 창피해서 안 되겠는 거예요. 뭐예요? 이걸 적으시려고 하세요?"

"네, 우린 적겠습니다" 하고 니콜라이 파르표노비치가 이야기했다.

"이걸 안 적는 게 나으실 텐데요, 수치에 대해서 말이에요. 난 마음이 관대해서 말해드린 것뿐이거든요. 말 안 할 수도 있었어요. 말하자면 제가 선심 쓰는 의미에서 말해드린 건데 댁들은 그런 것까지 물고 늘어지시네요. 네, 마음대로 하세요. 적으시든지 말든지" 하고 그가 경멸을 섞어 말하고는 진저리가 쳐진다는 투로 이렇게 말했다. "난 댁들이 안 무섭고……, 댁들 앞에서 꼬리 내리지 않겠어요."

"저, 그 수치라는 게 어떤 종류의 것인지 말씀해주시지 않으렵니까?" 하고 니콜라이 파르표노비치가 웅얼거리는 투로 말했다.

검사가 얼굴을 팍 찌푸렸다.

"절대 말 안 해드려요. c'est fini,* 괜히 애쓰실 필요 없어요. 나보고 더 비열해지라고요? 댁들하고 얘기하느라고 벌써 저

---

\* 끝이에요. (프랑스어)

많이 비열해졌어요. 댁들은 얘기가 안 되는 사람들이에요. 아무하고도 얘기가 안 되네요. 됐어요. 그만하렵니다."

너무 단호한 어투로 이 말이 나왔다. 니콜라이 파르표노비치가 더 이상 고집을 피우려 하지 않았다. 그러나 그는 이폴리트 키릴로비치의 눈에서, 그가 아직 포기를 안 했음을 순식간에 읽을 수 있었다.

"그럼 적어도 이건 말씀해주실 수 있어요? 페르호친 씨 댁에 가셨을 때 당신 손에 쥐어진 액수가 어느 정도였는지요. 그러니까 몇 루블이었어요?"

"그것도 말해드릴 수 없어요."

"페르호친 씨한테는 3천이라고 말씀하신 거 같은데. 호흘라코바 부인에게서 받았다고 하면서요."

"어쩌면 그렇게 말했을 수도 있고요. 됐어요. 조금도 더 얘기 안 할래요."

"그러시다면, 이리로 어떻게 오셨는지, 그리고 이리로 오셔서 무엇을 했는지를 다 이야기해주시렵니까?"

"아, 거기에 대해서는 여기 분들 중 아무한테나 물어보시면 돼요. 에이, 뭐, 그냥 내가 얘기할게요."

그는 이야기해주었다. 그러나 우리는 그 이야기를 굳이 안 들어도 된다. 그는 무미건조하게 피상적으로 이야기했다. 자기가 느낀 사랑의 기쁨에 대해서는 전혀 말도 안 꺼냈다. 그렇지만 자살하려고 먹었던 마음이 '새로운 사실들로 인해' 지나가버렸다고는 이야기했다. 그는 있었던 일들에 대해서 단순히, 그 동기를 설명하지 않고 세세한 곳까지 들어가지 않으면서 이야기했다. 게다가 심문관들도 이번에는 그를 별로 방해하지 않았다. 그들로서는 지금 듣는 이야기 속에는 중요한 대목이 없음이 분명했다.

"우리가 이걸 다 확인해보고 나서, 증인 심문 시 모든 걸 다시 한번 거론하겠습니다. 증인 심문은 물론 드미트리 표도로비치 씨의 참석하에 이루어질 겁니다" 하고 니콜라이 파르표노비치가 심문을 마치는 말을 했다. "이제 드미트리 표도로비치 씨가 가지신 물건들을 다 상 위에 꺼내주시겠습니까? 중요한 건, 지금 갖고 계신 돈을 다 꺼내놓으시라는 겁니다."

"돈이요? 예, 저는 압니다. 그럴 필요가 있다는 것을. 왜 좀 더 일찍 그러라고 안 하셨는지 놀랍기까지 하네요. 어차피 나 어디 도망 안 갔을 테지만요. 잘 보이는 곳에 앉아 있잖아요. 자, 이거예요, 제 돈. 자요, 갖고 가서 세보세요. 이게 다인 것 같네요."

그가 주머니에 있던 모든 것을 다 꺼냈다. 잔돈까지 다 꺼냈다. 20코페이카짜리 은화 두 개도 조끼 옆주머니에서 꺼냈다. 돈을 세어보니 836루블 40코페이카였다.

"이게 단가요?" 하고 예심판사가 물었다.

"답니다."

"드미트리 표도로비치 씨는 지금 증언을 하면서 플로트니코프 씨네 상점에 300루블을 주고 왔다고 했습니다. 페르호친에게 10루블, 마부에게 20루블, 여기서 잃은 돈이 200루블, 그다음에……."

니콜라이 파르표노비치가 아무것도 빠뜨리지 않고 다 세었다. 드미트리는 기꺼이 도왔다. 잔돈 쓴 것까지 다 기억해내어 더했다. 니콜라이 파르표노비치가 신속하게 계산을 마쳤다.

"이 800을 더하면, 그러면 처음에 당신에게 약 1500이 있었단 얘기네요."

"그렇게 되네요" 하고 드미트리가 잘라 말했다.

"그런데 왜 다들 그것보다 훨씬 많았다고 주장하죠?"

"그렇게 주장하라고 그러세요."

"드미트리 표도로비치 씨도 직접 그랬잖아요."

"저도 직접 그랬죠."

"아직 미처 심문을 안 한 다른 사람들의 증언으로 이 모든 것을 다 확인하겠습니다. 돈에 대해서는 걱정하지 마십시오. 돈은 보관될 곳에 보관되었다가 모든…… 시작된 일이 끝나는 대로 당신한테 반환될 것입니다. 당신이 그 돈을 가질 당연한 권리가 있다는 것이 판명되거나 증명될 경우에 말입니다. 자, 그럼 지금은……."

니콜라이 파르표노비치가 갑자기 일어나서 드미트리에게, 자기가 그의 옷과 모든 것에 대한 아주 상세하고 성밀한 검사를 행해야 한다고 확고한 말투로 선언했다.

"원하신다면 제가 주머니를 다 까뒤집겠습니다."

그러면서 드미트리가 진짜로 주머니들을 까뒤집기 시작했다.

"옷도 벗으셔야 하는데요."

"네? 옷을 벗으라고요? 이런 젠장! 그냥 이 상태로 수색을 하세요. 그냥 안 되나요?"

"안 됩니다, 드미트리 표도로비치 씨. 옷을 벗으셔야 합니다."

"뭐, 정 그러시다면……" 하고 드미트리가 침울한 태도로 말을 들었다. "단, 여기서 말고 커튼 뒤에서 합시다. 어느 분이 검사하실 건데요?"

"물론입니다. 커튼 뒤에서 합시다" 하면서 니콜라이 파르표노비치가 동의의 뜻으로 고개를 숙였다. 그의 얼굴은 특별한 위엄마저 띠고 있었다.

## VI

### 검사에게 걸려든 드미트리

드미트리로서는 전혀 예상 못 했던 놀라운 일이 일어나기 시작했다. 그는 누군가가 자기를, 드미트리 카라마조프를, 그렇게 대할 수 있다고는 그전까지만 해도, 1분 전까지만 해도 절대 예상할 수 없었다. 중요한 것은 굴욕적인 느낌이 들었다는 것, 그리고 심문관들이 거만한 태도, 그를 경멸하는 태도를 보이기 시작했다는 것이다. 프록코트를 벗는 것까진 괜찮았다고 쳐도, 그 뒤에 계속 벗으라고 했다. 그건 부탁이 아니었다. 본질적으로 명령과 같았다. 그는 그 점을 확실히 깨달았다. 자존심과 그들을 향한 증오 때문에 그는 말없이 복종했다. 니콜라이 파르표노비치뿐만 아니라 검사도 커튼 이쪽으로 들어왔으며, 또 몇몇 남자들이 더 들어왔다. '강압을 위해서 그러는 거겠지. 아니면 뭔가 목적이 더 있든지' 하고 드미트리가 생각했다.

"셔츠도 벗으라는 건 아니겠죠?" 하고 그가 날카롭게 물었으나 니콜라이 파르표노비치는 대답하지 않았다. 프록코트, 바지, 조끼, 모자를 검사와 더불어 검사하는 일에 몰두해 있었다. 그들 모두 검사에 아주 관심이 있어 보였다. '격식은 전혀 안 차리는군. 최소한의 예의도 안 지켜' 하는 생각이 드미트리에게 들었다.

"반복해서 묻겠습니다. 셔츠를 벗어야 됩니까, 안 벗어도 됩니까?" 하고 그가 더욱 날카롭게, 더욱 신경질적으로 물었다.

"가만히 계세요. 필요하면 우리가 말할 테니까요" 하고 니콜라이 파르표노비치가 어쩐지 상사가 부하 직원한테 말하는 것처럼 들리게 대답했다. 적어도 드미트리한테는 그렇게 들렸다.

예심판사와 검사 사이에 속닥속닥하는 소리로 심각한 회의가 신행되었다. 알고 봤더니 프록코트에, 특히 왼쪽 옷자락 뒷부분에 커다란 핏자국이 있었다. 말라서 딱딱해진 뒤에 별로 매만져지지 않아 촉감이 뻣뻣한 채로 남았다. 바지에도 마찬가지였다. 그 밖에도 니콜라이 파르표노비치는 증인들이 보는 가운데 칼라, 접어 올린 소매, 프록코트와 바지의 재봉선 전체를 직접 자기 손으로 쭉 더듬어보았다. 무엇을 찾는 게 분명했다. 그건 물론 돈이었다. 중요한 건, 드미트리를 의심한다는 점을 드미트리에게서 숨기지 않았다는 것이다. 드미트리가 돈을 옷 속에 숨기고 꿰매버렸을 수도 있다는 점을 말이다. '이건 장교를 대하는 태도가 아니라 완전히 도둑을 대하는 태도다' 하고 드미트리가 혼잣말로 중얼거렸다. 수색을 행하는 사람들은 자기 생각을 서로에게 말할 때 드미트리가 옆에 있음에도 아랑곳하지 않고 다 적나라하게 말했다. 예를 들어, 서기도 역시 커튼 이쪽으로 들어와 분주하게 일을 돕고 있었는데, 드미트리의 모자 역시 손으로 더듬어 수색을 하는 대상이 되던 바, 그 모자로 니콜라이 파르표노비치의 관심을 돌리며 이렇게 말했다. "서기 그리젠카 기억하시죠? 사무실 사람들 봉급을 한꺼번에 받으러 갔다 온다고 하면서 여름에 다녀오더니, 하는 얘기가 술에 취해 분실했다는 거 아니겠어요? 그때 그 돈을 어디서 찾았게요? 바로 이 모자 테두리 리본 안에서 찾았다는 거 아닙니까? 100루블짜리가 돌돌 말려서 테두리 리본 안쪽에 꿰매져 있더라고요." 그리젠카 관련 사건은 예심판사도, 검사도 잘 기억하고 있었다. 그래서 드미트리의 모자를 한 쪽으로 치워놓고는, 나중에 다 한 번 더 검사해봐야 된다고 했다. 옷도 다 다시 검사해봐야 된다고 했다.

"잠깐만요" 하고 니콜라이 파르표노비치가 드미트리 셔츠 오른쪽 소매의 안쪽으로 접어 올린 소맷부리에 눈길을 돌리고 말했다. 소맷부리가 온통 피에 젖어 있었다. "잠깐만요. 이거 피 맞죠?"

"피 맞아요" 하고 드미트리가 잘라 말했다.

"그러니까 이건 무슨……, 근데 왜 소매가 안쪽으로 접어져 있죠?"

드미트리는 자기가 그리고리의 피를 닦아주다가 소맷부리를 피에 적셨는데 안쪽으로 접어 올린 것은 페르호친 집에서 손을 씻을 때였다고 이야기해주었다.

"셔츠 역시 가져가야 되겠네요. 이건 아주 중요해요. 물증으로요."

드미트리가 얼굴이 벌게져 사납게 소리 질렀다.

"그럼 뭡니까? 나보고 알몸으로 있으라고요?"

"걱정하지 마세요. 우리가 어떻게든 해결해볼게요. 일단은 양말도 벗어주세요."

"네? 농담 아니에요? 그게 정말 꼭 필요해요?" 하고 드미트리가 눈을 번득였다.

"우린 농담할 처지가 아니에요" 하고 니콜라이 파르표노비치가 근엄하게 반박했다.

"뭐, 그렇다면, 필요하시다면 제가……."

중얼거리면서 드미트리가 침대에 앉아 양말을 벗기 시작했다. 그는 참을 수 없을 정도로 난처함을 느꼈다. 다른 사람들은 다 옷을 입었는데 자기만 벗은 상태였다는 게 참으로 이상한 기분이었다. 옷을 벗고 나니 자기가 정말 무슨 죄를 지은 사람인 것 같았다. 그리고 가장 신기한 것은, 자기가 진짜로 나머지 사람들보다 갑자기 낮은 처지에 놓였으며 지금 나머지 사람들이 자기를 멸시할 만한 완전한 권리를 지닌다는 데에 스스로 거의 동감했다는 것이었다. '만약 모두가 다 벗었다면 창피하지 않았을 텐데, 나 혼자만 벗었고 모두들 보고 있다는 건 수치스럽다!' 하는 생각이 그의 머릿속에 자꾸만 떠올랐다. '꿈을 꾸는 것 같다. 꿈속에서 그런 수치를 겪은 적이 있었다' 하는 생각도 났다. 양말을 벗는 일은 심지어 괴롭기까지 했다. 양말이 아주 안 깨끗했기 때문이다. 게다가 속옷도 마찬가지였다. 그런데 그 모든 것을 사람들이 보았다. 또 중요한 건, 그가 자기 발 생김새를 마음에 들어하지 않았다는 거다. 왠지 모르게 자기 양발 엄지발가락들이 몹시 못생겼다고 평생 생각해왔다. 특히 오른발의 발톱 하나가 투박하게 판판하고 밑으로 구부러졌는데, 그걸 지금 모든 사람들이 보고 있었다. 참을 수 없을 정도의 수치 때문에 그는 태도가 더 거칠어졌다. 자기도 모르게 일부러 더 거칠게 행동했다. 그가 스스로 셔츠를 벗고서 말했다.

"또 다른 데서도 찾아보실래요? 안 창피하시면?"

"아니요. 아직 필요 없어요."

"자, 저보고 이렇게 벗은 채로 있으라고요?" 하고 그가 사납게 한마디 더 했다.

"네. 일단은 그럴 필요가 있어요. 일단 여기 앉아주시겠어요? 침대에 있는 이불을 덮으셔도 돼요. 그럼 제가……, 제가 일을 다 처리할게요."

모든 옷가지들을 입회인들에게 보이고 조사 보고서를 작성하고서 결국 니콜라이 파르표노비치가 나갔다. 옷은 그 뒤로 다른 사람들이 들고 나갔다. 이폴리트 키릴로비치도 나갔다. 다른 남자들만 드미트리와 함께 남아 말없이 서서 그를 계속 바라보고 있었다. 드미트리는 이불을 덮었다. 그는 추웠다. 벗은 발이 바깥으로 나와 있었는데, 그가 발이 다 가려지도록 이불로 덮으려고 해도 아무리 해도 잘 안 됐다. 왠지 모르게 아무리 기다려도 니콜라이 파르표노비치가 돌아오지 않았다. 기다리느라 피가 마르는 거 같았다. '나를 완전 개 취급하는군' 하고 드미트리기 이를 갈며 생각했다. '그 망할 놈의 검사도 간 걸 보면, 벗은 내가 흉물스러워서 보기 싫어 갔나 보다' 하는 생각도 났다. 그는 그래도 자기 옷을 저기 어디서 검사한 다음에 도로 가지고 오겠거니 하고 있었다. 그러나 니콜라이 파르표노비치가 별안간 돌아왔을 때 전혀 다른 옷을 가지고 온 것을 보고 그는 말할 수 없이 화가 났다. 옷은 그를 뒤따라 들어오는 남자가 들고 왔다.

"자요, 이 옷을 입으세요" 하고 니콜라이 파르표노비치가 아무렇지도 않다는 듯이 말했다. 자기가 갔다 오면서 성과를 거둔 것에 매우 만족한 모양이었다. "이 겉옷과 깨끗한 셔츠는 칼가노프 씨가 자진해서 주시는 거예요. 그분 가방 속에 있던 옷이에요. 속옷과 양말은 본인 것을 착용하셔도 돼요."

드미트리가 무섭게 화를 내며 위협적으로 소리쳤다.

"딴 사람 옷 안 입어요! 내 옷 가져와요!"

"그건 불가능합니다."

"내 옷 가져오라고요! 칼가노프니 뭐니 그 옷이랑 같이 시궁창에나 들어가라 그래요!"

드미트리를 오래 설득해야만 했다. 결국 약간이나마 진정을 시켰다. 피에 젖은 옷을 물증에 포함시켜야 한다고, 그 옷을 그냥 돌려줄 권리가 지금 자기들에겐 없다고, 그것은 사건 해결에 필요하다고 설명해주었더니 드미트리가 종국에 가서 이해를 하기는 했다. 그는 말없이 침통하게 서둘러 옷을 입기 시작했다. 겉옷을 입으면서 단지 그는 그 옷이 본래 자기의 헌 옷보다 더 비싼 거라서, 자기가 입어서 해지게 하고 싶지 않다는 한마디를 던졌다. 그 밖에도, "굴욕적으로 꽉 끼는구먼. 나보고 이 옷 입고 광대 역할을 하라고요? 댁들을 즐겁게 해드리라고요?" 하는 말도 했다.

사람들이 그가 너무 과장해서 말한다고 하면서 또다시 그를 설득하려 들었다. 칼가노프가 드미트리보다 키가 크기는 크지만 많이 크진 않다고, 단지 바지는 사실 좀 길게 나올 거라고 했다. 그러나 프록코트가 어깨 부분이 좁은 건 부인할 수 없는 사실이었다.

"이런 젠장! 단추 잠그기도 힘드네!" 하고 드미트리가 다시금 불평을 내뱉었다. "부탁이 있는데, 내 말을 칼가노프 씨한테 좀 전해주세요. 이거 내가 그 사람한테 옷 달라고 한 거 아니라고, 다른 사람들이 나에게 광대 옷을 입힐 생각을 한 거라고요."

"그분 그거 벌써 아시고, 유감을 표명하고 계세요. 아, 그러니까 자기 옷 때문에 유감을 표명한다는 게 아니라, 그냥 발생한 이 모든 일에 대해서요" 하고 니콜라이 파르표노비치가 우물거리듯 말했다.

"유감을 표명하든 뭘 하든 내가 알 바 아니오! 자, 인제 나보고 어디로 기리고요? 아니면 계속 이 자리에 있어야 되는 거요?"

드미트리가 '저 방으로' 가라는 부탁을 받고 화가 나서 침울해진 기분으로 나와, 아무도 쳐다보려 하지 않았다. 다른 사람의 옷을 입은 그는 더할 나위 없는 수치를 느꼈다. 그곳 촌놈들과 트리폰 보리스이치 앞에서마저 그랬다. 트리폰 보리스이치의 얼굴이 갑자기 문에 나타났다가 사라졌다. '나 광대 옷 입은 거 보러 왔었구먼' 하고 드미트리가 생각했다. 그는 아까 앉았던 의자에 앉았다. 무언가 악몽과 같은 어처구니없는 것들이 눈앞을 왔다 갔다 했다. 그는 자기가 제정신이 아닌 것 같았다.

"자, 이젠 날 회초리로 치시렵니까? 그것 말고는 아무것도 남은 게 없지 않습니까?" 하고 그가 검사를 향해 이를 갈며 말했다. 니콜라이 파르표노비치에게는 이미 얼굴을 돌리고 싶지 않았다. 그에게 자기와 이야기할 기회를 주고 싶지가 않았다. '저자가 내 양말을 너무 뚫어져라 살펴봤어. 게다가 뒤집으라고까지 지시했어. 그건 일부러 그런 거야. 내가 속에 착용하는 것들이 얼마나 더러운지 사람들이 다 보도록 하기 위해서!'

"네, 지금은 그러니까 증인 심문으로 들어가야죠."

니콜라이 파르표노비치가, 자기가 드미트리 표도로비치의 질문에 대답을 한다는 식으로 말했다.

"그렇죠."

검사가 무슨 생각에 골몰하는 듯 말했다.

"드미트리 표도로비치 씨, 우리는 댁의 입장을 생각해드릴 수 있는 만큼 생각해드렸습니다" 하고 니콜라이 파르표노비치가 말을 계속했다. "하지만 자기한테 있던 금액의 원천에 대해서 설명하기를 그토록 단호하게 거절하시는 것을 듣고 우리는 즉시……"

"그 보석 반지, 그거 무슨 보석이에요?"

드미트리가 여태까지 생각에 잠겨 있다가 퍼뜩 깨어나듯 니콜라이 파르표노비치의 말을 끊으며, 그의 오른손을 장식한 보석 반지 세 개 중 한 개를 손가락으로 가리키며 물었다.

"보석 반지요?"

니콜라이 파르표노비치가 놀라서 되물었다.

"네, 그거, 가운뎃손가락에 끼신 거, 줄무늬 들어간 거요. 무슨 보석이에요?" 하고 드미트리가 왠지 신경질적으로, 고집부리는 어린아이처럼 집요하게 물었다.

"이거 연수정인데요." 니콜라이 파르표노비치가 웃으면서 말했다. "한번 보실래요? 제가 빼서 보여드릴게요."

"아, 아, 아, 빼지 마세요!" 하고 드미트리가 갑자기 제정신이 든 듯 자기 자신에게 화를 내면서 사납게 소리쳤다. "빼지 마세요. 그럴 필요 없어요. 이런, 제기랄……. 댁들이 날 오락가락하게 만들어놨어요! 이것 보세요, 내가 만일 진짜로 아버지를 죽였으면 그걸 댁들한테 숨겼을 것 같아요? 둘러대고 속이고 숨을 줄 알있어요? 아닙니다. 드미트리 카라마조프는 그런 사람이 아닙니다. 그런 상황을 도저히 참지 못했을 거예요. 만약 내가 죄가 있다면 댁들이 이리로 오는 것을 기다리지도 않고, 처음에 의도했던 것처럼 해가 뜨기를 기다리지도 않고, 새벽이 오기 전에 내 자신을 끝장내버렸을 겁니다! 지금 난 그걸 마음속에서 느끼고 있어요. 이 망할 놈의 어젯밤에 내가 깨달은 바가 어느 정돈가 하면 내가 20년을 살아도 그만큼 못 깨달았을 정도예요. 내가 진짜 부친 살해범이라면 댁들과 같이 앉아 있으면서 과연 지금처럼 이랬겠어요? 지금처럼 이런 말을 하고, 지금처럼 이런 행동을 하고, 지금처럼 이런 눈으로 댁들을 보고 세상을 바라봤겠어요? 과실로 그리고리를 죽인 줄 알고 밤새 안절부절못하던 내가 말이에요. 내가 그랬던 건 무서워서가 아니에요! 댁들한테서 받을 처벌이 무서워서 그랬던 게 아니에요! 수치 때문이에요, 수치! 그런데 나보고 또 까발리라고요? 그렇게 비웃기만 하면서 정작 보아야 될 것을 보지 못하고 아무것도 믿지 않는 눈먼 두더지 같은 댁들한테 또 다른 나의 비겁한 행동을, 또 다른 나의 수치를 까발려서 얘기하라고요? 설사 그걸 얘기하면 내가 혐의를 벗을 수 있다손 쳐도 말이에요. 차라리 강제 노동에 끌려가고 말겠어요! 아버지 집 문을 열고 그 문으로 들어간 자가 바로 아버지를 죽였어요. 돈도 그자가 훔쳤고요. 그게 누군지 나는 도저히 몰라서 골머리를 썩이고 있어요. 하지만 드미트리 카라마조프는 아니에요. 그걸 아셔야 돼요. 내가 말할 수 있는 건 그게 다예요. 이젠 됐어요. 더 이상 말 시키지 마세요. 강제 노동 보내려면 보내고 사형시키려면 시키세요. 단, 더 이상 날 귀찮게 하진 마세요. 나 인제 말 안 할 거예요. 이제 증인들 부르시든지 마음대로 하세요!"

드미트리가 앞으론 완전히 침묵으로 일관하리라고 이미 확실히 결심했다는 듯 이렇게 돌발적인 독백을 발설했다. 검사는 계속 지켜보다가 그가 말을 멈추자마자 극히 냉정하고 침착한 태도로, 마치 아주 일상적인 내용을 말하듯 갑자기 말했다.

"방금 언급하신 바로 그 열린 문과 관련하여, 드미트리 표도로비치 씨로 인해 상해를 입은 그리고리 바실리예브 노인의 증언 중 드미트리 표도로비치 씨로서도 우리로서도 아주 관심을 끄는 더할 나위 없이 중요한 점을 마침 바로 지금 우리가 통보해드릴 수 있습니다. 그 노인이 정신이 든 뒤 우리의 심문에 답하면서 우리한테 확실하게 전한 그의 집요한 주장이 다음과 같습니다. 그가 현관으로 나와 정원에서 무슨 소리가 나는 걸 듣고, 열려 있던 쪽문을 통해 정원에 들어가봐야겠다고 결심하고 정원에 들어갔을 때, 드미트리 표도로비치 씨가 어둠 속에서 달려가는 걸 발견했답니다. 그때 드미트리 표도로비치 씨는, 우리한테 직접 증언하신 것처럼, 부친을 보았던 그 열린 창문 쪽으로부터 달려가고 있었습니다. 그런데 그는, 즉 그리고리는, 달아나는 드미트리 표도로비치 씨를 보기 전에 왼쪽으로 눈을 돌려 이 실지로 열린 창문을 목격했고, 그와 동시에 자기 쪽에 훨씬 더 가까이 있던 활짝 열린 문을 목격했다고 했습니다. 그 문과 관련해서 드미트리 표도로비치 씨는, 정원에 계시던 시간 내내 잠겨 있었다고 증언하셨습니다. 드미트리 표도로비치 씨가 문을 통해 달려 나왔다고 바실리예브 씨가 확고하게 결론을 짓고 그렇게 증언한다는 사실을 나는 드미트리 표도로비치 씨한테 숨기지 않겠습니다. 물론 드미트리 표도로비치 씨가 문으로 달려 나오는 것을 그가 자기 눈으로 본 건 아니지만 말입니다. 그가 담장 쪽으로 달려가는 드미트리 표도로비치 씨를 처음으로 발견한 것은 문에서 이미 어느 정도 떨어진 곳, 즉 정원 한가운데쯤이었으니까요……."

말이 다 끝나지도 않았는데 드미트리가 의자에서 벌떡 일어나 격분하여 외쳤다.

"엉터리! 뻔뻔스러운 거짓말! 그 사람이 문이 열려 있는 걸 보았을 리가 없어요. 문은 그때 잠겨 있었으니까요. 그 사람이 거짓말을 하는 거예요!"

"그의 증언이 확고하다는 것을 당신한테 재차 말씀드려야겠군요. 그는 긴가민가하지 않아요. 그의 주장은 확고해요. 우리가 몇 번씩이나 다시 물어봤어요."

"바로 내가 몇 번씩이나 다시 물어봤어요" 하고 니콜라이 파르표노비치가 격하게 동의했다.

"그건 사실이 아니에요! 틀린 말이에요! 날 중상하기 위해서 그랬거나, 아니면 미쳐서 헛것을 본 거예요" 하고 드미트리가 계속 소리쳤다. "상처를 입고 피를 흘렸기 때문에 깨어난 뒤에 그냥 정신이 혼미해서 헛것이 보여 헛소리를 한 거예요."

"네, 하지만 문이 열린 걸 그가 본 건 상처를 입은 뒤 깨어나서가 아니라, 상처를 입기 전, 별채로부터 정원으로 들어온 직후였어요."

"그럴 리가 없어요, 그건 있을 수 없는 일이에요! 그 사람이 나한테 앙심을 품고 중상을 하는 거예요. 그 사람이 그걸 봤을 리가 없어요. 난 문을 통해 달려 나온 적 없어요" 하고 드미트리가 숨을 헐떡이며 말했다.

검사가 니콜라이 파르표노비치에게 고개를 돌려 무게를 잡고 말했다.

"보여주세요."

"이 물건 보신 적 있어요?" 하면서 니콜라이 파르표노비치가 두꺼운 종이로 된 큰 사무용 봉투를 상 위에 올려놓았다. 거기에는 아직까지 세 개의 봉인이 남아 있었다. 봉투는 비었고, 한쪽 옆이 뜯겨 있었다. 드미트리가 눈을 휘둥그렇게 뜨고 봉투를 보며 중얼거리듯 말했다.

"이긴……, 이건 아버지 봉투인 거 같은데요. 3천이 들어 있던 바로 그 봉투요. 만일 써놓은 글귀가 있으면……, 잠깐만요, 네. '나의 귀여운 여인에게'. 맞네요. '3천'. 여기 보이시죠, 3천?"

"물론 보입니다. 하지만 이 안에 돈은 없었습니다. 봉투가 비어 있었어요. 병풍 뒤 침대 근처 바닥에 널브러져 있었어요."

드미트리가 한 몇 초 동안 경악한 듯 서 있었다.

"여러분, 이건 스메르쟈코프 짓입니다!" 하고 마침내 온 힘을 다해 그가 소리쳤다. "그놈이 죽이고 그놈이 훔쳤어요! 노인네 방 어디에 봉투가 숨겨져 있는지 아는 사람은 그놈밖에 없었어요. 이제야 확실히 알겠네요. 그놈이에요!"

"하지만 드미트리 표도로비치 씨도 봉투에 대해서 아셨지 않습니까? 봉투가 베개 밑에 있다는 걸요."

"전혀 안 적 없습니다. 나는 봉투를 한 번도 본 적 없어요. 지금 처음 보는 거예요. 전에 스메르쟈코프한테서 들은 적밖에 없어요. 그놈만 알았어요. 노인네 방 어디에 숨겨져 있는지. 저는 몰랐어요." 하고 드미트리가 완전히 숨이 차서 말했다.

"하지만 아까 직접 우리한테 증언하셨잖아요. 봉투가 고인이 되신 부친의 베개 밑에 놓여 있다고요. 바로 그렇게 말씀하셨어요. 베개 밑이라고. 그러니까 봉투가 어디 있었는지 아셨단 얘기잖습니까?"

"우리가 바로 그렇게 적었습니다!" 하고 니콜라이 파르표노비치가 거들었다.

"그럴 리가! 말도 안 돼요! 난 베개 밑인지 전혀 몰랐어요. 네, 어쩌면 베개 밑이 아니었을 수도 있고요. 내가 베개 밑이라고 했다면, 그건 그저 되는 대로 말해본 것뿐이에요. 스메르쟈코프는 뭐라고 하던가요? 봉투가 어디 있었는지 스메르쟈코프한테 물어보셨어요? 스메르쟈코프가 뭐라고 하던가요? 그게 제일 중요해요. 난 아까 객기로 그렇게 말해버린 거예요. 생각도 잘 안 해보고 무조건 베개 밑이라고 아무렇게나 말했던 거라고요. 그걸 가지고 지금 댁들은……. 그럴 때가 있잖아요, 말이 아무렇게나 튀어나올 때. 어디 있는지 안 것은 스메르쟈코프밖에 없습니다. 오로지 스메르쟈코프만 알았어요. 다른 사람은 전혀 몰랐어요! 그놈은 어디에 있다는 걸 나한테도 얘기한 적 없어요. 바로 그놈이에요. 그놈이 한 짓이에요. 틀림없이 그놈이 죽였어요. 이제는 명백히 알겠네요."

드미트리가 말을 하면 할수록 점점 더 태도가 격해졌고 사나워졌다. 갈수록 말이 뒤죽박죽되고 같은 말이 반복되었다.

"여러분도 아셔야 돼요. 어서 그놈을 체포하세요, 어서……. 바로 그놈이 죽인 거예요. 내가 달아난 뒤에, 그리고리가 정신을 잃고 쓰러진 뒤에. 이젠 확실히 알겠네요. 그놈이 신호를 보내서 아버지가 그놈한테 문을 열어준 거예요. 왜냐하면 그놈민 그 신호를 알고 있있거든요. 신호 없이는 아버시가 아무한테도 눈을 안 열어줬을 거예요."

"하지만 아까도 말씀드렸다시피," 하고 검사가 아까와 마찬가지로 계속 절제된 어조로, 그러나 이미 자기가 상황을 컨트롤한다는 확신에 차서 말했다. "문은 이미 열려 있었기 때문에 신호를 보낼 필요는 없었을 텐데요. 드미트리 표도로비치 씨가 정원에 계실 때 이미 문이 열려 있었단 말입니다."

"문이······, 문이······" 하고 드미트리가 중얼거리다 말없이 검사의 얼굴에 눈길을 멈췄다. 그러다 힘없이 의자에 털썩 주저앉았다. 아무도 말이 없었다.

"그 문······, 그건 환상입니다! 신이 내 편이 아닌 것 같네요" 하고 그가 아무 의미도 없는 멍한 눈길을 자기 앞에 두며 소리쳤다.

"그거 보세요" 하고 검사가 의기양양하여 말했다. "이제 스스로 생각해보세요, 드미트리 표도로비치 씨. 첫째, 댁이 달려나오신 그 문, 그 열려 있던 문에 대한 증언이 드미트리 표도로비치 씨한테도 우리한테도 정말 중요합니다. 둘째, 드미트리 표도로비치 씨가 스스로 증언하셨다시피, 단 10루블을 얻기 위해 권총을 담보로 맡기셨는데 그 뒤 단 세 시간 만에 갑자기 손에 쥐시게 된 돈의 원천에 대해 드미트리 표도로비치 씨가 왠지 모르게 무조건 살벌할 정도로 고집을 부리며 말씀을 안 하시는 거! 이 모든 것을 염두에 두고서 한번 스스로 생각해보세요. 우리로서 뭘 믿어야 할 거 같아요? 어떤 결론을 내려야 할 것 같아요? 우리가 드미트리 표도로비치 씨 감정의 고결한 격발을 믿을 능력이 안 되는 냉정한 냉소주의자들이며 비웃기 좋아하는 사람들이라고 우리를 욕하실 게 아니라, 그 반대로 한번 우리 입장이 돼보세요."

드미트리가 극도의 흥분에 휩싸여 얼굴이 창백해졌다.

"좋습니다!" 하고 그가 갑자기 외쳤다. "내가 숨기고 있던 걸 말하리다. 돈을 어디서 구했는지를요. 내 창피한 이야기를 다 하리다. 그래야 차라리 나중에 가서 댁들을 원망하지도 않겠고 나 자신을 원망하지도 않겠네요……."

"그리고 믿으시기 바랍니다, 드미트리 표도로비치 씨" 하고 니콜라이 파르표노비치가 어쩐지 감동이 어린 듯한 목소리로 그의 말을 받았다. "드미트리 표도로비치 씨가 바로 이 순간에 행하시는 진심에서 우러난 모든 솔직한 자백은 나중에 드미트리 표도로비치 씨가 처하실 운명의 하중을 대단히 경감시키는 데에 영향을 미칠 수 있다는 것, 그 밖에도 심지어……."

그러나 검사가 상 밑에서 그의 몸을 슬쩍 밀어 신호를 보냈기 때문에 그는 말을 거기서 멈췄다. 그런데 사실 드미트리는 그의 말을 듣지도 않았다.

## VII
### 야유당한 드미트리의 엄청난 비밀

"그러니까 그 돈은요……," 하고 그가 계속 흥분에 싸인 채 말을 시작했다. "솔직히 다 고백을 한다면요……, 그 돈은 제 것이었습니다."

검사와 예심판사가 전혀 예상 못 했던 말을 듣고 심지어 얼굴이 길어졌다.

"그 돈이 어떻게 드미트리 표도로비치 겁니까?" 하고 니콜라이 파르표노비치가 주절거리며 말했다. "스스로 고백하신 바에 따르면 오후 5시에만 해도……."

"아, 거, 그날 5시니 뭐니 내 고백이니 뭐니 다 필요 없어요. 지금 말하는 건 그거랑 상관없어요. 그 돈은 내 돈이었어요. 내 돈이요. 그러니까 훔친 돈이죠. 아, 그러니까 내 돈이라기보다는 훔친 돈이에요. 내가 훔친 돈이요. 그 돈이 1500이었어요. 그 돈은 계속 내가 갖고 있었어요."

"아니, 그래, 어디서 그 돈을 가지셨는데요?"

"목에서요. 목에서 빼냈어요. 바로 이 내 목에서요. 여기 목에 그 돈이 헝겊으로 싸여 꿰매져 달려 있었어요. 이미 오래전부터요. 그 돈을 내가 창피하게 목에 달고 다닌 게 이미 한 달 전부터예요."

"그런데 그게 누구 돈이었는데 그걸…… 착복하신 거예요?"

"누구한테서 훔쳤냐고 묻고 싶으신 거죠? 이젠 직접적인 표현을 쓰셔도 돼요. 네, 난 그 돈이 훔친 돈이나 마찬가지라고 생각해요. 하긴 진짜 '착복'한 거라고 해도 되지만요. 하지만 내 생각으론 훔친 거예요. 어제 저녁에는 진짜로 완전히 훔쳤어요."

"어제 저녁이요? 근데 방금 그러셨잖아요, 그 돈을…… 구하신 지 한 달 됐다고."

"네, 하지만 아버지한테서가 아니에요. 아버지한테서가 아니라고요. 아버지한테서라고 생각하시면 안 돼요. 아버지한테서 훔친 게 아니라 그 여자한테서 훔쳤어요. 제가 이야기할 테니까 중간에 끊지 마세요. 그러면 너무 힘들어져요. 자, 들어보세요. 한 달 전에 카체리나 이바노브나 베르호프체바가 나를 오라고 불렀어요. 내 전 약혼녀가요. 그 여자를 아시나요?"

"알다마다요."

"알고 계시다는 걸 저도 압니다. 그 여자는 아주 고결한 마음을 가졌어요. 마음이 고결한 사람들 중에서 가장 고결한 사람이에요. 하지만 이미 오래전부터 날 미워하고 있어요. 아주 오래전부터요. 그런데 그럴 만해요. 날 미워하는 게 충분히 그럴 만해요."

"카체리나 이바노브나가요?" 하고 예심판사가 놀라서 되물었다. 검사도 놀라서 응시했다.

"아, 그 여자의 이름을 망령되게 부르지 마세요!⁵⁴ 그 여자를 그렇게 만든 제가 나빠요. 네, 저는 그 여자가 절 미워하는 걸 알고 있었어요. 오래전부터요. 그 여자가 맨 처음에, 그때 거기서 처음 내 집에 왔을 때부터요. 하지만 그 얘긴 됐어요. 그 얘긴 당신들이 알 자격도 없을뿐더러, 할 필요도 전혀 없어요. 필요한 건 단지, 한 달 전에 그 여자가 날 오라고 했다는 거예요. 나한테 3천을 주면서, 자기 언니랑 또 한 명의 친족 관계에 있는 여자한테 모스크바로 보내달라고 했어요(마치 자기 스스로는 못 보내는 듯이!). 그런데 나는……, 그게 바로 내가……, 응, 그러니까 한마디로, 내가 막 다른 여자를 사랑하기 시작한 때, 즉 나의 삶에서 운명이 바뀌던 그 순간이었거든요. 지금 내가 사랑하는 바로 그 여자 말이에요. 바로 그 여자가 지금 댁들이 데려가서 저 밑에 앉아 있는 거예요. 그루셴카 말이에요. 그때 내가 그루셴카를 이리로, 모크로예로 데리고 와서, 여기서 이틀 만에 그 망할 놈의 3천 중 절반을 썼어요. 그러니까 1500이죠. 나머지 1500은 몸에 지니고 있었어요. 그러니까 내가 목에다 방충제 주머니 대신에 지니고 다니던 그 1500을 어제 꺼내서 쓴 거예요. 남은 돈 800루블이 지금 댁의 손에 가 있는 거예요, 니콜라이 파르표노비치 씨. 그게 어제 쓰던 돈 1500 중 남은 거예요."

"잠깐만요, 어떻게 그럴 수 있어요? 저번에, 한 달 전에, 여기서 3천을 쓰셨잖아요, 1500이 아니라. 그걸 모두가 알고 있는데요."

"누가 안대요? 누가 세봤어요? 내가 누구한테 세보라고 줬었나요?"

"그게 아니라, 드미트리 표도로비치 씨가 직접 사람들한테 다 말했잖아요, 그때 에누리 없이 딱 3천을 썼다고."

"그렇죠. 그렇게 말했죠. 읍 전체를 대상으로 말했죠. 그래서 읍 전체가 그렇게 알고 있었던 거예요. 그래서 소문이 그렇게 났던 거예요. 이곳 모크로예에서도 다들 그렇게 알고 있었어요. 3천 썼다고. 하지만 사실은 내가 3천을 쓴 게 아니라 1500을 쓴 거였어요. 나머지 1500은 방충제 주머니에다 넣어 꿰맸고요. 그렇게 된 거예요. 그래서 어제 나한테 돈이 있었던 거예요."

"이건 거의 기적적인 이야기네요" 하고 니콜라이 파르표노비치가 중얼거렸다.

"하나 묻겠소" 하고 검사가 결국 말을 꺼냈다. "그 점에 대해서 전에 누군가에게 말한 적 있소? 즉 그때, 한 달 전에, 1500을 남겨서 지니고 계셨다는 점을요."

"아무한테도 말 안 했어요."

"그건 이상하군요. 정말 단 한 명한테도 말을 안 했다는 거요?"

"전혀 아무한테도 안 했어요. 단 한 명한테도요."

"그런데 왜 그렇게까지 입을 다물고 있어야 했던 거죠? 무엇 때문에 그걸 그렇게까지 비밀로 하기로 한 거죠? 좀 더 정확히 표현해볼게요. 댁은 결국 우리한테 댁의 비밀을 말한 거요. 댁의 표현을 빌리자면 그토록 '수치스러운' 비밀을요. 비록 본질상, 그러니까 물론 어느 정도 그렇다는 거지만, 본질상 그 행동은, 즉 타인의 3천 루블을 착복한 행동은 당연히 일시적인 행동이잖아요. 그 행동은 적어도 내가 보기에는 기껏 해봤자 경솔한 행동일 뿐이지, 그토록 수치스러운 행동은 아니에요. 게다가 댁의 성격마저 고려해보면 더욱 그래요. 어느 정도 부끄러운 일이라는 데에는 동의를 해요. 하지만 그토록 큰 수치를 느껴야만 할 행동이 아니라는 거예요. 그러니까 내 말은, 베르호프체바 씨에게서 얻은 3천을 댁이 다 썼다는 것을 이미 많은 사람들이 굳이 댁의 고백이 없어도 한 달 전부터 짐작하고 있었다는 말입니다. 나 스스로가 그런 소문을 들었소. 예를 들어 미하일 미카로비치 님도 역시 들으셨소. 그러니까 이건 이미 읍 전체에 돌던 소문이었소. 게다가 댁이 직접 누군가에게 그 점을, 그러니까 그 돈이 베르호프체바 씨한데서 얻은 거라는 점을 고백했다는 행적이 남아 있어요. 그래서 댁이 지금까지, 즉 바로 현재 이 순간까지 그 1500을, 즉 댁이 남겨뒀다고 주장하는 그 1500을 그렇게 특별한 비밀로 삼고 그렇게 악착같이 숨기려 했다는 것이 놀라울 따름이오. 그 정도의 비밀을 밝히기까지 댁이 그토록 고민을 해야만 했다는 것이 믿어지지가 않소. 아까 그러셨잖아요, 고백을 하느니 차라리 강제 노동에 끌려가겠다고요."

검사가 말을 마쳤다. 그는 흥분해 있었다. 그는 자기가 잘못됐다고 느끼는 것을 거의 분노하다시피 하며 숨김없이 표명했고, 그동안 쌓인 것을 다 내놓았다. 말을 멋지게 조리 있게 하려고 노력하지도 않았기 때문에 말이 뒤죽박죽되고 거의 앞뒤가 안 맞기까지 했다.

"1500이라는 데에 나의 수치가 있는 게 아니라, 그 1500을 그 3천에서 떼어냈다는 데에 수치가 있는 거예요" 하고 드미트리가 확고하게 말했다.

"그래도 그게······," 하고 검사가 신경질적으로 픽 웃으며 말했다. "그게 뭐가 수치스럽다는 거예요? 3천을 훔친 행위가 좀 부끄러운 것이긴 하지만, 혹은 댁의 표현대로 하자면 수치스러운 것이긴 하지만, 일단 훔친 3천에서 댁이 알아서 1500을 떼어낸 게, 그게 뭐가 수치스러워요? 3천을 착복했다는 게 문제시될 수 있는 거지, 그걸 어떻게 관리했는지는 문제시되지 않잖아요. 그건 그렇고, 반드시 그렇게 관리해야 할 이유가 있었나요? 왜 절반을 뚝 떼어내신 거예요? 무엇을 위해서 어떤 목적으로 그렇게 했는지 우리한테 설명해주실 수 있어요?"

"아, 바로 그 목적이라는 게, 그게 바로 문제니까 그렇죠!" 하고 드미트리가 소리쳤다. "그게 바로 비겁한 행위였으니까 그렇죠. 그 돈을 어떻게 쓸까 하고 제가 계산을 했다는 말이죠. 그 계산을 했다는 것 자체가 창피한 거 아니겠어요? 그 계산이 한 달 내내 마음속에 있었어요!"

"잘 이해가 안 가네요."

"그게 이해가 안 가는 게 신기하네요. 뭐, 그렇다면, 이렇게 설명을 드려보죠. 어쩌면 진짜로 이해가 안 가실 수도 있으니까요. 자, 제가 말하는 걸 잘 들어보세요. 전 약혼녀가 제 정직함을 믿고 저한테 맡긴 3천을 제가 착복하고 그 돈으로 진탕 놀아요. 그 돈을 다 쓰고 이튿날 아침 그 여자한테 가서 이렇게 말하는 거예요. '카체리나야, 내가 잘못했어. 내가 네 돈 3천을 노는 데에 다 썼어.' 이러면 어떻겠어요? 좋겠어요? 아니죠, 안 좋죠. 수치스럽고 한심하고 비열하고, 비열할 정도로 욕망을 절제 못 하는 사람이 돼버리는 거죠. 그렇죠? 그렇죠? 하지만 그래도 도둑은 아니죠? 진정한 의미에서의 도둑은 아니잖아요. 그렇지 않아요? 진탕 노느라고 날려버렸다는 거지, 훔친 건 아니잖아요. 자, 이번에는 두 번째 경우예요. 이게 좀 더 이득이 되는 경우죠. 제가 말하는 걸 잘 들어보세요. 말하다가 제가 또 헷갈리면 안 되니까요. 어쩐지 머리가 어지럽네요. 아무튼, 두 번째 경우는 다음과 같아요. 제가 여기서 3천 중 절반만,

즉 1500만 날립니다. 이튿날 그 여자한테 가서 나머지 1500을 주면서 이러는 거예요. '카체리나야, 내가 몹쓸 놈이고 망할 놈이고 경솔한 놈이야. 하지만 이 절반이라도 가져. 나머지 절반은 내가 진탕 노느라고 날렸어. 이 돈도 진탕 노는 데 날릴 수 있으니까, 그런 일 없도록 빨리 네가 도로 거둬 가!' 자, 그랬다면 어떻게 되는 걸까요? 비열한 놈이며 망할 놈이며 다른 건 다 될 수 있어도, 도둑은 아니잖아요. 도둑은 확실히 아니잖아요. 왜냐하면, 만약 도둑이었다면 남은 절반을 틀림없이 안 갖다 줬을 테고, 그 남은 절반마저 착복했겠죠. 그런데 그 절반을 갖고 온 걸 보고서 그 여자는 나머지 절반, 즉 진탕 노느라고 날린 나머지 절반도 나중에 갖고 올 거라고 생각하겠죠. 일을 하든 뭘 하든 어떤 식으로든 얻어서 갖다 줄 거라고요. 그러니까 망할 놈은 될 수 있어도 도둑은 아닌 거죠. 어떤 욕도 들을 수 있지만 도둑은 아닌 거죠."

"그 두 경우가 서로 차이가 나긴 난다고 할 수 있지만," 하고 검사가 차가운 웃음을 지으며 말했다. "하지만 그래도 이상해요. 댁은 거기에 운명을 좌우할 정도의 그런 큰 차이가 있다고 보십니까?"

"네. 운명을 좌우할 정도의 큰 차이가 있어요! 망할 놈은 누구나 될 수 있어요. 될 수 있을 뿐만 아니라 지금도 어쩌면 누구나 망할 놈이에요. 하지만 도둑은 아무나 되는 게 아니에요.

망할 놈 중의 망할 놈만 도둑이 되는 거예요. 글쎄요, 전 세세한 구분은 할 줄 모르지만, 아무튼 도둑이 망할 놈보다 더 망할 놈인 건 사실이에요. 그건 제가 확신해요. 자, 들어보세요. 제가 한 달 내내 돈을 몸에 지니고 다니면서, 이튿날 그 돈을 돌려줄 결심을 하면, 그럼 난 이미 망할 놈이 아닌 거예요. 하지만 그 결심을 하게 되지가 않는다고요. 바로 그거예요. 내가 결심하려고 매일 마음은 먹어요. 매일 속으로 이런 생각을 해요. '이제 결심을 해라, 결심을 하란 말이야, 이 망할 놈아.' 그런 식으로 한 달이 흘러가는 거예요. 바로 그거예요. 그게 어디 좋은 일입니까? 어떻게 생각하세요?"

"그리 좋은 일은 아니라고 칩시다. 저도 그건 이해가 가고, 그 점에 반대 의견은 없습니다" 하고 검사가 침착하게 대답했다. "아니, 차라리 그냥 그 세세한 차이에 대한 얘기를 접어두죠. 아무래도 본질에 더 가까운 쪽으로 넘어가는 게 낫지 않을까요? 무슨 얘기냐 하면, 댁은 아직 우리한테 설명을 안 하셨어요. 우리가 질문을 했는데도 말이에요. 맨 처음에 그 3천을 왜 그렇게 분리하신 거예요? 왜 그중 절반은 노는 데에 날리고, 나머지 절반은 잘 간직하신 거예요? 그러니까 무슨 목적이 있었던 거예요? 뭐에 쓰려고 절반을 남겼냐고요. 그 1500을 뭐 하는 데에 쓰려고 하셨어요? 이 질문에 대한 답을 꼭 듣고 싶습니다, 드미트리 표도로비치 씨."

"아, 네, 참, 그렇죠!" 하고 드미트리가 자기 이마를 쳤다. "죄송합니다. 제가 다른 얘기만 지겹게 늘어놓고 중요한 설명은 안 했네요. 설명을 했더라면, 바로 그 목적이라는 게 얼마나 수치스러운 것이었는지 금방 아셨을 텐데요. 자, 있잖아요, 고인이 된 바로 그 노인네가 말이죠, 그루셴카 마음을 자꾸만 동요시켰단 말이에요. 전 질투심으로 가득 찼어요. 그때 저는 그 여자가 저랑 노인네 사이에서 흔들리고 있다고 생각했어요. 저는, '만약 그루셴카가 갑자기 결심을 한다면, 그루셴카가 나를 그 정도 괴롭혔으면 이젠 됐다 싶어서 갑자기 나한테, '난 그 사람이 아니라 너를 사랑하니까 날 세상 끝으로 데려가줘'라고 말하면 어떡하지?' 하는 생각을 매일 했어요. 그런데 나한텐 20코페이카짜리 달랑 두 개가 있는 거예요. 그러니 어떻게 그 여자를 데려갈 거예요? 그럼 난 끝장난 거 아니겠어요? 난 그땐 그 여자를 잘 몰랐어요. '그 여잔 돈을 중시하니까 나의 가난한 처지를 용서 못 할 거다'라고 생각했어요. 그래서 제가 눈에 불을 켜고 그 3천에서 절반을 뚝 뗀 거예요. 그리고 냉정하게 그 돈을 바느질을 해서 옷에다 꿰매 붙인 거예요. 술 취하기 전에 어서 꿰매 붙이자는 생각으로요. 그래서 '그 돈은 이미 꿰매 붙였으니 나머지 절반으로 가서 술 마시고 놀자' 하고 결심한 거예요. 이건요, 이건 정말 비열한 행동이에요! 이젠 이해가 가세요?"

검사가 큰 소리로 웃음을 터뜨렸다. 예심판사도 따라 웃었다.

"내 생각으론 그건 아주 분별력 있고 윤리적이기까지 한 행동인데요. 논을 다 날려버리지 않고 절세한 것 말이에요. 그걸 가지고 뭘 그렇게 수치스러워하세요?" 하고 니콜라이 파르표노비치가 웃으며 물었다.

"훔친 거잖아요! 바로 그게 수치스러운 거죠! 오, 하느님 맙소사! 어쩌면 그렇게도 이해를 못 하실까! 너무 이해를 못하시니까 제가 겁이 막 날 지경이에요. 그 1500을 제가 가슴에 꿰매 달고 다니는 동안 저는 매일 저 자신한테 '너는 도둑이야, 너는 도둑이야!' 하고 말해왔어요. 바로 그래서, 전 그 스트레스로 한 달 동안 행동이 과격했던 거고, 술집에서 행패를 부렸던 거고, 바로 그래서 전 아버지를 팼던 거예요. 자신을 도둑이라고 생각하니까 받는 스트레스 때문에요! 전 동생 알렉세이한테조차 1500에 대한 이 비밀을 고백할 용기를 못 냈어요. 그러기에는 내가 너무나 못된 놈이고 도둑놈이었어요. 하지만, 있잖아요, 돈을 지니고 다니는 동안 저는 매일 매시 저 자신에게 말했어요. '아니야, 드미트리 표도로비치야, 넌 어쩌면 아직 도둑이 아니야.' 왜냐고요? 왜냐하면 당장 이튿날 그 1500을 카체리나한테 갖다 줄 수 있으니까요. 그러다가 바로 어제 저는 비로소, 페냐 집에서 페르호친한테 가는 길에 목에서 주머니를 떼어낼 결심을 했어요. 그전까지는 그럴 결심을 못 하다가 말이에요.

그런데 떼어내자마자 바로 그 순간 저는 이미 최종적으로, 논란의 여지가 없는 도둑이 되어버린 거예요. 이제 전 평생 도둑으로 남게 될 거고 정직하지 못한 사람으로 남게 될 거예요. 왜냐고요? 왜냐하면 주머니를 찢음과 동시에 카체리나한테 가서 '난 망할 놈이지만 도둑은 아니야'라고 말할 나의 꿈도 역시 찢어버렸으니까요. 이젠 이해가 가시겠죠? 이해가 가시죠?"

"그런데 왜 하필 어제 그런 결심을 하셨어요?" 하고 니콜라이 파르표노비치가 그의 말을 끊었다.

"왜냐고요? 아니, 그걸 몰라서 물으세요? 왜냐하면 제가 제 자신을 처단하기로 했기 때문이에요. 오전 5시에요. 새벽에 이곳에서요. '어차피 죽을 건데 못된 놈으로 죽나 점잖은 놈으로 죽나 마찬가지 아닌가?' 하고 생각한 거죠. 그랬었는데, 알고 봤더니 아니더라고요. 알고 봤더니 마찬가지가 아니더라고요. 믿으실진 모르겠지만, 지난밤 저를 가장 괴롭게 한 것은, 제가 그리고리 노인을 죽였기 때문에 시베리아로 가게 될 거라는 것이 아니었어요. 그것도 말이에요, 나의 사랑이 실현되고 나에게 새로이 하늘이 열린 그때에 시베리아로 가게 되는 거였잖아요! 그건 물론 괴로웠지만, 그래도 내가 결국 내 가슴에 있던 그 망할 놈의 돈을 떼어내서 써버렸다는 것, 그래서 이젠 완전한 도둑이 돼버렸다는 것만큼 괴롭진 않았어요! 내가 피맺힌 가슴으로 다시 한번 말씀드립니다. 지난밤 난 많은 것을 알게 됐어요. 내가 못된 놈으로 살아가는 것이 불가능할 뿐만 아니라 못된 놈으로 죽는 것도 불가능하다는 걸 알게 됐어요. 그긴 불가능해요. 죽을 때 정직하게 죽어야 돼요!"

드미트리는 얼굴이 창백했다. 녹초가 되고 기진맥진한 빛이 얼굴에 드러났다. 그의 태도가 극히 열렬했음에도 불구하고 말이다.

"전 댁을 조금 이해할 수 있을 것 같습니다, 드미트리 표도로비치 씨" 하고 검사가 부드럽게, 심지어 동정의 느낌이 드러나도록 말소리를 길게 늘여 말했다. "하지만 이 모든 것이 댁의 감정에 불과해요. 제 생각으론 비정상적으로 격앙된 감정일 뿐이에요. 예를 들어 댁은 거의 한 달 내내 계속된 그런 큰 괴로움에서 벗어나기 위해서 그 돈을 댁에게 맡겼던 그 여자분한테 가서 그 1500을 돌려줄 수도 있었지 않았나요? 그러면서 그분한테 사실대로 설명을 하는 거예요. 그다음에는, 댁이 그때 그런 상황, 댁의 표현에 따르면 그토록 절망적이었던 상황에 처해 있었다니까, 그 상황에서 그분한테 자연스럽게 찾아올 복합적 감정을 한번 이용해보지 그러셨어요? 즉, 그 여자분한테 댁의 실수에 대해 순순히 고백을 하신 다음에, 댁한테 필요한 액수의 돈을 그분한테 달라고 청하는 거예요. 그러면 그분이 마음이 관대하시겠다, 게다가 댁의 안 좋은 상황을 이해하실 테니까, 그 청을 거절하진 않으셨을 거 아닙니까? 특히 댁이 서류를 작성해주신다면 말이에요. 아니면 댁이 사업가 삼소노프와 호흘라코바 부인한테 제안했던 바로 그 담보를 제안하신다면 말이에요. 댁은 그 담보를 지금까지 가치 있는 것으로 여기시잖아요. 안 그래요?"

"제가 그 정도로 못된 놈일 수 있다고 생각하시는 겁니까? 지금 그 말씀이 진지하게 하는 말씀이세요?"

드미트리가 갑자기 화가 나서 얼굴을 붉히며, 자기 귀로 들은 말이 믿어지지 않는다는 듯 검사의 눈을 쳐다보면서 그렇게 말했다.

"당연히 진지하게 하는 말입니다. 이걸 왜 진지하지 않은 말로 들으시는데요?" 하고 검사 역시 나름대로 놀라서 말했다.

"야, 정말 그랬다면 내가 얼마나 몹쓸 놈이 됐을까요? 지금 말입니다, 저를 고문하고 계십니다! 저기 말입니다, 제가 아주 다 말해버리겠습니다. 될 대로 되라죠. 제가 지금 그냥 저의 악마적인 면을 다 열어젖히겠습니다. 왜 그러냐 하면 말이죠, 검사님을 창피하게 만들기 위해섭니다. 인간의 복합적 감정이 얼마나 비열한 데까지 갈 수 있는지 알고 놀라실 겁니다. 그런 복합적 감정을 저 스스로가 가졌었습니다. 검사님께서 방금 말씀하신 그거 말입니다. 네, 저한테는 망할 놈의 그 한 달 동안 그런 생각이 찾아왔었습니다. 그래서 전 카체리나한테 가겠다고 거의 결심까지 했었습니다. 전 그 정도로 비열했단 말입니다! 하지만 그 여자한테 가서 내가 그 여자를 배반한다고 말하고, 바로 그 배반이 제대로 성사되게 하기 위해서, 즉 앞으로 성사될 그 배반에 들게 될 돈을 그 여자한테, 카체리나한테, 달라고 청하는 거(청하는 거, 정말 그게 말이나 됩니까?), 그리고 곧장 다른 여자와, 그 여자의 경쟁자와, 그 여자가 증오하는, 그 여자를 모욕한 다른 여자와 달아나버리는 거……. 그게 가능하다고 보십니까? 정말 미치신 거 아닙니까, 검사님?"

"미치고 안 미치고, 글쎄요, 제가 물론 열을 받아서 생각이 못 미쳤던 것 같습니다. 그 여자의 질투라는 것에 말이에요. 정말 댁이 말하는 것처럼 여기서 질투라는 게 작용할 수 있었다면 말이에요. 뭐, 사실, 그 비슷한 게 가능할 것도 같습니다" 하고 검사가 픽 웃으며 말했다.

"그건 진짜 추한 행동이었을 거라고요!" 하고 드미트리가 주먹으로 상을 쾅 내리쳤다. "그게 얼마나 더러운 짓이었을지, 전 정말 상상도 못 하겠어요! 네, 그 여자는 나한테 그 돈을 줄 수도 있었을 거예요. 네, 십중팔구 줬을 거예요. 나로 향한 앙심에서 아마 줬을 거예요. '너 어디 갈 데까지 다 가봐라, 너 해달라는 대로 다 해줄 테니' 하는 심정으로 돈을 주면서 나름대로 카타르시스를 느꼈을 테죠. 나를 죽도록 경멸하면서 그 경멸을 즐겼을 테죠. 왜냐하면 그 여자도 악마의 심성을 지닌, 엄청난 분노의 화신이니까요! 전 그 돈을 받았겠죠. 그렇죠, 받았을 거예요, 네. 그 뒤에 평생을……. 아이고, 하느님 맙소사! 죄송합니다. 제가 이렇게 탄식을 하는 것은, 그렇게 행동할 생각이 저한테 있었기 때문입니다. 바로 얼마 전까지만 해도요. 바로 그저께까지만 해도요. 그때가 바로 제가 랴가브이를 찾아가 난리 칠 때였어요. 그다음에 어제도 그랬어요. 네, 어제 하루 종일 그랬다는 거 기억해요. 바로 그 일이 일어나기 전까지는요."

"무슨 일이 일어나기 전까지는요?" 하고 니콜라이 파르표노비치가 궁금해서 끼어들었다. 하지만 드미트리는 그의 말을 못 들었다.

"저는 엄청나게 힘든 고백을 했습니다."

음울한 표정으로 그가 자기 말을 마무리하며 말했다.

"그냥 흘려보내지 마시길 바랍니다. 그냥 흘려보내지 않는 것으로도 부족합니다. 그 가치를 인정해주시기 바랍니다. 혹시 그것도 못 하시겠다면, 그러니까 이 고백도 그냥 한 귀로 듣고 다른 귀로 흘려보내시겠다면, 그건 곧 저를 직접 대놓고 무시하시는 게 되겠죠. 만약 그렇게 된다면 저는 댁들 같은 사람들한테 고백을 한 게 부끄러워서 죽어버릴 겁니다! 권총으로 자살할 겁니다! 제가 벌써 느끼고 있어요, 저를 안 믿으신다는 걸. 어떠세요? 이것마저 적으시게요?"

마지막 말을 외칠 때는 그가 이미 겁을 먹은 상태였다.

"그러니까 지금 하신 말씀이……" 하고 니콜라이 파르표노비치가 놀라서 그를 쳐다보며 말했다. "그러니까 드미트리 표도로비치 씨가 베르호프체바 씨한테 가서 그 금액을 청하리라고 얼마 전까지만 해도 계속 생각했다는 말이네요……. 이건 우리로서 아주 중요한 증언임을 말씀드리고 싶습니다, 드미트리 표도로비치 씨. 그러니까 그 이야기가 다 중요한 겁니다. 특히 드미트리 표도로비치 씨한테 있어서 중요하단 말씀입니다."

"제발 부탁인데," 하고 드미트리가 양손을 쳐들어 부딪치는 동작을 했다. "이것만은 적지 마세요. 부끄러운 줄을 좀 아십시오! 저는 말하자면 댁들 앞에서 마음을 찢어발겨 그 속을 다 드러냈는데, 댁들은 그걸 이용해 내 찢어발겨진 마음속을 손가락으로 후벼 파고 있어요. 어떻게 그럴 수 있어요?"

그는 어쩔 줄을 몰라 손으로 얼굴을 가렸다.

"그렇게 걱정하지 마세요, 드미트리 표도로비치 씨" 하고 검사가 상황을 마무리하려 했다. "지금 적은 모든 것을 나중에 직접 들으시게 될 거니까, 그때 잘못된 걸 지적하시면 우리가 댁의 말에 따라서 바꿀 거니까요. 지금은 제가 질문 하나를 드릴게요. 이 질문은 세 번째로 반복하는 것이긴 합니다만. 정말 아무도, 단 한 사람도 댁한테서 이 꿰매 붙여진 돈에 대해 들은 적이 없단 말입니까? 정말 과연 그럴 수가 있을까 싶어서요."

"아무도 없어요, 아무도. 제가 말했잖아요. 몇 번을 말해야 알아듣습니까? 이젠 절 좀 가만히 두세요."

"알았습니다. 이 일에 대해서는 앞으로도 많이 설명이 이루어져야 하지만, 지금은 일단 이렇게 생각해보십시오. 댁이 3천을 날렸다고, 1500이 아니라 3천을 날렸다고 스스로 여기저기 말을 떠벌리며 퍼뜨렸다는 증거를 우리는 수십 개 갖고 있고, 어제의 그 돈이 나타났을 때에도 댁은 역시 3천을 갖고 왔다고 많은 사람들에게 알렸습니다."

"갖고 계신 증거가 수십 개가 아니라 한 200개는 되겠죠! 증거도 200개쯤 되고, 들은 사람도 200명, 아니 1000명은 되겠죠!" 하고 드미트리가 소리쳤다.

"네, 맞아요. 모두가 다 그렇게 증언하고 있어요. '모두가 다'라는 게 뭘 뜻해요?"

"아무것도 뜻하지 않아요. 왜냐하면 내가 거짓말을 했었고 그 거짓말을 사람들이 다 따라 한 거니까요."

"근데 왜 거짓말을 하셔야만 했던 거예요? 그 점을 어떻게 설명하실래요?"

"누가 알아요? 제가 자랑하고 싶었던 거겠죠, 아마……. 그냥요……. '내가 그렇게 많은 돈을 진탕 썼다'며 자랑하고 싶었나 보죠. 어쩌면 내가 옷에 꿰매 붙인 돈이 있다는 것을 일부러 잊어버리려고 그랬을 수가 있어요. 네, 그러고 보니까 바로 그 이유에서였겠네요. 이런, 젠장……. 벌써 몇 번째 그 질문을 하시는 거예요? 3천을 썼다는 건 거짓말이었다니까요. 일단 거짓말을 했으니 나중에 딴말 하고 싶지 않았던 거예요. 사람이 거짓말을 할 때 왜 하는 거 같아요?"

"그건 답하기 아주 어려운 문제입니다, 드미트리 표도로비치 씨. 사람이 왜 거짓말을 하는지는요" 하고 검사가 위엄 있게 말했다. "그런데 당신이 목에다 꿰매 붙인 그 주머니는 큰 거였나요?"

"아뇨, 안 컸어요."

"예를 들어 어느 정도 크기였나요?"

"100루블짜리 지폐를 반으로 접은 크기요."

"차라리 뜯어낸 그 천 조각을 우리한테 보여주시겠어요? 그걸 어딘가에 갖고 계실 거 아니에요?"

"에이, 제기랄……. 그 따위를……, 난 그게 어디 있는지 몰라요."

"어쨌든 물어보겠는데요, 그걸 목에서 떼어낸 게 어디서, 언제였나요? 집에 들르시지 않았다고 증언하셨잖아요."

"페냐한테 갔다가 나와서 페르호친한테 가는 길에 제가 목에서 뜯어내어 돈을 꺼냈어요."

"어둠 속에서요?"

"대체 촛불이 무슨 필요 있어요? 손가락으로 순식간에 뜯어냈는데."

"가위도 없이 길거리에서 그랬다고요?"

"광장에서였던 거 같아요. 가위는 또 왜요? 천이 오래된 거라서 금방 뜯겼어요."

"그 천을 어떻게 하셨어요?"

"그냥 거기다 버렸어요."

"거기가 어딘데요?"

"광장이요. 그냥 광장이요. 광장 어딘지는 몰라요. 그게 도대체 왜 필요해요?"

"그건 아주 중요합니다, 드미트리 표도로비치 씨. 댁의 증언을 지지해줄 물적 증거니까요. 왜 그걸 모르세요? 자, 한 달 전에 꿰매 붙이는 걸 누가 도와줬어요?"

"아무도 안 도와줬어요. 제가 직접 꿰맸어요."

"바느질을 할 줄 아세요?"

"군인은 바느질을 할 줄 알아야 돼요. 그리고 그까짓 거 꿰매는 게 무슨 일이라고……."

"헝겊을 어디서 구하신 거예요? 돈을 꿰매 붙인 그 헝겊이요."

"지금 정말 장난하시는 게 아니라고요?"

"절대 아닙니다. 지금 우린 장난할 기분 아닙니다, 드미트리 표도로비치 씨."

"기억 안 나요, 어디서 구했는지. 어디선가 구했겠죠."

"어떻게 그런 게 기억이 안 나나요?"

"정말로 기억이 안 나요. 글쎄, 어쩌면 속옷에서 뜯어낸 천일 수도 있고."

"그것 참 재미있네요. 그 옷이 내일 집에서 찾아보면 나올 수도 있겠네요. 예를 들어 속옷 상의요. 당신이 천 조각을 뜯어낸 옷 말이에요. 그 천 재질이 뭐였는데요? 마직물? 삼베?"

"재질이 뭐였는지, 그걸 어떻게 알아요? 아, 잠깐만요……. 그러고 보니 제가 어느 옷에서 뜯어낸 게 아닌 거 같네요. 캘리코 재질이었어요. 제가 집주인 아줌마 보닛*을 사용한 거 같아요."

"집주인 아줌마 보닛이요?"

"네. 집주인 아줌마 것을 슬쩍했어요."

"어떻게 슬쩍하셨어요?"

"그러니까 생각이 나는데, 어떻게 하다 보니 제가 보닛 하나를 걸레처럼 쓰려고 가져갔어요. 아니면 펜을 닦는 데 쓰려고요. 그냥 쓱 가져갔어요. 아무짝에도 쓸모없는 천이었거든요. 그게 집 어디서 뒹굴고 있었는데, 마침 1500이 생겼으니 그걸 가져다 꿰맸어요. 네, 바로 그 천으로 꿰매 붙인 것 같아요. 오래된 캘리코 천이요. 그거 한 천 번은 빨아 쓰던 거였을걸요."

"이제 확실히 기억이 나신 거예요?"

---

* 여성과 어린이용 모자로, 머리 위에서 뒷머리에 걸쳐 깊이 쓰고 끈으로 턱에 맨다. - 역자 주

"확실한지는 모르겠어요. 그냥 그 보닛이었던 거 같아요. 아니면 말고!"

"그렇다면 당신 집주인 아줌마가 적어도 자기 물건이 없어진 걸 기억하실 테죠?"

"전혀 그렇지 않아요. 아줌마는 없어진 것도 몰랐어요. 오래돼서 걸레 같은 거였는데요 뭐. 진짜로 걸레 같았어요. 돈 한 푼도 안 나가는 거요."

"그럼 바늘은 어디서 구하셨어요? 실은요?"

"아, 도저히 이건 못해 먹겠다! 정말 왜 그러세요? 나 그만 할래요!" 하고 드미트리가 참다못해 화를 냈다.

"그 주머니를 광장 어디서 버렸는지 전혀 기억을 못 하신다는 것도 이상해요."

"그럼 내일 광장을 한번 쓸라고 해보세요. 어쩌면 찾으실 수도 있으니까" 하고 드미트리가 비웃는 조로 말했다. "자, 이젠 됐어요. 그만하죠. 한 가지는 분명하네요. 당신들은 날 안 믿으시는 거예요! 아무 말도, 조금도 안 믿으시네요! 네, 다 내 잘못이죠. 뭐 하러 내가 주제넘게 나섰을까? 뭐 하러 내 비밀을 다 고백해서 이런 꼴을 당하는 거죠? 당신들은 그저 우스울 따름이죠? 눈을 보니 알겠어요. 이건 검사님 당신이 날 이 꼴로 만든 거예요! 승리의 개가나 소리 높여 부르시죠. 할 줄 아시면……. 에라, 이런 재수 없는 사람들 같으니! 사람 괴롭히는 게 그렇게 좋으세요?"

그는 고개를 숙이고 양손으로 얼굴을 가렸다. 검사와 예심판사는 침묵하고 있었다. 조금 뒤 그는 고개를 들고 그들을 뜻없이 멍하니 쳐다봤다. 그의 얼굴은 이미 갈 데까지 다 가 돌이킬 수 없는 절망을 표현하고 있었다. 그는 갑자기 벙어리가 된 듯, 정신이 나간 듯 그냥 앉아 있었다. 그런데 일을 마무리해야 했다. 곧바로 증인 심문으로 들어가야 했다. 벌써 오전 8시였다. 촛불은 끈 지 오래였다. 마카일 미카로비치와 칼가노프는 심문이 진행되는 동안 계속 방에 들어왔다 방에서 나갔다 했는데, 이번에는 둘 다 한꺼번에 나갔다. 검사와 예심판사 역시 매우 지친 모습이었다. 아침이 밝았지만 날이 잔뜩 찌푸렸다. 온 하늘이 구름에 덮이고 비가 들어부었다. 드미트리가 창문을 멍하니 쳐다보았다.

"창문을 좀 내다봐도 될까요?" 하고 갑자기 그가 니콜라이 파르표노비치에게 물었다.

"네, 얼마든지 내다보셔도 됩니다" 하고 니콜라이 파르표노비치가 대답했다.

드미트리가 일어나서 창문으로 다가갔다. 자그마한 녹색 유리들로 된 창문을 빗줄기가 세차게 두드렸다. 창문 밑으로 흙탕물이 흐르는 길이 보였고, 더 멀리 뿌얀 비안개 속에 볼품없는 가난한 오두막집들이 시커멓게 줄지어 보였다. 비 때문에 더 시커멓게, 더 볼품없이 보이는 것 같았다. 드미트리는 '금빛 곱슬머리의 태양'이라는 표현이 생각났고, 태양의 빛이 처음으로 비칠 때 자살하려고 했던 것이 생각났다. '하긴 이런 날씨의 아침이 어쩌면 더 어울리겠군' 하고 그가 시니컬하게 생각했다. 그리고 위에서 아래로 손을 휘젓고 자기를 '괴롭히는 자들'에게 고개를 돌려 말했다.

"내가 보니 난 끝장인 것 같네요. 하지만 그 여자는요? 그 여자는 어떻게 되는 건가요? 제발 좀 말해주세요. 그 여자도 설마 나처럼 끝장나는 건 아니겠죠? 그 여잔 죄가 없잖아요. 다 자기 죄라고 어제 소리친 건 정신 나간 소리였어요. 그 여자는 아무런 죄도 없어요! 난 밤새 당신들이랑 앉아서 그 여자 걱정했어요. 나한테 말 좀 해줄 수 있어요? 그 여자는 어떻게 하실 거예요?"

"그 점에 대해선 전혀 걱정하실 거 없습니다, 드미트리 표도로비치 씨" 하고 검사가 즉시 서둘러 대답했다. "우린 드미트리 표도로비치 씨가 그리도 관심 있게 물어보시는 그 여자분의 죄를 물을 만한 중대한 동기를 아직 아무것도 갖고 있지 않습니다. 사건 수사를 계속 진행해가더라도 마찬가지일 거라고 믿고 싶고요. 오히려 그 점과 관련해서 우리가 할 수 있는 최선을 다하겠습니다. 전혀 걱정 안 하셔도 됩니다."

"감사합니다. 전 사실 그렇게 생각했습니다. 무엇이 어쨌든 여러분들은 역시 정직하고 정의로운 사람들이라고요. 제 마음이 한결 가벼워졌네요. 자, 그럼 이제 우리가 뭘 해야 되나요? 뭘 하든 전 준비가 돼 있습니다."

"네, 하지만 서두르실 필요는 없습니다. 즉시 증인 심문으로 들어가야겠네요. 이 모든 것이 드미트리 표도로비치 씨가 같이 계시는 가운데 진행돼야 합니다. 왜냐하면……"

"그전에 차를 좀 마시면 안 되나요? 그래도 지금 어느 정도는 일을 했으니까요" 하고 니콜라이 파르표노비치가 그의 말을 끊었다.

밑에 차가 준비돼 있으면(그들은 미하일 미카로비치가 아마 차 마시러 갔을 거라고 생각했다) 한 잔씩만 마시고 와서도 얼마든지 계속할 수 있다고 결론을 지었다. 좀 더 그럴듯하게 식사를 하는 것은 여유 시간이 찾아올 때까지 미루기로 했다. 밑에는 실지로 차가 준비돼 있었고, 차가 금방 위로 배달되었다. 드미트리는 니콜라이 파르표노비치가 친절하게 권하는 차 한 잔을 처음에는 거절했다가, 나중에는 스스로 달라고 부탁해서 벌컥벌컥 마셨다. 그는 심지어 놀랄 만치 피곤한 모습이었다. 튼튼한 몸 덕에 그는, '하룻밤 진탕 놀았다고 해서, 감정의 기복이 아주 심했다고 해서 그게 뭐 별건가?' 하고 생각했었다. 그러나 그는 지금 자기가 간신히 앉아 있는 것을 느꼈다. 때때로 주위의 물건들이 눈앞에서 빙빙 돌기 시작했다. '조금만 더 이런 식으로 가다간 뜬눈으로 잠꼬대를 하게 되겠네' 하고 그는 속으로 생각했다.

## VIII
### 증인 심문과 아이

증인 심문이 시작되었다. 그러나 우리는 여태까지 진행된 심문의 묘사와 마찬가지로 세세한 묘사는 계속하지 않기로 하겠다. 그러므로 불려 오는 각 증인에게 정의와 양심에 따라 증언할 것과 나중에 선서를 하고서 그 증언을 반복할 것을 니콜라이 파르표노비치가 교시한 부분은 그냥 넘어가기로 하겠다. 또한 각 증인은 자기가 한 증언을 기반으로 작성된 조서에 서명을 해야 했다는 것 등도 그냥 넘어가기로 하겠다. 다만, 심문하던 자들의 모든 관심이 집중된 가장 중요한 대목은 바로 그 3천에 대한 문제였다는 점, 처음에, 곧 한 달 전에 드미트리 표도로비치가 이곳 모크로예에서 진탕 놀 때, 돈이 3천이었는지 아니면 1500이었는지에 대한 문제, 그리고 드미트리 표도로비치가 두 번째로 진탕 놀 때, 곧 어제 돈이 3천이었는지 1500이었는지에 대한 문제였다. 안타깝게도 모든 증거는 한결같이 드미트리에게 불리했다. 그에게 유리한 증거가 단 하나도 없었고, 또 어떤 증거는 그의 증언을 뒤엎는, 그를 거의 망연자실하게 만드는 새로운 사실들을 추가하기까지 했다. 맨 처음에 심문을 빈은 사람은 트리폰 보리스이치였다. 그는 심문하는 자들 앞에 서면서 조금도 떨지 않았고, 반대로, 용의자에 대한 자신의 근엄하고 준열한 태도를 보이느라 정의감과 자존심에 가득 찬 모습을 하고 나타났다. 말을 많이 하진 않았고 절제해 가며 했으며, 질문이 들어올 때를 기다렸다가 심사숙고를 거쳐 정확하게 대답했다. 한 달 전에 소비된 돈이 3천에 못 미칠 리는 없다고 주저 없이 확고하게 증언했으며, 이곳의 모든 남자들이 드미트리 표도로비치에게서 직접 3천이라는 말을 들었다고 증언할 것이라 했다. '집시 여인들한테 든 돈만 해도 얼마냐, 그 돈만 해도 천은 넘었을 거'라는 것이었다.

"준 돈이 500도 안 됐을 거 같은데" 하고 드미트리가 우울하게 그 말에 반응했다. "그때 셌어야 했는데, 취했었어요. 유감이네요."

증인 심문 때 드미트리는 한쪽 옆에, 커튼 앞에 앉아, 오가는 말을 음울한 표정으로 듣고 있었다. 울적하고 피곤한 모습이었다. 마치, '하고 싶은 대로 아무렇게나 증언하시오. 이젠 다 마찬가지요' 하는 것 같았다.

"집시 여인들한테 준 돈이 천이 넘어요, 드미트리 표도로비치 님" 하고 트리폰 보리스이치가 드미트리의 말을 확고하게 부인했다. "그냥 앞뒤 안 보고 돈을 뿌리셨어요. 집시 여인들은 주워 가졌고요. 사람들이 다 도둑이고 사기꾼이에요. 말도둑들이에요. 여기서 말을 훔쳐 달아났어요. 안 그랬다면 그 사람들이 드미트리 표도로비치 님한테서 얼마를 받아먹었는지 증언했을 텐데 말이에요. 내가 그때 드미트리 표도로비치 님 손에 얼마가 있었는지를 직접 봤어요. 세본 건 아니지만요, 저한테 주시진 않았으니까. 그건 옳게 행동하신 거고요. 아무튼 눈으로 보기에는 1500보다는 훨씬 많았던 걸로 기억돼요. 1500이라니 말도 안 돼요! 우리도 돈을 보면 얼마 정도다 하는 건 알거든요."

어제의 돈에 대해서는 트리폰 보리스이치가, 드미트리 표도로비치가 마차에서 내리자마자 3천을 갖고 왔다고 직접 자기한테 말했다고 직설적으로 증언했다.

"그만두세요, 트리폰 보리스이치 씨. 그럴 리가 있어요?" 하고 드미트리가 반박했다. "내가 설마 3천을 갖고 왔다고 그렇게 직접 대고 말했으려고요?"

"말씀하셨어요, 드미트리 표도로비치 님. 안드레이도 옆에 있었어요. 저기 안드레이 아직 안 떠나고 있네요. 안드레이도 이리로 오라고 하세요. 또 저 홀에서 노래 부르는 애들한테 마음껏 먹으라고 하시면서, 요번에 쓰실 돈 합치면 여기서 쓰신 돈이 도합 6천이 되겠다고 직접 큰 소리로 말씀하셨어요. 지난

번 돈이랑 이번 돈이랑 합치면 그렇게 된다는 뜻 아니었어요? 당연히 그렇게 알아듣게 되잖아요. 스체판이랑 세묜도 들었고, 표트르 포미치 칼가노프 씨도 그때 옆에 서 있었어요. 어쩌면 그 사람들이 그 말을 기억할 수도 있어요."

심문 진행자들은 증언에서 6천이라는 숫자가 나온 사실을 비범한 인상을 가지고 받아들였다. 3 더하기 3은 6이므로, 3천은 그때, 또 3천은 이번에 해당하는 것으로서 도합 6천이 된다는 자명한 논리가 그들의 마음에 들었다.

트리폰 보리스이치가 지적한 모든 사람들, 즉 스체판, 세묜, 마부 안드레이, 표트르 포미치 칼가노프가 심문의 대상이 되었다. 이곳 남자들과 마부는 트리폰 보리스이치의 증언을 서슴없이 지지했다. 그 밖에도 안드레이의 말, 즉 오는 길에 드미트리 표도로비치와 대화를 나눌 때 그가 '내가 어디로 가게 될까? 하늘일까, 지옥일까? 저 세상에서 나는 용서받을 수 있을까?'라고 했다는 안드레이의 말에 특히 관심이 돌려져, 그 말이 잘 기록되었다. 자칭 심리학자인 이폴리트 키릴로비치 검사가 얄팍한 웃음을 띠고 그 모든 말을 다 듣고는, 드미트리 표도로비치가 어디로 가게 될지에 대한 이 증언도 '사건 자료에 포함시키라'고 권고하는 것으로 안드레이에 대한 심문을 마쳤다.

칼가노프는 심문을 받으러 들어올 때 마음이 내키지 않는 듯 찌푸린 얼굴이었고 신경질적이었다. 검사와 니콜라이 파르표노비치와 대화할 때 마치 그들을 난생처음 본다는 듯이 대화했다. 사실은 그들과 오래전부터 알고 있었으며 거의 매일 만나다시피 했는데 말이다. 그는, '그런 거 아무것도 모르며 알고 싶지도 않다'는 말로 시작했다. 그러나 6천이라는 표현은 들은 것 같다고 하면서, 그때 자기가 옆에 서 있었다고 고백했다. 그의 의견에 따르면 드미트리의 수중에 돈이 얼마 있었는지 모를 만큼 있었고, 폴란드 사람들이 카드놀이를 할 때 속임수를 썼다는 점은 확실하다고 증언했다. 또한 반복된 질문에 대해 답하면서, 폴란드 사람들이 쫓겨 가고 나서 드미트리와 그루센카의 관계가 좋은 쪽으로 바뀌어, 그루센카가 자기는 드미트리를 사랑한다고 직접 말했다고 설명하기도 했다. 그루센카에 관해서 설명할 때 그는 절제하는 태도로, 그녀에 대한 존경을 표하며, 마치 그녀가 가장 점잖은 사회 계층 출신의 여인인 것처럼 설명했으며, 자기는 그녀를 감히 애칭으로 부르지도 못했다고 했다. 칼가노프가 증언하는 일을 꺼림칙하게 생각했음에도 불구하고 이폴리트 키릴로비치 검사는 오랫동안 그를 심문하여, 지난밤 드미트리의 소위 '사랑'이 어떻게 발현됐는지에 대한 모든 상세한 사항들을 알아낼 수 있었다. 드미트리는 칼가노프의 말을 한 번도 끊지 않았다. 결국 칼가노프는 가봐도 좋다는 말을 듣고 신경질이 가득 받친 태도를 숨기지 않으며 자리를 떴다.

폴란드 사람들도 심문의 대상이 됐다. 그들은 방에 틀어박혀 잠을 자려고 했지만 밤새 잠들 수가 없었고, 공안 당국에서 도착하자, 자기들이 틀림없이 불려갈 줄 알고 부리나케 옷을 입고 차림새를 정돈했다. 그들은 약간 겁내는 게 없지 않아 있었음에도 불구하고 제법 품위 있게 심문 자리에 등장했다. 더 높은 사람, 즉 키 작은 폴란드인은 퇴역한 12등 관리로, 시베리아에서 수의사로 근무했고 성은 무샬로비치인 것으로 밝혀졌다. 브루블레프스키는 개인 치과를 운영하는 치과 의사로 밝혀졌다. 그 두 사람은 방에 들어오자마자, 니콜라이 파르표노비치가 질문을 했음에도 불구하고, 한쪽 옆에 서 있던 미하일 미카로비치에게 대답을 했다. 미하일 미카로비치를 여기서 관등이 가장 높은 사람으로 받아들인 모양이었다. 말끝마다 그에게 '지휘관님'이라고 했다. 그래서 미하일 미카로비치가 직접 몇 번씩이나 지적을 한 뒤에야, 니콜라이 파르표노비치에게 대답을 해야 된다는 걸 깨달았다. 그들은 러시아말을 아주 꽤 괜찮게 하는 것으로 드러났다. 러시아말에 없는 몇몇 단어들을 사용하는 것만 빼고 말이다. 그루셴카와의 전의 관계와 현재의 관계에 대해 무샬로비치는 열렬하고 거만한 태도로 말을 시작하여, 드미트리가 곧상 화를 내면서, 자기가 있는 자리에서 '이 몹쓸 놈이' 그렇게 말하는 것을 용납하지 않겠다고 소리쳤다. 무샬로비치는 '몹쓸 놈'이라고 말하는 것 좀 보라고 하면서, 그 말을 조서에 기록할 것을 청했다. 드미트리가 펄펄 끓으며 분개했다.

"몹쓸 놈! 몹쓸 놈! 그 말 기록하세요. 조서를 꾸미든 말든 난 저자가 몹쓸 놈이라고 소리친다는 사실도 기록하세요" 하고 그가 소리쳤다.

니콜라이 파르표노비치는 비록 조서에 기록하기는 했으나, 분위기가 안 좋아지는 이런 경우에 아주 훌륭한 수완과 일 처리 능력을 발휘했다. 드미트리에게 엄하게 주의를 주고 나서, 사건 중 애정 문제와 관련된 측면에 대한 질문을 더 이상 하지 않고, 좀 더 본질적인 측면으로 곧장 넘어갔다. 본질적인 측면에서 폴란드인들이 행한 한 가지 증언이 심문관들의 호기심을 크게 자극했다. 그것은, 드미트리가 저쪽 방에서 무샬로비치를 매수하느라고 그에게 3천을 줄 테니 물러나달라고 제안했다는 것, 700루블을 당장 주고 나머지 2300루블은 '내일 아침에 읍내에서' 주겠다고 했다는 것, 이곳 모크로예에는 자기한테 그만한 돈이 없고 돈은 읍내에 있다고, 그건 사실이라고 맹세할 수 있다고 했다는 것이었다. 드미트리가 발끈하여, 내일 읍내에서 반드시 주겠다는 말은 하지 않았다고 지적했다. 그러나 브루블레프스키가 무샬로비치의 증언을 뒷받침해주었다. 게다가 드미트리 자신도 잠시 생각해보더니, 아마 폴란드인들의 말대로 그랬을 거라며, 자기가 그때 흥분해서 진짜로 그렇게 말했을 수 있다며 침울한 표정으로 증언에 동의했다. 검사는 그 증언을 끝까지 물고 늘어지려 했다. 심리에 있어 명백한 사실로 드러나는 것이(나중에 이를 진짜로 명백한 사실로 인정하게 되었다), 드미트리의 수중에 들어온 3천의 반액 혹은 일부 금액이 실지로 읍내 어딘가에 숨겨져 있든지, 아니면 심지어 이곳 모크로예 어딘가에 숨겨져 있을 수도 있다는 것이었다. 그렇게 되면, 드미트리의 수중에서 800루블만 달랑 발견됐다는, 심리를 까다롭게 만드는 상황 역시 해명이 가능한 것이었다. 여태까지 바로 그 상황이, 비록 유일한 것이자 다분히 보잘것없는 것이긴 하나 드미트리를 유리하게 하는 증거였는데 말이다. 이젠 그를 유리하게 하던 이 유일한 증거마저 허물어지는 상황이었다. 총 1500밖에 없었다면서 내일 이 폴란드 사람한테 반드시 주겠다고 한 그 나머지 2300은 어디서 구할 작정이었냐는 검사의 질문에 드미트리는, 내일 '이 폴란드 놈한테' 돈이 아니라 체르마쉬냐 영지에 대한 자신의 권리, 즉 삼소노프와 호흘라코바한테 제안했었던 그 자신의 권리를 증명하는 정식 서류를 제안하려 했다고 확고하게 대답했다. 그 말을 듣고 검사는 '그런 말을 하는 시도가 참 순진하다'며 비웃기까지 했다.

"그래, 드미트리 표도로비치 씨는 이분이 현금 2300루블 대신에 그 '권리'를 받는 데에 동의하리라고 생각했소?"

"반드시 동의했을 겁니다" 하고 드미트리가 흥분하여 단언했다. "여기서 2천뿐만 아니라 4천, 심지어 6천까지도 빼낼 수 있었을 테니까요! 저자는 당장 자기가 아는 폴란드인이며 유태인이며 변호사들을 다 동원해서 승소할 수 있었을 테고, 그러면 3천이 다 뭐예요? 체르마쉬냐 전체를 노인네한테서 빼낼 수 있었을 거예요."

무샬로비치의 증언이 아주 세세하게 조서에 기록된 것은 당연하다. 그 뒤 폴란드 사람들이 내보내졌다. 카드놀이를 할 때 속임수를 쓰려고 했다는 사실은 거의 언급되지도 않았다. 니콜라이 파르표노비치는 폴란드인들에게 그러지 않아도 아주 고마워하는 입장이었기 때문에 사소한 문제로 괴롭힐 생각이 없었다. 더욱이 술 취한 상태에서 카드놀이를 하던 중 벌어진 하찮은 실랑이에 지나지 않는 일이었다. 지난밤 벌어진 떠들썩한 술자리와 난장판에서 무슨 일인들 없었겠는가? 결과적으로 200루블은 폴란드인들의 주머니에 남게 되었다.

그다음에는 막시모프 노인이 불려왔다. 겁먹은 그는 종종걸음으로 나타났다. 단정치 못한 모습이었고, 아주 우울해 보였다. 그는 계속 밑에서 그루셴카 옆에 말없이 꼭 붙어 앉아, 미하일 미카로비치가 나중에 이야기해준 바에 따르면, '때때로 그녀가 불쌍하다며 흐느끼다가 청색 체크무늬 손수건으로 눈물을 닦아내곤 했다.' 그랬기 때문에 오히려 그녀가 그를 진정시키며 위로해야 했다는 것이었다. 이 노인은 당장 울면서 고백하기를, '자기가 돈이 없었으므로 드미트리 표도로비치한테서 10루블을 빌린 셋'이 잘못이라고, 돌려줄 수 있다고 했다'. 그가 드미트리 표도로비치한테서 돈을 빌릴 때, 누구보다도 가까이 볼 수 있었을 텐데, 그때 드미트리 표도로비치의 수중에 돈이 얼마가 있었는지 보지 못했냐는 니콜라이 파르표노비치의 직접적인 질문에 대하여 막시모프는, 돈 액수가 '2만'이었다고 매우 결연한 어조로 대답했다.

"그런데 전에 언제라도 어디서 2만이라는 돈을 보신 적이 있으세요?" 하고 니콜라이 파르표노비치가 웃으며 물었다.

"본 적 있다마다요. 단, 2만은 아니었고요, 7천이었어요. 내 아내가 내 소유로 된 시골 영지를 담보로 맡겼을 때요. 나한테 그 돈을 자랑하면서 멀리서만 보여줬어요. 뭉텅이가 아주 크더라고요. 다 100루블짜리 지폐였어요. 드미트리 표도로비치한테 있는 것도 다 100루블짜리 지폐였어요."

그는 곧 내보내졌다. 결국 그루센카의 차례가 되었다. 심문관들은 그녀의 등장이 드미트리 표도로비치의 마음에 끼칠 작용과 관련하여 좀 불안했나 보다. 그래서인지 니콜라이 파르표노비치는 드미트리에게 미리 몇 마디 주의를 주기까지 했다. 그러나 드미트리는 그 말을 듣고서 말없이 고개를 숙여서, '난리를 피울 리는 없다'는 것을 알게끔 했다. 미하일 미카로비치가 직접 그루셴카를 데리고 들어왔다. 그녀는 엄숙하고 침울한 얼굴로 들어왔다. 겉으로는 거의 침착해 보였다. 그녀는 니콜라이 파르표노비치 맞은편의 지정된 의자에 조용히 앉았다. 그녀는 얼굴이 매우 창백한 것이, 추운 것 같았다. 자기가 가진 멋진 검은색 숄로 몸을 꽁꽁 감싸고 있었다. 실제로 그녀는 약간의 오한 증세를 일으켰다. 이는 그녀가 이때 얻어 나중까지 오래 앓게 된 병의 시작 시점이었다. 그녀의 엄숙한 모습과 직선적이고 진지한 눈길, 침착한 태도는 모든 사람들에게 다분히 긍정적인 인상을 주었다. 니콜라이 파르표노비치는 그 인상에 어느 정도 '마음을 빼앗기기'까지 했다. 그는 나중에 어디선가 이야기할 기회가 생겼을 때 스스로 고백했다. 그 순간에 그 여자가 '꽤 예쁜' 여자라는 걸 깨달았다고 말이다. 그전까지는 그녀를 보긴 했어도, 항상 '촌 기생' 정도로 생각했었다. "그 여자 몸가짐이 가장 고상한 계층의 여자 같았어요" 하고 그는 언젠가 여자들이 모인 한 자리에서 무심코 열광하여 말한 적 있다. 그 말을 들은 사람들이 다 화를 내면서 곧 '예절을 모른다'고 했는데, 그는 그래도 마냥 좋았다. 그루셴카는 방으로 들어와서 드미트리를 힐끔 쳐다보았을 뿐이다. 드미트리는 걱정스러운 눈길로 그녀를 쳐다보았다. 그러나 그녀의 모습을 보자 드미트리는 곧 안심이 되었다. 필요한 질문들을 하고 주의를 시킨 뒤 니콜라이 파르표노비치는 비록 약간 말을 더듬긴 했으나 그래도 할 수 있는 한 가장 정중한 태도를 유지하면서 그녀에게, '퇴역한 육군 중위 드미트리 표도로비치 카라마조프 씨와 어떤 관계에 있었냐'고 물었다. 그 질문에 그루셴카는 조용하면서도 확고하게 말했다.

"내 지인이었어요. 한 달 동안 계속 지인으로서 대했어요."

매우 호기심을 돋우는 그 뒤의 질문들에 대하여 그녀는 완전히 다 솔직하게 답하기를, 드미트리가 '때때로' 자기의 마음에 들었지만, 자기가 그를 사랑한 건 아니며, 하지만 '못된 앙심에 싸여' 그를 유혹하려 했던 게 사실이고, 그건 '노인네'와 관련해서도 역시 마찬가지라고, 그리고 드미트리가 표도르 파블로비치와 다른 모두를 많이 질투하는 것을 보았지만 그걸 단지 즐겼다고 했다. 표도르 파블로비치에게 갈 생각은 한 번도 하지 않았으며 단지 그를 비웃는 입장이었다고 했다. "한 달 내내 나는 이 두 사람에 대해 신경 쓸 겨를이 없었어요. 난 다른 사람을 기다리고 있었어요. 나한테 죄를 진 사람을요. 하지만 그 점에 대해서 호기심을 가지실 필요는 없으리라고 봐요. 나도 대답해드릴 말이 없고요. 왜냐하면 이건 나의 개인적인 일이니까요" 하고 그녀가 말을 맺었다.

니콜라이 파르표노비치가 즉시 그렇게 행동을 했다. 즉 그는 다시금 '로맨스와 관련된' 대목을 벗어나, 진지한 문제로 넘어갔다. 바로 그 가장 중요한 문제, 즉 3천과 관련된 문제였다.

그루센카는 한 달 전 모크로예에서 실제로 3천 루블이 소비되었다고 확실히 말했다. 비록 자기가 돈을 세어본 건 아니지만 드미트리 표도로비치에게서 직접 3천 루블이라고 들었다고 했다.

"그 말을 단둘이 있을 때 들으신 겁니까, 아니면 누가 또 옆에 있을 때 들으신 겁니까? 아니면 그가 다른 사람들한테 그렇게 얘기하는 걸 옆에 계시다 들으신 겁니까?" 하고 검사가 바로 질문을 던졌다.

그 질문에 대하여 그루센카는, 다른 사람들이랑 같이 있을 때 그 말을 듣기도 했고, 그가 다른 사람들한테 그렇게 얘기하는 걸 듣기도 했고, 단둘이 있을 때 그에게서 직접 듣기도 했다고 답했다.

"단둘이 있을 때 그에게서 들은 것이 한 번입니까, 아니면 여러 번입니까?" 하고 검사가 다시금 물어, 그루센카가 그 말을 여러 번 들었다는 사실을 알아냈다.

이폴리트 키릴로비치 검사로서는 이 증언이 아주 성과 있는 것이었다. 그 이후의 질문들을 통해, 이 돈의 출처를 그루센카가 알고 있었다는 사실, 드미트리 표도로비치가 카체리나 이바노브나한테서 받은 거라고 알고 있었다는 사실 또한 밝혀졌다.

"그러면 혹시 한 번이라도 들으신 적 있나요? 한 달 전에 쓴 돈이 3천이 아니라 더 적은 돈이었고, 드미트리 표도로비치가 그중 반액을 자기가 쓰려고 남겨두었다는 것을 말입니다."

"아니요. 그런 얘긴 한 번도 들은 적이 없어요" 하고 그루셴카가 증언했다.

그 반대로, 한 달 내내 드미트리가 자기한텐 단 1코페이카도 없다는 말을 자주 해왔다는 사실이 그 뒤에 밝혀지기까지 했다. "자기 아버지한테서 돈을 받게 될 것을 계속 기대하고 있었어요" 하고 그루셴카가 말했다.

"그럼 혹시 저 사람한테서 지나가는 말로나마 들으신 적 없습니까? 아니면 저 사람이 흥분해서 말했다든지. 자기 아버지를 죽일 생각이라는 말이요" 하고 니콜라이 파르표노비치가 기회를 잡아 물었다.

"아, 그런 말 한 적 있어요!" 하고 그루셴카가 한숨을 쉬며 말했다.

"한 번이요, 아니면 여러 번이요?"

"여러 번 그랬어요. 그 말을 할 때면 항상 화가 나 있었어요."

"그 말을 저 사람이 실행할 거라고 믿으셨나요?"

"아니요, 한 번도 믿은 적 없어요! 저이가 그럴 사람은 아니라고 생각했어요" 하고 그녀가 확고하게 대답했다.

"제가 여러분 있는 데에서 그루셴카한테 딱 한마디만 하게 해주십시오" 하고 갑자기 드미트리가 소리쳤다.

"말씀하세요" 하고 니콜라이 파르표노비치가 허락했다.

"그루셴카야," 하면서 드미트리가 의자에서 일어났다. "신을 믿고, 또 내 말을 믿어줘. 어제 우리 아버지가 살해당한 데에 난 죄가 없어!"

이 말을 하고 드미트리는 다시 자리에 앉았다. 그루셴카가 약간 일어나서 성상을 향하여 겸손하게 성호를 그었다.

"주여, 당신께 영광을 돌립니다!" 하고 그녀가 열렬한 감정이 섞인 목소리로 말하고는, 자리에 앉기 전에 니콜라이 파르표노비치에게 이렇게 말을 덧붙였다. "저 사람이 지금 한 말을 믿으세요! 난 저 사람을 알아요. 무슨 말을 떠벌릴 땐 떠벌려도, 그건 웃자고 하는 거 아니면 고집 부리느라고 하는 거고, 양심을 속이는 일은 절대 안 합니다. 진실을 그대로 말합니다. 그 말을 믿으세요!"

"고맙다, 그루셴카야, 용기를 줘서!" 하고 드미트리가 떨리는 목소리로 말했다.

그녀는 어제의 돈에 관한 질문을 받고, 얼마였는지 모른다고, 그러나 어제 드미트리가 사람들에게 자기가 3천을 갖고 왔다고 여러 번 말하는 것을 들었다고 대답했다. 또 돈을 어디서 구했는지에 대해서 그는 그녀한테만 말했는데, 카체리나 이바노브나한테서 '훔쳤다'고 했으며, 그 말에 대해서 그녀는, 그가 돈을 아직 훔쳤다고 할 수 없으며, 내일 당장 돌려줘야 한다고 했다. 그것이 그녀의 증언 내용이었다. 카체리나 이바노브나한테서 훔쳤다는 게 어제의 돈에 대한 얘긴지, 아니면 한 달 전에 이곳에서 소비된 3천에 대한 얘긴지 검사가 집요하게 물었는데, 그루센카는 드미트리가 한 달 전의 돈에 대해 말하는 것으로 이해했다고 증언했다.

결국 그루센카가 내보내졌다. 그때 니콜라이 파르표노비치는 그녀에게, 원한다면 지금 바로 읍내로 돌아가도 된다고, 그리고 무슨 도움이 필요하다면, 예를 들어 말을 구해줄 수도 있고, 혹은 그녀가 원하는 경우 호송인을 붙여줄 수도 있다고 했다.

"호의에 감사드립니다" 하고 그루센카가 그에게 절을 했다. "전 저 노인이랑 같이 가겠습니다. 지주랑요. 그분을 모셔다드리려고요. 지금은 일단 밑에서 기다릴게요. 여기서 드미트리 표도로비치랑 일을 마치실 때까지."

그녀가 나갔다. 드미트리는 침착한 태도였고, 심지어 아주 원기를 되찾은 모습이었다. 하지만 잠시뿐이었다. 시간이 지날수록 이상한 육체적 무력감이 그를 감쌌다. 그는 피곤에 눈이 감겼다. 증인 심문이 결국 끝났다. 최종 조서 작성에 들어갔다. 드미트리는 앉아 있던 의자에서 일어서서 커튼 가까이의 구석으로 가, 양탄자로 덮인 커다란 주인의 궤짝 위에 몸을 대충 눕히자마자 순식간에 잠들었다. 어떤 이상한 꿈을 꾸었다. 주어진 장소와 주어진 시간과 전혀 맞지 않는 꿈이었다. 그가 어떤 스텝 지역을 지나고 있었다. 그가 훨씬 이전에 근무하던 곳이었다. 마부가 모는 쌍두마차에 탄 채, 눈비 내려 생긴 진창 위를 가는 중이었다. 그는 추웠다. 11월 초였는데 질척한 함박눈이 내렸고, 눈은 땅에 떨어지자마자 녹았다. 마부는 힘차게 마차를 몰았고, 마차는 알맞게 흔들렸다. 아직 노인이라고는 할 수 없는 나이 쉰 정도의 마부는 연갈색 턱수염을 길게 기르고 농민들이 입는 회색 겉옷을 입었다. 이제 마을이 멀지 않다. 시꺼먼 오두막집들이 흘긋흘긋 눈에 띤다. 그런데 오두막집들 중 반은 불에 탔다. 시커멓게 그은 통나무들만 삐죽이 드러나 있다. 마을 어귀 길 위에 여자들이 길게 줄지어 서 있다. 다들 핼쑥하고 빼빼 말랐고, 왠지 얼굴이 다들 갈색에 가깝다. 끝에 서 있는 뼈가 앙상한 키 큰 여자는 나이가 마흔쯤으로 보이는데, 어쩌면 스물밖에 안 됐을 수도 있다. 그 여자는 얼굴이 길쭉하고 말랐으며, 그 여자의 품에 안긴 아이가 울고 있다. 그 여자의 유방이 말라붙어 아마 젖이 한 방울도 나오지 않을 것이다. 아이는 울면서 자그맣게 주먹을 쥔 팔을 내민다. 팔의 맨살이 드러난다. 추위로 인해 팔이 퍼렇다.

"왜들 저렇게 우는 거지? 왜들 울어?" 하고 그들 옆을 빠르게 지나가던 드미트리가 묻는다.

"아그가 그래요. 아그가 우는 거예요" 하고 마부가 대답한다. 드미트리는 마부가 "애가"라고 말한 게 아니라 자기 사투리로 "아그가"라고 말했다는 점이 심지어 마음에 든다. 마치 그 말 속에서 불쌍함이 더 세게 와닿는 것 같다.

"왜 우는데?" 하고 드미트리가 멍청한 척을 하면서 캐묻는다. "왜 팔의 맨살이 다 드러났지? 왜 따뜻하게 감싸주지 않는 거지?"

"아그 몸이 꽁꽁 얼었어요. 옷도 다 꽁꽁 얼었어요. 그래서 입혀봤자 도움이 안 돼요."

"근데 왜 그런 거야? 왜?" 하고 드미트리가 계속 다그친다.

"가난해서 그렇죠. 집은 다 불타고요. 먹을 빵도 없어요. 집이 불타서 도와달라고 손을 벌리는 거예요."

"아니, 아니," 하고 드미트리가 아직도 이해를 못하는 티를 냈다. "불탄 집 아줌마들이 왜 저렇게 서 있는 거야? 저 사람들 왜 가난해? 아그가 왜 헐벗었어? 스텝은 왜 허허벌판이야? 저 사람들 왜 서로 껴안지 않는 거야? 왜 입맞추지 않는 거야? 왜 즐거운 노래를 안 부르는 거야? 재앙으로 인해 저렇게 시꺼메진 걸 왜 가만 놔두는 거야? 왜 아그한테 젖을 안 먹이는 거야?"

그는 자기가 무분별하게 무턱대고 질문을 하는 건 사실이지만 그래도 반드시 그런 식으로 질문을 하고 싶다는 것, 그리고 반드시 그런 식으로 질문을 해야 된다는 것을 속으로 느낀다. 그리고 그는 자기가 아직 한 번도 가져보지 않은 동정이 마음속에서 고개를 드는 것을 느끼면서 갑자기 울고 싶어진다. '아

그'가 울지 않도록, 시커멓게 말라비틀어진 '아그'의 엄마가 울지 않도록, 지금부터 그 어느 누구도 눈물을 흘리지 않도록 어떤 일을 할 수 있다면 모든 이들에게 해주고 싶어진다. 바로 지금 당장, 나중으로 미루지 않고 바로 지금 당장, 어떤 일이 있더라도, 자기한테 카라마조프 씨 가문 사람 특유의 방자함이 있든지 없든지, 그 일을 꼭 해주고 싶다.

"나도 너랑 같이 갈래. 나 인제 너한테서 안 떨어질 거야. 평생을 너와 함께할 거야."

감정이 듬뿍 사무친 그루셴카의 어여쁜 말소리가 그의 옆에서 울려 퍼진다. 그러자 그의 가슴은 불타올라 빛을 향하여 달려간다. 그는 마냥 살아 움직이고 싶다. 길을 끝없이 걷고 싶다. 그를 부르는 새로운 빛을 향해. 어서 빨리, 바로 지금 당장!

"뭐? 어디로?" 하고 소리치면서 그가 눈을 뜨고 자기가 누워 있던 궤짝에서 일어나 앉았다. 마치 졸도했다가 깨어난 것처럼. 하지만 그의 얼굴에는 화색이 돌았다. 니콜라이 파르표노비치가 그를 내려다보며 서서, 작성된 조서의 내용을 듣고 나서 서명을 하라고 했다. 드미트리는 자기가 한 시간 혹은 약간 더 오랫동안 잠이 들었었다는 것을 짐작했다. 하지만 깬 다음에도 그는 니콜라이 파르표노비치의 말소리에 귀를 기울이지 않았다. 흠칫 놀라 보니 자기 머리가 있던 곳에 베개가 놓여 있었다. 그가 힘없이 궤짝에 꼬부라질 때에만 해도 없었던 베개가.

"이거 누가 나한테 베개를 받쳐준 거예요? 그렇게 착한 사람이 여기 있었단 말이에요?" 하고 그가 왠지 울먹이는 듯한 목소리로 외쳤다. 그의 마음이 환희와 감사로 가득했다. 마치 자기에게 베풀어진 친절이 이루 말할 수 없을 정도의 친절인 양 말이다. 그 착한 사람이 누군지는 나중에 가서도 밝혀지지 않았다. 어쩌면 증인들 중 한 사람이, 아니면 니콜라이 파르표노비치의 서기가 안쓰러운 마음에 베개를 머리 밑에 받쳐준 것일 수도 있다. 어쨌든 그의 가슴은 온통 감동의 눈물로 전율했다. 그는 상으로 다가가, 무슨 내용이든 다 서명을 하겠다고 자신의 의사를 밝혔다. 그리고 기쁨의 빛이 도는 얼굴에 어쩐지 못 보던 새로운 표정을 하고 어쩐지 이상한 음성으로 말했다.

"제가 좋은 꿈을 꿨거든요."

## IX
### 호송된 드미트리

조서에 서명이 행해지자 니콜라이 파르표노비치가 피고인 드미트리에게 장중한 어조로 '결정 사항'을 낭독했다. 몇 년 몇 월 며칠에 어디어디에서 무슨무슨 관구 법원의 예심판사가 피고인 누구누구를(즉 드미트리를) 무슨무슨 죄목(모든 죄가 상세히 적혔다)으로 심문을 행한 결과, 피고인이 자기에게 두어지는 혐의와 관련하여 자신의 죄를 부인하는 가운데 자신의 정당함을 증명할 수 있는 것을 아무것도 제시하지 못했으며, 반면 증인들(누구누구)의 증언과 상황(어떠어떠한)을 고려하면 그의 죄가 인정되는 바, '형벌에 대한 법전' 몇 조, 몇 조 등에 기인하여, 누구누구(드미트리)에게 심리와 재판을 기피하기 위한 수단을 적용할 가능성을 차단하기 위하여 그를 어느어느 감옥에 구금하며, 이에 대해 피고인에게 통보하며, 본 결정 사항의 사본을 검사보에게 제출하기로 결정했다는 등의 내용이었다. 한마디로, 드미트리는 지금부터 죄수며 지금 읍내로 호송하여 아주 안 반가운 한 장소에다 유폐한다는 통보였다. 드미트리는 통보를 잘 듣고서 어깨를 으쓱하고 이렇게 말했을 뿐이다.

"자, 뭐, 난 당신들의 잘못을 따지지 않습니다. 난 준비됐습니다. 당신들한테 다른 방법이 없다는 걸 이해합니다."

니콜라이 파르표노비치가 부드러운 어조로 설명을 시작했다. '마침 이곳에 와 있는 지방 경찰서장 마브리키 마브리키치가 그를 바로 지금 데리고 갈 테고……'

"잠깐만요" 하고 드미트리가 갑자기 그의 말을 끊고, 그 방에 있던 모든 사람들을 대상으로 걷잡을 수 없는 감정에 휩싸여 말했다. "여러분, 우리는 모두 다 잔인합니다. 우리는 모두 다 악해서, 사람들을, 죄 없는 갓난아이들과 그 모친들을 울게 만

듭니다. 하지만 우리 모두들 중 제가 가장 못되고 비열한 놈인 것으로 칩시다! 그렇게 치는 것으로 합시다! 나 여태까지 사는 동안 매일 가슴을 치면서 올바로 살자고 스스로에게 약속해왔습니다. 그러면서도 매일 똑같은 나쁜 짓을 반복했습니다. 이젠 이해하겠습니다. 나 같은 사람들한테는 충격이 필요하다는 것을요. 운명의 충격이요. 올가미로 다잡아서 외부의 힘으로 복종시켜야 한다는 것을요. 스스로의 힘으로는 내가 아무리 해도 일어서지 못했을 테니까요. 하지만 올 게 왔어요. 나한테 들어오는 비난을, 전 국민 앞에서의 나의 수치를 감수하겠습니다. 괴로움을 겪으렵니다. 괴로움을 겪어서 정화되겠습니다! 제가 정화될 수 있겠죠, 여러분? 네? 하지만 제가 마지막으로 하는 이 말을 들어보세요. 나는 아버지를 죽이지 않았어요! 내가 형벌을 받아들인다고 해서 아버지를 죽인 형벌을 받아들이는 건 아니에요. 단지 어쩌면 죽이려고 했다는 것, 그러다 실지로 죽일 수도 있었다는 것 때문에 받아들이는 거예요. 하지만 어쨌든 난 당신들과 싸울 계획이라는 걸 선포합니다. 당신들과 끝까지 싸우겠어요. 종국에는 신이 결정하실 겁니다! 그럼 작별을 고합니다. 내가 심문을 받으면서 당신들한테 소리 지른 거 때문에 화내지 마세요. 아, 정말 제가 어리석게 행동했어요. 잠시 후면 전 죄수고, 지금 이 순간 마지막으로 아직 자유로운 사람 드미트리 카라마조프로서 당신들한테 손을 내밉니다. 당신들을 인간으로서 대하며 작별을 고합니다."

그의 목소리는 떨렸다. 그는 정말로 손을 내밀었다. 그러나 그에게 가장 가까이 서 있던 니콜라이 파르표노비치가 거의 발작적인 동작으로 자기 손을 뒤로 감췄다. 드미트리가 순식간에 그걸 알아채고 놀라 몸을 떨고는, 내밀었던 손을 빨리 내렸다.

"심리가 아직 안 끝났어요" 하고 니콜라이 파르표노비치가 조금 멋쩍어하면서 말했다. "읍내에 가서 계속할 거예요. 물론 당신 일이 잘되길 빌게요. 무죄라고 인정받으시기를······. 저는 언제나 드미트리 표도로비치 씨를 범죄자로서가 아니라, 말하자면, 불운한 사람으로 여기려는 입장이에요. 제가 모든 사람들을 대신해서 말해도 된다면, 우리 모두는 당신을 기본적으로 점잖고 고상한 사람으로 인정하려고 해요. 물론, 유감스럽게도, 어떤 격정에 좀 심하게 사로잡힌 편이긴 하지만요."

말을 마칠 즈음 니콜라이 파르표노비치는 작은 체구로 자기의 신분과 사명에 걸맞은 위엄을 표현하려 애썼다. 드미트리에게는 이 '새파란 젊은이'가 마치 자기에게 금방 다가와 팔을 잡아 다른 구석으로 끌고 가, 얼마 전에 나눈 '여자애들'에 대한 이야기를 새로 시작할 것 같은 생각이 뇌리를 스쳤다. 하긴 사람이 심지어 사형대로 끌려간대도 그 상황에 걸맞지 않은 전혀 다른 어떤 생각인들 뇌리를 못 스칠쏘냐.

"여러분은 선하시고 인도적이십니다. 제가 그 여자를 만나 마지막으로 작별 인사를 해도 될까요?" 하고 드미트리가 물었다.

"물론입니다. 하지만 우리가……, 그러니까 한마디로, 이젠 당신은 우리가 임석한 자리에서만……."

"알겠습니다. 임석하십시오!"

그루셴카를 데리고 왔다. 하지만 작별은 짧게 끝났다. 말도 별로 오가지 않았다. 니콜라이 파르표노비치가 보기에 어딘지 좀 부족하게 느껴졌다. 그루셴카가 드미트리에게 허리를 굽혀 인사했다.

"내가 난 네 여자라고 말했으니 네 여자가 될 거야. 네가 어디로 보내지든지 널 따라갈 거야. 죄 없이 고통받는 나의 사람아, 안녕!"

그녀의 입술이 떨리고 눈에서 눈물이 흘렀다.

"그루셴카야, 나의 사랑을 용서해줘. 내가 널 사랑했기 때문에 너도 이 지경이 된 거니까."

드미트리는 무슨 말을 더 하려고 하다가 갑자기 스스로 말을 끊고 밖으로 나갔다. 그의 주위로 순식간에 사람들이 나타났다. 사람들이 그에게서 눈을 떼려 하지 않았다. 밑에, 현관 계단 옆에, 어제 그가 안드레이가 모는 삼두마차를 타고 그리도 떠들썩하게 달려왔던 그 현관 계단 옆에 이미 채비가 마쳐진 두 대의 마차가 서 있었다. 얼굴 피부가 늘어진 땅딸막한 마브리키 마브리키예비치가 갑작스레 발생한 소란에 불만인 듯 화를 내면서 소리를 지르고 있었다. 그는 어쩐지 너무 혹독한 태도로 드미트리를 마차에 타라고 했다. '내가 전에 술집에서 술 사줄 땐 이 사람 전혀 다른 얼굴이더니' 하고 드미트리가 마차에 타면서 생각했다. 트리폰 보리스이치도 현관 계단 밑으로 내려왔다. 대문 근처에 사람들이 떼를 지어 서 있었다. 마을 남자들, 여자들, 마부들 할 것 없이 다들 드미트리를 쳐다봤다.

"신의 사람들이여, 저는 물러갑니다!" 하고 드미트리가 마차에서 그들을 향해 갑자기 소리쳤다.

"잘 가시오. 서로 좋게 기억합시다" 하고 두세 명 정도의 목소리가 들렸다.

"트리폰 보리스이치 씨도 잘 계시오!"

그러나 트리폰 보리스이치는 돌아보지도 않았다. 어쩌면 다른 일로 너무 바빠서였을 수도 있다. 역시 소리를 지르면서 분주하게 움직이고 있었다. 다른 마차에는 마브리키 마브리키예비치와 그를 보좌하는 지방 경찰 관리 두 명이 타기로 돼 있었는데, 아직 준비가 다 안 된 모양이었다. 다른 삼두마차를 몰 작달막한 남자가 농민용 외투를 입으면서, 원래는 자기가 아니라 아킴이 몰기로 돼 있었는데 아킴이 어디 가고 없다면서 자기보고 몰라고 한다고 구시렁댔다. 그러면서 그는 좀 더 기다려달라고 사정했다.

"여기 촌놈들이 염치를 완전히 잃어버렸어요, 마브리키 마브리키예비치 님!" 하고 트리폰 보리스이치가 소리쳤다. "아킴이 너한테 25코페이카 줬잖아. 네가 그 돈 술 마시느라고 다 써놓고 어디서 큰소리야? 이런 양심 없는 촌놈들을 참아주시는 마브리키 마브리키예비치 님의 인자하심에 놀랄 따름입니다!"

"굳이 뭐 하러 또 한 대가 필요해요?" 하고 드미트리가 끼어들었다. "그냥 한 대로 가요, 마브리키 마브리키예비치 씨. 나 얌전하게 갈 거예요. 도망 안 가고요. 호위대는 뭐 하게요?"

"지금 나한테 뭐라고? '씨'라니? 어디다 대고 '씨'야? 다음부터 말버릇 안 고치면 알아서 해!" 하고 마브리키 마브리키예비치가 별안간 드미트리에게 고래고래 고함을 쳤다. 그러지 않아도 화가 나 있었는데 '너 잘 걸렸다' 식으로 화풀이를 하는 것 같았다.

드미트리가 입을 다물었다. 그의 얼굴이 시뻘게졌다. 잠시 뒤 그는 갑자기 엄청나게 추워졌다. 비는 그쳤지만 흐린 하늘에는 아직 구름이 빽빽했다. 칼바람이 얼굴로 곧장 불어왔다. '나한테 오한이 오는 건가?' 하고 드미트리가 어깨를 움츠리며 생각했다. 마침내 마브리키 마브리키예비치가 마차에 올라탔다. 마치 드미트리가 그 자리에 있는 걸 전혀 개의치 않는 양 혼자 펑퍼짐하게 자리를 차지하고 드미트리를 몸으로 밀어붙이는 바람에 드미트리는 구석에 완전히 처박힐 수밖에 없었다. 사실 마브리키 마브리키예비치는 기분이 아주 언짢았다. 자기가 이 일을 수행하게 된 게 영 마음에 들지 않았다.

"잘 계시오, 트리폰 보리스이치 씨!" 하고 드미트리가 다시 한번 외쳤으나, 이번에는 자기가 선량한 마음으로 외친 게 아니라 화가 나서 이를 가는 심정으로 외쳤다는 걸 느꼈다. 트리폰 보리스이치는 뒷짐을 지고 거만하게 서서 준엄하고 성난 태도로 드미트리를 똑바로 쳐다보기만 했지, 아무런 대답도 하지 않았다.

"잘 가시오, 드미트리 표도로비치 씨, 잘 가시오!" 하고 별안간 어디선가 갑자기 튀어나온 칼가노프의 목소리가 들렸다. 그는 마차로 달려와 드미트리에게 손을 내밀었다. 모자도 미처 쓰지 못한 상태였다. 드미트리는 재빨리 그의 손을 붙잡아 악수를 했다.

"잘 계시오, 착한 양반. 나한테 잘해준 거 잊지 않겠소!" 하고 그가 감격해서 외쳤다. 하지만 마차가 떠나는 바람에 그들은 손을 놓아야 했다. 울리는 방울 소리와 함께 마차는 드미트리를 태우고 떠났다.

칼가노프는 건물 현관으로 달려가 구석에 앉아 고개를 숙이고 양손으로 얼굴을 가리고 울음을 터뜨렸다. 그렇게 앉아 오래 울었다. 20대 초반의 젊은이가 아니라 마치 아직 어린애인 것처럼 울었다. 안타깝게도 그는 드미트리가 유죄라고 거의 확신하고 있었다. "어떻게 인간이 그럴 수 있어? 그런 행동을 하고도 인간일 수 있는 거야?" 하고 그는 거의 절망에 싸이고 비탄과 우울함에 섞여 되는대로 아무렇게나 외쳤다. 그 순간 그는 이 세상에 살고 싶지도 않을 정도였다. "이런 세상에 살아야 해? 살아야 해?" 하고 젊은 영혼은 슬퍼서 외쳤다.

주석


1. 장교 양성을 위한 초중고교 수준의 학교다.

2. G. 기브네르의 이 책으로 도스토옙스키가 글 읽기를 배웠다.

3. 세르게이 라도네쥐스키(약 1321~1391)의 일대기에서 발췌한 일화를 염두에 둔 말이다.

4. 묵시록의 구절(요한계시록 9장 15절)을 부정확하게 인용한 것이다.

5. 그리스도의 재림을 가리킨다. (마태복음 24장 30절)

6. N. I. 노비코프의 정기간행물 『감성과 지성을 길러주는 아동 문학』(1785~1789)을 말하는 것일 가능성이 크다.

7. 누구보다도 먼저 꼽을 수 있는 사람들이 페오도시 페체르스키(?~1074), 세르기 라도네쥐스키, 치콘 자돈스키(1724~1783)다.

8. 창세기 49장 7절.

9. "너희 중에 누구든지 으뜸이 되고자 하는 자는 너희의 종이 되어야 하리라"라는 그리스도의 말(마태복음 20장 26절 등)을 염두에 둔 이야기다.

10. 시편 118편 22절 등.

11. 마태복음(26장 52절)을 부정확하게 인용했다.

12. 마태복음에 나오는 말(24장 22절 등)을 자유롭게 재구성했다.

13. 이 말은 복음서 본문의 서로 다른 곳에 나오는 말(마태복음 18장 2~3절과 6장 26절 등)을 합친 것이다.

14. 지옥에 대한 장로의 생각은 교계 문필가 이삭 시린의 말(『자신을 희생한 영웅의 말들』, 1858, 모스크바, p. 112)에서 비롯되었다.

15. 크리스트교 신앙에 따르면 아브라함의 품이란 죽음 뒤에 의인들의 영혼이 안식을 얻는 영원히 행복한 곳을 말한다.

16. 누가복음 16장 19~26절.

17. 크리스트교적 사고에 따르면 자살은 더할 나위 없이 중한 죄들 중 하나다. 교회는 자살자들을 이교도들 혹은 이단자들과 동등하게 여기기에 자살자들을 다른 사람들과 똑같은 관습에 따라 장사 지내는 것을 금지한다.

18. 이 장의 제목도 그렇고, 또한 땅에서 일어나는 일들에 대하여 하늘이 무심한 것으로 보이는 전체적 상황도 그렇고, F. I. 츄체프의 시 「관도 이미 무덤 깊숙이 내려 보내졌다」에 근거를 둔다.

19. 이 에피소드를 설명하면서 도스토옙스키는 『러시아, 몰도바, 터키와 성지를 편력하고 여행한 이야기』라는 파르페니의 책에 묘사된 '유사한 대소동'(제3부, 모스크바, 1856, pp. 63~64)을 인용했다. 한편 소설의 초고에는 '주의: 악취를 풍긴 필라레트와 관련하여'라는 기록이 보존되었다. 모스크바 대주교 필라레트(1782~1867)가 타계했을 때 그의 시신에서 '썩는 냄새'가 나서 여러 소문을 불러일으켰다.

20. 이 대목에 작가는 이렇게 주석을 달았다. "일반 수도사와 수도원의 고행 계율을 받은 수도사의 시신을 내갈 때(고인의 방에서 교회로, 또 그 뒤에 교회에서 묘지로)에 '그 어떤 삶의 달콤함이'로 시작되는 송가를 부른다. 고인이 수도원의 고행 계율을 받은 고위 수도사였다면, '도우시며 보호하시는 이'로 시작되는 찬송가를 부른다."

21. 양파에 관한 종교적 우화는 도스토옙스키가 한 농민 여성의 말을 듣고 기록한 것이다. 한편 『아파나시예브가 모은 러시아 민담』(런던, 1859, 모스크바, 1859. pp. 30~32, 130~131)이라는 선집에 유사한 내용의 우화가 나온다.

22. 복음서 이야기에 따르면 그리스도가 막달라 마리아에게서 일곱 귀신을 쫓아내어 병을 고쳤다.

23. 갈릴리의 마을. 복음서 이야기에 따르면 이 마을에서 그리스도가 물로 포도주를 만드는 기적을 행했다.

24. 이 구절과 뒤에 이어지는 구절들은 요한복음(2장 1~10절)에서 인용했다.

25. 도스토옙스키가 에르네스트 르낭(1823~1892)의 책 『예수의 생애』를 특히 염두에 두고 썼다.

26. A. S. 푸시킨의 1830년대 수기 『Table-talk(식탁에서의 대화)』 중에서 발췌한 구절이다.

27. I. S. 투르게네프의 중편 소설 『이제 그만하면 됐다』를 말한다. 도스토옙스키는 소설 『악령』에서 이 작품을 패러디했다.

28. 도스토옙스키가 1860년대에 M. E. 살트코프 셰드린과 벌인 논쟁을 말한다. 『카라마조프 가의 형제들』에 자기 이름이 아이러니하게 언급된 것에 대해 셰드린은 1879년의 『조국 수기』를 통해 반발했다.

29. 『현대인(혹은 동시대인)』이란 1836년 A. S. 푸시킨에 의해 창간되어 1840~1860년에 러시아 혁명민주주의 기관지가 된 문학지이자 시사지다. 셰드린과, 그리고 셰드린이 참여하고 한때 편집인을 지낸 『현대인』에 대한 도스토옙스키의 공격은 이 잡

지와 도스토옙스키 형제들의 잡지들인 『브레먀(시간)』(1861~1863), 『에포카(시대)』 (1864~1865) 사이에 벌어진 신랄한 논쟁의 여파다.

30. A. S. 푸시킨의 『루슬란과 류드밀라』에서 약간 부정확하게 인용한 말이다. 이 책에는 '그리고 생각되건대, 적막이 속삭인다'라고 되어 있다.

31. 여러 모티브를 합친 것이다. 그중 하나가 누가복음(2장 20절)이다.

32. '마스트류크 체므류코비치'라는 민요에서 따온 구절(키르쉬아 다닐로브가 모은 고대 러시아 시 작품들. 제3판. 모스크바, 1678. p. 28)

33. F. I. 튜체프의 『추도식(실러의 시로부터)』에서 인용했다.

34. 셰익스피어의 비극 『햄릿』 제5막 제1장을 가리킨다.

35. A. S. 푸시킨의 비극 『보리스 고두노브』에서 부정확하게 인용한 것이다.

36. 그리스도가 지옥에 내려갔다고 외경(外經)의 많은 구절들 및 전설들에서 이야기되고 있다. 여기서 진술된 이야기는 민간 전설이자 종교시 『성모의 꿈』과 직접적으로 연관된다. P. 페소노브의 『찬송가를 부르면서 구걸하는 맹인들』 제6판(모스크바, 1864. pp. 206~207) 등 참조하라.

37. 성인의 이름을 따서 교회의 이름을 짓곤 하는데, 교회 기념일이란 교회에서 그 성인이나 어떤 사건을 기념하는 날이다.

38. 페나르디는 1820년대의 유명한 마술사로 고골의 서사 문학 『죽은 혼』 제4장에서 이름이 거론된다.

39. 서사 문학 『L'art poétique』의 번역에 I. A. 크릴로프가 붙인 다음 경구들에서 발췌한 것이다.

> '이게 너냐, 부알로야? 옷차림 한번 우습구나, 야!
> 널 알아볼 수 없네. 너 너무 많이 돌변했어.'
> '조용히 해! 나 부러 그라포브로 가장했어.
> 가면무도회 가는 길이야.'

40. K. N. 바츄쉬코프의 경구 「새로운 사포에게 바치는 마드리갈」인데, 그 첫 구절에서 어느 정도 변형되었다.

41. I. A. 곤챠로브의 소설 『절벽』의 마지막 구절을 암시한다.

42. 1772년 제1차 폴란드 분할 시 폴란드 영토는 러시아를 제외한 오스트리아와 프러시아로 넘어갔다.

43. 봄을 맞이하는 사육제를 필두로 한 여러 민속 명절들은 주신(酒神)을 숭배한다. 한

편, 모크로예에서 8월 말 진행된 놀이와 춤은 거리낌 없는 방탕한 성격이다.

44. 이 노래에 대하여 도스토옙스키는 서신을 주고받던 한 사람에게 다음과 같이 썼다. '여러 사람이 함께 부르는 이 노래의 가사는 내가 직접 듣고 기록한 것으로서, 실지로 최신 농민 예술의 양식을 말해준다.'

45. 사보티에르(프랑스어 'sabotiere')는 프랑스의 민속춤이다.

46. 여기서 드미트리는 그리스도가 십자가의 고난을 받고 사망하기 전날 한 말(마가복음 14장 36절 등)을 따라 하고 있다.

47. A. S. 푸시킨의 시 「예언자」에 나오는 유명한 구절들의 변형이다.

48. 민요에 자주 등장하는 난센스 퀴즈들 중 하나다. D. 사도브니코브 저 『러시아 민족 고유의 난센스 퀴즈들』(상트페테르부르크, 1876. p. 110).

49. 1835년 세습 귀족들의 자녀들을 위하여 설립된 황제 직속의 정에 법학 교육 기관이다.

50. 1722년 표트르 1세가 도입하여 러시아에서 1917년까지 효력을 발생하던 계급 목록에 따르면 모든 관직이 14개 계급이다. 가장 낮은 계급이 14번째며 궁정 참사관은 제7계급에 해당하는 민간 관직이었다.

51. 1879년 1월에 신문에 보도된 자이시브 사건의 여파다.

52. 시노페의 디오게네스(기원전 약 400~325년)는 고대 그리스의 키니코스학파 철학자다. 그는 백주에 등불을 켜서 들고 다녔는데 사람들이 왜 그렇게 하느냐고 질문하면 "사람을 찾는다"고 대답하곤 했다.

53. F. I. 츄체프의 시 「Silentium!」에서 부정확하게 인용한 구절이다.

54. '너는 네 하나님 여호와의 이름을 망령되게 부르지 말라'고 한 계명을 암시한다.

**옮긴이 김환**

고려대학교 노어노문학과, 한국외국어대학교 통역대학원 한국어 통번역학부 한노과를 졸업했다. 상트페테르부르크 국립대학교에서 어문학 박사학위를 취득했고 상트페테르부르크 소재 출판사에서 번역가로 활동했다. 상트페테르부르크 국립대학교 한국어 강사, 러시아 게르첸국립사범대학교 동양어과 조교수를 역임했으며 현재 출판번역에이전시 베네트랜스에서 러시아어 통번역 프리랜서로 활동 중이다. 2019년 제17회 한국문학번역상 러시아권 수상자로 선정되었다.

# 카라마조프 가의 형제들 2

초판 1쇄 발행 | 2022년 9월 22일

지은이 | 표도르 도스토옙스키
옮긴이 | 김환

펴낸이 | 이삼영
펴낸곳 | 별글
블로그 | http://blog.naver.com/starrybook
등록 | 제 2014-000001호
주소 | 경기도 고양시 덕양구 고양대로 1393, 4층 403호(성사동)
전화 | 070-7655-5949    팩스 | 070-7614-3657

• 이 책은 저작권법에 따라 보호를 받는 저작물이므로 무단 전재와 복제를 금지하며, 이 책 내용의 전부 또는 일부를 사용하려면 반드시 저작권자와 별글 출판사의 서면 동의를 받아야 합니다.

• 책값은 뒤표지에 있습니다. 잘못된 책은 바꾸어 드립니다.

ISBN 979-11-89998-48-6
　　　979-11-89998-14-1 (세트)

• 별글은 독자 여러분의 책에 대한 아이디어와 원고 투고를 기다리고 있습니다. 책 출간을 원하시는 분은 이메일 starrybook@naver.com으로 간단한 개요와 취지, 연락처 등을 보내주세요.